花间诗人咏菅煌

充闾文学研究中心系列丛书

张 冰 主编

王充闾文学研究中心 编

春风文艺出版社
·沈阳·

图书在版编目(CIP)数据

百家诗人咏营口 / 张冰主编；王充闾文学研究中心
编 . —沈阳：春风文艺出版社，2024.1
（王充闾文学研究中心系列丛书）
ISBN 978-7-5313-6633-1

Ⅰ.①百… Ⅱ.①张… ②王… Ⅲ.①古体诗—诗集
—中国—当代 Ⅳ.①I227.7

中国国家版本馆 CIP 数据核字（2023）第 241839 号

春风文艺出版社出版发行

沈阳市和平区十一纬路25号　邮编：110003
辽宁新华印务有限公司印刷

责任编辑：仪德明	助理编辑：余　丹	
责任校对：陈　杰　于文慧	封面题字：曾范波	
封面设计：孙　伟	幅面尺寸：156mm × 230mm	
字　　数：1280千字	印　　张：110	
版　　次：2024年1月第1版	印　　次：2024年1月第1次	
书　　号：ISBN 978-7-5313-6633-1	定　　价：398.00元	

前 言

由王充闾文学研究中心与营口诗词学会组织编著的《百家诗人咏营口》出版了，这是营口市建市以来歌颂营口的一部巨著，是营口市文学界的一件大喜事，是继营口市诗词领域"三大工程"即《营口百家千诗集》出版发行、《辽河诗词》面向全国发行、营口市成功进入黄河以北第一个"中华诗词之市"之后，又一项文化工程。

诗词是中华民族的文化瑰宝，是我国文学宝库中璀璨明珠。三千多年来，她以独特的艺术魅力，生动形象地展现了我国不同时期、不同地域的政治沿革、历史事件、社会生活、传统美德、山川风光和各种建设成就。歌颂真善美，弘扬民族正气，成为中华文化的基石和母体。古代的《诗经》《史记》《汉书》大量载入诗赋，医书、佛经、道经都有诗诀，四大名著《三国演义》《红楼梦》《水浒传》《西游记》都与诗词有不解之缘。一些书法、绘画、雕刻、音乐、舞蹈等都与诗词相得益彰，一切高雅的文学创作都与诗词紧密相连。一些著名的思想家、政治家、科学家、文学家大多都是诗人。他们的诗作代代流传，熠熠生辉。我国的诗词内涵之博大、艺术之精美、地位之崇高，都称得上世界群珠之最。当前我们建设社会主义文化强国，正是弘扬发展诗词文化的历史机遇期。

《百家诗人咏营口》分三部分，吸纳了营口市古今及少量外埠诗人歌颂营口的诗词作品，其中不乏诗词精品，乃至偶有诗词神品熠熠闪光。它是诗之精粹，国之瑰宝。时间跨度，上溯宋金，下至于今。这是一个星光灿烂的诗词群体，他们中有与金代元好问先生齐名、享有"诗书画三绝"之誉的大学士王庭筠先生；有响彻国内外的国学导师、大诗人、书法家启功先生；有名播海内外的中国当代著名大散文家、学者、诗人王充闾先生；有当代著名书法大家（如今魏法在辽东）、诗人沈延毅先生；有被王充闾先生称为"营川双璧"的陈怀、吕公眉先生等，他们以如椽大笔，歌颂了营口的人文、历史、人物及大好河山，其作品色彩斑斓、各领风骚。

改革开放以来，特别是在创建中华诗词之市活动中，以诗词进机关、进学校、进企业、进社区、进乡村、进景区、进家庭的"七进"为标志的诗教普及活动，在营口市全面开展，高潮迭起，规模空前，成绩卓著，硕果累累：一座丰碑耸入云霄，彪炳史册，营口市成为黄河以北第一个"中华诗词之市"。

《百家诗人咏营口》的出版、杰出诗人群体和庞大诗人队伍的形成、发展、壮大，绝非偶然，是有其深刻的自然地理、历史与现实的渊源的。"一方水土一方人"，营口地处辽东湾，河海交融，开辟了港埠，培育了营口人和营口文化。在本土与外来文化的交融中，在中华五千年丰厚的文化积淀的土层中，作为以河海交汇为特征的营口文化是一个全方位开放的文化体系：它从来不囿于本土；它从来不拒绝本土以外文化的交流和引进；它从来都是处在一个有如河海一般的、永无止息的流动、交融过程中。因此，它是最富有生机和活力、最具有涵容量、最具有变革和创新精神的文化体系。

　　"不学诗，无以言。"老夫子教诲其儿子孔鲤如是说。在我们这样一个连阳光、空气、水分都充满了诗的粒子的国度里，诗是国粹，也是常识。不学诗，连进行正常的社交活动都成问题。可见学诗的必要性是何等重要。"好雨知时节，当春乃发生。"《百家诗人咏营口》的面世，适应了营口市人民及文学爱好者了解家乡、热爱家乡、建设家乡的迫切要求。这部诗词集与时俱进，贴近时代，贴近群众，贴近生活。从这一点看，它胜于古人编辑出版的任何一部诗词集；这部诗词集具有浓厚的地方特色、乡土气息，风味十足，是为广大人民群众所喜闻乐见的草根作品。可以说，它是当前国内任何一部诗词集所无法替代的；这部诗词集题材广泛，体裁多样，风格多元，诗语新，情感新，意境新，思想理念新，不乏艺术表现手法新。它又是一部具有很强的可读性及观赏性的诗词集；这部诗词集以热爱祖国、热爱人民、热爱家乡为主色调，兴观群怨皆备，赋比兴兼有。它还是一部高扬主旋律、合奏交响乐、纷呈异彩的诗词集。总之，它确实是一部应时、应运、应民所望所需，为民所赏的好作品。

　　《百家诗人咏营口》各部分按姓氏笔画、朝代排序，一方面显得工整，另一方面体现公正，作为诗人没有高低之分。由于我们人员及水平有限，作品中肯定有这样或那样的缺陷和不足，敬请广大诗人、读者见谅。

目 录

古今名家

当代诗人

古、近代诗人

古 今 名 家

（按姓氏笔画排序）

丁芒一首

北海滩拾石

千年磷藻今沉碧，日日潮来浪竞奔。
奇石掌中开妙悟，携归一座小乾坤。

丁芒（1925.9—）江苏南通人。当代著名诗人、作家、文艺评论家。中国作家协会会员、中国散文诗学会副主席、中华诗词学会顾问，2012年5月被推举为中华诗学研究会名誉会长。著有诗词集《苦丁斋诗词》《丁芒诗词曲选》等。

王充闾十二首

沈延毅先生十年祭

一

程门犹记受知时，手迹长存去后思。
十载人天悲永隔，一篇薤露悔成迟。

二

孤坟岭下雪丝丝，落木寒烟夕阳时。
如此高才埋土地，从知绝物总难持。

三

书当快意常收尾，人到相知易别离。
解得庄生参悟语，浮槎终有落帆时。

四

想见先生旷世姿，弦歌绛帐最堪思。
临风不待山阴笛，独对沧桑唱旧词。

楞严寺公园假山

邑有佳山不在高，风来也自响风涛。
胸中常有千秋鉴，放眼宁无万里遥。

挽陈怀先生

梦断音容尚宛然，床前揖别隔人天。
诗翁去后情怀淡，独对青灯作素笺。

题吕公眉诗文集《山城拾旧》

一

被褐怀珠历雪霜，天留一老作灵光。
骚坛饶有三千士，诗酒风流尽瓣香。

二

往日春风结客场，生平知己此难忘。
未妨余事耽佳句，也列门人弟子行。

登辽南高峰老轿顶

历尽崎岖始豁然，秋风澄洗艳阳天。
千原滚雪群羊壮，万木垂珠百果鲜。
神女当惊新岁月，愚公已改旧山川。
长征岂惧登攀险，眼底层峦看等闲。

写怀寄友

埋首书丛怯送迎，未须奔走竞浮名。
抛开私愤心常泰，除却人才眼不青。
襟抱春云翔远雁，文章秋月印寒汀。
十年阔别浑无恙，宦况诗怀一样清。

迎春风筝比赛

一

的事今春乐事浓，花灯赏罢又牵龙。
千般妙品争雄处，万丈晴空指顾中。

兴逐云帆空碧落，心随彩翼驾长空。

只缘寄得腾飞志，翘首欢呼众意同。

二

彩蝶金龙荡碧空，营川儿女竞豪雄。

巧裁形体呈新意，稳上重霄见硬功。

创业有怀凌健翮，拈毫无技捕春踪。

芳时莫抱蹉跎恨，万里鹏程正好风。

　　王充闾（1935.2—），辽宁省盘山县人，中国当代著名作家、学者、诗人。曾任中共营口市委常委、宣传部部长，市政协主席，中共辽宁省委常委、宣传部部长，省人大常委会副主任、党组副书记，中国作协第五、六届主席团委员，中华诗词学会顾问，辽宁省作协主席、名誉主席，南开大学等五所高校兼职教授。

王庭筠六首

偕采亭

日暮西风吹竹枝，天寒杖屦独来时。

门前流水清如镜，照我星星两鬓丝。

野　堂

一

绿李黄梅绕屋疏，秋眠不著鸟相呼。
雨声偏向竹间好，山色渐从烟际无。

二

云自知归鸟自还，一堂足了一生闲。
门前剥啄定佳客，檐外屏颜皆好山。

秋　郊

瘦马踏晴沙，微风度陇斜。
西风八九月，疏树两三家。
寒草留归犊，夕阳送去鸦。
邻村有新酒，篱畔看黄花。

水调歌头

秋风凭林叶，却与鬓生华。十年长短亭里，落日冷边
笳。飞雁白云千里，况是登山临水，无赖客思家。独鹤归
何晚，已后满林鸦。　望蓬山，云海阔，浩无涯。安期玉
舄何处？袖有枣如瓜。一笑哪知许事，且看尊前故态，耳

热眼生花。肝肺出芒角，漱墨作枯楂。

大江东去·癸巳暮冬小雪家集作

山堂晚色，满疏篱寒雀。烟横高树，小雪轻盈如解舞，故故穿帘入户。扫地烧香，团栾一笑，不道因风絮。冰澌生砚，问谁先得佳句。　　有梦不到长安，此心安稳，只有归耕去。试问雪溪无恙否，十里淇园佳处，修竹林边，寒梅树底，准拟全家住。柴门新月，小桥谁扫归路。

王庭筠（1151—1202），辽东人（今营口熊岳）。金代文学家、书画家。字子端，号黄华山主、黄华老人、黄华老子，别号雪溪。王庭筠文名早著，金大定十六年（1176）进士，历官州县，仕至翰林修撰。文辞渊雅，字画精美，《中州乐府》收其词作十六首，以幽峭绵渺见长。

元好问一首

七律·题熊岳山水图

洗参池水甜于蜜，玉堂仙翁发如漆。
膝前文度更风流，尽卷风流入诗笔。
长松手种欲摩天，海岳楼空落照边。
古来说有辽东鹤，仙语星星为谁传。
五百年间异人出，却将锦绣裹山川。

元好问（1190—1257），字裕之，号遗山，世称遗山先生，太原秀容（今山西省忻州市）人。金代末年文学家、诗人、历史学家。

吕公眉五首

重来营川有感

一

何期劫后复重来，驻足郊原一笑开。
万顷蓼花红不见，最无人处起楼台。

二

此行犹记旧风华，三载依依客作家。
拄杖重来人已老，又披风雨看藤花。

三

长街灯火似元宵，作意微风漾柳条。
老去翻矜腰脚健，夜寒来听海门潮。

四

残雾微微初日高，刘郎重到兴偏豪。
东风吹放花千树，不是玄都观里桃。

营口诗词学会成立贺诗

一楼人物各精湛，诗思风云笔底酣。
我辈分来春大半，莺花不独艳江南。

吕公眉（1912.3—1999.7），原名吕能宗，辽宁省盖州人，著名诗人、散文家。他擅长诗词，尤其长于绝句，为省内外公认的诗词大家。其略传被收入《中国当代诗词家大辞典》和《中国文艺家大辞典》等，晚年曾任中华诗词学会会员，营口市诗词学会顾问。著有诗文集《山城拾旧》。

启功一首

沈延毅先生书法展览

白山黑水气葱茏，振古人文大地同。
不使龙门擅伊洛，如今魏法在辽东。

启功（1912.6—2005.6），北京人，满族，爱新觉罗氏，自称"姓启名功"，字元白，也作元伯，笔名元佰、少文，号苑北居士。当代著名书画家、教育家、红学家、诗人。曾任北京师范大学教授、中国人民政治协商会议全国委员会常务委员、国家文物鉴定委员会主任委员、中央文史研究馆馆长、中国书法家协会主席等。

陈怀五首

赠充闾同志

风高月黑乱飞沙，徒步来寻野老家。
墨沈满床堆故纸，清泉一盏试新茶。
敲诗未许妨吟兴，顾曲还惊梦笔花。
博雅如君钦素养，衰年何幸接英华。

奉赠沈延毅先生

高山初幸挹清芬，艺苑倾觞更论文。
振翮昔曾挥凤藻，杖朝今仍跃龙门。
已欣病榻苏神笔，更企书坛毓异军。
辽海冰封潮有信，多公辛苦教耕耘。

赠别市业余书法艺术专科学校
第一届专科学校毕业生

风晴雨雪感冬春，岁月披星历苦辛。
品格同钦颜与米，文明要树木和人。
蝇头小字千钧力，虎目慧光两代亲。
桃李无言蹊径在，立身永共德为邻。

读易兆鸿同志诗选敬题

妙语如珠信手拈，忽看沙海涌清泉。
天南地北罗胸臆，水郭山乡入管弦。
更有骚章吟屈子，岂无酒债困青莲。
辽滨社结邀诗友，老去豪情似少年。

病后小楷书离骚二千余字赋志

体未全舒病未廖，晴窗伏案写绳头。
潜心静虑忘忧乐，研墨濡笔怯滞留。
偶喜客来添酒盏，每愁春去听桑鸠。
灵均一赋千秋恨，书到焚椒老泪留。

陈怀（1915.9—1991.1），安徽省庐江人，字铁辛，号晚晴楼主。著名诗人、书法家，金牛山诗社（营口市诗词学会前身）第一任社长，营口诗词学会顾问，创办营口市业余书法艺术学校，任校董兼副校长。专著有《铁辛手书诗词初稿选》、手书《毛泽东诗词集联》。

沈延毅五首

赴盖州故里感吟

误我虚华去日多，每思畎亩寄吟哦。
老来重试田间味，犹记家山采采歌。

有怀《苏武牧羊》歌词作者蒋荫堂先生

一老当年喜赋诗，弦歌绛帐最堪思。
白头弟子今犹在，独对沧桑唱旧词。

归故里熙台村

一

心上田园几往还，今朝真个破愁颜。
同来仍共天边月，一笑先逢户外山。
林坞霜痕归窈窕，松岩石罅尽潺湲。
安排鸡黍拼罍饮，拈笔沉吟晚照闲。

二

关帝祠西古柏旁，三楹老屋旧鳣堂。
重寻徂境沧桑隔，回想儿时岁月长。
篱落炊烟余佃户，书生佛火记山庄。
门前一带垂杨柳，依样森森抱野塘。

三

比邻喜我赋归田，白发黄童聚席前。
几改衣冠非故物，聊凭杯酒话流年。
凋零三户悲同楚，卜筑一廛溯自滇。
促膝谈欢情未倦，灯花挑尽月当天。

沈延毅（1903—1992），字公卓，号述菊，出生于辽宁省盖平县（现盖州市）城东古台村，曾任辽宁省博物馆研究员、沈阳市文史馆馆长、辽宁省书法家协会主席、中华诗词学会顾问等职。沈延毅书法魏晋唐，以魏体行书闻名当代。

魏燮均十四首

营川绝句

一

歌台舞馆间青楼，万里争来贾客舟。
也是娱人欢喜地，繁华何必说扬州。

二

波平如镜月如眉，风到黄昏静不吹。
万点星光齐照水，家家船舫上灯时。

三

将军台上息烽烟，留得孤台望海船。
此是当年用兵地，曾防夷寇入营川。

四

浊流难饮半泥沙，绝少清泉好井华。
买得田庄台上水，小舟供给日烹茶。

五

南中风物每先尝，橄榄青青橘柚黄。
不及鱼虾是鲜品，海乡风味压江乡。

六

大贾开筵列鼎珍，朝朝宴客散千金。
豪华相习成风俗，真个金钱没膝深。

七

酒坊丝管日无休，更有燕姬劝客酬。
歌舞夜深犹未散，人人都醉入迷楼。

八

泥人北里好烟花，争访桃源狭路斜。
浪掷缠头全不惜，销魂夜夜莫愁家。

宿高坎旅店

向昏投旅店，人马且同休。
月色四邻水，虫声一院秋。
偶因随处寄，始信此生浮。
自慰征途苦，还斟酒数瓯。

川上晚晴

云散海边营，不闻风雨声。
乱帆收夕照，一雁叫秋晴。
岸阔潮初落，天高月又生。
爱看霞色好，犹映海川明。

早发熊岳

道出杉卢郡，分途趁晓行。
村烟烘树色，沙路滞车声。
流水曲围郭，乱山高护城。
前峰白云动，似欲酿新晴。

登将军台晚眺

一

斜日照平台，潮声落水隈。
船依高岸聚，帆渡远天来。
人语喧相杂，鸥翔去复回。
晚烟凝不散，偶被海风开。

二

一雁去无极，天空放晚晴。
长河秋水落，大海暮云平。
地险曾防寇，时危尚用兵。
烽烟何日息，寓目独伤情。

注：将军台，在营口市西，俗称西炮台。

青石关

一关何崔巍，峭立数百尺。劈开万仞山，古道通人迹。
两崖夹巉巉，纯青堆怪石。中嵌此关门，高梵古砖碧。
千年耸不倾，至今余两壁。车马互往来，争道喧络绎。
管钥司无人，云来为阖辟。相傅盖苏文，设此御唐敌。
所恃雄且严，万夫攻难击。谁知李唐兵，破之易成绩。
但闻荒唐言，事不见史册。今我假南游，来做渡关客。
到此偶停车，踌躇骇心魄。居民只数家，疑守雄关厄。
浩然动怀古，转向残碑索。风霜岁月深，绿剔苔纹积。
大书青石关，深刻字涂赤。细读碣阴文，载笔略古昔。
文献苦无徵，中怀怅难释。徘徊复登车，回首烟岚隔。

　　魏燮均（1812—1889），原名昌泰，字子亨，又字伯阳、
公隐，另号耕石老人，又号芝、老农，别号铁民、九梅居
士。出生于铁岭（今辽宁省铁岭市）城南八里庄。清代咸丰
年间府学贡生，著名诗人、书法家。

当代诗人

（按姓氏笔画排序）

丁军四首

登望儿山

清秋小醉访孤峰，平野层峦一望中。
碧海辽天鸥没处，青山雨霁夕阳红。

岁月如烟三十载，真情堪忆少年时

一

风华正茂忆当年，响水滩头未落帆。
击水弄潮三十载，归来重续紫藤缘。

二

年届知非话峥嵘，阴晴冷暖一笑中。
归来相忆少年事，喜看秋山万里红。

浣溪沙·熊岳高中紫藤园小桃红盛开，有怀而作

袅袅清歌淡淡风，红衫嫩柳画情浓，芳心分付夕阳中。　　陌上啼莺惊碧草，风前香雪入帘栊，相思染作小桃红。

丁军（1965.8—），辽宁省营口市人，营口市诗词学会成员。

丁礼云一首

蟠龙刻石观后

蟠龙胜地竖碑林，墨客文人睿拔群。
笔走龙蛇吞晓雾，诗声余韵绕山门。
儒风雅气冲魁斗，道德文章凝国魂。
刻石铭碑留后世，清词劲字觅灵根。

丁礼云（1930.3—2015.2），辽宁省大石桥人，中华诗词学会会员。

于东旭二首

望儿山

望儿山顶梦魂牵，慈泪潇潇洒远帆。
但得好风吹赤子，归还寸草一年年。

观望儿山上弥勒佛像有感

石母思儿儿未还，长教游子拜潸潸。
何来弥勒公然坐，笑口常开图哪般。

于东旭（1992.11—），女，辽宁省营口市人，诗人。

于秋香五首

家乡巨变感怀

雁荡戏渔乡，辽河入海洋。
山环青柳岸，雾绕碧烟沧。
浪击船舶渡，风潇云雨忙。
辰溪花雨泪，夜烛暮窿苍。
靠海维生计，摇舟去浅航。
低贫窗影暗，土道石沙黄。
汽笛鸣声惬，单车走路常。
求医寻赤脚，顶帽挡炎阳。
苦涩经风雨，寒冬浸胆肠。
尘嚣飘欲坠，海怒思悲伤。
滚滚春潮涌，滔滔夏浪狂。
宏观调国策，全会撼河疆。
致富来寻梦，豪情览胜尝。
新城拔地起，兴港震天飚。
古堡迎朝气，旧颜换盛装。
高楼剪云彩，大路走渔庄。
簇拥豪威驾，立交桥畅翔。
晨笙箫伴舞，夜景华灯煌。

翠柏涛声漾，青龙雀跃扬。

全民欢乐事，三甲保安康。

国企凭依驻，私微炫酷芒。

旅游成亮点，实体脱鸿僵。

浩渺帆船渡，沉浮浊气殇。

墩台观海景，潮汐入鸿廊。

白鹭双私语，红枫众雁翔。

人文函俊杰，雅士砚笺香。

公主婀姿炫，明珠闪烁光。

望儿山母爱，贯宇墨鸿彰。

思想新标异，文韬秀锦煌。

千般添秀色，万物竟芬芳。

故事春天诵，新区典韵藏。

金樽浇美酒，碧翠醉华堂。

古往翻云雨，今来蹈世桑。

神州轩伟业，宇宙谱鸿章。

仙人岛万亩槐花林

万亩槐林白雪藏，清馨淡雅溢芬芳。

蜂鸣蜜语伊痴恋，雾驾仙游意念狂。

梦醉魂牵园润景，慕邀蝶舞曲流觞。

轻风和韵幽兰翠，碧玉琼花漾梓桑。

兔　岛

壁立千秋丈仞峰，盘根入水伴蛟龙。
仰天触手惊穹顶，俯首狂潮击鼓钟。
仙境奇缘流溢彩，屿香独特醉歌彤。
鸥翔鹤舞人声沸，兔岛依然炫酷容。

鲅鱼公主

姿容俏媚出龙宫，驾驭云涛沐锦风。
手举明珠辉碧海，裙飘玉带缀苍穹。
弄潮婉妙时精进，适意标新海陆通。
领略春秋赢美誉，砚光彩影照峦嵩。

营口老街

老街兴茂古难同，拥吻波涛拂晓风。
岸柳轻扬芦苇荡，夕阳炫舞大桥隆。
百年史迹添光彩，十里茶香敬客翁。
底蕴深涵攻略见，高楼矗立海河融。

于秋香（1957.8—），女，辽宁省盖州人。中华诗词学会会员，营口市诗词学会会员。

于希淼四首

游蟠龙山

龙隐青山望海闻，浮生半日共邀君。
诗眠小径松擎伞，酒醉春风戏拂云。

游望儿山有感

回眸岁月忆慈祥，谁伴昏灯补小裳。
短短春秋相聚短，长长丝线别离长。
蹒跚步履一生苦，疲惫容颜两鬓霜。
独坐门前常问客，吾儿路上可回乡。

辽河公园赏桃花

闲庭信步过中堂，偶遇园中淡淡香。
细雨千丝描粉黛，春风十里送红装。
深深眷恋心还许，浅浅相思梦未央。
四月人间青帝到，桃花朵朵又归乡。

营口早春

晨行园外小桥边，乍暖还寒二月天。
嫩柳千枝融弱水，微风一缕送炊烟。

青春有梦常思雨，甘露无声可润田。
莫问桃源何处是，心头逐日待花鲜。

于希淼（1984.1—），辽宁省大石桥人，中华诗词学
会会员。

王进四首

牛耳广场

东山再起渤海湾，鹊上枝头九月天。
翘楚北国执牛耳，踔然拓开金银滩。

减字木兰花·西炮台

古炮虎踞，阅尽千帆真风流。一声怒吼，魄散魂销走
敌酋。　　沧海桑田，凭栏凝望多少事？终难忘却，红衣
将军镇海口。

汉宫春·辽河

潇洒辽河，奔渤海深处，激千重浪。哺育关东儿女，
苗壮成长。雪原林海，藏无数英雄儿郎。最难忘一代枭
雄，笑傲塞外风霜。　　遥想故乡营口，聚四海奇货，物

流三江。今又独领风骚，开亿吨港。飞虹凌空，牵五点一线枢纽。好时代和谐共建，谱写明天华章。

念奴娇·楞严禅寺

甲申秋，泊舟海渚，遥闻楞严梵唱，豁然而觉。古寺梵唱，千百年觉悟多少泊客？姑苏城外，人道是寒山月明秋夜。一叶扁舟，两三点星，听乌啼霜落。知音难觅，衷肠与谁诉说？　遥想小杜当年，手擎杏花酒，长歌短歌，锦绣情怀，蓦然间惆怅江枫渔火。仰首问天，人生能几何？谁是豪杰？今夜有梦，共赏海上明月。

王进（1961.2—），辽宁省营口市人，营口市诗词学会会员。

王旭四首

谒营口西炮台

一

高台列阵向天昂，铁锈何曾说废亡。
炮口硝烟犹震耳，百年风雨问苍茫。

二

百年风雨问苍茫，怒海滔滔鼓战殇。
莫道杀声今远遁，宜将炮口向天狼。

辽河入海口

一

波光点点过高桥，寂寂无声接九霄。
回首曲折千万里，奔流到此始称辽。

二

汽笛阵阵送秋凉，浅水一弯入北洋。
从此人间咸与淡，说于百姓俱平常。

王旭（1969.11—），网名乐之，蒙古族，内蒙古科尔沁左翼中旗人。中华诗词学会理事，内蒙古诗词学会理事，内蒙古作家协会会员，通辽市诗词学会副会长兼秘书长，关东十三友成员。

王卓一首

定风波·和家人同游营口老街

秋日风高露气凉，老街徐步桂流香。乘兴登楼追旧处，环顾，苔痕燕迹尽沧桑。　　时序百年如一梦，云涌，今朝浩气更清扬。人似芙蓉光似水，沉醉，满屏烟景任诗狂。

王卓（1971.9—），辽宁省营口市人，诗人。

王 峰 五 首

营口三港

辽河儿女展风流，劈海迎潮修码头。
南北凿开三港秀，联通世界写春秋。

鹤羊山

黄花道士已仙游，遗址民间神话留。
因此伴仙山叫响，鹤羊道观半山修。

盖州旅游优势

海山一体似仙乡，民俗奇闻意味长。
宗教多元扬美善，春花齐放逸芳香。
辽东湾畔多佳境，古邑名人出俊良。
胜概诗书展优势，盖州嘉致比天堂。

北海夕晖

渤海辽东落日晖，醉人美景不思归。
壮观佳境心胸豁，能获高龄健步飞。
频举相机收胜概，连生情意逸芳菲。
夕阳西照壶天入，好似推开仙苑扉。

天仙子·赤山春色

远望山峰云舞剑，云起云飞多变幻。密林深处鸟争鸣，花香散，蜂蝶乱，春色盎然游客恋。　　高丽古城残壁断，五洞神奇人忘返。天桥虎嘴险中安，龙潭上，藏道观，凯捷石碑唐史鉴。

王峰（1935.5—2022.3），辽宁省盖州人，中华诗词学会会员。

王群五首

辽河远眺

沙鸥晾翅照清波，白鹭翩跹跃长河。
绿藻浮生芦苇荡，海天潮涌大风歌。

游东岗葵花小镇

豁然微信传农家，东野油葵众口夸。
千顷碧波连空际，万张笑脸向阳花。

看 海

清河归海天，诗客览团山。
蓼染滩头艳，鸥翔秋色牵。
和风同日暖，创业任担肩。
逸兴登高瞰，豪情梦作帆。

青玉案 · 营口辽河老街

徐行过往炉银处。旧河畔，青石路。欧式小楼商贾
铺。车来马去，云帆锁雾，百载风云渡。　繁华落寞朝连
暮。沧海桑田待谁述。盛世风姿今越古。老街新貌，玉阁
朱户，云燕穿花树。

沁园春 · 大辽河

辽水奔来，山岭为开，沃野作涛。阅金牛火种，磨石
皿器，石棚先祖，筑瓦家巢。唐汉城关，金元镇县，日寇
家奴伪满朝。谈词话，有淤河救主，薛礼白袍。　廿八万
载飘摇，兴与废，滔滔逐浪消。赞富强今世，摩天广厦，
风流当代，跨堑长桥。芦荡临风，沙鸥晾羽，入海斜阳熠
熠娇。更明日，看红旗招展，再涌新潮。

王群（1971.3—），辽宁省营口市人，营口市诗词学会
会员。

王万春一首

咏营口鲅鱼圈山海广场

临滩面海曲悠扬，游客崇名集八方。
花艳岸边迷蝶舞，舟惊浪里恋鸥翔。
人潮滚滚涌公主，信鸽翩翩送吉祥。
似画风光难忘我，春声依韵索诗肠。

王万春（1958.8—），江苏省淮安人。中国楹联学会、中华诗词学会会员。

王立全二首

登辽南步云山

难得春风半日闲，汗流浃背好登攀。
松涛澎湃白云舞，又见人生一片天。

咏熊岳

明清琼阁早闻名，处处飘来古韵声。
风土人情俱特色，光辉史迹显恢宏。

望儿山下葱葱绿，敬母湖波碧碧清。

水系岩泉明似玉，秀峰松柏郁香浓。

王立全（1969.1—），辽宁省大石桥人。辽宁省诗词学会会员、中华诗词学会会员。

王仁爽三首

咏营口

莫道江南春景美，不如营口我家乡。

巍巍宝塔浮银色，浩浩惊涛落曙光。

碧水红滩帆影荡，青灯禅寺梵声扬。

高歌起舞雄姿展，港口终年四季昌。

赞营口旅游名胜

几处桃源仙客醉，河清草绿洗埃尘。

风摇水上橹声旧，雨打堤边柳色新。

月亮湖中幽意妙，仙人岛上俗情真。

城乡两岸多奇变，古蕴沧桑百岁春。

春从天上来·游营口感吟

气势飞鸿。赞北海明珠，峡谷香枫。古炮残迹，举世丰功。老港四季方隆。奋威舟行远，燕双舞，九域全通。伴知音，咏堤边柳色，水碧滩红。　长桥彩云飞渡，墨客赋风流，海浪汹汹。花艳孤高，鸟鸣幽静，片片花雨双瞳。看城乡奇变，多感慨，再踏高峰。海龙宫。月亮仙人岛，奇妙无穷。

王仁爽（1972.11—），辽宁省大连人，笔名红漼。营口市诗词学会会员。

王玉生一首

五律·滨城临岁有思

临岁思亲近，祈归游子还。
殃殃新冠虐，漫漫似关山。
柳埠期年聚，他乡伴枕眠。
降妖驱恶孽，街市又宁安。

王玉生（1949.9—），辽宁省营口市人，营口市诗词学会会员。

王凤安一首

望海寺

仙洞嵌山腰，朝夕望海潮。

林幽鸣鸟语，岩险伴松涛。

古寺声名远，寮房梵呗高。

晨钟经句在，禅悦解尘劳。

王凤安（1967.1—），辽宁省营口市鲅鱼圈人，诗词爱好者。

王允承四首

辽滨盛夏

大辽河畔好清新，盛夏即来更入神。

芦苇逢源成箭势，碱蓬伏地变花纹。

稻禾锦绣青春手，油塔晶莹少女心。

可笑菌虫忙在后，端阳草木最洁身。

辽南端午节

五月并光华，和风草木发。

千山叠不透，太子碧无瑕。

渤海迎朝日，辽河送晚霞。
端阳凭盛世，香粽乐俗家。

临江仙·迁居辽河湾

出浴天池临大海，扬帆千里风情。山川流影水留声。故乡一片月，送我上新城。　　渤海凭空何处去，天涯不尽人生。端来鱼米会亲朋。生活同日月，一样唱升平。

沁园春·营口

渤海滔滔，辽水盈天，口岸这边。据辽南海岸，斜依哈大；千山脚下，背靠油田。碧影清河，望儿山下，九处温泉浴婵娟。夕阳落，染金沙百顷，如柳炊烟。　　金牛昂首出栏，近百世一哞成大观。看通途便利，楼林叠起；长街熙攘，商贾频繁。"三水"扬名，集装待运，营港腾飞比大连。言未尽，举明珠闪烁，照亮云天。

王允承（1946.9—），辽宁省营口市人，营口市诗词学会会员。

王书成五首

红海滩

碧海金沙堕平滩，辽河两岸火流燃。
云台栈道观风浪，只见红霞不见烟。

游西炮台感怀

柳营壁垒筑高墙，榆塞关门镇海疆。
守护苍生防虎豹，驱除敌寇御豺狼。
孤城远观辽河泪，野戍俯临炮火殇。
历史残痕今尚在，中华崛起警钟长。

辽河秋色

高楼林立辽河岸，柳绿波清影倒悬。
移步虹桥弯似月，拂衣菊径秀如烟。
心随逝水芳菲去，梦逐秋风锦绣还。
逸兴情怀来抒墨，吟诗抚卷著华篇。

望儿山感怀

儿求赴考进京关，娘盼平安早日还。
可恨孤舟身葬海，谁怜双眼泪成山。

如今孝子承天地，自古慈亲筑港湾。
敬老先贤皆尽爱，天恩浩荡傲尘寰。

游辽河湾感怀

长堤岸柳古炮台，海口雄风壮士怀。
浪逐轻烟千帆过，潮连薄雾万花埋。
鸥飞绿水波痕曳，雁落兰桥树影筛。
暮色霞生红毯地，辽河涛涌浪成排。

王书成（1951.4—），辽宁省葫芦岛人，中华诗词学会会员。

王书源一首

望儿山行

奇绝华夏景，熊岳望儿山。
络绎游旅至，曲径共登攀。
敬谒慈母馆，诚拜弥勒颜。
月老牵红线，忠义盈伽蓝。
瞻仰慈母像，观佛立云巅。
仙桥映湖水，松荫聚野餐。

来游忆慈母，报国志更坚。

人间情无限，相期再来年。

王书源（1942—2011），河南郏县人，诗词爱好者。

王守仁七首

辽河入海口

放眸渤海日轮高，远去渔船没碧涛。

甲午炮声犹在耳，我朝魔鬼怒磨刀。

重访西炮台

重访炮台游兴佳，雁声嘹亮落芦花。

无风海浪翻云沫，寒铁摩挲咬碎牙。

西炮台远眺

夕阳缓缓没烟霭，如雪芦花浮炮台。

似有吼声追海浪，跟风随雨岸边来。

鲅鱼圈海中见捕捞者

草原大海阔无边，羊腿牛排各有鲜。
虾蟹鲍鱼君莫备，我来立灶煮秋天。

听望儿山故事

盼归转颈眼犹酸，风雨千秋立海边。
昨夜梦流思母泪，心中只有望儿山。

沁园春·金牛山古猿人化石遗址

石裂岩崩，乱草荒坡，沧海桑田。念刀耕火种，悠悠万世；猿啼鹿逐，短短千年。物竞天和，荣衰有律，消长循环古亦然。沉吟久，对犀牛望月，半日无言。　眼前如画江山，洒热血，征衣未觉寒。虑掘煤开矿，海升陆降；穷耕滥牧，沙进湖干。人有忧思，频生暴症，但喜风光景未残。呼良策，赖身心清净，莫醉金钱。

沁园春·游辽河口西炮台

丽日霜天，胜友驱车，河口共游。叹寒垣废垒，雄临碧海，古炮斑驳，昂首荒丘。宿草荣枯，弹痕犹在，清史悲歌辱与羞。抵倭寇，数中华儿女血泪争流。　泱泱故国千秋。唐气象，满朝狐白裘。恨百年积弱，频闻号角，一朝狮醒，吼震环球。破壁腾飞，耕云揽月，万里巡天喜放舟。握长剑，对拍天雪浪，壮志难休。

王守仁（1948.12—），蒙古名达尔罕夫，网名田园种菜翁，蒙古族，内蒙古科尔沁左翼中旗人。中华诗词学会会员，内蒙古诗词学会顾问，内蒙古作协会员，通辽诗词学会名誉会长，《通辽诗词》副主编，关东十三友成员。

王亚光四首

辽河四季歌

春潮

汹涌澎湃显神威，云聚舳舻贾客归。

柳俏花红芳草绿，风高潮起落霞飞。

夏雨

群鸥逐浪大潮回，鸟啼蛙鸣小鹭追。

天海浑然成一色，勃发万物竞芳菲。

秋色

芦花荡漾稻花飞，唱晚渔歌蟹贝肥。

鸿雁南翔头上过，老翁垂钓不思归。

冬韵

冰霜寒彻朔风吹，火树银花玉带巍。

万里晴空千里雪，童声拜寿报春晖。

王亚光（1954.8—），辽宁省大石桥人，营口市诗词学会会员。

王花玲四首

世纪广场夜景

星河落九天，不夜鲅鱼圈。

火树银花灿，荷塘月色圆。

场掀歌涌海，光洒月盈湾。

盛世名区景，民安国泰年。

神秘大石棚

此材可去补苍天，枉入红尘奥蕴宽。

坐北朝南千百载，顶天立地万千传。

饱尝风雨情偏炽，历尽沧桑谜更玄。

此物只应天上有，地灵人杰有奇缘。

鸟 浪

欣看黄昏恋火红，夕阳卧海映霞空。
人潮涌动盼奇景，鸟浪翻腾展翅虹。
凤舞云描数十里，惊呼雀跃万千瞳。
快门频按咔咔响，人与自然同乐中。

临江仙·人世间

沧海桑田千百载，时空梦幻辛酸。年轮沉淀忆先贤。人文长久远，滋养在人间。　　夜昼盈虚潮汐转，沧桑大道天然。滔滔江水浪推前。琼浆传万代，玉律润千年。

王花玲（1968.4—），女，辽宁省营口市鲅鱼圈人，营口市诗词学会会员。

王 来 发 一 首

营口望儿山

孤峰陡立寄深情，望海翻腾波浪声。
子孝母慈传美德，家和邻睦颂精英。

苍颜白发光辉溢，善举丹心道义行。

大爱无疆延万代，旅游景点续文明。

　　王来发（1952.7—），江苏省淮安人，中华诗词学会会员、中国楹联学会会员、江苏省诗词协会会员。

王庆瑱四首

游北海公园

波平万里送清凉，花偎小亭两袖香。

对对白鸥欢浪涌，相依伴侣倚斜阳。

望儿山

山如钟覆天工巧，化石传奇久亦真。

弥勒倚霄蓝海阔，楼台枕水绿林黉。

池中浪涌思儿泪，湖上柳拂吊母人。

日月千年临古塔，慈心一片锁三春。

青龙山

万古青龙天上腾，海吹湿气彩云蒸。

松涛白昼藏佛寺，深涧炎天挂薄冰。

古洞频迎远地客，青崖常落半空鹰。

敢攀八步望天下，红日中天百业兴。

仙人岛

绿阳九曲海滨行，面水新街舞乐轻。

浩渺烟波仙岛远，参差舻舳野村横。

帆来鸥乱一天雪，日映波摇万里晴。

谁弄蓬莱向此地，峰台日夜听潮声。

王庆瑱（1942.10—2021.5），辽宁省营口市鲅鱼圈人，营口市诗词学会理事，中华诗词学会会员。

王兴亚一首

游仙人岛槐花林

槐海雪原雪漫天，槐花如雪挂枝间。

清香扑面氧吧地，幽淡入眸绿草滩。

蜂恋槐花舞又舞，路穿林隙弯环弯。

芳菲林伴浪拍岸，鸟语涛鸣万籁添。

王兴亚（1938.5—），辽宁省营口市鲅鱼圈人，诗词学会会员。

王学东五首

大辽河口春水

舳舻荡漾史铭之，更喜今朝雪化时。
浪滚花翻鸥鹭跃，冰融桥架辇轮驰。
沉阳无染倚涛走，游子寻清抵岸随。
远眺路通途百里，风光延宕未穷期。

春游营口西炮台

劲舞东风荡子衿，百年遗址历钩沉。
抗倭虎啸人如在，灭夏狼嚎鬼似临。
弹洞壁留疤迹浅，诗碑坪竖墨痕深。
海潮浩瀚鸣金鼓，炮口昂扬把敌寻。

秋游营口熊岳河

霜峦尽染愈浓时，响水河游摄美姿。
落叶金秋镶故道，涌泉银脉注乡池。
园林剩果孤枝坠，岸畔陈花遍地遗。
生态自然风景线，朴而不拙现真奇。

登盖州烟筒山

余脉千山矗地标，辰州灶突向天辽。
雄关险隘先头越，幽谷艰途后面超。
搜石评碑弘历史，登台入洞忆唐朝。
崖摩壁刻诗痕觅，烟迹残存上碧霄。

念奴娇·大辽河口记游

仲秋天爽，夕阳挥，霞彩金河萦绕。但见游人如候鸟，临近波涟于藻。水势滔滔，船开渺渺放眼前方扫。随机频照，荡扬愉悦欢笑。　　曾忆乡梓陈途，掩埋尘土内，芦围沟抱。雨雪霏霏哀鹤唳，烽火台茕孤吊。十秩狂潮，幡然改旧貌，北方荣耀。昂头提气，我因营口而傲。

王学东（1951.1—），辽宁省营口市人，中华诗词学会会员。

王改正六首

望儿山

一

重阳有幸盖州来，慈母山登尧世怀。
碧海茫茫千万里，一声呼唤满头白。

二

山巅西望海潮吼，慈母呼儿动盖州。
宝岛游魂情有待，乡愁苦泪爱难休。

三

千悲莫过此山悲，我到山前苦泪垂。
天下真情唯老母，深恩难报是春晖。

重阳盖州行

欣逢九九上墩台，日月同辉感我怀。
玄菟城中霞彩秀，鲅鱼圈外海潮开。
沧桑血泪堪回忆，盛世芳华费剪裁。
益友菊花香满袖，明年还到盖州来。

赤山游

今生不枉赤山游，胜景奇观不胜收。
天柱雄姿千寻秀，仙潭圣水万年流。
深林鸟伴泉声静，古寺香浮磬韵悠。
渴饮烟霞石上卧，鼾声震动一天秋。

龙潭寺秋桃花

桃花十月赤山开，点点胭脂染妙台。

高韵情托尘世远，芳魂意向寺门挨。

祥云五色观音面，慈水七香菩萨胎。

千里辽东逢盛世，因缘有数我能来。

　　王改正（1951.3—），河南省郾城县（今漯河市）人，大校军衔，曾任解放军总参办公厅保密档案局副局长，中华诗词学会秘书长等职。著有诗词集《细柳营边草》《岁月歌吟》等。

王忠山二首

淤泥河怀古

一觑两边寒野秋，淤泥河景秀颜收。

霜临上下青春抹，水溺东西皎日流。

岸色不哀高丽去，涛声只为大唐留。

欲禋祭昔薪千垛，十里芦花当镪筹。

来营口市老街

长街遗有东洋筑，见证沧桑解放前。

沧海敷纷千户泪，白云载叙万烽烟。

朝花夕拾匜文迹，楼店墙存昔日砖。
追旧至今犹未尽，曾经一粟抑沦年。

王忠山（1964.5—），辽宁省海城人，诗人。

王振一五首

村　晚

野径留香待我行，小村风物夺双睛。
浅溪缓缓澄如镜，短杖疏疏围作城。
无赖顽童嬉晚照，多情烟柳隐啼莺。
欲将斯景寄陶令，未必桃源只武陵。

辽滨颂

客居平川辽水湄，此身总被画图迷。
春循阡陌舒青眼，夏伴凫鸥垂钓丝。
蟹子肥时当放酒，稻花香里好吟诗。
人间倘若寻仙境，辽岸风情可适宜？

赤山游

百里携笻问赤山，无边风物接龙泉。

五峰列戟何人手？一径通幽谁计年？

翠羽啼苏芳草地，清风唤起杏花天。

若能有幸结庐此，不慕繁华不慕仙。

临江仙·金牛山

荒岭莽原连碧海，金牛翘首苍穹。附岩敲燧启神功，鸿蒙遗佐证，古穴匿猿踪。　　三十万年成大道，飙轮一付英雄。潮升潮落洗尘封，人间多少事，把酒酹先宗。

沁园春·营口秋颂

极目辽南，色彩纷披，风韵悠悠。看铁炮无语，风霜明证；金牛有梦，燧火沉钩。攒谷成金，堆盐积玉，菱镁花开誉九州。愕新港，有千帆竞渡，吞吐潮头。　　辽川碧水长流，有多少男儿壮志酬。昔将军抗日，旌挥白水；先驱革命，血染荒丘。延毅挥毫，天墀遗韵，墨宝华章锦卷留。待明日，鼓东风号角，再展歌喉。

王振一（1943.8—），辽宁省大石桥人。中华诗词学会会员。

王振和五首

苇 莺

端午时分杏子黄，滨河苇叶见风长。
莺儿啼啭谁为解？卿卿我我展翅翔。

营口辽河特大桥遐思

没沟潮汐正流凌，推挤浮沉大块倾。
鱼隐鸿飞隔音讯，楫闲篙卧断人行。
天兵束马龙王助，蟹将填河圣主征。
旧事轶闻今去矣，香车轻驾过盘营。

春至滨城

葭莩律动日交春，雁唳初闻岸柳新。
寒气飘摇归大漠，和风迢递入辽滨。
池中处处游鱼戏，田里时时布谷巡。
但得一犁膏雨润，城乡尽是画中人。

赞营口

兴至登高放眼眸，滨城美景喜心头。
长桥飞架如虹彩，广厦安居似蜃楼。

百货奇珍廛市列，鲜蔬异果沃园酬。
千家万户人欢笑，可与范公同乐不？

咏 苇

初生杂野蒿，稍长节茎高。
翠叶衔朝露，深根抵溯涛。
着霜鬓发白，凌雪骨筋牢。
剖作千条篾，英风不可饶。

王振和（1946.5—），辽宁省营口市人，营口市诗词学会会员。

王国珍三首

忆江南·咏营口

营川好，宝地处辽南。冬有雪花娇似玉，夏无酷暑爽如仙，碧水润良田。

浣溪沙·鲅鱼圈

渤海明珠应运生，百花绽放醉春风。渔村今日展新容。　街市整洁宽马路，楼高惊煞满天星。蓬莱客访我滨城。

古风·鲅鱼圈新貌

寄居他乡如许年，近返桑梓鲅鱼圈。
梦幻港城真仙境，疑入阆苑奇葩园。
五点一线区位好，渤海明珠耀光环。
公路海运具强势，更有高铁双线牵。
晓看高楼连片起，暮临街区不夜天。
经商创业吉祥地，发展前景信可观。
曲廊亭榭满城绿，广场公园宜休闲。
红海河畔映秀貌，海滨浴场金沙滩。
夏无酷暑冬不冷，人居胜过蓬莱仙。

王国珍（1941.9—），黑龙江省方正县人，诗词爱好者。

王家凤五首

游营口西炮台有感

一

辽河咆哮泣英魂，摇曳荻花傲骨君。
目睹陈遗思甲午，蒙羞岁月痛臣人。

二

光绪八年政策新，辽东半岛驻防军。
凄花碧苇潇风起，泣血苍霞忠烈魂。

三

残垣断壁载忠魂，浪涌波飞向海门。
史记丹青鸣世醒，缅怀先烈赋诗文。

题营口画家高显惠《南海怒潮》

风卷南湖浪啸天，游龙拓海劈狂澜。
激流万丈腾空起，明月三千映碧潭。
妙笔丹青增士气，浓情水墨慰民安。
同仇敌忾肝胆烈，绝品堪珍胜教禅。

鹧鸪天·游盖州转山湖

赏阅烟波潋滟天，游人欢笑在山间。酒芳春色谁心醉，诗意桃花燕子翩。　摘野菜，踏清泉。写诗填赋曲音甜。奇峰庙宇参天树，美景营川四海连。

王家凤（1964.8—），女，辽宁省盖州人。爱好诗词、书画、太极拳等。

王秀华五首

烟囱山怀古

辰州古迹任探寻，仄径危崖气肃森。
一抹苍烟空故垒，残垣绿藓老幽岑。
蒿莱斜掩前朝碣，涧壑时闻异代禽。
跃马征东凭吊处，大风高唱我登临。

烟囱山

车驰遥望盖平东，山若游龙气自雄。
巨笔直探青霭外，浮屠安隐翠微中。
太和寺静梵音起，高丽城危鼓角空。
也效苏门归一啸，胸襟万壑觉来风。

山　居

山家鸡黍故人酬，仙侣黄昏兴未休。
敲唾壶歌耽白雪，贪杯酒气到青州。
两三星影临窗淡，一夜溪声入枕悠。
晓看朦胧不知处，四围云嶂抱檐头。

猫耳岭夜行

酒意阑珊已忘形，朋侪黄夜复探行。
崚嶒山影原无语，寥落星灯亦不明。

人到溪前听妙曲，心于物外得高情。
放怀未敢舒吟啸，恐把烟村好梦惊。

晨登猫耳岭

玉纱遮断望时无，方外成仙做藐姑。
雾锁南山能隐豹，云开北岭见飞凫。
天光一线何其幻，岩势千寻各自殊。
青眼重峦看未足，唯求梦笔不相辜。

王秀华（1978.6—），女，辽宁省大石桥人，中华诗词学会会员。

王聪颖五首

题楞严寺

楞严古寺屹河岸，暮鼓晨钟迎客香。
菡萏芳幽薰碧野，菩提福满映红墙。
一湖山色一湖景，半缕祥云半缕肠。
明媚风光今已醉，且凭杯盏立斜阳。

营口之夏

暑夏香薰艳骄阳，碧池遗落数芳唐。
昨宵留梦洇疏影，今日凭枝赋华章。

绿野盈眸芬馥驻，红花沐雨远流长。
祥云皓月风光好，情沁营川恋故乡。

万达广场

熙熙攘攘人群闹，车水马龙商厦擎。
鬓影衣香妞更靓，风流倜傥汉多情。
电梯载入任挑选，装饰窗边可驻行。
万达襟怀迎远客，如归眷顾主宾明。

熊岳温泉

熊岳久闻名，温泉出雅城。
冰肌临水浴，玉骨沐香情。
舒适享清福，安康去疫诚。
开怀迎远客，此处不虚行。

大辽河

激荡长流水，辽河依碧弯。
大桥吞广景，雏燕吐幽颜。
夕照抹昏霭，游轮映熠闲。
清纯滋两岸，湍泻浪涛间。

王聪颖（1973.10 —），辽宁省营口市人，诗人。

王铁英五首

游北海公园

辽东北海公园美，碧水蓝天细浪滩。
汽艇飞人浴场演，开心玩乐妪童欢。

赞营口宜居城

春风送暖柳丝荣，轮渡开通碧浪清。
湿地双双飞鹤舞，海滩队队徙鸿鸣。
百年老港新迁建，万集货轮纷远征。
鱼米之乡丰泽富，市区优美宜居城。

记柳韵文化生活

春雨濛滋柳韵林，骚坛墨客唱诗吟。
文峰千尺书情志，云路万重歌古今。
奋笔耕耘勤努力，加鞭进取有同心。
诗词美誉常谯励，天地家园浴沃霖。

参观营口名人馆感怀

蒙蒙细雨老街长，营口名人史馆藏。
百载英豪多壮志，千军将士出家乡。

卫星之父孙家栋，核控专家俞大光。
科技攀登显身手，献身伟业九州强。

西江月·滨城营口

　　紫燕飞檐穿柳，鹭鸥食觅栖滩。年年鸟浪壮奇观，此地资源丰满。　　历史港城悠久，福泽百代民安。品牌走向世博坛，创汇扬名路坦。

　　王铁英（1947.12—），辽宁省营口市人，诗词爱好者。

王 瑜 琳 五 首

秋日偕友游赤山

峭立巉岩壮赤山，兀峰如戟抵云端。
红霞紫气萦嵬岭，翠柏苍松印碧潭。
缓步撩衣登隘顶，凌风极目望天宽。
秋阑美景千千色，鼎秀钟灵汇此间。

题熊岳馒头山

阴阳造化隐机玄，叠石成山状若馒。
非是神仙施妙手，还钦大地展奇颜。

未期终老夸殷富，但得群生脱馁寒。
风雨沧桑垂古蕴，悲心独异说千年。

春游鲅鱼圈青龙山公园

春惠芳菲次第开，桃娇杏艳带羞来。
绵延纤草欺幽径，孤直苍松寄薜台。
噪鹊展喉林内唱，游蜂收翅蕊中埋。
墟云出岫萦天际，属意青龙不忍回。

瑞鹧鸪·贺营口市被命名为诗词之市

滨海之城翰墨香，地呈五彩织华章。笔耕沃野诗瑰秀，情系河山词綮长。　　北国骚坛垂独帜，营川文苑艳群芳。杰豪俊逸摹苏李，雅士鸿篇追宋唐。

满江红·春回鲅鱼圈

（依姜夔平韵体·新韵）

归燕双栖，寻居处，巢筑旧檐。和风过，柳杨飘絮，蝶舞翩跹。芳草才萌为碧毯，桃花初绽似红胭。喜春来，明媚艳阳天，充宇寰。　　凭远眺，渤海湾。明珠灿，鲅鱼圈。正海青山翠，瑰丽无边。鸥鹭翻飞衔浪远，舟船航运拓疆宽。国昌隆，盛世又重开，新纪元。

王瑜琳（1950.7—），辽宁省盖州人，中华诗词学会成员。

王殿良三首

辽河柳岸

滨城何处不芳华，雾海烟波涌浪花。
沿岸柳荫群鸟舞，朝欢夕戏映红霞。

渤湾夕照

放眼辽河口，心同天地宽。
烟浮帆影动，日映暮云丹。

辽滨公园雨后

花香草馥荡清风，雨霁枝头百鸟鸣。
落日余晖炫霞影，辽滨园里话新晴。

王殿良（1953.12—），辽宁省沈阳人，辽宁省诗词学会
会员。

王德明一首

咏烟筒山

唐王矢志靖边关，万里挥师到此山。
筑垒扎营深谷里，搭墙掘井古城边。

马蹄旗眼今犹在，铁马金戈史尚传。
举目当年争战地，而今花果色如胭。

王德明（1942.9—2018.5），辽宁省盖州人，作家。

尹春瑜三首

迷镇山海云寺沐雨赏槐

今逢孟夏穗压枝，恰是红墙映雪时。
骚客寻芳觅几首，香风细雨醉成诗。

营口楞严寺拍荷

谁挽此仙塞北来，初伏得见玉颜开。
醉翁未解江南韵，也做痴情绕水拍。

观吕王百年梨树有感

独立寒冬望早春，星移斗转鉴精神。
盘根虬干容颜老，绽蕾尖芽姿色新。
倘若世间多知己，何需傲骨寄孤身。
与风共挽枝头月，不负初心不负君。

尹春瑜（1961.3—），辽宁省大石桥人，中华诗词学会会员。

孔庆维四首

游营口老街

久慕老城名远扬，今朝有幸赏容光。
数弯辽水东西贯，几度游轮南北航。
尚古街前集商贾，多辉楼里见琳琅。
九州百业经营地，富国强民在一方。

晚游营口辽河大桥

倚栏俯瞰水流连，楼影河心月在天。
一道车龙穿闹市，两行岸柳锁轻烟。
呈茔玉砌游人聚，闪亮货亭灯火传。
百业老城多美景，蕙风拂面客如仙。

营口新貌

车驰大道看飞梭，览物穿行感慨多。
十里楼群如笋拔，千家商贾似肩摩。
东城锦绣争头彩，西市熙怡荡美歌。
举目丰殷堪点赞，蓝图共作喜祥和。

沁园春·营口

北国名城，两港腾飞，四海竞芳。赏风光旖旎，文明赓续；物华璀璨，仪礼高扬。商贾如云，舳舻蔽水，远古金牛频逐强。真堪慰，有壮猷摛锦，百业齐昌。　　而今眷顾和祥，令杰俊纷来势激昂。看蟠龙劲舞，清河浩荡；喜逢兴市，乐享安康。愿景相呈，山川在望，再展宏图放眼量。正期冀，更胸怀广阔，凤翥龙翔。

孔庆维（1947.11—），辽宁省营口市人，营口市诗词学会会员。

孔爱萍五首

汤池杏园

东风一夜杏花新，点点如织看未真。
绿柳清波花照影，池边双燕往来频。

游康养小镇

湖光染翠柳荫长，小镇晴柔花草香。
十里清风迎客路，且随诗酒醉斜阳。

题金牛山遗迹

一从钻木起洪荒，谁跨金牛望太苍。

猎猎天风吹暮雨，冥冥仙洞映朝阳。

堪磨石器春秋远，不朽猿人旷代昌。

欲向此中寻胜迹，云横幽壑两茫茫。

家山即景二首

一

玉宇白云淡，晴光照翠微。

一川烟草阔，两岸稻粱肥。

倚树吟朝露，携锄送暮晖。

果香飘野径，田舍笑声飞。

二

云淡清秋阔，山菊挂露芳。

晴空鸿雁渡，碧水锦鳞翔。

稻舍无闲客，诗家入远乡。

簪花归晚翠，蓝夜纳新凉。

孔爱萍（1982.8—），女，辽宁省大石桥人，中华诗词学会会员。

毛风江五首

滨城赏春

一轮红日洗清晨，放眼营川景色新。
雨过花枝开次第，风来绿野秀氤氲。
排排嫩柳连阡陌，簇簇夭桃缀墅群。
我自舒心方欲唱，喳喳喜鹊正讴吟。

步韵张冰会长贺营口诗词七代会

营川正月盍春情，盛会腾辉缔雅盟。
旗帜高擎天地阔，征帆远驭水云惊。
放歌时代诗怀满，力践初心韵意清。
换届布新扬国粹，吟坛再炫染红缨。

巫山一段云·望儿山

临海孤峰立，接天巨浪翻。山巅慈母望儿还，一盼越千年。　　泪眼悲风雨，忧襟历暑寒。伫身弥久化石坚，大爱泣人寰。

赞成功·咏辽河特大桥

塔扪碧落，索揽苍穹。辽河湾畔架长虹。辟平天堑，南北衢通。鸥惊伟岸，浪仰雄风。　　巨舸频渡，飞驾云征。坦途宏阔任驰行。一朝圆梦，百代勋功。惠泽两岸，共筑繁荣。

沁园春·赞滨城营口

渤海明珠，辽河柳埠，大美营川。看金牛夕照，炮台遗韵；慈娘望海，古刹禅烟。兔岛掀潮，龙潭飞瀑，远古石棚更壮观。史悠久，数风云往故，溢彩流丹。　　感乎古往今来，展画卷滨城著斐然。赏长虹飞架，高楼林立；渔舟唱晚，鸟浪翻旋。天沐温泉，黄金海岸，鱼米丰盈岁月甜。叹观止，乃琅嬛福地，世外桃源。

毛风江（1956.9—），辽宁省营口市人，营口诗词学会会员。

司美霞五首

辰州秋韵

山野欣为友，娇花着意寻。
风摇枝浪漫，影共月沉吟。
笔逸果香梦，诗怀黎庶心。
秋光尝一口，甜美胜甘霖。

大槐树山庄小聚

梨雪桃云锦绣筵，远听鸟语近听泉。
时蔬入眼浓如碧，诗句从心淡是玄。
明月岂辞酣竟夕，故人常恨别经年。
浮生苦短当行乐，一举十觞浑欲颠。

渔歌子·辽河岸畔

梦系辽河掬晚霞，水云深处枕桃花。清露重，煦风斜，烟弥陌上试轻纱。

浣溪沙·惜南楼梨花落

不爱秾华爱淡妆，偏偏花雨断人肠，繁枝拥雪没商量。　　寂寞千山愁对影，玲珑一树月生香，空教词笔忆云裳。

清平乐·夜步平安广场

水连薄雾，隐约天涯路。嫩柳依依凭叶舞，落尽一怀私语。　　莫言世事消磨，残花梦也婆娑。别有多情明月，此时正泊云河。

司美霞（1969.1—），女，笔名思逸潇湘，辽宁省营口市人，中华诗词学会会员、中国楹联学会会员。

白云生一首

沁园春·咏老边

似梦如烟，五十年间，换个老边。望平畴万顷，风摇稻浪；青山果艳，绿水鱼欢。美厦环城，通衢织网，百肆盈街市井喧。兴科技，敢攀龙引凤，竞占春先。　今朝歌舞翩跹，叹往昔饥寒孰可怜。任朝更代改，蓬荒簌簌；官吞匪掠，血泪斑斑。喜易尘寰，沉浮自主，改造河山众志坚。迎新纪，正宏图大展，再换新颜。

白云生（1938.？—2013.12），辽宁省营口市人。中华诗词学会会员。

白成奎三首

雁落辽河边

远来大雁走云天，欢乐飞奔辽水边。
绿色营川天地美，群居选作好家园。

春游鹤羊山

翻沟过岔越山岗，果树花开阵阵香。
登上鹤羊观美景，危崖险洞鸟飞翔。

北海新区

北海新区是我家，招商项目把根扎。
高楼大厦街林立，游客喧喧笑语哗。

白成奎（1941.1—），辽宁省盖州人，诗词爱好者。

东纪善五首

辽河湾

半月窥潮汛，双鸥剪雾纱。
日霞才一缕，染透岸边花。

熊岳大棚桃花

山野平铺梁苑雪，果棚惊见洗尘嚣。
清眉嫩面含霞蕊，秀目温腮品露醪。
敢遣风涂双眼影，要教光抹两唇膏。
武陵源里花千树，不费东君半点劳。

金牛山远眺

心舒千里景，目快九霄风。
四野迎重彩，众峰送阵暝。

月升山又远，日落海方平。
犀立崖头影，钟鸣岭外声。

盖州桃花源

春风又剪西园美，晕绿匀红有别裁。
锄月悠悠随竹动，犁云瑟瑟学梅开。
临风几树羞花貌，带露三分闭月才。
若得刘郎时一访，此身疑似在天台。

青龙山赋

日游青龙，幽险势雄。梦吟而赋，诗继词承。黑龙祸民，唐锁明纵。仙人点拨，化而为峰。其形如龙，其色为青。青龙其名，享誉北溟。一山拔地，万木蔽空。宿雨舒枝，林野掩其花岭；石藏瀑水，山涛送此雁踪。初履坎坷，渐次峥嵘。摇丝挂翠，叶落溪之几叶；山色溟濛，蕨生崖而多容。盘龙松茂，虬干枝隆。虚白碎红，倚木而观鹰逸；烟补断冈，跨水之叹鹊纵。将军石矗，仄身攀行。步登千级，花音同其桑柘；身入重云，风声共此柏松。千山染色，万里碧空。喇嘛古洞，道教为宗。依石小憩，香火荧荧。巅峰石卧，凿阶为蹬。踞台西望，山海相应。噙香之于丛菊，留影而飘鬓丝。携酒半壶劲节，折花一束养姿。人生如此，从善如登。宇宙在望，天地英雄。志在绝顶，功到垂成。众里寻我，我在青龙。诗曰：

兀立危崖望碧岩，洗心悦目壑流泉。
泻丹耸翠云涛劲，透白萦青岳色妍。
霄汉鹰抟松作笔，波澜鸥点浪铺笺。
一天图画峰生秀，满地文章醉八仙。

东纪善（1949.8—），辽宁营口市人，中华诗词学会会员。

冯乔一首

咏辰州

我爱家乡山和水，辰州八景最夺魁。
春染赤山千坡秀，夏近石关万象梅。
北海归舟渔满载，南街古迹月相随。
秋湖冬雪围铁塔，改革征程带笑回。

冯乔（1951.11—），辽宁省盖州人，诗词爱好者。

冯向益一首

赞营口西炮台

俘倭灭寇横营口，虏盗擒奸照远山。
动地迎风湖上矗，连天触日水边攀。

仙踪永驻游人赏，傲骨无穷过客还。
自古捐身撑海内，于今报国寄江湾。

冯向益（1959.6—），内蒙古兴和县人，内蒙古诗词学会会员。

冯国森一首

家乡渔乐

鸿雁南飞过故乡，深秋稻蟹味纯香。
杂鱼乱炖农家菜，老友频杯话旧常。
撒网辽河寻自乐，随船看景唱文章。
古稀渔事为康健，鸡爪休闲好地方。

注：鸡爪沟，营口辽河北岸的小渔村。

冯国森（1948.7—），辽宁营口市人，诗人。

包玉洪一首

楞严寺公园赏荷

一池绿水泛青光，月夜荷花共露妆。
浪蝶双双舒碧蕊，游蜂对对入莲香。

堤边弱柳随风起，严寺钟声锁凤翔。
翠绿丛中星点点，湖桥四面尽芬芳。

包玉洪（1951.3—），辽宁省营口市人，诗人。

卢旭明六首

游营口西炮台

固垒烽烟喋血雄，百年铁炮卧藜蓬。
驱夷勇士功千古，英烈长眠标史名。

营口行

出游两日乐无边，营口之行快又欢。
美景多般游个到，心情饱满返家园。

游营口鲅鱼圈月亮湖

湖面微波如镜明，群鸥展翅舞欢腾。
蓝天做伴白云涌，月亮高悬映水中。

游营口北海滩

海天一色望无边，滩岸游人歌舞欢。
眺望远方观美景，渔船舰艇浪飞旋。

游营口西炮台怀古

登上炮台心感叹，中华自古英雄传。
保家卫国舍生命，留给后人锦绣天。

水龙吟·营口游览

北方滨海明珠，水乡稻谷粮埠。沧桑老港，巨轮通畅，日忙吞吐。古炮残台，防敌遗址，与世沉浮。看船来重载，鱼鲜仓满。斜辉尽，寻回路。　庙寺肃严仙境，流光莹，炉升烟雾。入云视塔，摩天高厦，霓灯华簇。超市人涌，琳琅货满，品牌丰富。看营口百业，突飞猛进，高歌起舞。

卢旭明（1947.2—），辽宁省台安人，辽宁省诗词学会会员。

卢秀贞一首

游营口西炮台

固垒雄关史册长，遗篇战火诉沧桑。
飞沙铁血硝烟漫，蔽日旌旗剑戟扬。
水起波澜倭寇死，风旋石峪贼俄亡。
铭瑄耻辱仇怀满，重振中华护远航。

卢秀贞（1959.6 —），河北省衡水人，河北省诗词学会会员。

卢春志一首

辽河老街

东北通商对外阶，美食曲艺竞和谐。
中西合璧多名筑，博物馆称扬老街。

卢春志（1976.9—），河北省邢台人，河北省、市两级诗词协会
会员。

卢秉迅三首

迷镇山新桃园赋

迷镇山前，夏屯村北。有净心清悒之所，座藏风伏气

之乡。筑瓦屋逶迤显襟情款款，种粉桃盈岖垂郁果长长。置眼远望见，古金牛人钻木取火。随眉低观来，中长铁路车流掷梭。脚下烟霞市井开昭彩，身旁斜月古刹响梵音。静泊城郊一隅，和容尘物万千。

若至：心轻日朗，高天纤静，俊男靓女，步履悠匀。绿叶浓而黄雀跳，槐林秀而欢蝉鸣。小亭遮阳，把酒闱庐下，效喝竹贤快意。大屏放影，高歌亮嗓间，翻唱名角嘉声。觥筹频举，欣倾生啤杯杯尽。炉火正红，手把羊肉串串香。灯辉映像，恰仙人娉娉临凡界。爽籁倾发，合天地细细向潇湘。

幸哉！惬逢盛世，溢富无疆。福邦恢宏，仰得自然滋养。德域共阔，还赖岁月流光。

正是：

迷镇山前水果香，晨钟暮鼓伴歌长。
花开晓日妆颐阁，雨润桃园拱庶庄。
灿起嵬岩添胜地，惠来曲径走回廊。
和谐一展追新路，共庆今逢国运昌。

山乡轿顶新赋

长风荡荡，英气升晨。轿顶巍巍，披绿着金。青山耸翠藏俊逸，流溪潺涓多锦鳞。

环野，驰千般春色，叠岭，抱一域氤氲。桃红笑绽夸文曲，梨白玉亭迓嘉宾。

至若，村烟袅袅弥漫岫岭，山肴青青举献异珍。润土茂松，葱郁婆娑呈昌隆富丽盛景，灰墙黛瓦，祥和安静住勤劳善良村民。淳化千家乡音厚实，朴生百姓笑语盈屯。

先辈贤达，挥汗垒石拓梯田，心志轩昂。今人刻苦，勠力致富用科技，豪情乾坤。

沿路花草，色彩莹秀舒隽美。满沟瑞气，明澈通透闪缤纷。

当得晴天丽日，簇花堆雪，乘风把酒，斗笔酣墨，书雅文炫歌。快趁水木清华，蜃境天赐，雍容欢怡，中国梦正新！

正是：

　　吕王轿顶秀山川，衍息经营不计年。
　　岭岗堆花多炫目，柞林藏鸟细流泉。
　　勤劳致富称能手，浴汗耕耘著劲篇。
　　浩荡风来春乍起，江山多彩日高悬。

弥陀寺赋

岭绕三道，水聚一湾，路随山高向阳。松柞林静，花岗岩墀，弥陀禅寺鎏光。拾阶前谒，见南海观音端怡妆迎。拔步复趋，有大雄宝顶突兀齐昂。再进百级，矗卧佛殿恢宏朗耀。谨循雉道，隐藏经阁飞纹华煌。重檐斗拱，金碧辉煌。香火上汉，钹磬惊堂。梵音悦耳，钟鼓萦响。凌深构结，尽显严庄。晋参大雄宝殿，高坐如来佛祖。慧眼微眯，见世上仍有贪瞋痴慢愚惑。慈心悲悯，度人间哪多苦海挣扎荒凉。

虽拥荣乐，每享尽忧愁立至。还入奢门，当限来风烟散场。
予求正觉圆满，幸达极乐天堂。左右天王怒目，忿尘中四魔
猖獗。环周罗汉湛思，悟丘冢六道轮殇。法器高悬，镇刹悖
声恶念。佛号悠廓，消除邪行躁狂。登宗院兮，潜生种善
根，修净土，出世宏愿。听禅偈兮，顿感执常相，好名闻，
自身毁伤。抚躬纲维，守兹清律。虽庶俗钝根，亦不致望洋！

正是：

> 经语青灯度众生，天风鼓起播昌明。
> 精求法藏慈航驾，冥赜深教善念耕。
> 安恕谦容扬祖偈，知因识果释迦情。
> 抽身涂辙凡心殛，古寺袈裟遂世行。

卢秉迅（1949.7—），辽宁省大石桥人，营口市诗词学会会员。

石圣茂二首

营口风光

> 依山面水卧龙旁，景色宜人花草芳。
> 夏至熏风游别处，冬来寒雪化温塘。
> 危峰古刹香烟绕，林海苍松瑞气扬。
> 汽笛声声舟唱脆，豪轮对对向遥乡。

营口抒怀

濒临沧海有华船，经济腾飞著美笺。
林立厂区凤凰聚，金镏广告彩光宣。
往来簇簇如星烁，迎送匆匆似鸟翩。
最是云闲山水日，佳肴口福赛神仙。

石圣茂（1952.11—），河北省新河人，河北省诗词学会会员。

田力耕四首

盖州沿途见农家田园风景

一

重阳风送爽，菊艳有余香。
满目三秋景，悠悠入画廊。

二

秋山菊正黄，红果溢芳香。
鱼跃池塘里，鸡寻稻粒忙。

望儿山

碧海千帆尽，娇儿望不归。
年年峭岩上，浪涌白鸥飞。

盖州钟鼓楼

拔地飞檐挂彩云，扶墙倍感古楼珍。
山环翠柳青苔路，海抱莲台香火尘。
吴玉不知风雨老，古城岂为旧伤贫。
凭栏眺望登临处，岭树重重尽是人。

田力耕，诗人，中华诗词学会常务理事，学术部办公室主任。

田凤兰二首

望儿山感赋

重阳伫立望儿山，慈母深情万古传。
远眺心如渤海浪，愁肠和泪泪难干。

盖州行

墩台顶上望乾坤，满眼繁华万象新。

仙岛深幽堪入画，赤山翠秀喜登临。

清河绿浪书奇志，瀚海波涛写壮魂。

胜迹萦怀多感慨，不辞常做盖州人。

　　田凤兰（1951—），女，生于北京，诗人。中华诗词学会常务理事，组联部副主任兼办公室主任，著有《凤兰辞》。

田友坤五首

咏锅峪

百泉飞瀑入云端，碧水多石锅状潭。

吟唱开怀山水美，如诗如画醉心田。

咏石门水库

五谷丰登保众生，飘香蔬果醉情浓。

一池碧水连秋梦，水库石门立首功。

音韵墨舞

音飞盐碱蓝天阔，韵上芦塘波浪掀。
墨展辽河如醉梦，舞翩渤海入桃源。

聚友回乡春游

还乡见柳溪，转至小桥西。
止步观泉涌，行林恋鸟啼。
田间芳草绿，宅内友宾齐。
疑是桃源处，心舒意更谜。

青龙山

危崖险岭望群岩，悦目清心壑细泉。
异草奇花争丽艳，苍松翠柏竞葱妍。
迷宫隧道机关破，寺庙禅堂经典传。
丰厚人文图画秀，韵声回荡入诗笺。

田友坤（1963.7—），女，辽宁省盖州人，诗词爱好者。

田玉岗二首

江城子·壬寅新春感怀

乐逢飞雪迎虎年，锣鼓喧，彩灯旋。禁燃烟火，蟠龙少云烟。翁妪无忌舒彩扇，广场舞，扭歌酣。　　恨岁月风霜摧残，换朱颜，少欣欢。远离笙歌，对墨赋闲篇。难效廉颇不服老，夺心志，奈何天。

念奴娇·礅台怀古

礅台寂寥，观渤海，阅尽沧桑烟云。古台残缺尘埃尽，引来游子登临。极目远眺，海天一色，鸥帆相戏寻。山河依旧，倾倒几多朝门。　　辽东逐鹿挥干戈，望胡马飞蹄，蔽日沙尘。青石关，松冈血染惊魂。吊古抚今，问谁主沉浮？华夏子孙。东观苍山巍峨，如黛雄浑。

田玉岗（1945.11—），辽宁省大石桥人，诗词爱好者。

边郁忠四首

登营口西炮台杂咏

一

夕阳旧塞抱蒿莱，襟海关河斗大台。
寒碧无边风乍起，登临时动浩然哀。

二

兵火余灰废垒空，当年炮断卧秋风。
碱蓬红拥残墙祭，不吊英雄吊鬼雄。

三

剥土磨苔认旧痕，无声铸铁亦忠魂。
游人每倚炮台望，便作啸歌惊海门。

四

又见东瀛泛海尘，百年甲午痛犹新。
炮台残尽雄威在，不屈红羊劫后身。

边郁忠（1956.12—），吉林省吉林市人，号牧野。中华诗词学会会员，吉林省诗词学会原副会长，关东十三友成员。

朱彦五首

登西炮台

秋风又起稻花香，邀我登台看大江。
一片白云遮不住，滔滔大海是家乡。

谒弥陀寺

新山红上叶，落日半江流。
风响烟雨石，云登钟鼓楼。

连边看天海，归路走羊牛。
地远无人诵，禅声咂作秋。

注：寺在汤池，鸟声即禅声也。

三道岭水库

平湖平处看天工，天上白云皆网中。
两岸青峰凭棹起，半坡新叶带潮红。
人来可以江头咏，鸟去还怜山色空。
美景当前呼作酒，一瓢为我醉秋风。

金牛山

问你尘封几岁多，半床燧火看刀磨。
怀沙一粒为思远，拾级千寻好作歌。
大石洞藏天底事，小山碰起海中波。
我来不做方寸讨，只向烟霞垂钓梭。

沁园春·登青石关

危亦高乎！山势东来，西枕波涛。抱半坡蓬荜，三秋枯塚；一声蝉唱，几树霜霄。青石当年，红颜何处，舞乱英姿十二刀。情犹在，被东风磨尽，栩栩丰标。　雄关一望昭昭，可闻那，晨铮与暮箫。向黄粮堆远，忘怀千古；高丽城外，笑指三辽。眼底江山，额头岁月，一笔挥来万象高。春又也，待沈公重到，续写风骚。

注：沈公，沈延毅题字"古青石关"。

朱彦（1956.12—），辽宁省大石桥人。中华诗词学会会员，关东十三友成员。

朱永良五首

游镜湖

雨打湖边柳，风摇水上楼。
鸟鸣幽静处，花艳竞营州。

游镜湖

湖边看柳风姿秀，桥下观鱼漾水粼。
游客神怡幽静处，踏歌起舞伴知音。

营 口

河海潮汐帆满营，漫天鸟浪问涛声。
通衢大港融寰宇，古蕴丰盈百岁城。

春游镜湖公园

冰雪消融水碧滢，槐杨吐绿柳枝青。
塔桥映日湖垂影，春色满园百鸟鸣。

澄湖春游

柳絮纷飞莺曼舞，澄湖浪漾水漪涟。
琴台歌榭悠扬曲，荡艇游人赋雅娴。

朱永良（1947.11—），辽宁省营口市人，辽宁省诗词学会会员。

朱永岁一首

游营口市辽河老街

时空穿越百年前，商埠繁华口岸先。
胜迹未遑收眼界，诗潮已欲涌心田。
瑞昌成内丝绸盛，兴茂福中茶叶鲜。
世事沧桑谁可料？欣看旧貌易新天。

朱永岁（1966.11—），江苏省淮安人。中国楹联协会会员、江苏省诗词学会会员。

朱春华一首

营口古炮台

随潮听浪怒拍沙，残炮雄姿犹待发。

罪入疮痍仇入骨，慑敌寒铁照红霞。

朱春华（1973.3—），网名景歆，上海市浦东人，上海市诗词学会会员。

朱雅丽五首

建一万年松

根守三分土，枝撑一片天。

经霜颜不改，历雨志犹坚。

乱蝶难为客，飞鸿常比肩。

乐吟春故事，岁岁有新篇。

清平乐·游石棚

田禾杂草，犹向棚边老。石上风痕啼雀鸟，更被谁人惊了。　问君何处而来，谜团何日能开。历尽兴亡依旧，不过点点烟埃。

南乡子·鲅鱼圈山海广场

小蟹戏沙滩，几只闲鸥弄水欢。公主想来无所事，悠然，手捧明珠惬意观。　心逐浪花翩，数载沧桑梦一般。极目烟波舟四五，扬帆，争向蓬莱画里边。

注：公主为鲅鱼公主雕像。

西江月·营口西炮台

铁胆高阶独立，硝烟故垒深埋。百年荣辱化尘埃，难忘是非成败。　款步沧桑古炮，轻扶浸血残台。涛声阵阵入心怀，潮去英魂何在？

水调歌头·蟠龙山

向晚欲何处？惬意步龙山。花香十里相伴，莺燕往来欢。时见闲云数朵，斜倚红亭绿树，醉眼向斑斓。歌起喷泉沸，舞劲彩灯旋。　战国迹，民国史，此时园。回眸百载兴废，血汗汇成篇。且听陵松墓柏，犹念前尘今世，又在话当年。雨泣一英烈，风诵几先贤。

朱雅丽（1970.3 —），女，辽宁省大石桥人，中华诗词学会会员。

匡扶四首

一苇先生召饮分韵得风字

小子文书消夜永，先生杖履驻春风。
因循未索三年艾，谈笑真成一代雄。
流光黯黯吟诗苦，故国仇雠上酒红。
底事清明看又过，杜鹃啼不到空同。

注：一苇先生，刘德成，字话民，号一苇，盖州芦屯人，诗人，曾任冯庸大学教授，著有《一苇轩诗剩》《一苇轩词话》等。

感逝王兆林先生

忆我受书来古邑，随人犹及拜先生。
一经老守真何益，毕世难求不尽名。
汲水管宁能化俗，罢官彭泽但躬耕。
友陶轩外重回首，料峭春寒泪欲倾。

注：王兆林先生，王郁云，字兆林，盖州人，清末举人，诗人。

东渡前一日偕公眉、培之小饮西园桃花盛开

行行犹及惜芳菲，莫向樽前感逝晖。
开落年年同此恨，去留处处等无归。
浮生大梦应参否，渡海诗心欲语非。
往事如烟那可说，回头身世两相违。

谨祝《辰州》创刊

乡关云雾总牵情，远客人怜白发增。
海富渔盐尊世业，山饶蚕柞助经营。
弦歌久被今尤盛，才杰代超事竟成。
闻说辰州开巨制，累予飞梦几回程。

匡扶（1911—1996），辽宁省盖州人，西北师范大学中文系教授，诗人。

闫丽华五首

题玉石水库

沙洲雨过草初黄，白鹭翩翩云影长。
三五钓翁闲坐久，辽天秋水共斜阳。

山　中

行行不觉远，薄暮入山深。
溪水岭头月，松风涧下琴。
鹊归喧古木，蝉息隐疏林。
谁解同游乐，悠然共此心。

洼　岭

直上高崖风满襟，无边爽气集秋林。
白云飞作漫天絮，雏菊开如一地金。
山色醉人元亮酒，泉声落涧伯牙琴。
黄莺紫蝶谷中乐，美景何须方外寻。

初春游北海

行来湿气渐侵衣，尝慕浮槎访钓矶。
雪缀荒滩崖蓄势，冰封浊浪海藏威。
知时弱柳含情舞，结伴轻鸥惬意飞。
遥望苍茫云起处，东风正逐大潮归。

秋游雪帽山

支筇蹑屐逐山光，翠嶂横霞一带长。
木叶未霜添冷色，黄花着意送秋香。
坐深潭影白云过，吟浅溪流古涧凉。
为有登高增骨气，还凭拙笔费诗章。

闫丽华（1970.11—），女，辽宁省营口市鲅鱼圈人，中华诗词学会会员。

闫声显二首

小重山·立夏

草长莺飞今立夏。杏花一夜绽，满枝杈。奇葩逸丽热风迓，春意在，田野美如画。　　人老莫惊讶。自因头染雪，显潇洒。旧俗农务早更化，乡在变，萦万缕牵挂。

万年欢慢·母亲湖

暮色苍茫，看望儿山峻，暧舞霓裳。浓绿林禾，淹遮农户村庄。姹紫嫣红菡萏，绿叶衬，妩媚盈塘。斜阳照，湖静波平，映出万道金光。　　茶余饭后湖畔，众多人聚，笑语徜徉。半老徐娘群舞，歌曲飞扬。小径浓荫僻处，步徐行，倩影成双。凉亭里，欢唱高歌，吟盛时繁昌。

闫声显（1952.1—），辽宁省营口市鲅鱼圈人，营口市诗词学会会员。

江海峰三首

登营口市西炮台感怀

登临放目忆当年，甲午烽烟旧耻寒。
火炮含冤非不力，钢碉忍恨尚犹坚。

赔银割地强凌弱，昏政贪官国丧权。
华夏全民须尝胆，振兴中国愤争先。

行香子·辽河颂歌

日寇横行，民不聊生，风云急，辽水哀鸣。共赴国难，志士请缨。正枪声密，炮声紧，杀声惊。　今朝营川，海晏河清。岂能忘先烈豪情。先怀天下，荒塚无声，仰不图功，不图利，不图名。

望海潮·青石关览胜

辽南名胜，危哉青石，辰州北峙雄关。东接翠峦，西临獬口，深峡岂劈其间。强马仍难翻。壮兵仰愁越，天堑森严。史载唐王，靖边达此慰劳旋。　今朝路拓平川。喜干戈稳定，商旅荣繁。车快骑忙，身轻步健，欢声笑语频传。来去竞争先。共乐升平世，佳景连年。莫毁狼烟旧迹，留教后生看。

江海峰（1928.6—），辽宁省大石桥人，中华诗词学会会员。

孙伟五首

石棚山

棚岸山风夜未寒，仙坛巨石月初圆。
一泓烟雨三千里，不似人间几岁年。

青龙山

山色苍然碧玉环，云霄人静水流潺。
二龙松翠峰高处，善结仙缘自有闲。

望儿山

慈母望儿屹顶巅，舟行奔考径罗年。
千秋佳话流无尽，孝德恢宏百世传。

仙人岛

仙岛茫茫碧水间，八间云淡自悠闲。
春风吹雨千寻路，岚壁望舒渤海湾。

温 泉

清润温泉有碧天，月明人静志臻眠。
乡愁如梦逊春柳，贵在熊州越岁年。

孙伟（1955.3—），辽宁省营口市鲅鱼圈人，营口市诗词学会会员。

孙 立 明 五 首

龙抬头

辽南角宿升，河海巨龙腾。
芽破千枝柳，河开万丈冰。
晴空风煦煦，原野日蒸蒸。
遥望南来雁，春添营口城。

采野菜

初夏山沟雨后晴，奇株野菜地频生。
弯腰觅宝筐中货，伸手加餐碗里羹。
吃叶嚼根添口味，消炎解腻益心情。
农家自有仙人福，药食同源气血盈。

观鸟浪

候鸟栖河口，海天一片蓝。
翻飞风卷雪，炫舞浪翔天。
碧水逐沙岸，红霞映苇滩。
流连观景客，惊叹赞奇观。

水调歌头·图画

游岳顶临峭，放眼镜中宽。谁铺美丽宏图?一揽到襟前。携手白云日月，俯瞰山城新貌，如天上人间。惊叹画中美景，紫气绕群峦。　　清波涌，群山翠，九龙欢。西原东峻，家乡无处不新颜。镁都高楼林立。南北车流川越，最幸福家园。再展新图卷，更漂亮河山。

沁园春·故乡

辽滨蟠龙，人杰地灵，平安吉祥。赏家乡美景，山水如画，三山耸立，古韵流芳。东岳群峦，西原稻浪，镁都佳名誉四方。　　凝眸处，乃天然宝藏，鱼米之乡。镁城如此辉煌。是今日，全民奔小康。看家园锦绣，清风和畅，文明生态，硕果飘香。车水马龙，高楼林立，百业发达最宜商。宏图绘，愿家乡景色，独领风光。

孙立明（1958.2—），辽宁省大石桥人，诗人，作家。

孙守金四首

黄丫口

曲径沿泉生，双鹏深树鸣。
惊闻一犬吠，花盛掩门庭。

吕公眉

矮庐卧体不煌煌，劫后余生岁月长。
风雨几摧犹未悔，诗人有骨自轩昂。

诗乡大石桥

吟哦绝妙宋唐韵，随手拈来李杜风。
诗赞地灵人杰处，吾乡放眼起长虹。

金牛山怀古

目迷渤海观潮涌，一梦金牛跃大千。
古洞春秋追远事，小村星火继前烟。
风刀石斧开边地，雪陌寒薪思老猿。
问祖拜山八面客，馨香祷祝史昭然。

孙守金（1939.8—），辽宁省大石桥人，诗人，作家，书法家。

孙金龙一首

壬寅秋再游转山湖

四山皆翠黛，故里感秋凉。
水泛红鱼跃，荷开粉朵香。
湖中涵倒影，坝上绽群芳。
无限风光好，催诗入锦囊。

孙金龙（1965—），辽宁省盖州人，书法家。

孙国尊六首

望儿山组诗

赶　考
扁舟波浪里，泪眼渐模糊。
渔帆沧海粟，雁叫一声无。

用　功
慈母辛酸苦，盼儿人上人。
穿梭追冷月，织网赶来辰。
夜读星河坠，疾书砚海痕。
只为殿前试，衣锦奉晨昏。

思　儿

案头空荡荡，笔墨见尘埃。
紫燕啄窗纸，阿黄添砚台。
月余无尺素，年满费疑猜。
夜夜肝肠碎，三更浊浪排。

梦　儿

夜阑思绪乱，忽觉宝儿归。
玉带横腰束，冠缨顺耳垂。
亲朋齐贺喜，慈母最开怀。
冷汗布衾湿，凌花色更衰。

望　儿

水漫三千里，山登百丈高。
归帆垂暮落，白发海风飘。
鸥旋眼中箭，鱼翔心上刀。
孤身化奇石，泪尽涌波涛。

魂　归

当年浪里正沉浮，幸得官船脱激流。
大木鞍前酬壮志，台湾岛上践鸿猷。
望儿山远穿秋水，望母崖高眺盖州。

恨海违心半残璧，祈天着意满金瓯。

明朝归去还娘愿，雁阵鸣春我为头。

注：大木即郑成功。

孙国尊（1962.12—），辽宁省北镇人，中华诗词学会会员。

孙保恒三首

过路营口

高楼栉比结天云，满眼碧池无际垠。

秋苇扬花如雪落，飞空丹鹤自成群。

楞严寺公园

锦园甫入叹惊神，湖柳摇枝逗鲤鳞。

圃菊散香闻者醉，秋风吹浪洗霜晨。

营　口

浅池方堰望盐滩，盘古金牛卧洞边。

芦苇飞花随鹤舞，海河浴场见鸥旋。

巨轮稳泊龙宫侧，大厦高邻桂月巅。
净宇霞空红映日，春歌万里颂辽天。

孙保恒（1938.8—），辽宁省盖州人，中华诗词学会会员。

孙荣途五首

西炮台怀古

故垒遗陈事，岿然立岸边。
弹痕记悲壮，炮口怒冲天。
滚滚辽河吼，滔滔渤海翻。
如说百年史，警示代相传。

题楞严寺公园

塔高名刹古，鸣鸟假山奇。
广场笙歌舞，荷塘杨柳依。
廊桥浮碧水，画舫动涟漪。
四季花如锦，瑶池犹可栖。

金牛山怀古

西田山上路横斜，万木葱茏野草花。
老洞探幽寻古迹，新厅访胜觅奇葩。
犀牛脚下顾身影，灰烬坑旁是老家。
眺望河川今念古，地球早有大中华。

咏葵花小镇

昔时污水草杂生，今化莲池耀眼明。
菡萏香飘鸣紫燕，柳枝翠拂唱黄莺。
一川玉黍随风摆，十里葵花向日倾。
生态宜居新面貌，小康村落画图屏。

题盖州青峰阙山庄

锅峪山深溪水长，梦萦仙境谷中藏。
石街曲径通幽处，黛瓦粉墙来歆乡。
馆览珍奇开慧眼，窖陈老酒散醇香。
君游圣地寻佳景，最是桃源世外庄。

孙荣途（1948.11—），辽宁省营口市人，中华诗词学会会员。

孙荣海五首

家乡镁都赞

镁都盛业贯神州，城影奇勋浮蜃楼。
诗赋丹青飞雅韵，笙歌翰墨绘春秋。

情爱漫黄丫

漫山璀璨杜鹃红，花海芬芳馥郁浓。
数载沧桑幽雅韵，今朝梦幻染层峰。

迷镇山庙会感怀

祥云飞挂映游彩，御气蒸腾迷镇声。
古殿三霄群聚拜，香炉双厥众喧迎。
今朝商贾纷纭集，异域儒臣浩荡惊。
盛世风流浮海郡，芳辰贤俊涌山城。

家乡名胜赞

金牛辉映蟠龙景，迷镇香烟飞絮清。
轿顶苍松岚翠润，唐王河水涧流明。
黄丫璀璨杜鹃伴，灵隐逍遥仙鹤惊。
盛业鸿开千古迹，百年弄影爱新城。

明湖广场

明湖广幕浮云渡，环绕潇湘倒影移。
日映风帆迎众卉，含烟雾雨漾柔姿。
亚洲举目首推景，渤海扬眉有幸知。
幻境鸟翔腾紫气，随缘鱼聚耀清池。

孙荣海（1947.11—），辽宁省大石桥人，营口市诗词学会会员。

孙临清五首

夏日辽南山区道上

深山渐入翠浓笼，鸡犬人家半隐踪。
朝雨潇潇初歇后，湿云低压露奇峰。

癸卯仲夏谒吊蒋荫棠先生墓

崎岖石径客探纷，野草山花气自芬。
一束生刍碑侧荐，诗心来吊布衣坟。

注：蒋荫棠，著名爱国歌曲《苏武牧羊》歌词作者，辽宁盖州市矿洞沟乡人。

癸卯端阳次日仙人岛海滨即事

水天一色望无垠，岸泊轻车密似鳞。
兔岛曾传驻仙迹，墩台尚可忆烟尘。
观潮岂有扬帆意，拾蛤偏怜赶海人。
漫仵滩头风猎猎，数声渔笛送斜曛。

癸卯暮春登鹤阳山莲花观

庙宇倚山陡，白云萦绕闲。
鹤飞缥缈外，犬吠翠微间。
素井无尘垢，疏钟远市寰。
桃花犹未落，红补旧残垣。

临江仙·壬寅盛夏访青峰阙山庄

幽谷荫浓消溽暑，青峰四面蝉声。泠泠深涧板桥横。纷纷裙屐至，塞外访蓬瀛。　　油伞疑擎南国雨，谁家翠袖娉婷。粉墙小巷石街行。倚门才看远，团扇画楼凭。

孙临清（1944.3—），辽宁省盖州人，中华诗词学会会员，中华诗词学会教育培训中心高级研修班导师。

孙喻奇一首

观营口西炮台遗址感赋

辽河入海卷狂澜，壁垒雄关势屹然。
慈禧庆生兴土木，兵营失陷化尘烟。
断垣依旧留遗恨，碧血于今染长滩。
陈迹斑斑铭愤耻，凝魂运气控弓弦。

孙喻奇（1949.6 —），辽宁省大连人，中华诗词学会会员。

刘士俊一首

沁园春·大辽河

半岛辽东，一带银川，九曲浪腾。集八方云水，直驱浩瀚；千秋气象，尽造恢宏。荡却尘埃，漂来星月，跃影浮光映柳城。舒望眼，醉群帆争渡，悦耳鸥鸣。　苍茫岁月峥嵘，怎禁得当年梦里惊。叹辽河湾处，丛生鬼蜮；没沟营里，血染渔灯。怒火冲天，东风助势，社鼠城狐一扫平。逢开霁，喜笛声远引，辽水新声。

刘士俊（1943.1—），辽宁省盖州人。中华诗词学会会员。

刘丰田三首

游营口西炮台

战垒巍然护国门，纷飞弹雨寇销魂。
一腔怒火彤云冷，万顷惊涛碧血温。
勇将筹谋惊敌胆，雄兵殉难报亲恩。
登台警醒游人梦，莫忘当年浩气存！

大辽河入海口有思

千里奔流竟，波涛入浩茫。
一堤巍作岸，九派森成洋。
目尽渔帆去，心随游艇航。
浑河经此别，是否忆家乡？

浣溪沙·过辽河口大桥

十里长虹亘碧天，钢丝斜拉若琴弦。谁弹一曲九霄间。　桩打滔滔风浪里，车行浩浩海潮前。桥工智慧世称先！

刘丰田（1949.4—），辽宁省抚顺人。营口市诗词学会会员。

刘生礼五首

过故厂旧址

趋步车旁不忍看，离人别雀各纷然。
石墙苔渍叠痕老，尝锁春风四十年。

山　中

八十翁婆住小村，知山乐水足晨昏。
半谙世事原生态，长贮林泉旧梦痕。
惊有远朋临草舍，愧无兼味到盘飧。
霜风菊酿催霞落，犬卧鸡回静候门。

游小石棚洼岭

觅境何须羡大川，东皋洼岭足堪怜。
名微未改原生貌，地僻偏逢造化缘。
路断石横云叠嶂，峰回水洌谷飞泉。
苍藤老树留清响，别是源头出洞天。

乙未秋登赤山

朝霞展绮五峰裁，亭阁嶙峋别境开。
万树秋声循北上，一山云气自东来。

屏尘落叶阶前舞，漱石飞泉脚底回。
峭壁凌空合称赤，霜风着意炫天台。

夜宿猫耳岭山家

群朋雅兴助清游，山里人家别韵留。
犬执愚衷声似怒，羔含稚趣态如羞。
峰峦落照争横牖，星斗晴霄竞展眸。
重拨童心不在酒，狂歌终夜乐何求。

刘生礼（1949.11—），辽宁省营口市鲅鱼圈人，中华诗词学会会员。

刘玉凡五首

猫儿岭

陡起如双耳，世惊猫岭雄。
晴岚浮翠嶂，危峭断飞鸿。
势隔三州界，神成鬼斧工。
盘桓凌绝顶，灝气遍冲融。

秋游小望海

情随秋兴至，慕访小村庄。
野阔林田秀，湖平鸥鹭翔。
钟亭留岁月，史馆溯沧桑。
风物与时美，更期明日妆。

阮郎归·游猫耳岭

群峰排闼倚长天，白云涌翠峦。涧溪深处听清泉，松风鸟语喧。　循幽径，缓盘桓，恍行罨画间。浮生难得此悠闲，飘然已若仙。

西江月·秋游小望海

天朗风轻野阔，枫红湖碧鸥翔。小村旧貌换新妆，赢得游人向往。　仰慕钟亭古韵，感怀岁月沧桑。百年村史馆中藏，欣看回龙在望。

满庭芳·青龙山

一脉青山，屏藩渤澥，逶迤雄峙蟠龙。亘延千古，锁钥扼辽东。纵是神仙妙笔，难描尽翠黛华浓。慕名久，寻幽览胜，意气正融融。　望峰峦叠嶂，泉飞涧谷，雀跃苍松。偶听得，云深几杵禅钟。叩谒喇嘛古洞，倏然似漫幻时空。惊回首，彤霞映彩，习习爽来风。

刘玉凡（1965.7—），女，辽宁省营口市鲅鱼圈人，中华诗词学会会员。

刘永君三首

石桥咏

辽水润牛山，蟠龙踞石关。
唐王驰远去，将士未相还。
青史勾深意，桥城写秀篇。
廉心承国运，沧海变桑田。

咏白鹭湖

心驰白鹭湖，诗意落珍珠。
踏景春风去，纷声绿水愉。
鱼肥蟹味美，荷秀果香殊。
长镜拍新景，风光满画图。

蝶恋花·杨运

大雪飘飘妆万树，寒意辽南，又忆当年路。热血男儿肩重务，从艰斗志将身付。　自出中原心疾恶，红色追承，生死同相赴。事迹流传家晓诉，长眠忠骨青山护。

刘永君（1969.12—），辽宁省盖州人，作家，辽宁省作家协会会员、营口市诗词学会会员。

刘庆瑞三首

赏油菜花

粉墙黛瓦古农家，流水苍山覆翠纱。
油菜鹅黄金罩地，夫妻同赏手牵丫。

候鸟回家

飞鸟长征返北家，到钻湖里品鱼虾。
鸳鸯戏水凫深泳，丹鹤鸣天立绿权。

营口望儿山母亲节

峰巅母眺西沧海，儿考无归火烤煎。
雷雨风寒唇抖颤，冰霜雪冷体蜿蜷。

雁经长啸声凄厉，人过低呻泪悯怜。
瞻仰慈尊人密聚，花围雕像敬娘贤。

刘庆瑞（1949.12—），辽宁省盖州人，中华诗词学会会员。

刘安如二首

春游鹤阳山

杏花零落李花香，携友驱车游鹤阳。
雾霭荡胸迷曲径，嶂峦入目隐红墙。
登巅下瞰村墟近，坐石西望沧海茫。
寻觅夏商遗址迹，残碑古井任徜徉。

盖州莲花观

隋唐道观建峰巅，渤海作邻闻浪喧。
几个黄鹂鸣暖树，诸多香客拜灵仙。
嵌山楼阁彩如画，绕雾乡村淡似烟。
乘鹤羽衣何处去，断崖依旧寺门偏。

刘安如（1952.7—），辽宁省盖州人，诗词爱好者。

刘成华五首

登西炮台

浪涌千堆雪，云连一色天。
芦花摇月夜，浦屿断风烟。
甲午声盈耳，楼船鼓入玄。
炮台虽寂寞，海盗几时眠？

辽河颂

九曲辽河水，高歌入海流。
闲鸥归古渡，野鹤宿芳洲。
浪涌云天落，沙平岛屿游。
因知江月老，不尽浩波酬。

游唐王桥

昔闻辽海水，今上帝王桥。
碧落星辰语，沧浪草木摇。
风来香满路，雨过翠生娇。
白马关山北，凭栏阅旧朝。

寒露随吟二首

一

辽河滚滚入营湾，玉露枫红满壑间。

东望蟠龙飘紫气，西来落马梦唐颜。

金牛燧火苍天老，迷镇经声碧水还。

逝者如斯惊暮岁，一壶浊酒鬓先斑。

二

九曲辽河落日斜，高歌入海展芳华。

观鸥搏浪翩翩舞，引鹤鸣洲款款夸。

古渡风樯吞水月，新桥绣幕接烟霞。

请听暮鼓钟声远，已映炮台芦荻花。

刘成华（1960.7—），辽宁省庄河人，诗人、作家、书法家。

刘品毅五首

聆听王充闾

营川出奇峰，突兀辽海中。

吟啸五岳罢，乡梓倡雅风。

营口入海口

千古辽河滚滚来，交汇渤海航路开。
天赋水道绾南北，地也如箕善聚财。

赠临清诗翁

辰州自古诗词盛，子瑞华春一脉承。
如今却看临清韵，霁月光风赞少陵。

贺柳韵诗社成立

草青花发晚春天，营口诗坛喜讯传。
柳韵风流今结社，辽河潮涌赋新篇。

黄丫口赞

举国开发建高楼，多少风景仿古秀。
原始生态何处是，大石桥市黄丫口。
山自巍峨泉自流，树自成荫石自瘦。
花香蝶舞恁烂漫，峰生岚烟云列岫。
壮志会当凌绝顶，脚踏三县读宇宙。
山下诗人山上仙，销尔胸中万古愁。

刘品毅（1963.4—），辽宁省营口市人。中华诗词学会会员。

刘连茂五首

龙潭寺

赤山碧水纪征东，驻跸贞观天子功。
御敕监修铭凯捷，祀兴民礼秉和同。
龙潭圣地三青峙，道教全真群塔崇。
遥望石人追果毅，见仁见智本维公。

赤　山

乾坤落定镇辽东，仓颉勘形山字同。
峻拔青峰钟赤日，清幽碧水映苍穹。
唐王驻跸恩威广，山夜临秋唱和丰。
鉴往开来犹感慨，白袍喜得爱英雄。

元贞观

古城名观肇辰州，妙构宫坛静宝麻。
纪史残碑铭道义，参天翠柏证春秋。
飞檐斗拱玄机薮，画栋雕梁高艺周。
礼奉三清尊上帝，辽东教化阐源流。

水调歌头·盖州北海

夙有连云志，端作壮心谋，兴致北溟灵地，击水阅风流。海浪奇雕礁岸，龙阙光开街畔，惬意看群伴。长卷无垠境，大美一满屏收。　　风云动，潮流激，道探求。鳌北龙门雨洗，星斗耀春秋。感慨庄周旷达，领略导师豪迈，不啻作心游，鹏展三千里，轫发九州头。

沁园春·世纪广场

胜地辽东，开发新区，城港海湾。领文明时代，风云世纪；恢宏场景，浪漫方圆。石柱参天，浮雕铭史，万古沧桑廿四观。碧霞麓，立凯旋门阙，壮阔坛坫。　　雄心创业攻难，同筚路群英开拓前。秉黄牛品格，躬耕奉献；骏骐意志，腾跃争先。林立高楼，集装盛港，百业兴隆商贸繁。如神话，正宏图鹏举，远志云天。

刘连茂（1952.3—），辽宁省盖州人。中华诗词学会会员。

刘连芳四首

石棚古庙

古云寺庙历沧桑，新日灵光斜夕阳。
阅尽春秋多少事，难忘岁月富强乡。

北海抒怀

岩溶地貌亿千年，礁石龙滩百里连。
心旷神怡游北海，霞飞光耀映波巅。
金城乞句八方景，铁笔书情万里船。
岛屿风光歌咏昶，栏台亭榭赋潮烟。

游雪帽山感怀

雪帽山高摩九天，风光无限搅云烟。
玉泉瀑布前川挂，铁塔悬车远岫牵。
曲径通幽天界路，禅房修道佛仙缘。
八方旅客三皇拜，十大名医百世传。

响水河公园

大嫁春光好，中情曙色妍。
古城多锦绣，花影伴神仙。

响水河清澈，流觞昼夜潺。
廊桥亭榭美，柳岸路灯前。
山海林泉镇，公园桃李天。
青龙吟毓秀，碧树绕苍烟。
西望帆樯近，南云岛屿连。
骚人歌此地，游子醉当年。
八景观其一，三生乐且先。

刘连芳（1958.12—），辽宁省盖州人，中华诗词学会会员，中国楹联学会会员。

刘孝时五首

观王充闾诗词于恩东书法捐赠展

先生风雅赋时辞，著作等身高远之。
书法名家挥笔赠，淋漓酣畅万言诗。

营口西炮台

仰视云天对海涛，炮声鸣响虎狼逃。
百年功史荣光赫，后世群情助浪高。

营口辽河入海口鸟浪

万里翱翔来此欢，浪花潮涌尽情观。
海天飞舞云遮月，妙曲轻歌鸣凤鸾。

营口植物园游

树荫浓密夏天长，炎热游人寻纳凉。
情侣亲朋甜蜜照，喳喳喜鹊柳枝忙。

今日营口民兴河

污浊昔时异味侵，鱼虾鸥鹭哑无音。
增加治理多投入，效果如何访鸟禽。

刘孝时（1955.9—），辽宁省营口市人，辽宁省诗词学会会员。

刘孝明三首

蟠龙山谒烈士陵园

石桥跃马啸长空，几度硝烟战甲红。
血溅淤泥王气里，肉搏圣水剑光中。
循踪细数登阶路，鉴史还闻破晓钟。
当日厮杀犹在耳，巍巍碑刻立蟠龙。

蟠龙山观景台临眺

笙歌隐在密林中，阶砌千层九曲登。
峰腹赏心人靓眼，树梢悦耳鸟啼风。
飞云远岫山朝北，迷镇清波水向东。
河畔石桥烟景好，琼楼座座卧仙宫。

蟠龙西眺怀古

蟠龙西眺逝波流，唐主挥鞭定此州。
地扩雄图征百战，山含虎气镇千秋。
寻淤故岸花园市，治水今朝河畔楼。
救驾白袍飞骑处，荫荫柳浪涌桥头。

刘孝明（1973.12—），辽宁省大石桥人，记者，诗人。

刘绍华一首

咏鲅鱼圈

辽东湾浪吻沙滩，山色映天丽影悬。
王子青龙岚岫覆，鲅鱼公主碧波牵。
马鲛腾戏水中物，兰棹驰行月下圈。
营口风光仙境处，怡情不舍欲流连。

注：王子青龙是指神话故事里龙王敖广的小儿子，鲅鱼公主的恋人。现称鲅鱼圈附近的青龙山。

刘绍华（1959.6—），辽宁省大连人，营口市诗词学会会员。

刘恩庆三首

庆祝纳兰建院五周年

银玲金鼓贺芳兰，漫舞吟诗不夜天。
美酒香茶偕俪句，高歌一路五周年！

梨花醉

置身梨苑赏春天，畅悦乡间大自然。
芳海馨风人已醉，秋实不远品甘甜。

营口辽河苑

千里荡波涛，奔流入海郊。
稻花飘两岸，渔火映通宵。
藻诱绒虾戏，蚶遭蟹甲撩。
清风迎旭日，绿柳唱春潮。
近水舫拨浪，高檐燕筑巢。
田园镶彩带，天堑架虹桥。

刘恩庆（1948.1—），辽宁省大石桥人，大石桥市诗词协会会员，大石桥市作家协会会员。

刘铁士五首

游雪帽山

适来新雨后，山色倍澄明。
素练悬空落，寒潭彻底清。
披云风籁响，悦耳涧溪鸣。
身已无尘渣，何须效濯缨。

观龙潭瀑布

拔地苍峰逼面横，岚光浮翠出云清。
百重泉自九霄落，万斛珠朝一涧倾。

飞泻龙潭喷雾雨，荡回崖壁动雷鸣。
奔豗势作惊涛吼，莫问前途平不平。

鹊鸣湖

一湖碧玉漾珠辉，芦雪纷纷野鸭肥。
轻款款迎人面落，扑棱棱掠水波飞。
山光秋色涵清影，菊径疏林绕四围。
羡煞滩头垂钓叟，悠然独坐已忘机。

偕采亭

回龙山抱一湾流，河那头连海那头。
岁老石亭侵碧藓，鹊鸣湖畔起沙鸥。
风情风物眼中秀，民俗民常史馆留。
生态长廊开画境，行来恍入小瀛洲。

临屏步村翁先生韵，草作烟筒山怀古一首

征鞭不负霸王名，壁垒难禁龙虎行。
刁斗无声荆草没，刀光消尽暮云平。
孤峰霜冷星河黯，高丽城森鬼气生。
千古兴亡犹在眼，开襟一笑付诗情。

刘铁士（1966.3—），辽宁省营口市鲅鱼圈人，诗词爱好者。

刘海艳五首

吕王大清河

晓看日出云水间，清河奔涌瀑飞帘。
蜿蜒玉带流千里，但赞源长不老泉。

初　雪

雨伴冰晶雪伴风，梨花又落小桥东。
夜来装扮龙山景，晓看银妆俱粉中。

山　村

四面青山围老舍，一湾碧水绕新村。
千年古树石阶掩，半是亭阁半是春。

冬日蟠龙山

风掠晴云眼底收，夕阳暮霭上梢头。
龙山亭阁平如画，霜雪林峦碎玉留。

辽河夜

白玉为栏云水平，海天接处夜珠明。
繁花绿柳遮幽径，新侣游人踏月行。

桥跨洪波菽稻秀，灯辉碧浪舸舟横。
营川千里繁华地，愿借长风驭巨鲸。

刘海艳（1970.12—），女，辽宁省大石桥人，诗人。

毕彩云五首

参观营口西炮台

心犹寂寂步沉沉，寻觅当年烈士魂。
散尽硝烟遗址在，斜阳芳草旧伤痕。

致友人

举目长空听雁鸣，辽河滚滚浪难平。
人生空有千年恨，世路能无万里程？
美酒深含情切切，清歌高唱骨铮铮。
重逢营口心相伴，大道通天任意行。

偕诸友游镜湖公园

湖光似镜映层楼，身影婀娜曲径幽。
绿水之中歌与泪，古城以外夏和秋。
何如沉醉何如梦，几许欢欣几许愁。
岁月无情人易老，谁能千古竞风流？

参拜楞严禅寺

虔诚叩拜佛灯明，问佛何时路转平？
近日经文常默念，远方朋友正相迎。
法轮一转原非梦，梵呗千思即是情。
我伴香烟谁伴我？谁人与我共来生？

虞美人·在辽河岸上

　　风摇游艇涛声起，水在歌声里。为君祈祷为君忧，多少辽河故事世间留。　　东流入海流千载，总有源头在。依依离别叹红尘，都是如今天下有情人。

毕彩云（1950—），女，辽宁省葫芦岛人，中华诗词学会会员。

曲长平二首

西炮台抒怀

春风不息燕归来，玉蕊羞红落炮台。
远递氤氲青黛色，几经缱绻紫霞槐。
黄沙漫卷听箫鼓，古道空留掩尽哀。
辗转红尘魂几许，流年点缀等梅开。

水龙吟·春游辽河

　　烟波浩渺氤氲布，晨雾将明云秀。旭阳破晓，霞光照影，渡桥送柳。莺啭林山，挂帆引棹，风弹浪奏。恰逢春风至，桃红引领，笛声脆，蒹葭厚。　　碧水东流依旧。念曾经，谁能不朽。行程短暂，渔歌相伴，频频回首。鸥鹭翔鸢，渚清沙白，可怜荷藕。悯天涯倦客，浮萍漂泊，身形消瘦。

　　曲长平（1973.5—），女，辽宁省营口人，山西省诗词协会会员、作家。

曲家新五首

石棚古迹

花岗巨石砌辽东，上下千年风雨中。
犹记儿时常驻足，仙人何去问西风。

步韵高鼎村居
——散步熊岳河岸观群翁放风筝有感

堤草初萌关外天，风催柳色绿生烟。
老翁相聚曈曈日，各向河西竞纸鸢。

春日垂钓石门水库

雨过水蒙蒙，云摇山欲风。

入眸新树绿，倒影野花红。

草色环松径，溪烟醉笠翁。

瑶池谁借得，自在此情中。

春游望儿山

疏斜凌雪问天开，剪剪东风春意来。

未得清音思雅士，只听欢笑闹儿孩。

三年囧态前时去，一界柔情今日栽。

斑鬓欲穷千里目，曦霞拾韵上高台。

赞我大辽河

看我辽河醉画屏，漪流泛艳草青青。

春风十里花千树，夏霭一池霞半亭。

秋振渔竿身体健，冬行步道志心宁。

时分四季常奇妙，各有嘉宾会雅庭。

曲家新（1963.9—），辽宁省盖州人，中华诗词学会会员。

许晓冬一首

赞营口

营口风光数不完，老街遗址不曾残。
游人似织年年迓，经济如潮处处抟。
临海晨曦赢热爱，大城新貌叙清欢。
春秋岁月繁华度，适逸民居誉美冠。

许晓冬（1974.11—），浙江省绍兴人，浙江省诗词学会会员。

安金丽五首

卜算子·唐王河咏叹

垂柳岸边生，草地花增俏。漫撒金黄亦有别，小巧蓝花傲。　赏景唐王河，沐雨犹欢笑。燕雀时鸣三两声，曲美清音妙。

鹧鸪天·采野菜

挚友同行野味寻，荆棘藤蔓挂衣襟。灵蛇穿径身前过，喜鹊登枝头上吟。　熏日暖，汗流涔，小河流淌谷愔愔。弯腰撷取山林趣，他日餐桌共酒斟。

.

鹧鸪天·采槐花

玉朵含羞吟阙香，玲珑小刺护娇庞。清风拂蕊飞云瀑，细雨滋花绕锦廊。　撷新趣，采余芳，摘花入宴共君尝。自然馈赠添诗韵，把盏敲词赋雅章。

青玉案·枫林赞

枫林秋色缘何叹？举目望，惊鸿漫。献吻金风羞客面，绛衣霜赠，粉腮红遍，堪比相思恋。　大千世界迷君眼，微妙红尘醉痴汉。莫问闲愁休黛怨。玉生泉涧，鏊松为伴，幽境人皆赞。

沁园春·唐王河抒怀

走进石桥，满目繁华，治市有方。忆淤泥河畔，唐王醉酒，波涛澜浪，勇士持缰。路遇贼人，敌军猛将。御驾亲征气势强。却难料，耐劲敌威猛，举止猖狂。　唐王虎落平阳。局势紧，焉能去硬扛。纵有不平意，犹思险阻，无畏猛进，又陷泥塘。恰在此时，白袍小将，亮戟银盔吓虎狼。贼人退，赞将军武救，千载名扬。

安金丽（1977.4—），女，辽宁省大石桥人，诗词作者。

汤卓五首

梦回绵延山

梦回乡梓望家山，峰顶绵延入碧天。
翠嶂层峦崖半隐，清溪曲径谷中穿。
林间雨后荣芳草，岗上春深蘦杜鹃。
遥看飞鹰频展翅，羁思老骥更加鞭。

暮春游猫耳岭

一群野雀啄苍苔，万只游蜂觅紫槐。
曲径枝横伸玉腕，山花情动鼓香腮。
青林暗恋清溪水，红袖斜依白石台。
仙雾幽幽迎客至，祥云朵朵踏峰来。

塔寺村秋色

晓日穿枝映玉霜，秋风扑蝶播花香。
群山环抱深潭水，万树平分曲石梁。
振羽云开鸿雁远，披衣浴出碧溪凉。
庚年也有丰收季，瓜果田园笑脸扬。

九月三十日蟠龙山祭烈士

秋叶微黄露草莹，晨风飒爽野禽惊。
蟠龙山上轻云绕，纪念碑前热泪倾。
先烈捐躯守疆土，后人感慰寄深情。
素荣几朵报佳讯，鼎盛中华步锦程。

秀龙公园

云淡秋深逛秀龙，草依僻道待身终。
斜阳残菊三千树，落叶青山独一枫。
宿鸟娇莺愁露白，游蜂浪蝶醉霜红。
可怜花处无春色，恐是冬来覆雪中。

汤卓（1974.8—），辽宁省盖州人，营口市诗词学会会员。

汤和伟五首

营口西炮台

临海巍然胜迹存，曾经御敌拒鲸吞。
旗扬辽水驱倭寇，炮震长天壮国魂。
软弱清廷丧胆气，英雄儿女转乾坤。
芦花落处新楼耸，莫忘东瀛恶浪奔！

望儿山

拔地凌云近海边，塔如慈母立崖巅。
痴心唯寄南飞雁，挚意偏寻北渡船。
久盼儿归儿不见，长期信至信无传。
来游多少异乡客，驻足思亲泪泫然。

赤山之歌

巍然并列五峰连，直上青云矗九天。
密密林中藏古寺，高高崖畔落清泉。
八潭六洞凭君赏，一塔廿亭引客怜。
更有唐王留史迹，石碑凯捷立千年。

仙人岛

青山碧海两宜人，秀丽风光绝世尘。
日历分明逢盛夏，届时确是觉阳春。
连绵十里槐花艳，挺拔千姿楼阁新。
今若八仙重聚此，倾杯更喜驻辽滨。

盖州皮影

暮色徐徐罩大荒，锣音阵阵动山梁。

村南火把龙灯舞，岭北人流雁队长。

十里欢声街口汇，千家笑语夜空扬。

乡民狂喜因何事？皮影开台第一场。

汤和伟（1938.9—），辽宁省盖州人，中华诗词学会会员，中华诗词学会教育培训中心高级研修班导师。

汤其武一首

沁园春 · 老轿顶

云海茫茫，雾霭蒙蒙，浩渺碧涛。展风姿神韵，巍峨壮丽；层林翠盖，钟秀妖娆。突兀蜿蜒，峰峦叠嶂，高入云端插汉霄。今登此，赏俏岩幽谷，倍显风骚。　迷人景色堪描，引无数游人兴致饶。喜新村初建，绀园别墅；清溪奔快，林海如潮。神逸心情，犹临仙境，恍若瑶池云上飘。休归早，看晚霞夕照，绚丽多娇。

汤其武（1926.4—2022.11），辽宁省大石桥人，中华诗词学会会员。

江承霞五首

农　家

白石围小院，绿柳立村前。
果树花千朵，清河水一湾。
推窗赏晓月，开门见青山。
羡此神仙境，远离尘嚣喧。

墩台怀古

盛夏墩台山，草长鸟雀喧。登高极目处，一线分海天。
巨轮踏浪来，惊涛急拍岸。手抚烽火台，思绪驰遥远。
当年征战起，生灵遭涂炭。铁骑纷沓来，狼烟冲霄汉。
曾经执耒手，被迫操刀剑。马嘶鼙鼓急，血染征袍寒。
白骨散不收，魂魄返家难。壮士没荒草，红装夜倚栏。
念此悲往昔，感慨逾万千。今我生何幸，盛世无刀兵。
国泰民安乐，歌舞庆升平。墩台留胜迹，悠悠千古情！

采桑子·猫耳岭记行

金风动处秋先觉，岁月匆匆，行色匆匆，一路风光图画中。　天知人意天晴好，如洗碧空，如洗心胸，万缕闲愁无影踪。

双调忆江南·望儿山

多少泪，洒落在山巅。数尽千帆人不见，望穿双眼子未还。海上烟波寒。　　凄美极，佳话古今传。飞鸟倦栖松树上，行人指点旧痕前。凭吊自年年。

水调歌头·仙人岛记行

漫步仙人岛，何处觅仙人，八仙过海，传说曾经此登临。遍问渔人舟子，可有神仙遗迹？人笑我痴心。此事有还未，何必太当真。　　君不见，春光好，怡人心。槐花如雪，香气阵阵扑衣襟。更有红楼绿草，盛世欣逢美景，人即是仙神。满饮杯中酒，共醉有余春。

江承霞（1946.8—），女，辽宁省营口市鲅鱼圈人。中华诗词学会会员。

那 德 威 三 首

赞营口历史名人焦和生

成名一榜满乡惊，走马京师赴宦程。
指剑临风忧殿野，放歌纵酒论明清。

琼崖减税休民怨，楚水遗风奋笔情。

本是吾乡贫困子，汗青一页刻英名。

注：焦和生，盖州市归州镇归州村人。乾隆二十三年进士。

听营口市公安干警先进事迹有感

融尽寒冰唤醒春，投身从警自艰辛。

征衣曾染邀功血，鞍马未消劳顿尘。

月近花香无暇顾，庭深母老少殷勤。

妻儿莫误心肠冷，瘟疫频末又扰民。

鹧鸪天·聚友白沙湾

收罢垂杆闲种瓜，临河傍海巧安家。一堤垂柳帘前客，半海烟云窗上花。　　招旧友，聚青沙，手拍鱼篓伴琵琶。船前何味酬宾客，小蟹生尝胜酒茶。

那德威（1947.1—），满族，辽宁省盖州人，诗词爱好者。

关兴元五首

观宝林寺龙泉亭有作

小亭新起绿荫丛，夺目楹联赏两工。
雅句引人思淡远，劲书留客看蛇龙。
一泓圣水添双璧，几朵祥云落九重。
禅院钟声传渺渺，清泉煮茗品从容。

盖州钟鼓楼重修为赋

故垒沧桑六百秋，残垣断壁亦堪游。
金戈铁马渔樵话，海抱山环形胜留。
琼宇繁华新崛起，老城古朴恰重修。
闲登钟鼓楼头倚，明巷清街漫放眸。

游盖州铁塔山

龙山突兀傍清河，撩惹乡愁忆逝波。
蜡庙三楹曾击壤，金刚八面欲降魔。
莲花座上霓霞绕，疏影林间燕雀歌。
古塔崚嶒青似铁，携将银杏向天摩。

游万福圣水寺

山乡菊月画中行，阳谷禅林雾霭清。
泉水弹琴萌雅兴，寺钟入耳净凡情。
秋深鸦影增寒色，风动松涛起壮声。
群叟登高生古意，摩天石浒眺沧溟。

兔年赞营川

金虎扬威啸壮声，霞帔玉兔靓新程。
锤镰旗举迎春展，才俊心凝踔厉行。
辽水朝宗何浩渺，赤山映日更峥嵘。
人民至上初衷铸，国祚绵长万古情。

关兴元（1942.7—），辽宁省盖州人，中华诗词学会会员。

阮民顺一首

营口欢迎您

先人遗迹址金牛，绵续文明万载秋。
赞昔关东拓商地，诵今渤畔领航舟。
繁荣口岸骄姿展，绮丽景区芳魅收。
雄傲辽湾佳誉倍，仙山圣水盼君游。

阮民顺（1969.11—），吉林省长春人，吉林省诗词学会会员。

吕波五首

圣水禅寺

危崖耸立势凌空，佛院幽深翠柏中。
普度众生施法力，尘心净处紫烟萦。

慈航寺

金碧辉煌立百年，背依秀美老青山。
佛堂寺院晨钟鼓，香客僧人正坐禅。

石门水库

万仞千山十里潭，澄清玉镜映霞天。
蓑翁含笑抛愁去，一线长竿钓赋闲。

猫耳岭

峭壁巉岩耸岭巅，峰如猫耳雾云端。
徐登仄径二三步，画蕴蓝天碧野间。

雪帽山

四季银峰雪帽山，神奇八景美名传。
松涛涧水声盈耳，总把诗情送笔端。

吕波（1955.9—），辽宁省盖州人，中华诗词学会会员。

任丽五首

乐游园

风回水暖柳含烟，藻鉴鱼翻戏故渊。
孔翠芳情姿妩媚，三千羽翼忘翩跹。

赶　考

放荡春风一梦遥，迩来炼字把龙雕。
题名塔下犹追忆，依旧推敲赶学潮。

西江月·惜春

疏柳堆烟花放，早莺争树歌欢。野凫眠岸意酣然，倒影楼台波远。　绿发笙吹悦耳，红颜袖舞飞天。人声鼎沸醉云边，豪兴徜徉步健。

青玉案·癸卯元夕

　　银花火树灯如昼，更燃爆烟花秀。炫彩祥云冲斗宿，空山回响，苍天锦绣，潮汐人群候。　　俄而萧鼓追随又，舞殿罗裙缕金绶。步履凌波舒广袖，垂鬓欢跃，青丝趋就，海晏河清奏。

雨霖铃·红楼梦宝黛恋

　　红楼高阁，梦终身误，注定缘错。前盟木石虽好，流连缱绻，终为离索。念念心心化泪，对残照抛落。恨切切春老颜衰，竟是红尘苦寒获。　　神伤渐次将心虐，更平添雪剑风刀削。花锄手把何去，天尽处，葬吟魂魄。一曲悲歌，谁解其中世事情薄。便纵有如水柔肠，怎奈人成各。

　　任丽（1960.6—），女，辽宁省盖州人，营口市诗词学会会员。

任怀民五首

营口夏雨初霁

雨后艳阳天，丹霞绘彩笺。
清新融碧野，苍翠润青山。

牛庄春雨

春雨绵绵夜入乡，青苗饱吮溢清香。
平明洗淡天边月，喜看丹霞吻凤阳。

注：凤阳，朝阳。

咏营口海棠

一花盛绽暗群芳，秾艳惊人系海棠。
始信可餐为秀色，只缘注目忘饥肠。

营口乡村秋色

西风昨夜促天凉，草木凋零露化霜。
枫叶涂红山万座，秋鸿写正字一行。
贮粮农叟歌丰稔，运菜商家唱吉祥。
更赏金英花烂漫，欢声笑语遍村庄。

注：金英，菊花。

营口乡村春色

东风款步莅乡村，唤醒山川喜迓春。
陌上桃花涂粉面，山前杏蕊炫朱唇。

黄莺频唱枝头曲，紫燕常为檐下宾。

莫道农家鸡犬闹，田园滴翠景长新。

任怀民（1954.7—），辽宁省凌源人，中华诗词学会会员。

宇 平 一 首

观营口鸟浪

潮涨波涛涌，斜阳鸥鹭声。

辽河连碧海，鸟浪动滨城。

列队蹁跹舞，冲天振奋鸣。

问询人可晓？取暖抱团赢。

宇平（1961.1—），女，辽宁省营口市人，营口市诗词学会会员。

沈 利 五 首

黄丫口

叠翠重峦几里程，车行百转众峰迎。

絮云起处松擎臂，鹏鸟鸣时叶拂筝。

水落叮咚欢蟹影，花开烂漫展春情。
分明一幅丹青画，美景天然耐品评。

春

东风消息辽河口，雪化冰融放纸鸢。
吐蕊红桃花万点，抽芽绿柳眼千眠。
山青鸟语和声醉，水暖鸭歌依韵传。
满目生机迎日出，备耕修网拭渔船。

乡村四月天

大地花荣四月天，长空焕彩景悠然。
微风一夜千山美，细雨多情百草鲜。
瑞漫波流迎丽日，春盈水动映炊烟。
催耕布谷晴方好，破土禾苗醉润田。

西江月·蟠龙山仲春

泉水绿茵斜径，山高峰入云天。满坡松柏翠峦川，十里槐香烂漫。　东壁画廊缥缈，西墙翰墨留篇。人间美景胜苏园，举步蟠龙可赞！

鹧鸪天·三伏秋

风雨阴晴不定间，立秋依旧热缠绵。白鹅曲颈游无虑，水稻弯腰乐有年。　　松柏翠，李桃甜。旱瓜金枣果浑圆。蝉鸣树上传音讯，五谷丰登福禄全。

沈利（1964.3—），女，辽宁省营口市人。营口市诗词学会、作家协会、书法家协会会员，中国楹联学会会员。

何 江 五 首

营口老街

楼台粉黛舞婆娑，商贾帆樯映碧波。
倘若当年归大宋，择端笔下是辽河。

汤池感怀

曾经风雨几春秋，难觅前朝古镇头。
宝塔空遗繁盛迹，石牛渐遁老沙丘。
儿郎浴血夷旗落，铁马临关伪诈收。
欲问兴衰千古事，二川依旧水悠悠。

金牛山人

一朝混沌坼玄黄，便有东皋郁莽苍。
辞别京畿周口店，仙居渤海永安乡。
春芳几度馨家洞，雁阵何年初掠疆？
昂首金牛垂后嗣，迄今不肯拜娲皇。

西炮台

依然滩外涌千涛，烽火当年几度鏖。
不绘雄图兴国祚，难将热铁抵倭刀。
三军勇士何堪弱？百尺孤台枉自高。
吟罢回眸苍碧下，芦花瑟瑟满长壕。

沁园春·古桥今韵

千古石桥，望月金牛，见证镁都。仗蟠龙灵气，云霄迷阵；淤泥圣水，李氏称孤。中夜登围，半晖生海，制律佺期咏画图。遗篇在，有先贤骚客，几代名儒。　葱茏诗苑曾涂。却野火春风势愈苻。看耄耋走笔，唐风扑面；弱冠吟赋，宋韵盈庐。腕底河山，胸中锦绣，言志抒怀竟自如。凭今世，纵时光倒转，李杜惊呼。

何江（1957.3—），辽宁省大石桥人，中华诗词学会常务理事、秘书长、办公室主任，关东十三友成员。

何勇一首

贺大石桥市诗词楹联协会换届

举旌十载赋诗乡，挚友同心聚满堂。
时雨春风焕彩处，如椽妙笔著华章。

何勇（1967.12—），辽宁省大石桥人，书画爱好者。

张冰十首

寄王充闾先生

一

潇洒风仪属好官，凛然气透古松寒。
长歌不拟《长杨赋》，博学堪轻博士冠。
无事看云遐想易，有情执笔静心难。
已忘多少青灯夜，摇落星辰碧落宽。

二

丁鹤千秋去复来，长林振羽露飞埃。
倾心圣代怀家国，醒物春风拂汉台。
今古回思多感慨，死生叩问有余哀。
君胸不尽花番次，一一皆从腕底开。

三

漫言四季各平分，一笔生花日日芬。

传世文章珍白玉，著身富贵淡浮云。

龙墩悖论清寒逼，凤篆挥来正气殷。

著述百千年未百，生涯更待续雄文。

四

学养枝繁荫后昆，更从坟典扎深根。

殚精浮世思敦化，竭虑生涯岂苟存。

雅室瑶笺生气象，雄才玄理长精魂。

几经陵谷情无改，处处忧民重感恩。

五

芝兰为佩宰官香，岂肯民氓安子桑。

一路簪缨山岳重，几程世事水风凉。

将军传里明宏志，紫塞光中论帝皇。

回首经行辽阔地，林荫渐已起甘棠。

六

更是归帆卷海涛，敢从逆水奋长篙。

腾风早识骓千里，掠影惊闻鹤九皋。

赋尽楚云春梦窄，听阑越调管弦高。

斜阳古道千朝迹，断碣残垣感野蒿。

七

才德先生久撼吾，万泉汇出大明湖。
巨鱼在钓竿犹劲，灵凤栖篁贵不图。
东海扬尘曾几见，南山为寿岂空呼。
千秋典籍深滋濡，孕育春光一路铺。

八

清韵东风上柘枝，高情未肯近瑶池。
青春凭在潮红际，白雪犹看岁晚时。
往事钟声回玉案，素怀月影冷金厄。
蘧庐犹继濠梁论，鱼兽蒿莱更与持。

九

为官岂虑大行台，守正清心雾色开。
世事沧桑凭谁问，烟波云雨入鸿裁。
吟秋悲洒关河泪，探古寒依驿路槐。
不尽儒风催砚笔，焉输英绚子荆才。

十

沧桑多故岂遭回，植土棠丛宁受埃。
漫道一峰殊大岳，精成百卷筑高台。
五车学已胸中有，千载文从德上来。
三部曲章重开卷，惊闻大野响殷雷。

张冰（1957.10 —），字耀松，笔名东南，辽宁省营口市人。辽宁省作家协会会员、中国民间文艺家协会理事、中华诗词学会理事，关东十三友成员。

张伟五首

登黄丫口

临风长啸破牢笼，鸟语崖前俗虑空。
放眼忽觉天地大，一人身在万山中。

过楞严寺公园

蝶影芳踪岂忘怀，高墙犹锁旧亭台。
重来已是多年后，可有黄花为我开？

盖州北海

浮生能得几回游，来看苍茫一叶舟。
绝壁听涛云乱渡，长天落日海横流。
观花易醒春秋梦，借酒难消今古愁。
此后人间风渐冷，归鸿点点过沙洲。

猫耳岭

峻岭摩天路几重，谁擎巨斧展神功。
崖前落叶惊山鸟，涧底生烟锁玉龙。
自古奇松出峭壁，而今沧海变高峰。
千年风景一般好，只是登临人不同。

喝火令·龙山赏槐

林下千重雪，枝头几片云。谁将仙树种凡尘。独守远山幽谷，馥郁客来寻。　　蝶老难逐梦，花开不等人。为何今日始逢君？怪那春寒，怪那雨频频，怪那万般俗事，困住自由身。

张伟（1978.6—），辽宁省大石桥人，中华诗词学会会员，关东十三友成员。

张 玲 三 首

咏西炮台

雁起河塘羽翼低，卧听鸟浪雨声齐。
炮威撕破敌人胆，不愧神州一面旗。

盖州卧龙泉

叠嶂拥青龙卧泉，两须流碧缓潺湲。
腹深矿石金银蕴，鱼恋传说远水烟。

营口圣水人家

晴光渐入小桥西，圣水人家芳草萋。
波上青峰云曳影，园中红薯豆连畦。

禅音萦宇沉心静，农叟驱羊入圈栖。

对景由来多赧色，欲成辞赋恨才低。

　　张玲（1970.2—），女，辽宁省营口市人，营口市诗词学会会员。

张　彧　七　首

题黄丫口云瀑

黄丫美景亦称奇，云瀑惊峦流水溪。

纱绕碧霄红日照，山花点点惹人迷。

蟠龙乐瀑

水色流光涤九霄，清新美乐涌花潮。

缤纷跌宕蛟龙舞，夏夜凉风顾石桥。

千峦万树杏花开
——题周家杏花村

一

千峦万树杏花开，望断天边水殿台。

不见他年痴赏客，孤帆伴影有谁哀？

二

雅淡芳姿一夜来，千峦万树杏花开。

天光水色怜风舞，落雨无痕瘦粉腮。

三

碧水青坡芳雪染，参差立蕊黄金点。

千峦万树杏花开，莫叫相思披露飐。

四

年年此季梦乡怀，半月清风乳鹊来。

细雨烟霏云敛处，千峦万树杏花开。

临江仙·柳树村荷塘雅趣

金锁青烟桃色，裙沾莹露横舟。斜晖孤刹渐柔柔。淡云双燕语，碧水戏鱼羞。　　今惹莲蓬无数，炉香一缕消愁。银壶清煮看茶幽。长亭闲客远，空谷细溪流。

张弢（1975.10—），女，辽宁省大石桥人。诗词作者。

张云波二首

咏二台子大石棚

营城罕见珍稀景，市界南边一墓宏。

首领衮埋循祖制，从人奉办筑冠茔。
巍陵古建雄风著，络绎游宾重许精。
铜代先贤神创举，今朝我辈梦圆成。

注：大石棚约建于新石器晚期或铜器时期，属巨石文化。

大辽河

碧水连天浩瀚茫，银涛撼地彻空昂。
渔船趁浪翩跹舞，鸥鸟凭风点起翔。
惠灌良田金遍野，欣收稻谷米盈仓。
航通四海宾朋众，货易五洲商贸昌。

张云波（1945.10 —），辽宁省营口市人，营口市诗词学会会员、作家。

张玉复五首

熊岳望儿山

慈心换得世人尊，母盼儿归几度春。
德劭恩深传万代，高风亮节古今存。

咏楞严禅寺

楞严禅寺誉辽南，殿宇恢宏且壮观。
佛像精雕工艺巧，经文博储世间全。
高僧荟萃喧法典，老仗咸修效前贤。
宗教文明安社稷，励精图治建轩辕。

临江仙·营口西炮台

眺望辽河欢入海，当年事涌上心头。英雄杀场舞枪钩，刀兵成历史，勿忘国人仇。　　回首台东都市锦，朝辉大路琼楼。鸾翔凤集竞风流，浜城儿女愿，智慧建神州。

一剪梅·咏营口

回首当年感万千，辽沈尘兵，血染营川。枪林弹雨勇当先，破晓风寒，战地花妍。　　重整乾坤未下鞍，击楫情深，踏海心坚。潮催锦鲅鼓征帆，柳埠歌翻，再续新篇。

六州歌头·营口

牛庄先有，后辟没沟营。辽河浦，车船会，四海迎，五湖行。富贾亨商聚，洽生意，绸罗缎，中草药，农产品，海山经，店铺千家，货殖通中外。买卖恢宏，叹风光美好，一度暮云横。喇叭悲鸣愤难平。　　喜东方亮，国昌盛，新营口得振兴，人喜悦，精神壮，物争荣，巨龙腾。一市兴两港，展雄臂，奔前程，工商旅，农轻重，树科星。更喜春风满眼，庆开放，广聚群英。惹宾朋忘返，共祝友情凝再献丹诚。

张玉复（1937.7—），辽宁省营口市人，中华诗词学会会员。

张永芳四首

鹤阳抒怀

一

又出塞外历冬寒，喜见辽东春色妍。
早有迎风旗似火，新萌破雪草如毡。
南山潺潺化溪水，西海融融抱征帆。
起坐金鸡啼晴曙，人潮散漫下阡陌。

二

春来景物般般佳，浩浩东风漫天涯。
黄绿浅深千山雨，红白浓淡万树花。
晨荫稚子拾肥粪，夜半老农话桑麻。
寄语翩翩廊下燕，南归喜报送京华。

三

纵目峰尖开画图，横陂跃跃尽春光。
望中明灭斜阳变，云外隐约飞燕翔。
古寺参差发细草，新村错落起高房。
东风改换山河旧，顿拓心胸达五洋。

四

浪花如在眼中开，点点长帆天际白。
深谷匍匐抓根草，高崖耸立烽火台。
氤氲贴水弥晨雾，散漫依坡尽紫槐。
寓目风涛荡胸次，无边长浪脚底来。

张永芳（1946—2011），笔名晋崖、咏芳，山西省黎城人。沈阳师范大学教授，中华诗词学会会员。

张永林五首

游三道岭水库

偕友凌高坝，迎眸景色幽。
云浮双岭秀，风动一湖秋。
白羽戏青帐，锦鳞潜碧流。
慕名访佳境，喜作画中游。

赞镁都环卫工

冒雪迎风四季辛，除芜理秽汗津津。
牵情广厦家家净，竭力长街日日新。
灰渍鬓边常有迹，阳光心底总无尘。
平凡筑就德高尚，堪敬当歌更可亲。

黄丫口杜鹃花

高岭栖身崖畔栽，千枝万朵戴云开。
晨昏妩媚染霞影，盘错须根抱石苔。
遍历炎凉方有色，几经风雨净无埃。
深山莫道耐空寂，不吝芳香蝶自来。

红旗山秋望

山色斑斓玉露凉，云浮绝顶望秋乡。
松枝滴翠横天碧，枫叶如丹伴菊黄。
果硕风清香溢远，粮丰民乐福流长。
柳荫圣水宏书苑，桃李芬芳育栋梁。

金牛山

沧桑几度看荒丘，独秀苍原四季幽。

名寂山村菱镁矿，洞开惊世古猿头。
采薪燧火风霜暖，敲石为兵岁月悠。
溯本欲知初祖事，史家络绎访金牛。

张永林（1950.6—2021.8），辽宁省大石桥人，中华诗词学会会员。

张如升五首

高丽城竹枝词

一

天然城郭筑青山，辽海风云一望间。
昔日金汤今胜迹，空留锁钥古雄关。

二

两山环抱势天然，高丽名城筑此间。
禾黍秋风回旋处，留供野老作清谈。

咏青石关

雄关屹立壮辰州，曾引诗人此逗留。
烽火台颓存夕照，丛林寺毁剩荒丘。
古今战垒灯前话，南北通途岭上修。
四海为家当盛世，多将遗迹作诗钩。

青石岭水库

人力从来可胜天，汪洋一片碧波翻。
北陂近接蚂虹嘴，南岸遥通青石关。
千顷稻田连渤海，万株果树满唐山。
天光云影徘徊处，也作西湖美景观。

咏灶突山

盖邑城南山势奇，幽人于此悟玄机。
碧霞门外磨犹在，点将台前畦未移。
耸立孤峰成灶突，高攀危磴倒天梯。
从来造化多奇妙，留待诗人作品题。

张如升（1908—1996），辽宁省盖州人，农民藏书家，诗人。

张运芝五首

辽河美

一

浴火凝禅意，河边草木深。
笑声随景绕，十步鸟惊心。

二

极目宽街远，灯辉炫夜河。
旧疾脱痛骨，一路沐高歌。

楞严寺观荷

一、荷塘

翠叶呼流色，涌波锦缎凉。
鬓钗妆粉嫩，缱绻慰情长。

二、荷恋

提裙靠碧径，羞透粉娇容。
独韵望君处，相思泪满盈。

十六字令·大石桥南楼秋游

秋，山野叠金献所求，丰收舞，好景任君游。

　　张运芝（1947.5—），女，辽宁省营口市人，营口市诗词学会会员。

张会喜二首

营口红海滩

一方水土一方缘，万类生灵各有天。
十里滩涂十里火，映红碧海照征帆。

营　口

三月滨城景物新，惠风和畅满乾坤。
纤尘不入清平地，娱乐休闲第一村。

张会喜（1952.6—），辽宁省大石桥人，诗词作者。

张明深七首

读《诗人吕公眉》感赋

一

仰慕何须思见人，情浓意美铸诗魂。
峥嵘岁月砥心志，坦荡胸襟日月轮。

二

先生七字妙无穷，朵朵诗葩绘彩虹。
天趣奇生成谛语，一身正气蕴其中。

读王充闾先生《诗中致美》文章感怀

白露蒹葭烟水茫，伊人咫尺念犹伤。
诗情溢美千秋爱，乐见文豪泼墨香。

读王充闾先生人文三部曲感赋之四

读罢人文三部曲，方知载物蕴时贤，
书山拓路求真谛，韵海寻珍赏锦莲。
涵泳青史何计苦，辛劳白首几香眠。
居高临下怀家国，懿德巍巍誉满天。

故乡吟

退隐还家思盖州，故乡美景醉心头。
黄金滩岸观沧海，青石关山眺鼓楼。
五指赤峰云际插，九河碧浪玉囊收。
芳香泥土生灵秀，多少才贤壮志酬。

鸟浪奇观

海河交汇任鱼游，鸟浪奇观一望收。
宛若金沙扬碧宇，亦如星雨洒春秋。
时来时去踪难觅，潮涨潮消迹可求。
鸥鹬徙途中转站，加油充电竞风流。

游盖州猫耳岭风景区

峰如猫耳冠奇名，每日传来游客声。
鬼斧神工雕美景，仙山圣水铸真情。
花铺谷野千年艳，语荡云霄百鸟鸣。
走进农家餐绿色，远离噪闹阔心平。

张明深（1945.8—），别名张明琛，网名太平散人。辽宁省盖州人，中华诗词学会会员。

张丽波五首

鲅鱼圈红海河

水映高楼疑是船，朦胧柳色浸炊烟。
霞光一道从何看，冉冉晨曦山那边。

西炮台

巍巍炮阵列辽湾，古隘遗镌记旧年。
当日英雄埋铁骨，不教倭寇掠江山。

咏建一古松

一身傲骨破云天，雁去鹰来冷眼观。
翼展虬枝擎日月，根盘沃土靓家园。
雪霜屡袭犹知节，霹雳横飞不改颜。
为在人间留正气，沧桑阅尽几千年。

登老轿顶

重嶂望中悬，晴光浮翠烟。
高崖点骏绿，深谷泻柔蓝。
倚杖环云径，穿林踏响泉。
豁然来世外，登顶我摩天。

鹧鸪天·秋登海龙川

离雁声啼白帝还，西山云火半烧天。嶙峋崖上枫争艳，幽峭谷中菊斗鲜。　　寻故地，上龙川。身临绝顶觉风寒。但能催得东君早，再向双颊插杜鹃。

张丽波（1968.12—），女，辽宁省大石桥人，诗词作者。

张学松一首

念奴娇·登辽河大桥

振衣桥上，望天辽，澄澈不含尘迹。阵阵风来，悬索处，拂动犹如鸣镝。踞岸楼庭，蒹葭翠树，雪浪舟樯疾。生灵千态，自然争逐朝夕！　心属佳梦思飞，与时俱进是，精诚凝力。四向通衢，求发展，勤奋图强超逸。长堑滔滔，通途一线远，北南连璧。辉煌期盼，寄情融入毫笔。

张学松（1952.10—），辽宁省营口市人，诗词作者。

张志刚五首

仙人岛

八仙临处压尘礁，石兔卧波听海潮。
一片沙滩金万点，几声鸥叫帆篷飘。

咏盖州烟筒山

群岭环拥碧霞地，一峰突兀起烟囱。
仙凡隔界唤炊具，摆宴无涯少豸踪。

西炮台晓月

苍茫暮色锁滨海，晓月撒辉西炮台。
万籁无声藏杀气，四方壁垒拒倭来。
追思甲午沧桑事，感念遗墟教化材。
民族自强驱外寇，犹闻鼓角胜惊雷。

辽河大桥

横空天堑跨，湿地起虹桥。
索吊擎双塔，箱梁迎海潮。
途通沿岸笑，路畅建工骄。
滨海连成线，营盘一担挑。

满江红·营口辽河老街

青石红砖，傍港埠，聚朋遣物。存遗迹，老街隆盛，客商酬接。追忆当年门市影，莅临犹见牌坊列。况而今，长短卖销声，鲜香绝。　经百载，今承接。开新宇，从头越。恰厚积勃兴，流金盈月。街景花灯辉炫彩，人缘紫气招贤杰。古巷深，茶酒幌招摇，迎春靥。

张志刚（1957.6—），辽宁省营口市人，营口市诗词学会会员。

张洪广二首

蟠龙秋光

闲来寻逸上蟠龙，似觉身临画境中。
火炬燃情山溢彩，霜枫笃韵意流彤。
浓霞一抹融诗眼，新月半弯缀市容。
得此秋光如醉酒，何愁岁晚夕阳红。

蟠龙早市摆摊人

曙色朦胧即动身，出门惯顶小星辰。
养家糊口一双手，卖货看摊几度春。
重担垂肩装苦乐，笑颜浮面掩艰辛。
得钱虽少扪心问，不愧良知不愧人。

张洪广（1968.4—），辽宁省大石桥市人，诗人，作家，书法家。

张孝宇六首

熙湖公园

雨丝缓落散珠盘，娇打初荷惹爱怜。
碧绿嫩红常映衬，蜻蜓停驻舞翩然。

登迷镇山

香烟缭绕摄心魂，山顶登临幕渐昏。
依旧东南神庙处，三霄敬拜善缘存。

敬给营口纪检干部

一

明镜高悬未有私，心怀生众志不移。
案头堆满民情状，夙夜为公两鬓稀。

二

惩恶扬善为主官，夙兴夜寐为民安。
初心勿忘留根本，杜弊清源必亮天。

三

不染污泥似水清，昼明夜静露晶莹。
为官入仕无私愤，志在公心不为名。

四

两袖清风不挂金，殚精竭虑为人民。
乾坤清朗一身正，不负苍生一片心。

张孝宇（1997.4—），女，笔名张墼。辽宁省营口市人，
营口市诗词学会会员。

张季声五首

教师节抒怀

一

讲台三尺洒春晖，不记经年鬓渐催。
秋叶何轻飘絮柳，旧枝甘育傲霜梅。

二

一生平淡无须悔，两袖清风尚可为。
望遍山河桃李晟，风光无限踏歌回。

喜迎重阳节

秋池遥映九重天，红叶淡云入画帘。
衔露黄花初绽放，披霜大雁正南迁。
丝竹歌舞酬佳节，翰墨华章慰老年。
自古登高多慨叹，而今鹤发赛童欢。

母亲节游望儿山有感

熊山慈母立千秋，极目远观天尽头。
母望子归终不辍，日升星落岂能休。

感恩无境子难报，行孝有时亲不留。
莫待唤儿声渺渺，空留思念恨悠悠。

上巳节寄语

春风送雨暖还寒，上巳遗俗祭祖先。
黄帝开疆兴社稷，女娲捏土有人烟。
常观以往艰难史，喜见今朝奋进篇。
待到他年西母宴，才知谁在领群仙。

张季声（1959.3—），辽宁省盖州人，营口市诗词学会会员。

张家翰五首

望儿山秋雨

归帆数尽盼归期，饮露餐风不动移。
最是潇潇寒夜雨，有无斗笠与蓑衣？

赠八九届熊岳高中毕业生

楼台三载共登临，冀有新成惜寸阴。
得意春风消块垒，知时细雨荡胸襟。

凌云亦必双飞翼，报国何妨两地心。
处处神州续缀补，中兴一刻值千金。

望儿山

一

平原独出势崔嵬，锦绣神州一海陲。
背接丘峦花果艳，山连阡陌稻粱肥。
金戈铁马无陈迹，塔影慈晖有口碑。
不惜残躯长化石，山头伫立待儿归。

二

谁冶岩浆铸巨钟，巍然屹立小城东。
沧桑入眼人间变，父母煎心天下同。
未必看山登五岳，何妨览胜上孤峰。
倩谁挥动如椽笔，点染辰州画意浓。

浣溪沙·闲居

叨得天公雨露恩，六旬犹健息肩身。无人不道喜盈门。　小院霜轻秋尚绿，萧斋酒罢榻横陈。银屏伴我坐黄昏。

张家翰（1928.11—2013.11），辽宁省复县人，辽宁省诗词学会会员、营口市诗词学会理事，教育家。

张 家 安 十 九 首

营口暮谒楞严寺绝句

一

一椽蟲蟲号楞严，宝塔金刚慰所瞻。
亦历人间生死劫，雄神大力为谁添？

二

新月氤氲向座圆，清钟兀坐厌机权。
玄言参后无人到，早绝红尘百丈烟。

楞严寺桃花

枝老城南近砌开，含情悄绽美人腮。
楞严经度香魂冷，犹抱相思守佛台。

营口古埠头暮题

一川波静柳初裁，次第鸥声出水隈。
珠履光生商贾夜，弦歌先启海门开。

题九寨石棚绝句

一

覆石如棚势见危，对之合十意夔夔。
当年定有神灵力，借与先民试一窥。

二

传玄神物孰扶持，日暮徘徊总不知。
回首千秋如露电，故山猿鹤尚猜疑。

注：在营口石棚山，由先民建造，距今四千余年。

题营川旧埠老街绝句

一

留壁诗文触手新，斜阳旧埠又成春。
老街未负才人笔，争说当年魏燮均。

二

酒令弦歌竟夕纷，老街古埠想芸芸。
繁华领略前朝迹，抑胜扬州一二分。

注：魏燮均，字子亨，号九梅居士，辽宁铁岭人，咸丰年间府学贡生。有《营川绝句》云："歌台舞馆间青楼，万里争来贾客舟。也是娱人欢喜地，繁华何必说扬州。"

再题九寨石棚绝句

一

手补苍天忆女娲，仍留片石长灵芽。
沧桑劫尽先民泪，长与西山障晚霞。

二

天地包含感慨生，三皇五帝亦频更。
如尧如桀谁能辨，珍重群黎护太平。

题营口西炮台绝句

一

硝烟散尽柳婆娑，故垒寻来魇梦多。
甲午风云谁更记，独留铁炮证蹉跎。

二

一抹斜阳浸海天，苇花吹向戍台前。
沧波岁岁滩头怒，知有忠魂倍黯然。

王充闾文学馆漫成

一栋琳琅历数长，翻开卷卷字生香。
大儒健笔须传世，肯把中心照太阳。

营口西炮台

抚铁沉思倚炮台，康乾之治不期回。
漫将甲午悲清末，三省谁堪圣代哀。

鲅鱼圈登元朝烽火台

烽台岭上胡僧识，久绝狼烟绝乱离。
高倚莫惊云四起，莺歌一片盛明时。

过营口望儿山有感

一

霭霭春晖蕴粹温，一山突起荷深恩。
回风恍听行时训，放舸谁招别后魂。
瞩望但期儿未死，偎依幡觉母仍存。
相扶老塔斜阳里，渤澥狂涛势欲喷。

二

化作巍峨见者奇，荆笄望处乱云驰。
潮迎一点扁舟出，霞拥千回断雁迟。
不语恐招沧海鳄，将归谁盼白头儿。
思亲此日心俱裂，叙到天伦是几时？

游盖州赤山

一

色乱清明后，赋闲携酒游。
钟鱼听渐淡，烟霭转归稠。
涧户琴声杳，林扉画景幽。
我来先扫石，一盏悟灵修。

二

徙倚斜阳尽，僧归磬响初。
曾共林间鸟，欲从濠上鱼。
六尘谁扫障，三古自余墟。
百载生涯事，休教酒盏疏。

张家安（1963.10—），辽宁省大连人，中华诗词学会会员，关东十三友成员。

张春艳二首

桥乡秋意

南山谷又黄，乘兴上高粱。
风染层层赤，云织澹澹裳。
千畦金浪涌，万尾锦鳞翔。
回望羊肠路，谁担歌一筐。

咏黄丫口

一轮初照那山红，云海升腾万木修。
袅袅炊烟闻犬吠，涓涓溪涧唱清悠。
牛铃摇响晨曦曲，汗水润泽金色秋。
何羡桃源尘外景，此身已在画中游。

张春艳（1968.6—），女，辽宁省大石桥人，中华诗词学会会员。

张晓东五首

大清河垂钓

半坡青翠重山远，一点余晖映露梅。
碧水独竿心愈静，晚来无获不思归。

营口老街

夺目烟花赤县天，小城年味怎一般。
辽河岸畔游灯海，央视热播多几番。

蓝旗机场

长空呼啸跃银鹰，迎送尽抒营口情。
盛宴五湖商贾客，名扬四海展旌旗。

游老娇顶

林茂巅幽负氧鲜，深居静享不思还。
梦中借我三分地，远敬喧嚣自做仙。

营口之韵

辽河水畔赏青莲，探考金牛溯古源。
历史人文藏底蕴，今朝志士弄潮湾。
殷勤翰笔书原野，浩荡诗词秀海川。
万众祥和红运起，蟠龙腾跃傲云天。

张晓东（1959.12—），辽宁省大石桥人，辽宁省诗词学会会员。

张润堂五首

家乡赞

美丽营川是我家，潮音悦耳伴鱼虾。
辽河入海舟帆远，龙背横空道路嘉。
往昔滩涂呈赤草，而今港口绽奇葩。
城乡处处祥云起，经济升腾现物华。

注：龙背是桥的别称，借指辽河特大桥。

营口辽河老街

没沟老市依河建，今日长街复旧颜。
记载民族商业史，留存港埠百年篇。
中西合璧楼堂美，富贾咸集贸易欢。
东北清廷初对外，第一口岸设营川。

北海海洋公园

混沌初开胜迹留，沧桑十八亿春秋。
天成地貌石奇特，海蚀龙宫景妙稠。
浪起芥舟帆影远，林藏禅寺梵声悠。
古来潮讯渔歌处，碧水红滩映眼眸。

辽河入海口

一

辽河入海远天苍，一望蒹葭着绿妆。
结对仙禽轻步舞，成群鸥鹭碧空翔。
风吹水面千层浪，日照滩头万点光。
都道江南春景美，何如柳埠我家乡。

二

营川好景在何方，十里连堤万象昌。
蒲苇绵延鱼蟹美，莲荷点缀草花香。

炮台耸立雄姿展，舟楫航行白浪扬。
河海交融唯此处，金轮西下映波光。

张润堂（1952.10—），辽宁省营口市人，中华诗词学会会员。

张智深四首

大辽河

华夏存一脉，滔滔终不休。
九重开冀野，万里下营州。
龙吐红山玉，鼋生嘉粟秋。
夕阳犹在水，同入海东头。

注：龙：红山文化玉龙。鼋：大辽河河神。

西炮台

炮管无存铁尚坚，莫忘甲午是何年。
一从台破风云寂，夜夜涛声海不眠。

红楼宴

红楼开宴有名花，倚槛能观海日斜。
闻道营州多好酒，但将一醉报东家。

赠十三同俦

花满营城共结诗，龙山高望欲何期。
他年聚首人皆在，同看斜阳坠海时。

张智深（1956.5—），黑龙江哈尔滨人。黑龙江省诗词协会副主席，省歌曲创作学会名誉会长，中国音协会员，中国音乐文学学会会员，中华诗词学会会员，黑龙江省作家协会会员、书法家协会会员，黑龙江省东北抗联历史文化研究会会长兼党支部书记，关东十三友成员。

张熙琨七首

望儿山游

响水河边红日腾，望儿山上发天声。
环红绕绿山川远，千万母亲齐和鸣。

三月去周家水库有感

重访真当刮目看，山青水绿小楼添。
轩亭含笑来身后，石路开怀到眼前。
冬雪白留情更炽，春桃红点色尤妍。
是谁绘得新村美，翻让诗人醉似仙。

十六字令·营口市镜湖公园赞

一

湖，放眼琼田似画图。天刺破，浆荡似银锄。

二

湖，荡漾清波闪玉珠。浑如酿，心醉万杯沽。

三

湖，岸柳依依翠袖舒。长虹卧，波展玉容殊。

西江月·冬日早市

白雪晶莹铺路，星稀风紧匆行。忽然路转沸扬声，早市人潮涌动。　菜绿果鲜鱼蹦，喧天叫卖歌盈。篮装盛世赋清明，靓丽芳容日映。

踏莎行·回营口

花绕河滨，莺啼古柳，高帆衔日云中走。春风不愿向南山，载歌载舞回营口。　鱼米果鲜，宜人气候，乡情切切胜美酒。诗心一点定乾坤，宜居城市数营口。

张熙琨（1950.5 —），女，辽宁省营口市人，营口市诗词学会会员。

张 德 金 三 首

盖州老年书画研究会建会
二十周年感赋

作画陶情趣，吟诗练笔忙。
妪翁共愉悦，晚岁著华章。

晨游大清河

白鹭逐云翔，花开两岸香。
高楼留倒影，山岭映霞光。

慈航寺

巍然古寺势恢宏，大殿观音坐顶峰。
云外香烟飘玉宇，深山老峪畅游踪。

张德金（1951.8—），辽宁盖州人，中华诗词学会会员。

张 德 松 五 首

雨后观大槽峪瀑布

青冥一泻挂悬泉，碎玉飞花散满天。
虎啸龙吟终展志，奔流向海斗平川。

小石棚冰瀑布

高悬百尺挂冰川，玉柱擎天不可攀。
冻断飞烟难锁志，春来一泻似从前。

穿行戴峪岭隧道

峰高险峻雾云浓，拓岭开山洞腹通。
驾驭轻车摇壁影，愚公睜目诧神工。

营口郊外稻田肥

没沟郊外稻田肥，水满池塘绿映扉。
鹬鸟飞翔千点雪，秋来户户满车归。

注：没沟指营口，古称没沟营。

春游太平庄毛岭

山衣翠染与天吻，万语难描此地春。
自古诗书文不尽，千年笔墨画难真。
山花怒放幽林静，溪水轻歌绕石身。
忘却凡庸随地坐，闲居草舍赛仙人。

张德松（1968.1—），辽宁省盖州人，诗词作家。

张耀乡一首

水乡归途

放眼千畦尽沃田，长桥流水起炊烟。

春归山野莺声外，心在云天雁影边。

车辗残云争晚渡，鸟衔落日下前川。

棹歌一曲江春暮，春满辽滨绿接天。

张耀乡（1927.8—2022.6），辽宁省大石桥人，中华诗词学会会员。

苏福堃四首

盖州大清河漫步

一

清河一曲映晨霞，漫步游思逸兴赊。

惬意堤边答柳问，盖州籍贯是吾家。

二

堤柳丝丝恋旧情，慢移步履一身轻。

诗朋契友如相问，心似清河水样清。

三

欣入骚坛争上游，学诗起步在辰州。

如今共浴清河水，手把吟旌立浪头。

四

清河秀水自天来，市府楼前一鉴开。
贵在为官常对照，明心洁腹祛尘埃。

苏福堃（1951.4—2021.6），鲅鱼圈区人，满族，中华诗词学会会员。

李军五首

建一大清河

溪水清波下泻流，桃花两岸绽春柔。
山村缕缕炊烟起，一曲晨歌逐浪头。

铜匠峪山庄夜幕

玫瑰花谷小山岗，夜色迷人亮彩妆。
一处桃源居世外，流连贵客赞新乡。

大辽河

辽水故乡那道河，穿云助浪泄洪波。
稻香两岸飘春夏，四季和风盛世歌。

唐王河

淤泥河水泛清波，古迹沧桑趣事多。
两岸城乡新巨变，石桥盛世再长歌。

渔歌子 · 唐王河之春

细柳河清云影悠，杏红桃李笑添羞。　　双燕舞，浪歌柔。诗乡墨客赋风流。

李军（1949.1—），辽宁省大石桥人，诗词作者。

李 维 五 首

喝火令 · 诗词之乡挂牌感怀

一夜春风至，桥乡又画描。手挥椽笔喜眉梢。浮想昔日难寐，寻梦路迢迢。　　曲赋愁何在，青春分外娇。放歌纵酒尽逍遥。欲揽宸星，欲揽九重霄。欲揽一轮明月，翰墨卷惊涛。

定风波 · 题书法之乡

圣水流芳映彩虹，一方巨石卧蟠龙。书法之乡名震外，豪迈，镁都瀚海荡雄风。　　香墨兰亭缘在续，难拒，几经风雨更从容。优雅绵长扬国粹，陶醉，右军梦里又相逢。

念奴娇·诗赛

峻山东卧，秀灵地，唐水悠悠千载。远眺金牛，仍叙述，繁衍生息感慨。迷镇三宵，香烟缭绕，福佑民安泰。群贤仰慕，一时多少豪迈。　　文化兴市当先，镁都传曲赋，尽呈风采。薪火相传，争艳处，盛世雄风犹在。数岁连绵，方园应仅有，众贤拥戴。民族之梦，愿君还唱天籁。

八声甘州·诗乡

看风和日丽满桥庄，三山涌诗潮，渐巅峰企望，扬鞭自奋，尽显天骄。是处风华正茂，吾辈岂蓬蒿。几代英豪梦，问鼎称骄。　　海阔但凭鱼跃，更乾坤似锦，初愿难消。喜年来功绩，歌赋洒城郊。众文人，齐心协力，华夏竞妖娆。宏图展，纵横挥墨，颂尽今朝。

望海潮·桥乡诗韵

龙山横卧，唐王圣水，中华国粹诗乡。迷镇佑民，金牛献瑞，绿荫环抱城庄。菱镁矿丰藏。漫舞歌盛世，韵律飞扬。远拱石棚，近呈书院竟荣光。　　人才济济同翔，有

黉门弟子，雅趣红装。椽笔道情，银毫写意，常怀曲水流
觞。岂可负群芳。乘醉吟大赋，气贯穹苍。笃信桥乡沃
野，他日更辉煌。

　　李维（1955.8—），辽宁省大石桥人，诗词作者。

李 一 信 五 首

盖州钟鼓楼

汉时玄菟起明楼，隔树澄辉照海陬。
暮鼓晨钟人笑古，辽南霜散半轮秋。

大清河

依稀梦里唱黄鸡，老牛扬鞭疾奋蹄。
莫道人生难再少，辽东流水尚能西。

慈航寺戏作

山迎花树绿荫浓，招客慈航避暑宫。
有钱官家来小住，乐施香火保功名。

望儿山感怀

重阳岁岁喜登山，千里情怀一水连。
望儿山头娘健在，年年隔海盼归船。

盖州行咏

君不闻，辽东遗韵在盖州，人文底蕴积千秋。名楼古刹遗墨香，诗书画印尽眼收。我今有缘到辽东，静观潮汐逐浪生。改革试看开发区，大鹏展翅又起程。辽水滹沱育俊贤，老母峰头望儿还。山川风雨开新境，学子归来尽开颜。秋色参差漫赤山，亭亭青松插岚烟。将军洞前留玉照，秦王龙潭有遗篇。回眸千年戎马争，夜夜枕边闻涛声。何时环球同凉热，五洲游人到辽东。噫吁哉，上下文明五千年，百岁弹指一挥间。老来识得禅味妙，人在画中觉似仙。

李一信（1939.12—2022.6.29），河北邯郸人，诗人，作家。曾任中国作家协会人事处处长、办公厅主任，鲁迅文学院副院长等职。中华诗词学会会员、副秘书长。

李正岐五首

咏温泉

仙泉喷涌出岩心，清水蒸腾热炙人。
雾霭氤氲除体病，神汤漫浸净凡尘。
杨妃解袿娇无力，百姓临池爽有神。
多谢观音甘露液，人人都作玉环身。

辽河大桥赞

钢筋铁骨巨人捐，托起长虹掩半天。
轮渡抛丢千年愿，梦通圻堑一朝圆。
长风送爽人欢笑，危岸拍涛鸥畅旋。
五点穿针连一线，富民强国写新篇。

墩台放目

墩台纵目忆当年，各路英雄热汗捐。
填海常存精卫志，移山敢比愚公坚。
东迎九域风云客，西纳五洲商旅船。
电火钢花织锦绣，满眸桑梓换新颜。

青玉案·望儿归

峰巅翘望京畿路，暮云黯烟涛阻。苇叶扁舟儿何处。泪干声咽，霞帔枯妪，圣像山头铸。　　沧桑巨变翻今古，万里神州燕莺舞。喜慰慈颜欣色露。天涯游子，帆归华宇，共把强邦树。

沁园春·熊岳平安广场夜

响水河边，花艳风轻，夜色渐浓。看蓝光紫电，彩霓闪烁；岸灯水色，满目相融。泉柱喷天，银河洒地，万丈珠帘幻不穷。惊叹处，正疑心身在，玉阙仙宫。　　徜徉灯海人丛，留恋际，神驰惹旅踪。喜喇叭锣鼓，激声响震；红衫绿袖，舞步从容。放纵歌喉，凤吟莺唱，婉转昂扬绕九重。逢此境，纵苏公柳永，词曲难工。

李正岐（1943.10 —），辽宁省营口市鲅鱼圈人，营口市诗词学会理事，中华诗词学会会员。

李正旺二首

辽南春韵

春风回故里，茵绿染新颜。
瀑布飞清韵，溪流壮海关。

望儿熊岳镇，游景鲅鱼湾。
探宝开猫岭，登高上赤山。

蜜蜂赞

出师惊候鸟，弹翅奏知音。
梓里花千馥，蜂巢蜜万金。
高山流韵水，岩壁采芳心。
古典留风雅，诗词赞壮襟。

李正旺（1949.9—），辽宁省盖州人。营口市诗词学会会员，营口市作家协会会员。

李玉君三首

营口圣水人家采风有感

骚客挥毫圣水开，嫦娥偷渡不徘徊。
一堆篝火连天月，盛世人心向未来。

秋观营口明湖广场有感

一

红花叠叶牵衣袂，碧树层层一径幽。
菡萏飘香多妩媚，斑鸠蜜语也风流。
明湖林茂难寻路，池小影斜先知秋。
鬓白升霜藕残落，枫黄降雪许重游。

二

小径悠悠树影稠，黄鹂曲啭已登秋。
明湖滴翠擎天地，菡萏洒衿香九州。

李玉君（1968.7—），女，辽宁省营口市人。中华诗词学会会员，辽宁省作家协会会员。

李永华二首

关外小江南

旅游何必下江南，营口滨城好景繁。
辽水入湾从北淌，夕阳坠海向西观。
久闻贡米飘香味，常把对虾当美餐。
贸易人称关外沪，夏无酷暑少冬寒。

半岛明珠

辽东半岛嵌明珠，营口官民享厚福。
傍海临河风景好，观阳入水地形殊。
清新市貌人康健，丰盛资源物富足。
帆影车尘催贸易，滨城奋志展宏图。

李永华（1958.9—），山东省泰安人，中华诗词学会、山东诗词学会、泰安诗词学会会员。

李守春五首

辽湾颂

大美乡关醉客家，辽河两岸秀琪花。
名城创建集钟秀，市井增荣布锦霞。
万代人文滋沃土，千年史话曜中华。
古厝新衢升紫气，飞舟追梦再出发。

寄老轿顶

轿顶春华展逸容，云观胜境在画中。
天然曲径通幽处，人造瑶池潜玉龙。
牧业引资兴万岭，山珍创汇富三农。
文明创建乡关秀，生态平衡万物荣。

老街寄情

老街幻景秀风情，名撼山河日月惊。
街巷更阑人鼎沸，茶楼月落鹤喧鸣。
引资立业施良策，创汇兴邦建富城。
紫气回环荣井市，前行踔厉保民生。

辽川情

紫气东来四月天，钟灵毓秀大辽川。
镜湖时景超凡界，河口涛澜入画帘。
笔醉炮台生妙句，情迷鸟浪荡心田。
滨城两岸人杰地，飞棹云征启贾帆。

诗乡颂

诗乡羽翼丰，誉满九州城。
辞海千帆渡，文山万仞登。
炼词吟宋律，润色写心声。
怀旧填新赋，书今颂古风。
十年磨利剑，一路聚精英。
子墨钟灵地，儒林毓秀兵。
传承国雅粹，吟咏圣贤经。

笔下春岚动，诗中夏瀑鸣。

金牌通韵助，玉砚潜龙腾。

盛世敲词颂，华章索句生。

悠悠千古韵，满满四书情。

墨海毫端醉，诗乡万载铭。

李守春（1947.2—），辽宁省大石桥人，诗词作者。

李华北一首

中秋思乡

一年一度又中秋，思绪千端独倚楼。
庭院萧萧痴意冷，楼头静静著人愁。
青丝渐傍秋霜满，红泪常随春水流。
碧海青天鸿雁远，不知何日驾归舟。

李华北（1956.10—），女，辽宁省营口市人，营口市诗词学会会员。

李庆洪五首

秋郊即景

轧轧机轮打谷忙，园林霜染小山庄。
偷闲煮酒烧红叶，绝胜东篱醉夕阳。

营川小记

一轮辽海日，每逐浪花腾。
沉璧古津月，耀金新港灯。
鱼蛙时鼓跃，舟舸任航征。
岸闪明珠市，五洲商旅朋。

慈航寺

清凉谷底风，山半见僧童。
蓦地仙云散，豁然觉道通。
玄观凡念净，禅境俗尘空。
方外钟流韵，鹤林回响中。

走田家

独居深巷久，思欲走田家。
翠滴城郊树，红催野径花。

风轻幽壑谷，雨足拙桑麻。
相语耕耘乐，无心问彩霞。

清平乐·仙人岛

烟波浩渺，滨海仙人岛。片片渔帆出航早，破浪乘风春晓。 紧抛渔网千重，捕捞行业英雄。雾失长空一碧，东方日出真红。

李庆洪（1926—2006），辽宁省盖州人，诗词作者。

李应祥五首

营口师专毕业三十周年同窗相聚感怀

别来卅载聚营川，辽水凭栏觅旧船。
心浪簧门何处涌？楞严寺外共听禅！

辛丑除夕登盖州钟鼓楼

除夕钟楼独客临，欲闻明鼓奏春音。
阍翁一笑门闩启，我抚栏杆辨古今。

痛悼师叔陈共教授

"陈说七版百万册，共学一门万千人。"
前日乘鹤西归去，未及期颐憾五春。

　　注：师叔陈共教授，盖州暖泉人。我国杰出经济学家、财政学家、教育家，新中国财政学科的重要奠基人，"中国财政理论研究终身成就奖"获得者，中国人民大学荣誉一级教授、博士生导师、原中国人民大学财政系主任。拙诗前两句借师叔八十五寿诞暨学术思想研讨会时，时任中国人民大学党委书记程天权教授与校长陈雨露教授的联袂题词，当年恰逢师叔的《财政学》第七次再版！

辛丑春访业师张桂芬先生

受业愚蒙册载前，我师经史诵河边。
离骚树下诠三昧，左传餐中诚十愆。
远利七旬欣白发，薄名半世卜园田。
重来问道何期许，一院梨花释五禅。

　　注：四十年前，余就读于大清河北的盖州榜式堡中学，从全国优秀教师张桂芬老师学过文史常识。

过盖州七盘岭

暮春掩户出城门，惮避尘嚣向野村。
新屋坡前装扮碧，画墙树下影留痕。

蜂陪一路花迷眼，岭绕云盘壑慑魂。
我欲秋来尝月果，霜甜五彩宿山屯。

李应祥（1964.10—），辽宁省盖州人，中华诗词学会会员。

李书文六首

营口特大桥

谁遣双双柱地天，一朝跃起卧龙湾。
舒眸河海新西市，指日浦东堪比肩。

营口镜湖

天光取鉴正其身，玉液清魂尚善真。
古月依波生雅韵，风仪楚楚四时臻。

西炮台

昌言修故垒，战略眼光长。
六载风云紧，三千将士刚。
史留倭寇拒，甲午战功扬。
国得安宁久，英魂驻海防。

虾精把门辽河口

茫茫雾霭接洪荒，史演虾兵一对枪。
口把辽河除孽害，水分渤海护通航。
舳舻鱼贯商机涌，荻苇风摇典故扬。
一自苍天神物降，卧龙跃起久腾骧。

题营口文化名人馆

春风几度绿家山，哺育英才丽景添。
锦绣龙图开盛世，缠绵文脉赋佳传。
思齐贤圣无年代，召聚风仪有绩颁。
卓识堪称伯乐手，嘶鸣破壁壮营川。

注：营口文化名人馆系局长张冰首倡，市委、市政府批准修建。在极短的时间内完成并对外开放。文化名人馆内纳古籍今，是营口文化一道亮丽的风景线。

辽河老街之宝和堂

奉天福地旆先张，几历风云大业昌。
营埠分旌逾百载，河湾门市五间房。
行医售药消民瘝，蓄力待机援国疆。
政惠老街今又绿，纷纷争领宝和堂。

注：当年宝和堂是中共地下联络站，宝和堂的账房先生张

霖与妻子边江就是这个联络站的工作者，他们遵照上级党组织"隐蔽精干，长期潜伏，积蓄力量，以待时机"的方针，秘密发展党员，为解放事业做出了贡献。

李书文（1954.2—），女,笔名秋枫。辽宁省营口市人，辽宁省诗词学会会长。

李同雁五首

温泉小镇行

春风铺路共车行，小镇梳妆待客融。
集市人潮趋势猛，摊床菜品正丰盈。
灶台尽显年兄艺，案板纷呈学妹功。
佳酿频传同砚爱，瑶池弄雾戏闲翁。

楞严禅寺

百年名刹落营川，翠柏苍松笼紫烟。
绿影婆娑遮寺塔，莲花碧叶掩湖颜。
晨钟暮鼓梵音朗，居士僧徒香火燃。
君见谁人成正果？常人心态胜神仙。

辽河感怀

凭栏眺望水茫茫，潮涌波掀心欲狂。
旧景舳舻留画卷，新天舸艇乘风航。
虹桥傍路开枢纽，史馆炮台面海疆。
商贾游宾遝迤客，拈来古韵咏繁昌。

营川芦苇

秋风尽染满头霜，傲骨铮铮翘首昂。
浊水浸衣节杆壮，污泥裹柢叶幽香。
高洁宁愿舍身去，玉碎甘为化粉浆。
心底无私天地阔，劝君谨记细思量。

游黄丫口

同窗携手踏春行，僻镇通幽草木荣。
风动林涛闻虎啸，蝶迷花海戏蜂鸣。
云融古树青藤绕，雾锁奇峦冷瀑倾。
百鸟啁啾迎远客，相宜山水酿浓情。

李同雁（1953.3—），辽宁省营口市人，营口市诗词学会会员。

李孟仁五首

辽河岸美人鱼航标灯雕塑

河神公主化精灵，黑夜浪涛一盏明。
迎送前程十万里，甘居原处炼修行。

秋游鸭岛

隔岸观芦海，绿汀朦远苍。
穿行深陌远，得见浅湾茫。
候鸟集盘踞，游人聚野荒。
金风摇紫穗，心曲伴飞扬。

营口"鸟浪"

残阳半落向西汀，湿地奇观万鸟腾，
群往群来循有序，忽伏忽起幻无形。
争鸣春暖滩丛密，称道物华河海清。
放眼风光唯此地，水天双浪壮滨城。

西炮台怀古

雄关悲壮史长留，战火遗篇诉海州。
铁血染滩激战士，旌旗蔽日卷倭酋。
风排芦荡千支戟，水起波澜万顷仇。
甲午狼烟熄百载，仍然激我怒眉头。

大辽河赋

汇天云雨落，拢山泉溪珠。顺势蜿蜒，流响八府。溯之起源：东起吉林辽源哈达岭；西自河北平泉光头山，经内蒙古，汇支流，渤海收起伏。考其繁衍：金牛山，庙后山，牛河梁，祖先遗迹，远栖万年古。原始沧桑两千浪，文明史载五千书。

上善之水，广润两岸黑土地；灵碧之波，集显下端入海处。兵家必争，炮台两度锁风烟；商贾云集，店铺百年系舳舻。先津鲁，再广沪。内接三江腹地，外泊四海中枢。

山河依旧，曾见证内外屈辱；社会更元，已端倪上下前途。借天时地利，崭露河洲三角；乘改革开放，再兴港口两埠。渔村畔、产业园，化作卫星城；滨海道、特大桥，连成梦想路。阳湾阔，稻浪田野隐油都；左岸长，柳荫堤园蓬绿圃。蒹葭应季衬红滩，湿地拾海伴飞鹄。营盘两市分合几度，辽水一脉世代吐珠。鱼米之乡美誉名天下，人文风貌才情论城府。

忆昨往，幸福感始料未及；展未来，现代化难以猜估。土生土长，世世代代延骄傲，方兴未艾，又添一重云起处。

　　李孟仁（1954.2—），辽宁省营口市人，中华诗词学会会员。

李益白五首

题画童趣

乡野梦牵魂，童心喜煞人。
攀折红与绿，盛下满篮春。

游望儿山母亲湖

白云古塔映湖天，曲径回廊绿柳间。
智者情怀欣乐水，垂竿石畔钓悠然。

玉石水库一瞥

四围香稻绿盈畴，水上人家枕碧流。
最是清风斜照际，横竿垂钓半湖秋。

彰武大清沟

造化乾坤各异然，青沟横亘莽原间。
清溪碧草秋无尽，一片白云万里天。

游猫耳岭

九曲蜿蜒上九天，攀缘直到翠屏前。
苍松郁郁凌峰顶，碧水淙淙泻谷间。
造化神工皴异彩，诗心妙笔赋新篇。
纤纤玉手捉蝶去，少女盈盈一笑甜。

李益白（1951.4—），辽宁省营口市鲅鱼圈人，中华诗词学会会员。

李美华五首

鹧鸪天·唱家乡

一

古邑娇姿展丽妍，生机一片望无边。大清河水迎朝日。钟鼓城楼送暮蟾。　　花郁郁，草鲜鲜，多情杨柳舞翩跹。风光锦绣辰州地，久有佳名四海传。

二

杨运芳名万古传，英雄豪气荡云天。抗倭踏雪霜刀冷，剿匪挥戈利剑寒。　　书壮烈，撼河山，青春碧血染华年，临危何惧生还死，留取光辉照大千。

三

不朽碑铭大爱篇，千秋故事感苍天。滂沱泪眼悲风雨，挺立身躯历暑寒。　儿赶考，母迎还，峰头如铸觅归帆。谁知娘已肝肠断，化作慈尊万代瞻。

四

天赋神奇与赤山，骚人游览醉成仙。滔滔林海鸟飞跃，汩汩溪泉蛙唱欢。　藏古寺，露清潭，芦花梧叶配亭轩。五峰辉映灵杰地，锦色风光入画笺。

五

峻峭透迤别洞天，穿澄水澈映霞烟。千花吐艳迷蝶影，万木含春惹鹭鹃。　寻旧迹，探新颜，苍松老鹤问何年。青龙圣地桃源处，无尽遐思笔墨牵。

李美华（1961.5—），女，辽宁省盖州人，中华诗词学会会员。

李建仁五首

重温《盖州老年诗词》报感赋

旧报重温趣盎然，诗词联赋百花妍。
一刊小报耕园地，八秩老翁咏海天。

离退休闲春不老，歌吟唱和乐开颜。
关心最是诗乡事，后继有人薪火传。

赤 山

奇峰冷落度千年，开放迎来车马喧。
胜地景区兴万福，青山秀水冠辽南。
茂林荫翳习风爽，古洞深幽凉意寒。
苦旅何须攀岱岳，赤山仙境在云端。

沈延毅纪念馆

不知老院建何年，修缮一新貌焕然。
辟做馆堂藏史迹，列陈翰墨仰前贤。
精研书道终身事，延誉省城域外传。
道德文章垂后世，永留桑梓颂民间。

营口辽河特大桥感赋

临圯空叹笔难陈，缘有佳篇先唱吟。
渡口百年舟半旧，桥头一瞥物全新。
伟人昔咏通天堑，辽水今观飞铁轮。
伫望巨龙诗意涌，驾车瞬息达京津。

好事近·营口兰旗机场

好事接踵来，圆百姓飞天梦。港埠近修机场，现海空辉映。　喜滨城锦上添花，锣鼓舞欢庆。瞬息海南东北，壮远游豪兴。

李建仁（1934—），辽宁省盖州人，中华诗词学会会员。

李宗赤二首

虞美人·古城熊岳烟含翠

古城熊岳烟含翠，飘墨仙葩坠。青龙神韵掷金声。长舞态浓意远，一身轻。　辽东沐浴桃花雨，醴水深如许。瑶池紫阙等闲间。青鸟红巾飞去，丽人天。

武陵春·江畔融冰初觉醒

江畔融冰初觉醒，残雪蕴芳茵。又见寒梅一夜春。遥望浩然巾。　风物惹人堪惊叹，泼墨染精神。几处相思寄汉津。尽醉灿然新。

李宗赤（1967.1—），辽宁省营口市人，中国诗词论坛会员。

李荣复五首

卧牛故乡情

大清河畔衍薪传，石化神牛久卧安。
金角挑开龙脉运，慧珠灵璧泻山泉。

海龙川

辽南名胜海龙川，孕育奇珍百宝全。
野菜山参邻杏枣，锦鸡狡兔傍狍獾。
龙泉滴翠叮咚唱，夜莺回声旖旎旋。
更爱嶙峋弯石径，流云数朵伴松眠。

回老宅

光阴飞度逝经年，宅院荒凉立草间。
伶燕垒巢椽苇下，艾蒿落脚断垣前。
怀亲追忆高堂苦，触景遥思年少艰。
往事如烟潜入梦，归途久恋故乡缘。

赞文联盛会

春风万缕起蟠龙，盛会花开香满庭。
雅客聚集谋共进，文联换届涌才雄。

前行砥砺挥橡笔，猛进高歌出睿兵。
往矣群英多鳌占，风流一代勇登峰！

乡　恋

炊烟袅袅吻农庄，白雪皑皑亲故乡。
银镀千山妆万树，春融万水润千壤。

羞桃孕子含苞蕊，垂柳婀娜绽丝黄。
更喜碧空云锁浪，林荫古道复斜阳。

李荣复（1958.7—），辽宁省大石桥人，营口市诗词学会会员。

李桂娟二首

前砬山烽火台

屹立峰巅数百年，烽台寂寂守乡田。
青砖风剥清朝迹，垛口岁侵明代烟。
几度兴兵征海上，岂容倭寇到亲前。
幸逢盛世民安泰，战火于今久不燃。

江城子·前砬山烽火台

高台浅草野茫茫，岁悠长，几兴亡。烽火清明，陈迹已流光，唯有路台铭去日，今再忆，也凄凉。　　角声催雁又排行，好儿郎，列沙场，底事烟云，淡淡薄秋霜。千古英魂堪可慰，时恰好，菊花黄。

李桂娟（1972.5—），女，辽宁省锦州人，诗词爱好者。

李纯青四首

览营口沿海开发区感怀

滨海荒滩治有方，石油钢铁奠芦乡。
从兹造化涛声远，天半红霞著靓妆。

西江月·逛新城

一

坦路长街如链，层林茂密成排。梭穿铁马少尘埃，放眼无拘无碍。　　漫步湖滨花丛，远观亭阁楼台。和谐气象月华开，往昔荒凉何在？

二

栉比琼楼高耸，星罗玉宇齐天。新城毓秀美营川，香溢辽河两岸。　一代雄风无限，千年宿梦当圆。农居广厦换新颜，致富家乡如愿。

水调歌头·营口港今昔

海阔浪推浪，鸥鸟逐层澜。炮台虎踞，晚照霞彩缀河湾。回望风云几变，港岸频遭蹂践，滩浩夜生寒。舷扣惊鱼起，古渡少楼船。　喜改革，功勋卓，耀中天。舳舻相竟，扬碧涛气象千般。沿海新区环立，纽带重洋咫尺，五点玉珠联。卅载红旗烈，稳舵驾飞帆。

李纯青（1932.2—），辽宁省营口市人，中华诗词学会会员。

李秀文六首

芦屯春光

花木菁菁立玉姿，芦屯万类竟知时。
河边睡草翻新绿，亭畔寒松挂暖曦。
挥扇小姑娇起舞，嘶风老马欲扬蹄。
杏燃桃火灼人热，满目春光尽是诗。

营口元宵观灯

盛会元宵不夜城，世纪广场喜盈盈。
人潮漫涌来还去，树影抚摇暗亦明。
各式花灯争艺巧，诸师技手赛专精。
仰瞻更有烟花炮，阵阵欢呼笑语声。

营口诗歌朗诵会有感

诗坛盛会竞群雄，万丈豪情云水中。
狂舞龟蛇招屈子，重骑黄鹤笑崔公。
辽河两岸金风灿，玉笛千支心曲红。
极目滨城歌舞日，扬波永向大海东。

贺营口诗词学会成立三十周年

建立诗坛三十年，承传大雅仰群贤。
诗歌改革成新局，国粹振兴铸锦篇。
起死回生追往昔，清源正本越从前。
花开翰苑风光好，拭目明天景更妍。

春游雪帽山

攀岩披郁登峰顶，步径穿荫峻峭中。
啼鸟惊鸦花望眼，碧空岗彩合茏葱。

盘旋秀丽情难解，上下缆车度不同。
万物应时欣自在，风云变幻壮无穷。

南乡子·环卫工

薄雾隔明珠，十里沙沙唱一姝。心有歌弦操未倦，弓躯。手引朝霞细细铺。　飞雪几沾襦，两袖寒风两鬓茶。谁惹眉梢春意动，心舒。车浪人潮入画图。

李秀文（1954.6—），辽宁省盖州人，中国作家协会会员，中华诗词学会会员，关东十三友成员。

李敬东三首

咏营东新城

一进营东喜欲狂，水环绿绕似天堂。
商服大厦冲霄汉，高铁飞驰日夜忙。

营东新城颂

绿草如茵映彩楼，园林商厦竞风流。
暖阳高照花含笑，瑞气轻飘柳点头。

游乐场中翁妪舞，图书馆里老青稠。
今天笃志正能量，明日营东美梦酬。

贺风光诗社成立感赋

柳掩楼台街路长，镜湖西岸好风光。
车流惊醒荒滩梦，厂舍遥连古垒墙。
结社同心颂禹甸，挥毫联手谱华章。
八荣八耻时教化，为创诗乡共举觞。

李敬东（1937.3—2017），笔名玉竹、玉竹轩主人，辽宁省盖州人，中华诗词学会会员。

李景成五首

题望儿山砖塔

山崖顶上古砖青，百代慈悲筑塔中。
四海游人施大礼，人间善爱起高峰。

题熊岳青龙山喇嘛洞

山含古洞细长圆，喇叭神形似自然。
穴吐烟霞飘故事，松参释道悟林泉。

峰峦起伏青龙啸，峡谷流连黑隼旋。
登临绝顶光明眼，渤海潮腾浪拍天。

登盖州赤山

凌空石径似旋梯,蹑履多凭一杖藜。
墨客攀崖冲斗劲,文朋立顶惹禽啼。
开怀展望乾坤小,举首回观岭岳低。
涧水同天争入海,山云与日共沉西。

题烟囱山太和寺

了却红尘了却风，心思古刹谒禅宫。
云横峻岭钟鸣谷，寺放清音瀑托虹。
夏绿秋黄移景色，花开叶落转时空。
人间哪片繁荣地，不在兴衰一梦中。

万福山乡赏秋

寻幽览胜过桥头，眺望峰峦抱古楼。
绿树遮天群鸟唱，清波出峡数舟游。
河边稻菽翻金浪，岭上梨桃挂彩球。
苹果盈坡红脸涨，葡萄满野蜜汁流。
花鸡白鸭喧庄院，枣树山楂醉峪沟。

翡翠湖中鱼鼓浪，风情岛里雁鸣秋。

高粱吐火开心美，大豆摇铃挂荚稠。

观光赏景全程乐，咏菊吟枫众口讴。

李景成（1951.11—），辽宁省营口市鲅鱼圈人，中华诗词学会会员。

李葆国六首

重登西炮台

回潮无意拍泥沙，故垒萧萧夕照斜。

风雨当年埋恨处，轻扶残铁旧芦花。

金牛山

桑田沧海话金牛，辽水千山一望收。

几度韶光织薪火，半丘烟雨系沉浮。

飙轮勿扰拾榛梦，神箭当牵揽月舟。

石斧未穷蛮古力，洞开遗迹史重修。

注：金牛山于大石桥市城南，有28万年前古猿人遗址。

淤泥河

旌魂剑气揭云空，一将挥戈百战雄。
救主淤泥枪助马，叫关青石箭追鸿。
王师万里巡边月，乡醪千家沐野风。
几许风流织樵话，偏村依旧说辽东。

注：淤泥河于大石桥市区内即白袍救主之地。

望儿山

归帆数尽意难更，一片孤心万里程。
石上青苔曾几度，崖前春草为谁生？
蓝天不老白云梦，琼壁犹催沧海平。
唯念登高怀远处，朝朝暮暮望儿情。

和汤其武先生《登老轿顶》

雾敛丛林草色新，峰回云外鸟声频。
霞飞上界蚕姑唤，雨过半腰樵叟嗔。
峭壁偏从斜径出，湍溪尽向石场伸。
秋来庄户好留客，山上清泉山下榛。

登营口西炮台

云烟几度锁苍凉，忍向颓清叹国殇。
断炮犹鸣甲午怨，海潮难泯马关伤。
庙堂不耻割赔辱，戍卒甘抛忠烈肠。
往事已成千古恨，更堪残垒吊斜阳。

李葆国（1952.7—），字塬村，山东省武城人，中华诗词学会常务理事。

李梅影五首

河畔之春

云影天光映碧池，春红妩媚竞芳姿。
闲来树下花前赏，醉倒香丛赋小诗。

明湖之秋

碧水映云悠，波清野鸭浮。
风筛花影乱，树曳鸟声稠。
小径红枫艳，长堤白苇柔。
谁人挥彩笔，画卷载千秋。

民兴河

昔日漕渠地，今朝美景川。
松青披瑞雪，柳绿醉春烟。
戏蝶群芳灿，游鱼百鸟翩。
观潮升又落，居此赛神仙。

今日乡村

黛瓦映红墙，炊烟飘似雾。
庭开旖旎花，院植婆娑树。
柳巷唱黄鹂，稻田飞白鹭。
谁言稼穑辛，但恐前朝妒。

野草河之秋

天蓝云白映池塘，蛱蝶蜻蜓水面翔。
小径秋华多冷艳，疏林古木有奇香。
花间雀噪犹遥应，树上蝉鸣已暗藏。
荷叶几经风雨洗，青颜褪尽晒金黄。

李梅影（1965.11—），女，辽宁省营口市人。营口市诗词学会会员。

李雅妮三首

谒西炮台

一

彤云撑远幕，雪浪撞礁岩。
铁炮摩挲久，杀声似又还。

二

红草人杰血，白芦壮士魂。
波涛汹涌处，沧海恨犹存。

临江仙·插秧

万顷平畴明似鉴，轻舟往返如梭。棵棵翠绿弄清波。纵横成一线，放眼看婆娑。　科技惠农桑梓好，田园如画如歌。红旗引路不偏颇。沉疴随逝水，希冀寄新禾。

李雅妮（1956.4—），女，辽宁省大石桥人，中华诗词学会会员。

杨志三首

营口颂

楼宇巍峨接上苍，景观大道展康庄。
林荫鸟唱花如海，我爱营州锦绣乡。

五律·鲅鱼圈

百卉竞芬芳，鱼圈临海疆。
玉波天浩渺，碧岸柳青苍。
红楼迎佳客，新区引外商。
如今成盛世，尽换旧时装。

七律·营口颂

营州百卉竞芬芳，工业繁荣耀城乡。
港口繁忙船舰过，丛林鸟语绿树苍。
千村贵阁迎宾客，百里平田盛产粮。
滨海如今盛美境，和谐社会遍康庄。

杨志（1961.4—），黑龙江省甘南东阳镇人，营口市诗词学会会员。

杨士首一首

辽滨远眺

西流辽水映斜晖，锦缎红罗伴鹭飞。
舞袖回廊人沓沓，摇风岸柳影微微。
迷津舰舸来云海，雅座宾朋举玉杯。
澎湃心潮随浪远，重洋颁洞隐惊雷。

杨士首（1924.11—1997.8），湖北省枝城人。教育家、诗人。

杨月琴五首

贺营口女子诗社成立

东风着意引诗情，研墨结庐兴柳城。
执笔抒心呈大雅，骚坛红袖亮长缨。

楞严寺赏荷有感

摇曳生姿韵未央，香风肥水漫池塘。
前贤万里著佳句，尖角蜻蜓一梦长。

老轿顶印象

蜿蜒山路响泉欢，空谷雀鸣犹自闲。
执杖丛林深几许？此峰又见彼峰悬。

蟠龙山读槐

细雨和风蘸墨来，玲珑紫白始登台。
相约次第花千树，好叫诗情可释怀。

淤泥河

千年一水见沧桑，陷马蹄深惊大荒。
滚滚烽烟留圣迹，但将忠义示儿郎。

杨月琴（1964.3—），女，辽宁省大石桥人，诗词作者。

杨杰峰一首

远望营口

悦步青山豪气涌，峰峦错落碧无垠。
星罗棋布高科厂，璀璨文明富裕村。

贸易商家集通货，交流鲅港展鹏鲲。

创新腾跃强经济，盛世辉煌万代春。

杨杰峰（1948.2—），女，吉林省四平人，吉林省诗词学会
会员。

杨秀云五首

望儿山

石岭峰巅数归帆，路遥天远盼儿还。

孤单倦影山头立，望断慈肠海上牵。

岁月如梭北斗换，沧桑转瞬魄魂淹。

唯留母塔说心事，日落星移若许年。

观孙老师发宝林寺图感怀

禅房静逸似仙游，肃慕回廊万壑遒。

慢渡梯阶因化梦，轻移步履洒蹇惆。

沉思树密空山寂，放眼天高佛境幽。

雨滴如珠轻洗砚，虔诚幻影画中留。

游北海公园

寻春北海觅金牛，借得西风焕彩绸。
礁石伴潮思倩影，亭阶暖日送清幽。
徘徊栈道闻涛寂，犹忆故园挚友留。
堪羡白鸥双展翅，漪涟漫洒任遨游。

山海广场随笔

鲅鱼仙境美名传，水阔天低漫绮涟。
公主擎珠辉日月，樱花绚彩绘营川。
货轮出入万吨港，游客去来几层天。
濡墨欣然悄蘸笔，携归盛景赋诗篇。

春游熊岳植物园

桃英杏雨任诗裁，石畔桥边处处栽。
洗砚池塘依藕榭，听泉山径近楼台。
满园珍木随缘秀，遍地奇花惬意开。
忽见早春穿柳燕，可从王谢院中来。

杨秀云（1951.4—），女，黑龙江省齐齐哈尔人，中华诗词学会会员。

杨建中五首

秋到农家

丛菊篱边瘦，葡萄带露尝。
斜阳红雁背，远客下羊肠。
村野无闲事，秋醪有淡香。
醉扶风叶柳，月上小荷塘。

盖州山庄

霜毫助我赴风筵，纷落梨英向酒泉。
月下流觞身熟醉，花间次韵意清玄。
原知是遇皆新赏，始信兹游胜旧年。
试问山庄何所乐？个中歌咏似狂癫。

登猫耳岭感怀

群山郁郁破苍穹，今日登临一望中。
大道风来三万里，幽峦云绕几千重。
追昔空有擎天志，向晚犹存醉月情。
应念高帆济沧海，管他华发鬓边生。

访南楼梨园

梨花半谢剩余痕，方悔迟迟踏暮春。
玉树琼枝遮野径，绿园疏雨扣柴门。

指尖岁月催人老，岭外桃源入梦频。
且把浮名抛旧篓，芳菲与我共为邻。

游圣水人家

遥看群峰景色新，霞光一照洗凡尘。
是非难了随他意，名利何曾绊我身。

切把深情托故友，但凭大爱换真心。
陶然乐处频邀酒，好与青山相对吟。

杨建中（1973.8—），河南省沈丘县人，中华诗词学会会员、中国书法家协会会员、辽宁省书法家协会理事，关东十三友成员。

杨春娇五首

大锅峪古树

白蜡千秋倚径斜，傍山临水坐农家。
朝迎今古利名客，暮伴寿星牵落花。

盖州家

闲庭风静野榛苔，一地青石老柳裁。
最是园中桃李树，主人不在竞相开。

佛源寺小住

暮鼓携风古殿前，玉兰邀月引僧眠。
禅灯亭下寻香晚，落得鹩哥半日闲。

赤山秋

林静雾薄雨中安，枫红染尽半山峦。
寻香游客迹踪远，唯有西风扫叶寒。

鲅鱼圈春

谁送渔家一段春，东风鸣柳偶寒身。
桃花不泯多情态，依旧登高笑意深。

　　杨春娇（1970.2—），女，辽宁盖州人，中华诗词学会会员、辽宁省作家协会会员。

杨逸明一首

《盖州诗词》创刊致贺

齐放百花烟景幽，写诗人物更风流。
不宜提倡今提倡，又见新刊出盖州。

杨逸明（1948—），江苏省无锡人，生于上海。中华诗词学会副会长，上海诗词学会副会长，著名诗人。

杨德辉五首

沁园春·白沙湾

万顷沙湾，云霭缥缈，海水莽苍。望远帆徐动，沙鸥起舞；汽舟驰骋，银浪高昂。百侣腾鳌，群贤叙榭，心旷神怡歌曲扬。惊河汉，引牛郎织女，牵手还乡。　　渔村名震三江，有故事传奇七八桩。昔燕丹征战，设席归士；八仙过海，临阁观光。蟾兔回宫，蛟龙抓口，海市云楼锁巨塘。水掀处，数鲲扶摇起，鹏展曦阳。

沁园春·营口

河海名城，商埠四通，广聚宾朋。忆老街店铺，山珍满目；小楼饭店，海味尝羹。烽火炮台，芦荃枪弹，虎跃龙腾抗日兵。义旗举，喜国军易帜，弃暗投明。　　宏图两百明灯，正全面小康展锦程。看高新工业，方兴未艾；日韩商贾，鱼贯而行。望子山高，金牛洞古，辽水飞舟缚巨鲸。惊寰宇，引外邦朋友，静待新声。

沁园春·望儿山

碧浪滔滔，秋风瑟瑟，母望迢迢。昔青灯黄卷，焚膏继晷；素丝锦绣，昼夜煎熬。子志鲲鹏，娘心揽月，秋试儿离舟楫摇。断鱼雁，站立峰峦顶，帆舵逢礁。　神奇故事千年，瞻宝塔金瓶尽孝操。睹群蜂酿蜜，蜂王贻养；鹿羔得草，鸣叫麀胞。鹁鸪呼雏，乌鸦反哺，禽兽知恩反馈肴。愿天下，有情肠儿女，尊母酬劳。

沁园春·镁都

广厦凌云，商场如林，厂矿岭峰。望喷泉银汉，刺槐白雪；东山李杏，轿顶松风。西部秧摇，池塘鲤跃，螃蟹塘堤围栅匆。抬望眼，河溪两岸红，落日彤彤。　镁都矿产颇丰，蕴铁玉硼砂菱镁充。似珍珠孕贝，珊瑚盈海；河沟岫玉，壑谷青铜。窑矿初开，高炉映火，生意兴隆比练虹。滴热泪，悼吕王建一，诸位英雄。

镁都赋

中国镁都，商海巨鲸。塞外重镇，菱镁名城。居半岛西部，朝看金牛山之靓影；处辽河下游，暮听圣水寺之钟声。白鹤翔云画出天边美景，垂柳夹岸，摇动江上秋枫。车来人往，物流集散之地，凤起蛟腾，人才孕育之汀。群山蕴镁，长桥卧泾。十五望夕，接嫦娥明月，初一朔日，观远岫之亮星。国家经济建设百强县级市，世界镁质产品生产大本营。

雄哉镁都，气象鸿篇，观霞以移景，沧海变桑田。辽水奔腾绕平畴，轿顶巍峨耸阡陌。万物之逆旅，百代之繁衍，人类之足迹，二十八万年。茹毛饮血，四处辗转，钻木取火，生活改善。刀耕火种，生活维艰。披荆斩棘，建设家园。改天换地，美轮美奂。辽河黑土地，塞外米粮川。东顾吕王之峭壁，柞蚕挂枝银闪闪；西眺沟沿之稻田，连绵起伏金灿灿。南观金牛之美景，渤海渔船举风帆；北指汾水之圣地，青砖佛塔耸其间。占地利而物庶，享国泰而民安。山民钟情于气象，英雄怀志之高远。政策播春雨，百姓焕容颜。镁都要巨变，凭百万民众之铁肩。立科学以统领，举旗帜以争先。福音频传于山岰。祥云舒卷于蓝天。长波安流于沃野，旱魔败退于婉嫣。

伟哉镁都，气象鸿篇。接力于高端，十九大召开，习主席掌舵。新政策出台，标文明于禹甸。立目标于小康，为中华之梦想，展远景于当前。桥市规划，美景可观。宏开新筑，气象万千。唐王河景艳，漂碧流，览青山。荡双桨，划游船。欢声笑语，流连忘返。城湖相映，山市连环。诗情画意，天上人间。棚户区搬迁，展现新篇章。和平商厦耸云烟，和谐广场舞翩跹。金牛公园，肃穆庄严。以老庄之旷远，解气象之精玄。官屯石棚，神秘莫测，以原始之工具，造惊人之杰作。周家村赏杏花而忘寝，黄丫口听天籁而弃弦。真实惠惠及民生生意美，金德田园秉诚信信誉彰。望春亭外，天意也随人意焕。唐王河中，王气几时锁龙颜。两军阵前，白袍救驾美名传。物华天宝，矿藏莫测之空间。群山蕴镁，漫岭厂矿出镁砖。青花炉火兴旺，金鼎火星飞溅。镁质产品，誉满宇寰。迷镇储秀于宁静，红旗藏美于大念，蟠龙端庄于悠闲，金牛惊观于巨变。四山连环，相互顾盼。装点镁都娇媚容颜。千年古松，植概于建一，秀才大岭，豪气接九天。

美哉镁都，气象鸿篇。守廉洁以立德，颂文明以改观。勤勉于载道，敬业于奉献。知识富于五车，服务社会理念。江水扬波灼其华，山巅兴云悦其灿。鸟鸣于碧野，鱼跃于晴川。广厦逶迤，康衢长穿。心陶陶于永夜，胸坦坦于暮寒。辽水镁都，河清海晏。

千年古镇，世界名乡。山清水秀，财旺文昌。菱镁水稻，两翼飞翔。书法诗词，双珠闪光。中华梦想，扬帆远航！

杨德辉（1947.3—），辽宁省盖州人，中华诗词学会会员。

陈纲一首

咏营口

旅游景点占名流，营口风光地势优。
月亮湖区宾客乐，望儿峰顶母亲忧。

辽东半岛舟前过，渤海之滨眼底收。

滚滚诗潮如浪涌，纷纷贺稿八方投。

陈纲（1950.3—），江苏省淮安人，营口市诗词学会会员。

陈力嵩五首

盖州青峰阙

濯玉清潭听翠色，养心竹月落泉声。

一笺水墨来何处，竟作青峰云上横。

盖州转山湖

秀水抛罗锦，湖山歇翠云。

鸟来林下和，泉过石旁分。

松子听棋处，清心读妙文。

风吹一带远，旷野正缤纷。

柳梢青·春到蟠龙山

野径浮烟，回廊梳柳，雨在清弦。蓬草含滋，楼亭竞秀，春到龙山。　闲来信步阶前，向暖处，蒸蒸盎然。云作晴歌，风传花信，吐翠心泉。

浣溪沙·黄丫口风情

打起流花作锦弦，苔石听雨翠生烟。群山横卧水云间。野径深深通谷气，清风款款落裙边。我心归处是悠然。

浣溪沙·厢房水库

天水岚屏一道开，粼波剪剪碧云裁。十分仙境下瑶台。　坝底稻花勤探看，堤旁钓叟费思猜。清风泼墨画中来。

陈力嵩（1970.10—），女，辽宁省大石桥人，中华诗词学会会员。

陈永红六首

读《秋枫绝句选》

一

敬佩吾师才智敏，惜缘迟到晚相逢。
馨洁溢透见人品，策勉学生努力行。

二

尤钦孝女手足情，吟至深浓泪眼蒙。
大爱千般真境界，人生事业两功成。

三

崇颂贤良赞正风，铿锵有力爱憎明。
良师益友欣相遇，作赋填词志向同。

辽河平安广场

纸鸢乘势碧空游，白浪扬波入海流。
远望大桥飘玉带，近闻双管伴歌喉。
强身器械谦多让，对弈棋盘战不休。
祝愿国昌民永乐，感恩烈士血挥酬。

正月十五辽河老街观灯

千奇斗艳赏华灯，五彩缤纷照耀行。
喜悦甜歌人欲醉，翩跹曼舞月邀明。
身逢盛世念先烈，国耻萦怀意气升。
众志成城兴旺运，神州大地永昌隆。

我进了社区自娱自乐团

琴声引我进咱群，欣喜相逢快乐人。
团长无私才干棒，众朋有意韵佳频。
风清气正精神爽，曲雅歌甜情更深。
盛世夕阳分外美，老来福健感国恩。

陈永红（1951.10—），辽宁省营口市人，营口市诗词学会会员。

陈永珍五首

落日如画

马蹄绕海蜿蜒岸，落日西沉在远方。
天漫橘红三水染，晚霞第一美如妆。

红海滩

碧水翱翔迎白鹭，碱蓬靓丽似仙魁。
火红海草已连片，道是朱砂映唤来。

山海广场

栈桥宽阔通天宇，直奔巍峨观景台。
汹涌波涛陪伴兴，鲅鱼公主有情痴。

入海歌

依山傍水气吞壮，巍峨神行映影河。
日进波涛汹涌闹，奔腾入海急吟歌。

温泉之都

冰雪虹溪蒙彩雾，温泉名气晓天涯。

升阳祛暑肠舒好，犹似神仙养趣池。

陈永珍（1951.3—），陕西省西安人，笔名乘舟前行，陕西作家协会会员、中国诗歌学会会员。

陈泰山五首

营口文明赞美多

一

营口文明赞美多，丽珠镶嵌大辽河。

飞光溅彩鱼虾跃，腾浪奔涛稻谷歌。

烟水茫茫高铁贯，云天莽莽一桥过。

万家灯火团圆乐，聚力同心梦想和。

二

成真开眼梦南柯，营口文明赞美多。

庙戏娘娘人物演，馆堂载载社情磨。

楞严寺下乡愚化，西炮台中标色梭。

处处熏风传礼仪，心灵净洗任涛波。

三

诚信心灵正义阿，治安环保谱新科。
时风都市扫愚臭，营口文明赞美多。
一代仪规官为度，三章约法事如佗。
布仁施惠天公道，砥德砺才献策番。

四

放开海港锦旗罗，大道生财勇奋坡。
调控百方诚信立，企求千计礼思颇。
街区商贾兴隆旺，营口文明赞美多。
全市繁华强实力，马龙车水舞婆娑。

五

车水蓝天不染疴，是谁描得画图菏？
党团干净除虚假，责帜高扬敲鼓锣。
楼阁亭台新气象，诗联曲赋丽苗禾。
宜游宜业宜生活，营口文明赞美多。

陈泰山（1950.8—），江苏省淮安人。中华诗词学会、中国楹联学会、解放军红叶诗社会员。

陈晓微四首

果园情思

红果枝头坠，秋风摇蜜甜。
农夫心欲醉，喜步小康年。

送剧下乡

踏月披星过小桥，人头攒动喜眉梢。
紧锣密鼓欢声沸，看戏乡民涌浪潮。

采　风

翠绿满眸无点尘，嫣红姹紫伴晨昏。
碧流河水奔腾起，五指山峰动客魂。

盖州辽剧

六十余年业绩新，四弦影调壮辽滨。
唱腔优美传承久，行当齐全韵味淳。
世博扬声五洲赞，下乡送戏万民亲。
京华会演获金奖，成果辉煌端可珍。

陈晓微（1953.8—），女，辽宁省盖州人，中华诗词学会
会员。

邵惠兰三首

望儿山

一

久伫峰巅盼子还，无声大爱泣苍天。
悲歌一曲传千古，遗恨长留泪不干。

二

风雕雨饰造奇观，青塔依云望眼穿。
赤子心忧难尽孝，春晖寸草问平安。

鹊桥仙·登赤山

丹青彩绘，五峰叠翠，看尽名山灵秀。岚烟万壑胜蓬莱，静闻鸟，鱼群戏逗。　心潮逐浪，高怀惹醉，涉险登临攀就。烦嚣忘却笑青猿，过崖壁，琴笙共奏。

邵惠兰（1953.3—），女，北京市人。中华诗词学会办公室副主任。

吴兆源二首

鹊　巢

俗传营口解放前夕，一日黄昏，国民党军队于盖平县（今盖州市）戴峪岭设卡搜查过路人。时我军一侦察员欲过此卡，见此情景，灵机一动，避开敌人，将情报藏于鹊巢。素爱吵噪的喜鹊，此时竟然悄然无声，轮番守护其巢。逾日凌晨，我侦察员安全从鹊巢中取走情报。余感其说，因以赋诗。

鹊巢高筑碧枝间，情报曾经自此传。
可是天心能动物，轮番守护到明天。

行香子·插秧曲

槐吐芬芳，四月天长。岸柳旁，紫燕双翔。和风荡漾，彩帜飘扬。正铁牛儿唱，黄牛儿舞，孺子牛忙。　　池田似画，苗地如床。悄言里，甜润心房。鸿鸣鲤和，点缀春光。看领巾儿红，纱巾儿绿，汗巾儿黄。

吴兆源（1936.6—），辽宁省盖州人，营口市诗词学会理事。

吴明坤五首

月牙湾观海

独步夕阳里，乾坤一线中。
白鸥呼远棹，碧水接苍穹。
拾贝分霞色，听涛沐海风。
横湾弦月小，物我豁然空。

雨后游雪帽山

山光游兴与时同，一步一重画境中。
素壁千寻飞素练，龙潭百丈接龙宫。
听泉汩汩荡心曲，探壑徐徐悦耳风。
小坐怡然抛俗累，天人物我共相融。

冬日登青龙山

壬寅欣踏雪，契友访青龙。
望海寺三叠，喇嘛洞几重。
一山连浩邈，万相出凡庸。
青鸟鸣林杪，层云荡我胸。
尘心旋澹澹，逸趣渐溶溶。
也效高僧意，听涛半壑松。

临江仙·秋访小望海

势起苍龙三水拥，登高意兴融融。西来海气迓秋明。荒基尤述古，石阁恍闻钟。　霜染层林如锦绣，河湖琼带珠莹。小村故事动人听。心飞乡恋曲，鸥鹭作和鸣。

行香子·秋游雪帽山

雨霁观山，碧洗晴峦。横崖处，玉泻珠悬。雁声时过，菊色初妍。醉岭头霞，林间鸟，谷中泉。　循蹊信步，吟朋为伴。趁佳时，漫换清欢。轻抛烦冗，莫负流年。愿心儿宽，身儿健，梦儿圆。

吴明坤（1966.3—），女，辽宁省营口市鲅鱼圈人，中华诗词学会会员。

吴贵鸿五首

清河望月

时逢十五月儿圆，尽洒银辉照护栏。
带状公园添丽景，清河印月美婵娟。

晨练观景

晨步绣龙山，白云吻碧天。
巅峰人影动，曲径话音传。
旭日霞光现，城街衢路宽。
车流行络绎，早市菜蔬鲜。

山乡即景

小河流水柳绿青，车马穿梭有序行。
柞树封山山染绿，葡萄上架架摇红。
高粱抽穗年成好，谷子低头籽粒丰。
鲜果满园销路好，小康万户庆升平。

诉衷情·清河园观景

春来柳树靓枝荣，远看淡黄青。群鸭戏水游荡，岸上汽车鸣。　观美景，到园中，杏桃红。燕儿飞舞，莺唱歌声，处处诗情。

鹧鸪天·家乡游

燕子飞来春打头，花红柳绿荡悠悠。园林翠鸟声声叫，游子歌欢放嗓喉。　船荡荡，水中流，园青水洁去难收。波铺绿毯荷苞秀，留恋家乡一日游。

吴贵鸿（1933—2021），字颖恢，辽宁省盖州人，中华诗词学会会员。

肖怀永五首

忆盖州诗人高希利

双手粗糙技艺高，修鞋路畔乐陶陶。
吟诗作赋友朋聚，洒墨挥毫泛碧涛。

注：当年吾与盖州诗人高希利等曾于聚华胡同一起草创民间诗社"未名诗社"，今诗人不在，吟小诗一首以念。

读《古今绝句精品类编》有感

一

日夜勤思不倦吟，真情编选费艰辛。
慕名四海鱼龙跃，也共临风阅古今。

二

集萃书成大雅音，黄钟大吕振凡心。
天河攀作摘星手，岂是辰州等闲人。

注：喜阅汤和伟老师所编《古今绝句精品类编》一书，因成小诗两首。

游石门水库

山环碧水宇阁间，一望平湖镜影悬。
乘兴野游无尽意，清波掬起洗尘喧。

忆江南·双台

　　双台好，碧水荡清涟。地热温泉疾病祛，人工浴场浪
花翻。笑语欢声传。　　双台好，小镇美如嫣。淳朴民风传
世代，清新话语注心间。游此忘忧烦。

　　肖怀永（1978.3—），辽宁省盖州人，中华诗词学会会员。

辛可六首

游团山国家级海洋公园感吟

一、海蚀奇景
哪位神仙刻艺刚，竟将涯岸作镌廊。
十八亿载精凿錾，海蚀团山盛誉扬。

二、红沙滩
一片朝霞落海湾，炫燃十里大沙滩。
八仙到此皆惊叹，泼墨挥毫著玉篇。

三、九龙泉

九龙除害保平安，鳞片化成甘洌泉。
普惠渔民恩义重，千秋万代永流传。

四、北海禅寺

巍峨雄峙海湾边，古刹钟鸣万里船。
威镇狂涛惊浪险，航行护佑保平安。

五、烽火台

当年御寇起狼烟，烽火燔烧信号传。
今日登台观海景，千帆逐浪报平安。

六、北海沙滩浴场

沙细波清浴客欢，滩平水静享天蓝。
小吃街上尝鲜味，再赏夕阳入海眠。

辛可（1947.9—），实名赵泽军，河北省邢台人，河北省诗词学会会员。

汪凤森五首

鹧鸪天·赞盖州

古邑边陲历史悠，物华天宝富辰州。仙人岛屿含神韵，瀑布龙潭荡紫绸。　书荟萃，写风流，钟灵毓秀占鳌头。诗词盛誉名中夏，经济繁荣争上游。

鹧鸪天·游莲花观有感

道观依山傍水边，鼓钟楼上语惊天。遥观渤海千重浪，近看农家万顷田。　说意念，溯根源，汇集古圣与先贤。无为而治和谐处，万物生灵法自然。

鹧鸪天·青龙山

渤海之滨有险峰，青龙山岭育芳琼。奇花异草争鲜艳，翠柏苍松竞郁葱。　观隧道，赏迷宫，禅堂寺庙阅真经。人文底蕴层深厚，回味无穷荡古风。

鹧鸪天·望儿山

渤海苍茫飘彩云，险崖峻峭仁娘亲。幽亭宝塔遗仙骨，碧水青山化母身。　晨翘首，暮凝神，心怀挚爱意长存。慈鸟反哺多行孝，寸草春晖报厚恩。

鹧鸪天·辽河赞

九曲蜿蜒向海湾，辽河奔涌卷沙滩。白鸥踏浪捉虾蟹，苍鹭逐波灌稻田。　　船往返，舵轮旋，飞流叠落溅篷帆，携星挽月粼光漾，润谷丰禾碧水欢。

汪凤森（1954.6—），黑龙江省望奎县人，诗词爱好者。

迟耀龙一首

西炮台

初探野渡感多生，仿佛悲笳绕耳鸣。
待向鸥边舒望眼，蒹葭残堞暮云横。

迟耀龙（1955.8—），辽宁省盖州人，诗词爱好者。

郑综四首

登西炮台

细抚惊心究可哀，弹痕隐约问谁来。
曾经血染辽河口，几度魂伤铁炮台。
残垒百年犹许鉴，故城今岁复思裁。
登高四顾风光好，久锁愁肠此夕开。

过老街

羁怀同漫步，疑似画前游。
老铺高名久，长街大业稠。
中西风合璧，日夜客勾留。
百载还思奋，滨城引醉眸。

游辽河岸

浚波向西去，无语足销魂。
芦苇轻摇径，渔舟晚到门。
云留斜日影，鸥竞旧潮痕。
海气清娱眼，津头一笑论。

参观王充闾文学馆

勿说红楼小，倾情兴不穷。

声名无愧世，文字每惊瞳。

发彩翻成锦，凝光化作虹。

生花案头笔，纪录尽由衷。

郑综（1956.12—），吉林磐石人，网名黑石头人，副主任医师。中华诗词学会会员，吉林省磐石诗词学会会长，关东十三友成员。

郑日清五首

西炮台

铁炮孤横故垒残，霜侵葭苇又生寒。

征鸿不管人间事，一字飞来落旧滩。

游雪帽山

夏日无冬雪，何来雪帽山。

峰高云上下，林密鸟飞还。

瀑布岩间泻，宝坊白日关。

叩门前问道，松畔水潺潺。

圣水河

山下平畴泉涌河，西渐碧海古流波。
野田黍稷蒿堤柳，沙径木桥兼水鹅。
饮马唐王兹驻跸，还乡旗将此栽荷。
而今不见蜿蜒去，雾满楼城雁字过。

游朴家沟村

谁家依嶂小桥西，沿壑行来路转迷。
汲水老翁淳敵圃，搓衣少女浣清溪。
花争篱畔摇黄紫，秋上枝头坠枣梨。
山掩柴扉蔬掩径，一声犬吠一声鸡。

夏日雨后登东山

生如水中月，幻游鉴内天。堪笑梦里叟，时爱陟层峦。雨后尘埃净，岭前云树攒。结轸葐葐路，攀缘葱茜山。仰上天沆漭，俯下气汗漫。郁郁绮木壑，谡谡长松巅。蒿草属陂绿，野芳入坳妍。举步榛牵袖，拨枝露泫冠。激激埒流遽，碟碟鸟语欢。雉雏桑丛里，蜂鸣花径间。丘沃硕桃李，池湛肥鲔鳣。牛嚼林中息，鹊惊杪上喧。岩阿甚幽谧，窈窕任流连。流连霏霏夕，箕坐月探看。相看两相忘，风轻夜自阑。

郑日清（1949.11—），辽宁省营口市鲅鱼圈人，中华诗词学会会员。

郑兆烈五首

咏石门水库

谁润辰州五谷丰？清流万缕汇城东。
一湖碧水千秋景，两扇石门百世功。

秋　梦

金风玉露透轩窗，一枕清凉幽梦长。
半载辛劳挥汗处，瓜甜果硕五粮香。

征　鸿

万木霜霞映晚秋，群山叠彩碧空幽。
征鸿阵远人千里，不改痴心恋九州。

晨　钓

清河镜水缓流西，云影天光十里堤。
疏柳寒蝉销晚翠，孤舟老叟钓晨曦。

初　雪

洁目清心始见白，六出阡陌净尘埃。
家山回望犹苍黛，唯愿瘟君莫复来。

郑兆烈（1956.10 —），辽宁盖州人，诗词爱好者。

郑庚满五首

营口三港颂

辽水欢歌入海门，营川三港耀乾坤。
巨轮破浪龙昂首，逐梦前行万里奔。

二台石棚

石棚矗立二台山，写尽沧桑智慧篇。
惊叹古贤留胜迹，中华源史四千年。

辽河大桥赞

谁架长虹靓埠城，人歌新建大桥横。
神龙一吼飞车过，千载辽河扬笑声。

盖州新貌

清河水碧向西流，不息千年润盖州。
东有丘陵梨果盛，西临渤海蜇鱼收。
仙人岛港乾坤变，异国商船来往稠。
古邑西移南展秀，待看明日上层楼。

游圣水观瀑

一路青山一路花，香风送我到农家。

清泉汩汩荡波浪，细雨蒙蒙润柳芽。

举步登峰攀险径，放眸观瀑挂悬崖。

飞流犹是白龙舞，日映中天现彩霞。

郑庚满（1956.6—），辽宁省盖州人，中华诗词学会会员。

易兆鸿四首

读王充闾先生《人才诗话》有作

人才诗话好，意旨隽而深。

破土千竿竹，凌云一片心。

古今宜做鉴，诗史足堪箴。

取士须珍重，何劳再筑金。

营口金牛山古猿遗址

揖别人猿卅万秋，沧桑曾几识沉浮。

层岩直是编年史，幽洞堪称度日楼。

化石悠悠知剑虎，传闻娓娓道金牛。
拓荒今古辽东岛，一脉相承共索求。

营口市楞严禅寺

巍巍宝刹曰楞严，殿宇宏开竞万千。
懒去深山争福地，偏来闹市结仙缘。
顾名但觉心为本，取静犹堪意入禅。
配得芳园春更好，风光不尽亿斯年。

南乡子·悼念杨士首先生

原本楚狂人，剑胆琴心见性真。朝夕过从承教益，何
谆。噩耗惊闻痛断魂。　　桃李竞芬芳，学报筹编笔有神。
同实异名夸巨典，堪珍。更著长城锦绣文。

易兆鸿（1926.2—2004.9），辽宁省营口市人，中华诗词学
会会员。

孟秀敏五首

入海口晚霞

恰似新娘红盖头，彤云万里入眸收。
夕阳也有思春日，嫁与东风好个羞。

明湖探梨花

勿疑玉蝶幻千身，始信清馨到绝尘。
湖上春光多少美，分香不必问他人。

明湖赏桃花

和谐风信最缠绵，取次红云作锦笺。
我借桥东栖一角，无须日日付花钱。

明湖赏槐

例数高枝万点霜，莺啼鹊舞沐初阳。
虽无双翅翩翩美，却有赊来细细香。

七绝·明湖观荷有感

莫笑为君笔下痴，薛笺墨里且裁诗。
风摇绿盖香盈袖，一寸禅心落锦池。

孟秀敏（1956.4—），女，辽宁省营口市人，中华诗词学会会员。

庞丽英一首

赞美营口

经济腾飞港口城，高标科技获殊荣。
航通九域民生富，誉达三江国贸赢。
月亮湖中风景丽，仙人岛上旭光明。
长桥架彩祥云渡，入海辽河气势宏。

庞丽英（1963.8—），女，网名语歌。山西省太原人，中华诗词学会会员。

周起科五首

唐王河晚赏

夏日和风晚爽凉，何人水畔意徜徉。
就中犹喜垂竿者，不钓鱼儿钓夕阳。

唐王河寄怀

河边日日赏朝霞，老癖无非诗酒茶。
千载唐王何处去，浪花一片映芦花。

迷镇山海云寺

日暮风寒独自行，归巢鸟雀寂无声。
悠悠钟磬传何处，迷镇禅林月影中。

题古人类遗址金牛塑像

雄踞山巅望海平，犹能蓄势不纷争。
他年紫气东来处，无际苍穹梦越行。

大石桥河畔怀古

古镇今难见古桥，新楼栋栋起南郊。
芦花千载知兴替，每遇人来把手招。

周起科（1955.4—），辽宁省营口市人，中华诗词学会会员。

周德良五首

咏驼台铺村

十字华灯照街平，两桥山拥水环迎。
钟灵村镇山川绿，毓秀田园枝叶青。
桃李含苞花灿烂，玫萄饮露果丰盈。
指看雷火瘟神灭，苦尽甘来歌乐行。

青龙山感赋

一

牌楼古靓轩，石径险迂攀。
鸟戏林梢乐，蝶飞花丛鲜。
登峰观市井，上阁望舟帆。
海港弥晨雾，云开万里天。

二

篱笆巧束栏，秃岭变花园。
树壑枫鸣谷，龙潭水涌泉。
深桥驰野兔，峭庙噪金蝉。
湮蔽林阴处，悄声情侣谈。

墩台山

墩台古堡压岸边，矗立云端望海山。
风雨洗磨千尺剑，沧桑数点万杆帆。
浮天潮云掀呵壁，漾月松涛涌锁烟。
一览尽收港区景，兴隆百业鲅鱼圈。

西江月·鲅鱼圈马拉松

区北旌旗猎猎，区南大戏匆匆。赛参人涌万千重，全路从容追送。　健勇齐冲夏绿，神奇更比旗红。上天飞器响隆隆，直播风光轰动。

周德良（1949.4—），辽宁省营口市鲅鱼圈人，中华诗词学会成员。

苑庆荣二首

辽河大桥

营盘天堑变通途，车水马龙培运都。
重任委肩担道义，霞光万缕绘奇殊。

辽河吟

一泻三千里，飞腾汇海洋。
神交四季果，仙润万年粮。
艳饰山光远，恩绵汉满长。
胸怀淡泊志，宁静遗琼浆。

苑庆荣（1951.10—），辽宁省营口市人，营口市诗词学会会员。

苑武业五首

春回大清河

东君又顾大清河，柳眼初开望碧波。
一抹纤云水中影，悠游鸥鹭觅泥螺。

归州万亩桃园游记

丹霞十里染平丘，世界吉尼斯迹留。
痴醉桃园迷忘返，武陵源本在归州。

注：1995年归州团朴村一单体大桃重1040克，入选上海
大世界吉尼斯纪录。

故乡行

别梦依稀五秩年，乍回心底激情添。
七盘峻岭观新貌，清河碧水奏和旋。
途坦楼叠路灯亮，轿车泊停农户院。
艳阳璀璨山乡变，僻壤市都共梦圆。

赤　山

高矗行云插碧空，盘根地角傲穹隆。
遥观雾罩青川隐，近看平吞日月星。
猿曳枯藤戏古洞，鹰旋涧底听泉声。
登临骚客吟诗赋，共赞辽南起赤峰。

春　游

故里踏青情切切，一石一木意萦萦。
山南梨花妆白玉，崖北踯躅抹丹红。
澄堰黄鹂啼嫩柳，绿林布谷唤春耕。
登高尽是好风景，万里春光似画中。

苑武业（1946.10—），辽宁省盖州人，中华诗词学会会员。

宗学栋一首

老街元宵灯会观感

老街十五夜阑珊，璀璨霓虹亮辽南。
三教九流集渡口，五湖四海会营川。
鱼翔天宇观自在，虎卧凤阁意悠然。
锦簇繁花呈溢彩，神州盛世史无前。

宗学栋（1974.8—），辽宁省大石桥人，诗人、书法家。

金锋四首

营口鸟浪

候鸟归来霞满天，秋去春回又一年。
万里跋涉游故地，如波似浪戏渔船。

春到鲅鱼圈

杏花朵朵柳青青，拂面和风闻鸟鸣。
高傲风姿争吐艳，春光美似画风情。

槐　花

辽南五月赏槐花，串串枝头吐艳华。
白雪紫云飞画卷，槐花仙子到凡家。

游红海河

河畔秋临鼓浪喧，依依杨柳舞翩跹。
碧波推开丹青卷，垂钓渔翁乐自闲。

金锋（1953.1—），女，原籍吉林市，现居营口市鲅鱼圈区，营口市老年诗学会会员。

金华成三首

鲅鱼公主

渔子乘槎捕锦裳，声声笛韵入沧浪。
有缘而至终难得，相救之恩不可忘。
碧海绿珠光万里，红尘紫陌德千仓。
鲅鱼圈外频求问，营口人家更善良。

营口风光

辽东水脉碧如练，流尽沧桑事杳然。
海口云霞笼瑞气，河心月饵钓苍烟。
登临故垒炮声远，兴废名街商客连。
改革放开才一瞬，已书盛世锦千篇。

鹧鸪天·咏营口

溪顺辽河闯海涯，高天雁阵剪云霞。炮台锦瑟弹春曲，营口新装得宠嘉。　帆点点，水哗哗，通商口岸接千家。君怀改革东风劲，共搏潮头渡远槎。

金华成（1962.7—），江苏省淮安人。中华诗词学会会员，江苏省诗词协会会员。

金家庆二首

观西炮台有感

辽河口上古台残，火炮难防疆海安。
入室列强杀掠狠，天朝大国受奇冤。
留存旧迹垂青史，启示今人醒后贤。
金瓯一统除欺辱，国富民强梦终圆。

赞辽河大桥

长虹吻岸辽河口，双塔巍然刺碧空。
天堑通途昨日梦，五城连线建奇功。

金家庆（1947.3 —），辽宁省营口市鲅鱼圈人，诗词爱好者。

林从龙一首

于天墀诗集问世

一卷新书出盖州，嫣红姹紫不胜收。
群星璀璨清诗苑，又有明珠踞上游。

林从龙（1928—2019），湖南省宁乡人，《中华诗词》副主编、中华诗词学会副会长，河南诗词学会会长，著名诗人。

林书明四首

"五一"做客矿洞沟毛岭农家

一

驱车一路郁葱葱，假日微游直向东。
毛岭春归桃李尽，梨花似雪遍山中。

二

千寻壁下见山家，芳草丛中遍野花。
院外清泉敲石韵，掬来几捧好烹茶。

三

鲜鱼野菜嫩山羊，老酒开坛满室香。
昔日穷乡今富庶，亲朋欢聚话尤长。

沈延毅纪念馆

臧家老宅古城中，绿树浓荫矗沈公。
翰墨雄浑源魏法，诗文清逸继唐风。
胸怀国事期强盛，心系乡情盼福隆。
简朴一生存傲骨，时人有几与君同。

　　林书明（1956.7—），辽宁省盖州人。中华诗词学会会员，辽宁省书法家协会会员。

范守谦一首

赠张如升大兄

流水高山一曲琴，伯牙何处得知音。
衣冠旧雨劳回首，文字新交结素心。
桃李尽夸容色好，松筠能耐雪风侵。
山河举目都如此，诗酒忘形自纵吟。

范守谦（1911—1973），辽宁省营口市人，诗人。

郎希武一首

游鹤阳山莲花观

峭壁巉岩紫气森，参差道观翠微云。
野花醉爱神仙地，海浪歌传钟磬音。
老去函关遗道长，兴来骚客拜山门。
拂尘掸就凡俗子，好向鹤羊缘卜邻。

郎希武（1959.9—），辽宁省盖州人，中华诗词学会会员。

祝多民四首

盖州北海龙宫

如象犹狮似巨鲸，波翻浪卷眼前横。
森森成列百千帧，多少光阴雕琢成？

游赤山

五峰映日接云天，溪谷幽深散野烟。
莫惮崎岖山路险，安行桥栈赏林泉。

盖州白沙湾

黄金海岸换新装，浪缓沙柔鸥鸟翔。
一至槐荫游憩久，清风缕缕送幽香。

熊岳火山公园

金源胜迹史流传，海岳巍巍筑此间。
昔日荒丘走狐兔，今朝花绽客悠闲。

祝多民（1970.10—），辽宁省盖州人，中华诗词学会会员。

闻达五首

营口看落日

夕阳燃海面，霞蔚彩云天。
无忍相离别，留些散碎钱。

营口鸟浪

潮头生羽翅，空中荡秋千。
疑是惊涛浪，谁知鸟蔽天。

营口红海滩

涛声擂战鼓，佳丽喜郎归。
脸上施胭黛，滩头映日辉。

牛庄邮政局

舳舻云集地，驿使马骑行。
昔日通商口，龙邮运势兴。

注：牛庄，即营口。

夜宿鲅鱼圈

夜半升新月，涛声伴宿眠。
灯光尤梦境，公主也缠绵。

注：鲅鱼公主，海中塑像。

闻达（1957.6—），辽宁省营口市人，中国写作学会会员、中国微型诗社会员。

姜继强二首

登楞严塔

漫登宝塔上天游，色彩纷呈眼底谋。
绚日榴红香寺院，垂丝草绿满山头。
落湖碧水轻舟去，绕郭丹丘白鹭讴。
仰慕层层惊翰墨，名家高手露风流。

沁园春·营口颂

宝塔巍巍，耸立滨城，气势飞鸿。赏蔚霞曙色，声涛涌面；辽河靓影，峡谷明茊。大笔书天，长桥拔地，花雨缤纷收眼瞳。红滩草，看三台秀色，九域航通。　　银波溅起珠龙。翡翠岭、狼烟画卷棕。听青山泉响，白沙和韵，百年老港，四季方隆。沃土肥良，矿囊丰富，绿化林园草木葱。千秋颂，地灵人杰魅，再踏巅峰。

姜继强（1952.11—），笔名雪金。湖北省大冶人，湖北省诗词学会会员。

饶 德 睦 一 首

鹧鸪天·大美营口

璀璨明珠渤海湾，大辽潮涌滟云天。金牛漫步银鸥集，紫陌纷繁碧海绵。　红地毯，望儿山，夕阳入海涌沧澜。鲅鱼公主潮头立，守护营州一万年。

饶德睦（1962.3—），河南省光山县人，中华诗词学会会员。

赵彦久五首

营口鲅鱼圈区
建港四十周年抒怀

回眸本是小渔村，开埠至今纳巨轮。
山海林泉游客涌，鲅鱼螺鲍味纯臻。
引来商企八千户，吞吐物流三亿吨。
名跻中华十大港，明珠闪耀创殊勋。

营口理工学院建院寄怀

筹谋蓄势几经年，营口理工欣梦圆。
面向国家三战略，肩膺沿海五高端。
兴邦治世人为本，启智昌民教乃先。
喜看新黉培玉栋，更期学子耀辽川。

登老轿顶峰抒怀

一顶临三市，辽南第二峰。
林荫遮险路，植被尽原生。
蚕宝栖柞叶，松菇撒腐坪。
谷间村舍隐，犬吠曝人踪。

营口市入选"全国诗词之市"有感

营川全域筑骚坛，结社开班诗兴燃。
唱诵神州吟故土，评说历史赞今贤。
老侪文蕴冰缘水，新秀华章青胜蓝。
辽海飞涛歌盛世，唐风宋韵总承传。

西江月·鲅鱼圈山海广场素描

濒海依山成景，平台高架云端。鲅鱼公主踏波还，献上宝珠慰念。　海属生肖傲立，渔笛妙曲招仙。天球星宿降平安，夜赏灯泉璀璨。

赵彦久（1948.6—），回族，辽宁省台安人，辽宁省诗词学会诗词专家委员会委员，中华诗词学会会员。

赵林英十首

登西炮台感怀

更迁岁月史难迁，抚炮硝烟绕眼前。
多少身躯捐祖国，一如故垒土心坚。

喜赋新西市崛起

当年渔火没沟营，点亮近河西市灯。
一自长虹飞架后，卧龙湾畔起新城。

瑞昌成

一

貌袭江南回字楼，大洋慷慨百千投。
纷纷商贾八方至，信誉经营第一流。

二

国耻难忘九一八，腥风坏地倭如煞。
丝绸沦落陷夷商，经济民生遭扼杀。

注：在日寇的掠夺扼杀下，瑞昌成沦为日商的丝绸加工。

三

历经劫难苦相撑，卅载兴衰风雨程。
义帜从飘营埠地，硝烟洗礼瑞昌城。

注：当年驻兵营口的国民党师长王家善,起义配合解放军解放了营口。

四

盛世风吹到老街，复苏春雨润枝柯。
荣登省馆誉文物，再起辉煌好放歌。

营口文化名人馆

一

谁言关外乏诗文，此处华章入眼真。
幸有官员施政策，翻街建馆塑精神。

二

如今盛世富诗文，渤海辽河流韵新。
多少传薪真国手，垂成青史馆藏珍。

营口鼋神庙

为贪香火泛辽河，自古传闻灾害多。
无奈捐资修庙宇，有鼋尊享佑嘉禾。
今来雨顺风调祭，尽奏民康国富歌。
天架彩虹南北渡，和谐社会起高科。

营口楞严寺

渤海辽河史可依，苍天典定寺林稀。
真经常诵佛心驻，法鼓频敲圣意滋。

古塔重恩施造化，众生普度佑神奇。
关东四大高禅院，马首鸿名世不欺。

赵林英（1977.11—），女，辽宁省营口市人，中华诗词学会会员。

赵洪柱五首

滨城之秋

田野染金黄，林间硕果香。
归船鱼蟹满，闹市卖家忙。
老埠新图展，金滩瑞气扬。
身居荣福地，向晚乐祺祥。

赞中华诗词之市营口

群英济济展豪情，北界营川来领盟。
揽得匾牌辉海外，争相翰墨赞诗城。
金牛旧体辽河继，奔月出关禹甸行。
笃定初衷歌盛世，华章赓续再长鸣。

敬王向峰老师

当年三载做学生，白首重逢在柳城。
仰慕文坛崇巨匠，争书时代亮文星。
达人君子青编载，翘楚英才盛誉盈。
桃李竞妍春满苑，承蒙解惑念恩情。

赞原学玉老师

辽南才子早闻名，营口十佳榜上行。
争道诗篇惊四座，长教翰墨颂群英。
心驱笔走高天志，目纵神飞大海情。
飞雪漫天常笑对，清风两袖傲人生。

探春慢·家乡秋思

辽水红天，霞西南雁，群鸥鸣唱嬉耍。白苇花黄，金滩蓝海，写满诗情意画。登顶处观看，望峻岭，连绵南下。有良田泛金黄，林间香果飘野。　　三五黄昏小聚，弹唱晚渔舟，没沟春夏。舳舻如林，千帆竞发，回望沧桑佳话。白发遮红颜，笑纵论，唱吟潇洒。向晚霞辉，虹飞彩练天挂。

赵洪柱（1954.10—），辽宁省营口市人，中华诗词学会会员。

赵洪来五首

喝火令·秋日登赤山

飒飒金风爽，山间款款行。树约云鸟戏悠亭。古刹塔林奇洞，雕塑画中情。　畅达先贤志，抒怀至圣胸。愿随前路觅仙踪。看那飞泉，看那怪危峰。看那火般枫叶，妆点这秋红。

鹧鸪天 · 乡村仙境

雨过山村绿半天，风来幽谷唱花鲜。老牛信步田间走，小燕翔嬉枝上欢。　童亮嗓，叟拉弦，蜂蝶起舞绣斑斓。寻得五柳悠然地，学做修篱去种田。

水调歌头 · 钟鼓楼

风雨洗今古，冷暖过钟楼。匆匆路客多少？静谧品春秋。商贾梨瓜讨价，怒马鲜衣车叫，争噪几时休？一个是图利，一个为名头。　盖州城，清河水，荡悠悠。土豪将相，光阴答释付东流。暮鼓绵长惊鸟，唤醒凡人些许？雷部目含忧。遥看浮云意，因果奈何修？

注：雷部：钟鼓楼上有"雷部潮音"的匾额。这里指钟鼓楼。

八声甘州·大清河感怀

望夕阳泛起艳腮红，霞光满辰州。看清河碧水，涟漪倒影，鱼蟹争游。钓者频频下耳，惊醒懒闲鸥。唯有桥边柳，惬意悠悠。　谁在岸堤信步？任金风撩面，诗涌心头。蘸浓浓香墨，万语赋盈秋。眺前方，浪花翻滚，壮波澜，奔泻不停休。滔滔曲，把豪情志，唱予洪流。

沁园春·观沈延毅书法

海纳江河，古汇云烟，腕底纵横。揽龙门豪迈，临颜习柳，子贞领舞，开辟苍穹。磔捺如刀，似欹反正，瘦硬独垂披率风。生花笔，看银钩铁画，气贯长虹。　书坛谁与争雄？引魏法碑学一老童。念俊卿广厦，望峰兴叹，南沙西圣，略逊辽东。翰墨名家，元白叔亮，拱手齐欢敬在胸。天行健，焕耄耋神采，唯我延公。

注：龙门：指《龙门二十品》。这里泛指沈老所临全部魏碑。子贞：何绍基。俊卿：吴昌硕。广厦：康有为。南沙：沙孟海。西圣：于右任，陕西人，时称"当代草圣"。元白：启功。叔亮：陈叔亮。

赵洪来（1969.1—），辽宁省盖州人。中华诗词学会会员。

赵起顺二首

重游万福圣水寺

再踏清幽境，情思分外稠。
梵宫观客老，霜叶映金秋。
览胜留新影，攀岩忆旧游。
浅斟林密处，挚友话从头。

营口西炮台怀古

芦苇萧萧故垒凋，涛声依旧忆前朝。
故国颓势遭劫难，似虎恶邻挥战刀。
钝炮难敌强盗舰，先贤誓死不折腰。
如今华夏重崛起，洗却前羞立大潮。

赵起顺（1940.1—），辽宁省盖州人，中华诗词学会会员。

赵志祥二首

山村秋色

沿坡遍野铺金菊，漫岭延崖染赤枫。
富士嫣嫣呈粉透，香梨硕硕展玲珑。

遥观稻谷畦畦灿，近看高粱片片红。
正赏山村佳秀景，闻歌但见果收翁。

营口降龙之地

史载没沟八秩前，倾盆如注灌营川。
蛟龙神兽九霄坠，海口西关万众瞻。
十米长身留体骨，百厘高角入眸帘。
当今碑立降龙地，震惊国人举世传。

赵志祥（1943.4—），辽宁省营口市人，营口市诗词学会会员。

赵国才一首

营口炮台

怒潮惊浪正冲发，虏炮隆隆忆寇杀。
屈辱鞭身安可忘，斩魔长剑欲出匣。

赵国才（1958.10—），网名大野芳菲，辽宁省兴城人，辽宁省诗词学会会员。

赵希友五首

营口地名由来

住室似窝棚，清关牧垦荣。
没沟营口岸，日久享之名。

拾级步云山

高峰挹翠上昆仑，溪水长歌壮国魂。
雾霭蒙蒙听候鸟，林涛阵阵起芳村。
青山古树千年秀，碧涧清流万壑痕。
更喜同人邀伴旅，神州赏景感天恩。

三道岭水库

玉带飘飘十里茫，峰峦壁峭映斜阳。
深浓野色莺啼瑞，碧绿波纹鱼跃祥。
更采千岩云竹瘦，时生万象雨花芳。
佳人陪钓添风景，四季由来一道光。

玉蝴蝶·咏春

韵满九州如画，山峦起伏，李艳桃红。馥漫樱开，红杏巧出姿容。月光寒，林园缀翠；日照暖，溪畔渔翁。久凝峰，燕穿枝叶，蝶舞芳丛。　欣逢，知音共约，酒杯茶盏，笑自肠衷。逸兴遄飞，几章吟诵寄情浓。雨停唱，云端过雁；寨续游，陌上葱茏。趁东风，地头忙种，产业腾龙。

沁园春·贺冰云师之母亲百岁寿诞

百岁修来，贤慧持家，四世同堂。看精神矍铄，嗣孙繁茂；仙姿卓尔，瓜瓞绵长。岁月蹉跎，春秋感慨，展鹤松风世代昌。能贤拜，令忠贞孝悌，长发其祥。　英名德重传扬。可照影三星有热肠。记慈风顾我，怀歌月满；高情待客，谆语心香。天道酬勤，承铭祖德，喜做工蜂酿蜜芳。孙生远，愿真诚祝福，万寿无疆！

赵希友（1958.3—），网名正能量向上，江西省宜春市人。中华诗词学会、江西诗词学会会员。

赵淑艳六首

洼岭秋描

古木扶疏绕岭洼，林泉菊影戏鱼虾。
朝晖不到溪湾处，鸡拓双桥印竹花。

春游杨运乡

和风习习绕山崖，遍布生机几十家。
岸畔鹅黄归柳色，坡沟雪白灿梨花。
盈畴麦绿方方翠，满岭山丹片片霞。
鸟唱机耕河奏曲，东君畅意绘春华。

暮行响水河畔

晚赏余晖暮影长，炊烟柳岸渐苍茫。
虹桥畅浪河流碧，阁榭垂丝水带香。
一片霞光撩野畔，几声鸟语出林桑。
随风入画舒怀抱，漫步行吟满锦囊。

观营口大学学生书法展

渊源笔路几沧桑，北派南宗会一堂。
尽态烟云皆郑重，颜筋柳骨自铿锵。
开来继往培桃李，启后承前步圣章。
喜蘸滔滔辽海水，欣书墨字满庭芳。

畅游辽河湾

起步辛离古炮台，欲同海口比胸怀。
身心荡涤风尘粉，手足腾扬世俗霾。

洗尽铅华还本色，冲飞欲望放形骸。
城蜗久困离乡子，喜唤高潮大浪排。

题熊岳青龙山喇嘛洞

山含古洞细长圆，喇叭神形本自然。
穴吐烟霞飘故事，松参释道悟林泉。
峰峦起伏青龙啸，峡谷流连黑隼旋。
登临绝顶光明眼，渤海潮腾浪拍天。

赵淑艳（1950.12—），辽宁省营口市人，营口市诗词学会会员。

胡光阳一首

大辽河入海口之落日鸟浪

海河相拥日低悬，金笔一支行赤笺。
鸟浪掀空千点墨，无穷写意到天边。

胡光阳（1957.9—），辽宁省营口市人，营口市诗词学会会员。

宣奉华四首

盖州行

感念辰州太守贤，兴诗重教意拳拳。
文章信是千秋业，锦绣前程万里帆。

参观盖州市长征小学

功利无量事，诗书育童生。
满园桃李艳，悦耳听歌声。
腕底锋锋劲，长途日日征。
师恩深如海，浩阔待龙腾。

惜别盖州

辰州形胜处，御景沐温泉。
浩荡清河碧，晴明天海蓝。
青龙盘雪帽，母爱望儿山。
回首匆匆别，秋风挽袖衫。

望海潮·盖州海滨纵目

盖州滨海，沧波浩渺，鲅鱼仙子淹留。玉立亭亭，飘
飘裙带，随风逐浪沉浮。云际唤孤鸥。眺青龙岩岫，赤岭

青牛。竞艳丹枫，汪洋独立畅清秋。　千年胜迹林稠。忆秦皇魏武，碣石飞舟。直挂征帆，冲霄破壁，垂天鹏翼悠悠。豪兴激湍流。奏铜琶铁板，引吭歌讴。遥对狼烟点点，慷慨赋登楼。

宣奉华（1942—），女，安徽省肥东县人。高级记者、诗人，曾任新华社安徽分社社长，中国新闻学院副院长、教授、研究生导师，中华诗词学会副会长等职。著有《朱云风摄影艺术》《涓流集》等。

星汉一首

贺《盖州诗词》创刊

吟旌高举费神思，北国风光正此时。
倘是诸君再西望，天山我唱盖州词。

星汉（1947.5—），实名王浩之，山东省东阿县人。新疆师范大学文学院教授，中华诗词学会副会长、顾问。

郝善敏六首

咏家乡营口

炮台遗迹剑铭勋，帆影鸥翔映彩云。
海浪腾烟千古画，辽河奏曲九霄闻。

夏曦漫步辽河岸

盛夏青波暑意消，海鸥傲舞赏流潮。
池蛙雨过欢声荡，岸柳风梳倒影摇。
白鹤芳心挥羽翼，黄鹂絮语聚枝条。
人痴仙境歌营口，客醉辽河雾锁桥。

抗日英雄王德泰

一

驱倭苦战历硝烟，德泰抛头赤胆捐。
半岭埋身功贯月，疏林洒血绩惊天。
充饥草叶忧民痛，寄体蓬根克敌旋。
一代风云歼日寇，千秋禹甸锦旗妍。

二

金刚宁断不成钩，德泰抛颅碧血流。
壮志英雄书国史，丹心节义染云头。

甘为理想忠魂献，冷对蓬莱小丑求。

伟绩人生民敬奠，芳名永世耀神州。

注：王德泰（1907.5—1936.11），辽宁省盖州（今天大石桥博洛铺詹村）人。任东北抗联一路军副总司令兼任第二军军长。民政部2014年9月1日公布的第一批抗日英烈名单中有王德泰烈士！

颂家乡营口市

月下裁诗恋故园，晨曦漫步醉河边。

莺声岸畔疏林隐，燕舞城中古寺禅。

似画芳郊飞白鹤，宜居曲巷锁尘烟。

家乡改革呈新貌，市井霞辉耀碧天。

故乡营口晨辉

老翁晨步海堤边，岸柳风梳奏曲弦。

鸥鹤来迎晴后日，鸳鸯划破水中天。

朝霞掩映晖潮涌，碧雾轻盈细浪旋。

营口曦辉君醉眼，挥毫赋咏故乡篇。

郝善敏（1950.4—），吉林省人，网名老顽童，中华诗词学会会员，吉林省诗词学会会员。

姚福堂十八首

万福三道河原生态景区

一

莅临辽东郡，万福后闫闸。
春山将军画，水木湛清华。

二

碧蓝三道河，源开九连环。
玉带阴阳曲，路幽十八弯。

三

回首龙鱼山，赤胆诚可嘉。
蜿蜒走龙脉，天宝生物华。

四

奇峰东西卧，泉涌动地歌。
峻壁千秋蠹，龙鱼掀浩波。

五

七彩凤凰台，九苞日升腾。
桐高凌云汉，雏清老凤声。

六

永寿灵龟潭，扶犁百岁翁。
镇宅伏虎岗，居家享太平。

七

膜拜卧佛岭，修行缘八方。
端木金蟾冠，纳才善德堂。

八

下榻老野馆，美酒敬椿萱。
客鹊交柯树，鸳鸯并蒂莲。

九

兰陵桂花醇，玉碗琥珀光。
马足倦游客，鸟鸣斟酒偿。

十

云海麒麟峰，亲吻北斗星。
求正官玺印，光宗耀祖荣。

十一

洗心红霞浴，避暑净熏蒸。
港湾龙抱蛋，世代运昌隆。

十二

瑶巅小天池，　蛙喧曲抑扬。
乾坤藏紫气，　四季吐芬芳。

十三

天赐飞来石，　风拂惠心房。
圣洁欢喜地，　福佑汇吉祥。

十四

海岱古文风，　宏愿系山河。
云楼传魏法，　石刻舞婆娑。

十五

寒岩思无邪，　深坳粮有仓。
冬雪白梅绽，　秋霜艳红娘。

十六

祖孙爱太阳，　国泰民安康。
厚土田野阔，　岁稔五谷香。

十七

远眺云霞灿，　才盈聚宝盆。
世外桃源境，　怡然自乐人。

十八

欢歌迎鸿儒，　笑语沐朝晖。
悟道琴增趣，　品茗望雁归。

　　注：辽宁省营口市盖州市万福镇后闫闸村三道河被列为省市重点旅游景区。内有景点：三道河、龙鱼山、凤凰台、小天池、灵龟潭、伏虎岗、卧佛岭、金蟾冠、官玺印、麟麟峰、飞来石、红霞浴、龙抱蛋等名胜。有世外桃源之美誉。

　　姚福堂（1951.11—），字弘卓，号魏法云楼，天行健署。辽宁省盖州万福人。中华诗词学会会员，中国书法家协会会员，辽宁省书法家协会第五届理事，营口市书法家协会第四、五届名誉主席，辽东郡魏法云楼馆长。

姚长有五首

观鸟浪

万亩滩泥煮海开，桃花杏雨染春苔。
家乡不是有神助，谁唤天边鸟浪来。

游鸭岛

客游鸭岛近蒹葭，辽水秋风剪苇花。
听说有龙从此过，漂洋越海忘还家。

秋游永远角

河口浓描一角红，芦花碱草画秋风。
船鸣鹤舞游人醉，谁是神仙谁是翁。

楞严寺公园雨后观荷

楞严寺院庙门红，雨送辽河浩荡风。
湖捧清波浮塔影，荷含晓曙寄禅空。
戏香蝴蝶落花上，点水蜻蜓立叶中。
佛坐莲花观万象，天流瑞彩到家东。

桂枝香·辽河口抒怀

辽河奔越，拥万顷海湾，平原遥阔。稻亩芦田锦绣，杏黄梨雪。天祥地惠风光里，晚云红，酒香鸥悦。百帆频集，千重鸟浪，江山明月。　看盛世，横桥出杰。海港大繁忙，炮台犹列。开埠何年，去问老街秋叶。兴衰诵读成流水，有龙曾来此安歇。楞严高塔，抚今追梦，让人心热。

姚长有（1948.10—），辽宁省营口市人，营口市诗词学会会员。

战兴盛五首

游辽河特大桥感怀

八仙河海过，法宝尽收囊。
路畅惊时短，塞通笑语长。
桥飞展画卷，琴竖奏华章。
两岸风光秀，新城崛起忙。

老　街

源头埠港发祥地，风雨百年海市情。
合璧中西楼宇起，复原古建园区兴。
店家老号声名远，邑巷新颜客商盈。
童妪相拥赏美景，踏街难忘此间行。

轿顶驴

黑皮白嘴四乌蹄，行走山间小腿疾。
耕地运输好饲养，乘骑拉磨耐劳疲。
肉成佳肴香鲜美，皮做阿胶营养奇。
桥市一绝为特产，品牌打造耀乡籍。

鲅鱼圈山海广场

山海主题明，壮观兼蕴情。
舞帆驰碧水，雕画列滨城。
景台临海立，仙女踏波行。
笛奏渔乡曲，时时远客盈。

黄丫口采风

出游在五月，寻路向东行。
一脉清流去，两边绿树迎。
水滋秧稻翠，风动野花馨。
脚踏三区界，挥毫抒雅情。

战兴盛（1956.9 —），辽宁省大石桥人，诗词爱好者。

原学玉五首

辽河入海口晚眺

巨龙张口戏金球，霞蔚半边云水悠。
收拢心情依港泊，放开怀抱与天俦。
濒河光灿珠成链，沿海路环车涌流。
第一潮迎时趁早，健儿冲浪立涛头。

辽河大桥吟

何日大桥架，南北岸接连。何日灾能免，命财乞安全。何日津路坦，车流似梭穿。何日赴京华，直达不绕弯。营口人情结，情结系百年。百年多风雨，风雨辽水边。辽水注河口，隔岸两茫然。襟阔流湍急，上下潮腾喧。过河凭泅渡，勇气诚堪怜。扁舟泛五湖，是处岂等闲。抑或有客轮，往来费周旋。封河开河际，履薄冰历艰。心理多侥幸，身家命竟捐。见义勇为者，经年谱续篇。悲恸书悲壮，一曲一咏叹。何日大桥架，梦寐寄魂牵。欲建力不从，心熬如油煎。地质尤复杂，技术难过关。兴叹望秋水，渺茫拍阑干。天终无绝路，千载逢机缘。改革大潮涌，柳埠征帆翩。中枢费运筹，前瞻方略颁。渤海明珠灿，五点一线联。滨海岸修筑，千里路伸延。建桥势在必，行之径可攀。国库倾巨资，科技赖攻坚。建设军正规，一流居前沿。日夜争奋战，夏炎逾冬寒。工期提前竣，优质匾高悬。大桥今日架，蔚为壮大观。江北称第一，彩焕卧龙湾。玉柱擎天立，银索云端衔。鹏展腾飞势，九宇间盘桓。十里长虹卧，鸥掠碧波翻。斜拉琴鸣奏，芦海伴和弦。长弓倾雨射，万弩潮头攒。铁臂抛长绳，直把落日拴。桥拢五点合，居中位不偏。桥控海门锁，钥启九连环。桥打探海基，鱼龙醒梦酣。桥敞大海怀，航开万里船。桥致八方富，康庄路不颠。桥舒科学翼，发展争超前。桥系千千结，草木意拳拳。高端欣莅临，口岸管弦繁。一剪彩缤纷，梅香沁心田。一剪苦寒散，津渡了悲酸。一剪梗阻排，渠通碧潺潺。一剪开新境，中天正团栾。一剪普天庆，佳节万户欢。宏图起天堑，变通途梦圆。老人张振华，有知喜开颜。偿吾毕生愿，地下宜安眠。罹难者瞑目，招魂不须幡。呜咽涛声息，逝波逐悲欢。大桥今日架，登临感万千。夜梦乘风去，瑶台会众仙。时间隧道越，古今频往还。嫦娥不寂寞，广袖舒欣然。故垒含笑至，应邀舞翩跹。牛女星闻讯，携手赴人间。乘车驭宝马，轮下生紫烟。相会共朝暮，勿劳鹊儿烦。漫步大桥上，悄悄话缠绵。建桥称大师，李春出仙班。连声夸叫好，足蹈亦髯掀。后辈才艺高，吾辈须重钻。研究生才智，科教着先鞭。设计辟新院，址当选营川。圣手张择端，搁笔争开言。昔曾绘汴州，胜景赋彩宣。今闻滨城美，桥架世变迁。一水穿城过，两岸歌频传。河北追浦东，建设涌狂澜。河海图开卷，盛世入青编。吾画当重绘，清明色调鲜。一觉到天亮，觉醒梦未残。更有眼前景，岂须梦里看。珠玑链争辉，黄金岸花妍。缩地功尤卓，通天路更宽。锦带飘都下，往返半晌间。车奔成铁流，一路奏凯旋。高科划新区，大学拓新园。一市携两港，老城换新颜。新城欣崛起，北海潮拥滩。市当列大都，三都堪比肩。百年情结释，桥架慰黎元。百年情结释，八衢接尘寰。百年情结释，物流输源源。百年情结释，锦簇拥花团。百年情结释，歌咏寄华笺。百年情结释，愿景望明天。

望海潮·鲅鱼圈

墩台形胜，飞来新港，欣看起凤腾蛟。舒臂骋怀，伸躯翘首，劈山揽海夯涛。澄碧走鲸鳌。八衢系中外，霞映虹桥。渤澥珠辉，万航吞吐涌狂飙。　　绵长百里滔滔，任游人戏浪，画舫乘潮。仙岛花明，芦乡柳暗，渔村果寨争娇。阡陌稻香飘。九域知名远，商旅云遨。锦鲅凌波展翅，银汉任扶摇。

沁园春·编辑《营口知青回忆录》有作
兼赠营口高中同窗学友

学子莘莘，营口高中，届属老三。恰青春年少，别离母校；金秋时节，奔赴辽南。石垒平房，柴烧火炕，格子粥稀苦乐搀。寒消夜，忽梦回河畔，露湿青衫。　　征途奋战犹酣，更前例历史无风雨兼。任泥巴摔打，塑成奇绝；霹雷锤炼，铸就非凡。沥血捐躯，搭梯铺路，多少牺牲肩上担。潮头立，数风云一代，斗浪扬帆。

春　赋

春者，万物萌发生长之时；天者，千秋涵容行健之所。春栖其所，草木相依；天运其时，星日为侣。宏规系生息，世纪相承；大道阅沧桑，春秋代序。

一历袭古今，新旧循天律无别；九州分南北，寒暑因地域有差。塞外之春，宁无壮美；辽东之景，自有奇华。

　　人言：时值初春、孟春，寒风料峭，斯处无花可赏；我道：端月、花月，幽梦惺忪，是时有景堪夸。

　　客问：一片苍茫，春在何处；主云：无穷趣味，春在吾家。春在冰雪覆盖下，滋滋润润；春在爆竹燃放中，噼噼啪啪；春在草木枝条点染，疏疏落落；春在山峦缝隙孕育，吱吱呀呀。草色遥看，昌黎慧眼有识；杨柳新翻，梦得奇思无涯。悦目缘景，美分柔刚，当须并论；格物在心，趣多异同，岂可强加。

　　时逢桐月，绿梦苏醒，漫山诗意，瑰丽万篇酬大雅；节值季春，情思勃发，遍野画图，嫣红千树竞奢华。迎春逞娇，拥黄披甲；小桃争艳，流丹飞霞。几簇催晓，堆雪捧秋阴；一枝出墙，倚云绽仙葩。山中春光赏不尽；塞外春意览无赊。

　　俗云：一年之计在于春；一生之计在于春。春播无疆大爱；春招不尽奇珍。雷惊春；雪迎春。风拂春；雨润春。花争春；草染春。莺鸣春；蝶舞春。日融春；犁耕春。岁更春；人接春。春情浩瀚，天空海阔；春心荡漾，叶绿花芬。春有至情，激扬文字除尘弊；春怀奇志，指点江山辟境新。春阴易逝，忆多悔恨；春景难留，学当勤奋。春领四时，乾坤有序；春生万物，功德无垠。

　　原学玉（1947.10 —），辽宁省营口市人，中华诗词学会会员，曾任《辽河诗词》主编，关东十三友成员。

耿 元 五 首

读王充闾先生《国粹》感怀

谁持椽笔写荣枯？国粹篇开识大儒。
浩漫五千华夏史，风流万世圣贤图。
哲思脉脉传仁智，絮语谆谆度黯愚。
礼德归心应有日，尘霾净尽见真吾。

暮春访大石桥南楼梨园

坡前香雪漫参差，疑是琼妃凤驾迟。
淡淡浮尘微步软，盈盈巧笑惹人痴。
裁云千叠且为舞，携雨一枝可入诗。
吟罢回眸春已老，重逢何处问谁知？

己亥初冬游盖州雪帽山

层云叠雾压山头，满涧清风水石悠。
隘路蜿蜒难胜目，索桥荡漾恍乘舟。
三皇庙外欢声逐，万木丛中落叶啾。
待到春归花烂漫，重登雪帽意方酬。

临北海海蚀地貌公园感赋

浮云妆点海天辽，日暖风清草木娆。
海蚀悠悠成造化，身修漫漫去喧嚣。
岩崖惯看千年月，生旅难临百岁潮。
纵览风烟当自信，岁逾花甲亦逍遥。

沁园春·游盖州芙蓉山

才沐温泉，又览芙蓉，别有洞天。看峰峦苍翠，层林尽染；蔷薇菡萏，粉白相妍。小径蜿蜒，纵横沟壑，野雉孤鸣灌木间。通灵地，有仙踪入世，善结人缘。   同窗携手来游，步履健，山行亦等闲。至花前卉下，怡红悦绿；莲池水瀑，丽影翩跹。笑靥嫣然，情怀荡漾，只道华年正复还。抬望眼，见浮云淡淡，夏日暄暄。

耿元（1956.4—），辽宁省营口市人，中华诗词学会会员。

贾晓春五首

家乡美

开埠百年镌口碑，炮台威震护城池。
滨河两岸兼葭茂，北海千礁列岛奇。

鸣鸟岭峰歌锦绣，酿诗瓜果醉丰颐。
营川祥瑞水天阔，搏浪潮头飞棹驰。

大辽河

碧水滔滔汇海流，翩跹鸳鹭并肩浮。
清波拍岸柳垂鞯，汽笛吟词月傍舟。
蟹硕虾肥鲜牡蛎，果香禾美壮羊牛。
千帆竞渡齐鸣远，昂首征程向五洲。

望儿山

苦寒农户渡难关，相伴为生妇幼艰。
耕作纺丝娘不辍，撰抄习卷子无闲。
渡船迎考峥嵘梦，沿岸凝眸苒苒间。
母爱厚恩惊天地，孝行育德仰高山。

石门村

柏油乡路宅门前，红顶砖房山脚边。
秀水流泉敲石涌，碧峰生雾掩云迁。
足登三界景收揽，诗撰百行情尽宣。
政惠农欢贫困脱，锅盈炕热小康诠。

赞营口女子诗社

诗词女子梦中情，辽水波涛鉴结盟。
秉笔亮锋才艺见，吟风咏月浪花惊。
初开文苑闻芳馥，再挂云帆向碧清。
欣遇新知逢故友，骚坛弄墨舞长缨。

贾晓春（1961.5 —），女，辽宁省营口市人，营口市诗词学会会员。

贾桂琴一首

登墩台山有感

当年御寇护乡屯，复整河山气象新。
一港联通三干线，千波竞渡万艘轮。
仙人岛上鸣长笛，圣母湖中跃锦鳞。
半岛辽东圆旧梦，繁华盛世又逢春。

贾桂琴（1963.4—），女，辽宁省营口市鲅鱼圈人，中华诗词学会会员。

昝福祥三首

寄家乡诗友

十里辽滨垒杏坛，三春一聚数杯澜。
芦箫奏寄兰亭序，风笛传来相见欢。
饮慕前贤豪婉境，喜将诗友魅妆端。
鬓霜赤子心尤壮，无悔人生天地间。

望儿山

孤峰耸立仙桥侧，凄婉传说山海澜。
赶考赴京音讯杳，望儿慈母上岩巅。
经风历雨几寒暑，过尽千帆无影还。
感动上苍颁圣令，化作白塔万代瞻。

采桑子·渡口怀旧

天高地迥何时觉，独上河桥。苇荡滨辽，遥忆当年渡口潮。　秋霜点染离乡客，吾对谁聊。不是逍遥，几叶扁舟向远飘。

昝福祥（1942.11—），辽宁省营口市人，中华诗词学会会员。

高飞五首

冬游青龙山

一

爱上青龙我又登，山光催步到云层。
喇嘛古洞今犹在，不见前朝老寺僧。

二

寒蹊寥落少人行，万木风萧似雪声。
伫立高峰环一望，此山以外众山平。

仲秋雨后游雪帽山

雪帽山秋爽气生，龙潭飞瀑九天倾。
谁人识得林泉趣，契友临风醉晚情。

苏幕遮·雪帽山寄情

友相邀，云做伴。雪帽龙潭，秀色和人面。瀑落神泉珠玉散，幽涧清流，洗尽风尘眼。　　趁佳时，珍日短。秋叶黄花，拾得奚囊满。一曲高山千古憾，小字青笺，且寄游情远。

江城子·秋日聚友游访鲅鱼圈古村小望海

惬偕诗友踏秋阳，入山乡，感青黄。云曳芦花，鹭影叠湖光。古径钟亭怀旧事，临竹简，诵流觞。　惯看清雨四时狂，沐风霜，历沧桑。岁月红尘，把酒说炎凉。纵使寻常难一聚，情缱绻，意尤长。

高飞（1964.5—），女，辽宁省营口市人，中华诗词学会会员。

高中岳五首

革命烈士杨运

远离故里赴辰州，奋战辽南令敌愁。
领导贫民抓土改，斗争地主把田收。
穷凶蒋匪闻风捕，大义烈魂将国酬。
愤起黎元继先志，英雄碧血酿洪流。

注：杨运烈士，1924年生于河南省。1941年参加革命，1945年在辽宁盖平县（今盖州市）任熊岳区区长。1946年11月与敌斗争期间，因叛徒告密被国民党缉捕。1947年1月英勇就义，年仅二十三岁。

魏法大家沈延毅

自古辰州多俊士，土台沈氏有贤人。
少聆父诲诗书雅，壮喜功成德艺馨。
笔遣龙蛇弘魏法，韵敲平仄诵唐音。
毅公泼墨天行健，气壮山河地势坤。

西炮台

远眺渤湾搏浪船，雾霾笼似起硝烟。
近观残炮人心痛，仿见清军龙帜翻。
霍霍屠刀飞溅血，滔滔倭罪染脏笺。
旧仇未报敌犹动，岂让狂魔再闯关！

注：龙帜，清朝北洋水师的军旗。

石门水库

回眸半世纪之前，筑库石门犹梦间。
众志截流缚洪兽，群英会战锁清泉。
命其听我一声令，遣水浇咱百里田。
昂首重登堤上望，而今僻壤变桃源。

北海禅寺

战火何摧古刹身，几经修复焕然新。
佛光辉耀明凡境，梵语声扬传瑞音。
济世护人禅寺盛，保家佑业庶民欣。
迄今四百年雄峙，永葆渔乡万户春。

高中岳（1949.9—），辽宁省盖州人，中华诗词学会会员。

高世魁一首

重修青石关感赋

传云沧海变桑田，青石雄关异昔年。
双顶山林呈秀色，千畦稻海荡波环。
途开险塞通车畅，眼望墩台遗迹残。
今日重修称壮举，功垂后世李翁贤。

注：李翁，指李芳馨先生，出资重修青石关。

高世魁（1923—2003），辽宁省盖州人，诗词爱好者。

高 作 智 五 首

敬散文巨匠王充闾先生

北天浩水立宫莲，万里风摇誉翠峦。
为仕爱才凉秽草，做人喜雅热芳兰。
一朝迸瀑千寻远，数载昭霞四海妍。
辞赋氤氲飘众胜，拔超魅夺震坤乾。

谒沈延毅陵墓

青石关下卧书乾，来往鸿鹄垂首悬。
峻笔龙蛇腾险峭，圣毫烟雨润霞峦。
言谈典籍琼出栈，辞吐华章玉落盘。
领教之时虽远去，音容笑貌在跟前。

忆吕公眉先生

腥风血雨斗批勤，罢职施监返坳邻。
长褂风飘神不去，围巾潇洒蕴风存。
朔风嚎叫吟梅志，冰雪侵袭唱柳魂。
梅艳柳柔天地转，文骚墨客拜盈门。

有感营口西炮台

风云甲午浪飞旋，怒火抗倭炮震寰。
斗士国魂惊日月，英豪碧血动轩辕。
大清炮队芳青史，守土儿郎郁册乾。
可惜当朝弓己未，英雄壮举土难全。

登临楞严寺宝塔

高塔入蓝天，登临目界宽。
朝观街井树，暮望海河烟。
槛外低千脉，窗中小苇川。
早知高境界，何惜力登巅。

注：千脉，指东老轿顶等千山余脉。

高作智（1940.11—），满族，辽宁省盖州人。中国作家协会会员，中国民间文艺家协会会员，曾任辽宁省民间文艺家协会副主席，辽宁省作家协会理事，《辽河》文学期刊总编，营口市作家协会主席，营口市文联副主席。

高国喜五首

盘龙随想

沧海飞龙奔紫台，心怡宝地落尘埃。
一湾圣水难别恋，自化青山可释怀。

大营口

立身渤海口，面对大潮头。
碧浪移帆棹，清风戏鹭鸥。
大山藏古韵，都市入新流。
地阔天辽景，凭君竞自由。

南乡子·黄丫口

一

黄丫口，美名扬，一脚三界望苍茫。清清溪水鱼游
畅。微风漾，花海叠起千重浪。

二

千年松，欲凌云，三寺一庙古风纯。锦鸡玉兔林间
遁，偶相问，略惊游人乱方寸。

沁园春·美丽营川

关外奇葩，北域滨城，四海走廊。有唐王争霸，兵兴百寨。庭筠弄墨，情蹈八荒。关山陌陌，炊烟袅袅，不尽风光日月长。蹬高埠，看千红万紫，意韵悠扬。　携来巨贾儒商，聚沿海明都建设忙。绣明珠五点，均呈富庶；黄金一线，满载安康。谁造钢桥，腾空飞架，傲骨雄姿笑莽苍。回眸处，望营川儿女，再创辉煌。

高国喜（1962.6—），辽宁省大石桥人，中华诗词学会会员。

高德勋三首

营口西炮台

辽河入海浪滔天，岸上高台气宇轩。
锈迹斑斑铭战史，军功赫赫炫人寰。
百年屈辱沧桑历，几代英魂血泪捐。
挨打只缘贫弱腐，能赢必得富强廉。

盖州钟鼓楼

雄居古邑势巍然，阅尽沧桑六百年。
斑驳墙垣铭往昔，陆离砖瓦记风烟。

盈眸四顾琼楼靓，俯首一睽街景妍。

暮鼓晨钟今尚在，慕名而览客流连。

盖州大清河

千年万载未停流，大度宽容曾泛舟。

八闽商家趋盖邑，三江货贸旺辰州。

群楼倒映清波上，岸柳轻拂栏柱头。

欣喜家乡今巨变，奔腾到海告全球。

注：栏柱头，沿河护栏的柱子头。

高德勋（1950.1—），辽宁盖州人，中华诗词学会会员。

高 惠 然 一 首

赞营口市

营口沿江清起源，繁华锦绣聚族欢。

与时俱进百年兴，千载营民名盛传。

高惠然（1947.9—），河北省阜城人，营口市诗词学会会员。

袁锡琢五首

营口漫兴

传奇鲅鱼圈
长街华铺阅芳容，楼接云天腾巨龙。
因品鲅鱼听故事，无须渤海觅仙踪。

母爱之都
迷人景色碧波湾，胜地新风见一斑。
最是望儿千古颂，母临天下爱如山。

炮台立志
临海严防设重兵，曾惊倭寇是炮声。
复修永葆英雄志，铁马金戈卫纵横。

老街一瞥
百年商埠峻姿雄，渤海湾兴文化丰。
华彩今添妆胜境，新颜古景互交融。

港城流韵
方兴强势正春风，帆影远扬深海中。
楼放笙歌辽水畔，港湾明月万家融。

袁锡琢（1935.10—），江苏省淮安人，营口市诗词学会会员。

唐艳一首

大美营川

大辽河给养千古，美埠城吞吐八方。
营口市钟灵毓秀，川之民福庶安康。

唐艳（1964.7—），女，辽宁省大石桥市人。诗词、书法爱好者。

唐天元四首

观雪帽山

龙潭瀑布下蓝天，复建三皇庙改观。
索道凌空山对峙，温泉果菜令人欢。

赤山观奇

红岩映染五巅峰，瀑布龙潭筑殿宫。
大小天桥连险谷，千崖百洞万丛中。

港区新景

入港巨轮十里排，新区楼宇耸云陔。
墩台放眼波涛涌，气象恢宏心境开。

重建后之熊岳道林寺

元初显赫史闻名，傍水依山展寺容。
殿宇雕镌透古远，积德尽善系修行。

唐天元（1934—2016），辽宁省盖州人，诗词作者。

唐咏杰五首

咏　荷

禅林幽径寺园东，半夏荷塘润泽红。
婀娜仙姿嬉蝶舞，香销洁雅润清风。

赏荷炼句

叶翠花红照眼明，妖娆妩媚韵诗情。
铺笺濡笔吟佳句，采撷芳菲寄友卿。

榴　花

一树榴花簇月亭，嫣红媚秀沁魂灵。
蜂迷蝶绕翩然舞，惊羡群芳自婉宁。

暑伏漫步楞严寺

风摇柳影罩荷塘，蝶恋嘉莲缀夕阳。
鸟噪蝉鸣声绕耳，笛歌钟吕韵清香。
禅林斜照疏湖景，水畔轻舒澹月光。
素淡闲居烦溽暑，愁思吟赋诉骚肠。

蝶恋花 · 观荷抒怀

风剪樛枝摇岸柳。落日溶金，尽染莲衣袖。叶隐蝉蛙相邂逅，曼吟欢曲和声奏。　　树杪悠星牵柄斗。望月吟怀，忆昔难回首。任罢嚚尘人已朽，苍颜难挣天魔手。

唐咏杰（1955.11—），辽宁省营口市人，营口市诗词学会会员。

徐仁政六首

镜湖晨步

沾衣柳叶落，扑面晓风轻。
鸟隐林中暗，花欣雨后晴。

沿海产业基地拦海大堤临眺

一

荒滩已唤醒，路接老城东。
堤坝拦沧海，波澜动远空。
卿云万里烂，平野九衢通。
拍岸春潮急，回眸旭日红。

二

未近新堤岸，先闻激浪声。
浮天沧海阔，过眼巨轮轻。
故垒林遮目，辽滨花满城。
渤湾广厦起，处处动吾情。

河畔新貌

白玉长栏倚，花岗宽路行。
万庐拓瑶圃，十里壮滨城。

起舞池场阔，　观潮亭榭明。
朝阳红似火，　洒向满河情。

海口晚眺

堤柳晚风吹，　凭栏沐夕晖。
潮平船进港，　波灿日沉西。
鸥雀翩翩去，　渔舟缓缓归。
海门深不见，　心共绮霞飞。

水龙吟·辽河湾畅想 步东坡杨花词韵

　　浪涛拍岸飞花，堆堆似雪从天坠。奔腾不息，茫茫无际，壮怀遐思。举目长空行云掠日，时开时闭。应向谁询问，何来神力，夕潮落，朝潮起。　　百里晴川迷眼，竞芳菲，一玉垂珠缀。弥津舸舰，中流争进，银波星碎。鸥鹭翱翔，蒹葭摇翠，一湾春水。正朝潮澎湃，浪花飞溅，是开心泪。

　　徐仁政（1938.9—），辽宁省新金县人，中华诗词学会会员。

徐先治五首

母亲节洼岭拾趣

郁郁葱葱山外山，复弯绕过见奇颜。
仰观云里峰千仞，俯瞰岭腰径几盘。
洼壁飞泉幽雅唱，游人登岫危险攀。
野花含笑迎翁媪，频闪相机一路欢。

路经盖州三江会馆旧址

朱漆门封久不开，依稀旧貌少曾来。
广场小院存幽境，甬路顶棚筑戏台。
大殿阶前排赑屃，空廊墙下长莓苔。
几株老枣今何在，重过沧桑忒感怀。

漫游古辰州

潮升兔岛竞渔舟，铁塔山登美景收。
远古石棚宜皓月，盛唐关隘赏清秋。
金时雄伟玄贞观，明代崔嵬钟鼓楼。
览胜何须寻域外，人文风物看辰州。

行香子·路边早市

旭日霞光，遍洒街旁。摊床挤，叫卖声昂。往来熙攘，眷顾琳琅。看瓜堆绿，茄呈紫，杏初黄。　市场繁盛，物畅城乡。谈笑中，交易相当。各称心意，嘉货盈筐。喜鱼虾肥，果蔬嫩，饼浆香。

沁园春·营口颂

浩浩辽河，渤瀣通连，万棹竞航。看长虹飞架，振兴各业；蟠龙崛起，盖邑辉煌。银鲅明珠，蒸腾熊岳，北海新区鹏跃翔。殊荣获，授诗词金匾，誉满遐方。　筑巢引凤招凰，靠改革辞贫迈小康。喜宾商络绎，百川汇集；人间胜地，锦绣风光。凤梦归真，良才济济，大展宏图日盛昌。丰碑立，树图强图治，华夏腾骧。

徐先治（1943.6—），辽宁省盖州人，中华诗词学会会员。

徐志刚五首

辽河晚秋

丹枫黄柳映斜阳，秋水芦花舞晚霜。
烟锁渔舟南雁远，轻歌婉转谷飘香。

欣闻营口市荣获"中华诗词之市"有感

源寻汩水树高旌，自古辰州诗有名。
辽海三星齐灿烂，营川双璧共峥嵘。
千秋文脉通边塞，一路诗乡达柳城。
幸会今宵当舞蹈，邀朋把盏笑声盈。

品读新时期"营口精神"有感

塞外钟灵地，河清海晏城。
潮迎天下客，襟纳五湖英。
开放书瑰丽，创新铸富盈。
长风万里浪，奋棹巨轮行。

注：新时期"营口精神"表述语：河清海晏、开放包容、诚信和谐、务实创新。

秋日田园行

农院离城远，秋深菊竞妍。
池边观锦鲤，山脚赏红鹃。
渴饮溪泉洌，饥餐瓜果鲜。
迟归待日暮，户户起炊烟。

浣溪沙
——参加营口市"中华诗词之市"授牌仪式有感

柳埠金秋捷报传，诗词之市梦终圆，黄河以北拓新天。　理水七年终铸剑，出关奔月着鞭先，诗人兴会更无前。

徐志刚（1970.2—），辽宁省葫芦岛人，中华诗词学会会员。

徐景春五首

营口改革开放新风貌

改革开放势空前，百里营川驻富源。
高铁民航通各域，大桥车畅利双边。
港兴业旺添佳景，水秀山明建乐园。
商厦高楼拔地起，民丰物阜颂歌传。

礼赞营川文化

营川文化历来传，城市乡村发展全。
剧舞歌弦扬各地，诗书画印誉多坛。
名山古迹迷中外，巨匠专家创圣贤。
艺苑繁荣频助力，富民强市换新天。

观营口西炮台遗址

炮台高筑镇边关，报国精神世代传。
辽水新潮拍旧恨，浮云晚照锁风烟。
抚摩故垒铭心记，观看残垣树浩然。
汲取民族荣辱训，兴邦圆梦建康园。

重游美赤山

三月阳春上赤山，重游故地再登攀。
五峰绝顶缠云雾，六洞传奇著史篇。
桥榭亭台观画卷，潭崖塔寺赋诗联。
松涛叠翠人陶醉，胜境风光誉满园。

游辽南八景之一回龙山

状似卧龙盘水边，紫槐围绕势绵延。
苍松翠柏山巅立，古刹天源岭畔悬。
仙洞依崖神位列，栈桥靠壁铁梁栏。
吟诗作画情犹醉，歌舞琴弦伴梦酣。

徐景春（1948.5—），辽宁省盖州人，中华诗词学会会员。

徐德田三首

辽河新大桥

辽水奔腾唱变迁，长虹映日卧营川。
牛郎辞却搭桥鹊，安步当车任往还。

贺大石桥市荣获全国诗词之乡

大道平行到首都，石阶窄路变通途。
桥梁巧架联商贾，市井欢歌动楚吴。
诗步唐风追李杜，词彰宋韵效辛苏。
时逢盛世人才广，乡俚吟出美画图。

唐王河

曾经征马陷泥深，探迹寻踪无觅痕。
玉砌雕栏长坝固，钢联铁铸大桥新。
鱼欢虾跃波翻镜，柳绿桃红鸟唱春。
乐伴歌扬翁妪舞，唐王若见可惊魂？

徐德田（1949.10—），辽宁省大石桥人，诗词作者。

倪忠奇六首

老街永惠兴银号旧事

一

时光追溯到康熙，小本谋生乐善施。
诚信经营儒雅客，葛沽足立创商机。

二

漕运为商更做人，临危施救感诚心。
天风犹作贤良辨，护佑筠荣赢巨金。

三

时逢光绪业如春，永惠兴炉两万银。
营埠街开称代表，繁荣经济历艰辛。

四

名齐银号世昌德，百载兴衰转瞬过。
恢复老街观历史，当年风貌又鲜活。

辽河特大桥

开放风催舞大潮，春归湿地鹤声遥。
凌空跃起提双岸，江北雄居第一桥。

西炮台远眺

仁立千秋渤海边，铁身炮口视回环。
当年喋血驱倭地，染就殷殷红海滩。

倪忠奇（1973.10—），辽宁省营口市人，中华诗词学会
会员。

奚晓琳一首

春过营口西炮台

遍插台垣旌阵齐，风涛拥逐野鸥啼。
狼烟迹远痕犹在，鼓角声消史未迷。
不没忠魂发边草，凭高城郭起虹霓。
九垓隐隐惊雷动，信是神龙蛰醒时。

奚晓琳（1962.3—），女，吉林省吉林市人，吉林市诗词
学会副会长。中华诗词学会会员，雾凇诗社社员，关东十三
友成员，多次获全国诗词大赛大奖。

阎文海一首

咏熙园①

两亭一榭一池莲，喜看红山绕翠澜。
最是通幽莺转处，绿荫深处碧云天。
红裳衣锦展情怀，练就英姿任剪裁。
情景和谐柔似梦，曲栏傍水小蓬莱。

注：①熙园：老边区熙湖公园。

阎文海（1965.8—），辽宁省营口市人，诗词作者。

曹辉六首

晨起森林公园慢跑

何兆园中鹊语真，顽花皮草梦升温。
晨风忍俊童心起，笑把阳光背在身。

午后街头漫步

先走平安路，再经海澜街。
人生多变数，越变越和谐。

明湖晨跑

日月周旋久，山河眉目新。
风翻书上字，认错剧中人。

夜下与小儿散步过船的坟场

跨越时空两尾鱼，无端闯入梦之居。
老船略带沧桑语，风口浪尖归废墟。

减兰·冬夜过步云桥

临风把盏，逝水流年云唱晚。岁聿其初，草木扶疏梦恰如。　丹青助兴，万籁明湖天地镜。紫气今宵，星月因谁灼灼夭。

清平乐·春夜东海大街一瞥

春风畋猎，心比春殷切。缺月居然抽喜帖，一扫江河萌蘖。　桃花联袂梨花，嫣然开到天涯。诧异苍穹星子，垂眸穿上袈裟。

曹辉（1975.12—），女，辽宁省大石桥人，中华诗词学会会员、作家。

曹林昌一首

秋怀黄丫口

看尽青黄上九盘，西风未敢近鸣蝉。
荒鸡如梦乱昏晓，落叶何心惊杜鹃。
一步已嫌三界小，三秋更教一望宽。
绿烟出岫夕阳暖，明日谁携白玉还。

曹林昌（1950.4—2011.10），辽宁省大石桥人，中华诗词学会会员。

曹英敏五首

唐河启示录

蒹摇水逝尚存遗，小将飞枪救战机。
千古风烟谁煮酒，白炮拓世奋蹄疾。

诗乡颂

诗乡十载举龙幡，邺水朱华聚隽贤。
神墨狂情追逸少，妙词佳境赶青莲。

馨风临苑袭丹桂，紫气萦梁浥纳兰。
绿野勤耕千里韵，横笛飞律鼓征帆。

营口北海抒怀

水天云霭望无边，曳雨飞花起玉烟。
暮色蚀礁拥浪吻，朝晖船旆伴风翩。
掠空鸥鹭追青影，穿雾霓虹赋杏笺。
摇落银河接桂魄，谁人不醉海龙湾。

西炮台祭

凭吊绪盈怀，硝烟拂面来。
倭贼掀九浪，志士战八垓。
松翠修园敬，花嫣夹道开。
强国增寸土，酹酒祭苍台。

金牛山叹古

金牛仰叫震穹苍，草木砂岩诉幻殇。
遥望生番开府地，近观蚀骨耀禅光。
石针联叶经风雨，天火流星衍夏商。
筚路翻云沧海啸，惊心抿古叹洪荒。

　　曹英敏（1950.3—），女，辽宁省营口市人，网名秋枫。
中华诗词学会会员。

曹洪光四首

辽南春韵

一

山野初春紫气生，闲云缭绕峻峰擎。
羊肠石径通幽处，林密枝虬鸟影轻。

二

一缕春风一树花，半坡粉艳半坡芽。
山中夜润蒙蒙雨，晨起炊烟四五家。

三

春来草绿掩枯黄，梨白桃红换旧妆。
布谷声声催雨润，杏儿青涩正农忙。

四

东风细细柳烟萌，大野飞花百鸟鸣。
含黛青山珍雨贵，如酥田里好春耕。

曹洪光（1971.11—），辽宁省盖州人，诗词爱好者。

曹振林五首

鹧鸪天·辰州恋歌

屹立东方美夏华，金鸡唱晓伴朝霞。抚琴谱就兴隆曲，鼓瑟携来福寿娃。　泽雨露，润桑麻。殊途路远共天涯。辰州侧畔和风暖，清水河塘四处蛙。

鹧鸪天·游鹤羊山莲花观

峻岭崇山望鹤羊，莲花观外圣提芳。青石阶上行香女，花岗碑前守孝郎。　穿御洞，走廊坊。蒲团信众跪佛旁。晨钟暮鼓修禅远，铸鼎隆音祈世昌。

鹧鸪天·望儿山

千古神仪渤海湾，万方朝圣望儿山。骚诗咏赋告先祖，洒酒燃香诚后贤。　修驿路，建行辕。人间百善孝为先。母亲血泪潸然落，化作石人矗顶巅。

鹧鸪天·春游北海湾

日暮黄昏北海湾，鳞光潋滟水连天。摩轮侧畔观风景，栈道之巅望远帆。　红草地，褐砂岩。嫣红姹紫柳如烟。置身曲径通幽处，移步长亭看纸鸢。

鹧鸪天·夕阳漫兴

　　老叟移眸露炯光，扶藜徐步醉斜阳。扶摇尤曳柔丝柳，碧水且濯阔叶桑。　　山定绿，卉应芳。祥山缭绕走边疆。蟾宫挽我留清影，月殿邀约做伴郎。

　　曹振林（1956.8—），辽宁省盖州人，诗词作者。

曹继梅五首

过盖州北海渔村

一

别梦参差尚有痕，春风又度小渔村。
一帆烟雨一船月，依旧涛声待故人。

二

斑斑锈迹老铁锚，磨洗千番岁月潮。
赶海姑娘人似月，为谁还唱那时谣。

盖州大槐树庄采风遇雨

风卷烟酥细细丝，留人好雨最知时。
一屏水墨淋漓画，满眼空灵平仄诗。
野味新烹堪下箸，良朋相聚且倾卮。
晚来高卧松楼上，滴滴檐声入梦迟。

巫山一片云·老街一景

漫不经心处，悠然入画廊。青苔石径镂花墙，时尚老茶坊。　　篱上梅三角，天边雁一行。紫砂壶里煮沧浪，小坐品斜阳。

鹧鸪天·癸卯仲夏赤山行

消得清凉雨后天，微风拂面鸟间关。白云朵插青山鬓，木栈桥横怪石巅。　　三叠瀑，起寒烟，濯缨濯足濯心弦。相呼摄取流连影，留待他年仔细看。

曹继梅（1958.11—），辽宁省营口市人，中华诗词学会会员,关东十三友成员。

梁东七首

望儿山四吟

春

莫待新雷归意迟，莫耽花发恋东枝。
他乡衿薄五更冷，料峭春寒儿可知。

夏

千泓热浪送晴晖，一树鸣蝉我启扉。
四野流萤儿记否？万家灯火是催归。

秋

伫望云天忆翠微，秋风过处雁南飞。
萧萧庭树炊烟冷，寂寞家山马不肥。

冬

橘绿橙黄浑不知，千山木落夕阳时。
今冬不把寒衣寄，几度归期莫再迟！

登盖州钟鼓楼

重阳未见半山秋，紫气岚光钟鼓楼。
海抱连云星影动，雁飞平野露华浮。
明清难见贾千客，天地偏留月一钩。
应是长河波浪涌，旌旗遥看柳梢头。

盖州行

一

秋光春意两相融，红日三竿耀海空。
何处排云飞鹤起，诗情一跃到辽东。

二

诗家何事费平章，非是辽东社酒香。
天海风烟日高起，千帆竞发度重阳。

梁东（1932.5—），安徽省安庆市人，书法家、诗人。曾任中国书法家协会三届理事，中国煤矿文联主席，中华诗词学会常务副会长，《中华诗词》社社长，《中华诗词》顾问、编委，中华诗教委员会常务副主任等职。著有《梁东自书诗词选》《好雨轩吟草》等。

寇春连五首

辽河入海口

借若意不适，应须来海边。
放歌将进酒，遥看打鱼船。
壶里乾坤大，天涯落日圆。
今同卿所至，此地醉诗仙。

黄丫口杜鹃花

半坡秀色没芝田，今入山中路杳然。
一派春光君管领，者般郁馥我萦牵。
露红烟绿歌无尽，言简意赅诗有篇。
提笔倍知读书少，又将风雅辱时贤。

雨后黄丫口

隐隐青山玉带横，氤氲缭绕几回萦。
一如素袂轻裁剪，恰似仙裙巧做成。
雾气连云仍未歇，层峦叠翠又堪惊。
遥闻似有笙箫鼓，可是沙场在布兵？

营口博物馆感赋

岁月书成锦绣章，物华天宝馆中藏。
金牛山洞旧遗址，熊岳城关拦马墙。
万古流声歌一段，六朝故事颂无疆。
先贤智慧知谁是，自有乾坤去丈量！

临江仙·谒西炮台

墙上弹痕凝碧血，如何酹奠忠魂？潮来潮往几番春，橹声鱼市接，帆影稻畦分。　　陋笔拙文羞以谒，真情未阻殷勤。不辞辛苦自耕耘，白云明会意，旭日照乾坤。

　　寇春连（1971.4—），女，辽宁省营口市人，中华诗词学会会员。

隋世昆五首

世界读书日寄怀

翻阅藏书一束光，胸怀宏阔扫心盲。
精华逐梦开明慧，国粹消愚启牖窗。
尔雅诗经千载颂，离骚史记百朝彰。
人生路远足犹健，学海扬帆再续航。

祝贺营口市第七届诗词学会
代表大会召开

唐风宋雨润文苑，墨客相逢聚俊贤。
烁烁诗经馨百代，滔滔歌赋韵千年。
滨城港埠追嘉梦，渤海湾区壮雅篇。
勇毅笃行潮讯起，辉煌再创更无前。

营口西炮台怀古

濒海临河古炮台，城西故垒荡尘埃。
营盘壁立枪声远，戍堡云浮鼓角徊。
壮士忠心驱日寇，豪杰赤胆战狼豺。
英魂化碧千秋颂，国富军强盛世来。

浪淘沙·渤海观潮

渤海浪潮翻，鼓满征帆。水天一色涌波澜。长风翔海
燕，展翅盘旋。　逸兴立礁岩，遥望云烟。人生流转起伏
间。低谷浪尖谁在意？世态安然。

鹧鸪天·鲅鱼圈建区四十年志贺

沐雨凌风四十年，沧桑巨变换新天。鞍钢铁水铸航
母，港口通航巨舸喧。　修广场，建公园，通衢路网巷街
宽。奋发踔厉千秋继，擘画滨城锦绣篇。

隋世昆（1950.1—），辽宁省营口市鲅鱼圈人，中华诗词
学会会员。

隋阿莉四首

碧霞山吟槐

风惆雪漫展枝头，馥郁馨香十里收。
蝶闹蜂飞花锦簇，云遮伞盖曲径幽。
晨曦澹澹人依树，雾霭潇潇影满楼。
白紫添霞生眷恋，年年枉惹梦中留。

桃花火红映蟠龙

笑映桃花四月天，蟠龙山麓竞芳妍。
桥人漫步清风里，鸟语传情浪漫间。
九曲廊桥堆锦绣，三山镁玉赋华年。
眉开幅阔经商外，锦卷长书续美篇。

甜友逛唐王

唐王河畔戏龙钟，争宠与花傲心童。
柳嫩摇歌心愈喜，桃嫣卷浅蕾含红。
石雕玉器镶芳岸，甜友长阶弄影琼。
待发苇黄藏水绿，桑榆正翠向晴空。

临江仙·夏至忆故乡

好景蟠龙滴绿翠，千花正放盈香。三山眺望钓唐王。城河摇柳影，不染俏菏妆。　　十字老街存记忆，东边大厦风光。琼楼玉宇泻华章。镁石藏故里，世祖旺家邦。

隋阿莉（1946.12—），女，辽宁省营口市鲅鱼圈人，诗词爱好者。

常成顺五首

楞严寺

千年宝刹久驰名，古佛灵光世代宏。
香火缭绕升玉界，虔诚超逸慰安生！

营口鸟浪

鸟浪起营城，壮观天下惊！
沉浮遮白日，舞动卷沧瀛。
一览凌虚诈，三番骄纵横。
何来隆盛势，流景逐传名！

金牛山怀古

金牛山上塑金牛，人在洞中帷幄筹。
深穴幽居千万载，寒灰佐证几多秋！
慢嗟营口存先世，且喜北京同族俦。
史册今应添一笔，神州淳古尽情讴！

辽河颂

波涛滚滚不停休，万苦千程奔海流。
滋润苍生无倦悔，吞咽污秽枉深仇。
欣观水路山川秀，喜养鱼虾百姓酬。
谁晓甘心归大海，拖浮巨舸四洋游！

行香子·西炮台湿地

一览天然，顿觉矜怜。望无华，古典桃源。鱼知其
乐，鹭舞苍天。喜自生息，原生态，慰生娴！　珍奇胜
景，响彻人寰。有多少？淳朴缠绵！今来品赏，欣慰何
言？得知情理，释情绪，获情缘！

常成顺（1945.9—），辽宁省营口市人，诗人。

黄昱一首

黄丫口

驱车独往黄丫口，一抹残霞染碧空。
柳上莺啼流水响，亭前日照映山红。
杜鹃幽艳迷人醉，兰蕙清香溢草丛。
惊叹山中春色美，引来彩凤落梧桐。

黄昱（1968.4—），辽宁省大石桥人。诗词爱好者。

雁翎四首

赞老校长

冒雨迎风两鬓白，春华秋实一肩担。
青灯长夜年年事，桃李盈门红满天。

园丁颂

一

憧憧灯影远如豆，炯炯长怀白发师。
书愤不知更漏尽，满园桃李自成蹊。

二

晓日劝人睡，轻风问早安。
掩卷送残月，推窗接曙天。

三

教师巧手雕心灵，多少功夫雕得成。
请看春宵窗影里，一夜灯花开到明。

　　雁翎（1938.？—），本名程振家，辽宁省新民人，曾任营口市文联主席、营口市诗词学会会长。

符永顺二首

镁都抒怀

镁都盛誉耀中华，文苑诗乡举世夸。
自古纷纷争宝地，而今满满惠赢家。
渊源致远精神美，底蕴丰饶物质佳。
时代新风春万里，芬芳四季竞奇葩。

故乡情

深恋辽河水，蟠龙神树山。
少时长戏耍，迟暮久流连。

梦幻惊新景，遐思叹故园。
忘形荣盛世，鹤发焕童颜。

符永顺（1948.10 —），辽宁省大石桥人，诗词爱好者。

粟灯四首

营口穿梭地貌凶

一

营口穿梭地貌凶，团山越过海涛浓。
林泉百步游人引，景点双亭意韵融。

二

辽东度假旅游浓，营口穿梭地貌凶。
湾景观光滨浪里，园林设计海涛中。

三

赤山自古峰奇荡，道教如今石怪漾。
营口穿梭地貌凶，高峰竖立三清犟。

四

西部工防卫海龙，周围城御挡空中。
炮台跨越清光绪，营口穿梭地貌凶。

粟灯（1971.10 —），湖南省株洲人，河南省诗词学会会员。

喻长钧二首

营口欢迎你

一

关外江南写巨篇，风光秀丽艳阳天。
仙人岛屿仙人聚，钟鼓楼阁钟鼓悬。
苹果海蜇迎远客，葡萄贡米暖心田。
温泉绿地公园美，大海沙滩把手牵。

二

帆影轮声越远洋，鳞集大海梦飞翔。
沙滩岛屿风光好，商贸物流日夜忙。
禅寺炮台藏典故，温泉绿地戏鸳鸯。
繁荣文化开新宇，开创未来写锦章。

喻长钧（1949.6—），湖北省石首人，河北省诗词学会会员。

葛凤霞五首

唐王河抒怀

水澈波平映碧天，雕龙刻凤玉栏杆。
霞晖两岸繁花锦，月照长廊石径宽。

雨洗淤泥河驻影，风吹梨树雪留烟。
唐王一去不回驾，荣辱尘中事已迁。

卜算子·辽河公园

堤岸柳成丝，紫燕穿梭舞。草暗烟迷锦线斜，石径花千树。　景色艳如屏，醉里难描述。拣尽芳菲化作情，更有诗无数。

卜算子·家乡礼赞

览胜望儿山，鸟瞰辽河水。老树新花皆是诗，四季如屏媚。　金匾耀门庭，名震南和北。礼韵书香创锦城，尽展家乡美。

蝶恋花·大美北海

杨柳低垂摇细语，鸥鹭轻飞，浪漫蝶双舞。翠满青枝新满目，山花掩映林荫路。　甜软微风心泣诉，大海倾怀，难忘佳期度。美景如屏迎百侣，浓情蜜意抒无数。

渔家傲·镁都小镇

四季如诗花锦簇，青峰峻岭参天树。遗迹传说追远古，人羡慕，名贤志士无其数。　小镇繁华财九路，互帮互助邻和睦。厚道民风纯正朴，资源富，安居创业绝佳处。

葛凤霞（1956.2—），女，辽宁省大石桥人，中华诗词学会会员。

韩显策三首

小石棚怀古

神工鬼斧筑石棚，雨洗风雕几度春。
冷月苍山从不解，蓬蒿漠漠隐迷津。

雪帽山

日照高峰头白翁，岚烟紫气袅银空。
一山怪矣分多季，踏遍春秋又赏冬。

盖州青龙山

是谁巧手绣山林，挂画青龙耳目新。
谷壑林深灵兔走，云峰古洞巨龙吟。
将军镇海观烽火，北峪冰河忘问津。
踏遍青山情未尽，寄心皓月伴芳春。

韩显策（1942.8—），辽宁省盖州人，中华诗词学会会员。

韩克之二首

青石关怀古

伫立关头两耳风，犹闻战士喊杀声。
躬身捧起一抔土，尚有英雄血色浓。

秋　收

金风大地染斑斓，万亩丰田不用镰。
机械垄间排雁阵，行行飞在彩云前。

韩克之（1954.12—），辽宁省大石桥人，诗词爱好者。

蒋如福五首

题周家李子园

一壑层林展翠屏，半坡李树透丰登。
枝头丹果玲珑脆，秀美乡村幸福萦。

唐王河之春

紫燕回巢二月交，岸边垂柳绿丝绦。
粼波清碧长天远，无限霞光共水遥。

题高坎淡水鱼节

一

万顷方塘淡水间，辽南蟹米第一鲜。
康庄必有富民路，小镇锦鳞盛誉传。

二

层层堤坝垒田间，一片池塘金鲤欢。
渔业富民生计广，鱼王盛宴美名传。

木兰山庄印象

群峰环抱碧云天，水榭菊篱石径边。
蝶舞翩翩随韵起，莺鸣呖呖伴鱼欢。
轻依池柳裁新句，小住山庄品蛹鲜。
假日寻秋心畅悦，倾情一曲颂桃源。

蒋如福（1969.11—），辽宁省大石桥人，中华诗词学会会员、辽宁省摄影家协会会员。

温明泉五首

牛春共乔孙游明湖

明湖日暖水溟蒙，岸柳初黄杏浅红。
堪以乔孙相左右，撩花惹草逗春风。

暑中访念佛堂

云气和怡妙且神，阳光灿烂本如真。
无边绿色迷凡眼，除却清风不度人。

朴家沟闲游见弃置茅屋归题寄怀

旧貌新容总不同，藜蒿绕屋乱蓬蓬。
残垣断瓦难遮雨，侧牖横窗已漏风。
小院欢歌嬉戏处，孤灯苦读梦回中。
童年酸枣时摇落，一地斜阳点点红。

腊月末山中做客

旷野隆冬特地寒，荒村日夕起炊烟。
新馍出屉弥香气，好酒开坛露笑靥。
童子燃鞭追小狗，山翁悬笔拟春联。
不迟百里来为客，爱惜农家富足年。

歪桃砬野游有怀

松风震谷岭岹峣，贞鸟盘桓上碧霄。

山脚墙颓摇艾草，冰河水少盖枯蒿。

天墀乡野支营馆，元仲山林抚弄璈。

王谢堂前谁稽首，棠梨树下可弯腰。

注：于华春，字天墀，清代贡生，于此设馆授业。王遵古，字元仲，金代人，父子三人皆有诗名。元仲有"相期老乡国，拂石弄云璈"句。

温明泉（1965.10—），辽宁省盖州人，营口市诗词学会会员。

程友松五首

辽河颂

九曲萦还多少秋，穿山向海岂回头。

辽天远地心中忆，轶事薪传笔下收。

一脉人文滋沃土，五千史话衍洪流。

英雄铁血今犹在，勒刻碑铭颂不休。

吕王木兰山庄

轿顶回环路八千，云横碧岭锁飞烟。
瑶池锦鲤清波碎，仙草山芹野味鲜。
庄隐天人新出浴，筵开香阁漫掀帘。
寻芳不为红颜醉，风月无边赏木兰。

秋日喜迎桥市营川众友雅集

一

寒侵万物草枯黄，霜润青山四野苍。
染尽层林何必墨，携来俊友未觉凉。
营川不弃路迢递，林苑还迷果脆香。
小径惊逢花解语，师生漫步履石荒。

二

行车百里步风尘，也醉秋光也醉人。
雅士临门花鹊噪，温阳浴岭赭黄深。
羞红果靥朱镶玉，泅绿苔痕翠钿金。
且置农家迎客宴，山珍薄酒见情真。

金牛怀古

辛丑开年，盛世同欢，春兴冬替，柏翠松妍，结社同游，仰圣寻贤，百里营川，形胜辽南！永安古镇，有村西田，名山有迹，育人文之初祖；绿柳无荫，承华夏之薪传。入村实考，玉女殷勤讲解；临镜亲察，图文并茂直观。叹沧桑之流转，江山易貌，怀今古之更迭，草木化石。荒原无极，青黄轮序；春秋有岁，沉浮交替。九垓风雷，大象神州，五千文明，莽原辽地，夏商迭序，疆域万里纵横；梅犀迷踪，人文千秋延续。群雄逐鹿，塞外何曾安抚？隋唐远征，白袍大败高丽。

建郡置县，华夏长安，开疆拓土，辽东屏峙。向北遥望，黑水白山；循南接海，浪拍半湾；东连峻岭，万壑叠嶂；西向古道，山海雄关。宋元明清，兵革无时停歇，国共骤马，战火何日消散？乾坤初定，红旗万里辉映；家国同欢，商贾千行隆兴。改革开放，万事并举；推陈出新，百废待兴！国士考古，访遍荒丘，教授动铲，掘现神牛！惊世新闻，响彻五洲，重大发现，名盖同传！遥想当日，篝火何在，抚忆今宵，精神不朽！党徽闪耀，红星熠熠生辉，新政宏开，斯民浩浩忾仇！龙生双翼，扶摇直上万里；骥纵驷马，驰骋何止一川？金牛献瑞，永安犹传轶事，禹甸飞歌，旧貌已换新颜。今有来人，俱是时贤，镁都才俊，磨穿铁砚，笔下风流，酣畅雄篇，均赋成文，千古美谈：

诗云：

> 古郡新风慕西田，金牛望月几多年？
> 山环九曲留遗迹，谜隐千秋访洞天。
> 篝火薪传辉暗夜，红星闪烁壮营川。
> 初心未忘当长忆，摒去陈言写巨篇！

程友松（1973.3—），辽宁省大石桥人，中华诗词学会会员。

程淑英五首

营口新区鲅鱼圈

崛起新区立锐标，北溟鲲化正扶摇。
钢花飞溅追红日，舸队争流乘碧潮。
塔吊集箱掀彩锦，山连口岸架虹桥。
亿吨大港雄姿展，砥砺豪情贯宇霄！

墩台山烽火台

一山突起傲青天，阅尽沧桑六百年。
镇守神州烽火旺，荡平敌寇号声绵。
俯临海港腾龙虎，眺望波涛现舸船。
雄伟高台威耸立，今逢盛世自悠然。

望儿山

峭壁悬崖望儿山，千年古塔立峰巅。
年年期盼望潮浅，岁岁思归度暑寒。
母爱深深感天地，泪滴点点化甘泉。
神州儿女拜慈母，孝字当先世代传。

念奴娇·春到渤海湾

春潮涌动，望惊涛拍岸，浪花如雪。船舸争流天际远，鸥燕逐飞欢悦。和煦阳光，幻朦蜃景，旗展琼楼阔。海疆如画，小舟归晚霞接。　港口塔吊排排，车来船往，物类千箱叠。虎跃龙腾兴盛世，万众豪情炽烈。再启征帆，乘风破浪，砥砺雄关越。碧波千里，乾坤初皎明月。

洞仙歌·观沧海

伫临沧海，望大潮翻卷。风逐惊涛拍堤岸。几鸥飞，振翅浪谷波峰，天际处，船舸争流隐现。　蜃楼浮奇景，玉宇琼台，仙境悠然雾缭远。试看港龙腾，塔吊排排；铁臂举，万吨货转。但筑梦启航正扬帆，更有道豪情气冲霄汉！

程淑英（1949.6—），女，辽宁省营口市鲅鱼圈人，营口市诗词学会会员。

董世纪三首

鹧鸪天·游鹤羊山莲花观

一

曾忆当年游鹤羊，须臾甲子去匆忙。穷山秃岭遗原址，断壁残垣留颓墙。　经久远，历沧桑，重修殿舍筑堂隍。山门高挂悬崖险，海宇闻涛声浪长。

注：盖州文人于天墀曾有"断崖高挂寺门偏"的名句。

二

山路蜿蜒曲又长，青遮翠掩入行廊。铜钟玉鼓晨昏晓，丹鼎香炉隆盛昌。　柞树茂，菩提良，扶栏尽览好风光。此时恍若临仙境，始悟身心入善堂。

鹧鸪天·功德碑

负重石龟睹世波，碑头历久已斑驳。捐钱赠物垂青史，细勒精雕留简帛。　记善举，颂功德，光芒闪耀不消磨。焚香跪拜虔诚客，浏览修名崇敬多。

董世纪（1954.8—），辽宁省盖州人，诗词爱好者。

管彦五首

大辽河

奔腾辽水母亲河，谱写营川天籁歌。
乳润百花蜂蝶醉，稻香千里蟹鱼多。
虹桥凌宇蛟龙舞，舟舫穿梭商贾博。
两岸城乡蓓蕾绽，垂名玉带耀金波。

望儿山

峻山耸屹在云端，慈母迎风立顶巅。
遥望西流激浪海，盼归东渡载儿船。
日升月落春秋去，树老草枯星斗迁。
挚爱雕成千古塑，娘恩浩荡洒人间。

娘娘庙

迷镇名山势峻拔，古刹灵霄屹悬崖。
香烟缭绕升云雾，旭日辉煌绘彩霞。
玉树临风朝圣地，祈天降福富中华。
归诚示教悟心界，浩气佛光昭万家。

黄丫口

黄丫隘口傲苍穹，绮丽风光照眼明。
莽莽乾坤云雾远，巍巍翠嶂黛烟腾。
花香鸟语弘神韵，林密山深幻梦萦。
曲涧流泉潭水沏，魂迷心醉伴歌行。

三道岭水库

汇流老峪百条川，碧水涟漪三道湾。
崖重舟轻帷雾霭，峰青岭绿锁岚烟。
云漂山舞千般美，鱼跃蝉鸣万象酣。
商坝横空平库阔，喷珠漱玉润桑田。

管彦（1938.10—），辽宁大石桥人，诗人、作家。

廉世伟一首

辽南四大屯之虎庄

唐朝轶事虎獐屯，千载古槐鉴日臻。
敦睦明德回汉满，民丰物阜傲嶙峋。

廉世伟（1955.9—），辽宁省大石桥人，诗词作者。

樊德琪五首

欣闻营口大辽河
城市段整治工程试运行有感

水拍滨城秋叶红，手描彩带跨西东。
文明创建云开日，竟在辽河烟雨中。

夏日辽滨

海风习习没沟满，碧水轻轻拍岸边。
舟驶浪随波泛白，鸥飞鱼跃鸟缠绵。
青松翠柏眼前绿，蓝草红花身后妍。
再看长堤拦护网，游人簇拥保安全。

七律·"市民看营口活动"赞

销魂不必去苏杭，辽水一隅颜换装。
岸道区街描七彩，塘河林苇绘青黄。
创新何惧长征险，大上更坚钢脊梁。
回首沧桑营港老，青春再现我家乡。

少年游·滨城百年

抚今追昔没沟营。辽水绕滨城。渔舟唱晚，浪惊鸥
鹭，风雨百年程。　　曾经港埠名中外，四海五洲争。沃野

花开，果盈山坳，来日更纷呈。

念奴娇·辽河特大桥

　　索牵绳挽，似彩绸，惊倒长空鸿雁。两地相连，天堑险，宛若玉龙飞涧。海浪滔滔，蛙声阵阵，湿地芦塘浅。东西南北，贯通多点沿线。　　巡瞰辽水苍茫，枕流山海远，姿容无限。润泽方圆，原野旷，金色年年呈现。展望前方，分明一幅画，路通花乱。车驰人涌，犹如天派云遣。

　　樊德琪（1952.5—），辽宁省营口市人，营口市诗词学会会员。

黎日辉 一首

营口炮台颂

　　雁阵遥天舞曲鸣，云流远景画深宏。
　　雄关大炮尘生积，古事真兵马响盛。
　　恍若营川烽警世，犹知海上雾迷生。
　　烧烟圣境千秋意，燕落春风万代明。

　　黎日辉（1958.4—），广东省佛山人。广东省诗词学会会员。

潘 虹 五 首

十三友相聚营口

河海连天意怎穷，金樽把酒不曾空。
掬秋捻韵问君好，潋滟他山墨宝中。

营口看海

十三儒客海滨行，云白风岚醉一程。
君不见兮长调起，引来潮涌和鸣声。

观西炮台

秋风垂吊雁轻鸣，尘土残台掩战兵。
大海忽啾长浪起，犹闻旧将护滨城。

望营口港

海连天际向潮耕，港口星环第九名。
观赏台前闻汽笛，往来船舶富滨城。

渤海东岸明珠营口

辽河水起荡波澜，入口啾啾回岸看。
遗址金牛盘古处，大龙邮票寄云端。
炮台烟火听潮涌，月亮湖光摇梦弹。
城倚湾东生百媚，夕阳坠海好奇观。

潘虹（1966.8—），女，辽宁省沈阳市人。中华诗词学会会员，辽宁省散文协会会员，沈阳诗词学会会员，关东十三友成员。

颜景泉一首

赞营口

经济腾飞沐煦阳，当空彩虹亮天堂。
披红戴绿千山舞，跃马扬鞭万众忙。
建筑高楼欣喜庆，安居乐业眺东方。
滨城海抱珠成现，口岸云蒸放国光。

颜景泉（1959.6—），江苏省连云港人，江苏省诗词学会会员。

廖万友三首

因港而生

因港而生营口盛，港兴城起鲅鱼圈。
人和大爱圣明地，云集幽情伟丽天。
良港东方河海汇，温泉烽火母儿牵。
胸怀勇气信诚聚，百纳乃容美梦圆。

富泉汩汩

一面朝天三面水，飘摇风雨没沟营。
改开渤海湾新港，创响青龙山富城。
穿越百年河海汇，转流万物世华盈。
舳舻相继芳诗册，滨海林泉汩汩惊。

渡江云·鸟浪

东方良港口，海河交汇，渤海亮明珠。改开昌天地，营口新兴，万吨港宏图。提升国级，开发区，除旧荒余。因港生，港兴城盛，大屋子银墟。　　胸怀，信诚友善，海纳千川，集散中心立。装船运，油坊烟卷，销售成渠。青龙滨海仙人岛，望儿山，胜地游余。新景致，繁荣乐业安居。

廖万友（1952.10—），广东省广州人，营口市诗词学会会员。

戴家才二首

鲅鱼圈夏日晚游

逐凉来踏岸边沙，潮退清风送海霞。
渐没斜阳胭浪远，时闻飞艇笑声哗。
相携情侣寻螺贝，结伴儿童捉蟹虾。
喜事多逢随共乐，车回犹恋放烟花。

鲅鱼圈度重阳

乍喜重阳渤澥边，废登临处换悠然。
浪亲白羽低翔鸟，风送红旗快驶船。
只觉蓬莱非蜃气，为瞻民众是尧天。
主人邀饮黄花酒，尝尽堆盘醉海鲜。

戴家才（1948.2—），江苏省泗阳人，中华诗词学会会员。

古、近代诗人

（按朝代先后排序）

王寂五首

辰州观武元直画《龙门招隐图》

玉林宾主骨应枯,再见《龙门招隐图》。
政似白翁旧诗卷,十人酬和九人无。

龙门山赏瀑绝句

一

九天无路不容攀,谁挽银河落世间。
却恨青莲老居士,只将佳句赏庐山。

二

强将懒脚挂枯藤,上到云山第一层。
几欲刻诗题瀑布,却嫌千古笑徐凝。

登经阁望王元仲海岳楼,览京师名公题咏有作

一

飞甍缥缈拂层空,览胜观澜左右雄。
秋气拍帘千嶂雨,夜潮春枕半天风。
盟寻鸥去沧浪上,目送鸿归灭没中。
圣世文明方讲礼,征车行起叔孙通。

二

先生勇退冀北空，坐笑百雌无一雄。

咄咄诸郎有高著，纷纷余子甘下风。

龙媒懒行陆地上，鹏翼要举青云中。

旧学渊源慎勿废，逸书当续白虎通。

王寂（1128—1193），金代文学家。字元老，号拙轩，蓟州玉田（今河北玉田）人。天德三年进士，历仕太原祁县令、真定少尹兼河北西路兵马副都总管等。曾为提点辽东刑狱，巡按辽东各部，以中都路转运使致仕。卒谥文肃。工诗文，著有《拙轩集》。

王汝玉一首

海岳楼

十二朱栏依半空，元龙高卧定谁雄。

檐楹翠湿蓬山雨，枕簟凉生弱水风。

物色横陈诗卷里，云涛飞动酒杯中。

谪仙会有骑鲸便，八极神游路可通。

王汝玉（生卒不详），辽宁盖州人，金代文学家。

赵秉文二首

连云岛望海

壮观天东第一游，晓披绝岛寄冥搜。
烟中熊岳随潮落，天际辽江入海流。
地绝四维那辨树，风来万里忽通舟。
我从析木西南境，回望中原四百州。

寄王学士子端

寄语雪溪王处士，年来多病复何如。
浮云世态纷纷变，秋草人情日日疏。
李白一杯人影月，郑虔三绝画诗书。
情知不得文章力，乞与黄花作隐居。

赵秉文（1159—1232），字周臣，号闲闲居士，别署闲闲老人，磁州滏阳（今河北磁县）人。金代文学家、诗人。大定二十五年（1185年）进士。曾任户部主事、翰林修撰、礼部尚书等职。著有《闲闲老人滏水文集》。

马文升一首

过盖州

烟雾初消海峤端，荒波寒水与天连。

山光杳霭飞凫外，秋色参差落雁前。

田野欢呼瞻使节，讼庭空寂长苔钱。

从容事毕还朝日，韶舞声中觐九天。

马文升（1426—1510），字负图，别号约斋，又号三峰居士、友松道人。钧州（今河南禹州市）人，明代景泰二年（1451）进士。

刘讱一首

按盖州有感

海畔三年使节稀，新骢今日此依依。

孤城月上狐应遁，老树风高雀不栖。

国计未纾征税急，君思犹有向隅啼。

观风无补虚沾禄，满道还多阅绣衣。

刘讱（1484—1559），号春冈，河南开封府鄢陵县（今河南省鄢陵县）人。明代正德十二年（1517）进士。

张铎一首

夏日同吴苑马荣少参登盖州东山观海

昔年驻节沧溟外，此日驱车又海喷。
雪色半从鳌极转，水声凝傍凤楼云。
参差凫鹭惊还定，缥缈平沙望不分。
临眺自伤离索久，强凭箫鼓竞残曛。

张铎（生卒不详），明代进士，巡按御史。

张鳌一首

盖州次韵

东按沧溟自古分，漫随车马探幽深。
天空时动千山影，人静方知万劫心。
海上风云浑变态，浪中岛屿自浮沉。
百年尘世成虚幻，极目烟霞思不禁。

张鳌（生卒不详），字济甫，江西南昌人，明代嘉靖年间
进士，历任浙江提学副使，南京兵部尚书。

陈洙一首

盖州祈雨有感

猗予本司牧，承乏署分藩。

奉职多无状，贻灾民用艰。

自春入夏来，时雨零何悭。

五日并十日，无禾将无餐。

驱车历南服，蕴气满尘寰。

聚艾怀徒切，焚柴欲自残。

征夫解余意，敢告西海湾。

天母擅灵胜，积诚谅可扳。

寸哀忽有感，恍尔对云鬟。

虔谒展四拜，悠扬出万山。

须臾膏泽下，枯槁生意还。

优渥阴神助，昭明灵贶颁。

畴知百姓舞，赢得一身闲。

珠玉视瓦砾，仓箱动输般。

公私省困累，田里消宄奸。

辽海幸有此，亟闻慰圣颜。

陈洙（生卒不详），浙江上虞人。明代进士，官苑马寺卿。

周斯盛一首

盖州道中

长夏阴常合，高秋雨更繁。

寒溪迷曲径，丰草暗平原。

举止年何有？麾肱夕未蕃。

独怜鸣雁咏，愁绝望公轩。

周斯盛（1524—1569），字子才，号际岩，宁州（今甘肃省庆阳市宁县）人。明代嘉靖三十二年（1553）进士，曾巡按辽东。

胡汝辅二首

过盖州吟

一

按临熊岳驿，早发盖州城。

千顷麦禾秀，万家鸡犬鸣。

黄华高使节，沧海过行旌。

解愠南风动，霜天夜气清。

二

野馆留骢马，山城照月明。

潜踪孤胆落，匿影隼魂惊。

剑气侵怀壮，精神得句清。

笙歌浑不寐，揽辔又南征。

胡汝辅（生卒不详），山西石州（今吕梁市离石区）人，明代嘉靖时巡按御史。

骆 云 一 首

连云岛望海

水势西从碣石来，云山沙碛重徘徊。

龙门雨洗刀兵后，鳌背风翻星斗回。

民瘠未收珍府利，官忧空作委输裁。

子期何在留岑寂，疑有琴声响石台。

骆云（生卒不详），浙江海盐人，清代进士，康熙十八年任盖平县知事。

爱新觉罗·弘历二首

渡辽水

镜影照龙旆，桥山展谒旋。
宁同贞观后，掫捐为开边。

渡句丽河

句丽旧辽水，千载带辽阳。
古客曾何在，今人引兴长。
蒹葭余败质，汀屿何苍茫。
饮练双长虹，横卧水中央。
几个无心鸥，冲波任翱翔。
战勋寻堞垒，世态惊沧桑。
唯此东流水，今古无闲忙。
积素漫两岸，流澌声琅琅。
谁能呼舴艋，捕彼鲤与鲂。
近树银为饰，远山玉作装。
凭舆愁峭寒，披裘且彷徨。
常时禁体诗，苦吟读书堂。
奚如眺揽余，万景个中藏。

注：据《满洲源流考》载辽河：亦名句丽河、巨流河。

爱新觉罗·弘历（1711—1799），清朝北京人。清代皇帝。

焦 和 生 四 首

自琼州归里作

一

半生游宦走天涯，廿载离乡得到家。
梗泛萍飘初泊岸，风餐露宿始停车。
惊魂波浪弥漫梦，过眼云烟顷刻花。
赖有荒园依旧在，入门一笑夕阳斜。

二

岭海归来两鬓霜，当年亲友半沧桑。
欣看荆树荣三径，快著莱衣向北堂。
犹子联翩驹齿壮，诸孙蔚起凤毛翔。
天伦别久今欢聚，把酒团圞话转长。

三

萱堂鹤发眼婆娑，欢极成悲涕泪多。
回首细询京国梦，伤心怕听海天波。
廿年远别驰皇路，万里新归鸣玉珂。
且喜慈颜犹健在，称觥戏彩欲高歌。

四

荒村老屋少时居，架上犹存昔读书。

旧种樗榆皆臃肿，新栽桃李亦扶疏。

亲朋携酒来情话，鸡犬依人爱入庐。

始遂闲居潘岳志，春风细雨一骑驴。

焦和生（1756—?），辽宁盖州归州镇人，清代乾隆甲辰进士，官至湖北兵备道，著自《连云书屋存稿》。

于华春十九首

馒首山

天如笼屉地如锅，柴在深山水在河。

万里云烟皆是气，谁家蒸个大馍馍。

春日登望儿山

峭壁插云烟，登临近日边。

地随孤塔涌，城抱万家圆。

野旷村皆小，峰高海自前。

东南穷目处，春色动辽天。

登伴仙山绝顶观海

今古同无尽，茫茫我亦猜。

九州萍上寄，万岛粟中开。

积水吞天去，春帆接日来。

遥看云湿处，蜃气涌楼台。

注：伴仙山，距盖州市城西南十五华里，又名鹤阳山，半岭有鹤阳寺。

晚登伴仙山

绝壑无人迹，看云独自行。

崖分花对发，石压树横生。

野雉经春乱，山狐欲雨鸣。

孤筇游倦处，坐听海涛声。

初到鹤阳寺

劣足穿荒径，嵌空古寺斜。

坛荒狐拜斗，墙缺虎看花。

老树膨腰腹，危峰粲齿牙。

拟从云雾里，终日读南华。

游喇嘛洞

数峰高不极，携伴此逡巡。
洞邃无昏晓，云阴有鬼神。
枯松穿坠石，危径厄行人。
寂寞禅房里，闲听钟磬频。

雨后路过三块石赴营子

秋宵听尽雨潇潇，做客西来道路难。
地阔平田全是海，天回旷野更无山。
数家村据高原上，尽日车行绿水间。
却羡夕阳红断处，一舟相对一鸥闲。

注：营子，即营口。

登伴仙山

脚底蓬蓬云气粗，盘空欲进步踟蹰。
崖悬石压千寻铁，路险人穿九曲珠。
东望晴川村远近，西来大海水模糊。
临风欲访黄花迹，零落荒台长绿芜。

鹤阳寺霁景

断云高挂寺门偏，榜作华阳小洞天。
夜静潮声生枕畔，雨余山色落窗前。
上方楼阁全疑画，下界村墟半是烟。
只此便堪称度世，更从何处觅神仙。

游喇嘛洞

一

人间不信有蓬莱，携客登临眼界开。
山接青天从北下，海浮红日自东来。
崖深常挂炎天雪，洞邃时归雨后雷。
到此更须凌绝顶，好依云气望瑶台。

二

群山万壑聚秋阴，花鸟无人自古今。
小寺依松嵌石壁，活云如水上衣襟。
不来苏子舟中月，空忆成连海上琴。
日暮归时风正急，半空钟磬落寒林。

三

细水弯环映晚霞，两三间屋住人家。
山含湿气松花润，草退青烟石径斜。
惊耳泉声听断续，当头树影望周遮。
行行直到云中去，好把春光着意夸。

四

峭壁崚嶒四面思，竖峰交叉夕阳烟。
风翻老树疏还密，石勒流泉断复连。
古寺无僧云候客，远帆有影海摩天。
回头笑指来时路，九曲明珠学蚁穿。

五

绝顶登临眼界开，斜依落日几徘徊。
面前眉影分千缕，镜里人家覆万杯。
山似惊蛇衔水去，海如奔马逐云来。
痴心要问将军石，知是人生第几回？

六

独立东南第一峰，凌空高出数千层。
花缘有客都含笑，水为无僧学撞钟。
洞口横吞云里寺，山腰僵卧古来松。
一声长啸归来晚，较得前时步步松。

与友人浴白云寺汤池戏题

平林极目碧无边，一水中分两岸田。
园树梨花翻白雪，板桥溪水倒青天。
村东篱落村西寺，山上云生山下烟。
我恐诸君把臂浴，温泉从此作贪泉。

注：白云寺汤池，即今熊岳温泉。寺已废。

观 海

一

积水茫茫溢九州，平吞楚尾并关头。

天晴岛屿参差见，风落帆樯自在游。

近岸人家争捕蟹，横波渔网不惊鸥。

几时才见桑田变，海客空将倗语留。

二

巨灵驱水走浑浑，万里波涛下海门。

老蜃喷云黄雨急，长鱼吞日黑风昏。

坐看眼底帆樯影，尽洗胸中蒂芥痕。

笑向渔人聊一句，可能海外有乾坤。

自岳城之复州

铃语破黄昏，单车逐日奔。

客途多酒食，农岁供鸡啄。

野店商人拙，荒村社吏尊。

夕阳行渐晚，牧竖掩柴门。

于华春（1816—1878），字天墀，辽宁省盖州杨运镇人，清代贡生，诗人。

李奎文三首

游赤山

缘溪忽见浴春蚕，乱石岩前露草庵。
野菜山花迷鸟道，天光云影入龙潭。
残碑省识前朝字，废阁消磨古佛龛。
百世千秋谁不朽，此中禅味少人参。

辽东怀古

木叶山高绝塞横，龙盘虎踞势难倾。
江名绿鸭王基肇，驾度青牛帝子生。
辽主雄风吞大海，秦王伯业冠长城。
古今多少兴亡事，荒草茫茫战垒平。

游赤山

缘溪初见浴春蚕，乱石岩前露草庵。
野菜山花迷鸟道，天光云影入龙潭。
残碑省识前朝字，废阁消磨古佛龛。
百世千秋谁不朽，此中禅味少人参。

李奎文（生卒不详），字雨亭，辽宁省盖州人，清代贡生。

王者贵十五首

游八蜡庙山

二龙山上景，古寺铁塔岭。
昂首放眼观，天外云无影。

赤　山

奇峰耸立出尘埃，乘兴登临眼界开。
虽逊步云山一半，能邀紫气自东来。

登步云山

只有天居上，群山不并齐。
半竿斜日近，一片暮云低。
鸟道无人迹，龙潭印马蹄。
吟诗题石壁，留取记鸿泥。

龙湾村小酌

老友具鸡啄，驱车赋载奔。
风来松扫径，烟锁柳当门。

壶煮青梅酒，家居黄叶村。
山林真福地，别有一乾坤。

游塔山秋夜

岭抱城三面，天悬月半轮。
荒村闻犬吠，破衲笑僧贫。
塔顶圆如佛，峰头小似人。
龙山南望处，渔火几家邻。

过熊岳城

岳水回环处，荒城历废兴。
望泉奔渴骥，下野逐饥鹰。
西海帆留影，东山月见棱。
古人村不远，掩映几渔灯。

游青石岭

携友两三人，出城游北岭。
泉咽石有声，风扫云无影。
秋草台畔荒，霜花村落冷。
登高且题诗，莫负枫林景。

九日登青石岭

维石岩岩下，雄关此日过。
黄花怜我瘦，红树醉人多。
平远山如画，澄清水自波。
荒台寻战迹，登眺发悲歌。

迷镇山即景

绝顶殿三层，仙游最上乘。
危楼高似塔，怪石秃如僧。
日落云归寺，山空月作灯。
东南遥望处，河水自清澄。

古上帝庙

北极宫仍在，英灵渺不回。
辰州留古迹，甲胄剩残灰。
佛殿狐营窟，神灯鼠盗媒。
寺门终日闭，月下待僧推。

过七盘岭

峻岭石嵯峨，崎岖未易过。
霜花红满树，秋草白盈坡。
螺色数峰老，蝉声一路多。
停车聊小驻，村认大洪河。

盖平城远眺

龙山铁塔拱辰州，大好清河日下流。
青石关门无锁阴，红花村落自春秋。
楼空人去杳无鹤，物换星移寒斗牛。
那有夷齐耻食粟，首阳高卧不回头。

青石关怀古

一

英雄枯骨石门埋，断碣残碑长碧苔。
绝塞风云犹坐镇，平辽烽火有余灰。
长安西望怀先烈，天子东征亦霸才。
骏业已遥名将远，空余夕照映荒台。

二

东征事业忆唐朝，日月光芒兵气销。
天子一呼吞半岛，王师两度定全辽。
雄关战绩空今古，秋草荒台伴牧樵。
边塞从今刁斗静，燎原野火亦寥寥。

三

唐家将帅亦英贤，战败句丽武力先。
折戟消沉沧海底，残碑矗立石门前。

雄关瓦砾埋荒草，故垒丘墟锁暮烟。

北障辰州怀往事，登台凭眺独流连。

王者贵（1869—?），字佐民，一字晓岚，辽宁省盖州人，清末生员，诗人。著有《余生诗集》。

陈桂生三首

庚辰九月七日赴赤山途中即事

晓来天气喜新晴，为访仙区此远行。

遍野黄花酬令节，满途白石荡车声。

眼前峰嶂皆如画，谷里人家不辨名。

岭踏横斜多险阻，亦犹世事总难平。

至万福庄望赤山

三峰突出最奇雄，迥与群山势不同。

骤见云屏通上界，直疑神剑刺长空。

秋烟缥缈横天际，峭壁峥嵘入目中。

想是巨灵开辟日，独留壮气镇辽东。

留题龙潭寺

登高岂独赏重阳，为访名区到上方。
老树成荫围古寺，奇峰似壁接穹苍。
此间自觉尘埃少，满路唯闻草木香。
直是琅嬛真福地，龙潭千载水泱泱。

陈桂生（生卒不详），原名荣铭，字子毓，号芗林，辽宁盖州暖泉人，清代光绪乙亥科举人。

王郁云九首

登东山即目

杨柳花飞漫不分，随风搅作半溪云。
空中诗料淡中画，人立疏烟对夕曛。

山居春晓

梦觉东窗晓色冥，烟笼野圃柳条青。
鸟声不让山鸡早，都入闲人枕上听。

赴青石岭

微醺缓步出东城，笑指雄关北面迎。
胜会愿随佳士集，狂歌哪怕巨灵惊。

筐提肴酒童欢喜，坐对村庄柳外横。
乘兴前趋双足健，遥看谷口片云生。

青石岭怀古

一

王师锐气压辽东，争说唐家振武风。
汗马勋高三箭定，句丽险撒一关雄。
恃强空叹隋炀误，后劲还成李绩功。
今日凭临还将略，请缨拟著战袍红。

二

多少乡心寄雁边，持筹扼要愧无权。
分明虎踞龙盘地，迸作硝烟弹雨天。
策士丸泥谁奋志，将军神箭忆当年。
闲中试卷愁中酒，对此难教念虑捐。

三

雄关一片石青青，从古关门夜不扃。
安市东来曾筑寨，盖牟北障尽开屏。
茫茫秋思辽天阔，惨惨夷氛战垒冥。
倘使龙门三箭在，坐看扫穴更犁庭。

望赤山

放怀步出野人家，东望奇峰烂若霞。
寺观深藏缠紫气，神仙何处煮丹砂。
幽寻拟著髯公屐，远上羞回墨子车。
寄语山灵待消息，诗朋双鲤怅天涯。

复为盖平县图书馆长

一

旧时闲散长图书，回首于今十载余。
供职又膺文字选，德邻常傍古人居。
琳琅满架应相识，名利无羁只自如。
更有老儒为伴侣，性情和蔼度安舒。

二

旧梦重寻领略新，图书馆址属前因。
讲堂无恙情如昨，经阁犹存迹已陈。
桃李满城都往事，芝兰入室有同人。
职司万卷无它望，唯待名流展览频。

王郁云（1861—1940），字兆林，又作诏林，号友陶耕者、师愚道人，辽宁盖州人，清代光绪辛卯科举人，诗人。

沈庆飏二首

石佛寺随喜竹枝词

哝哝唧唧伏莲台，不祝年丰祝婿才。
毕竟女郎羞是假，私衷一一告如来。

过营口

驻马繁华地，狂游向日曛。
笙歌千户月，帆影四围云。
乱世俗偏靡，言庞夷不分。
可怜犹汉士，极目帐胡氛。

沈庆飏（1873—1910），字羹唐，号菊村，辽宁省盖州东城古台村人，清代优贡。

刘德成五首

自题小照

十年江海一枯鳞，斯世空留报国身。
放眼河山无剩泪，题诗人是影中人。

题先伯母淑贞老人所绘松鹤图

老气苍苍耐岁寒，挺身落落拟鹏抟。
高枝健翮凌云志，应作男儿榜样看。

注：淑贞老人，王淑贞，盖州人，清末女画家。

寄怀丁肖泉孝廉

一

吾爱丁夫子，风流贺季真。
青箱名事业，白发老诗人。
傲骨宁谐俗，弃官欲避秦。
故乡风景好，明月悟前因。

二

飒飒东风里，著书镇日忙。
奇才追屈宋，好句战苏黄。
眼底珠玑少，杯中日月长。
辰州诸老辈，低首让君狂。

三

客里流光驶，天涯芳草齐。
何时亲杖履，终日望云霓。

健笔无人敌，琼章到处携。
津桥明月夜，可忆子规啼。

注：丁肖泉，丁孝虎（1857—?），字肖泉，辽宁盖州人，清代光绪己丑科举人，书画家。

刘德成（生卒不详），字话民，号一苇，辽宁省盖州芦屯人，冯庸大学教授。

张著谦一首

九日登青石关

胜会惭无作赋才，登高绝顶意徘徊。
枫林暗淡经霜老，海气蒸腾似雨来。
大好河山余战垒，许多荆棘没荒台。
蛮争触角今安在，半岭黄花依旧开。

张著谦（生卒不详），字敏夫，辽宁省盖州松屯人，清代宣统优贡。

纥石烈明远三首

龙门山题壁

一

秋霁岚光到眼青，层峦叠巘与云平。
解鞍暂借山僧屋，泉水潺湲漱玉声。

注：壬辰七月晦日作。壬辰，即大定十二年（1172年）

二

春尽山岚碧转加，携樽来醉梵王家。
桃花半折东风里，应笑刘郎两鬓华。

注：癸巳立夏后作。癸巳，即大定十三年（1173年）。

三

春半辽东暖尚赊，青山苦恨乱云遮。
三年绝徼劳魂梦，向壁题诗一叹嗟。

注：甲午春分日作。甲午，即大定十四年（1174年）。

纥石烈明远（生卒年不详），金代曷苏馆路节度使，擅诗文书法。

王充闾文学研究中心系列丛书

木铎清声

杨德辉 著

王充闾文学研究中心 编

春风文艺出版社

·沈阳·

图书在版编目（CIP）数据

木铎清声 / 杨德辉著 ; 王充闾文学研究中心编. —
沈阳 : 春风文艺出版社， 2024.1
　（王充闾文学研究中心系列丛书）
　ISBN 978-7-5313-6633-1

　Ⅰ. ①木… Ⅱ. ①杨… ②王… Ⅲ. ①诗词—作品集
—中国—当代 Ⅳ. ①I227

中国国家版本馆CIP数据核字（2024）第022350号

杨德辉艺术简介

　　杨德辉，男，1947年3月生，满族，辽宁省盖州市归州镇仰山村人。归州镇中学语文高级教师退休。字道明，号懿行，笔名品清。中华诗词学会会员，营口市老年诗社副社长，营口市老年书画会会员，大石桥市作家学会会员，大石桥市书法家学会会员，大石桥市老年书画研究会顾问。

　　2006年12月12日诗词作品《临江仙·校园抒情》获盖州市校园诗词大赛二等奖。

　　2011年7月诗词作品[越调]《凭栏人·抗美援朝纪念塔》获第二届羲之杯全国诗书画名家邀请赛一等奖。

　　2011年8月诗词作品《梅花》获首届华夏情全国诗文书画大赛一等奖。

　　2011年9月诗词作品《浪淘沙·幽兰》获第三届祖国好华语文学艺术大奖赛二等奖。

　　2012年4月诗词作品《辽河风光》获东方美全国诗联书画大奖赛一等奖。

　　2012年7月诗词作品《观潮》获第十届中华颂全国文学艺术大奖赛金奖。

2013年11月诗词作品《辽河冬韵》获炎黄杯国际诗书画印大赛银奖。

2016年8月诗词作品《白沙湾抒情》荣获第十二届天籁杯中华诗词大赛精英奖，授予天籁之音·德艺双馨中华诗词家。

2016年9月诗词作品《水调歌头·习主席三上井冈山》获江山颂全国诗书画印大赛一等奖。

2016年10月诗词作品《金牛山怀古》获第二届全国诗词名家神州行特等奖。

2016年10月诗词作品《沁园春·白沙湾》入选(2015—2016)中华诗人年鉴。

2016年11月诗词作品《沁园春·望儿山》入选中国时代文艺名家代表作典籍2016年卷，授予2016年全国文艺先进工作者称号。

2017年9月诗词作品《镁都赋》荣获喜迎十九大，翰墨颂中华全国书画诗文大赛金奖，并授予中华爱国文学艺术家称号。

2018年4月七律《杜鹃》参加蜀国鹃都杯全国诗词书画作品展评选为二等奖作品。

2018年9月书法作品《毛泽东颂》荣获全国第二届一带一路中华国礼杯书画大赛金奖，并授予一带一路文化使者荣誉称号。

2020年12月书法作品在2020年翰墨百家墨池杯全国书画艺术大赛中获优秀奖。

　　2022年6月6日诗词作品《圆梦》在重庆诗词学会首届桃花源杯全国诗词大赛中荣获入围奖。

序

诗是人们心里燃烧起来的火焰。诗人，真正的诗人都是用自己的血泪来写的，把自己的血化为红宝石，把自己的泪化为珍珠。

——卡那卡尔斯基

文章本天成妙手偶得之，也有人说，创造出好诗的人是天才。作诗是靠灵感，于是有人说有灵感就是天才。也有人说，灵感是靠一种可传授神秘物说法，比如说神秘的椅子，外国有沙翁转椅的传说；在中国，据说南朝诗人江淹的诗才和灵感，就是由早已离开人世的晋代诗人郭璞传给的，后来在睡梦中，郭璞把五彩笔拿走了，于是江淹就写不出好诗来了。你认为呢？诗词创作靠灵感，靠多用象征，主要用形象思维，如果没有形象思维就没有诗，诗则不重物，而求心象想象之于诗歌。有如鳞鳍之于游鱼。想象力历来被看成是文艺家富于才华、富有创造性的标志。以意为体，以象为用，以意制象，象由意生。

诗是感情的跳跃。——列夫托尔斯泰。诗在构思上采用大胆跳跃的方式。例《观潮》：

钱塘十八大潮生，万马奔腾万客惊。

扑面雄风开眼界，回头靓影恋君情。

弄潮健将追空燕，跨海长桥锁巨鲸。

华夏愚公多壮志，宏开伟业引同鸣。

无典不称七律诗。含蓄是它的生命。多年来，我运用这些理念和形式，创造百首诗词曲赋作品。2016年10月，《营口赋》《牡丹赋》《雪帽山赋》《玉佛寺赋》《长城赋》《花赋雪赋》《月赋》等入编全国诗词名家2016年年选，获第二届诗词名家神州行特等奖。2017年诗词曲赋作品《镁都赋》荣获喜迎十九大，翰墨颂中华全国书画诗文大赛金奖，并被授予中华爱国文学艺术家称号。虽然取得了一些成绩，但是水平所限，错误在所难免，望方家教正，不吝赐教。

杨德辉

癸卯春日盖州品清懿行于镁都

2023年4月12日

大道至简　清风扑面

尹春瑜

初识杨德辉老师是在大石桥市"工会杯"诗词楹联大奖赛发奖仪式上。我作为大石桥市诗词楹联协会党支部书记，亲手为老先生颁发了一等奖。老先生温文尔雅、波澜不惊的气质给我留下了深刻印象，也使我留意拜读老先生发布的每一篇作品，并逐渐走近了杨老师。

杨老师字道明，号懿行，笔名品清。生于1947年，满族，祖籍盖州，为归州镇仰山村人，退休前是归州镇中学高级语文教师。现为中华诗词学会会员、营口市老年诗社副社长、大石桥市诗词楹联协会会员、营口市老年书画会会员、大石桥市书法协会会员。

杨老师从教40余年，在教化儒生、赵普夜读之余，广泛汲取中华传统文化精华和内涵。在诗词歌赋、书法、绘画领域建树颇深，尤其在作赋方面可谓如鱼得水、独树一帜。杨老师为人简单纯朴，体现在他的诗风画意上，更是大道至简、清风扑面。读其诗，清丽飘逸、韵味深长；观其字，古朴浑厚、神采飞扬；咏其赋，行云流水、泉流跌宕。杨老师从教一生，身上带着浓浓的书生气，这也形成了他最为珍贵的品格。杨老师师法唐宋，用古人的范式，抒自己的情怀，因而他创作的诗词别具匠心和韵味，不失传统功底又具有当代新意。

未经坎坷，何谈经历，缺乏经历，何谈感悟。杨老师积七十余年的生活阅历来精雕细刻自己的文字。他毫不掩饰自己的情绪，又能恰当地找到自己的语言来表情达意。朦胧的情丝，温婉的文字，流露着自然又不露雕痕。正因为这样，他的诗词就尤为生动，自然中蕴藏着深刻的内涵。杨老师的诗词，画面感极强，这便使他的诗词具有极强的张力和感染力。从《丝绸之路赋》《营口赋》中可以看出，他能很好地掌握从形象到意象的技巧转换，这与他的作品源于对生活的阅历和感悟是分不开的。诗词有了画面感，就容易与读者拉近距离，产生共鸣。观杨老师创作的书法作品《镁都赋》，凝练与洁净的文笔，悠远与含蓄的意境，强烈与精致的布局，债张与奔放的时代氛围跃然纸上，让人目不暇接、回味无穷。

杨老师一生获奖无数，也不乏芸芸之仰慕者，但他却能始终淡泊自甘、不求闻达、心无旁骛、孜孜以求。他的作品注重唯美，"外师造化、中得心源"，他把自己的诗词推向符合现代人审美的高度，达到了博古通今、雅俗共赏的效果。

古稀之年的杨老师一生虽历经坎坷，但是他丝毫没有怀疑过自己的人生，他自信满满。在他的眼中，生活充满了诗意，正是这种状态，诗化了他的生命质量、固化了他的人生品格。杨老师精神矍铄、少长皆宜，至今依然活跃在协会诗友之中，发挥着以老带新的积极作用，衷心感谢杨老师对大石桥市诗词楹联协会所做出的贡献。

　　诗路漫漫、未来可期。真心祝愿杨老师身体健康、老骥伏枥、童心未泯、挑战自我，与吾辈并肩，在大石桥市诗词事业发展的道路上，越走越远。

　　　　　　　　　　大石桥市诗词楹联协会
　　　　　　　　　　党支部书记、主席尹春瑜
　　　　　　　　　　2023年7月12日

雨路添花

于秋香

　　杨德辉老师的《木铎清声》即将付梓，对于从事教育工作40年，诗词创作33年的杨老师，他不仅是求知路上的引路人，而且是行动上的榜样，诗词歌赋样样精通，杨老师多次获得各类奖项，但为人谦和朴诚，勤励奋勉，是一位德高望重的前辈。

　　当接听杨老师的电话时，杨老师说把此书作序这个任务交给我，我非常意外，在杨老师面前，我仅仅是一个小学生，以前也没有做过这个事情，加之水平有限，唯恐写得不好，会帮了老师的倒忙。因此，我当即委婉地谢绝老师，并答应会找位诗词名家给老师来写这个序，以便提高这本书的知名度。无奈，老师非常执拗，意向已定，我根本就无法推辞，虽然感到压力山大，还是硬着头皮接下老师交给我的这项任务。

　　我接触杨老师时间很短，仅仅半年时间，但杨老师的大名，我早有所闻，此时此刻，当我通篇学习了杨老师发过来的书中所有作品时，令我心潮起伏，感叹不已，杨老师真无愧于诗词大家，通篇400多首作品当中，"赋"就有100多首。"赋"，对我来说，就是个老大难。我是从未敢尝试过写这种体裁的作品，因为我怕写不好，还不如顺口溜，免得闹出笑话来。并且我认为，对于大多数诗人来说，也轻易不敢触笔此类体裁。然而，我初读杨德辉老师的"赋"时，就有眼前一亮的感觉，再仔细品鉴，就觉得有爱不释手的意味，老师的"赋"不仅内容丰富，而且措辞严谨，笔触凝练，韵律调新，给人以轻盈愉悦的感觉！既有"菊盏带霜盛碎玉，枫叶翻露泻珍珠"精妙绝伦的内涵，又有"华章经典共豪吟，耀我祖国锦色天骄"的雄放豪轶和炽热的爱国情怀。这100多首"赋"，不论是在描写人和事物上都做到了深入浅出，入情入理，"赋"绝对是这本书的最精致、最美妙之处。

杨德辉老师的这本《木铎清声》，诗词比例还是颇多，其中作品描写人文景观的内容极其丰富，有歌颂家乡大美营口，抒发海河儿女情怀，歌颂党，赞叹抗美援朝，奥运会，残奥会……所有作品，都颇具正能量，且立意新颖，语句淳美，遣词流畅，具有"轿顶长虹霁雨现，辽河渔网带烟收"的喜悦，又有"谷壑吟诗逢翠柏，云巅觅句醉流霞"的感叹。

君为高山我为鸿，笑观河海映云龙。

吟哦营口诗文赋，震动宇寰逸趣浓。

辽岸风烟增菊艳，镁都霜露染枫红。

奔腾碧水江如带，雅士风骚比危峰。

营口既是座海滨城市，又是母亲河——大辽河与渤海的交汇处，风光旖旎无限。从杨老师这首作品中，我们不难看出诗意的大气磅礴，以及对家乡的无限热爱的情怀。杨老师本着"君从故乡来，应知故乡事"，去抒怀对于营口的山山水水、风土人情的无限眷顾和厚爱之意，我们可以从书中去领略和感受。

　　高举锤镰一百年，中华地覆又翻天。

　　神州探月飞寰宇，航母巡洋护海关。

　　改革繁荣欣解锁，扶贫致富靠攻坚。

　　旗扬世界万民乐，凤舞龙腾奏管弦。

　　上面是杨老师在建党百年里作品其中的一首，从中我们领略了伟大的中国共产党100年不屈不挠，奋发进取，踔厉前行的坚强意志，以及所取得的辉煌成就，同时，也能看出杨老师对党的无限赤诚与热爱。

　　作为当代诗人必须具备谦逊、勤奋、正直、刚强、善良、爱国的品质，一个人要想学写诗，就要谦逊好学，一步一个脚印地走下去；"吟安一个字，捻断万根须"，写诗是个苦吟，不付出一定的心血，是拿不出像样的作品来的。诗人的人格应该是特立独行的，要保持一颗纯洁的心，不与恶俗势力同流合污。刚强的诗人，从他的作品字里行间就会表现出来，并且颇巨感染力；善良的诗人，能够从口中和笔端跳动出优美的诗句，凭借敏感关注身边的一切，去描绘人间的喜怒哀乐。爱国，是诗人最必备的品质，尤其是我们当代诗人，生活在这样一个美好时代，我们没有理由不去为祖国母亲吟诗作赋。诸如此项，我们从杨德辉老师的身上和作品当中，都会深深地领悟得到。

作为国学经典的古诗词，历经了几千年的积累和传承，日益兴盛，为传统诗词注入时代精神，是中国诗界发展史上一个永恒的使命。寻践时代精神，用诗词歌赋去歌颂祖国的大好河山，歌颂当代改革开放的成果，歌颂当代英雄精神，具备家国情怀，赞美家乡，用真实情感去抒写正面的人和事物，用作品去打动人心，杨德辉老师做到了。并且，他在这方面，给我们做了一个很好的榜样。

词墙曲赋路人夸，顿挫抑扬迎早霞。

阁楼魁星踞塞外，辽东骚客噪天涯。

最后用杨老师的这首七绝结尾，我认为还是比较恰当。愿杨德辉老师贵体安康！笔耕不辍，继续为我们呈现出精彩佳作！

（于秋香：中华诗词学会会员，王充闾文学中心副秘书长，营口滨城诗社社长，营口女子诗会副会长，华协吉林分会常务副会长。）

目　录
CONTENTS

第一部分　诗

绝　句

观沧海

红日出沧海，沙鸥翔碧霄。
江山如画里，心驾浪天潮。

大红袍李子一

香飘万里遍天涯，北调南腔众口夸。
千枝缀岭迷双眼，三尺垂涎进万家。

大红袍李子二

粉墙青瓦山林中，满岭红袍分外红。
我醉浓汁香醉口，诗情画意舞晴空。

文明城市建设一

文明礼貌待来宾，满面春风招手频。
车辆优先让行旅，和谐社会爱人民。

文明城市建设二

口罩卫生洗手频，垃圾分类万人欣。
养殖宠物要勤洗，持证打针不扰民。

营口佳元养老中心一

重阳煮酒映朝霞，五柳桃源赏菊花。
养老颐年好去处，佳元餐饮万人夸。

营口佳元养老中心二

养老境优欢乐中，佳元高阁荡春风。
下楼散步花园里，四菜一汤鼓乐融。

营口佳元养老中心三

游子南楼寻旧梦，娘亲养老入新巢。
佳元环境饮食美，老妪心情逐浪高。

中国农民丰收节一

粮仓装满小康情，大地丰收喜乐融。
多赖中央施政策，扶贫致富系三农。

中国农民丰收节二

家民能不尽开颜，粮稻丰收幸有缘。
谷带泥香满庭院，抬头望月到云端。

中国农民丰收节三

大江南北笑声添，五谷丰登心里甜。
谋划乡村千秋业，九州到处是桃源。

青云环保三首

桃红柳绿家乡美，辛勤耕耘天地新。
环保桑梓行低碳，和谐环境赖青云。

勿使黑黄染碧水，长铺翠绿披青山。
镁都乡镇筑新梦，水秀天蓝还自然。

青云环保创新宇，镁市家园万代康。
观赏晴空醉生态，康居静境胜天堂。

游本溪红枫谷

魂牵圣境大石湖，霜染红枫万树朱。
泼墨山河同筑梦，神州万里起宏图。

大石湖游记

瀑布溪流觅尽头，石桥栈道画中游。
红枫染就半山紫，可去诸君千种愁。

喜迎二十大召开

两会召开方向明，龙腾虎跃展鹏程。
兴修水利百年计，口罩居家万众情。

机耕田野好风光，工厂汗飞劳作忙。
空客航行千万里，人员来往为家邦。

幼儿高唱国家好，战士艰辛训练中。
群策严防新冠菌，耄耋养老乐融融。

桃红柳绿艳阳照，田野起垄金抢墒。
南亩红装歌唱起，北坡撸袖汗飞扬。

好雨外联诗意浓，如荼似火镁都宏。
中华国粹又兴起，雅士流觞澎湃中。

四面八方诗赋来，正逢好雨起风雷。
南窗元亮梦寄傲，可引招贤东阁开。

赏张官梨花园

回眸花海尽开怀，缕缕清香扑面来。
为报春风能解语，化身飞雪满山开。

大石桥荣获诗词之乡十年贺

迷镇山前呈紫气，奇花一朵绽诗坛。
唐王河涌滔天浪，风韵豪情满宇寰。

大石桥挂牌诗词之乡十年贺二首

一

飞上枝头变凤凰，青虫化蝶九回肠。
曲水流觞迷镇下，薪火传承到我乡。

二

金声玉振喜流传，顿挫抑扬歌染山。
笔底华章光艺苑，镁都雅曲绚联坛。

大石桥挂牌诗词之乡十年贺四首

一

曲水流觞歌塞外，蟠龙雅韵木成舟。
槐花飞雪情尤畅，万紫千红景更优。

二

文人墨客竞风骚，古韵新声逐浪高。
老少咸集风雅颂，秉椠奋笔涌歌潮。

三

唐王河水浪滔天，雅士放歌迷镇山。
妙笔生花扬国粹，新声古韵响吟坛。

四

槐花飞雪采撷忙，酿造艰辛化玉浆。
谁语关东无雅韵，诗词之匾挂咱乡。

人物诗二首

一 咏初见

春燕衔泥来去匆，诗文书法冠英名。
辽沈会展特级奖，桥市书坛一亮星。

二　咏海燕

辛苦耕耘网络田，奋蹄自励不须鞭。
礼贤待客心维赤，海燕呢喃万众甜。

大雁塔

沧桑风雨立千秋，进士题名在上头。
我欲宏图追骥尾，龙门跃鲤踞高楼。

官屯石棚

巨石天外来，三块砌成台。
风雨三千载，世人枉自猜。

题虾趣图

碧海群游乐趣生，日行万里赛鲲鹏。
扳弓力在一伸屈，跃过龙门鱼蟹惊。

贺江海峰、汤其武、张耀乡
荣获营口市耄耋诗星

耄耋三老获诗星，圣水蟠龙俱震惊。
协会成员多努力，珠峰顶上荡旗旌。

一高老校长

四老蟠龙张耀乡，镁都曲赋放荣光。
耄耋营口诗星获，激励后生红帜扬。

江老

诗社蟠龙创始人，红旗高擎献青春。
吟坛卅五功居伟，今日耄耋更有神。

汤老

高产诗人汤其武，韦编三绝作业苦。
出书五卷紫云轩，九七高龄发曲赋。

橘子洲头一

水上漂浮一叶舟，谁人击水到中流。
巨人屹立洲头上，蔑视官封万户侯。

橘子洲头二

独立寒秋怅寥廓，中华寻路已茫然。
工农举起秋收帜，武装斗争出政权。

岳麓书院一

高山仰止杏坛深，天下有才唯楚人。
爱晚亭中卧龙虎，湘江评论扭乾坤。

岳麓书院二

院荡书声传佳韵，檐摇月影动诗情。
静时常忆少年志，指点江山霸气生。

乌衣巷

一叶扁舟赏酒家，秦淮王谢竞才华。
桃花扇溅香君血，汉满明清本一家。

赠好雨丝雨二诗友

携手云游开眼界，欢声笑语竞佳篇。
叼陪联对话诗韵，唯愿友谊久戴天。

游君山

风尘仆仆缅香君，不改忠贞万古魂。
浩荡清风催古木，斑竹泪沐碧螺春。

滕王阁有怀

文播海外贯神州，舟荡波涛万古流。
鸯唤五湖风雅客，荣途好雨伴周游。

三清山

白云生处有清观，天路悬空十八盘。
雾海翻腾千顷浪，凡人到此可成仙。

古秦淮一

江南自古俊才多，锦鲤成龙奏凯歌。
燕引三人临画舫，桨声灯影泛长河。

古秦淮二

烽烟滚滚欲吞吴，妙手联盟绘战图。
烟火连营三百里，仲谋玄德敢称孤。

岳阳楼

文章绝唱空千古，忧国思民誉九州。
万顷洞庭圆一梦，巨龙起舞竞风流。

好检察官王忠远一

明镜高擎魑魅惊，护航保驾警卫兵。
廉洁执法排干扰，理性公平办案情。

镇江焦山吞云阁

中流砥柱吞云阁，飞向海门江水流。
已塑万佛镇沙渚，平安百世渡春秋。

西湖

群山环岛荡游船，携手断桥寻二仙。
万众倾城别太守，只缘心里有黎元。

灵隐寺

宝刹云横结善缘，水溪石窟百千年。
飞来峰岭回眸望，殿外摩肩人似川。

西湖白堤

万人漫步三春景，柳绿桃红迷醉心。
湖水游船远堤岸，鸳鸯戏浪近嘉宾。

赤水大瀑布

日照飞流起彩虹，雷声滚滚响晴空。
珍珠雨雾落潭水，千万游人仰玉龙。

观诗墙

九天百鸟争朝凤，八斗三才劲舞龙。
国粹蒸腾厝石壁，大方磊落赖周公。

游澄州湖

弄影银盘寻水底，垂丝岸柳钓夕阳。
拱桥碧叶红苞处，曲径回眸诗满廊。

澄州湖抒怀

塞外有奇观，海城别洞天。
曲廊十里景，湖畔住神仙。

厝石山诗墙有怀一

诗墙曲赋路人夸，顿挫抑扬迎早霞。
楼阁魁星踞塞外，辽东骚客噪天涯。

厝石山诗墙有怀二

菱镁吟朋齐奋勇，诗墙筑梦共协同。
含足一口英雄气，会长古稀悬壁红。

海城采风

澄州湖水碧荷红，菱镁双城诗意浓。
厝顶骚人墨痕秀，传承国粹万年功。

常州抒怀

桃红柳绿棕榈青，嫩嫩麦苗摇玉亭。
油菜花黄依粉壁，江南村镇日蒸蒸。

大明湖

锦鳞石拱柳拂波，戏水游船旅客多。
在这鲁齐名胜地，辽东雅士放声歌。

趵突泉

济南天下一名泉，碧镜玉壶人满园。
浪涌涛声弥漫雾，酣游客醉水中天。

西津渡

十里长亭留客官，漫天风浪驻征帆。
梦中江淹已才尽，醉里诗歌伴杜鹃。

焦山

长江万顷一青螺，浮玉镇江造福多。
漫步凉亭观胜景，珍珠奇卉装满箩。

北固山

一川碧浪誉江南，北固烟云壮宇寰。
友亮亲瑜有子敬，拒曹联蜀美名传。

云台阁

中流砥柱云台阁，飞向海门江水流。
已有万佛镇沙渚，平安百世渡春秋。

乌镇西栅

古色古香西栅村，临街集市物华新。
舟行桥下小铺店，人在画图迷断魂。

夜游浙江嘉兴乌镇西塘

舟摇乌镇西塘夜，溢彩流芳霓霭飞。
满目琳琅街市美，灯红酒绿放光辉。

塔

海不扬波臻太平，中流砥柱乐邦兴。
乘潮人喜客移艇，上岸吟朋又启程。

焦山

云影山光浮玉峰，中流砥柱屹峦雄。
焦山偎抱一江水，引我来寻五色龙。

浮玉佛光镇海门，长江百舸忆曹军。
丢兵损将仓皇去，玄德今朝不为臣。

题影韵轩书画店张辉会长远望图

虎视前方尝唤友，聪明机智似仙神。
初心不忘前车鉴，万世厉兵防恶人。

金山寺

水漫金山战事酣，白蛇娘子救许仙。
唯嗔法海自多事，天助良人获梦圆。

瞻红船

绿满南湖花满川，人山人海访红船。
等闲识得小康景，英烈初心梦已圆。

镇江焦山

海不扬波利万民，中流砥柱立江门。
万佛宝塔镇涛浪，歌舞升平宴客宾。

题王总治鹏别墅小院

别墅庭前莲花绽，与荷共舞主人翩。
群贤曾览百葩艳，曲径紫藤迷眼瞻。

广场文化月

人海人山总满员，井然有序坐台前。
明星大腕展风采，咏唱红歌露笑颜。

别若尘一

天府苍天白日曛，清明将至雨纷纷。
四川到处有吟友，蟠龙诗社众思君。

别若尘二

飞机一瞬已离尘，天府风光万象新。
筑梦前程如锦绣，他年相遇慰诗人。

别若尘三

成都西去路迢迢，诗友吟别泪不干。
信息往来频问好，功成乐业报平安。

别若尘四

骚客东辞烟雨楼，阳春二月去凉州。
飞机一瞬碧空尽，只有白云随意流。

赠若尘张会贤女士赴四川成都

女士采风去四川，专程拜谒李谪仙。
他年天府吐豪气，不忘蟠龙曾会贤。

酬若尘张会贤网络回赠

真水无香张会贤，诗书苦练未曾闲。
卧薪尝胆捧唐钵，百尺竿头过顶端。

游湖

新婚宴尔两人和，举案齐眉厮耳磨。
小雨湖边擎纸伞，亭亭玉立一青螺。

别若尘五

唐王碧水舞春风，女士别离山万重。
唯恐勉言诗不尽，信犹未寄几开封。

别若尘六

女士乘机犹未行，吟朋营口诵诗声。
四川一去三千里，折柳依依挚友情。

镁都颂

圣水双桥芦苇花，红旗山下赤阳斜。
灯红酒绿千行盛，十万参差商贾家。

旅行

唐元古寺宋朝关，十日旅游人未还。
五岳三山观览久，而今不念故乡山。

镁都山城

万岭高炉升紫烟，千寻索道挂前川。
飞车矿产九盘下，远送江南多少天。

两岸通航后叔叔回家

背土山乡八十回，龙钟老态鬓毛衰。
农村变化不相识，少长哪知何地来。

台湾二叔归来

辗转离家卌岁多，乡愁仍旧未消磨。
沙湾今日旅游地，海水飞扬万顷波。

别若尘七

飞机远上彩云间，一瞬山河万架山。
天府成都中午到，顺风河汉过千关。

别若尘八

辽河波浪远行舟，今日相别几度秋。
下午成都观美景，白云千载荡悠悠。

母亲节寄怀

慈母望儿渤海东，泪成波浪唤长空。
台湾游子手招舞，两岸同根共祖宗。

律　　诗

和好雨东游、岫岩赏油菜花五首

一

万水重峦座座山，金光灿烂白云间。
坡中几段松涛染，肩上一排人海喧。
已把功名抛岭外，只留风骨立尘寰。
诗情万缕山村景，筑梦中华今日园。

二

车过千村至谁家，熏风染色展芳华。
山前万树樱桃果，岭后千枝油菜花。
谷壑吟诗逢翠柏，云巅觅句醉流霞。
小康社会中华梦，对酒当歌再品茶。

三

眸前景色似金霞，云岭摇波笼锦纱。
已嗅清风带馥郁，又观光彩醉奇葩。
苍松树上鸣新凤，溪水声中听雨蛙。
一岭长虹思一路，风光无限在农家。

四

山峰列阵云涛滚，百里奔波至小村。
飞上悬崖山让路，种出彩练岭飘金。
遥观油画梯田处，常忆蓝图策划人。
岭寨风光迷人眼，崭新时代长精神。

五

橘黄绸缎遍山崖，村寨风光众口夸。
大客千人观美景，峦坡半岭赏云霞。
芳园何止荡香味，北岳又曾飘锦纱。
田野蝶蜂金色浪，梯田壮我大中华。

大红袍李子三

山村筑梦似云霞，李子红袍笼碧纱。
举目闻风香郁醉，抬头溢彩艳奇葩。
繁枝树下停皇冠，峻岭丘中舞乳娃。
一路载歌唱一路，无穷景致在农家。

大红袍李子四

水碧山青环翠屏，秋高又至撼心旌。
周家筑梦长长夜，大李红袍点点星。
崇岭曙光开正道，新人铁血护花铃。
云松拥抱五洲客，小寨今朝已有名。

大红袍李子五

前生铸就为人民，不供皇家还俗尘。
云水溪边幼树扎，雪霜深谷蕾苞生。
断无冶艳倾天下，自有果香惊宇坤。
筑梦中华凝秀丽，辽南大地正方兴。

欣迎英军归桥

骚坛高士隐伊春，问道采风叙旧人。
红姐文香长白月，肖哥诗丽北疆云。
蟠龙词味绳苏轼，兰院雅怀追右军。
文化兴城皆弄墨，明珠新市九州尊。

遥寄诗人邵老师

黑龙浪雪立佳鸿，展翅凌霄架彩虹。
飞舞黉门育紫燕，响传诗韵课银翁。
著书尽瘁劳冬夏，苦口启蒙敲吕钟。
北国南疆风雅颂，笑观桃李满江红。

滕王阁有感

一江奔泻走雷霆，两岸晓烟杨柳青。
百侣登临重建阁，三人齐撞老钟声。
风尘有意君投笔，日月无心尔请缨。
伟饯寄情千里雁，今诗四韵誉先生。

圆梦

旗红柳绿武陵川，紫燕啄泥风雨穿。
昂首耕牛南岭上，弯腰撸袖北坡前。
桃花源里寄佳梦，伊甸空中放纸鸢。
舞动锤镰烽火夜，感恩百岁换新天。

恋春

桃红柳绿望蟠龙，溪水潺潺万物荣。
崖口杜鹃开满岭，周家伏李绽盈瞳。
诗朋千里采风乐，老妇三星观戏匆。
广场太极歌伴舞，沸腾人海似潮汹。

吊屈原二首

一

煮日焚天五月间，今逢佳节忆幽兰。
楼中无事读山鬼，案几含情阅橘篇。
昨日题花更一字，今朝来燕卷三帘。
脱贫致富圆陶梦，赤县人民尽笑颜。

二

万里长江人济济，波涛滚滚赛龙舟。
离骚天问汨罗月，橘颂抽思鬼见愁。
筑梦脱贫茶解渴，腾飞致富酒消忧。
青虫化蝶心随愿，华夏桃源理想酬。

端午抒怀三首

一

佳节赋诗思屈原，一心为国被谗言。
君王昏暗致流放，正义光明蒙受冤。
江水龙舟因有梦，青春艳曲更盈船。
崭新时代红旗舞，生活小康如蜜甜。

二

上下求索千百年，中华有梦聚良贤。
群英肝胆破冤狱，众士身心可鉴天。
流放蒙冤翁屈子，光荣就义小胡兰。
辉煌时代腾龙凤，祈祝神州更景妍。

三

千古衔冤恨未申，大夫为国枉蒙尘，
迷茫天问伤怀抱，凄苦离骚泣鬼神。
擎盏低吟三岭月，临风放曲九霄辰。
脱贫致富小康景，可慰当年独醒人。

品味端午

含冤殉水为邦亡，赤县永怀端午伤。
碧玉陨天惊落泪，幽兰遗恨憾失疆。
腾蛟起凤中华梦，致富脱贫筚路霜。
生活幸福缘奋斗，凉风曲水喜流觞。

观潮

钱塘十八大潮生，万马奔腾万客惊。
扑面雄风开眼界，回头靓影恋君情。
弄潮健将追空燕，跨海长桥锁巨鲸。
华夏愚公多壮志，宏开伟业引同鸣。

大石桥荣获诗词之乡十年贺三首

一

六一扬旌紫气蒸，蟠龙今日已成名。
昨观圣水流觞事，夜唱离骚韵律声。
志者高吟七发赋，稚童低诵九霄鹏。
八方欢聚万人和，一派春光无限情。

二

偕友轻吟齐上楼，闻笛思绪注东流。
先贤鸿儒浮云去，伟绩丰功史册留。
轿顶长虹霁雨现，辽河渔网带烟收。
若无雅士勤争取，哪有牌匾挂画楼。

三

槐红槐雪歌声浓，喜望辽河起巨龙。
苍骥嘶风心未老，后生赋曲志凌峰。
激扬文字舞椽笔，指点江山撞铁钟。
鲲鱼日盼鹏翼展，追梦今朝架彩虹。

仰山礼赞

依山傍水江南景，胜比桃源名气扬。
南岭葡萄棚架紫，东坡富士果园香。
河边万只鸭鸡闹，北洼千家暖塑昌。
牧副农渔齐发展，和谐社会谱华章。

白沙湾览胜一

漫步石堤槐树高，波涛澎湃浪花漂。
凌宫群燕迎晓日，舣岸千帆越屿礁。
兔岛风摇发电塔，沙山云荡古钱雕。
八仙过海留踪迹，蜃景今朝何处邀。

七律十首

一

日照赤山腾紫气，巍峨古塔眺渤湾。
修身玄豹隐峦洞，拜母金猴跳水帘。
曲径天桥通上界，春风红雨梦桃源。
今朝仙境放异彩，宝马羚羊涌赤山。

二

白云翠柏岭巍巍，群塔石碑迎晓晖，
瀑布垂帘听虎啸，清潭饮马踏花归。
唐王沙场淤泥险，小将白袍君主回。
古寺扬名因圣德，山门溢彩待霞飞。

三

骄阳似火访名山，紫气东来罩岭巅。
壁立云烟观世俗，林出寺塔望幽燕。
手攀危石寻花去，脚踏藤梯觅句还。
最喜凉亭留客处，八方儿女共流连。

四

古寺塔林迎赤阳，回眸云树共苍茫。
天桥幽谷响溪水，古洞观音送子娘。
峭壁凌空瀑流淌，龙潭倒影卉芬芳。
先登筇屐穿崖入，后坐缆车过岭梁。

五

龙腾紫气塔笼纱，凤舞流苏染赤霞。
百尺萝丝同绕树，一群喜鹊共啼花。
数声钟磬轻风度，几座佛堂日光斜。
回首塔林明月朗，依稀僧舍两三家。

六

山乡映日水西流，夹路鲜花古树稠。
古洞天桥闻四海，钟声石磬惊三州。
松前白虎饮溪涧，谷里灵狐拜月楼。
璞玉雕磨光半岛，五峰追梦写春秋。

七

清水风光万福游，龙骧山势一眸收。
三亭迎客景区雅，群塔入云佛寺幽。
虎涧迷人枫叶紫，玻璃惊胆峭崖头。
唐王井水香千古，不翼蜚声满九州。

八

辰州万福风光美，名冠神州天地间。

古寺塔林同日月，哨舌隘口共云山。

老城造址终无赖，鏖战唐王去不还。

圣水清香常醉客，瑶池仙境落乡关。

九

巍峨古塔枕长河，石刻碑文半灭磨。

崖岭山巅人去少，玻璃栈道客来多。

三潭鱼影可牵客，千尺溪流宜放歌。

偶到先贤旧游处，犹思对弈烂樵柯。

十

古塔朝阳亭眺海，云烟氤氲柳梢晴。

金蟾出水惊春梦，黄雀观天报晓星。

送子观音坐古洞，诵经老衲拜黄庭。

虹呈雨霁寺添彩，钟鼓合鸣盛世声。

大石桥城建有感

依山傍海比桃源，南进西移拓外环。

江塔湖含花木影，金牛馆住智人猿。

和平商厦云霞锁，柳岸唐河碧水潺。

夜半花园箫鼓响，西装革履舞翩跹。

弥陀寺

梵宫高耸接苍穹，碧浪扬波欲起龙。
佛度众生求正果，僧吟教义化神功。
风调雨顺滋原野，水绿山青立柏松。
昔日唐王征战地，诗星璀璨缀长空。

参观植物园有感

人间仙境本溪城，棋布新楼满岭星。
焖倒驴香迷卉圃，吹拂国色醉凉亭。
克之劲舞擎纤手，振一高歌引夜莺。
鼓动骚人风雅起，归途车内酿诗生。

好检察官王忠远二

全省英雄好警官，国徽盾牌镇凶顽。
打邪除恶不欺软，侦破审查身屡先。
办案公平忠职守，维权磊落度贫寒。
为民惩办千夫指，汗马功臣万户传。

好检察官王忠远三

执法应教社会安，名声遐迩战凶奸。
排除阻力抓实据，顶住说情立泰山。
奉命寻踪追海岛，反渎办案是青天。
丹心化作和谐曲，汗水浇开百卉妍。

金牛山抒怀

田屯仙境一眸收，沃野茫茫立土丘。
渤海扬帆迎远客，石桥传说话金牛。
智猿居此万年久，遗址埋名今日休。
挥笔抒怀真面目，春风几度满神州。

遵义遗址引兴

一代圣贤志若虹，此楼崛起傲苍穹。
废除迷路引航雁，确立识途掌舵公。
四次烽烟出妙计，头回铁桶破鏖攻。
每张选票千钧鼎，群贤煮酒论英雄。

白沙湾

澎湃洪波溅远山，襟怀燕赵恋长天。
夕阳西坠澜涛浸，初月东升夜气寒。
岗岭烽火存半壁，渔翁槐岸忆抗联。
炮船甲午战失鼎，建立共和开笑颜。

澄州湖抒怀

小荷碧叶绽红苞，玉立亭亭多艳娇。
涤洗清纯出浊世，禅心修炼铸天骄。
旅游开辟生财路，楼阁顿然飙价高。
湖畔酒家诗韵绕，柏松高耸挂藤条。

白沙湾览胜二

碧波万顷白沙湾，昔日渔村变乐园。
百侣畅游银浪落，群贤毕至笑声添。
蛟龙腾霭遗抓口，玉兔逸宫卧岛边。
织女牛郎牵手望，瑶池仙境在人间。

步韵张冰先生

渤澥波涛助力情，营川雅士结吟盟。
抑扬无怨淘沙苦，顿挫有心令众惊。
韵笔勤耕红果硕，奇思妙想玉壶清。
夕阳不舍余霞美，光照骚人挥赤缨。

游唐王河双桥有感

风吹河苇览双桥，昔日唐王射浪潮。
马陷淤泥迎利剑，枪击穷寇遇银袍。
南阳诸葛隆中对，西楚霸王垓下咆。
逐梦修身图广宇，痴情社稷竞折腰。

拾金不昧三轮车夫肖泰彪

一对夫妻面色焦，离别落下手提包。
东张西望车无影，北去南来人似潮。
身在何处急寻觅，物归原主觉悟高。
拾金不昧好榜样，世道而今胜舜尧。

让座

今送儿孙乘小客，上来下去少席墀。
人旁过道履接踵，早班点名火燃眉。
靓女起姿扶老站，少男让座把身移。
雷锋已有后来者，华夏高风万古垂。

诚信老人张凤毕

金屯南果远飘香，守信村民誉满乡。
驾车伤人赔现款，倾家荡产暖心肠。
一坡荒岭育苗木，两袖清风付建行。
赢得生前身后赞，丹心一片亮辽江。

龙源大展宏图

龙源驰骋满金普，遍布大连通五湖。
驭驾仰观红日景，回眸望远彩云图。
茂盛洪财达四海，辉煌芳誉动三吴。
红旗舞动小康路，生意兴隆如火荼。

长恨歌有怀

身殉国难美名遐，妍比繁星灿若霞。
美貌贵妃传百代，长恨情愫诵千家。
珠玑口吐言淡雅，锦绣胸怀气度华。
倾城倾国三千妒，无穷魅力赢皇家。

春分一

昼夜相平寒暑半，池筠密处鹧鸪斑。
龙潜北溟待飞跃，鸟倦南林亦觅还。
苏子月明游赤壁，韩公雪阻过蓝关。
荣途举帜唱营口，柳韵群贤歌更酣。

春分二

清晨漫步唐河岸，垂柳黄条未罩烟。
炮响惊鸿拍浪起，鱼腾碧水入眸旋。
纵情震古苏辛句，结友采风云水间。
武汉军邀群作赋，赞歌一曲入红笺。

学雷锋

赤县军魂报国忠，模范榜样数雷锋。
流传四海五湖里，畅颂九流三教中。
为乐助人循圣训，劝民取义启高风。
丰碑华夏万年仰，绝响精神动碧空。

贺贾晓春一

惊雷声彻震长天，营口澄清万籁传。
柳韵云奔启门禁，诗群神寄盼春还。
十年风雨浪卷响，一岁抑扬诗赋添。
凝聚贤良兴伟业，宏图大展梦方圆。

贺贾晓春二

诗群有梦起辽江，少长挥旗聚雅堂。
化雨春风绿河岸，生花妙笔咏华章。
兰桨高举征帆远，壮曲争吟柳韵昌。
协力同心上巅顶，弘扬国粹创辉煌。

贺贾晓春三

骚坛舞帜显神威，簧苑晓春引翠微。
柳韵耕耘心有梦，吟园顿挫句增辉。
喜迎好雨百花俏，乐赏诗群雅士归。
朱墨点睛魂魄动，玉龙破壁蠹云飞。

致汤和伟先生

浩荡清河潜巨龙，辰州自古孕英雄。
诗魂朗月清风里，赋韵寒烟野草中。
豹隐城东街巷处，彪出谷峪夕阳红。
案头伏首挥翰墨，不爱清闲赛挂钟。

张英汉留存

大作入眸惊魄魂，泪飞满纸视家珍。
人交好友有三益，我结佳朋备五伦。
苍劲古拙摹魏碑，潜移默化仿唐寅。
众人研讨五更月，都赞草行如有神。

赠李建仁兄

火车相遇九春秋，从此交流逐日稠。
送画赠书来镁市，传诗寄语到辰州。
遣词造句翁合韵，会友凭文酒去愁。
风雨同舟结知己，并肩更上一层楼。

孙中山颂

逸仙旗举龙旌落，功勋卓越仰中山。
人间博爱一轮满，天下为公四海安。
联共联俄君主灭，利民利国同盟坚。
东征北战标史册，电闪雷鸣新宇寰。

毛泽东颂

古田会议放金芒，遵义城头见曙光。
赤水迂回观北斗，娄山鏖战赏残阳。
野营雪映雄鹰胆，草地歌吟壮士肠。
马过长城驱日寇，黄河东渡谱华章。

金牛山怀古

重阳携友访西山，霜染层林翠色斑。
松蔽人猿千古洞，薪传燧火半江烟。
丘因遗址名声远，壁为凌霄剑气寒。
岭上犀牛何处去，桑田沧海水云间。

营东新城

营东景物展峥嵘，巨变沧桑唱大风。
商品琳琅迷客眼，楼盘鳞次傲苍穹。
一湾碧水绕城市，万朵繁花绽笑容。
三纵三横公路网，客机指日入云空。

抗战胜利七十周年

国共同仇抗日倭，频传沙场鹊声多。
平型首战寇魂破，宝塔初谋雁塔歌。
八路太行驱虎豹，百团神勇缴戈矛。
梅花怒放樱花落，一唱雄鸡蚕退窝。

杏花一

峥嵘岁月起波澜，玉立娉婷满岭峦。
为衬杉松风雨涧，拼留红白水云间。
晴空万里映虹练，紫气一丝河汉天。
雅士齐来观丽景，推杯换盏尽开颜。

杏花二

春风一夜满山岭，靓丽风光迷万人。
不慕东都真国色，钟情辽水杏花村。
冰封雪舞心难死，鸟语峦青胆易春。
美景盈园关不住，香车宝马赛流云。

桃花

玉立蟠龙路北街，冰肌动魄伴香槐。
山间香气扑迎面，林下清声荡入怀。
风月峦巅观靓景，山川梦里遇鸾钗。
人生定会春常在，只要心田花蕾开。

第二部分　词

莺啼序·凤凰山

金秋丹东览胜，凤凰山佳气。偕万客、接踵摩肩，塞北景色天赐。凤凰洞、玻璃栈道，黑风口险佛池美。古长城、亘立中天，紫阳禅寺。

半亩芳湖，依栏观鲤，仰高山流水。沿石磴，缘小溪行，鱼儿偷寄欢喜。瞩屏风，长廊曲赋；瞻碑塔，功丰魂伟。采药王，直上青云，老牛梁背。

将军峰耸，绕道缓行，众人箭眼汇。忆薛礼、挽弓立处，箭过鸭水，吓裂顽魂，扫高句丽。长波安静，寒山粉黛，渔灯分影秋江里，记当时，手舞唐王帜。寻幽探古，情囊打点留言，万千感慨心思。

危亭望极，浪迹天涯，叹霜侵半际。醉变幻、崭新时代，筑梦中华，致富扶贫，风行雷厉。殷勤待写，词曲诗赋，晚霞辽海逐鸿雁。展前程，奋起垂天翅。赴汤蹈火飞翔，迈上巅峰，创新立异。

凤凰台上忆吹箫·蒲石河枫叶节

枫叶临风，火红翻浪。何时新领熹微。竞缀红流彩，锦簇枝堆。叶海湖边景物，依旧是、昨日芳菲。青溪送、一帘血色，半壁朝晖。

轮回，山前姹紫。说曲赋诗词，今古同杯。靓丽多生气，万道光辉，情飘斜阳山外，腾雾去逐梦高飞。冬将到，石泉在否，明月何归。

莺啼序·蒲石河枫叶节

金风鸟鸣朗月，客车出发处。人赴约，落座车厢，马达启动开幕。旭日艳，垂杨绿映，炊烟袅袅闲凝伫。断惊鸿，游荡随风，化为轻絮。

百里征途，十座隧道，趁娇尘软雾。渐妆点，山岭涓溪，稻田连绵无数。眺前方，晴空万里，霞光万缕。问青山，舞剑唐王，今朝何去？

金枫满谷，姹紫蒲河，色牵千万侣。漫步走，千峰万岭，霜叶盈眸。火树银花，几番风雨。百花妒盼，柏松羞黛。溪泉瀑布遥相应，静水湖，长楫竹筏渡。山亭峭壁，骚人泼墨题诗，赋文惨淡尘土。

山巅放眼，海角天涯，荡漾千万语。叹今古，离痕欢唾，危阁高台，乐角欢茄，参差佳树。今朝筑梦，诗词文赋，鲲鹏飞羽高峰去，步蟾宫，题写尼公柱。回眸万里神州，彩凤腾飞，与龙共舞。

减字木兰花·秋游蒲石河枫叶节

秋千枫叶，叠岭参差红胜血。水绕山冈，汩汩清泉隐暗香。

云蒸霞蔚，独好这边枫似铁。醉影疏狂，欲扯红枫做嫁妆。

浣溪沙·秋游蒲石河枫叶节

幽壑溪边且作家，闲云淡月是窗纱。悬崖泉水若琵琶。

红色明莹犹赤石，霜侵枝叶满朱崖，未因冷热误年华。

行香子·秋游蒲石河枫叶节

绵亘群山，九叠危峰，百千转，满目枫红。地邻紫气，今到丹东。近立云雾，远镶岭，沐金风。

雀呼众跃，红枫悦目，浑疑是开物天工。回眸一望，炉火彤彤。看似霓虹，又如血，又如龙。

莺啼序·赤山

赤山梦萦魄绕，望层峦莽莽，雁归去、飞入江南，似说秋日将暮。宝马载，重阳已近，诗朋眷属登临处。七角枫，摇曳青山，火红千树。

十里溪泉，锦鳞戏浪，引青春伴侣。沿栈道，招进凉亭，仙山佳景争睹。眺银屏，顿觉销魂，心驰骛，澄湖难驻，酒旗飘，轻把长虹，归还鸥鹭。

幽兰已老，松柏常青，芳峦闲凝伫。薛礼洞，唐王无信，放马南山，剑戟无光，几番风雨。玻璃栈道，长桥卧泾，儿童老妪悠闲渡。龙潭膜拜，巨石峭壁题诗，今朝墨迹何去。

心潮澎湃，绿色群山，日暮归时路。暗思忖，旌旗高举，曲赋诗词，书法文章，龙飞凤舞。伤心千古，神童仲永，少年空度黄金日，岁蹉跎，弹入哀筝柱。回眸千里河山，乐曲重招，大鹏远翥。

莺啼序·碰山烽火台

天高艳阳似火，望参差佳树，雁声渺，飞过晴空，儿童急数争睹。路虎载，风驰电掣，雄关漫道碰山路。迷镇山，垂柳随风，等闲飞渡。

千载烽台，几度烟火，望硝尘霭雾。卫社稷，保护家邦，男儿应征无数。举钢枪，冲锋陷阵，架大炮，神岳侠旅，斗残匪，轻把东洋，鬼兵驱去。

新颜美景，别墅人家，西岭斜阳暮。别后访，更新万象。楼阁排排，厂矿林林，栉风沐雨。柳塘锦鲤，田池螃蟹，渔灯人影船千户。望当时，长楫辽河处。滔滔浪水，渔民夜捕盈仓，泊舟舣岸江渚。

因思往昔，百感交集，叹鬓侵半萱，暗点检，悲欢离遇。几度风霜，几度春秋，凤起龙舞。诗词曲赋，年年书写，晚霞彩练幽燕鹜。猛回头，弹调三根柱。雄心万里鲲鹏，赤帜高擎，义无反顾

莺啼序·建党百年

春雷一声七月，诞中央机构。外滩聚、又向嘉兴，誓言天地旋扭。扬帆起、同舟国共，扬鞭分道天涯走。南昌秋收起，井冈割据旗秀。

新政瑞金，兵强马壮，引英雄煮酒。铁围剿，血染湘江，毛公从此为首。雪山寒，四穿赤水，草地险，精神抖擞。赞长征，彝海结盟，友朋长久。

延河灯火，帷幄运筹，前线驱倭寇。布大网，平型首胜，振奋人心，辟地开天，士气今抖。日顽败北，蒋帮走险，中原鏖战追穷寇。战役三，势若摧枯朽。共和国立，天安门上高呼，中华站立寰宙。

援朝抗美，鸭绿江清，四亿同胞吼。纸老虎，滚

回山姆，血染高山，体护前沿，夜以继昼。中朝胜利，通关撤锁，改开建设卅年过，国家强，百姓钱粮有。驼铃丝路空前，筑梦中华，莫停奋斗。

水调歌头·红船

烟雨沐楼阁，风起水云中。清风拂处，林光爽气满湖中。百年风云如梦，诗友南湖三月，策杖访遗踪。共产闹革命，绝响动遥空。

陈与李，两教授，又谁同。回眸血雨如注，赤县跃潜龙。更有南昌炮响，秋收工农起义，煮酒论英雄。北战南征后，华夏傲苍穹。

满江红·建党百年

上海南湖组建党，征帆竞跃。风雨里，南昌起义，井冈喋血。红色摇篮新政府，古田会后军容烈。万里征，遵义始毛公，从头越。

涉赤水，夹金雪，三军会，目标确。转战于陕北，万山映月。大军反攻三战役，安邦都在北平界。小康梦致富脱贫坚，尘埃灭。

念奴娇·家乡

辽河涌浪，有千林对峙，盘营双阙。过了金桥迷镇后，翠柏鲜花重叠。营口高桥，宽车道路，苇荡两边缀。隔河遥听，午时两岸吆喝。

五里营口长街，曾经记得，昔日千千结。百姓艰辛经水火，贼败朝廷更迭。政权商协，中国特色，致富脱贫热。夕阳熔金，照神州飞新月。

水调歌头·家乡

己系中华梦，何恋草蓬间。序来寅虎，直意凭取向高巅。借得春风魅力，欲览烟霞阡陌，怒放向青天。老树抽新叶，融雪做花团。

走垭口、访轿顶，赏田园。熊岳植物，梅绽各种牡丹全。迎迓五湖四海，带去辽东情谊，句句暖心田。莫道天无象，崖口杜鹃山。

忆秦娥·家乡

游人绝，阁盈路敞居家歇，居家歇，早春天气，采樱时节。

枝头绿柳芽将发，城头微雨飘成雪，飘成雪，片时春梦，辽南三月。

鹧鸪天·梨花

一树冰肌碧玉心，风吹雨打更精神。
香飘满岭农家乐，情系红尘清自魂。
招贵客，接文人，羚羊皇冠已如云。
冰封雪舞心不死，又借东风再染春。

醉花阴·梨花

香雪云霞拂绿柳，满岭都通透。佳节又清明，春
暖花开，万物争相秀。

开怀畅饮诸诗友，八斗才华售。今日我销魂，人
在江湖，梦到重霄九。

凤凰台上忆吹箫·醉梨花

蕾绽临风，花开带露，众枝齐向熹微。皆竟芳流
白，锦簇花堆。雪海张官景物，依旧是，昨日芳菲。
清风送，一帘旧梦，半壁清晖。

诗帷，尊崇太白，放浪去郊游，同赏花魁。酌嗅
如兰气，格调松梅。高贵平凡齐备，人自信，满腹珠
玑。吟风雅，峰凌我歌，虹架云扉。

临江仙·吊屈原

望断南天秭归外，屈原远去茫茫。凭栏遥眺对残阳。离骚犹在耳，涕泪忆忠良。

江水望穿难觅影，诗心如煮成殇。追求不懈诉衷肠。精神今指引，坚定为家邦。

水调歌头·习总书记三上井冈山

为筑中华梦，求索大摇篮。望山坡杜鹃绽，竹海翠无边。水复山重绿柳，徒步访贫问苦，抚慰促心安。不忘黄洋界，炮火响连天。

十三五，丝绸路，双百年。凌云壮志，彼岸沧海起风帆。曼舞轻歌击缶，奋髯闲庭信步，犁浪过礁岩。立柱擎天策，大写未来篇。

西江月·德天大瀑布

倾泻惊涛骇浪，落成碧水平湖。五条瀑布岭峰浮。天上人间佳处。

游客步行共赏，越南商贩齐呼。两疆交界璧联珠，画舫宾朋起舞。

临江仙·母亲节

望断飞鸿河汉外，辽东半岛茫茫。
凭栏独立望城乡。余音犹在耳，母爱昊天长。
放眼孤山瞻塔影，心中如蛊亲娘。
千年倾诉惹凄凉。临风寻觅觅，几度咽沧桑。

临江仙·幽兰

幽壑山中长久驻，月明薄雾笼纱。
叮咚泉水若琵琶。涧中独馥郁，微雨又生芽。
岩下压根初见日，雪侵枝叶开花。
夜阑野静风吹笛，岂能因冷热，贻误好年华。

忆江南·南京

南京好，风景比苏杭。
出没秦淮鸥对对，往来王谢燕双双，能不恋他乡。

一剪梅·鸭绿江断桥

夕照边疆多样红。气势赳赳，斗志浓浓，
旌旗十万气如虹。击楫中流，溅血江东。

战绩何曾尘里封。胜利十秩，追缅军容，
援朝抗美尽精忠。望海擎觥，酬酹英雄。

沁园春·镁都

广厦凌云，商场如林，厂矿岭峰。望喷泉银汉，
刺槐白雪。东山李杏，轿顶松风。西部秧摇，池塘
鲤跃，螃蟹塘堤围栅匆。抬望眼，赏河溪红岸，落
日彤彤。

镁都矿产颇丰，蕴铁玉硼砂菱镁充。似珍珠孕
贝，珊瑚盈海。河沟岫玉，壑谷青铜。窑矿初开，高
炉映火，生意兴隆比练虹。滴热泪，悼吕王建一，诸
位英雄。

西江月·和谐广场

立柱红灯对对，秧歌舞蹈双双。
演员粉黛理红装，个个放声歌唱。
人浪排山倒海，舞姿斗艳争芳。
彩排平地跑单邦，雀跃欢呼鼓掌。

沁园春·广西中越边境口岸

南岭报春，好雨怡情，及旱起程。望九峰画卷，几回梦幻。先攀绝顶，后览烟屏。吐蕾梅香，含烟柳绿。瀑布奔腾飞落汀。防城港，有群山十万，天籁银筝。

万家欢乐关情，歌一路使吾步履轻。见长桥接踵，人流如织。商旅泛梗，贩女浮萍。我觉其间，民间交往，开放改革日益升。中华梦，看一衣带水，两国同兴。

沁园春·白沙湾

万顷沙湾，云霭缥缈，海水莽苍。瞻远帆徐动，沙鸥起舞。汽舟驰骋，银浪激昂。百侣腾鳌，群贤叙榭，心旷神怡歌曲扬。惊河汉，引牛郎织女，牵手还乡。

渔村名震三江，有故事传奇七八桩。昔燕丹征战，设宴归州。八仙过海，临阁观光。蟾兔逸宫，蛟龙抓口，海市蜃楼锁巨塘。水掀处，数鲲扶摇起，鹏展曦阳。

沁园春·黄山

莽莽苍苍，跌宕连绵，鼎沸空廊。赏山光水色，
茫茫仙境。松青柏绿，座座佛堂。载酒竹林，寻幽
溪涧，中午曾经歇锦房。流年忘，叹眸花腿软，两
鬓添霜。

缆车索道穿杨，又漫步莲花峰艳妆。鉴仙棋剩
局，温泉水榭。飞石险壑，伟论高扬。躲在禅房，消
磨壮志，肝胆不甘薜荔床。吾向往，道流觞曲水，三
友斜阳。

苏幕遮·清明游金州向应公园有寄

正三春，花艳丽，向应公园，古木青枝翠。
芍药郁金如列队，何幸南山，能有忠魂寄。
二七年，天欲坠。呐喊挥戈，攻战惊蒋骑。
往事云烟如梦逝，唯有英雄，不尽豪杰气。

沁园春·游贵州

霞蔚云蒸，伴友遨游，放眼南疆。望青山南去，
清流东向。苍峦耸翠，虎踞龙藏。湿地公园，蜿蜒
旖旎，百里河滩碧水长。小桥畔，见赤水荡漾，油

菜金黄。

竹林树海之乡，闻百卉随风飘暗香。喜景观如画，丹霞似锦。公路成网，碧水流觞。山舞祥云，河梳绿柳，边塞贵州谱彩章。穿行急，恋可餐秀色，忘返北乡。

水调歌头·广西行

万壑浮烟里，百转石林中。望瀑布奔腾急，穿越雾朦胧。天柱凌霄托月，搭坐空中索道，涧谷荡清风。彩练东方起，翠柏更葱葱。

竹海茂，山花绽，夕阳红。春游万里，不以路险忘初衷。情洒岭南山水，走进香蕉椰树，鱼戏芰菏丰。万亩油菜艳，八桂去匆匆。

念奴娇·赤水

回眸赤水，见奔流不息，激流飞跃。竹海悬崖多少载，万里长征四搏。几度风霜，几回春夏，豪杰应无数。烽烟遍野，一时鬼神惊魄。

仰望峻岭重峦，从头迈步，休道前程恶。多少英雄挥血汗，写就中华特色。遍地黄花，烛光浩气，打造千秋略。大河豪放，依然拍岸穿壑。

望海潮·贵州

　　滇黔望月，竹海深处，边城江水横闸。几处飞流，丹霞峭壁，古今多少战伐。邻滇缅天涯。过涧游东岭，入目桑麻。迈步如风，风驰电掣过悬崖。

　　群山竹寨苗家。小康新时代，意气风发。齐舞鹊鸦，婆娑异树，边陲兴旺繁华。大坝立深峡，瀑布迷人眼，普洱山茶。今日赏玩不尽，诗赋竞相夸。

沁园春·军演

　　弹发军舟，凯歌高奏，急湍洋流。忆东溟海战，捐躯流血。中华儿女，执手同仇。敢死精神，国难共赴，血染汪洋万众讴。欣华夏，举国筑梦，更上层楼。

　　新时代运方遒，巡海护疆把利剑抽。瞩战旗猎猎，威风凛凛，鼓声隐隐，气势赳赳。银鹰长空，战鹰列阵，国器雄风动五洲。雾云散，望鲲鹏展翅，翼护金瓯。

沁园春·秦岭一

峻岭群山，莽莽苍苍，紫气呈祥。赏菜花艳丽，连绵汉域。麦苗嫩绿，无际秦邦。红杏出墙，玉兰绽蕾，岭北山南是他乡。齐努力，喜工农商贸，展翅飞翔。

豪情美梦成双，有锦绣兰图伴赤阳。恰黄河起舞，铿锵曲调。艄公掌舵，欢快歌腔。科技来村，扶贫致富，八百秦川进小康。千万里，赏陕西秀色，心畅气昂。

沁园春·秦岭二

侧柏凌霄，旱莲逢春，满岭霞红。念九州无二，经纶满腹。三秦第一，肝胆如虹。万里秦川，千年名相，独弹瑶琴万巷空。摇羽扇，拒兵千里外，屡建奇功。

水长山远云彤，看爽气豪情今古同。想石门栈道，乔装暗渡。平型铁网，伤胆闻风。持久抗倭，寒窑灯火，百万雄兵战鏖攻。观宝塔，群星绕北斗，仰赖毛公。

沁园春·石门水库

水库石门，水泥大坝，耸立千秋。忆全民会战，牺牲奋斗。群英筑坝，干劲方遒。忘我精神，肩担石头，连续三年绩可讴。欣回首，颂中流砥柱，远虑深谋。

新时代旅游筹，强绿化香沁盖州。赏蔷薇艳美，篱笆墙伴，葡萄缠绕，气势谁俦。芍药长廊，黄花巨阵，白果雄风昭岭丘。瞻前景，喜昌隆在即，谷壑风流。

沁园春·黄丫口

乍起苍龙，裹雨挟风，吹洒岭丘。忆千苞竞发，青枝激浪。百藤争跃，曲径通幽。接踵摩肩，争先恐后，小道弯弯奔不休。黄丫口，赏花香鸟语，魂梦悠悠。

今朝又到北沟，看苞蕾熊燃万众游。喜园南巨坊，光辉寰宇，古松小榭，影伴春秋。溪水潺湲，索桥晃荡，景点恢宏耀眼球。红丝带，引万人应和，丫口风流。

沁园春·大石桥

广厦凌云，商场如林，厂矿岭峰。望喷泉银汉，刺槐白雪。东山草绿，轿顶松风。西部秧摇，鱼塘鲤跃，螃蟹河堤绕栅匆。抬望眼，河溪串红，落日彤彤。

镁都矿产颇丰，蕴玉铁硼砂菱镁充。似珍珠孕贝，珊瑚盈海。河沟岫玉，壑谷青铜。窑矿升烟，炉火迸溅，生意兴隆似练虹。悼先烈，有吕王建一，诸位英雄。

沁园春·黄山

好雨同行，红颜结伴，游览黄山。望九龙瀑布，三峰翠盖。八匹骏骥，一界群仙。万山在下，孤云卧上，云海蒙蒙笼罩巅。鸣爽籁，见抑扬起伏，疆域扬鞭。

黄山今结良缘，看光照众生庇钧天。瞻万竿烟雨，一弯谷壑。三临图画，几对天然。杉耸高台，云来远客，曲径通幽参破禅。惊痴梦，况有无因果，莫负霞烟。

沁园春·秦岭三

油菜金黄，万顷连绵，粉蝶成双。望水宽山远，天公神造。虹呈天淡，鸟道云祥。数著残棋，一声长啸，威震江湖唱故乡。狂飙起，得意扬扬返，鼓振回廊。

两峡紧束黄河，望峻岭峰峦华岳苍。念石门栈道，陈仓暗度。三军将败，百万兵降。月下追韩，汉中拜将，一统山河复拓疆。留圣迹，一湾寒江水，驿站斜阳。

鹧鸪天·邂逅

河畔双桥路下逢，淡黄树叶挂晴空。
河中芦苇摇荼雪，心底激情绽艳红。
天浩浩，日融融，几回聚散苦匆匆。
别时容易逢时少，但愿今朝非梦中。

临江仙·梨花

春至花开逢小雨，前岭着意成璋。车行四顾白茫茫。望层层叠叠，岗顶已泱泱。

香气满壑冲北斗，遍及半岛芬芳。必然硕果满高仓。忠心于社稷，热血报家邦。

临江仙·梅

几树梅花似雪，早春吐蕾莺飞。虬枝铁干罩烟微。赏花人独在，沐雨燕双飞。

香气依然凛冽，园林深处光辉。敢与飞雪比神威。风揉雨袭挺，风采赛嫔妃。

破阵子·胡杨

戈壁回眸无限，新妆万古胡杨。苍翠荒凉三百里，气势昂然映晚阳。春来飞絮扬。

性韧枝条如骨，命强根系绵长。能斗旱寒能焕彩，塞外风光绿伴黄。北疆图画廊。

虞美人·七十岁生日抒怀

少年修业家乡别，昼夜读文笈。壮青解惑在学堂，镇北城南，风雪与冰霜。

而今退后书常阅，两鬓成霜雪，人生易老有愁肠，无限风光，虹练映西阳。

忆秦娥·青石关

石关过，漫山青绿车飞越。车飞越，新槐花血，古槐花雪。

小桥流水清澈，绿杨公路出官阆。出官阆，翠山如画，拱桥如玦。

临江仙·校园抒怀

碌碌红阳西逝岭，河山春绿秋黄，无私奉献美名扬。涓溪汩汩淌，多力乳莺翔。

学苑教鞭常执手，栽培桃李茂，师表更情长。

浪淘沙·幽兰

兰草涧边生，长叶青青，根深蒂固立亭亭。他日馨香飘岭外，求者山盈。

独自在修行，书画棋笙，闻者雅士立门庭，莫道天涯知己少，豹隐山城。

南乡一剪梅·白沙湾

携百侣重游，旧貌新颜赛玉环。仰面观云飘海浪，人自悠闲，水自悠闲。

龙爪口潮掀，激啸奔腾向浪天。寄语山河湖海客，愁也来观，乐也来观。

南乡一剪梅·营东新城

营口立新城，傍海抱山气势宏。阁宇楼盘鳞次蠹，你也来营，我也来营。

机场已运营，此地得天有盛名，若待乘风破浪日，人展鹏程，城展鹏程。

新燕过妆楼·春

几缕东风，轻摇树，烟雨两岸朦胧。绿云堆处，金穗孕育花绒。林静莺鸣杨柳岸，桃花漫岭染长虹。水淙淙，山川竞秀，万紫千红。

春回当然笑我，自放歌俚曲，影伴飞鸿。邂逅吟朋，花甲再撞黄钟。不惜秃笔弄墨，步骐尾，扬旌咏唱中。待明日，长空展翅，旭日彤彤。

破阵子·老宅

　　老屋村头矮立，今天居住双亲，老父高龄九十六，慈母才观九十春。怡然自乐频。

　　后院种蔬百果，前堂植蒜生菌。枣树甘甜招后辈，蔬果每家等量分，不能漏一人。

沁园春·白沙湾

　　万顷沙湾，云霭缥缈，海水莽苍。见远帆徐动，沙鸥起舞。汽舟驰骋，银浪激昂。百侣腾鳌，群贤叙榭，心旷神怡歌曲扬。惊河汉，引牛郎织女，牵手还乡。

　　渔村名振三江，有故事传奇七八桩。昔燕丹征战，归州设宴。八仙过海，临阁观光。蟾兔离宫，蛟龙抓口，海市仙楼锁巨塘。水掀处，数鲲扶摇起，鹏展曦阳。

沁园春·望儿山

　　碧浪滔滔，秋风瑟瑟，母望迢迢。昔青灯黄卷，焚膏继晷。素丝锦绣，昼夜煎熬。子志鲲鹏，娘心揽月，别母秋闱舟楫摇。断鱼雁，立峰端峦顶，帆触群礁。

神奇故事遥遥，瞻宝塔金瓶尽孝操。睹群蜂酿蜜，蜂王贻养。鹿羔得草，鸣叫麀胞。鹁鸽呼雏，乌鸦反哺，禽兽知恩反馈肴。愿天下，有真情儿女，尊母辛劳。

贺新郎·邵佳鸿诗词大石桥书画院讲座

（癸卯八月初十日）

瞩瞻蟠龙曙，邵佳鸿，诗词讲座，光芒如注。书院抑扬平仄句，诗赋辽南无数。曾惝恍、欲惊寰宇，要把风华再重塑。更中华、挂匾乾坤著。又奔走，小康路。

故国宏伟今宣诉。正中秋，雅贤合聚，韵坛今古。落尽铅华留本色，诗韵再传忧处。莫等待，衷心珍护。翰林佳鸿膺重任，泽远深、故有全新步，传万户，颂诗赋。

满江红·秋雨所思

秋雨潺潺，沐楼阁，笛声婉转。触心绪、回味忧乐，光阴荏苒。风雨过后逢盛世。天随人愿前程灿。忆往昔，教育四十年，今消遣。

农村好，山清遍，闻鸣鸟，溪流远，北去西渤海，落日观岸。十载进城生活美，川流不息车往返。心情畅，书画赋诗文，填词卷。

沁园春·黄丫口

叠嶂迷离，云海缥缈，崖叩天宫。望一湾绿水，青砖丹阁。两厢野卉，姹紫嫣红。漫步溪桥，细观壁刻，气喘吁吁登绝峰。凌峰顶，踏封疆三界，旭日红彤。

山间寻觅匆匆，今日杜鹃花儿正浓。似大家闺秀，雍容华贵。小家碧玉，透彻玲珑。我赏容颜，沉思有梦，身影悠然隐士风。惊回首，见翻江倒海，华夏腾龙。

沁园春·口岸

南岭迎春，好雨怡情，及早起程。望九峰画卷，几回梦幻。三攀绝顶，五览烟屏。吐蕊梅香，含烟柳绿，瀑布奔腾飞落汀。防城港，有群山十万，天籁奇声。

万家欢乐关情，一路放歌吾步履轻。见长桥接踵，人流如织。商侨泛梗，贩女浮萍。我觉其间，人们交往，开放神州日益升。中华梦，看一衣带水，中越齐兴。

沁园春·元日

己卯新春，门灯姹紫，新桃嫣红。看尧天禹甸，一轮红日。白山黑水，万里晴空。喜上眉梢，朱颜盈笑，情满樱桃愉自衷。新年美，亏改革开放，搞活繁荣。

联产到户兴农，致富脱贫千业盛隆。念小平理论，鲜明旗帜。十五路线，灯塔红彤。众志成城，合绳万缕，华夏跻身强国中。敢预见，证廿一世纪，华夏丰功。

沁园春·元旦

礼炮声声，簌簌烟花，万紫千红。接北京钟响，千家耳染。梨园鼓乐，百秀歌咏。挂绿披红，张灯结彩，欢度新年齐舞龙。常勾起，我神州大地，灾难重重。

列强宰割九州，四万万同胞水火中。赖泽东领袖，长征草地，大军解放，钢炮鏖攻。赶走倭奴，力驱苍虎，社稷新生巨炮隆。展来日，巨龙当空舞，惊醒天公。

沁园春·蟠龙山

古木参天，坐北朝南，虎踞龙盘。眺塔高迎日，流光溢彩。熊猫待客，招手笑颜。童孺射环，宾朋摄影，风火飞轮溜得欢。站冈岭，看车如流水，人海人山。

镁都名不虚传，尽连接五洲天地宽。送美欧面料，古巴岩粉。米兰溶镁，汉堡镁砖。布袋车搬，大连港卸，水运集装鹿特丹。汽笛响，望列车徐进，进口磷胺。

沁园春·毛泽东颂

辟地开天，人民领袖，伟大泽东。忆湘江评论，江山指点。红船会议，北斗明彤。秋收挥戈，井冈会师，星火燎原封锁中。长征路，喜正航遵义，得首群龙。

四涉赤水匆匆，叹草地雪山难万重。况飞夺泸定，传播火种。延河散步，窑洞挽弓。虎踞延安，全民抗战，推倒三山国运隆。新社会，乐翻身解放，赤县长虹。

沁园春·雪帽山

雪帽牵云，铁塔凌霄，苍隼翔空。望三春黄雀，半坡梨蕾。满山紫气，一道长虹。柳叶舒眉，杨花吐絮，瀑布龙潭映老松。三皇庙，战马墙壁外，翠柏林中。

势夺长白之雄，肩二海凌空揽九重。可北观百寨，人情风物。南瞧廿堡，蚕女牧童。水韵烟花，箫声月色，酒尽千觞醉乃翁。寻觅那，剑戟刀弓箭，车马行踪。

沁园春·赤山

八骏回旋，五指向阳，紫气盈巅。赏八谭六洞，哨台隘口。廿亭三塔，瀑布清泉。棋子仙踪，白袍圣主，万水千山总有缘。龙潭寺本琅嬛福地，风雨云烟。

星移斗转千年，海晏政通鲜花满山。又通明百米，玻璃栈道。飘扬一缕，铁索悬篮。伊甸桃源，人间天上，心旷神怡大乐园。新构筑，已饱吾眼福，忘返流连。

沁园春·大连一

东亚枢纽，世界名城，享誉四方。况天津街巷，美食小吃。友谊广场，白羽高翔。女警巡查，武装战骑，旅顺兵舰视前方。棒槌岛，干休去疗养，无上荣光。

水族馆里徜徉，海豚献高艺美名扬。又公园动物，三羊五虎。石礁柳岸，百侣群贤。敞亮游轮，东漂首尔，渤海明珠港优良。山水秀，世外桃源里，梦想天堂。

沁园春·大连二

渤海之疆，世界名城，享誉四方。况天津街巷，生鲜小吃。中山静谧，白羽高翔。女警巡查，武装战骑，旅顺游人兵舰旁。棒槌岛，干休能疗养，无上荣光。

水生馆里徜徉，有献艺海豚声誉扬。又公园动物，三羊五虎。石礁柳岸，百侣成行。敞亮游轮，东漂首尔，渤海明珠良港忙。山水秀，世外桃源里，梦想天堂。

沁园春·营口

河海名城，商埠四通，广聚宾朋。忆老街店铺，山珍满目，小楼饭店，海味尝羹。烽火炮台，枪林芦荡，虎跃龙腾抗日兵。义旗举，喜国军易帜，弃暗投明。

宏图两百明灯，正全面小康向远程。看高新工业，方兴未艾。日韩商贾，鱼贯而行。望儿山高，金牛洞古，辽水飞舟缚巨鲸。惊寰宇，引五洲朋友，静待新声。

水调歌头·轿顶开砚

漫步清河畔，老树蕾斑斓。石墙耸瓦房立，齐聚老骄巅。雅士放歌南岭，少长咸集北岗，举目尽开颜。欣喜山花艳，佳酿醉阑干。

中华梦，鲲鹏志，赋华笺。阳春白雪，千首曲赋雅词娴。泣鬼惊天歌壮，倒海翻江颂雅，浩气入云端。擎盏吟哦风月，寄语峭崖前。

满江红·雷锋

　　榜样雷锋，六十载，花开花落。无私献，奉公克己，英雄魂魄。几次列车扶老幼，几番山路携残弱。走千里，好事做何多，光辉烁。

　　兵抚顺，辛勤作。帮战友，知无数。又勤劳节约，助人纯朴。百宝箱千条铁线，一箩筐许多钉角。缝补袜，穿九夏衣裳，军人卓。

第三部分 曲

（越调）天净沙·冬暇

白雪云霞，柴门小院人家。花镜诗书笔砚，南轩炕桌，老翁题写梅花。

（双调）水仙子·古松

远见苍松耸山脚，伟岸挺拔接云霄。翠盖鸣涛遮光万道。

世人刮眸瞧，历经风雨唐宋早。

阅尽人间春色，云改革开放好，还看今朝。

（南吕）四块玉·送春

牡丹谢，丁香落，槐红乍半，飘槐雪。月季红黄百朵。

黄蕾鲜，枣花开，春去也。

（正宫）塞鸿秋·观舞

鼓锣唢呐笛声响，急忙快步去观看，彩扇手帕忙舞转。

两人对舞已流汗，妇女老年人，围坐来消遣，众人鼓掌来助战。

（双调）庆东原·夕阳红

报晓金鸡慨，喜鹊报喜来。诗赛京城连中头彩。

黄花又开，朱颜已改，豪气尚在。身虽在异乡，天天愉快。

（中吕）山坡羊·金牛山怀古

人类始祖，化石洞遗，震惊世界挖掘出。卅万年，古猿住薪火传递，海滨处，辽水两岸稻谷麦熟。古，衣食住。今，衣食住。

（大石调）阳关三叠·蟠龙槐花开

远山槐雪挂枝腮，又见紫色缀新槐。改良品种，一岁开二度真乖。

香远山下路，阵阵扑鼻香气来。入山情满怀。草青青，凉亭小榭谈情说爱悠闲坐。笑语欢歌步阶台。

凌绝顶，岭壑接岗外环绕，环绕山外，路边槐花，万树千树开。

第四部分　赋

凤凰山赋

凤凰山，叠叠青峦，绘出天然图画；芳湖水，溶溶玉液，酿成活泼文章。兔耳高耸守疆域，牛背远瞩奔小康。自水崖而下，锦鲤裁开千尺绿；随瀑布而飘，长歌喝断一山云。

过凤凰古洞，仙境迷踪；览奥秘箭眼，鬼斧神工。锦绣情人谷吊桥，恢宏黑风口栈道。轻身踏破玻璃景，慢步斜穿镜中山。

烽火焕烟霞，古长城内外，靓丽红枫，金屏翠浪；蛟龙腾峪海，今关隘塞边，峙戎踞戍，踵镜吟潮。凤咏凰吟，雅韵不随风雨变，花团锦簇，奇姿常伴云雾翩。

藉人文之厚爱，凭山海之豪雄，发展著风流，千人同歌蛟龙起；承赤子之精神，秉山河之品质，和谐臻鼎盛，多彩齐辉采凤翔。

曲曰：

江绿凤凰曙，岭蜿蜒，峰回栈道，牛梁背处。天马驰行峰峦里，直上青云而去。拾几片雏凰凤羽，今我攀登老牛背，点将台，欲写凌云赋。鱼贯过，栈道误。

问谁祭祀佛池姥，看如今，玻璃栈道，凤凰拜祖。剩有高山流水字，识得金龟凤侣。天地庙，紫阳宫宇，留取孤松独秀。马蹄窝，为我来寻絮。观箭眼，国门戍。

红海滩赋一

经天纬地红海滩，如火如荼惊宇寰。

野火烧不尽，漫滩遍野；朝阳照长生，万代千秋。辽水波澜，一身正气多幽雅；红海连天，满腔热情不奢求。苇海红滩，自然生态美；赤色蓬草，环保壮志酬。高山仰止，辽天踏浪观盘锦，沧海沉浮，蓬草燎原观红滩。其行三百里，姹紫嫣红，恍见秦人出；同行三五人，交游默契，正在滩里观。远近风光皆入画，往来宾客半诗仙。和风舞动千顷紫，喜雨润开万棣妍。河涛苇海半轮月，万紫千红万里天。十分雅趣，千古奇观，客来天下，景赏红滩。

自然魅力，引宾客迷魂，鬼斧神工；满目生机，令骚人叫绝，天造地设。红滩万顷熊熊火，华夏千秋艳艳虹。辽东美景，盘锦雄风。

共度好时光，想蟠龙四老，营口十家，百年来激荡风云，敢为人先天下敬；同行红海滩，喜盘锦多彩，辽河水美，大油田缠绵曲调，长萦我梦游画中。

遍地文章，喜风雨沧桑，五年计划颂辉煌，更喜水土精神，山川气质；满目皆诗词，共情遐迩，九月重阳逢雅集，凭领略春秋度量，湖海襟胸。看万年心血凝结晶，造就蓬草正红，晚霞正美；临千秩珠玑穿玉宇，恰赏红滩更旺，秋意更浓。

登廊览胜，千里滩红皆入目；把酒临风，万顷霞蔚万里虹。

不图富贵，岂重芳容存画卷；只描蓝图，甘留美景写春秋。辽水金风香沃野；蓬草红滩壮志酬。

词曰：

碱蓬席，万顷红滩苇碧，廊桥上，曾见几番，千里海滩晚霞色。登临望北国，谁识营川墨客，芳郊外，雁去鸥翔，瑟瑟西风送鸣笛。

闲寻旧踪迹，去岁伴红颜，执手言蜜。长廊漫步含情脉，斗转箭飞快，蓼红苇白，海滩红紫又毡帛，望伊在江北。

凄恻恨堆积，渐别浪萦回，心绪难述。斜阳冉冉情无极，喜曲赋携笔，疾书成藉。蓼蓬铺地，梦正远，奋羽翼。

百年华诞赋

七一吹号角，激起觉悟，震动全球，党人心仰马恩列；二一起风云，劈开荆路，奋筹共产，旗手天骄陈李毛。八一枪响，秋收起义；三湾改编，井冈会师。道义荷肩，民族在抱；锤镰励志，岁月燃情。雨打红军斗笠，尘生将帅征袍。

骋怀天地，放眼江山，碧血染旗，钢炮开路。拱北众星灿灿，长征万水滔滔。古田会议，光芒万丈，四渡赤水，谱写华章；遵义会议，力挽狂澜。雪山草地，转战陕甘。驱倭寇，惩国贼。水浪无限阔，山耸有余高。

燎原星火燃天下，指路明灯照永年。浴血二八载，成就开国伟业，呕心七二年，谱出誉世华章。举美酒，纵诗豪。

十秩锤重，煅成徽上齿轮，江山似铁；七月镰长，收得心中麦穗，梦想成真。秋日一川淇澳竹，春风两岸武陵桃。

居有楼，穿有衣，行有车，风光欣醉我；耕无税，食无饿，学无费，日子太迷人。小康在望，扶贫攻坚。俊士居官，荣引宛鸿之序；忠臣报国，誓殚犬马之劳。不为名、不为利、不为禄、不为功，甘当公仆为百姓；务求实、务求真、务求诚、务求信，愿化春风暖同胞。

终于社会和谐，民生幸福，特色鲜明，小康全面；且看峡江聚定，航母靖边，奥运折桂，世博添花。武夫攻射骑，农妇务蚕缫。

牢记党史，党旗飘飘，开天辟地，盛世春潮齐涌动，扬我中华神威大气；展望未来，金徽闪闪，彰古昭今，华章经典共豪吟，耀我祖国锦色天骄。

营口赋

河海城市，举世闻名。中国十大良港，一颗璀璨新星。北依海城，南眺大连，西濒渤海，东搂岫岩。地处辽河入海口，特大桥梁立北疆。筑坝围堰，拥有万顷盐场，海盐堆积如山。老街商铺林立，彰显昔日风光。高速高铁路网，连接友好邻邦。水路出渤海，五洲四海扬起千帆。兰旗机场，纵横各地航班。

名胜古迹，星罗棋布，闻名遐迩。金牛山古猿遗址，熊岳望儿山。仙人岛怒潮夕照，鲅鱼圈月牙湾，小香格里拉黄崖口，赤山旅游风光。雪帽山瀑布龙潭，西炮台，楞严寺，迷镇山，官屯石棚，碰山烽火狼烟。月亮湖，白沙湾，黄金海岸，让你流连忘返。

门户开放，喜迎四海商贾；创新进取，走出国门投资。河港呼应海港，新城襟带古城。赤县重光，筑梦中华，吾辈尚须努力；展翅鲲鹏，征途漫长，后辈莫要奢狂。襟怀忠诚，前人筚路蓝缕，开现代风气之先河，只为追梦；后人朝勤夕励，继祖业多难兴邦，早日成名。

营口港，鲅鱼圈港驰誉，资源雄厚，携手建成大都市。把矿泉蟹蚕和盘托出，好凭胜迹奇观，广招远客。立体交通海陆空，环境优美；聚力创建开发区，做大做强。与时俱进，描绘宏伟蓝图，大显身手。

雾凇清晨，辽河冬韵迷人；夜阑凭栏，山海广场销魂。河埠风光，霓虹变幻，人头攒动，灯影桨声，佳人吹笙。音乐喷泉，美轮美奂，可与秦淮比美。玉壶光转凉亭。西炮台前，惊涛拍岸，席卷千万堆雪。缅怀甲午先烈，勿忘秣马厉兵。丝瓜架下，曲水流觞，高士如云，大吕黄钟敲起，奏响世纪天籁之音。书声琅琅，聚焦莘莘学子，国家栋梁，民族希望。人才济济，人杰地灵，藏龙卧虎，震古烁今。

文化名人辈出，金代才子王庭筠，戏剧作家石君宝，诗人于天墀、焦和生，清华校长陈吉宁，书法家丁孝虎、沈延毅，苏武牧羊作者蒋阴棠，评书表演艺术家袁阔成。

龙腾盛世焕新彩，国展宏图人精神。雪消门外千山绿，牛到人间万户春。鲅鱼腾飞指日可待，营口崛起扶摇青云。

油菜花赋

云叆叇，日曈曚。香气袭人拉客至，熏风满厢扑面来。驿旅客逢梅子雨，雅士采风万丈虹。细雨催花逢盛世，贤人聚会观画图。风情无限，花浪千重。万顷油菜万顷浪，满谷春色满谷情。

绽蕾枣花寒未破，含苞木槿暑将开。风高油菜开，雨霁菜花黄。万种幽情痴油蕊，千姿雅韵戏书生。

雷隐隐，雾蒙蒙。水添柳影三分绿，风送油菜一缕香。奇花初露梯田里，妙句偏藏山水中。

雨润田间田润雨，花开陌上陌开花。云吻油菜天作画，风摇垂柳地为诗。香味闻千里，流金灿万瞳。

处处黄花绕碧水，村村绿树衬红楼。一谷生态画，千古自然诗。庄周梦化蝶，吕望兆飞熊。山水本多情，徐步行来，几分妩媚几分秀；人文原有梦，随眸望去，一片清澈一片空。

春满岫岩，最美是黄染青山，韵流峡谷；客游胜境，莫负这千年风月，诗歌采风。

处处漫金霞，是油菜梯田，游人满谷；斯山盈紫气，汇群贤毕至，诗歌苍穹。

写在大石桥作家协会颁发作协会员证书

鹰扬岱岳千山静，鸟瞰镁都万象殊。作协加鞭快马乘春风，兔岁笔书桥市创城发展新期待；会群颁发证书上高峰，同心彩绘都市精神腾飞壮丽图。少看一晚无聊电视剧，多写几篇镁都创城书。杉松有志，上指宇天，彩云集矣；桃李无言，下成蹊径，硕果存焉。作协颁证千帆发，椽笔拓开锦绣途。多少蛟龙腾大泽，几番俊杰出茅庐。城中有序功推治，道上畅通重在疏。长篇大论报创城，诗词曲赋放怀书。

强国方针好，创城志气高。创城壮市，富路新村，遐想清风舒美卷，盛境华宇，春光彩凤，唐王劲浪有高标。梅伴春风笑，柳随瑞气飘。春茧茹苦，吐尽银丝织锦绣；红烛腾辉，流干热泪育新苗。

社稷如舟民若水，征程似海党犹灯。寒窑茅屋与时去，大厦高楼随梦升。笔走龙蛇抒壮志，书写发展寄豪情。光分五彩，绿醉红燃，作协圣手著春墨，紫气蟠龙，山清水秀，更望镁都胜武陵。温饱无忧，小康生活甜如蜜，政治清明，大局稳定坚如磐。日出卯时明世界，月圆兔影照心灵。虎威助力创城梦，兔智梦圆朝气盈。会长素馥伟绩传递，启桥市文明史册；新员巨手宏图承继，建作协锦绣前程。

大红袍李子赋

春长满，景长在，花长开，果实累累，观光农业香飘四海；天更蓝，水更清，山更绿，红袍灼灼，生态家园享誉八方。

开拓创新，志壮山河挥妙手；发奋图强，胸怀日月亮雄心。品贵位尊，色艳味香有市场，个大形圆，物美价廉冠群芳。绿叶尽舒味色美，果香一表农家亲。几多磨砺几多情结，一瞬耀眼一瞬心欢。

翘首遨游世界，开心笑访苏联。甘雨频浇，云雾山中李子收；艳阳高照，周家到处红袍熟。峰岭会神仙，红袍丰收农家乐；大集邀宾客，果园采摘汇群贤。

春光一派皆诗韵，重担千钧共铁肩。十岭五峰皆纵目，千姿百媚更结缘。周家毓秀，山岭钟灵，仰英雄献一腔大爱，就此开拓洪基，建成百亩果园，集市招商，电台播宏图，李子红袍果中锦；地产仙果，民生幸福，喜黎庶登百尺高楼，而今更上一层，道达九域康庄，骋怀游目，赏心悦目圣景，美轮美奂生态园。车轮飞奔，汽笛长鸣，驶向五湖四海，开往九域三江。

文明城市建设

辽水飞歌，一市凌云任舒展，欣大旗举此时，正逢盛世；龙山溢彩，两会召开建文明，看城市新貌，还数镁都。凤雕映日，凤眼呈曦，人文入画，南风拂面游人醉；龙柱擎天，龙头望月，客户如潮，北斗明心骚客吟。更有崖口之秀，轿顶之容，圣水之奇，半岛明珠招远客；又凭红袍之香，桃李之特，市场之盛，百强伟业鼓征人。

爱护城市，讴歌锦绣，流光溢彩，千行携手；坚持国策，打造品牌，缀玉铺金，百族同心。宁停三秒，礼让行人；尊老爱幼，扶困济贫。爱国创新思想好；包容厚德品行端。自愿搬迁，已穷千里目；服从安置，更上一层楼。人帮我，我帮人，同描社会和谐景；国爱民、民爱国，共拓中华幸福春。

内化于心，外践于行。今朝惠市，明天惠民。为民常在心，更廉洁长铭，能在人前挺直背；见利休伸手，但忠诚重誓，再来旗下表初心。弘扬首善精神，燕舞春，春风化雨；光大镁都气象，龙腾海，海阔天空。

放眼看镁都，镁质竞升华，古郡人杰承地貌；腾飞源国策，百年欣建党，今朝钟毓绣城容。

煌煌中国梦，浩浩汉唐风。天地盈清气，山河日照红。

营口佳元养老中心赋

胜境好佳元，高阁华堂称福地； 真情在养老，四菜一汤喜乐融。心达乃泰，欲止则安。身居斗室，可聊古今往事；心大一拳，可容万里江山。

温文尔雅品德远，富贵无求天地宽。人寿院寿处处寿，佳元长寿，寿比南山松不老；口福眼福人人福，营口祝福，福如东海水长流。益心益身益寿，桑榆唱晚； 有爱有乐有福，颐养天年。

病骨支离久卧床，一条绷带绕凄凉。

勺中满满祈福意，心里时时夸菜香。

敢叫平凡流异彩，愿将伟大写无华。

身心虽在轻微处，护送春风暖万家。

到哪养老，营口佳元。

游子南楼寻旧梦，娘亲养老住新巢。

佳元环境饮食美，老妪心情逐浪高。

农民丰收节赋

好年景风调雨顺，喜丰收果硕粮茂。惠农增好价，钞票鼓圆包。特色铺路，宏图溢彩，脱贫攻坚，安居乐业。一声鸡鸣，百家唱晓，千秋月在，满寨开怀。果醉千山，色竞朝霞红烂漫；风清谷壑，鸟唱秋山碧缠绵。奔小康，肩挑日月天降玉，用科学，手写春秋地生金。春风润物，家富缘国富；善政宜人，民心向党心。无穷魅力千村秀，美好家园万里春。

八月桂花香，丰收节醉桂花院。九秋金桂红，中秋月照幸福园。党谋幸福前程美，国建和谐事业新。鸿篇巨制惊雄略，伟绩丰功蔚大观。水清树绿山河秀，食足衣丰日子甜。大船破浪前程远，高铁驭风万众欢。党爱民，民爱党，党恩浩荡传千代；鱼欢水，水欢鱼，鱼水情深过万年。人民是江山，江山是人民，牢记使命，不忘初心，拥护党中央，紧跟习主席。

祝全国人民中秋节愉快，祝中华农民丰收节欢喜。

青山环保赋

山向阳光四时绿，水随人意八面流。青云环保风雨兼程，长足跋涉大清河；两岸文明江山洁净，荣昌长寿多欢乐。风光与景物相融，镇都城乡圆绿梦。蓝天碧水，保一方洁净，石秀山清留万代康宁。荒山变青山，春风万里山山秀；浊水变净水，旭日一轮水水红。

青云做环保，村寨风光，青山绿水行低碳；生态大石桥，和谐发展，而今高腔唱节能。

千里清河，滋荣亿万生灵，广大民心化成座座青山护映；一川春色，倾倒几多骚客，菱镁矿藏，激起层层心浪吟哦。

环顾山河春色美，保全桑梓画图新。

打开万里康庄路，启动八方富裕门。

青云环保造就美好。

大石湖赋

辛丑暮秋，十月十八，偕诗友游大石湖。本溪多美景，小市居鳌头，朗日枫间照，瀑布谷中流。山幽石径滑，天冷鸟飞疏，溪流穿峡谷，红叶卷残朱。瀑布轰鸣撞巨石，湖中依稀见潜鱼。十里溪流，半山红叶，瀑布桥影；一方胜景，满坡松柏，栈道石湖。红枫桃云，蓝天纵观寒秋景，瀑布鸣谷，风物彩绘起宏图。

览胜寻芳，天宇染朝晖，旖旎风光抒襟抱；抚今追昔，谷涧横夕照，萧瑟朔气吟诗书。峰回路转，柳暗花明，风轻日朗，霜重烟微。十里石湖，滋荣草木生灵，驴友开心，化为座座青山护映；四围幽谷，点缀诸多风物，丹青画意，泼就行行诗歌曲赋。林鸟乐其乐，群山佳木闲花，似与游客共吟唱；主人喜又喜，一桌酒菜佳肴，催生雅韵装五车。

幽谷景，溪流声，十里栈道，万种风情，半卷残叶，五座石湖。极目望，辽疆舒。云里鹤，谷中人，鱼贯雁序，摩肩接踵，穿行不止，扶老携雏。诗友风骚弄，金风酒一壶。

菊盏带霜盛碎玉，枫叶翻露泻珍珠。

京城老妪，两鬓经霜临边塞；诗社吟朋，群贤毕至赏石湖。一水奔腾越涧壑，万树辉映闻啼鸟。曲沼鱼多，可使游人多止步；林间兔少，不劳宾客来守株。

天欲暮，客将归。吟成赏枫之诗，只待吟唱；斟满浏览之酒，唯憾红稀。龙也吟，雁于飞，春暄资日气，秋凉借霜威，春来杨柳依依，秋去霜露霏霏。

山矗矗，岭巍巍。风伤红枫叶，情冷透心扉。

酒醉桌边，豁达周起科，行吟湖畔，好雨李维哥。

日暖园林花易赏，露寒山涧人难居。韩信武能平四海，左思文足赋二都。群贤荟萃，自愧不如。

轻车越隧道，诗韵满厢庐。春瑜七绝，震惊四座。警官口赞，妙语珍珠。先锋卢秉旭，踔地金声赋。三女唱和，九人吐珠。好雨千字诗，比司马相如；振一咏七律，回文锦字书。启科七绝句，春风酒一壶。贾晓玉发言，超过楚三闾。三笑渊明过虎涧，一唱金瓯李荣复。

鹰搏兔，鹭窥鱼，林修松苞，欢送驴友。

江燕引雏，花外怯风飞复落，车载游人，驴友开怀眉眼舒。

谁家走笔写雄浑，一涧岚霏渲黛痕。十里枫林十里景，五湖香水五湖魂。欲寻宫叶出红壁，且待御沟观韵文。红淡风骚亦可喜，诗情万缕步青云。

晋祠赋

辛卯初春三士临，李维丝雨梦成真。首行冀豫后秦晋，随后再观洞庭鹰。沐雨栉风看世尘，祠殿难觅旧时春。仁慈古刹吉祥地，步虞称得中华魂。圣母殿堂万代尊，鱼沼飞梁寰宇闻。巍峨献殿巧如玉，珍奇松柏誉乾坤。悬瓮山中叔虞魂，推国让贤豁胸襟。世民铭序尤珍贵，不老泉水洗我心。楼阁斗拱勾心角，桥榭亭台粉饰新。百尊雕像碑无数，罕见古柏已森森。万般壮美梦中寻，晋祠我来高声吟。锦绣山河觅靓影，钩天乐台尚闻音。待风轩中仁无敌，唐碑亭外德有邻。晋溪书院红烁烁，朝阳洞水碧粼粼。铁人宋代铮铮目，高塔舍得朵朵云。南天鸿雁频惊梦，过户清风乱抚琴。陈年残雪去无痕，放眼山川处处新。晋祠百亩，碑刻丛生。悬瓮山涧，不老泉声。块块石碑处，浸透旧时碧。山势巍峨，来去雄鹰。峰有穿天力，人有吞吴心。流云如画，心海纯真。叔虞高风，世民雄姿。往事徘徊，流水纯真。我欲乘风，飘然而去，休道无长翼，展开有双臂。松涛声里，自将梦觅。玉兰经雪白，吾心步九重。推位像、石碑耸，花添春色，祠苑生禅。解去浮名抛物外，留有风骨立尘

寰。自幼求知珍字纸，从来尚义仰精英。山高不畏誓
先登，喜见仁慈代代承。摄取风霜修傲骨，欲穿云雾
做英雄。

九寨沟赋

驱车偕友览明珠，满眼风光列画图。天神达戈赠
镜子，跌失长海化池殊。百个池海静妩媚，五彩斑斓
堰塞湖。灵境天成浮宝鼎，山川旖旎悬银壶。剑岩悬
瀑入潭碧，独臂枝干寒柏枯。美轮美奂盆景滩，绘声
绘色长涧瀑。一水熊猫七色浪，五花飘岩三彩庐。钙
华沉淀瑶池景，石岩为坎芦苇浦。诺日朗瀑景易赏，
芳草池沼醉凡夫。曲沼鱼少天欲堕，钙质沉积日将
晡。耀眼层湖端石砚，龙涎三炷博山炉。箭竹池海映
过雁，日则沟渠夜啼乌。雪水长河冷刺骨，涟漪湖波
映赤须。中华瑰宝录史册，世界奇观无字书。壮美九
寨汇成赋，华丽乐章尽情抒。梦幻山河引驴友，神奇
长海待相如。如虹气势震千秋，万转百回堰塞流。冰
川飘落垂直线，灵境名曰九寨沟。五花海子静无语，
七彩芳草锦缠头。不用作字挥橼笔，叠池湖水静亦
幽。挥毫泼墨诗笺咏，迷眼风光肝胆留。恬神养眼无
旁骛，走马观花亦忘忧。紫气蒸腾如海市，彩云舒卷
胜霞绸。女娲遗恨石堪补，仙子钟情珠可投。争艳海
子妆艳丽，钙华特质可称优。天际长虹逐日落，旅行

大客带烟收。灵鸡拍翅待晓日，排云孤鹤过山丘。宾客雅酌宽海量，夜吟骚客润诗喉。明晨驴友再临蜀，散步仙池画中游。口诵笔书天为纸，谪仙助力彩图酬。

月赋

青天有月来几时？我今停杯来询问。星桥锁开，暗尘随马，火树银花，明月逐人。嫦娥奔月，吴刚斧桂，玉兔捣药，金蝉冰轮。浮云舒卷，流月初晕。鹦鹉花前弄，琴瑟月下闻。

可怜闺中月，良人昨夜魂。旦别河桥杨柳风，夕卧秦川杏花村。旅次凄凉，塞月江风皆惨淡；花前欢笑，燕歌赵舞独娉婷。客居他乡，感慨岁月。月圆月缺，沧海扬尘。

春夏秋冬，变化非常。倾心诗词曲赋，历时数载，又纵书山学海，寻奥探幽，却识得，有而又无，无中生有，都是玄乎又玄，神乎其神；冥思苦想，博大乾坤，许多风物，谓皆山亭水榭，永巷长门，意境寓古今中外，低回谁似，逍遥庄周遗梦化蝶，涉想闲云野鹤，商山四皓竟为何。

山中豹隐，去而又来，固本此时彼时，因人而。论读书探圣道，嗜酒露天真。我心似明月，碧水系灵魂。明月三杯邀骚客，春风一曲奏桐君。知足者常乐，无求品自馨。路在其脚下，诗德惟身心。以文常会友，仁德自有邻。

花赋

花者姹紫嫣红，透彻玲珑。百媚千态，风情万种。有富贵者，布衣者，君子者，隐逸者，有昙花一现，有四季葱茏。芝砌春光，烟锁云封。芙蓉夏日，辉映苍穹。

傲霜菊含秋馥，寒雁江岸；返季杜鹃冬荣，大棚雪冬。春风吹绿千山秀，江山映红万里香。日晴兰草，红杏出墙。人面桃花相映，李白槐血斑斓。豆蔻正开香满蕊，蔷薇才露叶初尖。芍药丛中舞蝴蝶，海棠枝上啼杜鹃。石榴映日，并蒂红莲。诗题红叶，君笑开缄。几点红梅归笛孔，万朵六如入琴弦。

百花兴替，只见亭台依旧对苍穹。城郭俱新，且收田间社火祝年丰。新春似锦，应望鹰击长空气吞虹。前程追梦，又瞩万马奔腾赛猛龙。

金牛山赋

岁在辛丑，八月仲秋，偕友初访，田屯金牛。人猿遗址，百代山丘。追寻中华，文明源头。放眼四顾，一派金黄。辽河平原，莽莽苍苍。千顷沃野，孤山一座。山顶犀牛，昂首远方。山林斑斓，溢彩流芳。花草茂盛，山道羊肠。崖壁陡峭，剑拔弩张。访者三人，徒步登攀。万籁俱寂，深水一潭。登顶眺望，无限风光。山清水秀，气象万千。幅员辽阔，梦幻伊甸。辽河北来，急湍浩荡。呼啸奔腾，直奔汪洋。蛟龙入海，白浪滔天。淤泥河水，曲折蜿蜒。穿山越岭，时隐时现。吟唱小曲，横穿城垣。红旗迷镇，官马龙山。四山环拱，横亘连绵。嶙峋轿顶，长白雪寒。回首山南，一马平川。谷穗金灿，雪白棉田。阡陌交通，四海通联。高速公路，路过南轩。哈大公路，城市中穿。沈大高铁，飞越老边。东部山区，层峦叠嶂。滑石硼镁，无穷宝藏。闻名世界，丰富镁矿。出口创汇，镁都巨变，青花集团，名不虚传。西部水田，金光灿烂。一望无际，稻浪翻滚。池沼连天，锦鳞腾欢。辽河闸蟹，紫禁飘香。营口大米！远销三江。

　　盼盼集团，世界牌亮。钟毓石秀，成就辉煌。集山灵气，蕴水波澜。人杰地灵，百代相传。回忆往昔，风雨沧桑。廿八万年，荒原莽苍。人猿伊始，山洞躲藏。茹毛饮血，树皮衣裳。与兽同伍，林鸟伴唱。似剑齿虎，变异灰狼，棕熊犀牛，群鹿惊慌。獐袍野兔，血稚张望。刀耕火种，辛苦备尝。钻木取火，身体强壮。生生不息，繁衍四方。黄河种麦，长江插秧。足迹遍布，东亚邻邦。金牛山人，百世其昌。辽河儿女，源远流长。万千年来，血脉相连。顶天立地，中华魂魄。半壁隧烟，华夏根深。日晖月晕，青霜紫电。一部史记，炎黄子孙。金戈铁马，战功硕勋。血染风采，光照乾坤。春秋战乱，剑戟连年。燕丹凯旋，归州设宴。大唐东进，淤泥马陷。白袍救驾，千古长歌。灵霄迷镇，万顷烟波。青石雄关，漫道如铁。壁立千仞，青石长卧。一夫当关，万夫莫过。倦时一枕黄粱梦，醒来万民抗日倭。震惊中外，天惊石破。兵谏中正，统帅丢靴。国共合作，鸣道开锣。汗马功劳，功不可没。少帅学良，英名远播。辽沈战役，峥嵘岁月，三打营口，好事多磨。家善起义，拱手献廓。人民功臣，永垂史册。四野挥师，追歼敌魔。金牛山人，担架马车。支援前线，万里奔波。解放海南，战功显赫。抗美援朝，保家卫国。浴血奋战，爬冰卧雪。打出国威，树立军魂。历史丰碑，高耸巍峨。展望未来，万里鲲鹏。登高望远，追古抚今。盛世赋诗，汇成百韵。心花怒放，略抒寸心，高歌唱颂，金牛山人。

辛丑孟冬辰州杨德辉写于水晶商品富丽南轩

风赋

风者气孕而成之，千姿百态，瞬息万变，吹开芳草一处痕，绽放丹桂九秋馨。山野弄笛，天际吹笙。

惠风和畅，草木萌生。和风细雨，润物无声。吹面不寒，点缀花荫，酷似剪刀，不渡玉门。落地杨花，乱逐东风随马足，掀天桃浪，缓成春雨化龙鳞。

狂飙骤起，天昏地暗。初习习而潇洒，忽丝丝而掀舟。一任风涛撼四面，绝无依傍峙中流。双峰虎啸，九江龙啾。野渡燕穿杨柳雨，芳池鱼戏丹桂秋。西风落叶，凋零碧树。过江三尺浪，入园万花红。池中濯足水，门外打头风。

竹径风声籁，月影上庭阶。江海孤旅，云浪风涛惊客梦；乡关万里，烟岚云树萦旧怀。风情地阔，香风十里望仙阁，月朗天开，明月一轮思子台。

朔光渐起，风扫雾霾；云旗风马，树锁丹崖。中华筑梦，万里蓝天鲲鹏展翅；赤县崛起，九州江海巨龙云排。

雪赋一

雪者云积而生之，为伴霜冰，结友柏松。潇潇洒洒，降洒苍穹。万里雪飘，千里冰封。羽鹤云飞戏九霄，风扬绒絮洒江郊。江山今朝素妆裹，西子何时到吉辽。望江楼上，隔轩放眼，玉龙斗角飞鳞甲；野甸山中，临顶迎风，仙女倾篮撒琼瑶。

柳絮纷飞，山舞银蛇迷日月，棉团乱落，原驰蜡象景妖娆。冰包翠柏柏尤翠，雪映红梅梅更娇。

九霄圣景雪堆就，满眸风光雪蕴魂。冰红雪绿仙人景，型特态奇神斧工。冰雕华夏风光美，雪洁心亮塑人生。虎啸三山，雪吻五峰。龙腾四海梅蕊乱，冰封万水玉绦横。朔风阵阵，尽扬北国风光凛冽；白雪皑皑，装点家乡水娉婷。飞龙舞凤成夜市，击鼓踏歌皆春声。万里江山铺锦绣，满城管弦歌太平。鹤寿谁添，无疑是名利让人，淡泊留我；天年何乐，有道为童心至善，仁爱永恒。笔中景象凝日月，纸上龙蛇越古今。铺就锦程雪花万里，绘山美景，关东三春。

秋赋

岁岁重阳，今又重阳。情痴万里，镜徹一心，无语相留荷叶梦；明月三钱，清风二两，小凉独酌菊花香。

人淡如霜，清酒微醺，长夜深时披月浪；天高远目，神思澈朗，大风起兮颂故乡。

风中红叶，雨下黄花，邀我神思归旷境；眼外嚣尘，心头怅绪，携谁诗酒共流觞。山光数此间清绝，有菊绽冷香，石吐玲珑，一湖尽览营川胜；人物数千载风流，曾禅茶翰墨，神仙眷侣，一寺楞严居营川。

紫气东来，降少帅正操，钟毓灵秀无双骄。辽河北望，看山红水绿，画阁雕楼迷镇园。

天意总难违，又逢重阳节，霜叶火红，人心真不古，可得菊张骨气，霜展襟怀。淤泥河堤几座画桥，风月瘦秋谁吹玉管？高铁路百年筑梦；黄丫口诱我赏建一。渔唱千年，记营口老街店铺，盘锦河水护芦雪，风帆万里，载今古金牛山人，一双腿脚走山川。

果实累累，稻谷硕硕，漫山遍野，河南江北，池塘田间，树上枝头，丰收在望，粮谷满仓。人欢马啸，机鸣车载，希望田野，美丽故乡。丹心筑成，碧雪凝就。天高云淡，金风送爽。山河壮；岁晚根深，老树著花意气昂。财富名区，塞外重锁锁辽南；人文古邑，镁都巨星耀宇寰。古国精华，百代千秋开冶史；中天灵气，千锤百炼续新高。手揽风云，书法诗词二秀映日开新景，心向世界，梦追时代，万象萦怀入锦笺。

夏赋

托起一轮明月，邀来夏日凉风。客走林间动，花香园外馨。山静湖幽，花繁树茂风清。入眼来一卷丹青，点染些廊间翠霭，阁外黄莺蝶舞霓裳，波摇云影，料是蟠龙挥妙笔；怡情处唐王境界，唏嘘些雅士诗香，田畴耕趣，墨濡古韵，艺领时贤，直教后世仰词翁。

四维山水清幽处，汇域外千朋，携侣寻真，一城拾得诗囊满，万树樱桃红火时，喜营川六月，燃情喝彩，百陌通连锦路宏。

槐序抒情，红英玉蕾酬佳境，梓桑展意，情韵幽香悦蟠龙。鸿鹄凌霄，嗤笑任他蓬下雀；风霜励志，拼争看我岳巅松。碧血化春雨润千境秀，丹心映霞辉，育万木争荣。

荷塘无处不飞花，花开旺运；夏云有空都得雨，雨霁彩虹。点一嵩湖水。滋润荷花，谁挥玉斧辟仙境，剪几段流云，拼镶山鬓，人共禅林醉夏风。

中国镁都驰持盛誉，争夺物产丰饶，资源雄厚，携手创建文明市，把镁硼、铜、金和盘托出，好凭胜迹奇观，广招远客。

辽东福地创佳城，喜看设施完备，环境优良，凝心启动新开发，将福美富强趁势延伸，更绘宏图远景，竞展长虹。

春赋

阳春有脚今又至，杨柳无声芽发鲜。环城有二五奇观，偏西田金牛危立，引领众观遗址；入目是三霄仙子，看迷镇浓妆一抹，欲将春色满人间。

枕水淤泥河边，最相宜阳光千家，时闻黄鹂林叶叫，半花杨柳梢，犹想象蝴蝶一只，远隔红尘梦入乡。

是千古名胜地，问何处传情。杨柳烟芸阳关曲，曾几吟摩法诗，记当时沐雨，一杯酒醉一城香。世外幻桃源，五柳先生非妄记，辽南诗词郡，蟠龙诗社复流觞。

揽江收十里浮烟，欲游目骋怀，一楼更上，赏景宜望儿山顶，渤海船帆。塔影排云，海天纵览鲅鱼圈，潮声积势，风物旋题白沙湾。

天宇染朝晖，踏四望渔歌，旖旎风光观沧海，望儿横夕照，寻一亭蝶梦，葱茏烟景动春光。

紫燕又携春，加几番杏雨将镁都染绿，和风送暖，伴千树桃花，把蟠龙飘红。情动诗有彩，韵流意无穷。葱茏岭上三百株，风雪不期，曾尽阅春冬变化，惊讶挺拔三界外，粉白竞放，众羡慕杜鹃花容。

涂写新画本，恰红雨锁栏，绿烟带廓，依约旧时路，脚在三界外。崖口悬空。

晴空宝镜悬朗日，夜市华灯映霓虹，箫鼓声声，蒲摇苇荡。流韵景区舒画卷；鸭游对对，鹤舞鸥翔，怡人广场醉诗翁。春色醉佳人，蟠龙广场，秧歌锣鼓，交谊舞蹈，沁几分少陵诗赋雅韵，镁都邀雅客，晚照淤泥，把酒临风，舟依馆榭，话唐王东征马陷泥中。

蟠龙在酒里乾坤，沉酣在春秋夏冬，混混沌沌，哪管它追名逐利；峪石于泉流境界，倾倒于风花雪月，爽爽清清，且赢得两袖清风。

未见得唐朝李白，宋代杏红，莫非它吕王轿顶，飞扬跋扈逍遥处，却迎来千年古松，一脚三界，真像个天花乱坠，落拓沉迷黄崦峰。镁都亮丽，桥市繁荣。生人杰地灵，遍地英雄。

梨花赋

梨花白，梨花开，梨花带雨春情笃，蕾漫山，卉满岭，彩蕾含烟画意浓。张官储媚，翠谷藏娇，寻芳墨客疑天外；雪海闻香，轻歌漫步，览胜游人起舞中。

乘轻风，穿嫩柳，沐赤日，赏琼花。乡镇新观描画卷；古落山村正吉风。一叶一花一世界，半树半山半晴空。

天道酬勤，风景这边千顷新绿；人心向善，和谐此地百花好红。春临山岭，翠围珠绕，给力家乡，人俊业鸿。南果梨花瑞丽，北岭蕾开长荣。东部风云如画里，民间忧乐记心中。人云格调同高古，我有诗文未出名。雨顺风调春不老，龙腾虎跃国高雄。

清香扑鼻鸟成凤，绿叶翻波树化龙。喜饮南果酒，乐吟长寿诗，防疫甘当卫士，脱贫争做先锋。起承转合，描图绘景千钧力，抑扬顿挫，圣手一绝九鼎功。中华脊柱，稼穑老农，地肥苗壮，食足衣丰。

辽河九曲穿黑土，分辽吉，汹涌波涛归大海；轿顶七重入云天，摘星斗，雄浑壮丽傲苍穹。春潮激越疫情退，事业腾飞富路通。

观梨蕾，梨叶，梨枝，梨树，南果飘向惊世界；赏花萼，花柄，花瓣，花香，才人辈出耀大同。以清白闻名，百世贤才敬；昂不屈气魄，一树古今崇。集歌唱旅游演艺于一体，快乐家族繁茂；崇观光笔会休闲而四时，诗词学会兴隆。

屈原赋

浪漫诗人屈原，至死受命不迁。抒情长诗离骚，不朽壮丽诗篇。"青黄杂糅，文章烂兮，精色内白，类任道兮。"托物言志，寄情于物。心中罗锦绣，口内吐珠玑。诛佞剑，进贤冠。怀王左徒兮，名平字原。"入则与王图议国事，以出号令；出则接遇宾客，应对诸侯。"蛟腾豹变，虎踞龙盘。对内限制特权，任取贤能，厉行法制；对外联齐抗秦，远交近攻，魏晋困横。谋深望重，任大维艰。革新主张，忠君思想，反招谗言，降任大夫。密云千里，新月一弯。

后因接连失败，再度召回起用。好景不长，命运多舛。顷襄即位，任命子兰。排挤诬陷，流放江南。白起灭楚，肝肠寸断，痛不欲生，汨罗含恨。以身殉国，离骚生前。

忧愤诉说，千语万言。忠贞爱国，曲折缠绵。炽热感情，崇高理想。跌宕起伏，卓群不凡。叙述家世出身，生辰名字，自幼勤奋学习，培养良好本质。忠肝义胆，雾鬓云鬟。宽衣敞服，长袖高冠。

　　贵族群小，诬蔑诽谤。迫害打击，听信谗言。不屈不挠，坚持理想。高尚情操，心情抑郁，寻求知音，上下求索，矛盾重重。幻想远游，依恋不舍，以命殉国，抱石汨罗，龙潜不得跃，鸟倦亦知还。眷恋祖国，理想远大，刷新政治，挽救楚国。不辱使命，期冀盛强。荒芦栖南雁，疏柳噪秋蝉。江相归池，止水自盟真是止；吴公作宰，贪泉虽饮亦何贪。

　　仪封疆吏知尼父，心系家国识屈原。"岂余身之惮殃兮，恐皇舆之败绩"。坚持真理，憎恶黑暗。疾恶如仇，斗争顽强。无畏无惧，耿直廉洁，是非分明，善良刚健。蓝水远从千涧落，玉山高并两峰寒。五湖归范蠡，三湘仰屈原。"路漫漫其修远兮，吾将上下而求索"。郊寒岛瘦，君已长眠。中华灵魂，万众仰瞻。

　　秭归蚕声匝，闲亭鹤形单。千古流芳，伟大屈原。

镁都赋

　　中国镁都，商海巨鲸。塞外重镇，菱镁名城。居半岛西部，朝看金牛山之靓影；处辽河下游，暮听圣水寺之钟声。白鹤翔云画出天边美景，垂柳夹岸，摇动江上秋枫。车来人往，物流集散之地，凤起蛟腾，人才孕育之汀。群山蕴镁，长桥卧泾。十五望夕，接嫦娥明月，初一朔日，观远岫之亮星。国家经济建设百强县级市，世界镁质产品生产大本营。

雄哉镁都，气象鸿篇，观霞以移景，沧海变桑田。辽水奔腾绕平畴，轿顶巍峨耸陌阡。万物之逆旅，百代之繁衍，人类之足迹，二十八万年。茹毛饮血，四处辗转，钻木取火，生活改善。刀耕火种，生活维艰。披荆斩棘，建设家园。改天换地，美轮美奂。辽河黑土地，塞外米粮川。东顾吕王之峭壁，柞蚕挂枝银闪闪；西眺沟沿之稻田，连绵起伏金灿灿。南观金牛之美景，渤海渔船举风帆；北指汾水之圣地，青砖佛塔耸其间。占地利而物庶，享国泰而民安。山民钟情于气象，英雄怀志之高远。政策播春雨，百姓焕容颜。镁都要巨变，凭百万民众之铁肩。立科学以统领，举旗帜以争先。福音频传于山坳。祥云舒卷于蓝天。长波安流于沃野，旱魔败退于婉嫣。

伟哉镁都，气象鸿篇。接力于高端，十九大召开，习主席掌舵。新政策出台，标文明于禹甸。立目标于小康，为中华之梦想，展远景于当前。桥市规划，美景可观。宏开新筑，气象万千。唐王河景艳，漂碧流，览青山。荡双桨，划游船。欢声笑语，流连忘返。城湖相映，山市连环。诗情画意，天上人间。棚户区搬迁，展现新篇章。和平商厦耸云烟，和谐广场舞翩跹。金牛公园，肃穆庄严。以老庄之旷远，解气象之精玄。官屯石棚，神秘莫测，以原始之工具，造惊人之杰作。周家村赏杏花而忘寝，黄丫口听天籁而弃弦。真实惠惠及民生生意美，金德田园秉诚信信誉彰。望春亭外，天意也随人意焕。唐王河中，王气几时锁龙颜。两军阵前，白袍救驾美名传。物华天宝，矿藏莫测之空间。群山蕴镁，漫岭厂矿出镁砖。青花炉火兴旺，金鼎火星飞溅。镁质产品，誉满宇寰。迷镇储秀于宁静，红旗藏美于大念，蟠龙端庄于悠闲，金牛惊观于巨变。四山连环，相互顾盼。装点镁都娇媚容颜。千年古松，植概于建一，秀才大岭，豪气接九天。

美哉镁都，气象鸿篇。守廉洁以立德，颂文明以改观。勤勉于载道，敬业于奉献。知识富于五车，服务社会理念。江水扬波灼其华，山巅兴云悦其灿。鸟鸣于碧野，鱼跃于晴川。广厦逶迤，康衢长穿。心陶陶于永夜，胸坦坦于暮寒。辽水镁都，河清海晏。

千年古镇，世界名乡。山清水秀，财旺文昌。菱镁水稻，两翼飞翔。书法诗词，双珠闪光。中华梦想，扬帆远航！

张家界天门山

元旦刚过，余偕友人，再览张家界天门山，时逢大雪，目睹江南大庸国有农场的林海雪原，同时领略世界最长陡峭的缆车索道、索桥、峡谷鬼谷子栈道。

天若有门，三千界直通呼吸，山能配岳，十六峰罗作儿孙。天本仙山通，与泰与恒与华与嵩与衡并出云霄，五岳归来谁不看。门疑神斧劈，时云时雨时雷时风时雪重开太极，八星底蕴此平分。千重云气排月阙，万古泉声护天门。

门可通天，仰观碧落星辰近，路承绝顶，俯瞰翠微峦屿低。谷静林昏独做梦，索道天桥携爱人。禅心澄水月，法鼓聚鱼龙，万杉月共衣珠朗，五夜风随禅锡鸣。鬼谷栈道，悬空吊桥。隐匿山洞，法术秘籍。身在天门，喜见天门真面目，足临圣境，方知圣地豁心胸。客已倦游，偶然宾馆小住，便欲乘风归去；人生如寄，留有千年梦想，不妨踏雪再来。

初览天门岭，小溪山路秋。柳杉观岭立，紫雾罩江流。鬼谷水帘洞，缆车高挂舟。回眸瞻五指，风景心中留。

鲅鱼公主赋

甲午仲夏，时值小暑。余偕友人，览胜营口开发区山海广场，瞻仰鲅鱼公主海上雕塑。上属于天，下见于渊。珍怪奇伟，不可称论。其高六十米，巍峨高耸，光彩照人。友嘱作赋以记之。举酒行觞，遐思无疆。诵梦想之诗，颂窈窕之章。

遥而望之，皎若曦阳之初升海东，翩若惊鸿。近而观之，灼若芙蓉之乍出水中，婉若游龙。仰而瞻之，面若明月之新挂夜空，静若青松。俯而察之，色若花朵之晓绽春风，声若晨钟。左而视之，眉若漆墨之方染弯弓，娇若长虹。右而觑之，目若秋波之暗送英雄，美若桃红。

耸立水中，神接苍穹。静观浮云，笑迎观众。身量苗条，体态风韵，线条流动，腮凝新荔，鼻腻鹅脂，唇绽樱颗，榴齿含香，顾盼神飞。风吹来，浪飘来，彩裙飞舞兮，恍若神妃仙子。丝绦乍飘兮，回风舞雪，引蟾宫之玉兔。纱衣飞动兮，听急风之撼庭梧。纤腰楚楚兮，闻麝兰之香馥郁。珠翠辉辉兮，满额鹅黄，对河汉之金乌。出没水间兮，似雾非雾笼西湖之岸柳。徘徊波浪兮，似花非花，此东海之珍珠。

羡彼之良质兮，冰清玉洁，羡彼之貌容兮，香培玉琢，羡彼之华服兮，闪烁文章。堪比嫦娥，比美女神。奇异哉，生于渤海，源于华夏，充满梦想，屹立东方。

泰山颂

雄踞齐鲁，势控赵燕，回眸半壁江山景，襟带淮海，风靡吴越，耸立神州第一山。

　　巍峨岱岳，摩天之巅，吞吐日月，历数星汉，阴阳变幻，气象万千。上方有奇观，千点烟火，千点雨，山下多美景，一重云锁一层峦。

　　门辟九霄，仰视瑶池胜迹，阶垒万级，俯观峦峰娇颜。溪流潺湲，翠壑崖岩千丈画，白云红叶一泓禅，槐雪山腰，月拓摩崖天泻水，松涛羽鹤，云映刻石岫萦烟。

　　焚云化雨，泽被禹甸，齐鲁大地，养育黎元。伊甸桃源，能堪此肩。登高临远，流连忘返，暮春三月，野花迷眼，九月重阳，层林尽染。星换斗移，小康社会，政通人和，河清海晏。

　　漫步玉皇顶，心潮浮起古今意，欣回首，曲阜孔林，回声嘹亮，大同天下，礼乐诗书，古所谓至圣先师，岂妄言也。

　　登高南天门，眼波荡山水情，断崖瀑落晴天雨，飞檐展凤，卧脊蟠龙，杂花生树，人皆云五岳独尊，诚佳语哉！

　　大海狂澜谁去挽？高山东岳我来游。

　　重峦叠嶂山色秀，一轮红日滚金球。勒马问河山，秦汉隋唐，祭祀何时休？东望太平洋远，持鳌念亲故，港澳已归，思量台湾哪日还！

　　东岳重游，世事沧桑，潭伏老龙还自在。征鞍甫卸，雄心激越，云腾天马竟何之？

　　巍巍泰岳屹立东方，中华魂魄，民族脊梁。

港珠澳大桥赋

　　一苇渡江，万顷碧波百车越。六年面海，千伞梦想三桥成。南海风浪，卧波凌云港珠澳。浪花烟云，彩虹贯境边城名。问谁惊天动地，目空千古？是我一衣带水，气吞巨鲸。瞻仰桥梁，对海碧天青，万里烟波归咫尺。莫辞樽酒，望港珠澳门，满眸天堑变通途。

　　龙腾盛世，东来紫气，走进新时代，万里桥成百年计；国展宏图，海上清风，紧跟习主席，一笏拱天锦绣景。纬地经天，绝路逢生凭勇气，争分夺秒，稳操胜券靠拼搏。画虎不成，从零开始，切勿好高骛远。雕龙可及，着意琢磨，力争入化出神。港珠澳桥风韵事，牵动多少游人心。多情有证挥汗雨，好梦尤期艳阳春。

　　飞天跨海，山川增色，与时俱进，万里锦绣收眼底；凌云驾雾，岁月流香，开拓创新，时代英模踏浪间。登高骋眸，桥映日月，静卧彩虹。览胜怀古，书写春秋，浩荡东风。海必有邻，江涛近接绿杨岸。名声满天下，把梦摇向彼岸。文以载道，歌飘三城万户村。殊勋惊世，把酒遥对诸君。

　　天下无双，长桥与英雄并著。人间唯一，港珠澳和桥长馨。高标跨沧海，百里长桥独雄秀，蜚声震寰宇，万顷涛声惊世人。

马振新赋

辛劳半生，壁立家徒，只落得一身正气，几根傲骨，休闲余岁，心田充实，唯缺少各种歪风，数点奴颜。不腐不贪，守个廉心扬正气，尽才尽力，办些实事做清官。

一身正气，明镜高悬铭心正；两眼寒芒，贪官污吏触目寒。

襟怀不畏寒，清荷万亩心间种，风骨何妨瘦，明月一轮座右悬。

眼中法制，笔中律制，考考心中理智，身上金辉，衫上尘灰，端端帽上国徽。

年丰物阜，吏道喜其馨，服务情真身自爱；政畅人宁，民风谆且厚，公勤事悦显国威。忙里偷闲临草楷，苦中有乐学诗词，诗歌与曲赋并学，楹联和书法齐飞。宽宏豁达高皇量，叱咤喑哑霸五威。灭项兴刘，狡兔尽时走狗死，联吴拒魏，貔貅屯处卧龙归。

王振一赋

居陋室何妨，流水当弦，青山作笔，有茅庐足矣。金鸡敲梦，翠竹敲窗。对酒当歌留雅韵，放歌万卷颂小康。

为官清正，从政勤廉，舍己为人常醉我，与人和善，撰诗精妙，七秩奋笔著青山。

王公有本性，人如碧梧翠竹，振一无俗情，志在流水高山。

韵继离骚，下承唐宋，写民间疾苦，描田园风光，开诗坛壮阔。神依苏辛，上追三曹，绘朝野风云，写盛世新事，起笔底波澜。丽日悬空，呕心沥血歌盛世；春风得意，腾龙起凤颂河山。

冬赋

冬雪醉我，文化兴市。党拓康庄道，民搭富裕桥。牛去雄心在，虎臻好运来。火树银花冬日暖，镶玉裹金风景奇。梅语含香，樽前唱瘦一弯月，雪花涤翠，弦占清音满径风。

九霄圣景冰堆就，满院春光雪蕴成。柳絮纷飞，棉团乱落，银山雪韵奔锦虎，玉树冰清走黑熊。情牵野趣寻奇景，梦绕山魂向红松。笔染松针心先绿，情临骄阳志已红。雪飞风冽冬犹在，棚暖瓜香生意隆。借织女快剪，裁几片白云，画腊月雪絮，奔腾八骏，淘来好句壮诗眼。唱塞外红梅，吹一支玉笛，调七弦琴柱，啸傲群贤，拟似兰亭醉隆冬。听曼舞轻歌，对对伴侣起步跳，看秧歌锣鼓，排排红裙往前冲。

冰雕华夏风光美，雪塑东北景色宏。冰硬艺高雕愿景，雪洁心亮志彩虹。千层雪浪银花舞，万里冰川财路通。

金牛遗址钟灵，看大雅扶轮，人文循轨。桥市蟠龙毓秀，喜英才继迹，古今同风。

克之赋

岂甘寂寞，永立潮头。做人实，情意真。学富五车，才高八斗。金吐气，玉生根。下海经商，羽扇纶巾。总代理，为人民。走遍世界，洞察乾坤。研习书法，操行五伦。秉承昌黎，追念韩信，先祖文明，震古烁今。年逾古稀，焕发青春。入社八年，突飞猛进。老当益壮平步青云。子期逢伯乐，千古遇知音。诗侣词朋，推陈出新。旧瓶新酒，香绵味醇。蟠龙腾飞，鲤跃龙门。

黄锡志赋

笛声悠扬，吹醒千年蟠龙舞，电台独奏，鼓动百姓筑梦忙。仰慕聂耳，神追星海，百赛归来，手捧金杯，只剩下两鬓斑白，数曲奏罢，音绕镁都，飘荡圣水远山。阳春白雪，和者盖寡，高山流水，知音觅难。音乐国手，桃李满园。寻人寻味，春意盎然。余音绕梁，悱恻缠绵，不绝于耳，温暖人间。

葛凤霞赋

凤目柳眉气宇轩，霞彩云灿好风光。凤因时得意，随收一脉清香，诗句风华犹已展；霞与梅知己，未逢当时明月，袖中铁笛岂轻扬。万卷诗书消永日，一台笔墨送流年。莫负春光励志，当珍岁月燃情。笔底文章灿日月，心中雅韵绚联坛。社旗高扬，群英荟萃。追求梦想，敢于担当。青年之榜样，力量之源泉。奋斗之方向，诗社之希望。心有阳光，自会辉煌。

艳英赋

貌似牡丹，独领风骚龙山艳，胸怀暖阳，一缕春光圣水情。口吐莲花，翅展去雄鹰。满腔热情，一颗红心。办公室主任，负责礼宾。满脸笑容，恭敬接迎。

春风吹开锦绣景，晚岁犹存少年情。人贵有梦，奋斗能赢。英姿婷婷金凤凰。玲珑乖巧女明星。贵妃醉酒一品艳，昭君出塞满路青。貂蝉拜月九霄碧，西施浣纱三溪萦。九天日月开新运，万里笙歌咏太平。花承朝露千枝发，莺唱春风百啭鸣。秧歌舞蹈万人翘首望，独唱会演千夫喝彩声。行路万众回首望，店铺百姓来去频。集九州锦绣，美化人民生活，汇百匠珍品，展示书画明星。生意兴隆，日进斗金，皆称艳英阿庆嫂，不负巾帼负盛名。交际花朵，文艺名伶。生活歌者，九啭百灵。治家红火、精彩人生。

汤其武赋

　　蟠龙四老，官宦二市。风流倜傥，才冠遐迩。壮志满腔，诗书溢彩，骋万里情愫，逍遥自在，捧心一壶，国粹弘扬，为三市争光，挺起脊梁。以正德扬名，两袖清风，因古韵醉客，一缕阳光。

　　画一张紫燕衔春，吟诗作赋，凯歌喜放风浩荡，驭千里白驹过隙，追月赶风，斗志再振气泱泱。

　　临风把酒，将雅意高歌，一曲风骚流韵远，笔舞墨飞，喜人文蔚起，卅载诗心绽苑香。

　　扣斗试凭栏，气壮金牛，澎湃辽江欣鲤跃，及春勤奋笔，文蒸云汉，墨辉菱镁看龙腾。

　　山水孕诗赋，望天涯晓雪，地角沉流，举目营川皆胜景，人文灿古今，赏圣水神寺，迷镇三霄，蜚声半岛尽春风。

　　人老心红，笔耕不辍，皓首何忧，有明月清风，钓鱼吟山消永月，九旬尚健，留冰心玉骨，读书养气向百年！

红海滩赋二

奇观美景吾乡有，游客都说天下无。放眼江山小，置身天地孤。天高云淡，紫气东来。白鹤翔云，客宾驻足。

乍紫乍红是处好，宜诗宜画物华殊。滩涂燎原野火，江岸苇荡白茶。江山如画里，何时化宏图。

百里风光在目，万丈豪情腾霄。辽水涛来白马，盘锦今控金鳌。正行栈道，对海碧天青，云锦霞衣，一望无垠心涌波涛，莫辞樽酒，值姹紫嫣红，红毡席地，百感交集景呈妖娆。览胜收十里蓬草，骋怀于一座栈桥。

赏景观万顷红毯，犹二月百卉，九秋弄潮。天苍苍，野茫茫。红花随心翻作浪，绿苇着意化成桥。天连碧海鸥鹭落，浪动雪涛舟楫摇。芦荡深处闸蟹肥，红海滩中蓬草高。

勤打扮，巧梳妆。长教盘锦披锦绣，节能源，治污染，换来辽水酿醇醪。处处葱茏一水秀，年年绚丽满滩绡。

海滩披红，精神凝动力，放眼美景，理想化春风。十九大绘"双百"蓝图，导百业同弘至善，开启一带一路，共筑华夏人民梦。正心倾爱国，智能创新事，齐倡包容，物承厚德；更继往开来，天开红运，反腐倡廉，打虎灭蝇。世贸一体，合作共赢，纪念抗战，勿忘国耻，修阵固列，秣马厉兵，笔衔时代，目瞩全球。追求梦想光龙脉，引领旌旗展鹏程。

德田赋

木铎金声，笔墨玉振。官屯一支笔，镁都四士春。石棚镇岭，同窗集韵，看毓秀山川，千里官屯呈紫气。辽水流丹，教会听经，喜宏开讲席，万人礼拜播清芬。笔墨含情写盛世，诗书满室润身心，道德无极容天地，仁义有情照古今。

青山风，荒野雅，廷宪颂，镁都才子四士，二行纽带绾骚情，九州瞩目。追先哲，育新苗，集时贤，同窗集韵百句，一杆旌麾扬壮志，五湖蜚声。凭才报国忠心勇，执政为民方向明，韶光易逝风雅在，美德唯馨颂英名。

敏之赋

笑靥如梅，红腮辽水无双艳，衣着朴实，素裹营川第一花。月明时梦飞海外，机落处人在天涯。年逾花甲，清新德艺。铁划银钩墨流韵，金声玉振诗溢香。

敏之存韵致，慧性识端详。诗坛传翰墨，画界争冠军。歌舞高手，书画名人。工于画，精于诗，学问贯今古，然扰攘纷纷，到底将红尘勘破。天之涯，地之角，行踪遍亚美，其悲欢历历，生平曾几度离合？

诗社无双，写联作曲才思敏，学风有素，举止言谈品位高。盛世滋秀敏，观胜景成诗，聆杜鹃填词，笔酿珠玑歌盛世。开怀唱故乡，展营川为纸，化辽水为墨，心怀梦想颂今朝。采轿顶风，携塔峪情，书中华古韵今声，平仄天扬万里。擎蟠龙笔，蘸营川墨，画建古杉新叶，雅俗共赏涌浪涛。

秋帆赋

秋浦归舟，挥斥方遒。出口成章，点石为金，武略文韬，俊才睿智，铁骨铮铮，丹心耿耿。奋笔绘山河，为文写春秋。天资乃勤奋，成事者自强。人在江湖爱酒醉，心迷奇异漫天游。襟怀博大惊天地，气宇轩昂泣鬼神。

丹心报国，志士为民。画展宏图，诗圆玉梦。雕龙绘虎，文化重唱新时代；飞凤舞狮，诗词曲赋歌神州。魁阁高耸临唐水，星光灿烂照新楼。安居新宝阁，乐享今无忧。雨润红旗新叶绿，风梳岸柳细腰柔。亭影水中鱼戏浪，琴音耳畔鸟鸣幽。

经营玉石，火眼金睛分真假，品赏字画，手摸光照鉴劣优。赋诗练胆练心志，作曲求快求智谋。联通四海，诗誉五洲。囊中有酒，心中有墨，乐实为真乐。

架上多书，身上少钱，穷也不穷。路必索求，酸咸苦辣，沉浮成败，统统收在胸中；必须淡泊，利禄功名，荣宠职权，样样置于身外。跬步之遥勤走动，同道逶迤善交流。任使别人说对错，更将诗词写春秋。诗长精神，联生梦想，翰墨精通我自乐，曲歌盛世，赋展情怀，镁都秋浦放归舟。

忆往昔，曾经下海，艰苦创业，腰缠万贯，一代风流。展未来，散发余热，纳兰诗院，再铸辉煌，三愿应酬。

望儿山赋

拔地而起，凌空耸立，望儿慈母，栉风沐雨。永报三春，含辛茹苦。当报大爱，牵肠挂肚。

千百年来，多少游子，来此凭吊。孤山下，响水畔，草房里，村落南。小儿秉烛夜诵揽魁星，殚精沥血。老母纺纱织布，育栋梁，焚膏继晷。子志漂洋过海，娘意揽月登霄。秋闱儿别去，渤海舟起锚。绝鱼雁，立峰巅。碧浪滔滔，帆船触礁。风雪交加，母望迢迢。群黎仰千秋圣母，弘大爱，拓慈怀。百鸟邀万里和风，润苍松，燃红日。

神奇故事，流传千年，瞻宝塔，尽孝操。群蜂酿蜜，怡养蜂王。匹鹿得草，鸣叫麂胞。羊羔跪乳，马不欺母。鹁鸪呼雏，乌鸦反哺。禽兽知恩，尤反馈肴。普天下，好儿女，身体践行，尊母慰劳。天道养恩承一脉，民英修孝尽吾豪。

感恩母亲，热爱人民，老吾老，幼吾幼。朝晖春晕，养育深恩。报之何时，填海精禽。拾葚异器，啮指疼心。百里负米，鹿乳奉亲。涌泉跃鲤，扇枕温衾。一座孤山传三秋大爱，八方游子怀寸草丹心。

母仪天下，最忆临风呼乳名，悬心坠泪。子梦中华，尤钦赍志怀衷愫，归里报晖。诚心尽力敬前辈，言传身教育后昆。春化雨，震古烁今。

浮云终日去，游子杳无音。母望追儿梦，子归慰娘心。茫茫何处觅，朝朝空自吟。拼将满腔泪，遥寄断肠人。母爱无涯，灿如彩霞。天地悠悠酉转寅，哪堪孤岛寄孤身。三通难了偏安恨，一别常怀大陆亲。梦断青山盼青鸟，望穿秋水托红鳞。临风欲问无情水，欲隔炎黄几代人。眺海追儿梦，还乡慰母恩。山海不洗古今憾，天地能知慈母心。

金瓶宝塔，慈母化身。千年古迹，益久弥新。朝晖暮晕，血脉情深。远方游子，故里省亲。炎黄子孙，祭祖寻根。

毛公颂

逢领袖诞辰，怀三瓣心香，蟠龙诗社颂舵手；百二七周年，忆九秩征程，捧一杯醇酒，辽东半岛祭毛公。

韶山冲里唱大风，湘水岸边忆泽东。湘江评论，激扬文字，书生意气挥斥方遒；岳麓山亭，指点江山，才子风采响彻晴空。教化者风范，洞庭百里多情水，犹仰其精神，泰岱千年万仞峰。

南湖一水泽苍生，大地回春，到处莺歌燕舞；北斗七星辉碧宇，神州焕彩，人人扬眉立功。井冈山岭，毛因朱得神，随收一脉清香，诗赋风华尽展露；罗霄风光，朱亦毛知己，正遇九霄明月，腰间钢枪为工农。

瑞金建业，景雅谋新图大步，紫气频来，帷幄煮酒汇英雄。万里长征，爬雪山，过草地；千山漫步，迎赤日，送霞红。遵义会议，群龙得首，四渡赤水，二进山城。乌江遇险，索桥流弹，全民抗战，驱倭炮隆。

十月陕甘，会宁飒飒，寒霜惊劲旅；九冬北国，延安漫道，飞雪冷弯弓。转战陕北，引我避胡时时向好；挺进中原，令君驱蒋步步顺风。西柏坡，迎朝阳绿树红花，斗峰岳色千秋画，进北平，接紫气星空朗月雷马涛声万古松。

旗灿天安，定都京北，庆典树威风，振臂宣言惊世界；追奔敌寇，净扫狼烟，殊勋留史册，肇基旷古奠寰中。

武纬文经钦妙手，求同存异仰师宗。一统山河凭主宰，三千世界任西东。倡导和平趋友好，标新经济更繁荣。

壮志凌云，菊香书屋，正气盈怀，情倾九域；豪情贯日，洁抱玉壶，清风百载，润泽无穷。

拜谒姿容，九州俊杰皆为凤；仰瞻仪态，十亿儿孙尽属龙。伟大旗帜，人民领袖，染血映彤云，猎猎唤工农，万面锤镰宣壮史；凝辉扬赤县，昭昭齐日月，一腔肝胆荐苍穹。

不忘初心，敢在长江筑坝，大洋深潜，珠海修桥，屡创人间奇迹；牢记使命，能遣神舟飞天，天眼远观，嫦娥往返，勇攀世界高峰。

烽火台

狼烟曾报边警，古台时观斗搏。酿剑胆，起云鹏。披甲操戈，浴血捐躯。战鼓擂，号角鸣，旗猎猎，风萧萧。伏尸千里，血流成河，哀鸿遍野，山河破碎。往昔兄弟互残，生灵涂炭。今朝子孙和睦，盛世太平。

高台排云，歌颂英烈事迹。残烟散去，犹记刀光剑影。弦调高山流水，英烈魂在，亭伴春花秋月，战骑无声。而今东沐朝阳，西沐夕阳，缕缕和光，长照古今千秋史。才吟旧岁，又吟新岁，声声雅韵，乐歌乐土万家春。

凭栏远眺，一张图景收眼底，岭上苍松，滩边渔翁，两岸楼阁，纵横路网，娘娘庙宇，毁哉兴哉。世事沧桑，时非貌易情难尽。信步登台，万句诗歌涌心头。大桥锁渡，山顶塔雄。圣水环城红旗高挂，青年才俊济也壮也，山乡美景，日新月异韵更多。

人生如梦，情醉意痴，何必争强斗胜贪财变节，受惩罚，罪责于世。只有两袖清风，才会心旷神怡享受百年人尤健。

斗转如梭，昼明夜暗，切记争分夺秒，刺股成才，立壮志建功于民，君焉三思深省，练就仁德正直，英名四海则闻。

赤山赋

五峰向阳，古寺眺海。半岛名胜赤山，这边景色多娇。峰峦伟岸，云烟氤氲。峭岩嵯峨，怪石嶙峋。翠盖鸣涛，丹鹤梳翎。花间粉蝶，柳内黄莺。钟磬激荡梦想，巅连歌舞升平。依栏题柱放歌，跨海何时缚鲸。

慧眼匠心独辟，环山数处奇观，重振雄风怡游客。古寺白云几朵，入目满岭青松，莲开万福佑幽燕。林泉留客，寺院话僧。儒传一贯，释悟三乘。水面游鱼冲散浮萍千点绿，岗岭过客踏开芳草一痕青。

赤山乃千古佳人，我原本盖邑儿男。赤山名胜，遍布群峦。水流分燕尾，山秀拥螺鬟。吾峰挺技，剑气直冲霄汉。龙潭古寺，僧诵佛经万言。高丽山城，古抄质朴壮观。舍利塔群，林立肃穆庄严。金蟾出水，黄雀观天。大圣拜母，豹隐南山。天桥曲径通幽，云雾花树鸣蝉。岩洞深邃莫测，凉亭凌空飞檐。千点蔷薇香露，几缕杨柳残烟。鸟韵娇滴，碧水倒悬。漫步仙境，追梦桃源。

晚照披红，恰逢秋至枫旱，赤山耸翠，不妨云起龙腾。龙腾盛世民欢庆，人遇小康寿绵长。痴情永驻，我醉赤山不醒。筑梦中华，九霄荡有天风。盖州腾飞，万里锦绣前程。

巨鲸跃池，翻几重惊骇浪，蛟龙出海，上九天可摘星。赤县今朝，蓬勃旭日东升。

断崖瀑布晴天雨，一线路入青冥云。欲识蓬莱今便是，赤山朗照锦乾坤。佛门常会龙门客，禅林时集翰林人。南北高峰天外笔，东西水流谷中琴。骚客放歌吟作赋，书生长啸唤春归。古寺扬辉因日驻，赤山溢彩待霞飞。

纳兰书院《秋游蒲石河森林公园》雅集

蒲石河赋

钟情是十里枫叶，车去轮回，比兴如温滕王阁序；览物恰重阳时节，天高云淡，蒲石河醉，满山叶红。神州赏枫独有我，东北避暑绝无他。巡五岳，望三台，绿橙是收，红叶为媒。不远万里，唯醉一谷。寒深枫树紫，醉重玉山颓。廂成劳咄哞，诗就作敲推。

照耀八荒，赫赫丽天秋月，惊呆百里，绵绵蒲石河谷。群山排翠绿，一水带青螺。小小竹排湖中荡，个个雅士竞放歌。谷壑九曲，七角红枫更鲜艳，旅途十里，四轮景区无停顿。嘉木成林赏百客，红枫立谷领千红。

世外桃源佳翰墨，云中瀑布醉客宾。是千古赏枫地，问何物传情？宫阙御沟一叶曲；曾几吟摩诘诗，记当时沐雨，七杯酒醉三叠春。今生曾有闲，寻一叶红枫，好消磨春雨秋云，夏风冬雪；此处何妨小隐，起三更玉笛，相呼应寒山月影，古塔钟声。

蒲石河枫，乃千古佳人，得小溪一水，静以相偎，共伴瀑布待知己；纳兰诗苑是九州旅客，看远近诸峰，呼之欲出，欲携云外隐仙踪。两岸夕阳松柏绿，一溪泉水枫叶红。松高万仞湖边耸，瀑布流珠映彩虹。

三清山赋

烟腾三层，路上九盘。举手摩日，回眸观蟾。枕上之客，瑶池梦境。三请道观，一步登天。世界珍品，人类瑰宝。清绝尘嚣，结庐炼丹。玄秘隐奥，道境昭然。我辈到此，已是神仙。

缆车云中，一步登天，走上人间，三清道观。三清地理位置优越，深藏深山老林，渺无人烟。南接闽粤，北望苏皖。西迎荆楚，东达苏杭。近五夷，接黄山。交通便利四八达。风秀丽，香露残烟。松石画廊，云雾家乡。石雕古建，虬松杜鹃。神光蜃景，阳光海岸。司春女神，巨蟒出山。观音赏曲，侠客舞剑。八仙过海，三请聚仙。玉京驻地，玉华摩天。蓬莱叠翠，方丈丹崖。瑶台葱郁，玉帘雀喧。冰峪玉飞，瀑布长流。洒脱飘逸，天籁管弦。猴王献宝，老子看经。妈祖导航，闪烁祥光。氤氲缥缈，天成浑然。避世文帝，饮露餐霞无俗态；倾城女神，凝脂打扮出娇艳。三清比神女，一弯如新月。白云生处三清观，天路空悬十八盘。雾海翻腾千顷浪，凡人已到九重天。文帝藏身到此地，圣人到处景昭然。无双天下真仙境，公路环山通宇寰。

三清山，聚云浪汹涌，秀不可状；九重霄，顶绝无复过，此及岭端。二三星斗胸前落，十万峰峦脚底山。束云归眸里，裁梦在人寰。

普救寺赋

胜迹千秋冠普救，风流千载话西厢。莺塔千年曾有梦，张生弹曲凤求凰。千年风雨历沧桑，塔接星河放彩光。红娘那边传柬信，莺莺这边听宫商。五更幽会惊破胆，一杏偷渡叙衷肠。院落梨花开朗月，情人蜜语话西厢。流传千古爱情，脍炙人口传说。普救寺里，舍利塔下，佛宗净地，梨花院落，犹唱西厢故事，觅寻三晋风流。反对封建礼教，争取婚姻自由。愿天下有情人终成眷属，望世间真爱者永结同心。

朝中宰相贤，天下庶民富。万里河清，五谷成熟。户户安居，处处乐土。凤凰来仪，麒麟屡出。门迎驷马车，户列八淑图。龙凤呈祥，畅饮屠苏。

昔年待月西厢，琴挑诗逗芳心动，今日回音东壁，谷应蛙鸣妙趣生。心存善念，爱有回声。疏帘卷雨，曲廊闻莺。

张生煮海，崔氏怀春，梨花开处圆好梦；世事如烟，人情似戏，禅参古寺远红尘。高标跨穹窿，百尺危楼独雄秀，钟声震寰宇，万念俱空悟世人。

白马将军义薄云，书竹笔阵卷千军。中条山色黄河水，长与莺娘驻好春。千古曲径峭风寒，远近莺塔画中看。清馨一声尘梦觉，长空云敛日如盘。桑田沧海换人间，妇女翻身展笑颜。恋爱自由今做主，红娘失业阁中闲。回首普救，流连忘返。

雨花台赋

烈士群雕擎日月，苍杉翠柏锁风雷。一朵白花一颗心，十亿人民十亿碑。心存报国，梦在复兴，一死留民族正气，生志为民，殁尤仗义，千秋钦中华完人。七尺微躯酬社稷，一腔热血溅雨花。肝胆映山河，魂魄照中华。

国破家亡，千古英雄千古恨，身歼名存，万年史记万年春。革命不怕死，怕死不革命，碧血洒神州，革命精神留世界；共产不避难，避难不共产，共产实现扭乾坤。雨花台下埋忠骨，群雕像前吊亡魂。

英雄志向实伟大，勇士流血最光荣。降志图存，岂让汉奸轻借口，盖棺论定，只须殉国便成仁。一哭同志，再哭同志，同志今已矣，留却黎元难承受；生为民主，死为民主，民主念如何。得到解放方甘心。尽忠于民族国家，努力求团结进步，磊落奇才，世如君有几。坚持到敌后抗战，英勇至杀身成仁，感怀将略，数年知己情深。勒马黄河悲壮士，血溅长江，允有大名光宇宙；挥戈淮海哭将军，魂招太岳，愧无巨笔志功勋！光华万里，名贯九州，革命烈士，永垂不朽。

我辈犹生，变悲哀为力量，公等不死，继传统有人民。牢记使命，不忘初心！阔步新时代，紧跟习主席！

长城赋

龙脊蜿蜒，峰峦巍峨。黄河频牵龙道走，虬尾长伴锦霞飞。抱山水入襟怀，继七雄追风归。踞三北之要冲，叠砖垒青石，岂肯羌胡过紫塞；贲一脉之热血，揾英雄冷泪，遥祭魂灵雪霏霏。青山历历，一时龙象慰雄心，添壮士军威。岁月悠悠，几朝民工血肉成。披落日余晖，观海听涛，撷晚霞余晖。眷红顾绿，房林叠嶂，翻江倒海荡银龟。

雄关揽月，春风酬志，天下奇观，人间胜迹。绵延万里，穿云入海。七国雄风，千秋伟绩。铁壁金汤，护卫九州江山；国防要隘，宇寰瞩目着迷。

二千年荣辱起伏，默当中流砥柱，怒对列强炮舰，地处北疆，心系社稷安危，精卫无言坚护尧天禹甸；一次次朝代更迭，笑看宏图伟业，诚招四海宾朋。善为东道，鲲鹏有志，不愧炎黄后裔。忆秦皇，浮想联翩。上溯千年，听频频号角，兵勇帅奇，战鼓如雷。沙场迷空战事急。秦王扫六合，又统一文字，度衡货币；古塔耸云霄，碑文铭胜迹。重温战国辉煌史，人杰地舒锦卷；登长城，气壮山河，纵横万里，看茫茫草原，如砥大地，羊群如雪。麦穗漫野芳香溢；叠翠松涛骚客迷。泰岳腾紫气，京华展红旗。放眼赤县浩荡山川，筑梦中华只争朝夕。修月斧，上天梯。华夏空间站，宇宙荡红旗。

君山赋

洞庭湖水荡君山，雾绕湘妃陵墓烟。江水彩墨千秋画，波涛天籁万古弦。嫔妃有真情，江山日暖追踵迹。斑竹传雅韵，陵园月冷美人魂。风尘仆仆缅二妃，不渝忠贞千古魂。浩荡清风催岛树，斑竹泪沐碧螺春。

天下无双地，江南第一仙山。红霞彩锦百重衣，妃子乘风逐舜堤，浪涌洞庭堆白雪，殉江皇后岛山栖。斑竹满岭千滴泪，陵墓百年万卷诗。江岛菜花香百亩，碧螺春茶并传奇。

山岛烟霞生底，洞庭水拍墓穴前。耳闻万顷波涛静，目睹君山陵寝寒。水蕴千年蒸气象，花开二朵艳江南。山色晴朗映孤岛，湖光金辉映茶田。立定脚跟，闲看惊涛骇浪。涌来潮水，又漫君山半岛。葱郁茶树，盈香碧螺春山。

从情始，以情终，字字情，滴滴泪，仰千年陵墓忠贞不渝；慕情来，惜情深，叶叶情，脉脉情，传一段斑竹佳话爱有回声。

岳阳楼伟，湖波荡漾汹涌，君山茶碧，馥郁葱茏香甜。君山仙境，美轮美奂。娥皇女英，舜帝二妃。千古流芳，有口皆碑。洞庭湖水连天外，仙岛君山自悠然。白浪漫山，绿茶满园。翠竹夹驿道，岚气笼陵园。气象须文字，皇妃大雅篇。

回眸洞庭，水天一色岳阳楼阁；诗赋君山，拙笔难描仙岛气象；凭吊陵园，斑竹有泪百世流觞。

长江赋

江水自天来，滚滚洪流，峭壁拔地起，巍巍两岸万里，长江天堑险，一轮明月挂千秋。烟景入疏帘，图画带韵，波光萦三峡，水木余清，滩浪高抛，势若三军应战，水流湍急，声如万马奔腾。行至水穷处，坐看云起时。雾锁山头山锁雾，天连水浒水连天。风声水声，钟鼓声声声入妙，月色山色，烟霞色色色皆空。

鲤去岩空，江水长流，问是何年，鱼从江中跃，争先攀绝顶；鲲腾城在，沧桑变幻，哪知此地，鹏从天外来，及早赴前程。

千百年来，素昧破天荒，出川黔越湘鄂，迢迢吴越，问谁把秋色平分，看雄关百扇，雉堞千寻，燕厦两行，石佛数仞，外可联丝绸路，内又通南北城，画栋与雕梁，齐耀于铁马金戈以后，抚今追昔，饮水思源，莫辜负伟大时代，国富民强，四海康宁。

数万里文明培地脉，经半壁贯南国，奕奕神州，知自古名声响亮，想广州开放，高城南矗，南水北调，高铁西来，淘不尽耳畔江涛，削不尽眼前翠岭，群山兼众壑，都奔赴风檐寸晷之中，叠峰层峦，惊涛骇浪，无非为尔诸生笔展气象，推波助澜。

　　春在长江上，舫游画图中，晚霞如火照，春鼓如雷隆。

抗美援朝放歌

　　军谓志愿壮志酬，抗美援朝动九州。
　　丰功伟绩诗笺咏，战斗东邻史册留。
　　县郡楼台秦汉阙，长城旧址宋唐秋。
　　曾经异土国图绘，而后分独疆域修。
　　高挂云帆丝路远，横穿货艇塔灯柔。
　　恬神养眼无旁骛，撒网耕潮何所忧。
　　美帝出兵鸭绿水，兵荒马乱打鱼舟。
　　保家卫国行大道，万马千军争上游。
　　浴血捐躯上甘岭，满天烟火染霞绸。
　　战机掷弹山岭秃，漫野遍山战又投。
　　争艳燃焰妆山岭，坑壕火海士心愁。
　　三军岩洞可躲避，昼伏夜战苦探求。
　　着意虽难顷刻胜，随心却让敌低头。
　　滔滔雪涌强盗净，熠熠霞飞归影遒。
　　八面春风扶酒醉，四时风雨酿清幽。
　　今朝华夏小康梦，警惕列强使恶谋。
　　结怨压制曾几度，限扣五G更何由。

黑心蛇虎非成理，台独分子自作仇。

美帝张胆战机扰，岛链封锁几时休。

罡风猎猎国威振，热血汤汤利剑抽。

众志成城逢盛世，小康生活上层楼。

文宣日永幽怀寄，航母巡疆越春秋。

破雾银鹰横雁阵，倚天二炮试吴钩。

红旗指处乌云散，巨舸劈涛恶浪收。

冀请长缨坚紫塞，拟插鹏翼护金瓯。

白沙湾赋一

世人瞩目，半岛黄金海岸，辽东明珠，营口市白沙湾。漫步石堤，波光涟漪。海燕迎红日，船旗飘碧涛。风摇发电塔，云荡古钱雕。八仙漂洋留踪迹，一景今朝何处邀？

走进海滨浴场，明镜波浪滔滔。沙鸥起舞，云霞缥缈。银浪激昂，汽艇驰骋。百侣腾鳌，群贤跃蛟。惠风和畅，心旷神怡。谈古论今，各领风骚。浮起联翩，遐想无限。

携百侣重游，旧貌新颜赛玉环。仰面观云飘海浪，人自悠闲，云自悠闲。龙抓口来潮，咆哮奔腾白浪天。寄语五湖四海客，愁也来观，乐也来观。至若傍晚时分，绚丽可观。红日坠沧海，沙鸥翔碧霄，江山如画里，心驾浪天潮。

盛夏晨曦初升，微风习习，游客三五成群，漫步沙滩，沙细滩平，拾捡五色六颜的贝壳，小巧玲珑，小鹅卵石，晶莹剔透，赏心悦目。中午烈日当头对对情侣鸳鸯戏水，十分惬意，终身难以忘却。游泳健儿，龙腾虎跃，往来如梭，动敏如鳅。白虾嬉戏，文思畅怀。沧海群游乐趣生，日行万里赛鲲鹏。扳弓力在一伸屈，跃过龙门鱼蟹惊。

青鱼飞腾，遐想顿生，北冥有鱼，其名为鲲。鲲长千里，乘雾化鹏，鹏翼展翅，扶摇九万里矣。

我邀诸友，再来要观海市蜃楼，再来逍遥游，骑鲲化鹏，一举冲天，一鸣惊人。

白沙湾赋二

半岛明珠白沙湾，山清水秀赛江南。是河海之魅？是风景之奇？梦绕魂牵，昼思夜盼。爱沙细岸绵，爱波平浪静。爱灯火渔船，爱美丽传说。爱游艇驰骋，爱白浪滔天。白沙湾黄金海岸，名列中华之最矣。波滟滟，浪滔滔。盈渚芦笛风，满眸筑梦景。门推西泊千帆影，窗映南山万首歌。橹摇银浪，渔歌唱晚。帆挽白云，明月吟诗。鸥翻白浪花千片，雁点兰蓝天联两行。海浪拨弦，邀公主放歌，海诵诗花波叠韵，山峰仿笔为营着彩，山描黛色水调兰蓝。俯仰兴怀，道法自然。茂树繁花，亭幽榭美。劝万里嘉宾，千里逢迎。来沐水观山，胸罗天地。丢去烦恼来做客，得失无谓使是仙。

海城一日游赋

壬寅荷月，外联中心，纳兰诗院，一行十四，吟朋诗友，风尘仆仆，厝石山顶，瞻仰诗墙。筑梦厝石山，今书海城风景，诗词抒壮志，且用雅士彩笔绘家乡。笔靓诗乡能醉客，人瞻诗壁喜流觞。厝石唯美是诗词，墙壁有字俱明珠，我到海城心佩服。楼阁魁星留靓影，沾才气，镁都才子，群鸽厝石乐填词。

游澄湖碧水，赏波光涟漪，逢吟朋云卷云舒，君乃好雨亲属。感海城热情，愿友谊长久。漫步柳荫党澄湖，心旷神怡饱眼福。

盛世滋才俊，观厝石诗墙，聆杜宇成词，笔酿珠玑垂史册；开怀魁星楼，展营川为纸，化辽河为墨，歌新时代筑丰碑。

群游厝石乐填词，漫步柳荫赏澄湖。

荷花赋

丙申初夏，余偕友漫步北海公园。闲坐荷花池畔，万顷荷花，无穷叶碧。幽雅凉爽，一泓绿水，满眸荷红。水撩人寻旧梦，池花对影忆青春。红裳翠盖宛若佳人，亭亭玉立在水一方。玉姿长濯清涟出，芳蕾不沾污垢尘。以水为家，此翼湖亭一幅画，替谁裁秀，回眸小榭几行诗。寒波影碎半轮月，碧玉秆摇两三枝。

香花十里，风情万种。神韵满池，诗意千重。映日红花浮香绕岸游人醉，晨曦绿叶圆影覆池碧水娇。出水芙蓉，入泥藕节。宁抛一世浮名，而要万代流芳。

吾谓荷之质，金玉不足喻其贵；荷之性，冰雪不足喻其洁；荷之洁，星阴足喻其精；荷之貌，彩虹不足喻其色。余钦慕其靓丽，咸仰其惠德，佩服其懿行。城乡如画，港桥更美，自江来渠道逶迤，涓涓百里，水都被田畦分取，油菜开花，稻谷泛金，梨花飞雪，游客神怡，湿地着迷。漫步在红海滩里，地铺红霞，我流连忘返。鲈鱼吹浪，虾衔蚌，鹤舞衣，辽江流水碧。蛙声十里，龙飞鱼跃，河清海晏，一派生机勃勃景象。

霞红雨霁，彩练当空。半岛日华，彩凤羽毛新灿烂，辽江浪暖，蛟龙斗角独峥嵘。浮云塞外雁声浓，目睹辽河起巨龙。苍骥嘶风心未老，后生赋曲志凌峰。激扬文字挥篆笔，指点江山响铁钟。青虫日盼早成蝶，追梦今朝见彩虹。

清香直播千里外，亭亭仰视五云中。身影日月光辉里，美夺文章造化功。余以荷花为榜样，当公仆须将私心摒弃，为人民要把宗旨践行。公仆前程铺锦绣，人民心底摆天平。

辽河赋

辽河万里，峰回路转，浪涛滚滚自河北，又归渤海去。你阅千年典籍，斗转星移，悠悠青史世间作，还待世人评说。东盛京，西燕京，行地喜安澜，历数胜游，川流不息经半岛，左白山，右燕山，极天搅峭壁，中分两界，别开一线走吉辽。

风迷关外，骇浪滔天，百里溪泉，鸣九曲佳音；云绕山海，长杉挂月，一行过雁壮银筝，心倾关东，化凌涌冰，泽田润物，宿志成名。孕育了远古的鱼，绽开了最早的花，放飞了第一只鸟，雕塑了圣洁的女神，礼拜了最大玉佛，感动了望儿慈母，石堆了图腾龙……

山色五岭雄，携铁板铜琶，唱大江东去，河声千里壮，伴云车风马，歌丰衣足食。山光地就云中落，屋舍俨然，图画天成，水浮世外桃源。八百里形胜参差，辽水吞明月，万千层波澜汹涌，长城锁乱山。

城乡如画，港桥更美，自江来渠道逶迤，涓涓百里，水都被田畦分取，油菜开花，稻谷泛金，梨花飞雪，游客神怡，湿地着迷。漫步在红海滩里，地铺红霞，我流连忘返。鲈鱼吹浪，虾衔蚌，鹤舞衣，辽江流水碧。蛙声十里，龙飞鱼跃，河清海晏，一派生机勃勃景象。

霞红雨霁，彩练当空。半岛日华，彩凤羽毛新灿烂，辽江浪暖，蛟龙斗角独峥嵘。浮云塞外雁声浓，目睹辽河起巨龙。苍骥嘶风心未老，后生赋曲志凌峰。激扬文字挥篆笔，指点江山响铁钟。青虫日盼早成蝶，追梦今朝见彩虹。

孙中山颂

民主晨曦，一缕霞光亮世界。自由号角，九重音响震天宫。首义广东，屡挫屡坚，民心救国乾坤秀。后攻武汉，联俄联共，天下为公日月彤。运春秋笔，在武汉写檄文，三民主义露锋芒，猛抨封建施博爱。敲社稷钟，于辛亥擎军帜，九域狂飙征腐恶，力挺共和求大同。先生不恋大官，人称国父无双制。百族推翻帝制，你创共和第一功。舍医人而医世，哪堪国脉衰微，国土沉沦，国殇痛彻，迭历西欧蒙难，北美集资，东瀛誓盟，南洋坐镇，碧血沃黄花，首义唤人民，摧毁千年帝制，倡联共联俄，致力民权维护，民生改善，民族复兴，不辞讨逆东征，抱疴北上，述志西行，饮恨南归，大纲凭巨擘，遗言期后继，拓启九域鹏程。为民族崛起奠基柱石，看革命潮流，倒海翻江生遗嘱，革命未成须努力，黎庶齐心，团结奋斗追梦想。同盟熙天光百岁，天下为公动宇寰，九州革命先行者，一代伟人孙逸仙。

红旗山赋一

红旗巍巍矗城间，淤泥潺潺去远山。断续听啼鸟，飘摇惜落花。红旗山上云遮月，江塔寺前柳笼沙。寺前松柏不争色，风里兰馨人家。石径萦回山岭，水光翻动天涯。青山傍屋，盈门绿树，泉石可人，友我烟霞。

高阁初喜成，看江塔寺头，新添圣迹。春风如旧识，邀诗朋酒侣，再话镁都。醉烟霞俯仰城区，置身难免瑶池想。因错落勾连灵感，幻梦醒把桃源呼。琴调轻弹，杨柳月影潜去听。红旗高挂，停车还有客来无。花肥春雨间，竹瘦暖风疏。电脑网络声相应，深居陋室影不孤。

官马山赋

蝙蝠展翅，官马漫步。唐王东征凯旋归，骏马晾甲万里春。

今日盛景，且欣是百代耕耘，英杰灌溉，东君更送锦绣貌；实现中国梦，遥观中央摆舵，合势起航，桥市得汲大海魂。

拂改革春风，神州山水秀，沐和谐甘雨，大地气象新。

览胜官马山巅，看云霞雕色，石峦凝秀，柳树笼烟，鱼鸟传情，镁都锦绣一园翠；骋怀抒我壮慨，凭笔墨生花，纸砚流馨，书画焕彩，琴棋助乐，镁都挥毫百客来。

美景壮观瞻，最难忘是崖口杜鹃，轿顶烟云，金牛望月，三霄迷镇，游踪历历，犹是虹飞渡蚁，日耀中华，梦境悠悠，岂非钟彻东林禅寺，关隘青石，一百里画卷宏开，富丽山川增气概；激情催奋发，莫虚负崭新时代，建党百年，楼灿魁星，城标现代，史迹昭昭，当惊鸿过辽水，龙腾桥市，镁业赫赫，更喜诗呈异彩，墨绽奇香，五千年文明竞续，古今人物天下闻。

关兴元赋

情系诗社，心痴曲赋，元翁领航，众手划桨，鸡年金谷启芳园，富贵吉祥观杜鹃。六中全会倡文化，万千才子谱新篇。

钟鼓牌楼琴韵古，辰州诗社格律严。高怀致远，诗坛绽放炎黄韵；大堆流金，对苑辉映艳阳天。

鹊唱青石岭，鹰扬大清河。笔锋挥洒自如，诗词浪漫绝唱。春风酒一壶，情钟赤山景，壮怀诗千首，兴致家乡情。

弘扬国粹，诗词联赋共争春，擎起大纛。盖邑诗社步青云。

半榻诗书宜追梦，一群挚友早成名。三箭三人唐将勇，一琴一鹤赵公清。读君诗句，鬼神皆惊；听尔琴声，知音共鸣。

孙临清赋

临风起兮，云飞扬，挥毫泼墨兮，筑梦想。清浪荡兮，折桂蟾宫兮，誉满乡。双璧辰州，两家营口，执牛耳兮，旧体诗词歌盛世。共掌舵兮，盖州季刊颂小康。

磨剑四十兮，撰诗词曲赋；讲台三尺兮，育桃李芬芳。高山仰止，景行行止，诗写丹枫兮，韩女幽怀流御水，墨染长白兮，孙公乔木蠱山乡。

诗歌彩绘丝绸路，艺海扬帆好梦圆。不忘初心，谁驾飞船？君临天下兮，抢车夺炮手；冰清玉洁兮，名列前茅郎。

汤和伟赋

蒹葭苍苍，白露为霜，所谓伊人，在水一方。言和眸秀，暖人心田。先生之学，仁至义尽。

和风舞练，山高水长。伟绩著丰，为纛帜手。栽培桃李，绽放四海。撰写典籍畅销三江。八秩欢腾歌寿诞，万千祝福诉衷肠。寄情诗书写天趣，献身赋教满山乡。

当官，两袖清风，鞠躬尽瘁；著典，一腔热血，皓月盈窗。慧眼识珠胜过伯乐，礼贤下士堪比平原。鹰扬黛峪，创惊人伟绩；豹隐城隅，观待客和颜。著述颇丰，出版历代诗词点评，才学尤富，荣膺中华函授导师。

才吞半岛，梦筑神州，清河鲤跃，诗坛元老，创刊绩伟；诗冠三江，筹添海屋，黛峪鹰扬，盖邑主编，社旺人和。

王峰赋

王师顾曲，响彻九州，唤醒吟朋国粹梦；锋布德泽，慧于半岛，促成师友创新情。新曲婉转，四海老翁弄晚笛，盛世放歌，四方乡梓祝高龄。

是辽南一颗明星，称辽东半岛雅士。开新曲百年先河，不愧盖邑元老，堪为旧体友朋。

拜师丁芒，老年愈坚暮岁弥壮更芳；出版顾曲辽海奔走，北京奔走，八十年奏凤鸾清声，王者之风。为半岛振兴，京师问鼎，锋刃一流。率团队击棹辽水腾鲸。德尤可佩，绩尤可歌，学亦逢时，著也逢时，顾曲光照璧，王诗比天墀。

九寨中学赋

绿杨翠柳绕围墙，碧瓦青舍矗山乡。史厚根深，教泽飞扬千载韵；德馨才伟，校风领秀半岛香。

教师似蜡烛，无声润物，频催化雨育桃李，学府开新圃，有志传薪，常似园丁育栋梁。

志在南溟，记梦蝶所迷，观鱼所悟，春荣雪帽，会芝兰之苑，大手之彩。

丹守赤，石守坚，守真为上品；志持恒，德持厚，持节是才。雪满程门高士卧，月明林下骚人来。百载历沧桑，文光耀市县，立志高远，潜心从教长河润；一流驰盛誉，范帜扬辰州，以德树人，竭志育才伟业开。

观音山赋

观音大士坐东莞，日丽中天通上界，仙境广东照佛光，风回浪涛引慈航。烟波浩渺摇碧空，草木葱茏倚朝阳。渔船椰林归眼底，南海云气荡胸间。金浆从瓶中泛出，玉液吸海水酝酿。观去本皆空，看山前花放水流，音从何起，听门外渔歌樵唱，问大士缘何倒坐？恨世人不肯回头。高深莫测，广大无疆。

观音大士坐青山，顶蓝天，面大海。俯瞰萦回曲径，似笑尘海众生，浮沉难了；下界俗人临圣境，沐阳光，沐法雨，仰视云中叠秀，应息纷纷杂想，虔诚上香。座上莲台，占断广东八方景，瓶中柳枝，带来海上四时安。乾坤大，日月长，中华梦，奔小康，暮鼓醒痴梦，香云普吉祥。观音大士，功德无量。

朱德颂

名垂千古万众爱，功在神州百姓尊。革命先驱，倒帝制，入同盟，讨袁氏，护国军，武略文韬，铁骨铮铮，挥枪炮除妖，救国拯民，破黑暗乾坤，伟绩流芳誉满，胸襟博大惊天地；八一起义，举红旗，兴共产，井冈山，朱毛会，俊才睿智，丹心耿耿，播火花昭世，改朝换代，拓光明日月，丰功卓著名扬，气宇轩昂泣鬼神。

当江山抱恙时，冲冠而起，打破皇权壁垒，驰骋神州，有几多剑胆琴心，英雄儿女；于沧海横行处，约法乃成，筑牢民主基石，襟怀世界，方领略青天月朗，清风白云。

寻真理，觅良方，锤子镰刀，集合仁人志士，洒血捐躯，换取黎民幸福；绘蓝图，奔富路，社会主义，凝成澍雨春风。齐心协力，灌溉华夏文明。赤胆丹心，统帅三军，长城永固；德仁正义，胸怀百姓，祖国安宁。明月三杯邀曲客，狂飙一曲奏桐君。

举义旗，铸军魂，开国首帅；决宏计，集民志，创业元勋。

潘玉琢赋

玉珠光照庭，琢璧价连城。人间寿者相，天上老人星。豪情满怀，壮志凌云。

率领潜艇一舰卒，高悬宝剑七星文。南海平蛮歼夷寇，西沙卫疆俘敌人。花艳北疆，舍身忘忧忧何事？枪战南国，挥戈含笑笑败军。

天涯海角金吐气，营口镁都玉生根。市府公务忙白昼，龙山漫步渡黄昏。战友御龙逢旧故，老夫刮目敬战英。楼下书房字画异，心中诗文赛众卿。

夏日轿顶采风

时维六月，序属头伏。蔺氏校长，会长素馥。张兄晓东，曲径通幽。竹林居士，许女师傅。山海老朽，登高作赋。

一中卢师，为文熟路。镁都轿顶名天下，桥市吕王誉营川。改革摆脱命运，开放变幻沧桑。辽南旅游胜地，东北山珍摇篮。奋发之身初成于此，张弛之道，尽出其中。农村第一党支部，土地革命树大旗。是清河之魅，是轿顶之奇，因何依恋此岭，竞梦绕魂牵这山这水；爱石幽其幽，爱草房其古，让我长居山村，伴松涛灯影，一世一生。

看满目茂林繁花，俯仰兴怀，渐次悟风摧雨润，道法自然，枯荣有序生机畅；劝万里嘉宾胜侣，安家落户，不若来观水览山，胸罗天地，得失无为元气真；赋由心出，叹多年诗词曲赋，犹注忧思成别调；与时俱进，问笔墨画印，几将婉转解其人。

制鹞抒怀，同心促梦，东风创业，比翼凌云。身披景云，朝天长啸，遣清风祈福，步趋霓彩，对月放歌，唤玉蟾护民。

山海

　　青山不墨千秋画，大海无弦万古诗。海纳百川，壁立千仞。地辟海门，潮汐皆归容载：天生砥柱，江山好自撑峙。千尺青山，妙句抑扬诵朗月；一泓大海，日星吞吐望天墀。山川寄迹，天地为庐。清辉千里，吉祥万家。临水居然可月，插天直许栖霞。高山仰止，大海无涯。拔地戏月，滔天叩宫。天水相涵，单舸撑来明镜里；云山掩映，群鸥飞入画图中。如此江山，对海碧天青，万里烟云归咫尺；莫辞樽酒，值岱岳寒山，一楼风雨话平生。隐居以坤求，行义以达，临事而思，好谋而成。亭上雄文凿青石，槛前修竹忆南屏。老柳影婆娑，记集中诗句清新，带雨烟波曾送客；沙湾光潋滟，看岸上楼台点缀，至今风月尚含情。

北魁酒业赋

　　北方骄子，嘉木力撑辽疆兴伟业；魁首酒业，南果香飘半岛起宏图。金牌夺魁金镶玉，镁都佳酿壮市威。创新活力蓄，酒香闻北魁。声名天下鼓，琼浆放光辉。举杯邀月饮，骑马踏花归。诗万首，酒千觞，古有杜康，今有北魁。北魁美酒郁金香，玉碗盛来琥珀光。南果仙人种南果，又挑南果酿酒香。北啸一声，山鸣毛应。魁首回望，海阔天空。百花齐放，北魁争荣。南果飘香，佳酿映红。伟业千秋人奋志，征途万里马嘶风。

唐王河赋

翠染柳丝，红缀芳枝，河水滔天，争向烟波开胜景；鱼翔浅底，鸟鸣杨絮，波涛流碧，长遗风雅醉群贤。唐王东征日，望浩渺烟波，心共石桥通远路；圣公众客寻，追风白袍将，银枪救驾补苍天。

望月追风，十里银涛流古韵，扬波破浪，千年圣水撼人寰。一代帝王，惠泽天下称明主，万民福地，娱乐柳堤是天堂。千秋岁月稠，刀光剑影，梦里常闻军马奔，盛世山河壮，国泰民康，今居每览紫微亮。霞蔚云蒸龙虎气，鹤产琴韵山河巅。十里水波如画，鱼跃蛙鸣成往事，双眸蒹葭开似茶，稻肥果硕甜如蜜。七彩石桥通胜境，一泓春水锁青龙。绿水青山春色秀，低碳天空初日红。

故人醉卧柳荫下，雅士高歌青帐中。鸡鸣犬吠，农村还是桃源样，厦矗楼林，乡镇已经现代风。绘水描山谋远景，兴云布雨架长虹。国施善政，天祥地瑞，民得甘泉，人寿年丰。政助商资免两税，国兴稼穑惠三农。信步以游，一派虚名抛脑后，登台而望，无边福景揽怀中。

颂炎帝文

阵列八方，炮响三声。参朝神农，拜谒炎陵。

人文伊始，中华万代繁荣；史册初开，赤县千秋昌盛。

华夏悠悠文明史，烈山脚下始方兴，绿树衬英姿，红日照鹏程。始作耒耜，教民耕田，遍尝百草，发明药茶，双重玉环，九转金丹。

治麻为布，制作衣裳。日中为市，首创交易。削桐为琴，练丝为弦。弦木为弧，削木为矢，作陶为器，冶制斤斧。

制定历法，不违农时。兴修水利，九井灌溉。以水养稻，栽桑养蚕。缫丝织缎，生活改善，台榭而居，角楼高建。日出而作，日入而安。编钟惊天下，丰功盖世间。

经济腾飞，朝拜始祖。华夏崛起，歌颂党恩。共产党人托起擎天柱，各族人民迎来吉祥春。寻根谒祖，饮水思源，高举旗帜，不忘初心。大众创业，万众创新。

航母辽宁号赋

东方舰出满天红，航母惊世界，北阙星光驱地暗，高科振中华。

梦飞塞外，舰在天涯。海疆漫道，波涛浪花。风高月白，雨霁云霞，威震四海，啸傲长天。太平浩荡，山海云烟。龙飞豹变，宏伟壮观，平涛息险，拨动心弦。海峡两岸，往来安康。乘风破浪，巡视南疆，面向世界，高歌引吭。贯虹破雾，一往无前。亮剑试锋，振武安邦。

牡丹赋

闭月羞花难比美，沉鱼落雁失容光。一枝独秀，压倒群芳。国色天香，一品花王。载露承天意，披霞走云端。吐纳乾坤气，绚丽若天仙。

惊艳绝伦，国色销魂。不与百卉，混芳世尘。

玉树临风，闺秀红裙，频添国色风流，魅力无穷传四海，永葆大唐神韵，花容有意醉三仙。

阆苑奇葩圣手栽，玉颜终是霸王才。瑶池昨夜赐珍品，仙根偶得凡尘来。

一夜春风揽瑞，数枝国色生香。倚槛松竹迎春，天涯有人断肠，浴风雪，弄花影，色艳北疆，香浓洛阳。

明月三杯邀骚客，东风一曲奏桐君，疾风轻翼，放飞梦魂，熟言柔条嫩，气象已森森。荷塘生细浪，潮涌欲吞鲸。没有冰魂销骨，何来剑曲琴音。

我爱牡丹，光彩照人。

杏花赋

车行六七里，落英缤纷，恍见避秦人踪，同志二三人，郊游默契，往来花影匆匆，千树锦绣，满坡彩虹。宾客簇拥峦岭，清气直上斗牛。燕剪云中雨，莺歌岭上红。到此身心已入仙境，至今岚雾伴梦中。一夜东风，风姿迷人，不慕东都牡丹，钟情红杏玲珑。

周家三月风光，青山翠屏艳阳。水库碧波粼粼，花蕾绽放芬芳。游人往来如织，渔歌荡桨撒网。岸上红杏折绿水，水中倒影化成双。玉肌冰骨，艳曲求凰。山谷储秀，曲水流觞。林海藏娇，杏花盛妆。

前生定赛二乔，香腮笑，美人蕉，魂销斑竹，泪洒江潮。影随柳风，美女细腰。几缕幽情雅韵，一身娇恨润苞，依栏似有难处，化为幽梦寄洞箫。贾生吟鹏鸟，屈子著离骚。

花成红雾，脸似朝阳，人在杏林如酒醉，香飘岭外，鸟唱山涧，心迷水库胜西湖。

蟠龙山赋

此乃城中小山，得唐王圣水，静以相偎，共伴明月度春秋，予本镁都过客，观曲径通幽，乐在其中，同偕诗朋登山游。

耸干苍穹，沐浴清风，垂荫山岭，关锁蟠龙。铁塔迎日，彩虹当空。紫燕携春，加几番细雨，将山城染绿，和风送暖，伴千树桃花，把镁都染红。

晨练市民，来去匆匆，九龙壁内，索道弯弓。凉亭小榭，海阔天空。林边树下，吊嗓练功，太极舞剑，其乐融融。夜幕降临，人头攒动，龙首广场，锣鼓咚咚，组团暴走，秧歌舞龙。音乐喷泉，气势恢宏。春雷隐隐，薄雾蒙蒙。星灿左右，声响西东，跌宕起伏，万丈长虹。徜徉广场，心潮难平。朝阳寺，峪子沟，秀气发山川，点将台又石棚卓卓，古柏苍苍，几万年根祖文明，都在金牛古洞，歌者来，游者去，东风唱宇寰，漫听凤凰鸣，泉瀑响，又笑语喧喧，市声历历，十万商厦新楼都伴蟠龙山兴。

春山多彩，自然美丽，翠鸟翔云，书画苑鼎盛留客影，辽水无边，生态和谐，锦鳞戏浪，诗词曲赋醉意浓。山起龙蛇，势围狮象，翠屏合抱松灿烂，檐桃日月，泉润春秋，玉带环柔草蒙茸。

天浩浩，日融融，燕穿杨柳雨，鱼戏莲池风。

花灼灼，草茸茸，庄周梦化蝶，吕望兆飞熊。挥锤客，荷锄翁，中华奔小康，镁都腾蟠龙。

黄丫口赋

风绕崖口观胜景，龙游建一饮清泉。古今闻称圣境夕霭相接朝岚。峦光峰态各异，巅顶云海壮观。

险崖时隐血雉，碧树偶隔云烟。涧陡真无寸地，峰回别有洞天，雨脚白悬树顶，云头黑压群峦。胸前云雾成海，耳底风雷吼山。

不分春夏秋冬，游人不曾断踪。及时览胜神爽，结伴探幽味浓。北望海城，祥云瑞霭，东接岫岩，紫气东来。一脚三界，举眸瑶阶，丹青美景，吟咏抒怀。

树梢高天开一线，菜畦隙地辟三弓。更喜山晴花正好，触目惊心胭脂红。葱茏旋上三千尺，参差隐现有无中。山腰挺拔三百株，杜鹃不逊玉芙蓉。杜鹃成海，金蝶荡舟，载梦情临崖口，碧宇铺笺，绿树挥毫，霞染翠盖古松。

湖光山色，梦疑世外桃源，鸟语花香，误入神话伊甸。一山生态画，千古自然诗。溪畔长堤千万树，花丛黄鹂二三只。笛韵和谐，仙管恰从云中降；鼓声铿锵，航船正向小康移。云锁崖口，墨翰饱滋天外气，日出岫岩，华夏腾飞龙舞时。

长白山天池赋

起辽宁而终吉黑，八百里悬崖断壁连绵，直割青云分日月，从春秋以至民国，二千年烽火狼烟不断，横亘黑土守河山。

长白万仞，景色多娇。山顶白云，悠扬荡飘。天池北涌，江水三条，巅顶东眺，汹涌海潮。

春夏秋冬，景色宜人。春日载阳，江山多娇。一泓碧水，兰舟细腰。青山戏雀鸟，人约月柳梢，清凉夏日，溪水半篙。池浪拔弦，邀公主放歌，浪涌诗花波叠涛。山峰作笔，为长白添彩，山描黛色水浪高。秋风黄叶，激扬文字，笔染松针心先绿，情临枫叶志难消。美丽冬景，惊心动魄，玉龙斗角飞鳞甲，仙女倾篮撒琼瑶。

回忆往昔，峥嵘岁月，坚持抗战，万里松涛。捐躯持节，忘生死挥戈矛，抗日将领杨靖宇，风尘染边将征袍。

为国共家园，驰骋林海，勇献丹心赵尚志，身先士卒举旌旄。赤胆忠心杨子荣，智擒匪首坐山雕。

展望未来，豪情满怀。让栖息与人类，唯余森森古木，衍衍苍苔，汩汩溪流，深深峡谷，愿环境留给后昆，且看天池映日，青山列仗，烟岚缥缈，云海茫茫。

雪帽山赋

日丽风和，涉水跋山怀旧雨，气清峦秀，汲泉煮酒观龙潭。悠然见南山，争道夕阳无限好，今当凌绝顶，哪堪高处不胜寒。行吟峭壁崖前，尽赏三春杜鹃，满岭桃花，半坡梨蕾，一缕清泉，坐饮雪帽山巅，闲观九道水潺，群峰竞秀，二龙戏浪，几架缆车走吊篮。

多姿瀑布势凝睛，瞰虎跃龙腾，瞻泻壁倾珠，侧观涌霈坍冰，遥赏飘绸挂虹，富韵飞泉声入耳，方隔境闻雷，突响锣劈面，水盛交响奏鸣，流枯滴沥叮咚。夺长白之雄，上倚苍穹，下观沧海，揽九寨之胜，南望庄河，北眺海城，天作证，拦马石墙唐代建，地为媒，冰泉冷气四时恒。

风物小桂林，水韵烟花，四壁来云湿且润。

湖山无此境，箫声月色，千觞酒尽旷而真。

剑气干云，诗书俱老，文心在抱，风月留痕。放眼诸峰，弄笛吹笙，中华筑梦，心想事成。八月修好攀桂斧，他年壮士早成名。

八一颂

一代先驱洒碧血，百年赤县绽鲜花。锤镰不染一斑锈，血汗长滋大中华。南昌枪声，先惊狮醒，前贤流尽英雄血；洪都赤巾，必演龙腾，有口皆碑满天涯。一九二七年，八一那一天，炮火响城垣，革命红旗扬。摧黑暗，送光明，抗敌灭蒋，谋兴国事；展宏图，酬伟业，锤镰志坚，主义意壮。鲜血红，赤巾飘，炮声隆，智恩来，勇玉阶，猛贺龙。枪杆定乾坤，革命立丰功。旗帜亮苍穹，转战去广东。朱德偕仲弘，会师罗霄峰。精魂烈魄，浩气雄风。南昌起义，四海震惊。八一举旗，多方响应。日月生辉，河山起舞。血染南国，名留天涯。枪惊世界，史耀中华。百年一瞬，沐雨栉风。改天换地，扶摇云汉。春秋共仰壮举，南昌起义垂青史。中外同称俊杰，总理恩来万世夸。

红海滩赋三

放眼海滩阔，置身天地孤。奇观美景独家有，游人都说天下无。雁鹤翔集，锦鳞互戏。如诗如画此处好，芦荡红滩景色殊。江山如画美，筑梦展宏图。

辽水涛来白马，盘锦今控金鳌。百里风光在目，金秋豪气冲霄。红红火火，燎原火烧。云蒸霞蔚，江山多娇。渔歌唱晚，荡漾心潮。莫辞樽酒，对水滔滔，红毡席地，万顷波涛。游目骋怀，心逐浪高。

黄河壶口赋

站黄河之彼岸，凭栏远眺，九曲黄河穿条华，汹涌波涛归大海，黄土高原入云天，雄深壮丽傲苍穹，似画江山，大河回眸情几许。无边景象，金波落日彩千重。

上方有奇观，千点烟飞千点雨，大河长流急，一步云山一重天，一泻千里，心灵震撼，三回九转，色彩斑斓。衣溅雾雨，云卷峰峦。瀑和天籁，鸟唱山间。鱼滩瀑布如棉，不用弓弹花自散，红霞似锦，何须梭织满云天。

登高远眺，看瀑舞龙蛇，百虹千蛟，尽收眼底，分外妖娆。览胜怀古，赖中流砥柱，斗士英豪，共产党人，八路军似钢铁，百炼千烧，越练越强，驱逐倭寇，无往不胜，鬼子逃之夭夭。

日本兵如虎狼，一凶二狠，亦掠亦戳，侵犯中华，有来无回，笑看浪人折腰。

想几代天骄，马列开篇，锤镰辟道，国门开锁，万马奔腾，红日高照，筑中华梦想，和谐局面，发展势头，科学景观，千行涌动立交桥。

我见黄河心不死，浪奔浪涌，清浊等如世相瞻，眼前瀑布何处流，壶口下泻，去来耳闻雷声吼。

官屯石棚赋

三块巨石，斑驳陆离，何时降此，绿苔丛生，浑然一体，天衣无缝，谁人擎起，大力巨灵。一帘幽梦，流水行云，世人猜测，众说纷纭。

天地洪荒，嶂耸江流，刀耕火种，薪传万代。华夏文明，彪炳千秋，扑朔迷离，沧桑神州。仗身苍宇酣畅，狂曲荒山醉酒。放眼顿生豪气，壮怀挥斥方遒。振臂书写青史，汗水洒满坡丘。山川变貌，宏图画卷志酬。安定和谐，渔歌唱晚消愁。社会更迭，通衢连地绿，衣食无忧，商厦伴红楼。

绿映红，水牵梦，石棚凝秀，绿树鸣莺，山峦储镁，地富黄金夸富有，人才荟萃，士抒才艺早成名。

颂神州，歌盛世，共筑梦想，中华振兴腾蛟起凤，万里鹏程。

砬山烽火台赋

狼烟曾报边警，古台时观斗搏，酿剑胆，起云鹏，披甲操戈，浴血捐躯，战鼓擂，号角鸣，旗猎猎，马萧萧，伏尸千里，血流成河，哀鸿遍野，涂炭生灵。往昔兄弟互残，今朝子孙和睦，云蒸霞蔚，社会太平。

凭栏远眺，一张图景收眼底，岭上苍松，滩边渔翁，两岸楼阁，纵横路网，迷镇庙宇，毁矣兴矣世事来去忙匆，时非貌易情难尽，信步登台，万句诗歌涌心头，大桥锁渡，山顶塔雄，圣水环城，红日彤彤，青年才俊济也壮也。活虎生龙。

人生如梦，情醉意痴，何必争强斗胜，贪财变节受惩罚罪责于世，只有两袖清风，才会心旷神怡，享寿百年尤健如松。斗转如梭，夜暗昼明，切记争分夺秒，刺股悬梁，闻鸡起舞建丰功，君焉三思深省，练就仁德正直，英名四海则闻斯公。

营口西炮台赋

黄泥垒筑，民族脊梁，铁炮铸就北国军魂。台映日月，炮震乾坤。山川浩莽留遗址，岁月沧桑警古今。

甲午炮响，倭寇挑衅，中华儿女浴血奋战可歌可泣。捍卫疆土，钢铁长城，世昌管带以身殉国，亮节高风，永垂英名。碧血壮海浪，怒呼幽燕曾亮剑，丹心照北洋，咆哮渤海续汗青。

风云存万古，深思痍志久兴邦，波涛动大海，西炮古台独飒爽，流连关山，辽东半岛竞风流，筑梦中华，东方神州铸辉煌。一炮守关镇夷寇，誓保山河翠，万旌招展息烽烟，笑瞻边塞雄。

玉佛寺赋

翠岭旧游踪，破石成仙到佛寺。紫气至东来，撩云拨雾进梵宫，剪几缕寒云补纳，留一窗明月谈经。法镜现慈光，尽是三空妙谛，智灯悬宝刹，无非一点禅机。

焚香礼佛，金光普照，慈眉善目。通身玉体，珠光宝气，天造地设，鬼斧神工，生欢喜心，庄严玉佛寺，此地别有洞天，人间净土，清芬莲田，不二启津梁，一同归法海，大千空色相，自可觅心珠，一尘不到菩提地，万善同归萨垂途。灵鸟从天竺飞来，乃生成玉佛禅寺，鹿苑弘泉唐施济，牵手为汲引圣湖。

灵苑开觉路，个中人来去了然，喜炉热香温，鸟啼花笑，梵宇傍通衢，嘱头陀，户莫偏，恐拘束满寺清风明月；门外汉奔波苦矣，看尘缘孽债，利锁名疆，劝征夫行且住，试领略此间暮鼓晨钟。

心到度时佛有眼，运到亨处石能言。非夸金色相，但羡石肝肠。菩提只在人心，觉悟即空彼岸。

辽河特大桥赋

把梦划向彼岸，江铺彩虹。举酒遥对蓝天，苇影舞风。放歌畅想未来，海滩红彤。乘潮移动画舫，前景恢宏。

上去霄汉，下临青波，立地顶天那算小，远联欧亚，近接幽燕，环山抱水不为孤。山翠映眉花映画，江光如镜月如梳。地辟渤澥，潮汐皆归容纳，桥立砥柱，天堑变为通途。

悬空横斜一苇，贯穿碧流，任他巨浪掀腾，我自岿然不动。何处飞来迹踪？挺身西东。两城连接纽带，笏板江中。碧浪滔天，滚滚洪流。孤桥拔地，晚霞映红。两岸垂杨楼阁，一湾流水桥横。大众创业，万众创新。修好丹桂斧，壮士早成名。火箭凌空去，云梯月球登。鹏达云程九万里，龙舞宇宙探火星。

金溪谷一日游

时维五月，序属头伏。外联纳兰，溪谷一游。云天力嵩，心自无忧。启科好雨，秋浦归舟。海燕洪广，心如大海，偕姚长特，山水寻乐。世伟守春，王彬秋枫，吉日探求。

河柳垂丝，红桃挂枝。骚客赋诗，忧乐常思。临水登高，心动塘池。踏青心醉河边草，泼墨情吟笔上香。金溪奇谷无双地，锦绣辽南第一乡。初镜引人徐入胜，好山一望始开怀。剑气文光冲北斗，环山绕水入南台。树荫到午风犹冷，石磴过涧路转幽。天共白云绕，水和明月流。天地欲吾玄，预敕环中题石壁，山川如我意，复开奇境作丹丘。此地清风随我去，一湾绿水任人游。

酒深存四海，量大集全球。琴吞月海，雷部总权三宝印；剑挂寒空，威震华夏四百州。百代名匠金石宝，一溪明月水天秋。望金溪谷三百里飞波，哭公眉流放，吊曲啸悲歌，感荫堂赋曲，千秋忠愤洒河山，莽莽炎黄多世胄；凭清河千万斯年做证，化长鲸吸海，效鲲鹏抟宇，助大浪淘空，不世功名归华国，飘飘天地一沙鸥。

吕王春声赋

凌空接日，老轿顶山。风景辽南第一，春风骚客三千。远看疑画，近看是诗，及其身到其间，又觉得诗画都无着手处；仁者爱山，智者爱水，究竟皆非一物，须知诗翁者，都是钟爱自然。出没风烟三万里，笑谈古今五千年。放开眼孔，看晓日才上，风舞旗红，溪流吟曲，霭云初起；洗净耳根，听林鸟争鸣，寺静钟响，渔歌唱晚，牧笛吹酣。足下起祥云，到此者应带几分仙，眼前无俗障，坐定后宜生一点禅。一客荷樵，一客听琴，志在流水，志在高山。岫岩在东，盖州居南，海城位北，唯此地西列平原，后横峻岭，左营右丹，汇交三界江河，灵气集中枢，人挺英才天设险；岭石蕴玉，沙土有硼，山里含镁，最妙处城称镁都；金牛怀古，文阁书苑，掩映三教九流，游踪来绝顶，眼底木兰酒店正宴。卅六峰天外飞来，宛然画图，绝顶处一横览，雪帽失其高，赤山失其秀，步云失其雄，咳唾落云霄，谁云三清还在上？三二日轿顶游览，辜负烟霞，古名士半勾留，秀才曾此游，宾客曾此住，尔烈曾此憩，栖迟尚城市，我亦山人愧不山。半壁筑木兰，岭如屏，库如镜，舟如叶，城郭村落如画，况四时风月，朝暮阴晴，试问古今游人，谁领略万千气象；三春临绝顶，洞有云，崖有泉，松有涛，花鸟林壑有情，忆十载挂牌，诗词曲赋，难得光辉岁月，相邀同游轿顶巅。

轿顶雅集

曲水流觞雅集，泉声悦耳；望古樟堆碧玉，景色宜人。石道绵绵，柳荫苒苒，秀水奇山画意，涓溪翠柏销魂。一壶酒，百篇诗，千里水，万年山，已成绝唱，俱为诗神。

雅集乃千古逸闻，问谁正值三春日，欣偕雅士同一醉；吟哦亦平生嗜爱，今我正与九士游，允和名流跃五云。天然山水风光美，人造森林景色新。开发经济新窗口，创汇引资富裕门。哭笑都是英雄泪，慈悲原是菩萨心。孔雀开屏，跳和谐舞蹈，神钟警语，建生态乡村。休怪老来狂一点，不堪春去逊三分。笔墨含情写松石，诗书满腹润身心。云关锁雾，骚人雅会，看毓秀山川，十围轿顶腾紫气；溪水潺湲，雅士吟哦，喜宏开雅韵，群贤橼笔播清芬。

雪赋二

雪者气孕而成之，羽鹤云飞戏九霄，风扬绒絮洒江郊。壮哉，日暮望江楼上，隔轩放眼，玉龙斗角飞鳞甲。奇耶，晨曦野甸山中，山舞银蛇迷日月。冰包翠柏柏尤翠，雪映红梅梅更娇。

九霄胜景冰堆就，满眸风光雪蕴成。雪仗雪人扬雪景，冰灯冰场壮冰魂。灯红雪绿仙人景，型特态奇神斧工。冰雕北国风光美，雪洁心亮塑人生，虎啸林海，雪吻千山梅蕊乱，龙腾神州，冰封万水玉绦横。朔风阵阵，尽扬北疆风光妖娆，白雪皑皑，装点家乡山水娉婷。飞龙舞凤成夜市，击鼓踏歌皆春声。万里江山铺锦绣，满城管弦歌太平。

祝家酒业赋

　　君不见祝家酒业生意兴隆达三江，君不见南果梨花靓丽开满乡，君不见南果姑娘花枝招展，君不见南果白兰地酒四海飘香。南果梨兮蜜一样的甜，南果梨酒兮似玉液琼浆，南果白兮醉倒过海八仙，南果姑娘酒兮陶醉少长群贤，南果白兰地兮誉满广阔水乡江南。南果梨树兮茂密满山峦，梨花带雨兮四溢芬芳，南果酒香兮百转柔肠。百姓心花怒放兮千山春意盎然，斗酒诗千兮，曲水流觞少长神仙，南果白兰地兮，地久天长，南果丽人兮，舒展广袖，南果姑娘兮，添喜寿庆福年，南果飘香兮，大江南北，佳酿琼浆兮，誉满宇寰，斗酒豪杰兮，龙腾虎跃，祝家酒业兮，再铸灿烂辉煌。

外联群颂

　　一群融瑞气，高士如林，痴情外联；万众靓明空，骚人润墨，妙笔生花。恬如玉弟，春润洒透华光，又一年顿挫抑扬，翰林闲客；白玉震谷，好雨蒸腾紫气，来万首诗词曲赋，艺技灿霞。
　　联网李军惊圣水，晓黎晨曦震中华。挥毫泼墨张春艳，怡福堂，养生馆。联坛结友安金丽，诗苑有良师云天。品茶思力嵩，煮酒想友松。伯岩携于蕃榕，六月阳光，笑对人生，森森铁马秋风。爱就是力量，海浪又飞扬。诙谐小生国玺，永顺凝烟桂鹃。云卷云舒，水墨丹青。

文繁华夏五千载，诗醉镁都十万娃。春风醉我，文化兴邦，倚时飞凤，与友品茶。默龙长涛，愚实宜生。呼兰浪人马英军，北疆吟赏胡笳。德威总有心愿，佳鸿别有洞天，山海追求不已，李维梦想将圆。秋枫更起春潮情胜海，守望高擎炬火亮天涯。旅游创意开新域，外联逢春绽异葩。秋浦归舟，歌唱华夏，墨香百世，惠泽千家。老享乐，福无穷，原学玉，老英雄。尧仁敷率土，舜德被流沙。

和谐广场赋

和谐广场，情有独钟。老少咸集，其乐融融。展歌舞魅力，弘新时代风。陶醉环境，舞动靓影。壮观场面，博大恢宏。和谐广场，应地利合民意。笑语欢歌，手舞足蹈。热火朝天好热闹。真是悠闲佳境，陶歌情，陶舞情，天长地久好心情。广场生动如画，灯笼生辉，明柱耀彩，秧歌舞蹈总关情。和谐广场好红火，老年人的乐园，写字下棋，旗袍走秀，舞狮龙。和谐广场青年舞台，应时舞曲，友谊探戈，组团行走火爆中。舞伴配合步调一致，衣着华丽诗意浓。明月扬辉，锣鼓争鸣，歌流韵，人沸腾，灯影摇红。歌有情，曲有情，恋恋舞情系友情，唱不尽不眠曲。星衡灯，灯衔星，拥拥人海联心海，看潮涌动不夜天。唱歌跳舞真幸福，无忧无虑活神仙。辟地开天，功同盘古，富民强国，治胜贞观。筑梦中华，壮志鸿篇。一带一路，牵动宇寰。和谐广场，胜比桃源。

金地花鸟古玩城赋

花鸟四季鸣八方，古玩神州，鱼戏三江。名传万里，彪炳千秋。一室珍品，千古奇观。隋珠和璧，禹鼎汤盘。画界山水，墨海古玩。名人字画，来自万家。琳琅满目，人见人夸。山中无岁月，花草有春狄。金地兴百业，花市拥群芳。红红绿绿，一年皆秀，袅袅婷婷，四季如春。凡人间所有珍宝斯尽有，虽他处难留之物，此处常留。金地生辉，光芒万丈，花鸟鱼市地久天长。古玩市场，灿烂辉煌。

云桥广场赋

川流不息，车来人往，四通八达，康庄大衢，五光十色，霓虹变幻，丽华酒店室碧辉煌，万客酒楼，高耸巍峨，乐观胜景喜过年年。

六纵六横凝幸福，一心一意构和谐。六合风光来老眼，三维世相入胸怀。任楼阁向九天，系定姻缘，终从仙境返人境，回眸一笑，悄生情愫，早把他乡认故乡。

春风浩荡，从远古吹来，将凤舞龙蟠带入广场敲大吕，镁都昌盛，傍唐河建起，在尧天舜地，写成清史铸丰碑。

金鼓喧，歌唱亭台，男士婀娜迷客影；舞姿俏，秋波眸送，曲调浪漫醉宾魂。情燃桥市，岁岁续写春天的故事。

迷镇山东林园禅寺赋

迷镇山下，绿柳林后，几杵清钟惊客梦，般若缘中，菩提路上，万年明月照禅心。鸟语花香传宝寺，村烟树幕画轩窗。真法清修，一路红尘归净土，善缘广结，八方信众仰禅宗。

天连净土，目接烟霞，石阶达灵峰，东林园洒莲花雨；禅弃纤尘，源涵云水，寺门通觉路，绝顶声传贝叶径。风唱梵语，水映菩提，禅边摇曳千枝叶，香荤东林，佛施法雨，寺外滋生万物春。仙气三千丈，蒸日蒸云，烟霞供养长生道；玄机十万重，至真至妙，松柏青苍不老天。

红旗山赋二

山岭阅沧桑，想当年唐王东征，淤泥掀浪抒怀，都成新世界，镁都谋发展，欣今朝人文盛域，万民同心携手奋造锦乾坤。满舀镁都烟云，恣意疏狂，惊雁落滩沙，恋月眠圣水，喜日暖河柳，一派和谐春光，令我醉倒红尘，不向世间争胜负。

独品古镇风云，开怀啸咏，听钟敲晨鼓，赏秋染辽河，百鸟鸣山岭，无边太平气象，是谁煮香米酒，抑扬顿挫赞英雄。

踏海浪而来，撷轿顶流云，唐河轻雾，笑圣水贯城，丹霞吻日，轻舟犁月，紫燕衔花，住进星河国宝，田季花城，欣赏喷泉，曼舞秧歌，宋光墓瞻仰不朽丰碑，名人馆肃聆先人伟绩。迷镇悟道，海云参禅。金牛抚犀角，官马忆先贤。书画院中绘丹青。诗词学会纵豪情。如斯壮丽家乡，蟠龙山上是谁敲响晚钟，唤醒万家春梦。

执柔翰一醉，蘸盘锦油墨，辽水惊涛，描红海滩。长桥卧泾，楞俨禅寺，迷镇三霄，喜观银杏溢彩，喜剧撩心，展示厅瞩目规划蓝图，金鼎腾飞，青花绽放，镁业招商贾，百业步宏图，沈大高速唱凯歌，镁硼矿中听雅曲，似蜜小康盛世，幸福乐园，看我放开龙手，编成百代锦图。

老轿顶雅集

　　时维四月，序属三春，清河涨而寒潭浊，烟光凝而轿顶观。山峦耸翠，上出重霄，草堂瓦色，群贤雅集。今日趋庭，叨陪鲤对。承恩伟饯，登高作赋。

　　吕王轿顶，东北名峦。骚人高卧，雅士醉酣。水痕露后没，山色雨中添。云峰形突兀，石壁势危岩。阳奇阴偶，朝四暮三。星北拱，日东衔。绿杨莺宛转，红杏燕呢喃。诗以吏名，愁里悲歌怀杜甫；笔轻人索，梦中显晦老江淹。五湖归范蠡，三径隐陶潜。仪封疆吏知尼父，函谷关人识老聃。江相归池，止水自盟真是止；友松做东，光辉岁月饮何贪？贾岛诗狂，千拟敲门行处思；张颠草圣，头能濡墨写时酣。高山仰止疑无路，曲径通幽别有天。能邀过客饮文字，亦把湍流替管弦。有亭翼然，占绿水十分之一；何时闲了，与明月对饮而三。士女嬉游，更无风雨访佳日，古今代谢，只有溪山极大观。提起吟毫，问谁诗胆如天大？放开醉眼，若个酒肠似海宽。峰影遥看云盖结，松涛静听海滔天。老轿顶到底何奇，想洞纪龙眠，石传象跪，诗题椿树，果种菩提，为儒，为释，为道教，弹丸微区，其中大有人在；真逍遥当前即是，看朝霞虹映，夜月蟾辉，峦岭春光，清河柳色，好山，好水，好景物，取之不尽，此外匪我

所言。高阁高悬，低阁低悬，我在画中看画；远峰远
瞩，近峰近瞩，人来山上观山。

外联新疆游赋

时维五月，岁在癸卯。好雨秉迅，享乐秋枫。十
人骚客，新疆采风。天山绵亘，皑皑雪峰。几千里
路，跃上葱茏。气违寒暑，服易秋冬。竟霎时雾，
又霎时风。雀呼起早，目极西东。浑然皆是，开物
天工。

车走山随走，车停山未停。一时幻象生眼底，连
天山水豁然明。不忍高声语，怕惊羚羊行。

鞭赶夕阳喜鹊追，蹄声四起笑声飞。牛羊吆喝知
多少，只比繁星少一堆。

时入天山景色异，目不暇接走边关。晨烟弥漫孤
城远，柳暗花明又一山。

皑皑白雪惊我心，放眼山川此处新。戈壁偶然铺
翠毯，牛羊毡房赛流云。和睦新村又似梦，斯湖波浪
乱弹琴。西域风情心旷动，夜晚煮酒慰诗魂。

喀纳斯美梦中寻，乘醉排云踏雪临。银谷狂飙摄
魂魄，金山豪气豁胸襟。叶红百岭明人目，水碧千湖
洗我心。诗赋百首添逸兴，天山峰上一声吟。

圣水采风雅集

二〇二三年，农历四月初一，圣水雅集，营口诗词学会。诗人能不尽开颜，征燕盘旋山水前。欺我骚人腹中浅，凭它峰险志如磐。沿途景色虽无语，放眼江山幸有缘。吟咏唐风二十载，豪情今日上云端。清河波浪绕山谷，圣水人家在眼前。一抹山光拖瘦影，几番心事为谁担。名嘴今朝小调咏，抑扬顿挫长精神。老骥开口阳春雪，红颜心旷水云间。老妪翩跹飒爽舞，皓叟松风梦团圆。火样年华今白头，知青岁月去还留。圣水人家依稀梦。不尽江河万古流，圣水人家难忘记，明年夏季再来游。诗人骚客咏长调，指点江山正方遒，顾问会长携高手，诗词再上一层楼。

金牛山赋二

人文伊始，万代繁荣，此处曾生炎黄种；曰暑初升，千秋昌盛，何妨不拜洞中魂。金牛古洞垂青史，世界镁都烁古今。碧血丹心诚报国，英姿飒爽壮凌云。灶灰馆内，演廿八万年兴衰，沧海桑田，星移物换，独把薪火传后世；遗址东坡，看一洞穴群居春秋，风餐露宿，地转天旋，尚留意志撼今人。开近代考古先河，不愧重大发现，震惊世界；续断年人类历史，历经反复演义，巍峨金牛。遗迹有缘，史继本纪，炎黄一脉，淡泊明志，耿耿忠心，丕振神州业；发掘续道，宗继盘古，红河九支，清正亮节，孜孜不倦，永循始祖风。

人类足迹廿八万，红颜问世一洞誉。曾一时震惊，创世纪新闻，唢呐一鸣，风云万里，此地古洞秀美，遗址百年流韵；萃四面商贾，集九衢贸易，鹤声四起，财路六通，斯时四海升平，捶擂鼓动镁都。天开景象，丽水名山凝魅力；地布资源，奇珍异宝展宏图。看镁都盛景，工农发展，企矿繁荣，东北明珠光灿灿；展强市宏图，经济腾飞，城乡富庶，辽南重镇耀煌煌。无愧镁都大号，厂矿遍野，万吨镁砂输四海；果然寰宇闻名，红颜出世，廿八万年惊五湖。

稻花香

坦荡如砥皆如画，千畦丽景斐然，稻谷飞扬千古韵；芳菲似兰俱似诗，万朵黄花璀璨，奇葩呈现九州香。营川蕴玉，稻谷葱茏花烂漫；谷穗泛金，水乡茂盛景辉煌。科学发展，春风化雨千山景秀；理念创新，大海扬波万水腾欢。稻浪千重，万顷黄花万顷浪；风情无限，满眸稻田满眸芳。处处稻花绕碧水，村村绿树伴红楼。百岁辉煌歌党德，万年昌盛固金瓯。圣火熊熊昭大地，稻花灿灿映神州。为三农，露宿风餐，影踪印在艰辛路；传百技，燕衔蚕吐，智慧推开富裕门。三秋稻花，时时香满营川南北岸；万里辽河，处处情融滨海东西村。

毛岸英颂

一心革命，一生革命，短暂火花千载亮；一片忠诚，一点丹忱，锃亮宝剑万魔惊。气吞山河，傲视美帝，鹰击长空，雄心壮志，两国胞波怀先烈；满腔心血颂岸英。

竹节梅心，柏魂松骨。颠沛流离，革命生涯。倾心在铁马冰河，北战苏联卫国；立志抗美援朝，东征鸭绿保家。丹心照亮千秋史；碧血绽放万世花。风流倜傥，英发雄姿，千秋忠烈一世英才。有凌云经常在眼，使壮志随使入怀。生如闪电，剑气冲天寒敌胆；逝若彗星，火花映日耀民魂。英气总摧红日起，乔木常伴故居新。长箭在弦心似火，狂飙卷浪气如虹。抗美保家安，斗转星移怀先烈，献身葬异国，莺歌燕舞竟朝东。民族脊梁，铮铮铁骨，抗美援朝，红心辉映半岛，国际精神堪典范；共产战士，赫赫英名，舍生忘死，赤胆昭彰品格，伟大理想树楷模。系天下安危，苏联卫国，抗美援朝，赫赫大义垂宇宙；任颠沛流离，异国他乡，心存道义，巍巍壮举撼山河。登百尺楼，眺锦绣河山，思先烈壮怀，英雄热血丹心谱；掬一抔土，忆峥嵘岁月，赏英魂剑魄，忠骨豪情正气歌。

杨开慧颂

云锦牺牲多壮志，霞姑捐躯换新天。开慧革命流碧血，杜宇有梦今朝圆。国难深重出英烈，别夫离子壮宇寰。英雄肝胆惊虎豹，女杰豪气壮山川。破壁兴云方化雨，抛头舍身又呼风。抵掌山河我问道，不以风险忘初衷。忠党英灵诚无价，五德身躯赛凤凰。虽无当时遇明月，而已一脉清香收。火红青春献革命，年华豆蔻写华章。望浏阳三春景色，观板仓万道霞光。百身末赎世间少，一壁曾出诗抄多。香飘华夏九乡颂，情动神州十亿歌。烈女殉道传佳话，乡民颂德逐逝波。风风雨雨擎天柱，山山水水长新荷。爱子忠君执大义，倾心家国任刀搓。流水高山怀旧雨，暗香疏影恋英模。骄杨潇洒忠贞骨，霞姑悠然英烈魂。国是和谐风织锦，民生幸福日催春。女杰献躯君首位，品德万里第一人。身似泰山伊赫赫，魂归浏阳绕寨村。凌风傲雪从容貌，耀宇飞霞起香尘。天下女子谁比美，势凌三湘盖古今。足踏长虹神游荡，精忠殉国主义真。骄杨墙壁隐诗书，不忘毛公体否舒。字里行间载旧梦，痴情浓意满阶除。主席一首蝶恋花，泪水倾盆满天涯。

喜迎二十大赋

党旗猎猎，盛世春潮齐踊动；金徽闪闪，丰功伟绩共豪吟。龙腾大地山河美，民步小康日子甜。脱贫致富攻坚战，举国拍手尽开颜。一带一路金飘带，千山万水玉宇连。勇翻千里浪，喜立万仞天。奔小康，肩担日月天降玉，用科学，手写乾坤地生金。土房草舍今已去，碧瓦红楼亮山村。菜花翻滚千重浪，稻梗长出万担粮。红袍李子卖大款，乡村百姓奔富强。科学发展龙腾海，经济繁荣燕舞春。骋怀天地，五谷丰登乐满眼，放眼江山，万里美景喜盈心。腾飞震惊世界，风雨铸就辉煌。功匡水火，振兴国邦。共产党，堪称伟大光荣正确；大中华，不愧富强昌盛和谐。党谋幸福前程美，国绘宏图事业新。

第五部分　专题

建党百年纪念

百年奋斗路　启航新时代十三首

一

东方大树入云天，弹指星移一百年，
红色江山千万代，中华筑梦续轩辕。

二

风雨南湖一百年，神州旧貌换新颜。
睡狮雪耻已崛起，英美今朝刮目看。

三

建党今朝一百年，神州虎踞又龙蟠。
小康社会中华梦，奠就鸿基万众欢。

四

绿满南湖花满川，人山人海访红船。
等闲识得小康景，英烈初心梦已圆。

五

南湖碧水荡红船，火种神州遍地燃。
筑梦中华小康景，扶贫致富已攻坚。

六

锤镰使命聚红船，北战南征只等闲。
碎骨焚身浑不怕，旌旗招展换新篇。

七

五湖四海访红船，络绎不绝碧水边。
不忘初心同筑梦，小康使命永奔前。

八

烟花三月访红船，革命英雄壮志酬。
乐业安居前景美，中华万众醉高楼。

九

风光旖旎访南湖，北斗光辉照梦途。
铁马冰河千万里，而今如火又如荼。

十

先烈今何觅，红船泊湖宁。
神州换新貌，陈李早留名。
一段烽火史，百年铁马声。
今观华夏内，筑梦小康行。

十一

高举锤镰一百年，中华地覆又天翻。
神州探月游寰宇，航母巡洋护海关。
改革繁荣欣解锁，扶贫致富靠攻坚。
旗扬世界万民乐，凤舞龙腾奏管弦。

十二

揭竿而起上井冈，无产阶级有武装。
旗荡瑞金响天下，枪鸣米脂打倭狼。
平型大捷惊寰宇，徐蚌合围震蒋邦。
板门谈判联军撤，致富脱贫国运昌。

十三

共产南湖组建党，工农革命有中央。
南昌起义炮声响，秋收揭竿马列张。
八载驱倭乐橄榄，三年斗寇喜流觞。
今朝赤县脱贫富，百姓开颜奔小康。

一大遗址感怀

画舫南湖筑梦遥，谁曾风雨唱离骚。
求索有影云舒卷，问路无形水寂寥。
回首豪杰夕桌远，盈眸先烈月华高。
小康社会脱贫景，一代英魂化碧涛。

怀秋白烈士三首

一

碑立陵园心向东，千秋忠魂枕芙蓉。
心中兀立魄如练，海上漂移月上松。
聚散重霄望云气，吟哦有节和竹风。
一抔黄土英灵在，死前犹欲搏长空。

二

二月初春瞻红船，十三代表发宣言。
风烟弥漫征程远，梦想萦怀战马翩。
刀剑生辉烽火里，诗词交响延河边。
魂牵血肉迢递事，共产回眸一百年。

三

仙湖风雨领航船，问鼎中原志换天。
秋收井冈红旗舞，南昌火炮斧锤悬。
延安谋划驱倭军，西柏协商建国篇。
筑梦中华小康景，千年明月望团圆。

清平乐·建党百年

开来继往，四化扬双桨。立党为公光万丈。一举四人息浪。

黎民百姓难忘，一渠活水山乡。鱼米喜人夺目，银河赊得琼浆。

西江月·建党百年

寻路求索真理，问谁点种火星。南陈北李举红旗，共产锤镰使命。

一介书生统帅，万民枪杆高擎。历经风雨九州晴，华夏掀开美景。

浪淘沙·建党百年

上海举锤镰，征路漫漫，南昌秋收义旗悬。建立瑞金政府，一晌联欢。

遵义挽狂澜，无限江山。长征万里不知难。宣告共和今崛起，换了人间。

念奴娇·建党百年

百年建党已参天，更比晴空红日。赤帜飘扬千万里，华夏今朝崛立。致富脱贫，倡廉反腐，筑梦中华迫。骆铃丝路，妙处连接西域。

欧亚班列开通，畅行无阻，贸易来回疾。海上丝路传喜报，商贸亚非丰硕。尽揽五胡，细斟四海，万国为宾客。仰天长啸，病夫东亚今赫。

水调歌头·建党百年

建党今华诞，把酒九州天，放歌伟大祖国，五岳美山川。歌颂人民军队，歌颂人民领袖，快乐舞翩跹。致富脱贫后，日子比糖甜。十四五蓝图绘，向高巅。齐撸袖子，实干苦干奋争先。筑梦中华美景，奋斗冲天干劲，有志始方圆。第二百年起，快马再加鞭。

水调歌头·井冈山

万壑云烟里，百转山林中。是谁踏歌背炮？穿越雾朦胧。攀吟罗霄揽月，割据山河问道，隘口荡雄风。红帜云霄舞，步履更从容。壮志图共产。拔贫

穷，心悬日月，不以路险忘初衷。情洒井冈山水，
爱给平民百姓，生命铸精忠。历史丰碑下，火炬引
行踪。

金牛山咏怀

金牛山二十三首

一

秋月秋风秋雁鸣，诗书画印十人行。
风骚雅士于家醉，我到金牛更忘情。

二

书写金牛百米文，赋诗煮酒和风吟。
凉亭对晚多情诉，钓尽秋光钓客心。

三

一山沉睡廿万年，几日发掘惊宇寰。
昂首金牛抬望眼，从今古迹不平凡。

四

诗文长卷流芳久，画印辞章童叟观。
昔日兰亭遗墨韵，田屯雅集万人传。

五

秋日丹青于府中，文人雅士乐融融。
屋梁旗帜红如火，东主胸中万丈虹。

六

诗书画印美名遐，妍比繁星灿若霞。
李杜风骚传百代，熔炉精品进千家。
维学一丹称儒雅，维久篆文气度华。
墨趣怡情声自远，红旗于府誉天涯。

七

犀牛昂首小山顶，古洞残骸惊宇寰。
书画风骚偕雅士，诗文轴卷仗群贤。
五湖四海客不断，七上三秋人碰肩。
泼墨挥毫书巨制，书香一缕漫辽南。

八

辽河流水促归帆，落日斜穿翡翠帘。
冷冷清霜寒富士，蒙蒙细雨暗云杉。
雁追红日去淮北，鸿逐秋光下粤南。
诗赋文章思跨越，引壶酌酒有三丹。

九

君为高山我为鸿，笑观诗赋动长虹。

吟哦营口诗文咏，震动宇寰逸趣浓。

辽岸风烟黄菊艳，镁都霜露染枫红。

奔腾碧水江如带，雅士风骚比危峰。

十

于府红旗荡远山，财源广进笑开颜。

父贤子孝合家乐，营口镁都不虚传。

画印诗书享誉广，梅兰竹菊扬名宽。

丹青妙手常聚首，于府田屯不夜天。

十一

一见化石出沃土，已惊世界万人殊。

填充历史有空白，从此红颜影不孤。

十二

少女奔忙营口中，伊乃华夏一条龙。

新石器时智人洞，自此敲出廿八钟。

十三

土丘铁路伴车鸣，昂首金牛廿八峰。

辽海化石新发现，犹惊世界凤偕龙。

十四

田屯山岭犀牛立，考古突然现巨龙。
营口从此闻四海，轩辕文化更繁荣。

十五

金牛昂首望晴空，古洞人猿闻宇中。
于府骚人弄翰墨，中华尽显凤舞龙。

十六

诗书画印七八人，一路欢歌一路尘。
东主热情肴馔美，文星雅士举杯频。

十七

一山高耸辽河岸，古洞遗存廿八年。
少女化石惊世界，人猿历史获方圆。
诗书画印到于府，竹菊梅兰绽蕾妍。
凤舞龙飞腾纸上，印痕维久墨妍鲜。

十八

重阳携友访西山，霜染层林翠色斑。
松蔽人猿千古洞，薪传燧火半林烟。
丘因遗址名声远，壁为凌霄剑气寒。
岭上犀牛何处去，桑田沧海水云间。

十九

田屯仙境一眸收，沃野千顷傍高丘。
渤海扬帆迎远客，石桥传说话金牛。
智猿居此万年久。遗址展厅何日修。
濡墨抒怀真面目，春风一夜满神州。

二十

田屯山顶金牛立，玉振金声辽海东。
考古红颜头骨现，往来旅客夏秋冬。

二十一

仰慕金牛久，敲诗峭壁中。
满山立翠柏，古洞对苍空。

二十二

丘观星月洞迎霞，山顶金牛旺万家。
敢叫平凡流异彩，总将伟大写无华。

二十三

芳草鲜花松柏翠，艳阳天上牧流云。
科学考古频惊梦，岭上金牛华夏魂。

金牛山

孤山遗址历千秋，廿八万年化石留。
筑梦中华锣鼓响，扬鞭上马占鳌头。

金秋游金牛山

熔炉斋主尽开颜，结伴同行访圣山。
好马君王曾市骏，食猪处士仅思肝。
沿途石径虽无语，续史红颜幸有缘。
遗址金牛千古梦，诗情画意到云端。

金牛山怀古

重阳携友访西山，霜染层林翠色斑。
松蔽人猿千古洞，薪传燧火半江烟。
丘因遗址名声远，壁为凌霄剑气寒。
岭上犀牛何处去，桑田沧海水云间。

忆秦娥·金牛山

笛声咽，金牛梦断金牛月，

金牛月，今逢新疫，柳枝伤别。

乐游岭上中秋节，营川古道欢声热，

欢声热，召开廿大，兆民关切。

念奴娇·金牛山

辽河吞日，入渤海，营口金牛耸矗。雄镇狂涛廿八载，阅尽征帆无数。茹毛饮血，钻木取火，豪杰曾几度。风霜雨雪，一时生活窘据。

幸有无数才人，登临吟咏，佳句倾天注。多少山中当日事，都做传奇典故。胜迹犹存，红颜已逝，我问魂归处？乾坤不语，半山云弥漫烟雾。

友人赠诗三首

祝贺《木铎清声》一书出版
孙荣途

木铎声响释芬芳，雨路添花增雅香。

企盼盛编早出世，案洁映雪品华章。

题水赠德辉兄

张会喜

寒踞高山暖入川，泥沙淘尽自清廉。
为云为雨亦为墨，遍洒诗坛著锦篇。

癸卯五月

临屏口占一绝赠德辉兄

马英军

再阅蟠龙韵不穷，奇峰秀水结诗盟。
挥毫倾泼紫金墨，妙境通灵一卷中。

癸卯三月十二日下午三时于黑龙江呼兰

跋

诗心知我心，诗词是国粹，唐诗宋词元曲是经典。我爱家乡，爱山川，我为家乡山水立传，为时代放歌。我一边学习，一边创作，作诗功夫在诗外，我坚持读古诗古文，诗经汉赋，唐诗宋词元曲，毛泽东诗词作品，外国神曲，订阅书刊，同志之间交流。

学诗可以情飞扬，志高昂，人灵秀，诗词创作要凭借一种冲动，激情，没有冲动就不会产生作品，作诗要耐得住寂寞，守得住孤独，诗人为热闹，那是浮躁，飘浮，艺术创作要沉下心，在孤独中思考沉淀，升华，创作出感动人的作品，以作品立身，树立中正的人生境界，诗品即人品。

学习先贤，尽管在追求艺术的道路上有坎坷，但总要有一颗童心，满怀豪情，讴歌充满梦想的社会。古人云：操千曲而后晓声，观千剑而后识器。人生在世当百炼而成绕指柔。我崇拜屈原、李杜、苏辛……

夜幕还没有散去，一抹曙光顽强地奏响了黎明的号角，获得了光明，虫儿忍受着痛苦破茧成蝶，老鹰经过抉择与磨炼，最终展翅搏击苍穹。我们应该兴高采烈地去拥抱每一天的太阳。

最后我衷心地感谢在我的诗词路上给予指导的老师，作品中的缺点错误望方家指正。

杨德辉

癸卯春日盖州品清懿行于镁都

2023年4月12日

桃李不言，下自成蹊

杨德辉先生作品集跋

程友松

　　古郡辰州一地，自古人才辈出，多有雄杰。这里文星璀璨，盛于此邦，且历代有贤人，所以文脉不断，薪火相延。

　　辰州之南有一小镇，名为归州，镇内有一村，叫作仰山。杨德辉先生，便生于斯、长于斯。杨老生于20世纪40年代末，其幼承家学，天资颖悟，虽生于寒门，但志心向学，手不释卷，博览群书，胸罗万有，幼便立志，不能为良相辅国济世，亦愿做良师为国育才。及至弱冠之年，先生便投身当地教育事业，甘为人梯，烛耀一方。先后在归州中、小学任教，后专于弘扬国学，独于语文教学。课徒传道，教书育人达四十余载，育贤才无数，泽惠桑梓。

　　杨老在教学育才之余，尤喜格物致知，笃学钻研，特别在古典文学和书法之间沉浸流连，自20世纪90年代伊始，便对诗词和汉赋产生浓厚兴趣，初始爱好，继而习作，后乃精熟。其人才思敏捷，出口成章，指物立就。及至现今，已创作词作三百多首、绝句和律诗五六百首、古赋二百多首。其文学修养深厚，文风质朴且文采卓然，诗风内敛而不失绚烂。屡屡斩获省市乃至国内各种诗词大赛奖项，著作等身，荣誉等身。

其作品《大石湖赋》中写道："山幽石径滑，天冷鸟飞疏，溪流穿峡谷，红叶卷残朱。"画面清凉传神，韵古流香；"十里枫林十里景，五湖香水五湖魂。"让读者感受这种连绵不断的视觉享受；在《晋祠赋》中写道："南天鸿雁频惊梦，过户清风乱抚琴。陈年残雪去无痕，放眼山川处处新。晋祠百亩，碑刻丛生。悬瓮山涧，不老泉声。块块石碑处，浸透旧时碧。山势巍峨，来去雄鹰。峰有穿天力，人有吞吴心。"这种传神的描摹，既有叙古，更有融今，互相辉映。

在其词作《莺啼序·凤凰山》中写道："半亩芳湖，依栏观鲤，仰高山流水。沿石磴，缘小溪行，鱼儿偷寄欢喜。瞩屏风，长廊曲赋；瞻碑塔，功丰魂伟。"夹议夹叙，清澹中更见风雅；在《莺啼序·赤山》中写道："赤山梦萦魄绕，望层峦莽莽，雁归去、飞入江南，似说秋日将暮。宝马载，重阳已近，诗朋眷属登临处。七角枫，摇曳青山，火红千树。"极有气势雄浑之态，亦有稼轩慷慨遗风。

《莺啼序·砬山烽火台》中写道："千载烽台，几度烟火，望硝尘霭雾。卫社稷，保护家邦，男儿应征无数。"家国情怀，跃然纸上。

在其七绝《岳麓书院》中写道："高山仰止杏坛

深，天下有才唯楚人。爱晚亭中卧龙虎，湘江评论扭乾坤。"追古忆今，慨胜无限。

其书风个性鲜明，用笔每在魏晋之间流连，行书酣畅古雅，如流水行云，恬淡之间犹见逸趣天成。

如今，他已是中华诗词学会会员，营口老年诗社副社长，营口市老年书画会会员，大石桥市书法协会会员，大石桥市老年书画研究会顾问。然杨老始终不忘初心，谦谨自律且淡泊名利，对于师友的赞誉，总是一笑相对，清言逊辞。正如古语：桃李不言，下自成蹊是也。

我于2016年在市内文友采风活动之际与杨老相识，至今已相知相交八年有余，得先生厚爱，交往互动频繁，走近先生，更感杨老提挈后辈、关爱新人的敦儒人品。今欣闻杨老在杖朝之年，作品集即将付梓，特遵其雅嘱，以尺牍片言为先生跋言，临文之际，不胜惶恐，其正为高山仰止，景行行止，虽不能至，然心向往之。

唯以一首七律向前贤致敬学习：

修身立业隐林丛，甘为人梯教启蒙。

桃李黉门千百士，诗词墨苑两朝风。

初心未忘承家训，大爱恒传仰德翁。

设席揖贤期问道，登坛开讲赞杨公。

2023年7月18日

（程友松：大石桥市诗词楹联协会副主席）

老骥壮心写歌赋，方遒正茂填诗词

杨德辉老师诗词歌赋艺术特色纵览

王柏柱

　　杨德辉老师似辛勤的园丁，精心培育，倾注心血并以极其高超的写作技巧，行文布字，顺理成章，方见他的作品百花园中芬芳吐翠，香气四溢，魅力袭人！又如同不知疲倦的蜜蜂，采集中华最优秀文化之精华，为我所用，推陈出新，行文布字，推字理句，遂成特色，独树一帜，乃杨氏风格而有别于他人。杨老师又好像是汗滴禾下土的农人，耕耘良田，一丝不苟。方才秋实累累，金黄沉甸甸。

　　若干年来，他在运用中国古典诗词歌赋的艺术形式，进行适应今天新时代的内容需要的创作方面，成绩颇丰，成就斐然。他虔诚地、怀有敬畏之心地继承了《诗经》《楚辞》《汉赋》《汉魏六朝诗》《唐诗》《宋词》《元曲》中最优秀、最精华的部分，拿来为我所吸收消化，然后再为我所用。因此，杨氏风格的诗词歌赋有一种古典的古色古香的韵味，令人回味无穷。又紧跟新时代的脚步，按准新时代的脉搏，达到了把古典诗词歌赋的美发挥到极致，对年轻人进行潜移默化的中国传统文化的滋润培育。他的诗，以七律和七绝居多，抒怀抒情今天的大好时代，讴歌社会主义制度下的伟大中华。就艺术手法和表达来看，既尊重诗歌创作的一般规律，又大胆创新，使古典诗歌的表现形式，完全用来展示今天翻天覆地的新生活，新人物。

试举几例：

秋风秋月秋雁高，诗书画印十人行。
风骚雅士于家醉，我到金牛更忘情。

书写金牛百米文，赋诗煮酒和风吟。
凉亭对晚多情诉，钓尽秋光钓客心。

诗文长卷流芳久，画印辞章童叟观。
昔日兰亭遗墨迹，田屯雅集万人传。

以上三首七绝，我认为是杨老师七绝作品里水平较高的，内容与形式完美地结合较好的。我为什么把这三首归到一起拿出来做例证呢？首先我们看诗的语言都清新脱俗，自然明快，活泼俊朗，一读就懂。没有故弄玄虚，故作深奥，故意搞一些晦涩难懂的生僻词汇来吓人。但，并不是说杨老师的诗作是"大白话""顺口溜"。且看第二首诗的最后两句"凉亭对晚多情诉，钓尽秋光钓客心"，既富有文学文采，又明白如画；既有文人雅士的情趣，又贴近人民群众的生活。当然欣赏杨老师的诗作是需要一定的文化底蕴和知识积累的，因为它不是原生态的自然状态的语言，好似信手拈来，实际上，看得出来每一句都是经过反复推敲、千锤百炼的。好似唐贾岛的"鸟宿池边树，僧敲月下门"，或宋王安石的"春风又绿江南岸"。

一首诗，能让人听（读）明白是首要条件。如果大家都不知你所云云，岂不是瞎子点灯？我有一位诗友天天开口闭口离不开诗的首联、颈联、额联、尾联，平仄对仗等。可写出的诗，不知其所云者。连原学玉老师也看不懂，完全成了"格律"的奴隶。我很赞成《红楼梦》中林黛玉的写诗观点：大意是，遇到或想出奇句，好句可以什么也不考虑。

原学玉老师也反对总把格律挂在嘴上。那么，就是完全废除格律吗？恰恰相反，我们要像杨德辉老师那样，恭恭敬敬地尊重前人的艺术成果，又要与时俱进，写出当代的新人新事、新风新貌！

我们再来看一首杨老师比较有代表性的七律诗：

君为高山我为鸿，笑观诗赋动长虹。

吟哦营口诗文咏，震动宇寰逸趣浓。

辽岸风烟黄菊艳，镁都霜露染枫红。

奔腾碧水江如带，雅士风流比危峰。

这首七律从格律的严谨，到对仗的工整，从词性的讲究，到句法的巧妙安排，都达到了很高的、无可挑剔的水准和高度。予认为：七律是格律诗里很难写的一种，除了丰厚的生活积累、火热的现实种种人物、事件在腹中的积累外，不可或缺、不可忽视的因素就是才情才气和天赋禀性。这毋庸讳言！伟大领袖毛主席的七律写得最好！其中《红军不怕远征难》和两首《送瘟神》艺术成就最高！

而杨德辉老师的七律写得大气磅礴又细致入微，语言生动又颇具诗情画意，完全可以与任何一个国内诗词大家相媲美而毫不逊色，并有自己杨氏风格特点。他的这些独具特色的地方完全可以作为一种典范影响深远。我们把这些特点总结提炼出来，目的是给后来者提供模板，以飨年轻一代诗歌爱好者。

我们再来看一看杨德辉老师的词作。诗与词本来是密不可分的孪生姐妹，后来词成为独立的文学样式。宋代是词成熟的鼎盛时期，涌现出众多的词坛大家和各种流派。尤以李煜、冯延巳、苏辛陆、晏李秦为佼佼者。

杨德辉老师的词，谨守古典长短句之绳墨，把握填词的精髓，既遵古又创新，也就是用古人的填词用的各种词牌，填入新时代中国人民踔厉奋发、砥砺前行、勇于开拓、敢于斗争的精神面貌。以期达到完美的艺术形式与新时代崭新的人文情怀，思想内容高度契合，使古老的词与词牌焕然一新。

试举一首曾获全国诗书画印大赛一等奖的词作

《水调歌头·习近平主席三上井冈山》：

为筑中华梦，求索大摇篮。望山坡杜鹃绽，竹海翠叶翩。

水复山重绿柳，徒步访贫问苦，抚慰促心安。不忘黄洋界，炮火响连天。

十三五，丝绸路，双百年。凌云壮志，彼岸沧海起风帆。

曼舞轻歌击缶，奋髯闲庭信步，犁浪过礁岩。立柱情天策，大写未来篇。

这首词，笔者认为是杨老师词作里面艺术水平很高的。语言雄奇简练，思想立意深刻，意境辽阔深远，词风朴实无华，用词瑰丽讲究！是词中的经典之作。

尤其是其中的佳句美语迭出，令人如冬之温暖，夏之浓荫难以忘怀。"曼舞轻歌击缶，奋髯闲庭信步，犁浪过礁岩"。字里行间透露出老骥伏枥、志在千里、烈士暮年、壮心不已的豪迈气概。是的，写诗也好，填词也罢，第一等重要的是锤炼语言，要让人听得懂，记得住，还要有自己的个性，还要有文采斐然的艺术美。这说得容易，做起来难上加难，没有天赋，没有对古典诗词的深沉热烈的爱，没有知识的、文化的积累，没有灵性，没有诗词方面的深厚底蕴，是万万不能的。

而令人可喜的是，在我们物华天宝、人杰地灵的辽宁南部，就有一位影响全国的文化名人，他就是杨德辉老师。笔者以上所列举的种种成为诗人词家的条件，对于杨老师来说：如信手拈来、探囊取物般的轻松自如！但，这背后的汗水和心血只有杨老师自己知道也！

笔者认为：一个诗人、词人或文学家，总要有自己的独特的语言，换句话说，你的作品里的某个或某几个词汇，为汉语增加了新的词汇，创造出新的崭新的汉语词汇。如王勃的《滕王阁序》就被大才子王勃创造出四十多个成语，范仲淹的《岳阳楼记》、李密的《陈情表》皆同此理。杨老师真的做到了，初见他的诗、他的词，首先给人的视觉冲击就很大，读（听）来又耳目一新，心驰神往。是古为今用、旧瓶装新酒的楷模典范。

还有一首词《沁园春·高考》也写得不同凡响，令人刮目相看。其勉励语言语重心长。抄录如下：

《沁园春·高考》

追梦腾飞，遨度蓝天，阅尽人间。念悠悠岁月，茫茫昼夜，泱泱学海，累累书山。笔落萱笺，成竹在握，筑未来磐石坚。今努力，望前途似锦，与国无疆。

蛟龙离海辉煌，见鹰隼风云试翼翔。已纵寻千古，横闻八荒。历经坎坷，跨越桥梁。玉振金声，楚风汉月，文雅永传迎赤阳。长啸傲，魁斗星楼，鲤跃龙江。

可以说是字字珠玑，句句妙语。那种对莘莘学子的殷切希望溢于言表。在杨老师许多的诗词创作中，佳品不断，上乘之作层出不穷。然而，笔者还是更青睐于他的歌赋创作。因为此种文体可以自由发挥，不问长短，只要上下句平仄对仗，读来朗朗上口即可。

杨老师的赋也非常多，诸如《镁都赋》《营口赋》《屈原赋》等。应该说，《赋》这种文体已经离我们渐行渐远，如不再重视，挖掘和梳理，就有消失在历史的长河中的危险。试问，现在尚有几人知赋了解赋？尚有几人还能写赋？因此，杨老师积极探索赋的新境界，开拓赋的新视野，应该说做了一件有利中华文化传承的大好事。《轿顶雅集》便是杨老师歌赋创作中的精品和佼佼者。

《圣水采风雅集》

二〇二三年农历四月初一，圣水雅集营口诗词学会。

诗人能不尽开颜，征燕盘旋山水前。欺我骚人腹中浅，凭它峰险志如磐。沿途景色虽无语，放眼江山幸有缘。吟咏唐风二十载，豪情今日上云端。清河波浪绕山谷，圣水人家在眼前。一抹山光拖瘦影，几番心事为谁担。名嘴今朝小调咏，抑扬顿挫长精神。老骥开口阳春雪，红颜心旷水云间。老妪翩跹飒爽舞，皓叟松风梦团圆。火样年华今白头，知青岁月去还留。

圣水人家依稀梦，不尽江河万古流。圣水人家难忘记，明年夏季再来游。诗人骚客咏长调，指点江山正方遒。顾问会长携高手，诗词再上一层楼。

大家清晰可见，杨老师的这篇《圣水采风雅集》，写的是营口地区的众位诗人深入生活，采集民风，以积累生活素材，为诗词歌赋的创作打下基础。因此，语言清新明快，新颖脱俗，内容高雅，形式活泼自由。特别是改变了一韵到底的僵化模式，从"不尽江河万古流"开始换成"油裘"辙的韵脚，上一段是"前言辙"，这一换韵，显得灵活多变。

杨老师的其他几篇歌赋作品，皆是佳品精品的上乘之作，其中妙语连珠者层出不穷，句句在理者屡见不鲜，字字珠玑者犹在耳畔。尤其是《营口赋》笔者把它朗诵成音频链接，听来还算勉强顺耳，就这一点，在录制之前试读过不下几十遍。以上洋洋洒洒地，我之愚见地谈了杨德辉老师在近十几年里，在诗词歌赋创作方面所取得的丰硕成果，真是没有春之耕耘，哪来秋收在望。没有春风细春，哪来秋实飘香。我仔细盘点一下，杨老师获得的国家级的奖项多达近二十个。

我的跋即将停笔，杨老师创作的诗词歌赋的精品可以说是浩如烟海，而我由于才疏学浅，理解得也不

深刻，可能是浅尝辄止，挂一漏万，还望杨老师海量
包涵！

　　谢谢对我的信任！这信任胜过真金白银！

2023年7月8日

　　（王柏柱：大东北朗诵艺术会会员，多家朗诵线
上平台评论员、点评师以及历史传统文化普及方面的
宣讲师。）

刘成华论书绝句百首

刘成华 著

王充闾文学研究中心系列丛书

王充闾文学研究中心 编

春风文艺出版社
·沈阳·

图书在版编目（CIP）数据

刘成华论书绝句百首 / 刘成华著；王充闾文学研究
中心编. — 沈阳：春风文艺出版社，2024.1
　（王充闾文学研究中心系列丛书）
　ISBN 978-7-5313-6633-1

　Ⅰ. ①刘… Ⅱ. ①刘… ②王… Ⅲ. ① 绝句—诗集—
中国—当代 Ⅳ. ①I227.7

中国国家版本馆CIP数据核字（2024）第022317号

刘成华

中华诗词学会会员
中国书法家协会会员
中国书法家协会书法考级中心考官
共青团中央中高级人才培训中心讲师
全国教师书法展评委
辽宁省有突出贡献书法家

写到灵魂酣醉处
——序《刘成华论书绝句百首》

　　岁次癸卯，《刘成华论书绝句百首》行将问世，刘成华嘱余作序，余伏案细读，摇神夺目者，其笔墨淋漓、诗书酣畅也。

　　《刘成华论书绝句百首》是一部用诗的符号谱写中国书史的篇章。它作为中国书法史的赞歌，在书法诗法的意象、风格上进行了深度融合与创造性尝试，开启了以诗论书、以书应诗、诗书双璧的肇端。它第一次集大成式地把中国书法赋予诗的表现与体验；第一个让中国书法扬起诗的风帆，驶向思想艺术的彼岸。

　　胸中自有气象奔腾。满纸跳动的字符，满眼滚动的云烟，演绎着一曲充满活力的乐章，把我们引向气象奔腾的天地。"盘古开天止野荒，仓官造字润沧桑。山川鸟迹触灵目，粟雨惊魂大地昌。"（《文字之祖·仓颉造字》）"盘古开天"，功置于前；"仓官造字"，德继于后，凸显"功德"二字。"盘古"在"荒"之上，"仓官"于"桑"之前，如此功德千秋万古，沧桑不废。28 字信手拈来，已是气象万千。"一笔书成草圣传，挥毫纵宕墨池烟。蛇惊舞出江南雨，雁落遥巡塞北川。"（《草圣张芝》）"江南雨""塞北川"呼应"一笔书"，意境阔远，气势宏大，风行雨致，造法浑成，俨然一副胸中气象。《刘成华论书绝句百首》诗到书到，心与手会，意与神会，挥洒处有千里之势奔来眼底。

以"澡雪精神"营造空灵之势。"吟咏之间吐纳珠玉之声；眉睫之前卷舒风云之色"，此思理之谓也。"风生笔下淋漓响，露滴心头摇曳颠。写出书家新意境，无穷妙理在锋前。"（《学书感怀·二》）笔下之风，心头之露尽在"淋漓""摇曳"之中，已一片思理；"意境"生于"锋前"又一片妙理也。在妙理之下营造空灵逸秀之势，乃《刘成华论书绝句百首》之密钥。这样的作品还如《王羲之兰亭雅集》："茂竹修林绿浅深，兰亭春色正堪寻。引来曲水濯吾足，借得峰云书古今。""浅深"既言其墨又言其势；既赋其形又表其意。"引来曲水""借得峰云"一路行来不曾停顿，奔流婉转，空灵激荡。以自己的方式表现自己，并把自己化归自然，是中国传统诗学与书法的共性。《兰亭序》以清远的歌喉，唱响热爱生命、享受自然的颂歌。《刘成华论书绝句百首》以此为圭臬，寻觅人生与生命的自然："学书浑似学参禅，一笔虚空了悟缘。寡欲清心无挂碍，精神到处是天然。"（《论书·四》）化用龚宗元"学诗浑似学参禅"，却在其上安"精神到处是天然"一句，真如点铁成金。把生命视为自然，融入自然是诗学的永恒，也是它的最高境界。"精神到处是天然"就是以"澡雪精神"营造空灵逸秀之势，营造自然之美。

意境之下书法与诗法的媾和。意象是主观情绪在客观景物上的反映，意境作为意象的集合体，驾驭着诗词与书法的创作。书法意象与诗词意象都是从自然中提炼出来的非物质形态可以表述的生命体验，是人与神之间的一种交流。《刘成华论书绝句百首》在意境驱使之下，书法笔意在前，布局疏朗，干净利落，意境空旷。笔墨线条牵连顿挫，瘦硬疏朗，刚健脱洒，达到一种洗去人间烟火、随心所欲而不逾规矩的境界。诗篇绝句显示了行云流水、冲淡清远、收放自然的自家本色和意境特点。"九势书论万古新，横麟竖勒见真淳。藏头护尾毫端上，始是金丹渡后人。"（蔡邕《九势》）"金丹渡人"意象统领，映照全篇。三句全作四句状语，两句当作一句写，顺流直下，意境挺透而出。其《石门颂》："闲云野鹤绝人烟，逆水行舟挽巨巅。欲把千钧留笔下，餐霞饮露是书仙。"意在笔前，形在胸中，以缥缈浑然之法，营造别开生面之意象。"欲把千钧留笔下"使其意；"餐霞饮露是书仙"用其境，宕开一笔，以对面法结之，将人引入缥缈的意境。同样表现这种风格的还有米芾书法："风樯阵马绝云烟，野鹤群鸥鬵岭巅。八面锋铓（芒）神采落，千秋笔墨出龙渊。"欲言米芾偏说"风樯阵马""野鹤群鸥"，如此借代，顾左右而言他，亦为观照所用。至于"八面锋铓（芒）神采落，千秋笔墨出龙渊"皆为意象驱使，全入观照之中。意境是中国诗学的最高表现，也是中国书法的最大追求。《刘成华论书绝句百首》将诗的意境和书法的意境相互交融印证，游离于美学与哲学之间，建立起更高层次的觉醒与展现。

诗书妙道神采为上。精神与风采乃诗书之妙道，也是其永恒不变的主题。《刘成华论书绝句百首》通透神采，澄澈明净，为我们拨去浮尘，找到内心认同，获得美好沉静，抵达身心安适之境。南梁《瘗鹤铭》石刻："焦山瘗鹤铭千古，落入江中隐圣形。峭拔奇踪堪可睹，苍茫妙境更空灵。"《瘗鹤铭》乃大字之祖，因言"圣"，书法立于山崖之上，因言"峭拔"；落入江中，因言"隐"，如此翻转，都为一句"苍茫妙境更空灵"设，这一句直抵神采之地。表现这种风格的还有王僧虔《笔意赞》："书之妙道神姿上，质朴阴柔两者兼。一语金丹千古绝，天宫笔底见青蟾。"王僧虔《笔意赞》乃书法经典要论，因以"书之妙道"宕出；神采、形质乃诗法书法之关钥，因以"两者兼"落下；如此宕出落下都为主人驱使："一语金丹千古绝，天宫笔底见青蟾"以质之形映射神之光彩。神采其实是一种和谐之美耸起的精神力量，是一种烛照人生的灵魂之光："北魏龙门气势雄，狮威虎震始平公。金戈铁马阳刚至，透过刀痕见笔功。"（《始平公造像记》）前两句蓄势，后两句陡然而起，以阳刚之美耸起的充满神采的精神之力，予心灵以洗涤与提振。《刘成华论书绝句百首》书法无论内擫外拓、上紧下松，牵连顿挫、瘦硬疏朗；还是缠绵倚侧、灵活飞动，都给人以不尽的感性启迪和至善至美的精神享受。

心正方能笔工。诗书一道，其体在心，其用在笔。司马光"木心不正，则脉理皆邪，弓虽劲而发矢不直"（《唐太宗论弓矢》）；柳公权"用笔在心，心正则笔正"（《旧唐书》）便如此谓。杜甫、颜真卿、柳公权等都是心正笔工的代表。"人品决定诗品决定书品"是诗学与书学价值与人本思想的一次对话，它拉开了人性与诗性书性相结合的大幕，唱响了中国诗学和中国书学融入中国人文精神的赞歌。《刘成华论书绝句百首》无处不在地体现着这种人文精神："相貌堂堂一伟公，酒酣作字气如虹。书声读醒三更月，墨韵吹香万里风。"（《元代书法家鲜于枢》）"伟公""气如虹"言其正，"三更月""万里风"颂其德。刘成华笔墨俱老，心正笔工，无愧中国诗书之后唱。其《柳公权》："篆籀苍茫御史公，羲之笔法柳融通。要知奥妙寻何处？心正方能字始工。"阐释哲理，阐明因果，直抵真处，呼唤人性诗性书性的共鸣。《刘成华论书绝句百首》承载思想，承载道义，坚守真理，吟咏性情；外在与内在相统一，躯体与精神相统一，德与诗书相统一。它用真善美载道体人，用人格精神获得美学呈现，堪为"人品决定诗品书品"的楷模。

不激不厉风规自远。这是书家共识，也是诗家之体认，"思虑通审，志气和平，不激不厉，而风规自远"（孙过庭《书谱》）不仅是书家圭臬，亦是诗家之重则。屈原、宋玉发轫了《楚辞》；李斯、程邈创造了小篆和隶书；蔡邕、钟繇、王羲之、张芝、怀素、李白、杜甫等诗书大家从容不迫，随手写来，尽成妙谛，这些都是"不激不厉，风规自远"的典范。《刘成华论书绝句百首》遥接古人之心境，提升书家诗家之境界，无论篆隶楷行草抑或诗篇绝句，均给人以自然流畅之快意。抛去熙熙攘攘，洗去人间烟火，将人引向宁静平淡、不着尘俗、高迥清远、太朴澄明之境。"临池大道贵为中，不厉风规自远同。险绝和平初未及，人书俱老乃灵空。"（孙过庭《书谱》精髓）以"人书俱老"阐释"不激不厉"，以"贵为中"阐释"风规自远"，熔理性个性于一炉，营造道法自然的意境。其《唐书法家虞世南》"刚柔并济笔生神，拙媚兼施字入真。写到灵魂酣醉处，方知有我更无人"便是用这样的笔墨，刻画空远的境界。"刚柔"起笔破题，托住"神"字；"拙媚"提笔承载，带出"真"字；"灵魂"挥笔转去，抛来"醉"字；"有我"信笔飞扬，留下"无"字。如此贯穿，渐行渐近，又一下子推向远方，可谓不激不厉、风规自远。"许多起承转合，便令题目透出文字"（金圣叹《西厢记读法》），用于《刘成华论书绝句百首》，更觉贴切。

　　《刘成华论书绝句百首》领悟中国诗法书法要旨，创造新的形质，焕发新的神采，以深厚的功力、浑厚的笔墨处理虚实、动止、刚柔、聚散、开合关系，在矛盾对立统一、错位互补中构建中和之美是《刘成华论书绝句百首》的精华所在。期待刘成华先生继续扬长避短，深入探索中国书法诗法之奥秘，以更为简约、劲健、雍容一体的诗书风貌，为人们提供更加崇高的审美理想、审美情趣和审美体验，架设更加宽广安适的精神家园。

　　　　　　　　朱彦癸卯年寅月于通州听心斋

目　录
CONTENTS

文字之祖——仓颉造字

盘古开天止野荒，仓官造字润沧桑。
山川鸟迹触灵目，粟雨惊魂大地昌。

　　注：仓颉相传为黄帝史官，造文字，以代结绳，号称史皇、仓帝、文宗。其察鸟兽纹迹而作书契，仰乘天地灵气，从甲骨刻痕衍生钟鼎，始载人文精华，为文字初祖。仓颉造字，感动上天，天为雨粟，鬼为夜哭，龙乃潜藏。

甲骨文

九曲黄河万里沙，殷商浩渺卜文遐。

天人合一星光转，玉骨残英大篆嘉。

注：甲骨文，又称契文、甲骨卜辞、殷墟文字或龟甲兽骨文，是迄今为止中国发现的年代最早的成熟文字系统，是汉字的源头和中华传统文化的根脉。甲骨文是商代晚期的文字，约有4000单字，具备了汉字构形的各种类型。

镇国之宝——石鼓文

钩环劲屈势苍茫，壁落仙山气欲煌。

异古殊今形似鼓，飘然缨组震潇湘。

注：石鼓文是先秦时期的刻石文字，因其刻石外形似鼓而得名。发现于唐初，共计十枚，高约三尺，径约二尺，分别刻有大篆四言诗一首，共十首，计718字。内容记叙秦王出猎的场景，故又称猎碣。原石现藏故宫博物院石鼓馆。

石鼓文

凤翥鸾翔舞碧纱，龙腾跃水日边斜。
分明身处关中地，忽现秦王狩猎涯。

李斯（中国第一位书法家）

斯君小篆妙精安，云卷云舒海淼盘。
铁画银钩星日丽，琅琊刻石见雄观。

注：秦始皇统一六国后（公元前221），推行书同文、车同轨、统一度量衡的政策，由丞相李斯负责，在秦国原来使用大篆籀文的基础上，进行简化，创制了统一文字的汉字书写形式。一直从秦朝流行到西汉末年（约公元8年），才逐渐被隶书所取代。

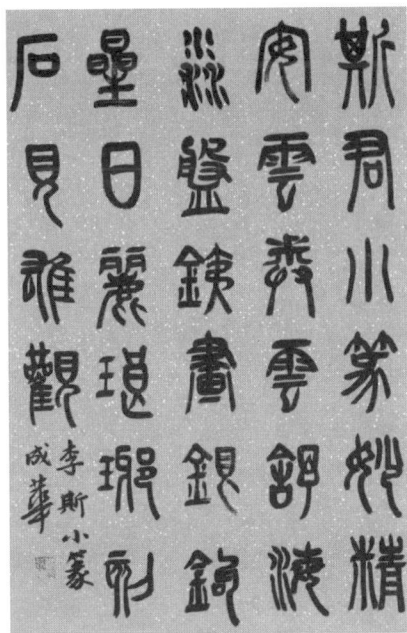

蔡邕《九势》

九势书论万古新，横麟竖勒见真淳。
藏头护尾毫端上，始是金丹渡后人。

　　注：蔡邕（133—192），字伯喈，陈留郡人。东汉时期名臣，文学家、书法家，才女蔡文姬之父。蔡邕早年拒朝廷征召之命，后被征辟为司徒，任河平长、郎中、议郎等职。蔡邕精通音律、经史，更精通书法，擅篆书，尤以隶书造诣最深，著有《九势》等多篇书论。

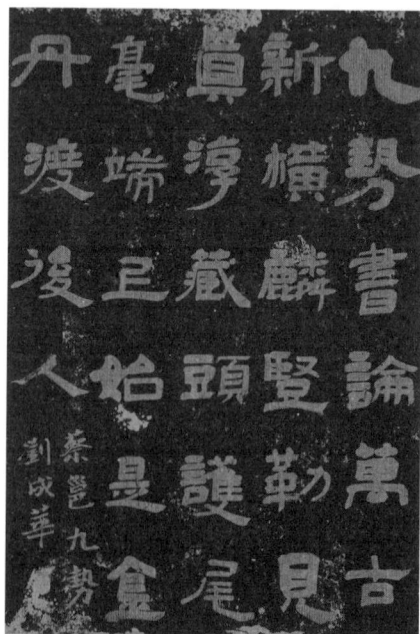

草圣张芝

一笔书成草圣传，挥毫纵宕墨池烟。
蛇惊舞出江南雨，雁落遥巡塞北川。

注：张芝（？—192），字伯英，敦煌郡渊泉县（今甘肃瓜州县）人。东汉著名书法家，草书之祖，称为草圣。他将当时字字独立、笔画分离的章法，改为上下牵连富于变化的新章法，富有独创性和开拓性，与钟繇、王羲之、王献之并称为"书中四贤"。

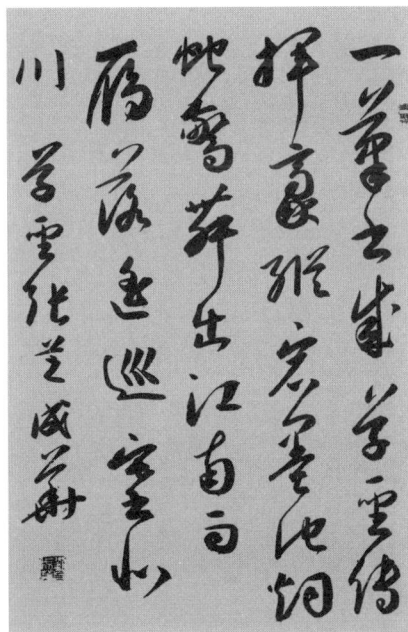

《西狭颂》

苍松劲节运玄虚，浑穆开张气象舒。
欲问雄强那家得？黄龙石刻最佳书。

　　注：《西狭颂》亦称《李翕颂》《黄龙碑》，东汉建宁四年（171）仇靖篆刻并书丹的摩崖石刻，位于甘肃省成县天井山鱼窍峡，记载武都太守李翕生平，歌颂其为民修复西狭栈道的政绩。《西狭颂》与陕西省汉中市的《石门颂》、略阳县的《郙阁颂》同列为汉代书法三颂，是三大颂碑中保存最完整的一座摩崖石刻。

《郙阁颂》

嘉陵古道朔风声，郙阁残碑汉月明。
巨象蹒跚存简朴，孤鹏寂寞少纷争。

注：《郙阁颂》是刊刻于东汉建宁五年（172）二月十八日的一方摩崖石刻，由仇靖撰文，仇绋书丹，属隶书书法作品，原在陕西省略阳县嘉陵江西岸，现存于略阳县灵岩寺。《郙阁颂》通高170厘米，宽125厘米，刻文19行，满行27字，记叙了东汉武都太守李翕重修郙阁栈道之事。书法上，其用笔于圆转中又增方折，结构内敛，章法茂密，俊逸古朴，大气磅礴。与《石门颂》《西狭颂》并称"汉三颂"。

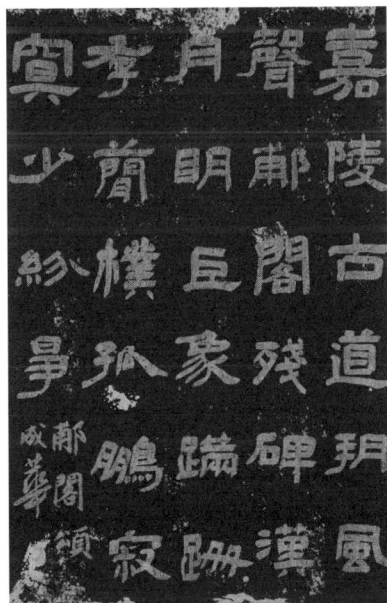

《石门颂》（一）

禹凿龙门勒石功，嘉君阙下汉风雄。

巍然屹立无声曲，大美惊魂气壮鸿。

注：《石门颂》全称《汉故司隶校尉犍为杨君颂》，后世简称为《石门颂》。是东汉建和二年（148）汉中太守王升撰文，书佐王戎书丹刻于石门内壁西侧的一方摩崖石刻，现藏汉中博物馆。

《石门颂》歌颂了东汉汉顺帝时的司隶校尉犍为（四川乐山）人杨孟文"数上奏请"修复褒斜道的事迹。《石门颂》多用圆笔，逆锋起笔，回锋收笔，线条沉着劲道，结字舒展放纵，体势瘦劲，飘逸自然，素有隶书中草书之称，是汉隶中精品佳作。

《石门颂》与陕西省略阳的《郙阁颂》、甘肃省成县的《西狭颂》并称为"汉三颂"。

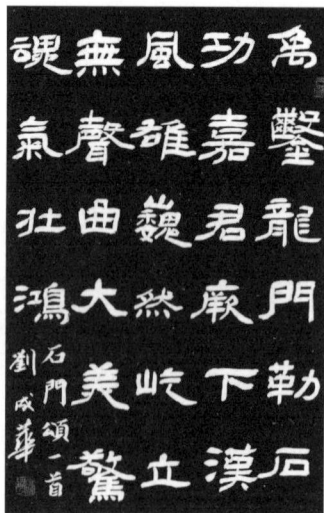

《石门颂》（二）

闲云野鹤绝人烟，逆水行舟挽巨巅。

欲把千钧留笔下，餐霞饮露是书仙。

注：《石门颂》位于陕西省汉中市褒城镇。

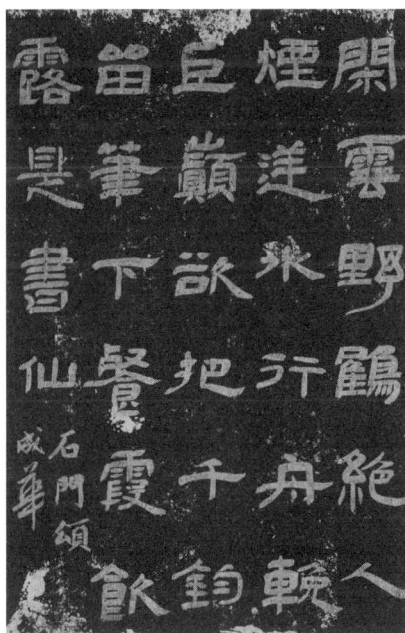

《石门颂》（三）

石门表颂势开张，逸宕闲鸥振翅扬。
最是雄浑奔放气，飘然草隶见苍茫。

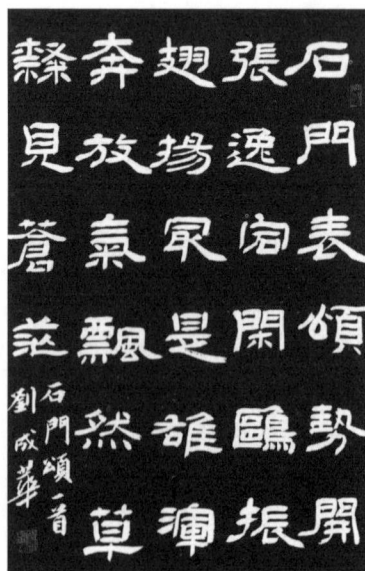

《礼器碑》（一）

礼器方严古雅妍，星流电转绝人烟。
天机浩荡如神助，汉隶宗风未比肩。

注：《礼器碑》刻于东汉永寿二年（156），又称"韩明府孔子庙碑"，无撰书人姓名，现存曲阜汉魏碑刻陈列馆。碑文记叙了鲁相韩敕优免孔子舅族颜氏和妻族亓官氏邑中繇发，造作孔庙礼器、修饰孔子宅庙、制作两车的功绩。与《乙瑛碑》《史晨碑》合称孔庙三碑。《礼器碑》书法上笔画瘦劲，结体紧密，捺角粗壮斜行，风格质朴淳厚，是东汉隶书的典型代表。《礼器碑》书法上笔画瘦劲，结体紧密，捺角粗壮斜行，风格质朴淳厚，是东汉隶书的典型代表。

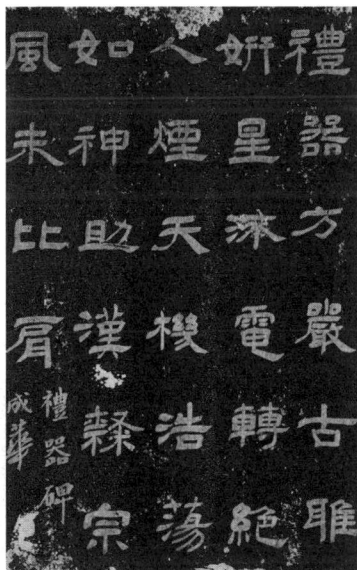

《礼器碑》（二）

细劲端严变化生，龙盘虎踞任纵横。
羲之笔法会通此，瘦硬遒丽气势泓。

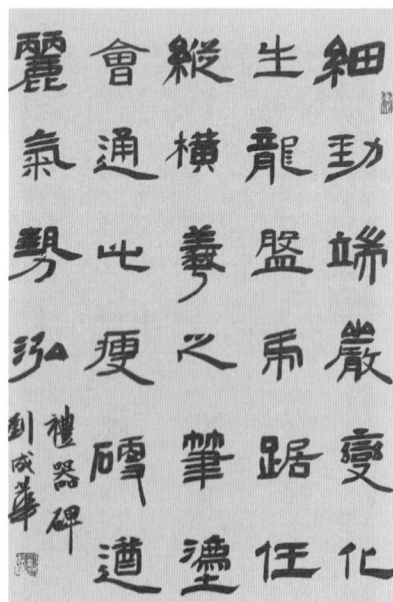

《张迁碑》（一）

张迁表颂古焜煌，点画纷披势万方。
何必迷离搜巧意？雄浑朴拙胜甘棠！

注：《张迁碑》又名《张迁表颂》，全称《汉故谷城长荡阴令张迁表颂》，是东汉晚期佚名书法家书丹，碑刻家孙兴刻石的一件隶书作品。此碑立于东汉中平三年（186），明代出土，现收藏山东泰山岱庙碑廊。

此碑是谷城故吏韦萌为追念张迁之功德而立。此碑书法造诣极高，堪称神品。风格上古朴厚重，率真质朴，是汉隶方笔系统的代表作。

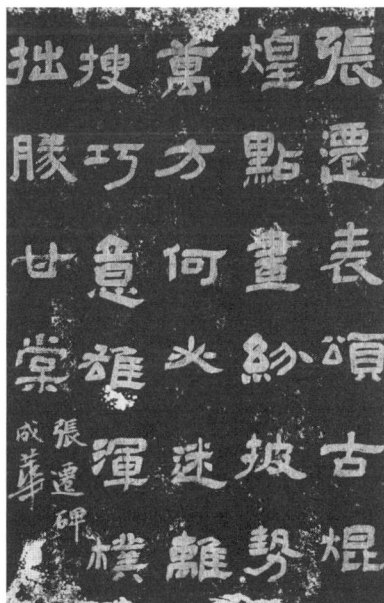

《张迁碑》（二）

慈祥乐佛望中森，憨态方容古厚深。
魏晋源头何妙许？张迁绝品嗣丹金。

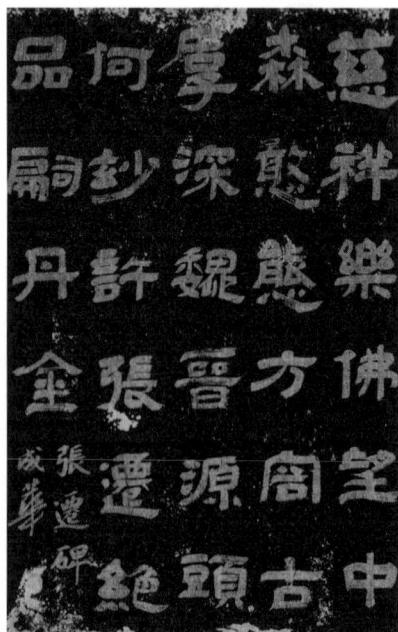

《曹全碑》（一）

貌似罗敷神似婵，多姿秀带舞云烟。

微波荡漾古筝奏，石干铜柯羞涩然。

注：《曹全碑》全称《汉郃阳令曹全碑》，因曹全字景完，所以又名《曹景完碑》。此碑立于东汉灵帝中平二年（185）十月。明万历初在郃阳（今陕西合阳）出土，碑在明代末年断裂，人们通常所见是断裂后的拓本，现保存于西安碑林。《曹全碑》用笔方圆兼备，以圆笔为主，风致翩翩，美妙多姿，是汉隶中秀美风格的代表。

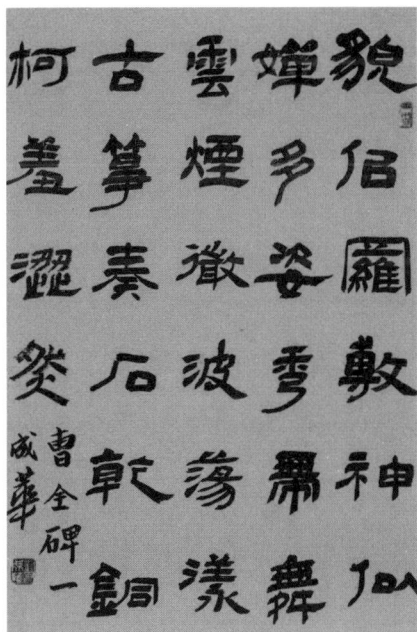

《曹全碑》（二）

张迁敦厚石门奇，细劲公推礼器碑。
更喜曹全开境界，罗敷彩袖舞多姿。

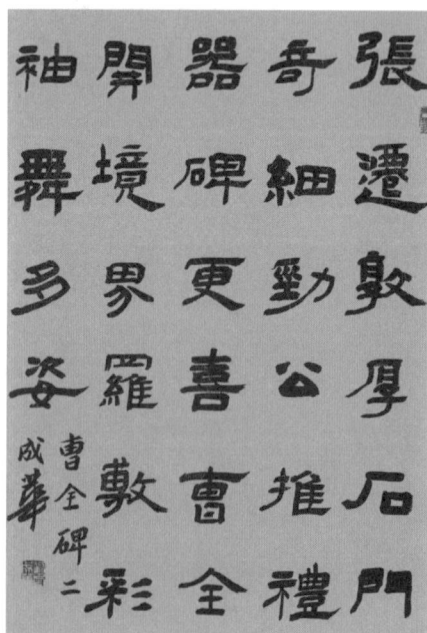

《华山碑》

流丽奇古见高情，法度精严波磔平。
震毁关中身已灭，至今一纸宝犹茕。

注：《西岳华山庙碑》刊刻于东汉延熹八年（165）的一方碑刻，又称《华山庙碑》《华山碑》，原石已毁，现有重刻碑存于陕西西岳庙灵宫殿。此碑用笔方圆兼备，结体方整匀称，章法整肃庄重，兼有《衡方碑》之朴茂、《曹全碑》之溢美流动和《夏承碑》之圆转古拙。

楷书鼻祖——钟繇

伯喈笔法授元常，精演隶分楷式觞。
戏海群鸿凌浪急，横空八骏跨云翔。

注：钟繇（151—230），字元常，豫州颍川郡长社县（今河南长葛市）人。汉末至三国时期曹魏重臣，书法家。钟繇擅长篆、隶、真、行、草多种书体，在书法领域造诣颇深，推动了楷书（小楷）的发展，称为"楷书鼻祖"。他与书圣王羲之并称"钟王"，与张芝、王羲之、王献之称为"书中四贤"。

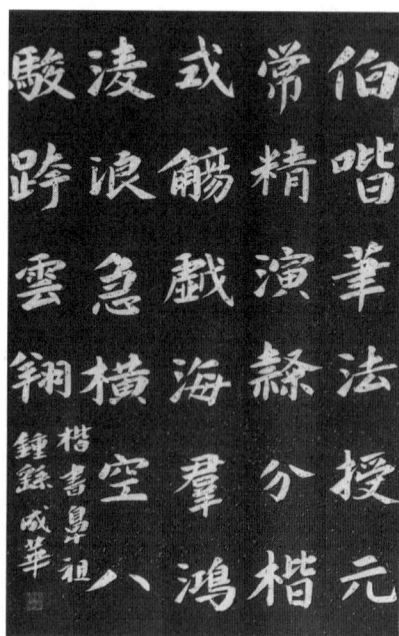

皇象《急就章》

崔杜章书万古研，春秋几度不曾传。

谁知急就神龙在，独领风骚数百年。

注：皇象，三国吴书法家，以章草名世，师杜度。传《急就章》一篇。崔杜，崔瑗，东汉著名书法家。杜度，东汉著名书法家，是崔瑗、张芝的老师。崔杜二人书法已不见，只能通过皇象窥其一斑。皇象的《急就章》，字字独立，大小均匀，上下字之间不相连，接近隶书笔意，古雅庄重，用笔果断，代表了西汉至东晋时期四百多年草书艺术的面貌。

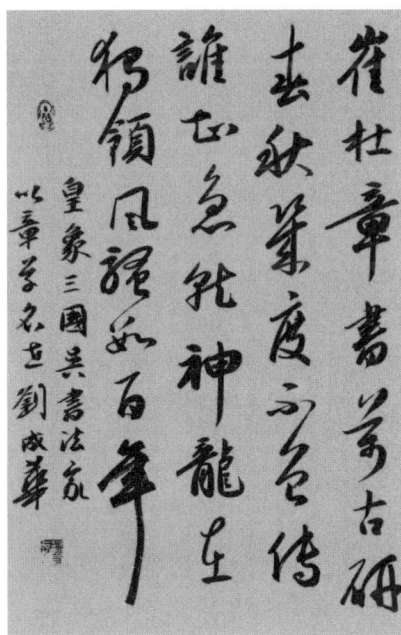

东晋南北朝书法

汉魏雄风传两晋，花开艺苑色缤纷。
餐霞饮露清玄意，慕醉千年弄墨君。

注：司马睿过江以后建立东晋政权（317—420），后被宋武帝刘裕所灭，开始了宋、齐、梁、陈的南朝。北方则由鲜卑族魏统一十六国，经北魏、东魏、西魏、北齐、北周，历史上称南北朝，后统一于隋。东晋、南北朝是完成书法艺术大变革的辉煌时期。草、楷、行书已渐成熟并已经形成独立的机制，成为通行的书体，艺术上有了长足的进步。在风格上一变东汉以来古朴之风雄强之态，使秀逸流便的书风成为主流。钟繇、索靖、卫凯而到王羲之、王献之的书法影响南北，形成了书家代出，父子相承，互相竞争，共同繁荣的局面。

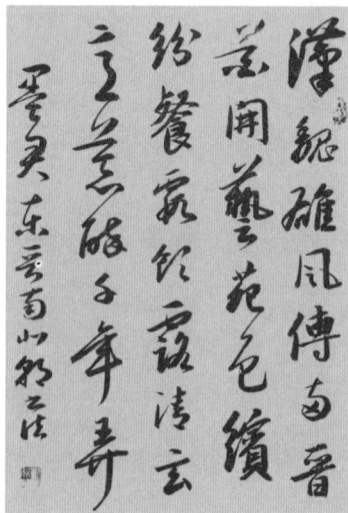

《平复帖》

古意飘然草隶章，秃毫劲舞暗云光。

平平不入俗人眼，一字千金属墨皇。

注：《平复帖》是晋代文学家、书法家陆机创作的章草书法作品，牙色麻纸本墨迹，现收藏于北京故宫博物院。《平复帖》共九行，84字，是陆机写给一个身体多病、难于痊愈的友人一个信札。因其中有"恐难平复"字样，故名。它是作者用秃笔写于麻纸之上，其笔意婉转，风格平淡质朴，在中国书法史上占有重要地位。

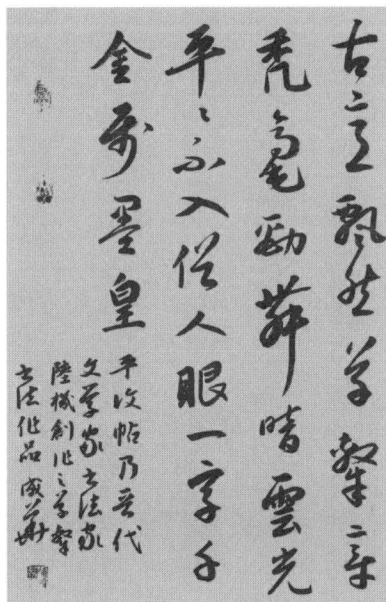

卫恒《四体书势》（一）

四体书论擘画开，阴阳道法自然来。
群星落落花英语，孤月纤纤燕子回。

注：卫恒，西晋书法家，官至黄门侍郎，父瓘，弟宣、庭，子玠皆以书法著名。《四体书势》分古文、篆书、隶书、草书，并为四种书体的起源和一些遗事，加以评论。其中篆书的势赞为蔡邕撰写，草书的势赞为崔瑗撰写，而古文和隶书的势赞为卫恒自己撰写。

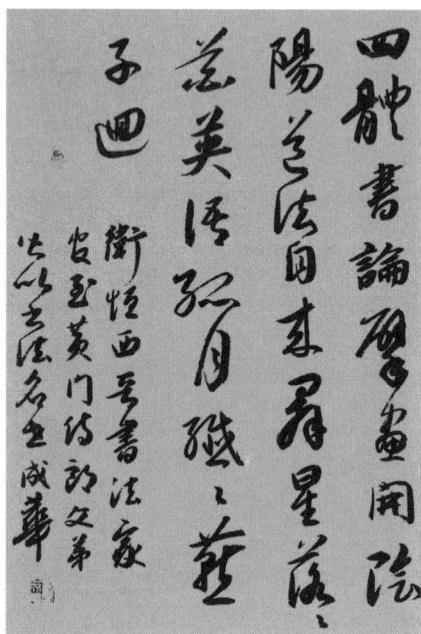

卫恒《四体书势》（二）

精研篆隶草书章，四体源头溯类苍。
赞语缤纷连九曲，蕴成魏晋谢郗王。

注：《四体书势》一书，是存世最早和比较可靠的重要书法理论之一，有很高的史料价值。有关当时的各种书体、书史演变，以及一些书法家代表的情况资料大都赖此书得以保存。

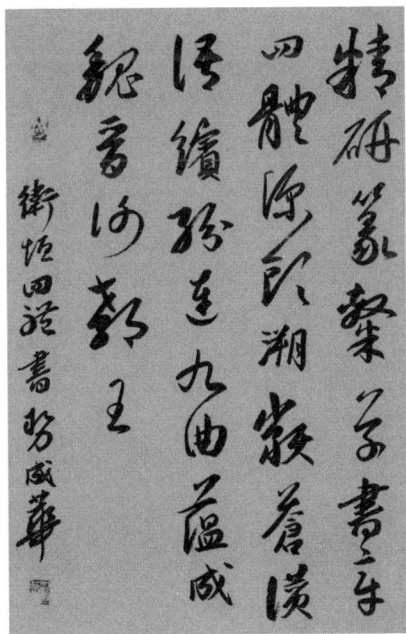

卫铄《笔阵图》

笔阵图篇奥赜寻，三端最妙在锋心。
高山坠石多筋骨，万里烟云气势森。

注：卫夫人（272—349），本名卫铄，字茂漪，河东安邑（山西夏县）人。晋代著名书法家，廷尉卫展之女。

卫氏家族世代工书，嫁给汝阴太守李矩为妻，李矩也擅长隶书。卫夫人师承钟繇，妙传其法。卫夫人与王羲之母亲为中表亲戚，成为书圣王羲之的书法老师。著有书论《笔阵图》。

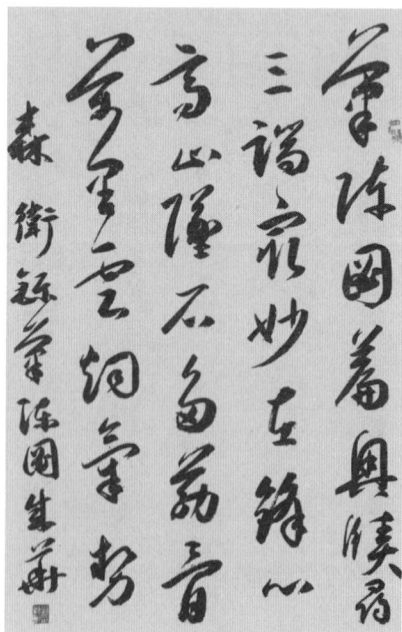

索靖

博通经史有神威，笔力遒章险峻稀。
屈曲银钩论古诣，张芝妙法索郎挥。

注：索靖，甘肃敦煌人，张芝外甥，文武双全，善章草，笔力遒劲，名动一时，为学者所宗。

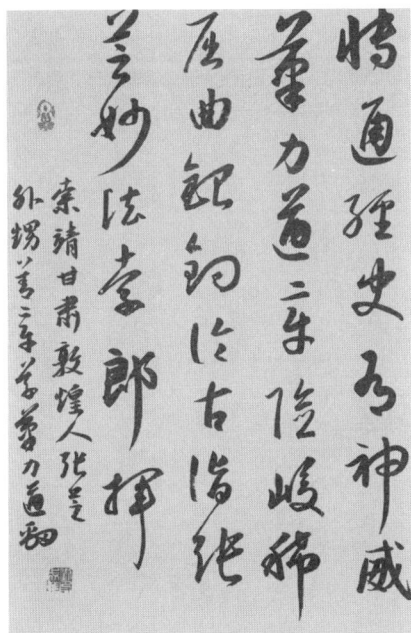

王羲之

羲之笔墨意尤真，鸾舞蛇惊掩笑尘。
书圣缘何千古拜，纵横逸宕势遒峋。

注：王羲之（303—361），字逸少，琅琊临沂人。东晋大臣，书法家，丹阳尹王旷的儿子，太尉郗鉴的女婿。

王羲之书法少从卫夫人学，后博采众长，备精诸体，精研体势，心慕手追，摆脱汉魏笔风，自成一家，影响深远，被称为书圣。书法风格平和自然，秀美流变，不激不厉，为后代学书者所崇拜。

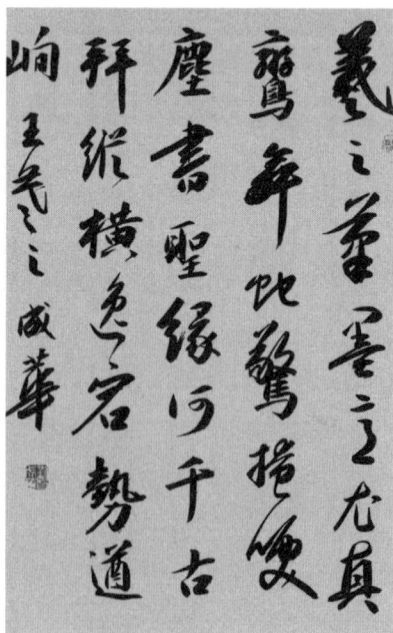

王羲之兰亭雅集

茂竹修林绿浅深，兰亭春色正堪寻。
引来曲水濯吾足，借得峰云书古今。

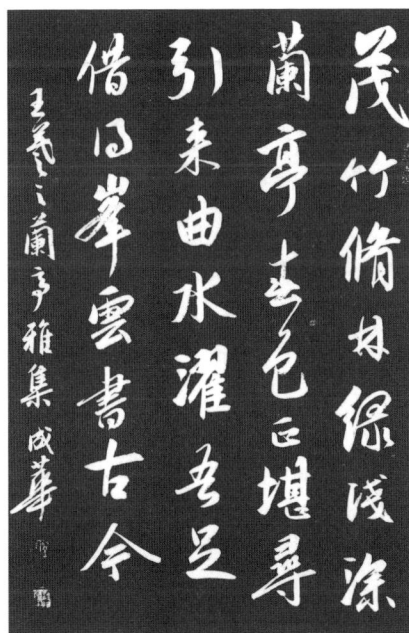

王羲之《兰亭序》

兰亭碧水曲流觞，茂竹和风赋雅章。
一部诗文留几处，千秋翰墨永焜煌。

　　注：《兰亭集序》是书圣王羲之在浙江绍兴兰渚山下以文
会友（353）写出的"天下第一行书"，也称《兰亭序》《临河
序》《三月三日兰亭诗序》等。唐太宗对王羲之推崇备至，亲撰
《晋书》中的《王羲之传论》，将临摹本分赐贵戚近臣，并以真
迹殉葬。

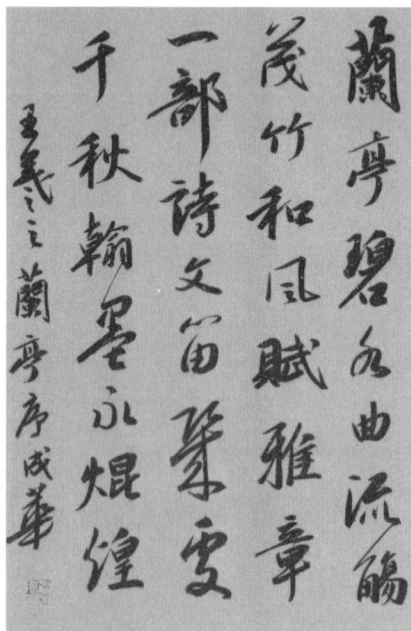

王献之

钟张逸少本超伦，子敬《中秋》更绝尘。

气势雄浑师草圣，锋芒简古得仙人。

注：王献之（344—386），字子敬，小名官奴，琅琊临沂人。东晋官员、书法家、画家、诗人，右军将军王羲之第七子，晋简文帝司马昱女婿，晋安帝司马德宗的岳父。

王献之精习书法，以行书和草书闻名，在楷书和隶书上有深厚功底。在书法史上与王羲之并称"二王"，又与张芝、钟繇、王羲之并称"书中四贤"。

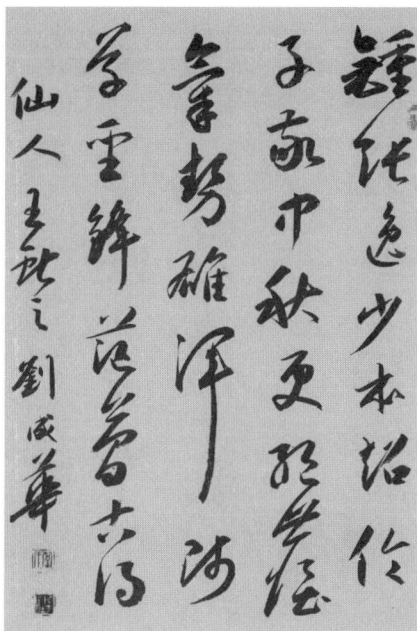

魏碑书法

上承汉隶下开唐，魅力多姿气势张。
一扫颓然非妄语，风神高古见雄强。

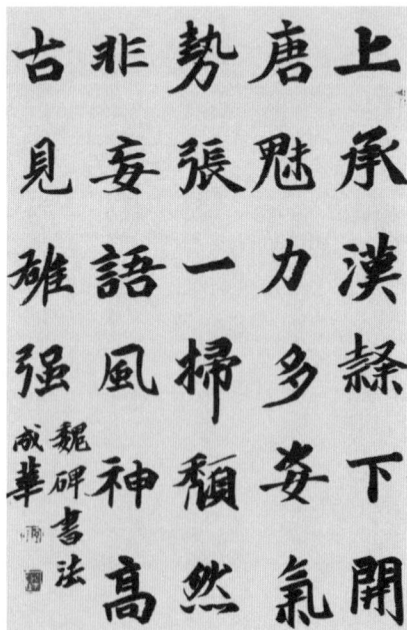

《张猛龙碑》

浑穆雍容古朴芳，横生逸气最端庄。
欧虞何处通玄法？清颂仙踪步奥堂。

注：《张猛龙碑》全称《魏鲁郡太守张府君清颂之碑》。
此碑立于北魏正光三年（522），碑上无撰书人姓名。书体为楷
书，现藏山东曲阜汉魏碑刻陈列馆。

《张猛龙碑》书法艺术风格，既险绝俊逸，又浑穆雍容；既
奇趣灵动，又古朴典雅。于齐整中求庄和，庄和中求变化，自然
流畅，逸气横生。

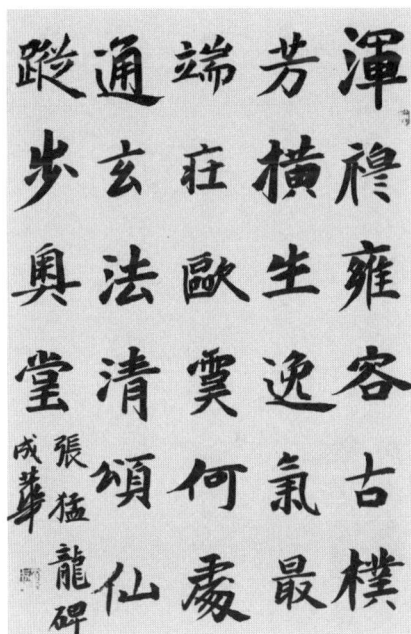

魏碑极品——《张玄墓志》

秦时小篆汉时分，北魏张玄极品群。
典雅风神堪入骨，从容洞达莫须纹。

注：张玄字黑女，清代为熙帝讳，一般称《张黑（hē）女（rǔ）墓志》。北魏普泰元年（531）十月刻。何绍基跋："化篆、分入楷，遂尔无种不妙，无妙不臻，然道原精古，未有比肩《黑女》者。"此志集雄健、轻灵秀逸、含蓄为一体，其艺术水平之高，鲜有匹敌，代表北魏墓志最高成就。

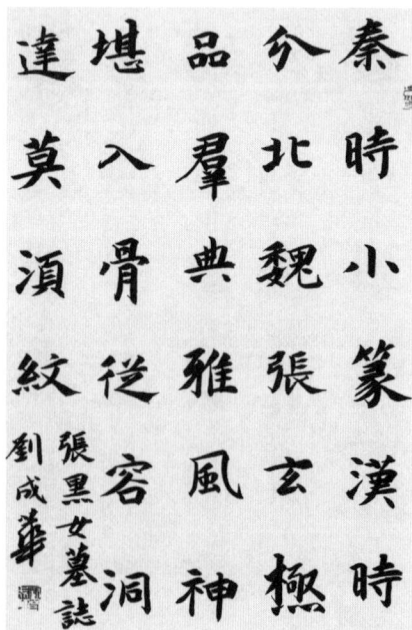

魏碑极品——《张黑女墓志》

墨池妙品任纷纷，悟透其中皓首身。

黑女煌煌孤本在，方知北魏有高人。

注：《张黑女墓志》原石已失，天下只有一孤本尤可宝也。

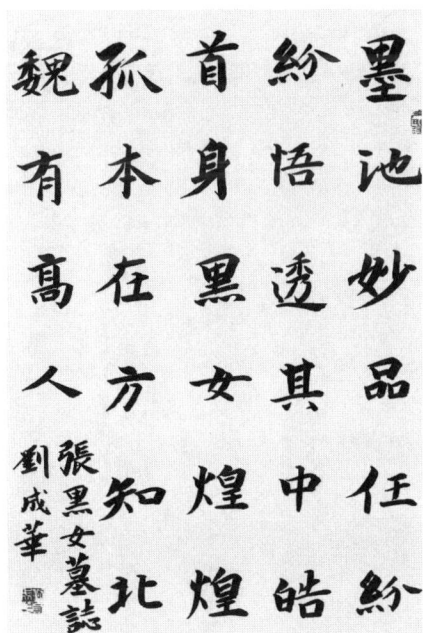

龙门石窟造像记

伊水香山两相融，龙门造像汉家风。
要知楷法滥觞处，北魏精华在此中。

　　注：龙门石窟位于河南省洛阳市，是世界上造像最多、规模最大的石刻艺宝库，被联合国教科文组织评为中国石刻艺术的最高峰。

　　龙门石窟造像记书法艺术风格特点：刚劲有力，质朴厚重，大小匀称，结体用笔在隶楷之间，显示出承隶启楷的风格。

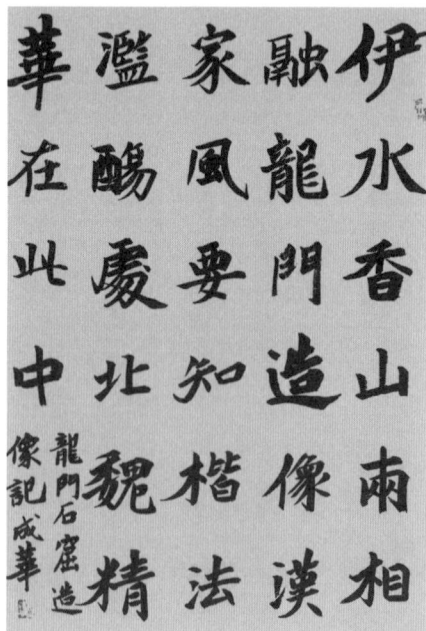

龙门二十品之《始平公造像记》

北魏龙门气势雄，狮威虎震始平公。
金戈铁马阳刚至，透过刀痕见笔功。

　　注：《始平公造像记》全称《比丘慧成为亡父洛州刺史始平公造像题记》，是由孟达撰文，朱义章书写的龙门石窟造像题记之一。

　　此石刻已泯尽隶书痕迹，既有汉晋雍容方正之态，又具有北方少数民族金戈铁马粗犷强悍之神。

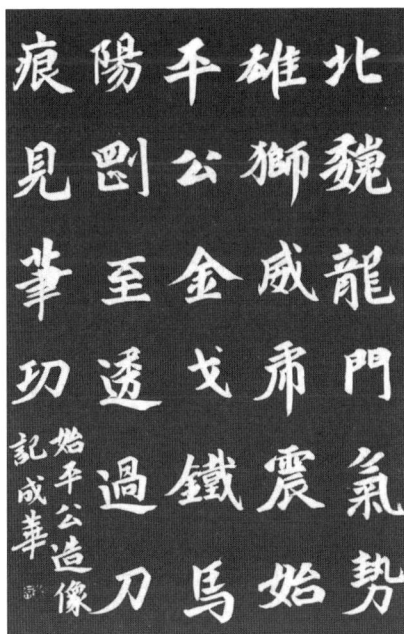

南梁《瘗鹤铭》石刻

焦山瘗鹤铭千古，落入江中隐圣形。
峭拔奇踪堪可睹，苍茫妙境更空灵。

　　注：《瘗鹤铭》原石在江苏镇江焦山崖石上，宋时被雷击落
入江中。康熙年间陈鹏年将石捞出。《瘗鹤铭》字体浑穆高古，
用笔奇峭飞逸，虽是楷书，却还带隶书和行书意趣。结字错落疏
宕，笔画雄健飞舞，对后世影响很大，被推为"大字之祖"。

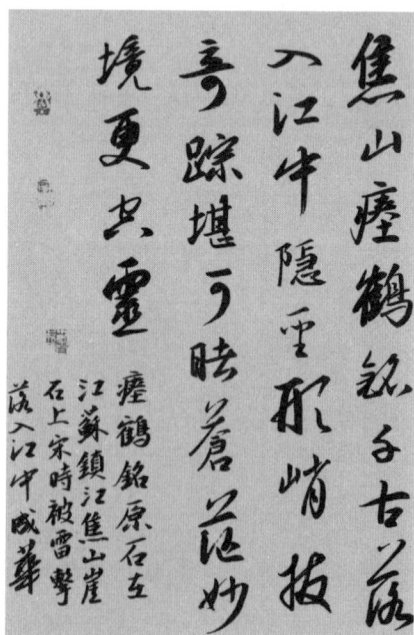

王僧虔《笔意赞》

书之妙道神姿上，质朴阴柔两者兼。

一语金丹千古绝，天宫笔底见青蟾。

注：王僧虔（426—485），琅琊临沂人。南朝宋齐时期大臣，书法家，王羲之的四世族孙，东晋丞相王导玄孙，侍中王昙首的儿子。《笔意赞》是王僧虔的一部书论作品。"书之妙道，神采为上，形质次之，兼之者方可绍于古人。以斯言之，岂易多得？必使心忘于笔，手忘于书，心手达情，书不妄想，是谓求之不得。"

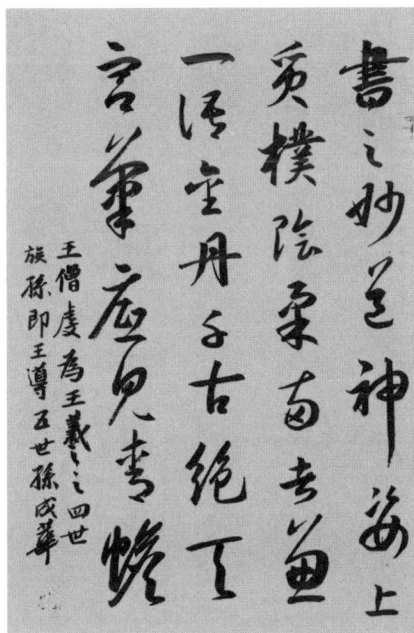

大唐书法

开元盛世育华章，翰墨诗文次第芳。
颜柳欧虞三魏骨，东夷顶礼显雄茫。

注：公元618年唐朝建立，经过贞观之治，又经过武则天和唐玄宗李隆基天宝中期以前的治理，唐帝国国力强盛，物质富裕，文化兴盛。书法艺术出现繁荣的局面。除了书法理论得到发展以外，在书法上主要有两大成就，一是楷书，二是草书。这是一个书家辈出、法度严谨的时代。

唐太宗李世民

披坚执锐扫秦川，筑稳唐周几百年。
力树羲之留圣教，温泉跌宕耀人烟。

注：李世民（599—649），唐第二位皇帝，政治家，军事家，书法家，诗人。他对书法的贡献巨大。1.亲自为王羲之作传，确立了王羲之书圣地位。2.提倡把书法作为科考内容，提升了书法地位。3.在书法理论上，强调骨力、冲和之美。4.利用帝王权威，发掘整理魏晋遗墨集王字而成《圣教序》，为后世留下珍贵资料。5.他书写的《温泉铭》开了行书入碑的先河。

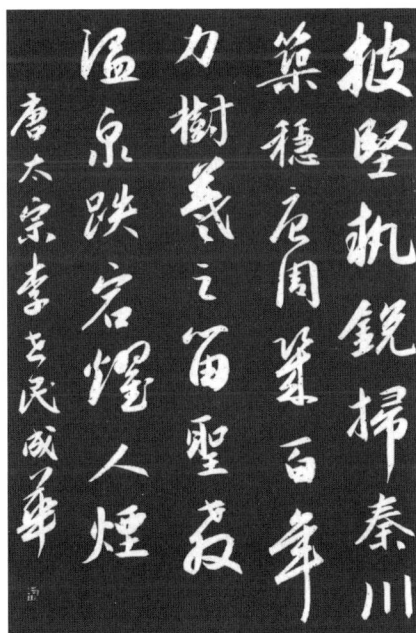

唐书法家——欧阳询

博览群书气势雄，金刚瘦硬笔生风。
光芒四射醴泉骨，楷式森严在此中。

注：欧阳询（557—641），字信本，湖南长沙人。幼而好学，博览经史，工书，为唐初与虞世南、褚遂良、薛稷并称"初唐四大家"，与欧阳通合称"大小欧"。欧书瘦硬，法度森严，笔力险劲，如金刚目，力士挥拳，对后世影响深远。代表作《九成宫醴泉铭》《皇甫诞碑》等。

唐书法家——虞世南

刚柔并济笔生神，拙媚兼施字入真。

写到灵魂酣醉处，方知有我更无人。

　　注：虞世南（558—638），字伯施，浙江宁波人，南北朝至隋唐时期书法家、文学家、诗人、政治家。与欧阳询、褚遂良、薛稷合称"初唐四大家"。是唐太宗知己，做秦王府参军，贞观时弘文馆学士，封永兴公。书法刚柔并济，外柔内刚，柔中不乏骨力，沉厚而有韵致。《汝南公主墓志》潇洒虚和，可与《兰亭序》并驱。

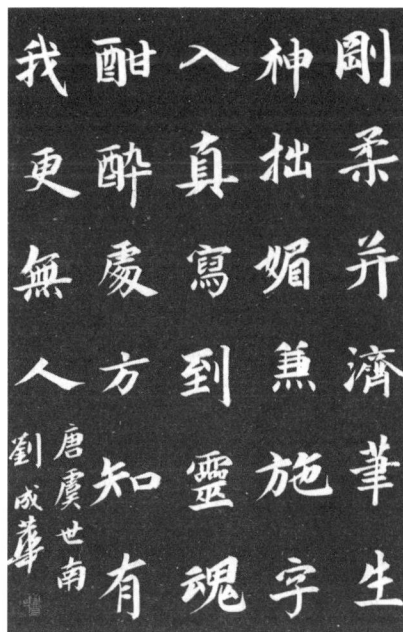

褚遂良《伊阙佛龛碑》

伊阙端庄意独横，婵娟婉艳更倾城。
谁知璞玉精雕处，礼器融真绝品生。

注：褚遂良（596—695），字登善，杭州人。历任起居郎、谏议大夫、中书令。是唐朝宰相、政治家、书法家、弘文馆学士褚亮之子。书法融合汉隶，独创风貌，与《礼器碑》接近，似美人婵娟，不胜罗绮，增华绰约，欧虞谢之。代表作《伊阙佛龛碑》。与欧阳询、虞世南、薛稷并称"初唐四大家"。

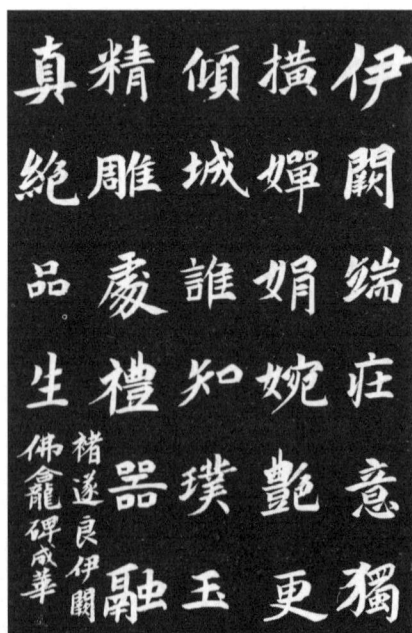

唐书法家——薛稷

河南高足薛临风，纠缠云龙气势雄。

雪惹山松诗画意，雷惊野鸟客来中。

注：薛稷（649—713），字嗣通，河东汾阴（山西省万荣县）人。唐朝大臣、书画家，隋朝内史侍郎薛道衡曾孙。

工书法，与褚遂良、欧阳询、虞世南并称"初唐四大书法家"，代表作《信行禅师碑》。

颜真卿《祭侄文稿》

鲁公祭稿耀千秋，触目惊心愤懑愁。
泣血长歌枯涩笔，雄奇翰墨大江流。

注：颜真卿（709—785），字清臣，山东临沂人，官至太子太师。德宗时李希烈叛乱，在奸相卢杞指使下，年高75岁的颜真卿奉诏劝谕李希烈，被李希烈绞死在龙兴寺内。

《祭侄文稿》是唐书法家颜真卿50岁时为追祭从侄颜季明书写的草稿。

通篇情如奔涌，书法气势磅礴，纵笔豪放，一泻千里，常常写至枯笔，更显苍劲流畅，其英风烈气，悲愤激昂心情流露字里行间，被世人称为天下第二行书。

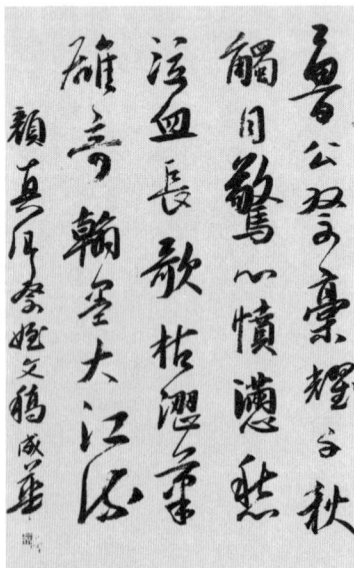

唐书法家——张旭

张颠醉后笔飞翔，挽发呼奔气势彰。
争道担夫通妙法，公孙舞剑得书狂。

注：张旭，唐开元、天宝期间书法家。为人狂放，酒后狂呼
奔走落笔，以发濡墨而书，极有神采，故人称张颠。自言"始见
公主担夫争道，又闻鼓吹而得笔法，观公孙大娘舞剑，始得其
神"。

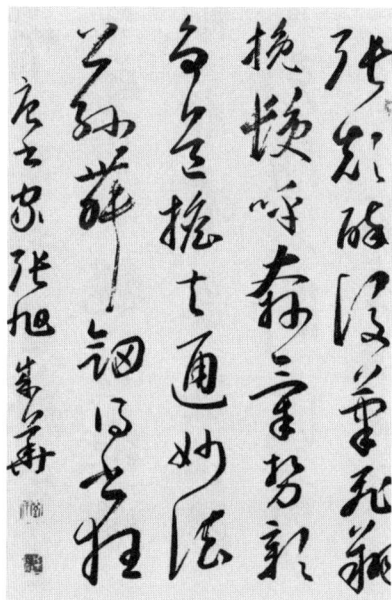

唐书法家——李邕

骨气超然跌宕生，右军北魏任纵横。
脱胎有我无须怪，且忌随人脚后行。

注：李邕（678—747），字泰和，扬州人。官至北海太守，人称李北海。豪爽耿直，以文书名天下。书法出右军，并与北碑结合，灵秀多变又浑厚朴拙。曾说"学我者死，似我者俗"，影响到宋苏轼、米芾，元赵孟頫。

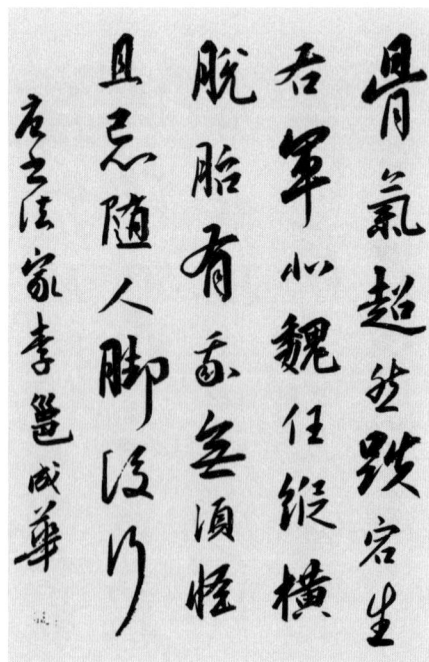

柳公权

篆籀苍茫御史公，羲之笔法柳融通。
要知奥妙寻何处？心正方能字始工。

注：柳公权，唐书法家。早期宗王羲之书，后受颜真卿（做过御史）影响较大，有颜筋柳骨之称。唐穆宗问柳笔法，对曰："用笔在心，心正则笔正。"穆宗知其笔谏。

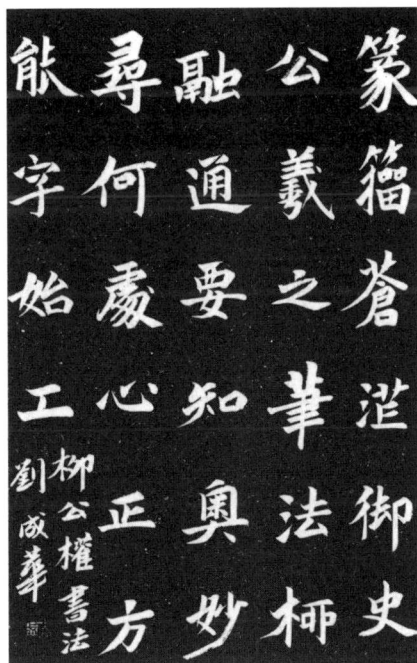

怀素《自叙帖》

骤雨旋风卷地鸣，奔雷坠石撼天横。

威威壮士千军扫，不负江河草圣名。

注：怀素，字藏真，俗姓钱，长沙人，后赴长安为玄奘之门人。书法得二王法度，参入篆意，任意挥写迅捷异人，有颠张醉素之称。其草书若惊蛇走虺，骤雨旋风。素性好酒，兴发字字飞动，狂奔急走，挥洒淋漓，惊心动魄。《自叙帖》是怀素于唐大历十一年或十二年（776—777）创作的草书作品，纸本墨迹，现藏台北故宫博物院。《自叙帖》通篇为狂草，笔笔中锋，如锥划沙，纵横斜直，无往不收，运笔上下翻转，起伏跌宕，是草书艺术的极致。

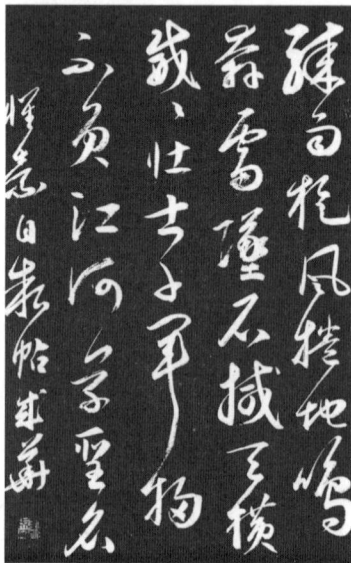

李阳冰

斯翁秘奥授阳冰，玉箸芳名万古膺。
鲁额空留君笔篆，珠联璧合十年灯。

注：李阳冰，唐代书法家。师秦李斯小篆，遂得其法，创玉
箸篆，有笔虎之称。颜真卿书碑必请阳冰篆额，以联璧之美。

孙过庭

为官不过录参军，命舛倾心笔墨勤。
谱序淋漓无项背，丰碑万古载千勋。

注：孙过庭出身寒微，但专心翰墨，经过二十年研究，终于自学成才。到了四十岁才做了"率府录事参军"最小的官，因操守高洁，遭到小人暗算丢了官。回家后抱病研究书法，撰写书论，稿件没有完成便病死家中，享年44岁。

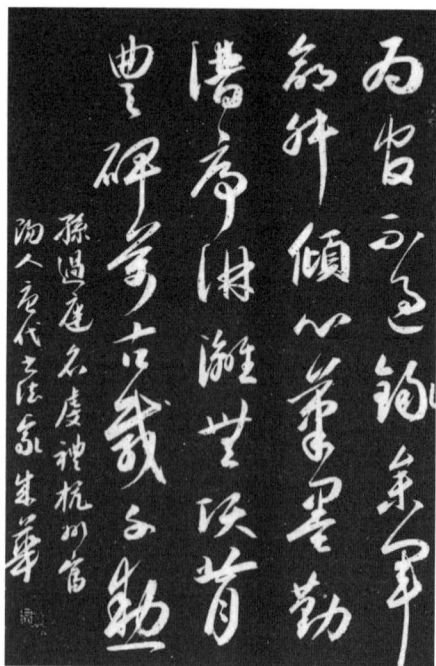

唐书法理论家——孙过庭

自古书禅片羽光，文疏理鄙又呈荒。

孙公序谱惊天地，巨擘丰碑耀宇彰。

　　注：孙过庭，名虔礼，杭州富阳人，是唐著名的书法家、书法理论家。擅长楷书、行书，尤其是草书取法二王。《书谱》可称千古绝唱，不但在书法的审美价值，也在于其学术价值，是学书者不可错过的必修课。

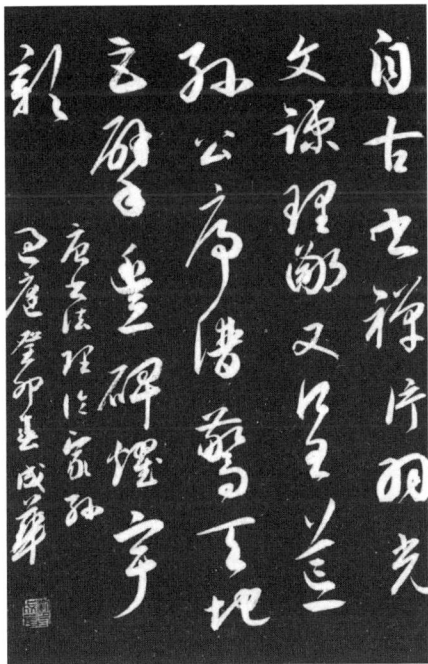

孙过庭《书谱》精髓——发展论

汉魏钟张晋末王，彬彬质朴代称煌。
书能换骨无余法，学古寻源物理常。

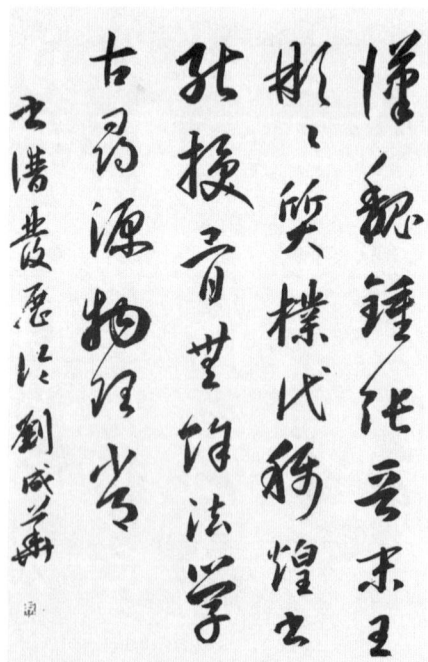

孙过庭《书谱》精髓——书体论

各体兼通博采长，精融二篆贯篇章。
龙文虎脊皆君驭，鸟迹鱼鳞独我骧。

孙过庭《书谱》精髓——创作论

众妙攸归骨气雄，花林落蕊遒姿融。
神情至圣方为道，笔力仙槎自有风。

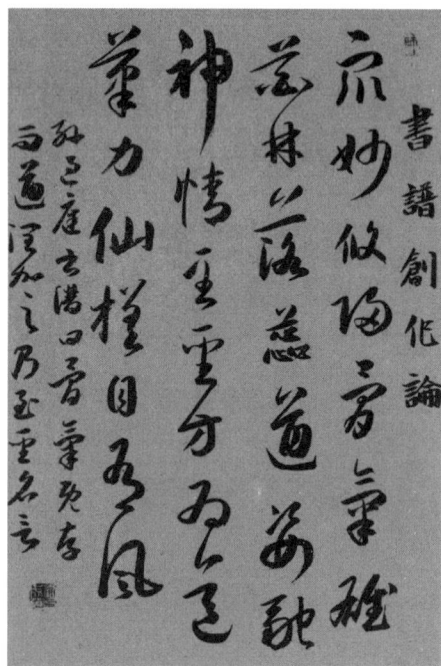

孙过庭《书谱》精髓——批评论

贵古非今自远同，其间巧丽目虚空。

深居大位权重者，肆意潮评稚小童。

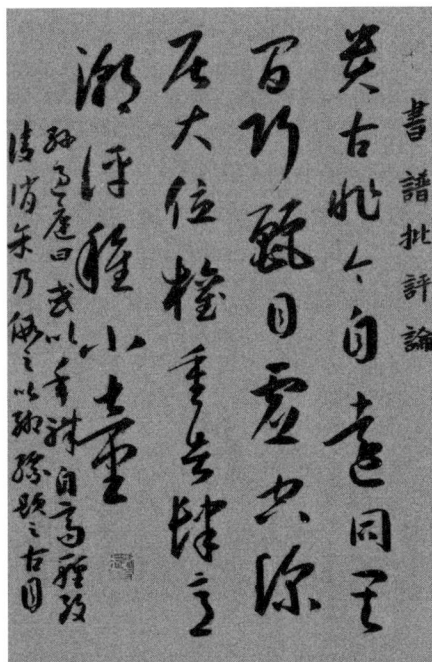

孙过庭《书谱》精髓——审美论

临池大道贵为中，不厉风规自远同。
险绝和平初未及，人书俱老乃灵空。

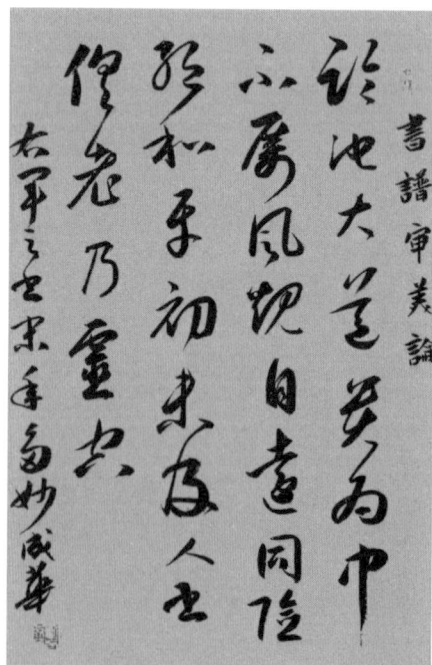

五代书法家——杨凝式

承唐启宋韭花功，笔迹豪鼇入妙鸿。
以险求夷追古韵，天真烂漫一杨疯。

　　注：杨凝式，字景度，华阴人。历任唐及五代官员，享年82岁。其行为装疯佯狂，书法亦离奇怪异，是唐宋间一位承上启下的重要人物。存世墨迹有三：《神仙起居帖》《夏热帖》《韭花帖》。

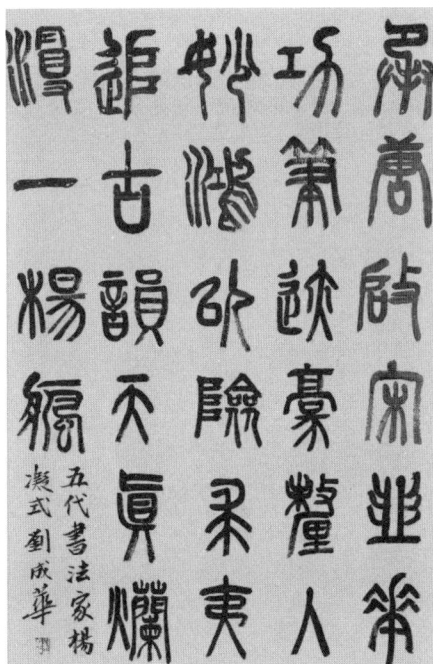

宋朝书法

非草非行意蕴淳，读书万卷笔生神。
纵横烂漫辟奇径，潇洒淋漓写岁轮。

注：宋朝书法特点：一重哲理性，二重书卷气，三重风格化，四重意境表现。

魏晋尚韵，唐尚法，宋尚意。原因是，晋唐的笔法由于朝代更迭战争频繁断代，宋人很少看到唐人双钩填墨的碑帖，加之宋一代翻刻碑帖盛行，失去了精准性，书家开始以一种尚意抒情的新面貌出现，除具天然、功夫两个层次外，还要具有学识，即书卷气。

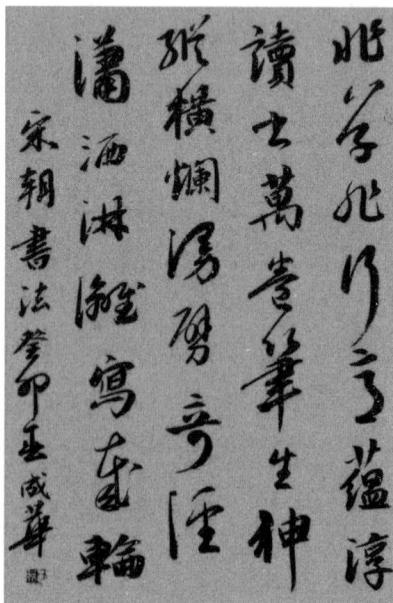

宋书法家——李建中

承唐启宋树新风，恬淡森严魏晋融。
逸少书声流笔底，六朝墨韵落池中。

　　注：李建中（945—1013），字得中，京兆人，北宋书法家。书法风格朴厚遒劲，有篆籀之气，继唐法度森严，又推陈出新，开宋尚意书风。代表作《土母帖》，有天下十大行书之美誉。此帖上溯魏晋，姿态横生，恬淡枯寂，深得義之手札精髓。

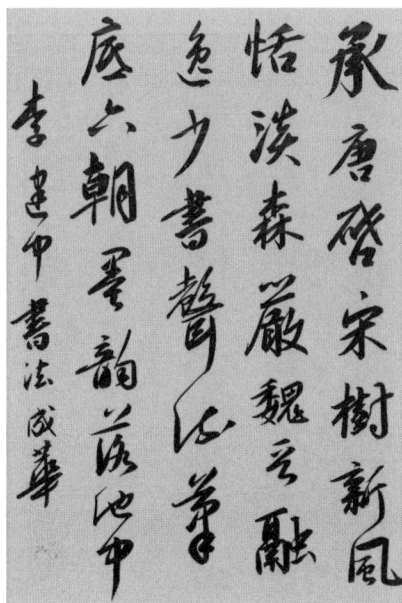

宋文坛领袖——欧阳修

开宗立派一文忠，博学精微大道同。
作字优游闻子野，为诗俊逸醉东风。

　　注：欧阳修（1007—1072），字永叔，自号醉翁，又号六一居士，庐陵人。举进士第一，庆历三年知谏院，出知滁州，嘉祐二年知贡举，修《新唐书》毕，拜礼部侍郎。熙宁五年卒，年六十六。

　　欧阳修是有宋以来的诗文大家，力矫文坛积鄙，改变了北宋诗文风气，直接影响了王安石、苏轼、曾巩等，是公认的文坛领袖。其书体势开张，雄健倔强，锋棱劲挺，超拔脱俗。

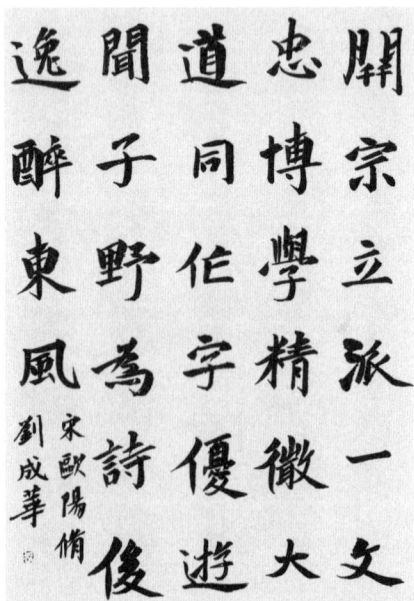

千古第一文人——苏东坡

旷古奇才一乐翁，超凡脱俗气如虹。
胸中自有情怀度，挥洒何求八法工？

　　注：苏轼（1037—1101），字子瞻，号东坡居士，北宋眉州眉山人，著名文学家、书法家、画家。嘉祐二年（1057）进士及第。宋神宗时曾在凤翔、杭州、密州、徐州、湖州等地任职。元丰三年（1080）因乌台诗案受诬陷被贬黄州任团练副使，哲宗即位后曾任翰林学士、礼部尚书等职。晚年因新党执政被贬惠州、儋州。宋徽宗时获大赦北还，途中于常州病逝。

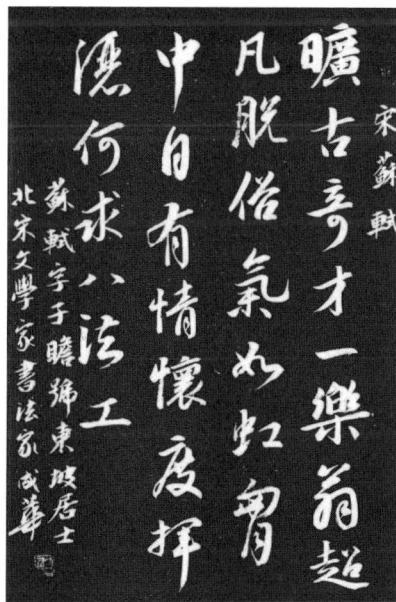

苏东坡《黄州寒食帖》

凄风苦雨屋如舟，破灶寒柴月夜惆。

奋笔疾书孤寂意，狂吟一笑大江流。

　　注：《黄州寒食帖》是苏轼行书的代表作，是苏轼被贬黄州第三年的寒食节所发出的人生感叹。诗写得苍凉多情，表达了苏轼此时惆怅孤寂的心境。书法作品在这种心情下挥笔而书，跌宕起伏，光彩照人，一泻千里，毫无荒率之笔，堪称天下第三行书。

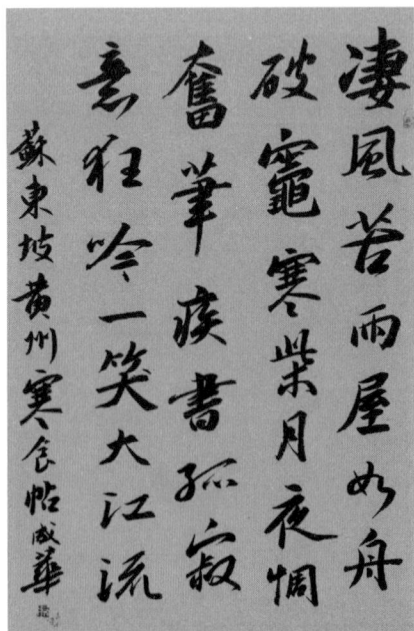

黄庭坚书法

大戟长枪扫媚姿，秋霜晓月劲虚迟。
胸存道义书可贵，笔写乾坤墨最奇。

注：黄庭坚（1045—1105），字鲁直，号山谷道人。北宋著名文学家、书法家，江西诗派开山鼻祖。

黄庭坚与张耒、晁补之、秦观游学于苏轼门下，合称"苏门四学士"。黄庭坚书法独树一帜，长枪大戟，清雄雅健，与苏轼、米芾、蔡襄齐名，称为"宋四家"。书法主张胸中有道义，又广之以圣哲之学，书乃可贵。

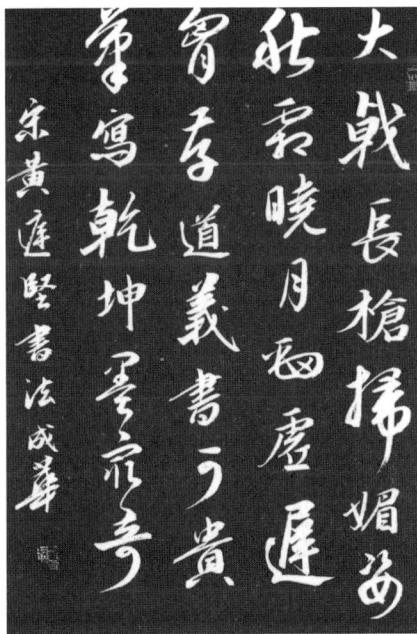

米芾书法

风樯阵马绝云烟，野鹤群鸥骞岭巅。
八面锋铓（芒）神彩（采）落，千秋笔墨出龙渊。

注：米芾（1051—1107），字元章，海岳外史、襄阳漫士等别称。

米芾书法所学极广，由唐入晋，集古字而成家。东坡评其书法：风樯阵马，沉着痛快。当于钟王并行。

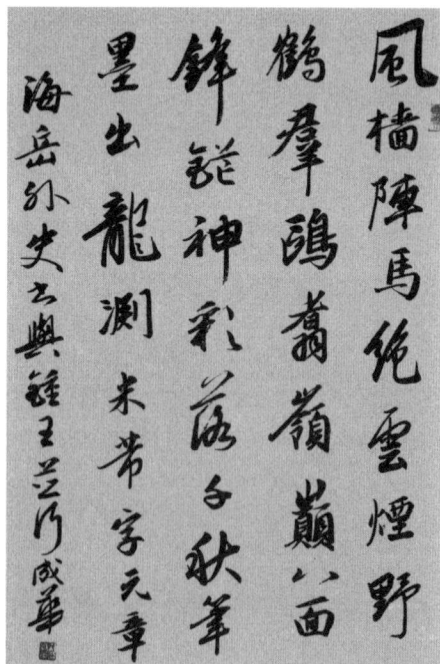

辛弃疾书法

沉雄豪迈郁参差，壮志难酬世得知。
起落人生书翰墨，狂歌夜半解吟诗。

注：辛弃疾（1140—1207），字幼安，号稼轩，山东历城人。南宋爱国诗人，有非凡的政治军事才能，但南归四十余年，弃而不用者过半，用之也不尽其才，满腔悲愤，发于词翰。其书点画精到，使转有法，入笔有斩截之势，有苏黄面貌。

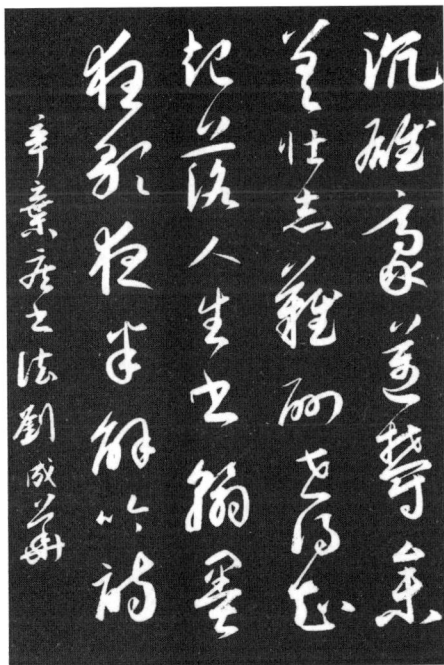

宋徽宗——赵佶

竭虑覃思翰墨功，何曾理政去争雄？

江山易改情难改，地远天遥一梦中。

　　注：宋徽宗赵佶（1082—1135），号宣和主人，宋朝第八位皇帝，书画家。在他统治期内，农民起义风起云涌，宋江起义和方腊起义先后爆发。靖康元年（1126）金军兵临城下，禅让太子赵桓，靖康二年（1127）与赵桓被金人掳去，（1135）死于五国城。宋徽宗在艺术上造诣极高。书画皆精。并利用皇权推动书画创作。他自创字体——瘦金体。

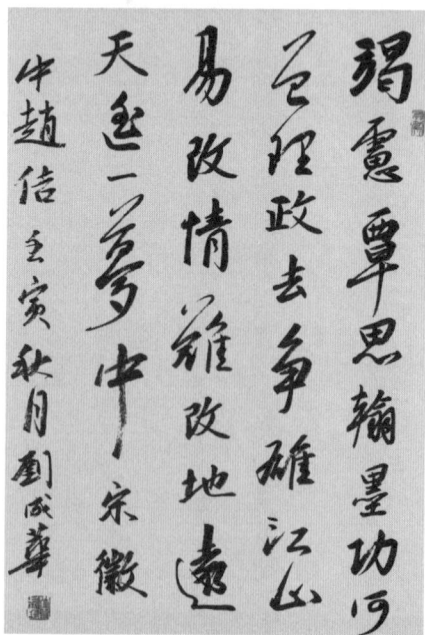

北宋书法家——蔡襄

春风拂面暖心帷，凤舞龙翔意态驰。
北宋书家谁最古？苏黄米蔡是宗师。

　　注：蔡襄（1012—1067），字君谟，兴华仙游人，天至八年进士，曾任西京留守推官。黄庭坚云：蔡襄行书简札，甚秀丽可爱，如春风吹面，行云流水，收放合度，心手相应，变态无穷，有龙翔凤舞之势，与苏轼、黄庭坚、米芾称"北宋四家"。

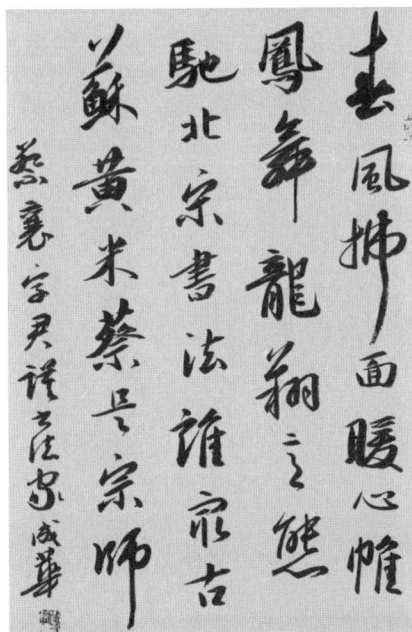

南宋——陆游

僵卧孤村乐自佳，尚思报国献身骸。
堂堂笔阵从天下，气压唐人折股钗。

注：陆游（1125—1210），字务观，号放翁，浙江绍兴人。南宋文学家，书法家，爱国诗人。

陆游一生笔耕不辍，诗词文具有很高成就，其语言平易晓畅，章法整饬谨严，尤以饱含爱国热情对后世影响深远。书法草书学张颠，行书学杨疯，书风与诗风一样，有一种饱受压抑而欲一吐心中不快的强烈感情，潇洒遒劲，大气磅礴，气压唐人。

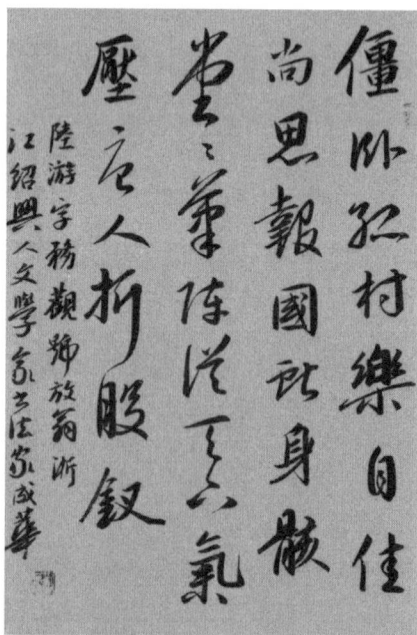

宋高宗——赵构书法

幼学苏黄老劲道，中年转米得风流。

意通魏晋三千里，气逼前朝十四州。

　　注：宋高宗赵构（1107—1187），字德基，宋朝第十位皇帝，南宋开国皇帝（1127—1162在位）。宋徽宗赵佶第九子，宋钦宗赵桓之弟。靖康元年（1126）金军第二次南下之际，他奉命出使金营求和，中途折返。不久靖康之变发生，东京失守，他辗转至南京应天府，在元祐皇后孟氏指定下登基，建立南宋。他精通书法，善真、行、草书，引领南宋书风。

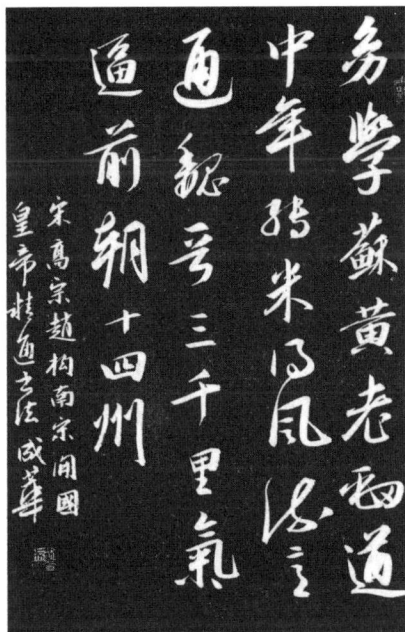

宋书法家——薛绍彭

一生独爱晋唐风，意韵天然笔墨雄。
纵使倾心羲献法，声名不及米南宫。

注：薛绍彭，字道祖，号翠微居士，宋神宗时长安人。以翰墨名世，善品评鉴赏，与米芾为友。米芾曾言，薛绍彭与余，以书画情好相同，尝见有问，余戏答以诗曰："世言米薛或薛米，犹如兄弟或弟兄。"绍彭工楷、行、草书，师法晋唐，历来书家评价甚高，但名不及米芾。

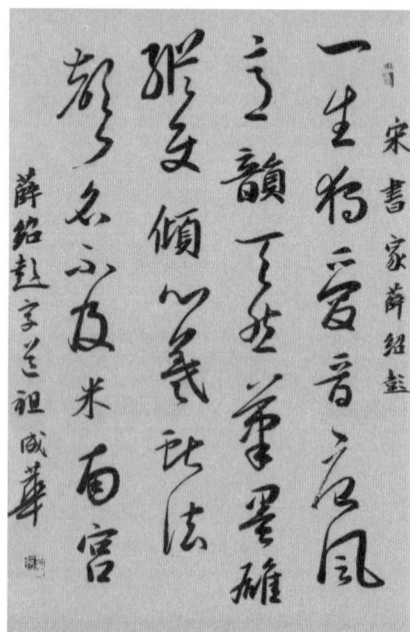

范成大

出入东坡法米颠，平和劲利更超然。
诗书重意雄浑在，两汉风神万古传。

注：范成大（1126—1193），字致能，号石湖居士。江苏省吴县人，绍兴二十四年进士，官礼部员外郎，兼崇政殿说书，参知政事，终资政殿大学士，绍熙四年卒，年六十八。素有文名，尤工于诗。书法宗苏轼、黄庭坚、米芾。

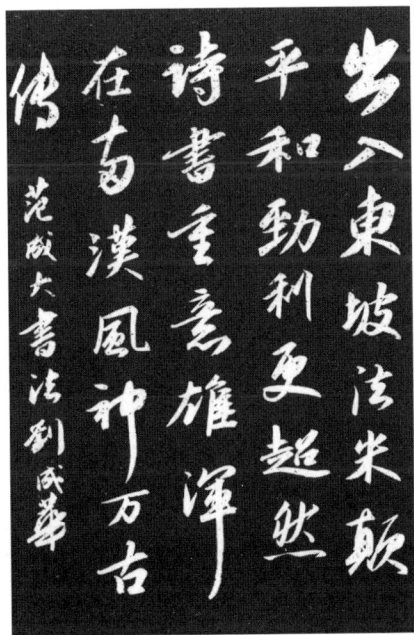

南宋书法家——吴琚

学米心摹已乱真，淋漓痛快貌清新。
谦谦君子风情雅，不管他人贬与珍。

注：吴琚，字居父，开封人，宋高宗吴皇后之侄。吴琚学米书，极有功力和资质，达到了惟妙惟肖的地步。但其实，同米书还是有区别的。米被认为集古字，吴则只见米书。米书笔势凌厉，纵横奇险，但吴琚不过分用险。

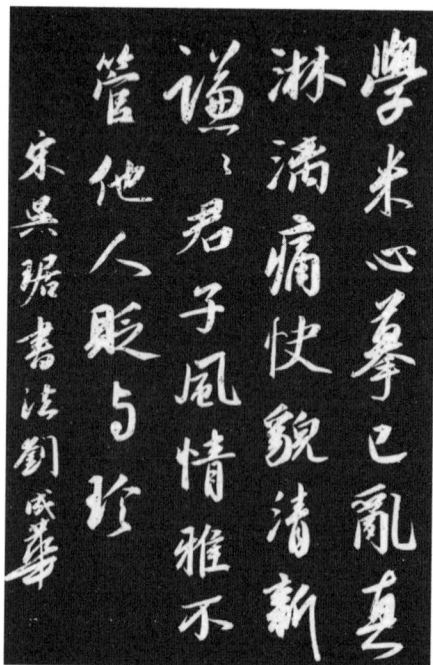

金代书法

继宋承唐有数公，凤毛麟角出书雄。
松年正甫庭筠笔，不减苏黄米芾功。

注：金代书坛，继承北宋大家特别是苏黄米余绪，书势不减江左。出现了蔡松年（字伯坚）、蔡珪（字正甫）、王庭筠、任询、赵秉文等书法家。尤其是王庭筠影响最大，诗文、书画皆佳。

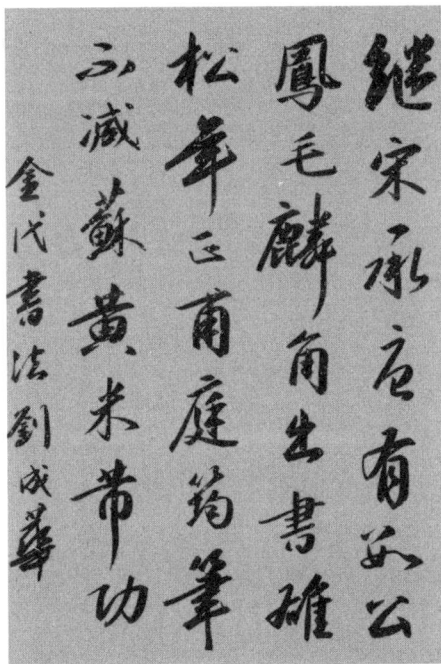

金代书法家——王庭筠

辽东子瑞本超伦，墨竹枯槎更绝尘。

学米沉雄挥洒意，风流蕴藉见天真。

注：王庭筠（1152—1201），字子瑞，号黄华山主，辽东熊岳人，金代文学家、书画家。其父王遵古，官至翰林直学士。王庭筠金世宗大定十六年进士，官恩州军事判官。书法学米芾，尤善山水墨竹。

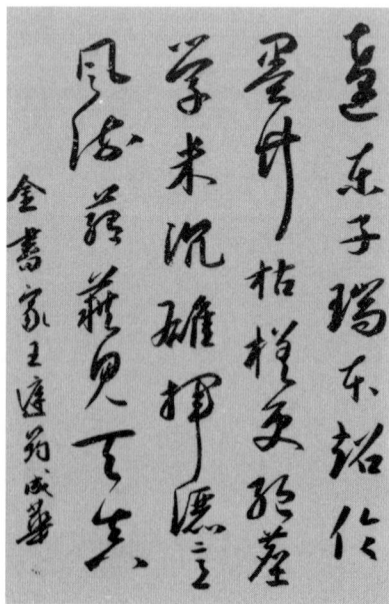

元代书法

回归魏晋墨缤纷，日日临池势卷云。
画法兼通书法处，奎章阁下聚贤君。

注：元代书法特点

第一，主张复古，以赵子昂为首的书家向魏晋回归，推动了元以后书法艺术的发展。

第二，多民族文化的融合。元政府还专门设置了奎章阁等文化机构，促进了书法的发展。

第三，书体复兴以及与"诗、书、画"的结合。元以后，书画集于一身者比比皆是，书家不事丹青尤可，画家则决不可不习书法。

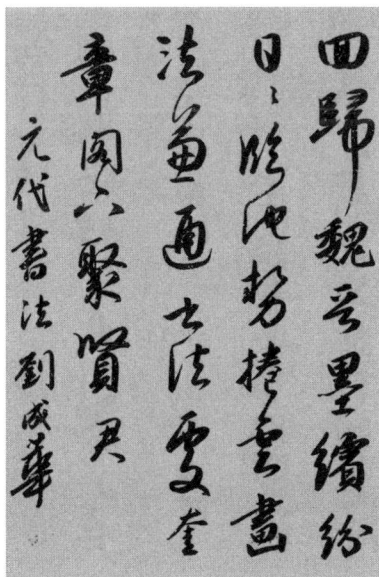

元代书家——赵孟頫

饮露餐霞挽玉烟，回归魏晋得书仙。
羲之北海钟繇意，写出风神万古传。

注：赵孟頫（1254—1322），字子昂，号松雪道人，浙江吴
兴人。仁宗时拜翰林学士承旨、荣禄大夫。善音乐、精丹青、工
诗文。书法习众善而成一家，尤对二王、钟繇、李邕（北海）下
力最深，各体俱善，是唐以后书法之大成者。

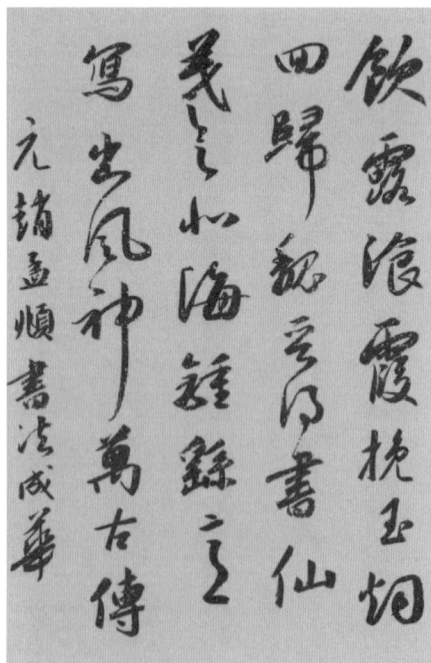

元代书法家——鲜于枢

相貌堂堂一伟公，酒酣作字气如虹。
书声读醒三更月，墨韵吹香万里风。

注：鲜于枢（1246—1302），字伯机，号困学山民，直寄老人，河北渔阳人，任元官至太常寺典簿。元代著名书法家，与赵孟頫齐名。有北方人的慷慨、豪气，身材魁梧，胡须浓重，称为髯公。博学多才，小草深得二王风范，狂草有献之、怀素风韵。

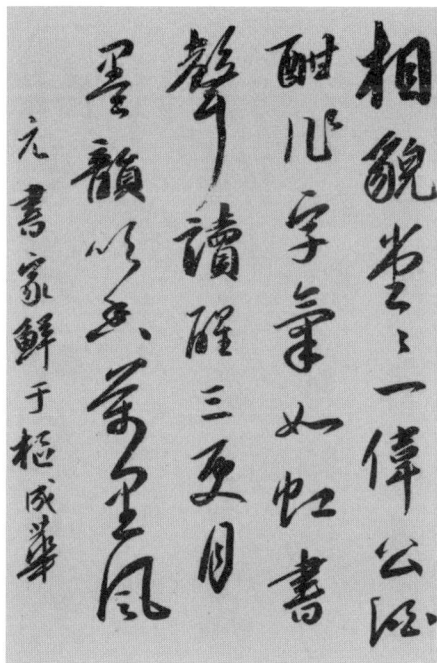

元代隐士书法

跳出樊篱见率真，铮铮傲气隐风尘。

江湖浪迹扁舟渡，翰墨狂歌万壑神。

注：元代书坛另一脉是隐士书家群，他们主要活动在元中叶到元末、明初，其中著名的有吴镇、杨维桢、陆居仁、倪瓒等。他们的书法特点是：任其自然，别具一格，简逸朴实，狂怪不羁，多透出一种铮铮傲气。

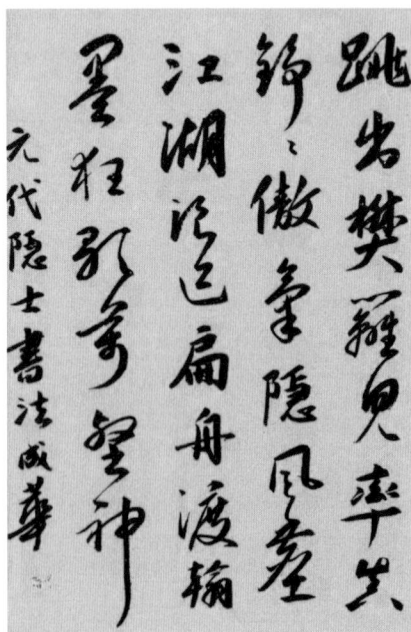

明朝书法

取悦龙颜馆阁风，朝初二沈墨相同。
吴门学派江南起，一扫颓然复古雄。

　　注：明朝书法复古思潮仍然占统治地位，永乐年间帖学最盛，但却造成了馆阁体泛滥，窒息了创新精神，压抑个性，取悦龙颜，以沈度、沈粲为代表。明中期出现祝允明、文徵明、王宠为代表的吴门书派，取法魏晋，表现天籁之美，使明朝书坛出现生机。

吴门书派

自古三吴景色新，文人雅聚出风尘。
兰亭遗韵杏花雨，阆苑群芳草圣春。

注：吴门书派是明代书坛声势浩大的一个流派，成就高、历时久、人员众、规模大、影响广。吴门书派的骨干都是吴门画派的主将，经过沈周、李应祯等传至祝枝山、文徵明才奠定了局面。

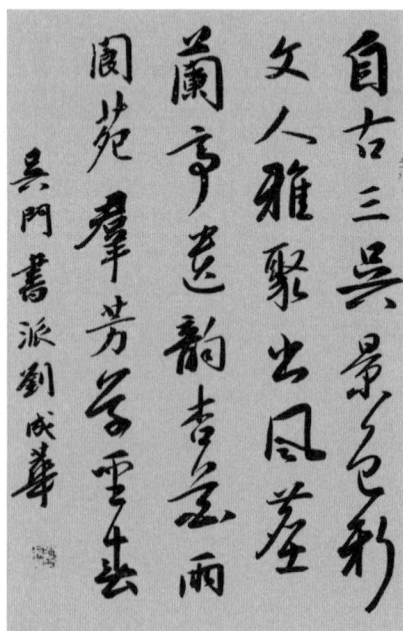

吴门书派——文徵明

晚岁修来笔墨精，吴门书派露峥嵘。

深知力学能成锦，颇羡多才可有声。

注：文徵明（1470—1559），初名壁，别号衡山。履试不第，后力学成才，诗书画文皆精，大器晚成。不交权贵，洁身自好为文人所敬重，是吴门书派执牛耳者，对吴门书派影响最巨。书法多格俱存，小楷最精，上溯钟王；行书初学黄庭坚，后师赵孟頫，上追晋唐；草书多二王六朝笔意。

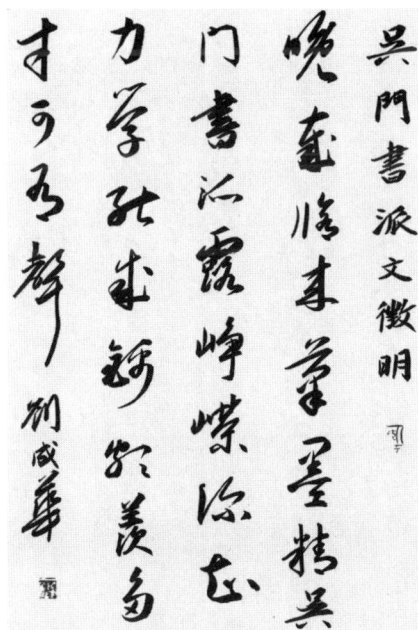

吴门书派——祝枝山

江南才子祝枝山，逆境悬针石砚穿。
利禄功名何所贵？逍遥洒脱做书颠。

注：祝允明（1461—1527），字希哲，江苏吴县人。因长相奇特，而自嘲丑陋，又因右手有枝生手指，故自号枝山。祝允明仕途坎坷，十九岁中秀才，五次参加乡试，才于明弘治五年中举，后七次参加会试不第。祝允明擅诗文，尤工书法，名动海内。他与唐寅、文徵明、徐祯卿并称"吴中四才子"。

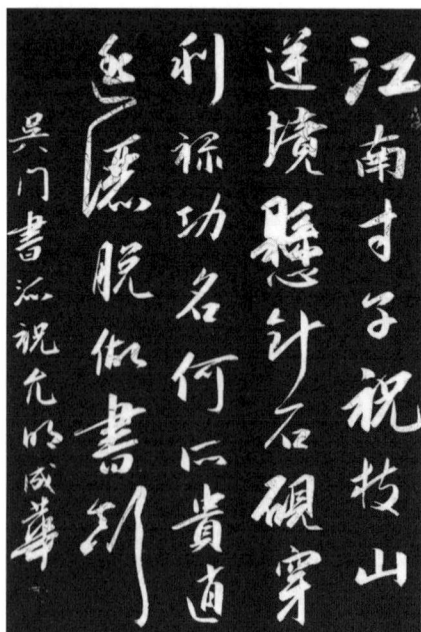

吴门书派——陈淳

平生放浪寄山林，淡墨欹毫画笔寻。

壮士狂歌挥剑戟，衰翁妙舞赋龙音。

　　注：陈淳（1483—1544），字道复，号白阳山人，苏州人，明代书画大师，经学、古文、诗词、书法、绘画咸臻其妙。画师文徵明，一花半叶，淡墨欹毫，淋漓疏爽。书法受祝允明、黄庭坚影响较大，取法米芾最多。笔走龙蛇，跌宕起伏，如醉歌狂舞，纵横争折，直接影响晚明徐渭。

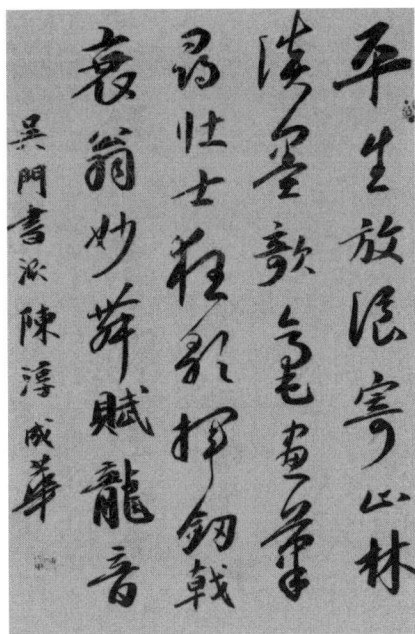

吴门书派——王宠

惊鸿一瞥妒英才，梦蝶千秋悯圣哀。

命舛难酬尘世意，骖鸾跨鹤写苍苔。

注：王宠（1494—1533），原字履仁，后更字履吉，别号雅宜山人，苏州人。仕途多舛，八次应试不第，十三岁丧母，心生怀念与悲伤。天不假岁，多病早逝，四十岁便离开人世。书法造诣极高，诸体皆能，尤擅小楷、行草，与祝允明、文徵明、陈淳并称"吴门四家"。

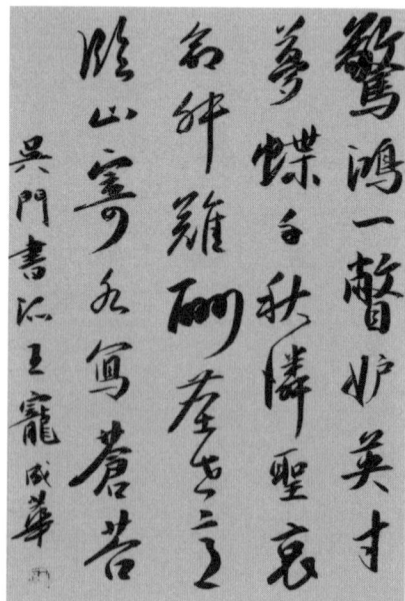

华亭书派——董其昌

由唐入晋力耕耘，淡雅清风拂面薰。

写到生时求顿悟，画禅室里有香君。

　　注：董其昌（1555—1636），字玄宰，号思白，又号香光居士。松江华亭人，万历十六年进士，官至礼部尚书。卒谥号文敏，故后人亦称董文敏。董其昌被称为明代书圣，书画宗师，影响了几代人。他的书法崇尚天真平淡，用笔讲究虚和；章法上以疏为则，造成白大于黑的视觉效果；墨法上善用淡墨，极力追求淡雅虚静的高远意境。著有《画禅室随笔》，以禅喻书，阐述"熟后求生"说、"顿悟"等美学观。

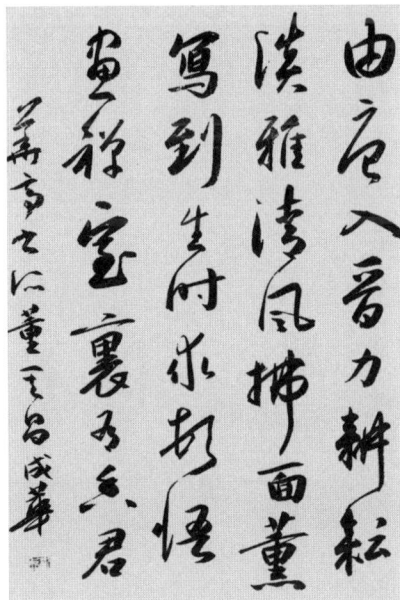

晚明书家——徐渭

满腹经纶气如虹，一生落魄笑苍穹。
青藤画派世间立，尚态书风海内雄！

注：徐渭（1521—1593），字文长，号天池，又号青藤。浙江
山阴人。明代著名剧作家、曲论家、画家、书法家，是明中叶至
晚明浪漫主义文学的先锋，青藤画派的鼻祖，泼墨大写意画派创
始人。书法擅长气势磅礴的狂草，打破了台阁体为主导的明代书
法寂寞，开启和引领了明"尚态"书风，把明代书法引向高峰。

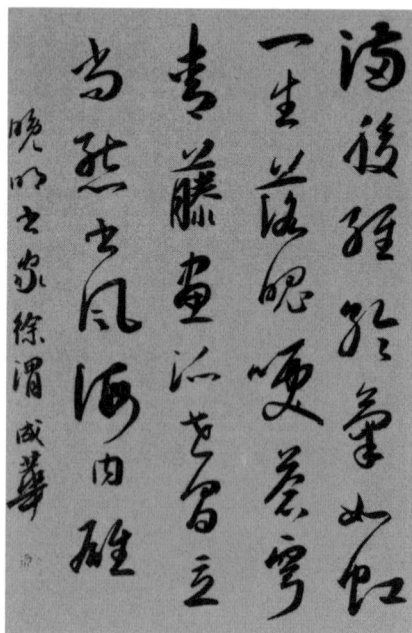

晚明书家——张瑞图

自出心源率意狂，翻折锐利露锋芒。
独标峻峭缺圆转，打破风规是董张。

注：张瑞图（1570—1644），字长公，号二水，别号果亭山人、平等居士。官至建极殿大学士。张瑞图以擅书名世，无所师法，自出心源，唯以自己的笔墨功夫率意而书，不喜圆转，多做翻折，尖峭锐利，大破帖学之规，有南张北董之号。

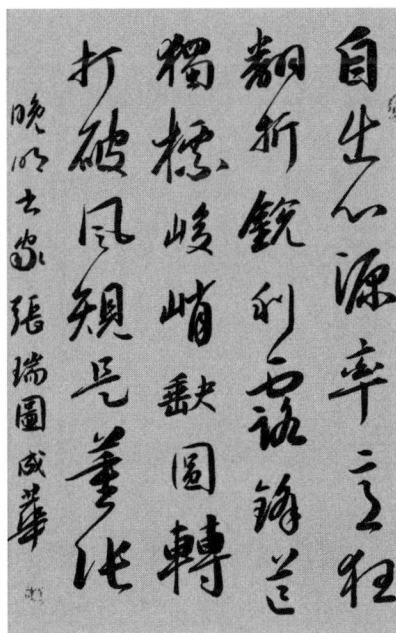

晚明书家——黄道周

傲岸规争触圣权，丹心报国老臣牵。
平生洒尽满腔血，笑看中原万里璇。

注：黄道周（1585—1646），字幼平，号石斋，福建漳浦
人，天启进士。南明福王、唐王之重臣，率兵抗清，兵败被俘，
以身殉国，享年62岁。明末学者、书画家、文学家、民族英雄。
一生忧国忧民，傲岸不屈，所以书画作品洋溢着凛然正气，是人
品与书风的统一，刚正不阿，不流凡俗，奇而不肆，古而不怪，
个性强烈。

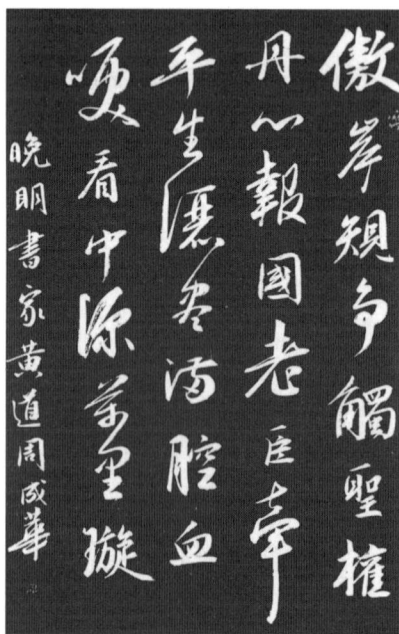

晚明书家——黄道周

飞鸿舞鹤振云天，绝岸颓峰咽石烟。
奔放雄风驱靡弱，从容大义写苍篇。

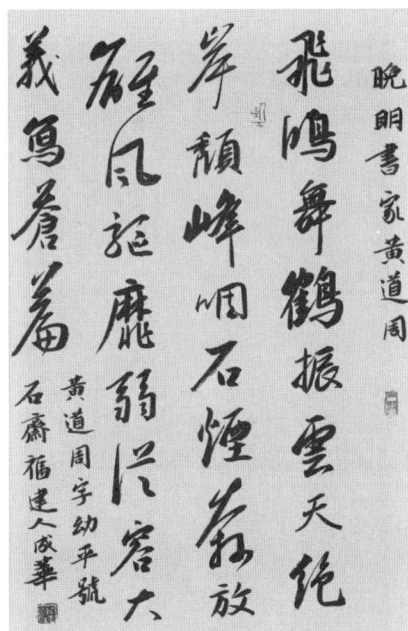

晚明书家——倪元璐

老树团花秀媚生，枯藤盘石逆流荣。
笔翻苦雨淋漓洒，墨舞春风浩荡鸣。

注：倪元璐（1594—1644），字玉汝，号鸿宝，浙江上虞人。天启进士，官至户部尚书，与魏忠贤阉党斗争甚烈，李自成攻入北京自缢而死。元璐擅丹青，工山水竹石，书法善行草。灵秀神妙，异态高古，豪迈奔放。外曜锋芒，内涵筋骨，如老树著花，似枯藤盘石，与黄道周、王铎、邢侗齐名。

晚明书家——王铎

金戈铁马势如雄，绕树枯藤劲涩风。
墨妙淋漓吞万里，诗豪烂漫落千丛。

注：王铎（1592—1652），字觉斯，号嵩樵、石樵、痴仙道人。河南孟津人。31岁时中进士，入翰林为编修，53岁时擢礼部尚书，未及赴任，清兵攻陷北京，乃南下金陵，在南明福王朝任东阁大学士。次年5月清兵南下围城而逼降，王铎与钱谦益率百官出城降清。由此王铎一度频遭非议，致影响到对书法的评价。

王铎书法学古而出新意。用笔将淹留之法与峻厉之气化为一体，于淹留之中得畅达。在用墨上，强调墨趣，造成点、线、面相结合的艺术效果。被喻为"金戈铁马，枯藤绕树"。对清初书坛颇有影响，对日本书法影响更大。

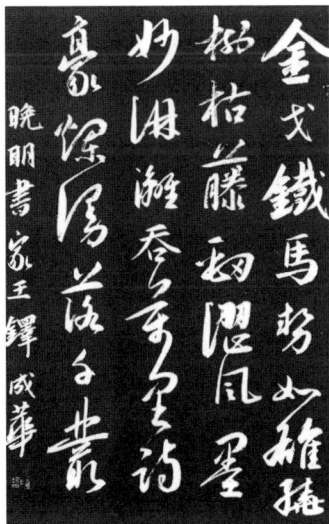

晚明书家——邢侗

南邢北董誉缣湘，子愿人书九鼎昂。
染墨临池唐宋晋，河山不废万秋扬。

注：邢侗（1551—1612），字子愿，山东临沂人。官至山西道监察御史，以陕西行太仆寺少卿金事致仕。36岁辞官归隐，终生仅有12年仕途经历。此后在长达36年的岁月里未受到朝廷起用，可谓壮志难酬。

邢侗后半生以研究和临写"二王"为己任，书学主张追钟王，坚持传统，反对明代狂怪尖峭的风气。他的书法墨迹与黄金同价，上自宫廷，远及四夷，购得只字，宝为九鼎。

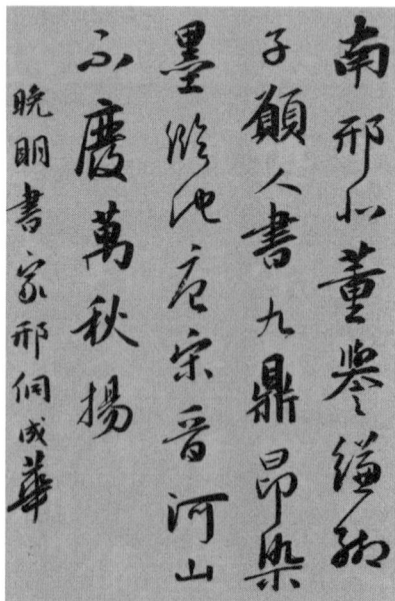

晚明书家——米万钟

风流倜傥追先祖，翰墨纵横比董张。
即使豪雄枯笔转，难臻海岳落空荒。

注：米万钟（1570—1628），字仲诏，号友石、石隐，宛平人。官至山东右辖，因不附魏党而夺职，魏党败，复官为太仆寺少卿。

米万钟风流儒雅，学识渊博，琴棋书画无所不能，尤耽书法，是宋书法大家米芾的后裔，对米芾书尤为用功，但终不及米芾。米万钟与董其昌、邢侗、张瑞图被誉为"晚明四大家"。

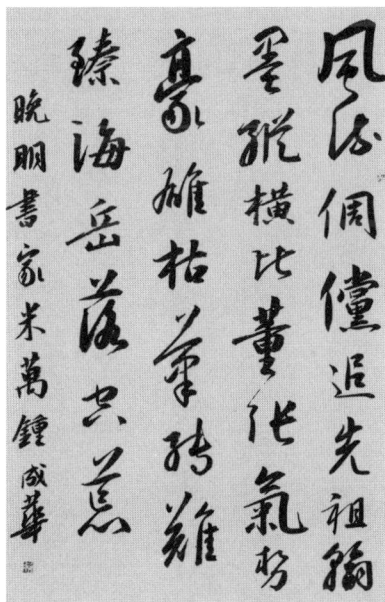

清朝书法

康乾盛世郁芳华，碑帖纷呈墨润霞。
甲骨金文开视野，黄钟大吕演悲笳。

注：1644年清朝定都北京，开启了长达268年的统治。书法艺术伴随着政治的起伏经历了一场艰难的蜕变。以帖学为代表的复古主义风尚深深影响了清初书坛。由于清朝大兴文字狱，文人学士致力于训古、声韵、考订史，突破宋、元、明以来帖学樊笼开创了碑学。

清书法家——郑簠

散尽家财访汉碑，平生不悔做书痴。
谁能探得先贤法？骨力风神是我师。

注：郑簠（1622—1693），字汝器，号谷口，清代书法家。原籍福建莆田，随祖父迁至南京，为名医郑之彦次子，深得家传医学，以行医为业。工书，尤喜汉碑，学汉碑达三十余年，为访汉碑，倾尽家资，家藏碑刻拓片四大橱。书学主张以骨力、神采为上，对当时影响很大。

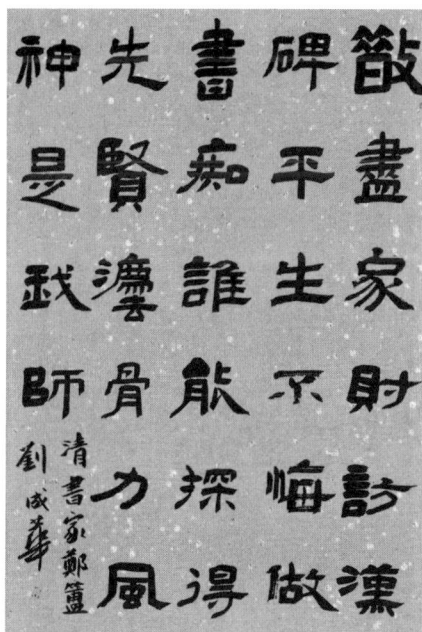

清书法家——刘墉

绵里藏针筋骨雄，团团墨气笔情融。

不知古法如何得？钟鼎秦唐使转中。

　　注：刘墉（1720—1805），字崇如，号石庵，又号香岩、日观峰道人、石庵山人、天香室道人。山东诸城人，清乾嘉年间著名政治家、书法家和诗人。首席军机大臣刘统勋长子。刘墉以清官著称，深得百姓信赖，名播海内。擅长草书，用墨饱满，墨浓字肥，浑厚端庄，雄浑道劲，有"浓墨宰相""淡墨探花"之称。

清书法家——金农

清代何人绍汉风？司农蜕变国山融。
漆书独创天神韵，拙趣横生意未穷。

注：金农（1687—1763），字寿门、司农、吉金，号冬心先
生、稽留山民。因其人生经历康熙、雍正、乾隆三朝，所以自封
"三朝老民"，浙江杭州人，布衣终生。清代书画家，扬州八怪
之首。金农的隶书从汉隶中蜕变而来，独创漆书，也是从吴《封
禅国山碑》《天发神谶碑》中得到启发，浓厚似漆，扁平如刷
子，行笔只折不转，拙趣横生。

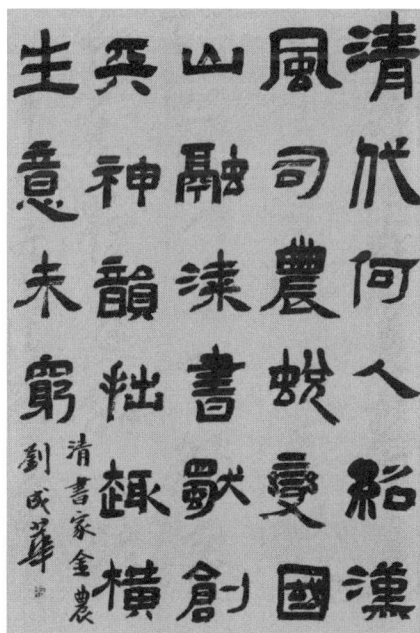

清书法家——邓石如

钓雨耕烟雪净寒，灌花酿酒菊香残。

芒鞋竹杖轻如马，弄墨挥书舞胜鸾。

　　注：邓石如（1743—1805），初名石琰，因避清仁宗讳，遂以字行，更字顽伯，号完白山人、笈游道人等。安徽安庆人。清代乾嘉时期著名碑学大师。工书法、篆刻，篆隶最精，颇得古法，兼融各家之长，形成独特风格。邓石如性格耿介，无媚骨，无俗气，戴草笠，着芒鞋，策毛驴，浪迹天下。视富贵如浮云，自甘寂寞，远离红尘，唯有书法不能丢弃。

清书法家——伊秉绶

德政清廉有美名，吾朝秉绶品贤明。
书能古拙雄强在，更赋方严启后生。

　　注：伊秉绶（1754—1815），字组似，号墨卿，晚号默庵，
清代著名书法家，福建宁化人。乾隆四十四年（1779）举人，乾
隆五十四年（1789）进士。62岁病逝后，扬州人仰慕其遗德，在
当地"三贤祠"（欧阳修、苏轼、王士祯）中并祀伊秉绶，故改
"四贤祠"，以廉吏善政著称。

　　伊秉绶书法精秀古媚，放纵飘逸，方严高古，气象博大，与
邓石如并称大家。

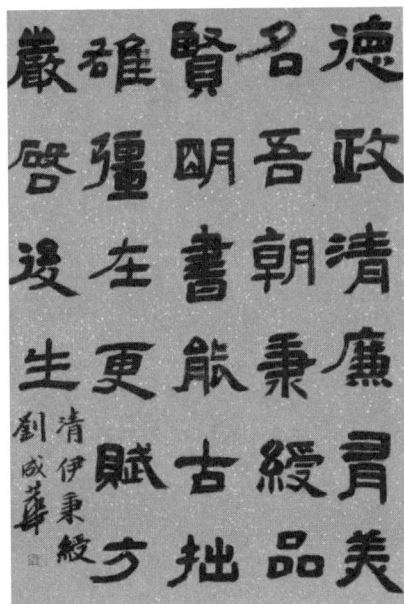

清书画篆刻家——陈鸿寿

刻印诗书绘画高，摩崖金石启儿曹。
穿云曳雾相成趣，唤雨呼风笔似刀。

注：陈鸿寿（1768—1822），字子恭，号曼生、曼龚、恭寿
等。曾任赣榆代知县、溧阳知县、江南海防同知，浙江杭州人，
书画家、篆刻家。艺术涉猎广泛，造诣极高，为著名"西泠八
家"之一。他的篆刻出入秦汉，绘画精于山水、花卉，书法隶书
最为著名。

清书法家——何绍基

熔铸秦唐壮大千，银钩铁画自成篇。
神龙变化芳魂著，风骨长存素影旋。

注：何绍基（1799—1873），字子贞，号东洲，别号东洲居士，晚号猿叟，湖南道州人，晚清诗人、画家、书法家。何绍基的书法成就非常高，各体书熔铸古人，自成一家。草书尤为擅长，碑帖并重，溯源篆隶，神龙变化，不可测已。

清书法家——赵之谦

废纸三千未足珍，读书万卷始通神。
谁知益甫披寻古，以帖融碑第一人。

注：赵之谦（1829—1884），初字益甫，号冷君；后改字
撝（huī）叔，号悲庵、梅庵、无闷等。清代著名书画家、篆刻
家，与吴昌硕、厉良玉并称"新浙派"三位代表人物，与任伯
年、吴昌硕并称"清末三大画家"。

赵之谦学北碑自成一体，是碑学理论最有力的实践者，是清
代以帖入碑的第一人。

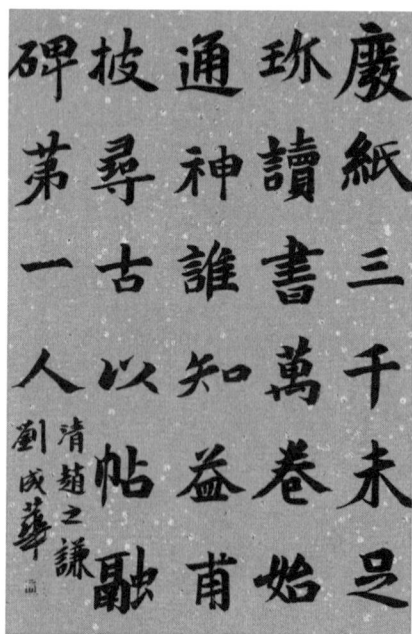

清阮元《南北书派论》

扬碑抑帖够偏颇，拙媚相融艺苑歌。
莫笑芸台书派论，高官陋见古常多。

注：阮元（1764—1849），字伯元，号芸台、雷塘庵主、怡性老人，江苏扬州人。清朝中期官员、训诂学家、金石学家、经历乾隆、嘉庆、道光三朝。著有《南北书派论》，书中扬碑抑帖，申北绌南，所论过于偏颇。

包世臣《艺舟双楫》

纵使艺舟双楫撑，劣于汉魏笔风情。

妙文倡导北碑法，始是樯帆助力行。

　　注：包世臣（1775—1855），字慎伯，号倦翁、小倦游阁外史，安徽泾县人。清代学者、书法家、书学理论家，是宋代名臣包青天包拯二十九世孙。包世臣学识渊博，喜兵家言、经济学等。主要功绩在于通过书论《艺舟双楫》倡导碑学，对清代中后期书风变革影响很大。但是，包世臣的书法水平一般。

康有为《广艺舟双楫》

尊碑抑帖艺舟通，慎伯西樵合唱风。
索隐探幽开意境，雄强峻厚字为工。

注：康有为（1858—1927），字广厦，号长素，又号明夷、西樵山人等。广州南海县人。晚清时期政治家、思想家、教育家，资产阶级改良主义代表人物。著有《广艺舟双楫》书法理论著作，全面系统总结碑学，提出"尊碑"之说，大力推崇汉魏六朝碑学，全面否定帖学，观点过于偏激。

慎伯——包世臣　西樵——康有为

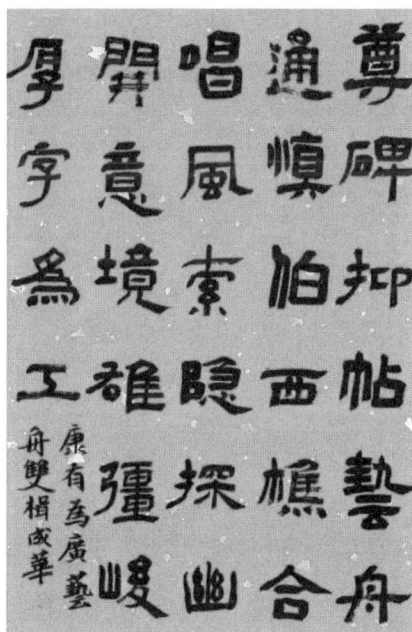

清末一代宗师——吴昌硕

高山仰止慕先良，画印诗书一老苍。

石鼓遗文传海派，秦碑大雅写华章。

注：吴昌硕（1840—1927），初名俊，又名俊卿，字昌硕，有暑仓石、苍石；常见者有仓硕、老苍、老缶、苦铁等。浙江孝奉县人。晚清著名国画家、书法家、篆刻家；"后海派"代表，西泠印社首任社长。他集诗、书、画、印为一身，融金石书画为一炉，被誉为"石鼓篆书第一人"，文人画最后高峰，一代宗师，是我国书画界划时代的人物。

晚清书家——张裕钊

雄奇劲拔未须夸，汲古为新自立家。

甘露珠莹增润色，清泉月满照芳花。

　　注：张裕钊（1823—1894），字廉卿，号濂亭，湖北鄂州人，晚清官员，散文家，书法家。其书法独辟蹊径，熔北碑南帖于一炉，创造了影响晚清书坛百年之久的"张体"。

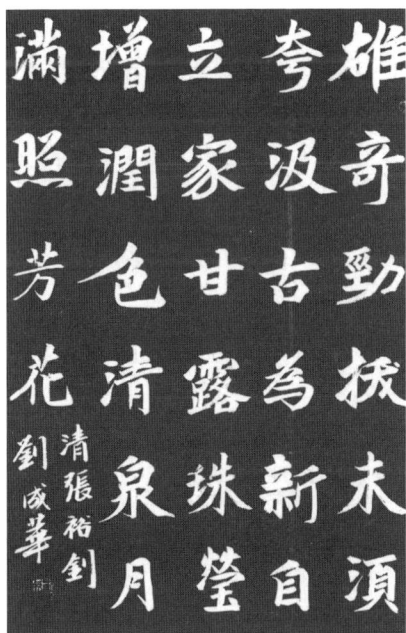

民国书法

乱世纷争书未断，兰亭迢递韵遥连。
承清序脉开新路，异彩多姿笔墨妍。

　　注：1911年辛亥革命至1949年中华人民共和国成立为民国时期。这个时期社会动荡，战乱不止，经济、文化遭到严重破坏，但是，书法比起昔日已是江河日下，只有少数把书法视为中华民族的优秀传统艺术的爱好者在努力为之奋斗。

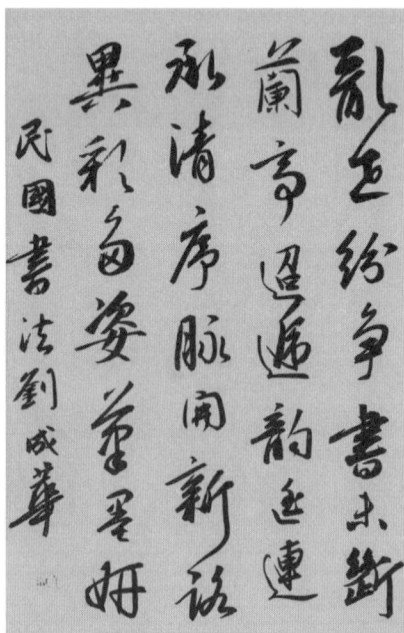

民国书家——沈增植

覃溪稳重缺天真，蹈矩循规墨色新。
唯有子培求不稳，缤纷掩映出风尘。

　　注：沈增植（1853—1921），字子培，号乙庵，又号寐叟。
浙江嘉兴人，清末民初学者、诗人、书法家。早年书学包慎伯，
中年临仿黄庭坚、钟太傅，专长行草。纵横驰骤，有杨少师之
妙。曾熙说：翁方纲（字覃溪）一生被"稳"字所误，刘墉80岁
后能做到不稳，而沈增植求其不稳则愈妙也。

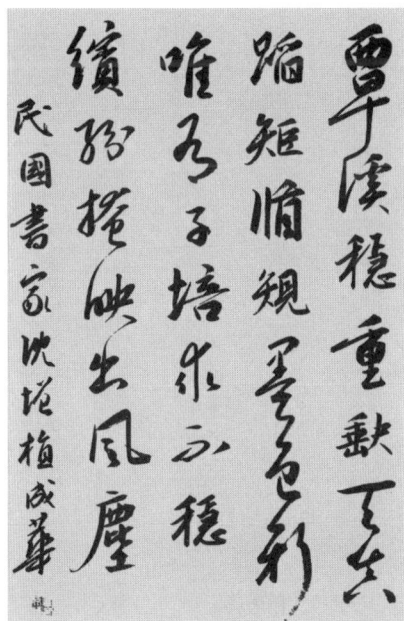

民国书家——曾熙

落笔周秦有古风，真行篆隶不无雄。
阳开阴合通玄法，气重神传逼蔡公。

　　注：曾熙（1861—1930），字子缉，又字季子，号俟园，晚号农髯，湖南衡阳人。中国杰出的书法家、画家、教育家，海派书画领军人物。

　　曾熙书法上追秦汉，直通蔡中朗，融会方圆，能悟分合，左右欹伏，阳开阴合，魏晋以来，能传蔡邕之绝学，唯农髯一人。

民国书家——李瑞清

两汉碑铭周鼎传，但凭意拟更超然。
观山揽海才思出，训诂探幽育大千。

注：李瑞清（1867—1920），字仲麟，号梅庵，晚自号清道人，江西临川人。清末民初教育家、美术家、书法家，著名画家张大千的恩师。李瑞清的书法上追周秦，博宗汉魏，各体皆备，尤工篆隶。

民国书家——王世镗

三百年来有鲁生，深山穷谷笔耘耕。
张芝索靖难全见，草诀歌文万古名。

注：王世镗（1864—1933），字鲁生，晚号积铁老人。祖籍天津，幼而好学，经史辞章无所不通，尤精天文数学，被疑为新党，遂隐匿校碑读书，特专章草书，撰写《增改草诀歌》。于右任称他为"古之张芝，今之索靖，三百年来，世无与并"。

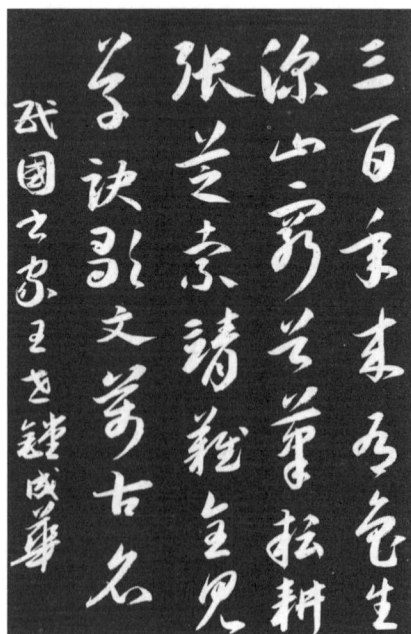

民国书家——罗振玉

殷墟甲骨蕴苍茫，火种刀耕宿大荒。

透过龟纹寻旧梦，谁知天意赐罗堂。

　　注：罗振玉（1866—1940），初名宝钰，字式如、叔蕴、叔言，号雪堂，晚号贞松老人、松翁。祖籍浙江上虞人，出生江苏淮安，1940年去世于大连旅顺。中国近代考古学家、古文字学家、金石学家、敦煌学家、农学家、教育家，"甲骨四堂"之一。罗振玉一生致力于搜集研究甲骨文，是中国第一位研究甲骨文的学者。

民国书家——谭延闿

天资聪颖启家蒙，笔势磅磅出世雄。
但有庙堂贤正气，终无馆阁俗柔风。

注：谭延闿（1880—1930），字组安，又字祖庵，湖南茶陵
人。清光绪年间进士，后参加辛亥革命，湖南都督。政余攻书
法，少年受刘石庵影响，后学钱南园、翁方纲，得神韵于颜真
卿，有近代"颜书大家"之称。

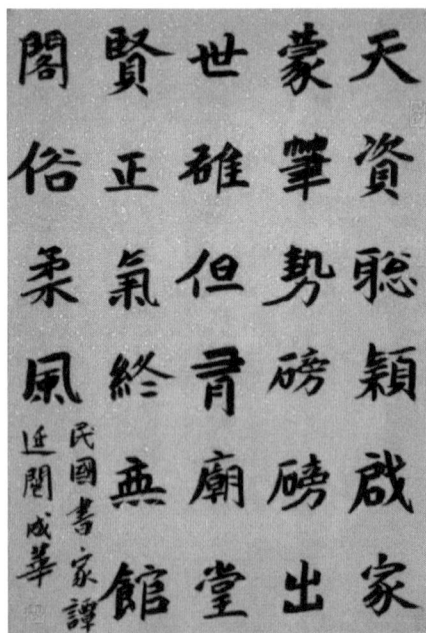

民国书画家——齐白石

不随世俗慕青藤，永葆童心笔墨澄。
草木山川皆律动，诗书画印冠云鹏。

注：齐白石（1864—1957）原名纯芝，后更名璜，字渭清，号濒清、白石老人、木居人、杏子坞老民、星塘老屋后人、湘上老农等等，湖南湘潭人。近现代中国绘画大师。诗、书、画、印四绝。齐白石在绘画上不随世俗，以一颗乡心、童心、农心对山川草木虫鱼皆赋予生命的律动，印风雄奇恣肆，书法苍劲豪迈。

青藤——明朝书画家徐渭

黄宾虹

以书入画得环中，黑韵抟风气象通。
篆籀华滋能抗鼎，丹青烂漫境无穷。

注：黄宾虹（1865—1955），字朴存，号宾虹，别署予向，安徽歙县人。画家、书法家，山水画一代宗师，与白蕉、高二适、李志敏合称"中国20世纪文人书法四大家"。黄宾虹晚年山水画气势磅礴，惊世骇俗，用笔如篆籀，遒劲有力，以书入画。书法以画融书，妙造自然，气韵生动，浑厚华滋。

民国书家——于右任

扶杖临风须发霜，神州一望盼回乡。

龙门草篆豪情在，胜过千军万古扬！

注：于右任（1879—1964）原名伯循，字诱人，后改为右任，号髯翁，晚年自号太平老人，陕西三原人。中国近现代政治家、教育家、书法家。1932年创办《草书月刊》，并集成《标准草书》千字文。

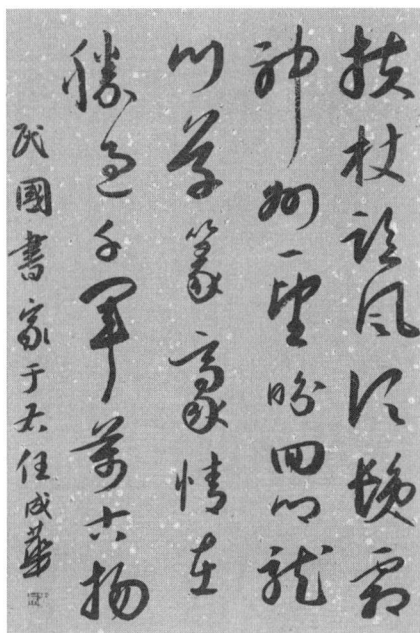

书法篆刻家——王福庵

参悟人间世态凉，方田纵马信由缰。

谁知今古三刀立？吴赵福庵天下煌。

　　注：王福庵（1879—1960）原名禔，寿祺，字维季，号福庵，以号行，别号屈瓠，罗刹江民，70岁后称持默老人，浙江杭州人，书法篆刻家，西泠印社创始人之一。幼承家学，善金文、小篆。所篆《说文部首》字帖、《说文作篆通假》成为学篆书范本。与吴昌硕、赵叔儒三鼎足。

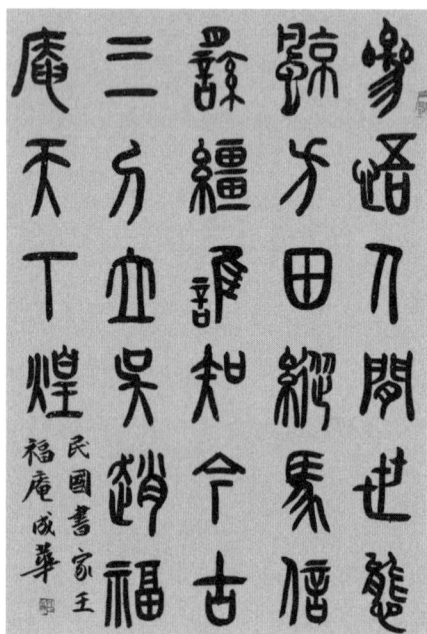

李叔同

独叹词章惊海内，难求数艺演悲欣。
菩提妙悟天心耀，世事多闻圣道薰。

　　注：李叔同（1880—1942）又名李息霜、李岸、李良，学名广侯，字息霜，别号漱筒。祖籍浙江平湖，生于天津。著名音乐家、美术教育家、书法家、戏剧活动家，是中国话剧开拓者之一。日本留学归国后，担任过教师、编辑，后剃度为僧，法名演音，号弘一，被人尊称为弘一法师。

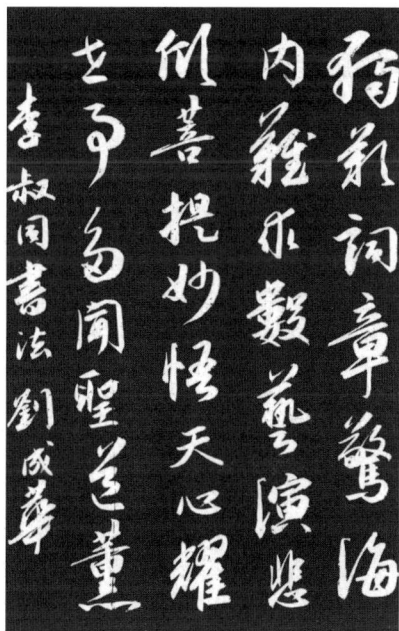

鲁迅

激浊扬清笔一枝，刀丛怒向赋惊诗。
铮铮铁骨英雄气，翰墨无须比献之。

注：鲁迅（1881—1936）原名周樟寿，后改名周树人，字豫才、豫章，浙江绍兴人。伟大的无产阶级文学家、思想家、革命家。鲁迅先生以笔代戈，战斗一生，被誉为民族魂。郭沫若评鲁迅书法：鲁迅先生亦无心作书法家，所遗书迹，自成风格，熔冶篆隶于一炉，听任心腕之交应，朴质而不拘繁，远逾宋唐，直攀魏晋，世人宝之，非因人遗也。

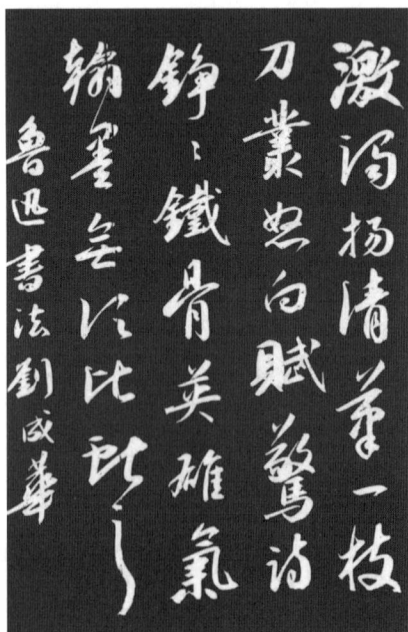

近现代书家——沈尹默

书家林立妙难寻，晋韵唐风苦用心。

南沈北吴狂挽力，锋端化古出丹金。

注：沈尹默（1883—1971）原名君默，字中，号秋明，瓠瓜，浙江吴兴人。早年留学日本，"五四"新文化运动主将之一，曾任《新青年》编委、北京大学校长。书法工正、行草书，以行书名世。有"南沈北吴"（吴玉如）之称。与李志敏合称"北大书法史两巨匠"。

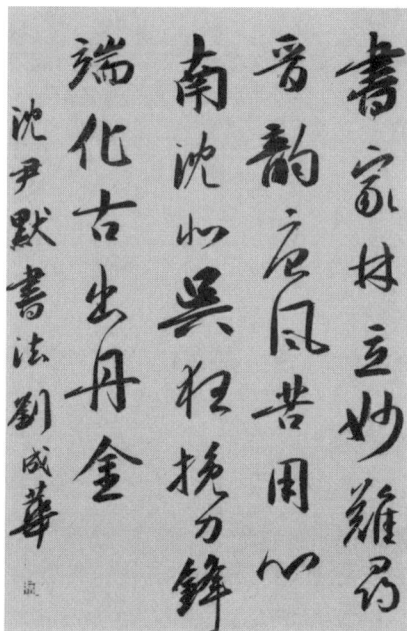

近现代书家——谢无量

归真返璞趣依然，挂角羚羊水月烟。

有法当如无法出，莫将桎梏绊心田。

注：谢无量（1883—1964）原名蒙，字大澄，号希范，后易
名沉，字无量，别署啬庵。近现代著名学者、诗人、书法家。谢
无量不以书法家自称，他博古通今，含蕴深厚，襟怀旷达，书法
上不为法所束，独树一帜，归真返璞，如孩儿体，趣味盎然。

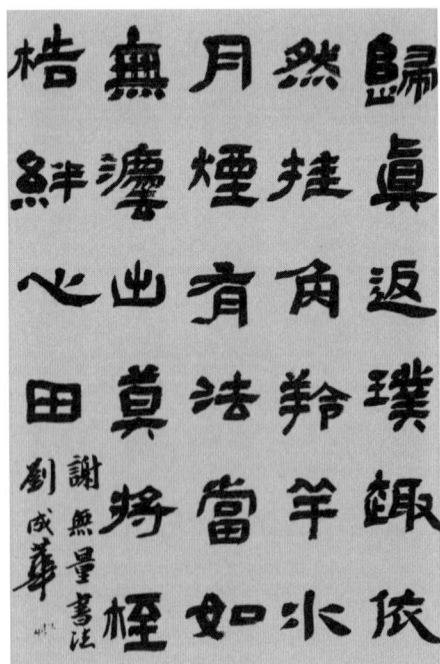

徐悲鸿

百年巨匠耀华堂，骏马纵横四海疆。
不待寒蝉悲雅颂，敢同秋水作鸿章。

　　注：徐悲鸿（1895—1953）原名徐寿康，江苏宜兴人。东游日本后，去法、德留学研习美术，回国后长期在大学从事美术教育。书法师于康有为，对《郑文公碑》《张猛龙碑》《石门铭》《爨宝子》下过功夫。

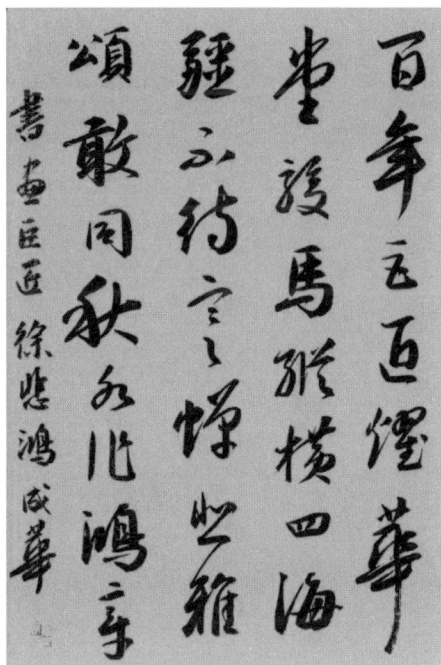

潘天寿

书画雄浑铁铸虬，淋漓骨气得风流。
兴酣暮雨催山绿，此去寒烟隐树羞。

注：潘天寿（1897—1971）原名天授，字大颐，另署阿寿、寿考、古竹园丁等。浙江宁海人，历任上海美专教授、院长。画取徐渭、八大山人、石涛、吴昌硕。书法上自甲骨、金文、石鼓、二爨、黄道周、倪元璐，四体皆精。

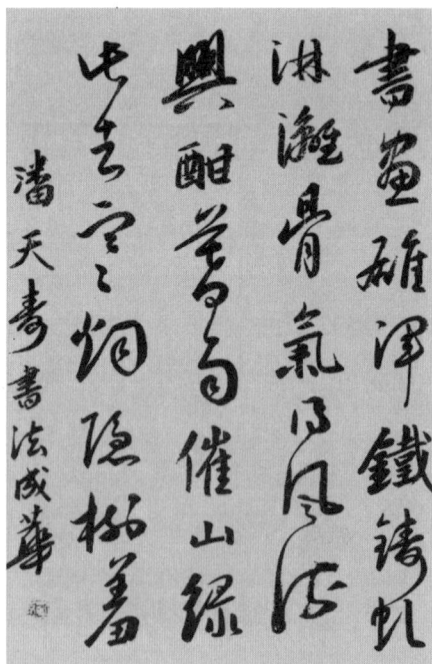

张大千

以画耽书佛理缘，画家书法各争妍。
谁能妙解其中味？五百年来一大千。

注：张大千（1899—1983）原名张爰，字大千，四川内江人。日本留学归国后一度为僧，法号大千，别号大千居士。绘画与书法以佛理融冶，师从曾熙和李瑞清，创作出自己的"张体"。

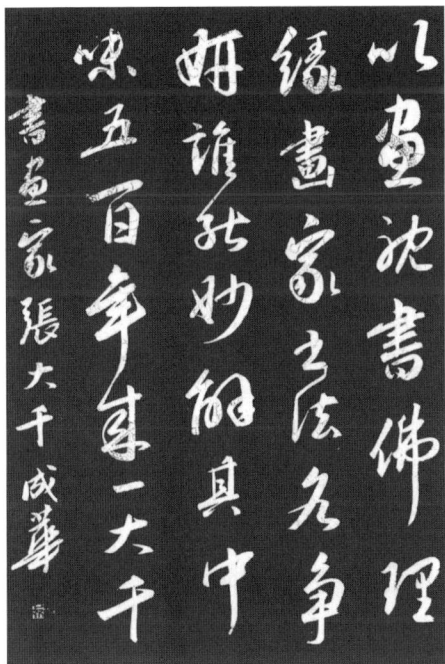

陆维钊

以篆融分蜾扁书，生狂荒率美心嘘。
是非曲直后人定，跳出龙门得胜渠。

注：陆维钊（1898—1980），字微昭，晚年署劭翁，浙江平湖人。浙江美院教授。五体皆工，尤擅篆隶，非篆非隶，独创"蜾（guǒ）扁书"（篆书一种）。

潘伯鹰

正草兼修羲献公，河南笔下亦惊鸿。
舍其妩媚灵魂在，字外求神学不穷。

注：潘伯鹰（1899—1966）原名式，字伯鹰，别署孤云，号
凫公。安徽怀宁人。书法家、诗人、小说家。

河南——褚遂良

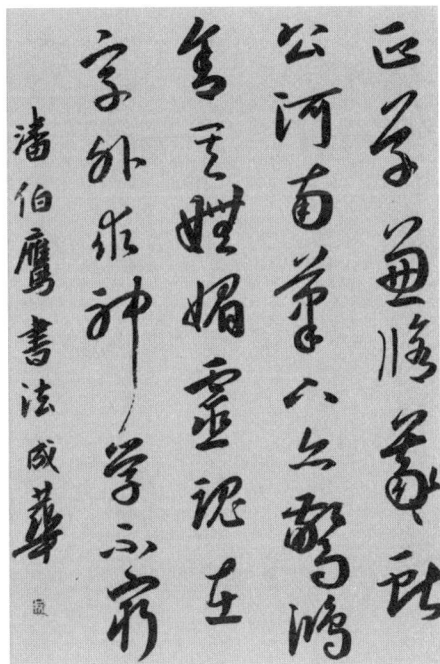

高二适

兰亭不见见高亭，发聩振聋驳议霆。

不染浮名求至理，独将傲骨作真经。

　　注：高二适（1903—1977）原名锡璜，中年曾署瘖盦（yīn
ān），晚年署舒凫。江苏泰州人。当代学者、诗人、书法家，与
黄宾虹、白蕉、李志敏合称"20世纪文人书法四大家"。1965年
《兰亭序真伪驳议》一文在全国引起震动。

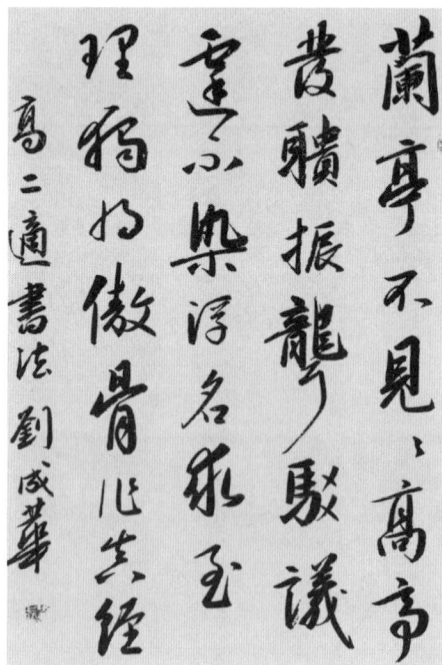

白蕉

身逢乱世雨潇潇，壮志未酬诗一瓢。
魏晋神堂何探得？云间纸墨唤君蕉。

注：白蕉（1907—1969）原名何法治，字远香，号旭如，后改名换姓为白蕉，别署云间居士、济庐复生、仇纸恩墨废寝忘食人等。上海金山区人，与黄宾虹、高二适、李志敏合称"20世纪文人书法四大家"。

林散之

孤独人生六十秋，未能名世竟残休。
谁知天意临江老，一夜惊心海外流。

注：林散之（1898—1989）名霖，又名以霖，字散之，号左耳、三痴、江上老人等。江苏南京人，诗人、书画家，尤擅草书。1972年中日书法交流选拔时一举成名。赵朴初、启功称之为诗、书、画"当代三绝"。

邓散木

腕力雄强铁石雕，封泥古玺得精镳。
颠狂孤傲思真素，邀与杜康共度宵。

　　注：邓散木（1898—1963）原名菊初，又名铁，学名士杰，字纯铁、散木，别号粪翁、无恙、且渠子、厕简子。生于上海，书法家、篆刻家。在艺坛上与齐白石并称，有"北齐南邓"之誉。性清高孤傲，酒量大。

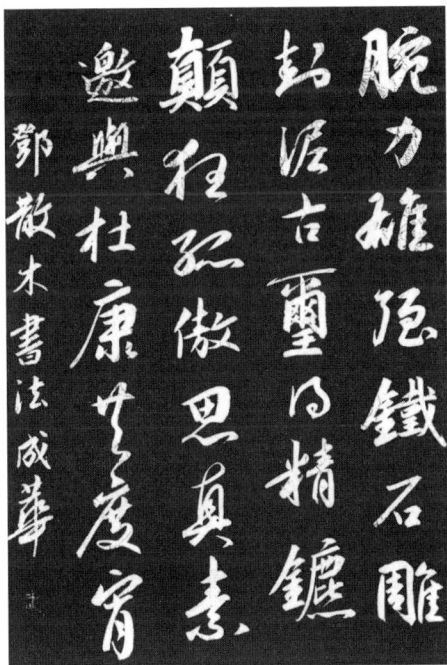

吴湖帆

饱览元明雅韵浓，沉浮墨海觅仙踪。
剩山残水心中过，价值连城月下逢。

　　注：吴湖帆（1894—1968）初名翼燕，字通骏，后更名万，字东庄，号倩庵，书画署名湖帆，江苏苏州人，现代绘画大师，书画鉴定家。

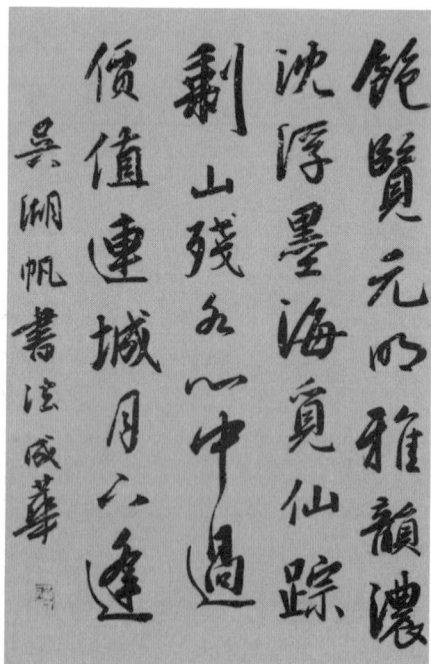

傅抱石

抱定石涛连石桥，皴勾点染挽春潮。
会堂独有金台助，如此江山万古娇！

注：傅抱石（1904—1965）原名长生、瑞麟，号抱石。江西南昌人，中国现代山水画大师。一生崇拜石涛，尤欣赏石涛"搜尽奇峰打草稿"思想。1959年人民大会堂落成，傅抱石与关山月合作《江山如此多娇》巨幅画作挂在大会堂。

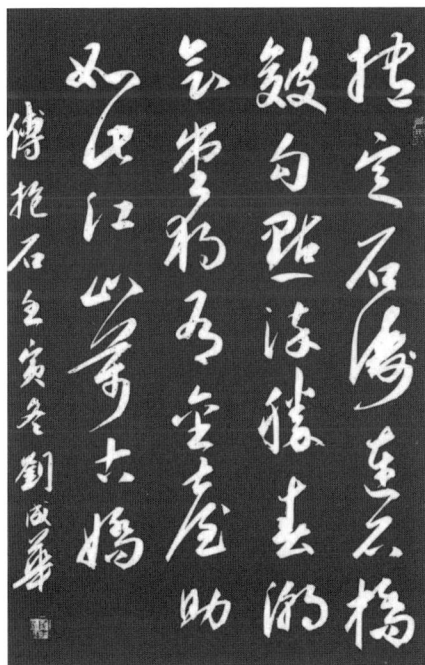

郑诵先

隶爨牵缘孕子房，融今化古出雄茫。

京城雨后花开遍，功在诵先章草王。

注：郑诵先（1896—1976），字诵先，号研斋，别号勉堪，四川富顺人，现代书法大师，各体俱工，尤擅章草。融隶书与《二爨》创造出章草，被称为章草王。在北京成立中国书法研究社，他作为秘书长为书法传承做出了重要贡献。

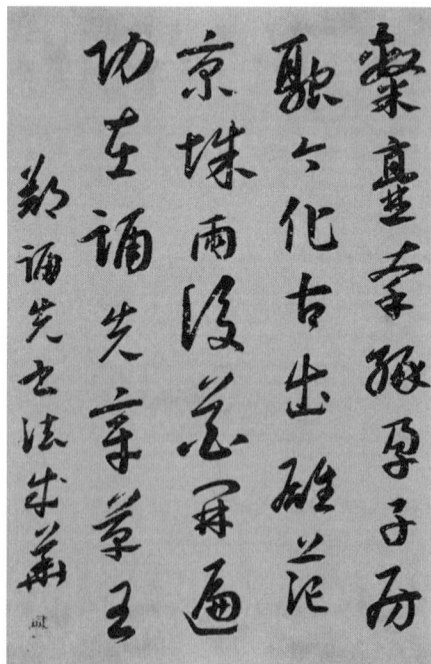

钱瘦铁

铁骨铮铮玉做魂，丹心点点雪为神。

时人不识君来处，三绝江南满目春！

注：钱瘦铁（1897—1967），字叔厓，号瘦铁，又号青峰馆主、天池龙砚斋主，江苏无锡人，现代书画家、篆刻家。他将金石、书法、绘画融会贯通，形成了浑朴、自由、生涩的书、画、印"瘦铁三绝"。

来楚生

旁通二篆妙无穷，俯贯章分雁横空。
捉笔冲刀金石上，呼风唤雨砚田中。

注：来楚生（1903—1975）原名稷，号然犀。浙江萧山人。中国现代诗、书、画、印四绝著名艺术家。

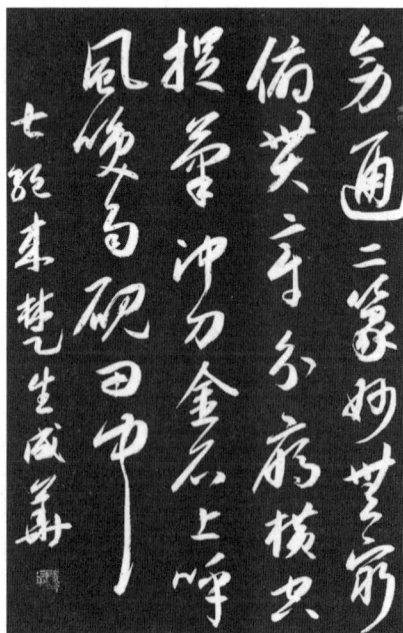

毛泽东书法

气贯长虹睥睨天，雄浑巨笔绘江川。
汪洋恣肆丰碑在，独领风骚数百年！

　　注：毛泽东（1893年12月26日—1976年9月9日），字润之，湖南湘潭人。中国人民的伟大领袖，伟大的马克思主义者，伟大的无产阶级革命家、战略家、理论家、军事家，中国共产党、中国人民解放军和中华人民共和国的缔造者。其书法是中国20世纪草书大家。

论书（一）

学书浑似学参禅，戒律于心不计年。
洗尽铅华都了悟，虚灵定慧更超然。

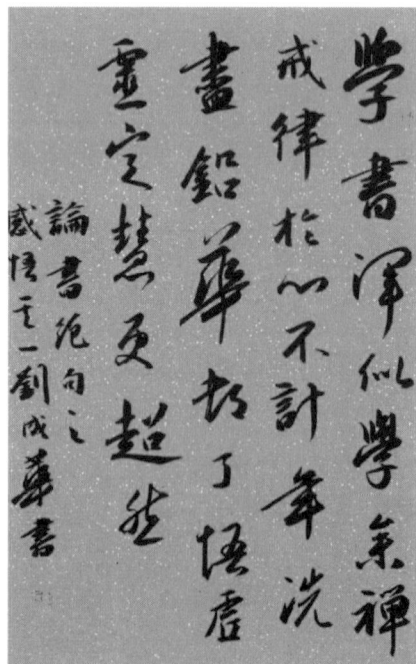

论书（二）

学书浑似学参禅，每向沧桑结佛缘。
万物阴阳皆有性，灵光一点落胸前。

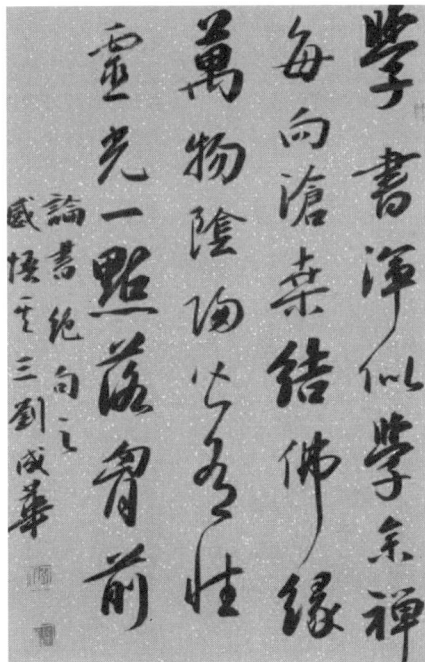

论书（三）

学书浑似学参禅，笔底乾坤落九天。
有法如同非法悟，浮华散尽见真传。

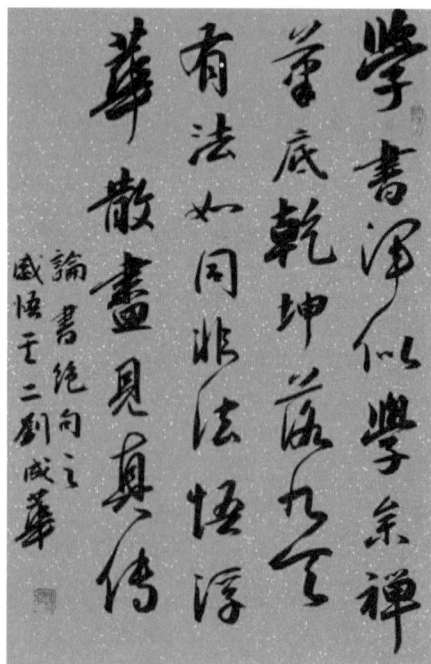

论书（四）

学书浑似学参禅，一笔虚空了悟缘。
寡欲清心无挂碍，精神到处是天然。

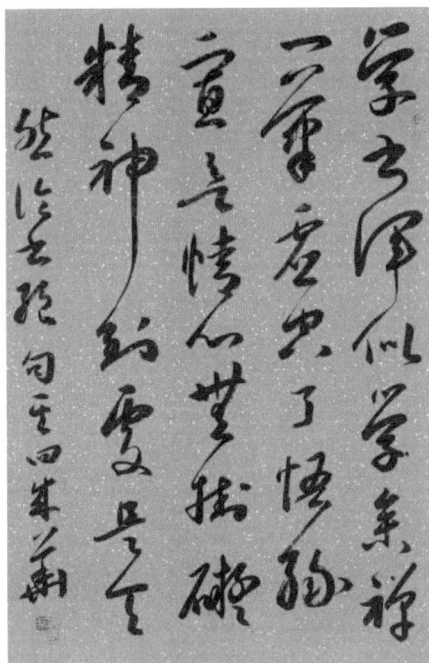

学书感怀（一）

三千废纸石盘穿，落笔挥毫不计年。
北海南宫临欲尽，痴心不悔做书颠。

注：北海，唐书法家李邕，别名李北海。南宫，宋书法家米芾，别名米南宫。

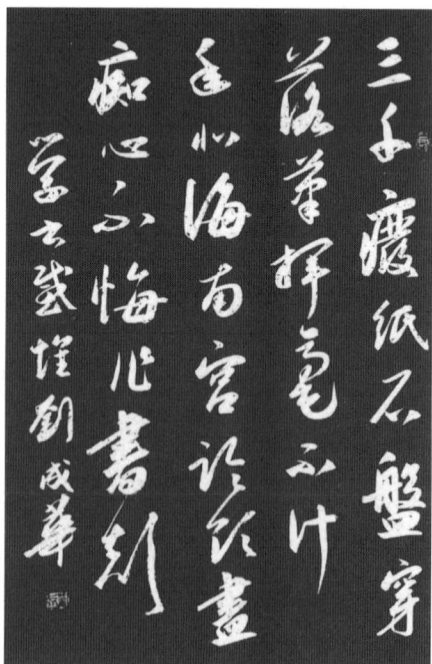

学书感怀（二）

风生笔下淋漓响，露滴心头摇曳颠。
写出书家新意境，无穷妙理在锋前。

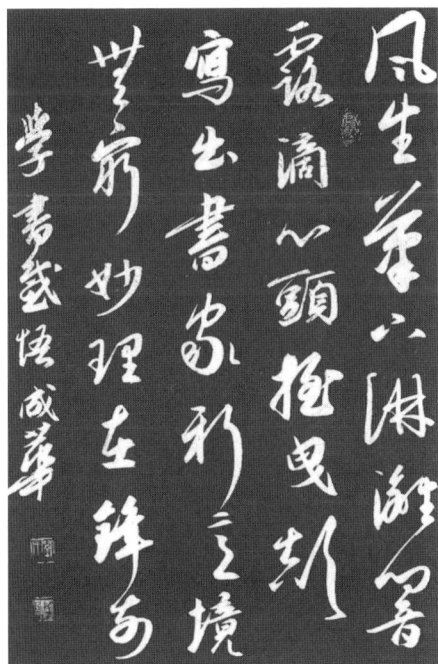

学书感怀（三）

展卷穷游六艺勤，挥毫直扫九天云。

悬针雨露何须记？骨气为神玉作雯。

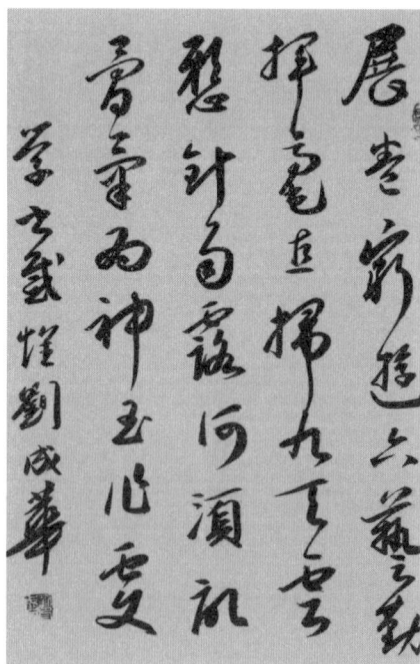

学书感怀（四）

翰墨纷繁众妙悠，无间眼手忘怀求。
兴来落笔摇千里，势尽开樽醉九州。

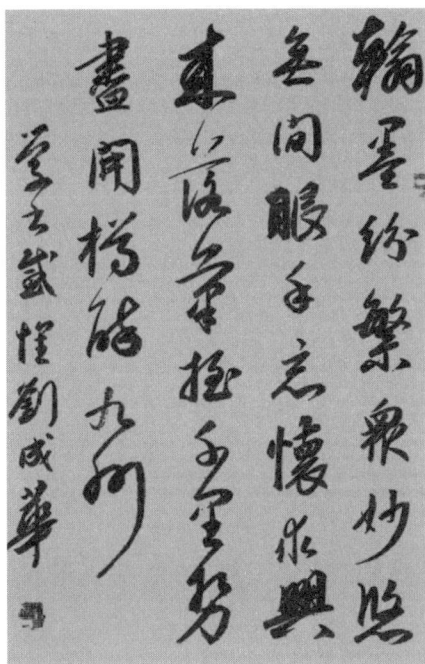

篆书

因形立意体圆长，撇捺和之婉转藏。
石鼓金文加小篆，多姿烂漫耀书堂。

隶书

蚕头雁尾欲飘仙，波磔涟漪润大川。
婉转成方通古法，苍茫有角隐云烟。

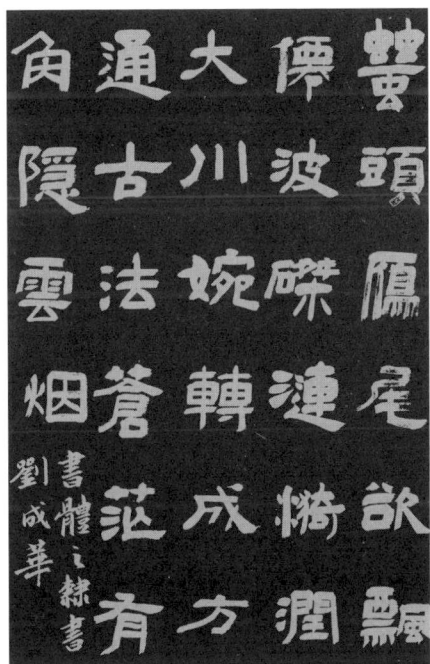

楷书

横平竖直立如松，柳骨颜筋似断风。
使转闲情兼具备，真书楷则在兹中。

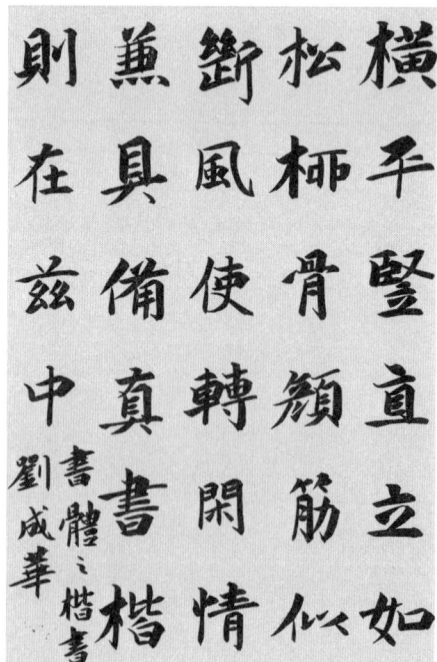

横平竖直立如
松柳骨颜筋似
断风使转闲情
兼具备真书楷
则在兹中
书体之楷书
刘成华

行书

非真非草起云烟，聚合分离蕴大千。
悟透阴阳形势出，蛇惊鹤舞乃书仙。

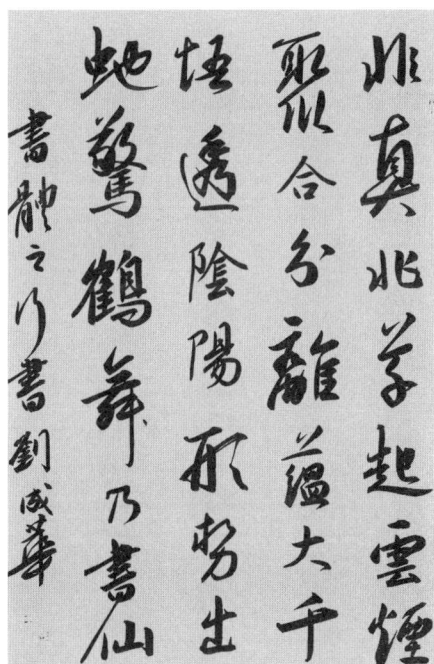

草书

消繁就简意飞扬，左右钩连笔势狂。
万象随形通妙理，千锋化雨醉书香。

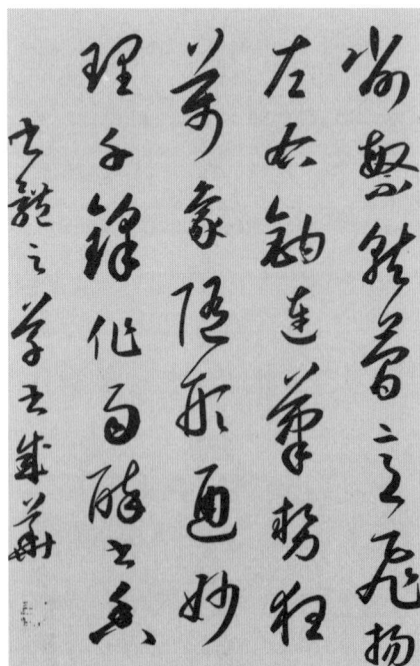

王充闾文学研究中心系列丛书

晓月春风

贾晓春 著

王充闾文学研究中心 编

春风文艺出版社
·沈阳·

图书在版编目（CIP）数据

晓月春风 / 贾晓春著 ; 王充闾文学研究中心编. —
沈阳 : 春风文艺出版社, 2024.1
　（王充闾文学研究中心系列丛书）
　ISBN 978-7-5313-6633-1

　Ⅰ. ①晓… Ⅱ. ①贾… ②王… Ⅲ. ①诗词—作品集
—中国—当代 Ⅳ. ①I227

中国国家版本馆CIP数据核字（2024）第022429号

目　录
CONTENTS

第一部分

春之柳韵

辽水滔滔柳色新，黄莺鸣啭唱阳春。
骚坛盛会旗帜举，墨客怡情章法循。
笔展锋芒书韵律，魂牵渤海寄词伦。
同心结社前途远，再上诗山写挚真。

贺第七届诗代会闭幕（步张冰韵）

诗词雅韵寄长情，骚客滨城结众盟。
谋划前程新路辟，同商律赋巨流惊。
今朝誓愿思宏远，几度风光借晬清。
换届旗开存壮志，云帆航迹展红缨。

贺女子诗社成立

诗词女子梦中情，辽水波涛鉴结盟。
秉笔亮锋才艺见，吟风咏月浪花惊。
初开文苑闻芳馥，再挂云帆向碧清。
欣遇新知逢故友，骚坛弄墨舞长缨。

喜迎二十大召开

英贤会聚在京都，议案同商愿景姝。
策略为民求福运，方针施政绘新图。
山高万仞关头险，路远千程旗帜朱。
泰岳祥云飘九域，华章廿大锦途铺。

读童话《皇帝的新衣》感赋

合谋骗子戏昏君，为帝尤欣换褂勤。
所谓新衣张鬼口，岂知谎话伴臣群。
虚邪失道欺人贼，诚挚随时稚语贲。
启智寓言于一笑，唯求慧眼辨云纷。

过大年

楹联福字门楣上，佳酿欣开会友朋。
爆竹蹿天花彩闪，年糕摆宴气氛增。
尤期春晚传欢乐，只待钟声送吉兴。
祈盼安平祥泰锦，乾坤喜满瑞云升。

王昭君

才情不屑暗迎逢，沉寂三秋贬冷宫。
应诏出关行远路，披星沾露沐苍风。
乡愁流韵琵琶上，身许安邦毡帐中。
匈汉联姻今古论，芳魂美誉叹惊鸿。

杨玉环

深谙音律靥羞花，歌舞才奇尤可夸。
出水芙蓉肌胜雪，入宫粉黛色无霞。
倾欢皇子齐眉敬，受宠君王满目奢。
政务不谋兵士反，马嵬魂断几多嗟。

防疫客居江西感怀

江南柳翠满芳菲，雨细风轻送暖微。
栖树鸟雏嬉戏叫，倚窗孙幼笑声飞。
亲情好似伏天热，景色犹如画卷晖。
防疫滞留居赣北，心随翔雁已回归。

春日明湖赏荷

明湖翠伞衬韶荷，岸柳葳蕤身影娑。
蝶恋莲芯香靥吻，鱼游池底玉茎摩。
晨曦破雾晖桥上，仙子凌波荡漩涡。
清雅无争花百艳，吟诗墨客锦篇歌。

赞古代女杰

佳人自古展英贤，征战木兰经久传。
孟母择邻情有意，杨门伐寇女当先。
须眉指点江山月，裙衩支撑半壁天。
华夏红妆霞彩亮，鸿名不负责担肩。

雷锋赞

世道艰难解放前，双亲离去少儿怜。
三山压顶天空暗，九岁翻身意志坚。
执念报恩跟党走，分明爱恶助人先。
平凡之处光辉耀，不朽精神永立巅。

赞美中国

航天科技振瀛寰，舰艇深潜守海湾。
奋斗复兴长漫路，协同进取苦难关。
如龙万里光凌月，似虎千秋影带山。
盛世中华家国泰，乾坤壮美展欢颜。

庆"七一"

神州统领继红船，越百征程旗帜鲜。
稳固江山群众悦，沧桑岁月信心坚。
挥拳利剑除贪腐，设计仁民享太平。
党大碑标迎盛会，图强九域史诗镌。

听《抗美援朝战争中的营口》感怀

捍疆戍役卫家乡，血洒友邦留永芳。
立国显威惊美帝，挺身担道著篇章。
群雄滨海丰碑矗，勇挚情怀伟岸彰。
赓续精神传后世，龙魂风骨铸城墙。

春光赋

清空暖色景观寻，鹊鸟枝间报喜音。
出土芽苗芳草绿，垂头柳叶秀眉深。
轮回季序遵天道，涨落风潮顺日阴。
对镜时光催白鬓，夕阳怎敢忘初心。

秋赋

瓜果盈枝稻渐黄，海滩绿毯换红妆。
斑斓丘岭霞晖映，锦绣田园牧笛扬。
大雁回飞寻故里，寒蝉鸣泣诉枯肠。
山川调色金风笔，描菊画枫佳景彰。

中秋感赋

高天月满晖寰宇，举目遥观寄念思。
盼女行程回故里，呼儿取笔赋新诗。
情真韵律欢欣语，句拙文篇幸福时。
玉兔嫦娥神话事，人间真爱至亲知。

重阳节登山

九九登高观景远，斑斓溢彩入明眸。
山川润色秋风笔，水面折波彩凤舟。
鹊语林间巢穴处，枝摇叶下鸟雏头。
同窗小聚新词赋，慨叹时光白鬓留。

秋之韵

鲜菊花馨岭野开，长空云淡鸟迂徊。
斑斓色彩高山衬，锦绣田园大地栽。
万古江河流远去，千篇韵律涌前来。
凭栏眺望秋光美，笔下珠玑曲赋裁。

龙乡迎虎岁

时光飞逝叹流年，牛尾摇开寅虎篇。
渤海岸边观浪涌，思潮汐水入心旋。
欣逢盛世民生泰，喜唱红霞风景鲜。
写意墨痕描锦绣，文章佳句福祥诠。

思外孙女

睡梦娇孙唤外婆，稚音传耳喜应和。
欢言阵阵屋梁荡，萌语声声鸟鹊歌。
手举樱桃先让我，笔描图画又吟哦。
日思夜念牵肠肚，影像醒来看几多。

隔辈教育

岗位退身重就职，带娃家事不闲时。
儿歌眠曲从头习，媪幼咏鹅信口随。
辛育青苗常伴雨，勤扶小树总修枝。
千般苦累皆无论，唯佑子孙康乐思。

望儿山

苦寒农户渡难关，相伴为生妇幼艰。
耕作纺丝娘不辍，撰抄学卷子无闲。
渡船迎考孩行远，沿岸凝眸亲盼殷。
深爱感天惊大地，望儿回返站成山。

石门村小住感赋

柏油乡路宅门前，红顶砖房山脚边。
秀水流泉敲石涌，碧峰生雾掩云迁。
足登三界景收揽，词撰几行情尽宣。
体验村居多乐趣，锅盈炕热小康诠。

赞柳韵诗社

群贤荟萃展才华，格律楹联网课嘉。
射虎拆招知技巧，铺宣泼墨走龙蛇。
风清柳碧辽河岸，气正诗豪渤海霞。
雅韵春秋天下事，鸿篇绣锦绽繁花。

赞北京冬奥会

空前史上奖牌多，低碳低支举世歌。
肆虐疫情无阻碍，安全计策尽通过。
飘扬旗帜映冰雪，开闭会程掀浪波。
实力积强皆展现，出新盛况启先河。

期待

柳摆萌青万物新，枝间鸟雀唤声亲。
临风远眺黄河岸，对月长思渤海滨。
滞留岛城难解虑，情牵梓里细求询。
只期霾散春光现，访友悠游自在身。

听一首老歌感赋

回眸过往枕难眠，不觉匆匆花甲年。
赶路无心佳景恋，听风解语浩思牵。
魂凭瘦笔书途妙，身旅新程趁日妍。
一曲音符萦耳绕，情倾夕照彩霞诠。

清明

绵绵细雨润禾新，岭野田园青草茵。
桃绽粉颜羞涩笑，蜂飞锦色浅深频。
耕牛陌上犁光景，墨客宣中住仲春。
渐暖东君驰出户，悠游观赏趁良辰。

纪念毛主席《在延安文艺座谈会上的讲话》发表80周年

人民为重路途明，文艺刀枪敌胆惊。
八秩精神铭隽永，千秋史卷著恢宏。
延安讲话群心暖，马列政思旗帜擎。
窑洞初衷需谨记，江山安固九州盛。

缅怀毛泽东——纪念毛泽东逝世45周年

开创千秋伟业功，为民谋福记心中。
三山推倒云天朗，万代飘扬旗帜红。
坦荡襟怀求道路，激昂文字指西东。
理真选集通篇论，探索一生寻大同。

怀念周总理

体恤人民赤胆披，终生奋斗意无迟。
风云外事寒冰破，社稷前程大计施。
崛起中华扬志气，坚持信仰立标旗。
忠诚百姓倾心血，不朽精神德矗碑。

清明追思

鸦乌鸣叫鸟声凄，泪目坟头吟语低。
祭祀经年陵墓扫，追思逝者礼贤齐。
孝行传后承遗训，严己率先亲示儿。
祖上家风清气正，宅门护佑福祥兮。

端午悼屈原

离骚经久咏无绝，执意报国成叹嗟。
挡道佞奸妒大士，思民屈子跃江河。
楚园沦丧家安在，汨水奔流恨不竭。
求索长途多漫漫，九歌吟唱悼英杰。

端午吟

艾草高悬粽子香，罗江浪涌泣忠良。
离骚妙曲思悲壮，橘颂精言盼富强。
志洁无门家国恋，心清有道是非扬。
龙舟竞渡情依渚，九域今朝庆吉祥。

缅怀袁隆平院士

立志为民粳米丰，下田育种潜研攻。
一生心血杂交稻，千户食粮高产中。
腹满仓盈生众泰，人称袁老壮怀雄。
无双国士巨星落，永记隆平盖世功。

缅怀吴孟超院士

回春妙手救肝危，精准操刀大国医。
济世丹心传美誉，亮锋顽恙创神奇。
身牵病患仁怀给，情系杏林信念持。
星落悲哀天地恸，德高光劭永名垂。

英魂永驻 —— 悼欧保尔、韦吉德二位烈士

年夜灾情百姓危，浓烟烈焰意无迟。
民安心系舍生死，境险身临职责知。
热血燃烧融大地，青春写就铸丰碑。
举觞洒泪英魂祭，浩气抒归忠勇诗。

天道酬勤

自励当如羲驭殷，无休运转众生欣。
伤悲揽镜头霜雪，过往回眸梦雾云。
铁杵磨针还未晚，神魂落墨已成文。
何辜岁月山河锦，有志怜时奋力勤。

人道酬善

真诚可贵品行端，处世应怀路境宽。
善德氤氲甘露洒，清风荡漾瑞云观。
祥和社稷民为重，亮丽山河国有安。
道法从天忠义佑，千秋岁月卷阴奸。

中秋节

中秋月满团圆庆，在外儿孙故里归。
正是葡萄苹果好，还逢蟹肉鲤鱼肥。
凉皮七彩承欣望，水饺三餐煮祈福。
喜乐人间烟火旺，全家共度暖心扉。

游红海滩

远望无边连碧海，翔飞鹭鸟戏滔波。
红毡覆盖泥滩上，绿苇飘摇水岸坡。
脚踏长廊观美景，风吟雅韵唱欢歌。
文人落墨佳篇撰，胜览江山感慨多。

乡愁

（一）

新芽老柳旧居前，昔日垂髫再续缘。
正欲喧声言趣事，偏逢闪电劈云天。
惊雷震耳迷蒙醒，故梦思乡暗自怜。
梓里离愁深似海，多情不忘恨难牵。

（二）

新芽老柳旧居前，树下儿时玩伴全。
正在喧声言趣事，方来闪电透云天。
惊雷震耳香魂醒，扰我思乡好梦眠。
梓里离愁愁似海，深情不忘总相牵。

父亲

（一）

援朝戎马时年少，廿八载从军旅涯。

航校带兵存志远，云天逐梦献才华。

梓乡卸甲眼开阔，文教尊师绩创嘉。

钢铁神魂融血液，余晖米寿丽丹霞。

（二）

一生坦荡脊梁直，俭朴勤劳德善为。

敬孝高堂箴训好，严求子女内心慈。

永离五载梦常入，远赴黄泉亲叹悲。

教诲几多犹在耳，传承铭记治家齐。

注：父亲贾振武（1932—2017），19岁报名参加中国人民志愿军，从军28年，人生最好的年华献给了军旅。

母亲

（一）

豆蔻父亡肩负重，修田开地度贫艰。

行排大姐挺身出，课退勤工垂泪潸。

累日种锄心不悔，经年缝补手无闲。

支门立户尽全力，姊妹求文资助殷。

（二）

媒亲父母订儿小，出嫁新婚夫役兵。

房院灶台无止憩，果园田地尽躬耕。

滋培子嗣善仁礼，赏赞郎君忠勇情。

家属随军来大漠，背囊携幼进疆行。

（三）

就职军人专服社，机缝织补不闲悠。

官兵友爱顾全到，眷属和谐招待周。

吃苦精神立样板，兼优事迹上刊头。

平生入党誓言记，俭朴厚诚良善留。

注：母亲曹桂兰（1931—1995），14岁失去父亲后，和小脚母亲一起养家糊口，照顾两个弟弟两个妹妹。

梅

含苞玉放抱千枝，斗雪凌寒俏丽姿。

冰冻愈娇颜绽笑，风雕更壮体强肌。

清孤傲骨称君子，雅韵神魂化锦诗。

最喜冬梅高冷范，花繁无叶亦心仪。

逢年感赋

纳福迎祥辞旧岁，重苏万物欲登台。
回眸子鼠防新毒，聚力同心举战旗。
治国安民求富路，强军逐梦铸功碑。
丰年盛世情难禁，锦素撷来欣赋诗。

春韵

冰消雪化柳初芽，万相苏生渐物华。
细雨绵绵田野润，微风阵阵岭峦斜。
牛耕垄上犁肥地，雁叫天边彻众涯。
冀盼仓收求富裕，唯持奋勉趁时嘉。

柳韵情

卧虎藏龙聚大家，经纶满腹笔生花。
诗魂神匠开宏卷，汗水甘滋育绿芽。
若谷襟怀迎墨客，如兰德品灿云霞。
研词授艺师恩重，一帜骚坛正气嘉。

赞子弟兵

久经争战立功名，抢险临危子弟兵。
舍己卫民心百姓，边防戍守自双旌。
三军实力国威振，装备精良科技赢。
流血牺牲无畏惧，安邦维稳促和平。

赞戍边战士

边陲大漠界疆巡，卧雪爬冰险苦辛。
奋勇当先平外寇，神威凛肃舍其身。
青春谨献长城固，热血尽挥情志真。
福祉安祥家国盛，关防不忘士兵亲。

赞环卫创城

河清巷净园区守，死角旮旯怎放松。
手握扫撮街貌美，心装市政梓乡荣。
投身爱岗知责任，有志创城夺首功。
共建文明祥瑞苑，营川环卫尽初衷。

赞家乡辽河

碧水滔滔汇海流，翩跹鹭鸶并肩浮。
清波拍岸柳垂辫，汽笛吟词月傍舟。
蟹硕虾肥鲜牡蛎，果香禾美壮羊牛。
千帆竞渡齐鸣远，昂首征程向五洲。

南海明珠

赏海阔天蓝秀色，品鱼鲜蟹味膏香。
珠明夺目光辉耀，岛美游人心愿偿。
望万里翻卷浪涌，有千舟过往帆扬。
中华锦绣山河美，尤爱天涯南角芳。

建党百年抒怀

中国革命红船启，斩浪劈波战险涛。
扭转乾坤新世界，推翻封建旧王朝。
打黑扬善民心慰，反腐倡廉旗帜高。
入党誓言尤谨记，初衷勿改志情豪。

颂红船精神

日晟南湖耀九乾，燎原星火始红船。
前行求索征程险，誓愿铭镌信念坚。
利益工农旗帜举，镰锤使命地天宣。
百年逐梦复兴路，斗志无移宏锦篇。

礼赞中国共产党

披荆斩棘闯难关，长夜征途无畏艰。
星火遍燃红大地，巨龙初醒震瀛寰。
武装群众波澜起，推倒王朝新令颁。
勤政爱民天下泰，振兴时代好河山。

六月感怀

欣迎建党百年中，季夏今朝殊往同。
擎举锤镰歌盛世，吟思先烈忆丰功。
长城重器卫家国，齐月神舟探宇穹。
遒迈步牢新路拓，勤为民慰复兴梦。

庆祝建党百年朗诵会感赋

建党风云启史篇，英雄年代赋诗镌。
祖孙佳话精神赞，业绩丰功词韵诠。
勿忘初心传薪火，讴歌志士学红船。
燃情岁月为家国，圆梦今朝旗帜鲜。

颁发"七一勋章"感赋

锤镰闪烁耀胸前，勿忘初心信念坚。
使命担当家国爱，生涯服务众民牵。
争为模范新时代，敬仰英雄厚德贤。
正气乾坤华夏强，勋章身后誓言诠。

蟠龙柳韵诗社同庆建党百年

联谊柳蟠诚挚真，满觞清圣溢香醇。
讴歌百载沧桑路，赋韵千行伟业春。
正是酒酣情意厚，尤能律雅曲风斌。
文坛逐梦繁荣事，再续锦篇时代新。

迎国庆赞美党

喜满中华锦绣妆，欢声笑语颂歌扬。
开平百载艰难险，偃倒三山富裕强。
万众同心新路阔，千文谐韵妙篇祥。
民安国泰长城固，奋进前行气势彰。

秋分

昼夜平分早晚凉，高飞大雁欲南翔。
摇头麦舞由风摆，闭口鸣虫觅洞藏。
果硕颜羞欺树挂，粮丰廪满笑声扬。
轮回季序收成盼，盛世欢歌九域昌。

孟晚舟回国感赋

海外孤舟渡劫波，铮铮铁骨战妖讹。
永恒信念存赤胆，无悔情怀跨暗河。
伟大母亲龙背靠，坚强意志自身磨。
归途长漫艰难路，华夏女儿豪气多。

小学教师

培桃育李毕倾心，教案钻研夜半深。
数理形仪修洁品，文章美术送甘霖。
排疑启示纵横广，阅读评诠巧妙湛。
尽付苦辛流汗水，成灰蜡炬献忠忱。

国庆节

浩荡金风送吉祥，红旗猎猎半空扬。
神州庆祝雄文颂，大众讴歌伟世彰。
锦绣江山兴国业，精尖技术固关防。
还迎盛会甘霖洒，喜事接连九域昌。

观诗友游辽南视频感赋

美色青峦妆锦秋，人参花果自风流。
鸟歌欢曲宾朋乐，山笑无言气势牛。
世外桃源何处觅，城南达岭此时求。
峰高云淡清幽静，泼墨抒情诗画谋。

今秋之韵

清商浩荡秀山峦，鹊鸟登枝笑语曼。
苹果缀枝羞涩餍，枫林换色赤金冠。
旌旗猎猎迎风展，琴瑟声声伴舞弹。
华夏今秋逢盛事，国庆廿大喜同欢。

咏露

晶莹剔透点秋妆，明月冰心玉簟凉。
润草殷勤滋浅碧，簪花旖旎浴清芳。
形藏日出风催泪，影隐珠残菊抱香。
来去倏然无恨怨，寒枝折射见微芒。

辽河岸边

滨河北岸路人稀，异地跨桥车马疾。
柳翠花鲜丰韵秀，风和日暖彩霞披。
两城互望炊烟见，一水相隔血脉依。
锐意革新求富盛，同心助力步伐齐。

登老轿顶

叠嶂山峦笼雾烟，清泉澄澈水流潺。
野禽声唤忽穿耳，碧叶风摇舞蹁跹。
执杖攀岩吟赋美，携行挽臂笑容甜。
辽南如画家乡好，峰顶高瞻景色澜。

木兰山庄游

坐落山腰呈特色，凭栏舒目见峰峦。
池鱼潜底迷藏躲，福寿刻石奇景添。
藤椅荡绳摇上下，友朋牵手舞蹁跹。
庄园世外原生态，足住木兰无念还。

芒种时节有感

割收复种抢农忙，时适轮耕苗木芳。
新杏盈枝结满树，蔷薇绽靥舞飘香。
地摊兴旺民生惠，市场繁荣国运昌。
天道酬勤求富裕，光阴化锦入诗行。

游金牛山感怀

拾阶而上寻遗迹，缓步探幽观景奇。
馆内模型标本展，山中洞穴古猿居。
犀牛站立丘峰矗，树木交缠云雾移。
沧海桑田天地换，身临其境涌遐思。

庆"八一"活动

笑靥红唇若粉荷，深情上路唱欢歌。
妆浓裳艳风姿俏，花紫廊长意境合。
共庆"八一"新曲练，同齐七彩果园泽。
夕阳渐落霞尤美，挥洒余晖亦雅奢。

游东岗村葵花园

灿灿金盘向日倾，临风沐雨不移情。
葵田陌野人流涌，粉黛靓妆花海行。
舞扇挥绸姿色俏，登山赏景韵诗盈。
乡村处处丹青染，社稷惠民农业兴。

喜迎国庆中秋重逢

欣迎节日复相逢，经几重合遇此生。
田野沐风翻麦浪，山林润雨洗红枫。
怡然挥笔撰佳赋，欢乐展喉歌挚情。
盛世普天同祝庆，太平华夏巨龙腾。

仲夏吟

绿翠嫣红物盛时，繁花弄锦蕴芳奇。
纷飞蝶彩争娇媚，曼舞莲身竞俏姿。
四季轮回临仲夏，羲阳周转耀清池。
心于淡处归恬静，素玉撷来捻作诗。

初秋

浅秋风爽送微凉，稻谷渐黄飘远香。
栖树哗蝉鸣盛景，立塘溪客耀清光。
千家喜盼粮仓满，万户欣尝桃李芳。
四季轮回无止运，当齐天道自图强。

冬日抒怀

风啸天苍云雾低，玉英飘落满山积。
冰晶挂树颜容净，松柏凌寒脊背直。
林野老鸦修旧垒，峰峦清客展新衣。
谁言北陆无情愫，雪韵梅魂入锦诗。

立冬感怀

阳退虫眠萧瑟颜，寒风细雨泪潸潸。
几多甘苦唯求索，一种清孤不等闲。
已去光阴无可挽，轮回季节尚能还。
苍天恒运知行道，大写人生怎惧艰。

陇右云峰

云涛漫卷锁青峦，驿站台阶史迹观。
马队晨霜行古道，驼铃暮雨过荒滩。
尘封丝路乾坤载，兴废王朝世代看。
峰嶂陇西商贾梦，黄沙雪水未曾干。

石榴花

簇簇红颜盛夏娇，熏风烈日愈添妖。
鸣蝉醉唱蕾花上，飞鸟戏栖榴树条。
一度同心修正果，满怀和气立佳标。
秋来圆梦子孙福，退去鲜容籽粒韶。

菩提素语

抚琴流韵悟禅幽，无念凡尘渡舫舟。
皓月高天悬一镜，芳莲洁品鉴千秋。
心清有道云帆挂，冠正不私时世求。
慢煮茗茶今古论，犹开慧觉佛陀修。

稻花香

秋初夏末泛金黄，润露迎风沐日光。
汗水耕耘繁盛景，心田祈盼厚丰仓。
粉身只为壮珠粒，成色犹求好食粮。
谷米富盈充底气，民生最喜稻花香。

忆慈母

顶梁豆蔻因失父，长姐抚孤风雨天。

学弃田耕家务事，衣缝布织一人肩。

送夫入伍承仁义，携子随军继礼贤。

对月心音潮涌泪，星河传讯忆年年。

赞中国古代女诗人朱淑真

笔下珠玑一吐情，心中风月燕莺惊。

娇颜空对郎无意，锦赋悲嗟秋落英。

深怨释怀天地阔，幽栖居士古今倾。

才高不负南朱誉，词丽犹齐北李名。

注：南朱——朱淑真，北李——李清照。

盖州市万福采风

初夏牡丹娇不矜，葱茏草木望无垠。

禅音绕户祥云锦，圣水流年福地纯。

把酒吟歌滕阁雅，铺宣点墨蕴章新。

重温讲话寻标领，岁月词文写志真。

家乡巨变

房低雨漏忆从前，两岸来回汉路偏。
昔渡码头常载梦，今登桥上且看船。
惠风舒畅营川秀，丽水欢歌峰岭绵。
曲赋吟哦情渤海，身居广厦煮炊烟。

参观中共奉天支部营口小组纪念馆感赋

星星火种耀营川，伟业期兴信念坚。
志士投身捐碧血，仁怀救国谱鸿篇。
赤红一帜锤镰举，隽永万春功绩传。
港埠风悬帆正起，今瞻党史忆英贤。

清明上河图

春光市井留真迹，百态生机描锦画。
水榭亭廊碧影浮，漕船店铺虹桥隔。
人行古道望风云，马绕青山迎月魄。
大宋繁华一卷开，名扬世代丰功积。

感怀时光荏苒

细雨水帘烟雾笼，跳珠轻落扰清波。
双灯高挂柴扉亮，孤影徐移故事多。
茶煮新春烹日月，棋逢老将夺江河。
悠悠千古吟低唱，浩浩风云载大歌。

超脱

独处林深雅兴修，琴音袅袅碧波柔。
闻香赏菊心依佛，吟赋书文情放舟。
妆点古陶琼梦载，剪来新叶锦秋收。
慢摇顺遂时光扇，不念凡尘自诉流。

消夏

热辣高阳火样烧，荷塘约友暑炎消。
蜂飞蝶舞熏风淡，莲举叶浮容靥娇。
荫下乘凉谈过往，湖边赏景论今朝。
忽闻长调笙歌起，一阵清流涌汐潮。

第二部分

春天

东风摇碧柳，细雨润桑田。
飞燕穿云过，鸣蛙戏水欢。
阅书识雅趣，提笔赋诗篇。
雾散开晴日，山河美景牵。

商道酬信

古训存真理，人间处事围。
公平商道在，信义法门依。
若获财源广，唯求德行威。
恒知仁善智，日月照心辉。

十梅庵赏梅

邻近有梅园，春风蕊绽鲜。
鸟歌青叶上，柳摆碧塘边。
信步三番顾，迷芳半晌还。
国香君子品，雨雪丽姝妍。

清明扫墓

祭祖墓碑前，思亲泪水涟。
门风承孝义，世事继能贤。
俭朴持家业，仁慈待友先。
焚香长跪拜，问讯绕空传。

梦境

睡梦公园里，长廊野径深。
荷塘开宝靥，岸柳荡春心。
脚踏龙船上，身依橹色金。
手边祥鸟落，为我送瑶簪。

研习律诗

搜肠妙句寻，不觉已更深。
玉客弥香气，青松立寂林。
窗前明月照，苑外凛风侵。
学问持恒志，磨针铁杵心。

秋

经风草木衰，雁去叫声悲。

菊绽花园里，枫摇赤叶时。

莲蓬孤怎寄，霜露自难迟。

笔墨三秋色，心中百事期。

除夕

食材烹饪好，亲友酒酣然。

倾诉前尘事，品尝今夜筵。

荧屏歌曲唱，爆竹耳边传。

相聚多欢乐，祥和玉兔年。

春日思游

春来天渐暖，萌动远游心。

泰岳风光好，黄河水色深。

西安兵马俑，版纳橡胶林。

览胜神州美，秦砖看古今。

游古都感赋

始皇开大秦，骚客浣纱津。
陶俑遗留迹，情形震撼人。
晓知观世事，遍走访邦邻。
若有惊魂处，常常泪湿巾。

家乡

滩涂芦苇荡，河岸故园家。
鸟浪遮云际，鱼舟扬水花。
莺鸣青野处，日照满眸霞。
渡口载乡梦，春秋不卷沙。

初春思乡

夜半星空朗，月明圆满时。
柳枝摇影动，心梦惹乡思。
乍暖春风到，还寒雨露滋。
辽河冰已化，回返正佳期。

观影《隐入尘烟》感赋

世道不公平，如何能理清。
桂英孤挣命，有铁独围城。
共渡艰难苦，同期幸福明。
人间观冷暖，弱者土尘情。

夜梦

柔风春季里，进入远山深。
莺语欣传耳，花香喜润心。
云移天宇浩，日耀岭峰金。
旋绕黄鹂鸟，衔来白玉簪。

春游

出行齐鲁地，一任泰山游。
峰俊海天倚，云浓岳顶流。
日升观美景，钟响透琼楼。
遥望黄河水，滔波荡远舟。

春

清风岸柳吹，小草露青微。
喜鹊高声唱，黄莺碧树归。
桃开枝上笑，蝶舞舍前飞。
陌野春耕事，铁牛鸣不稀。

人民

勤劳良善德，智慧献中华。
只向艰难闯，尤知奋勇加。
雄心增志壮，大众恨风邪。
国运前途锦，民思九域嘉。

第三部分

游崂山

峰中九水汇流泉，日下满湾腾雾烟。
暗涌清溪幽涧处，欣观碧阁听潺湲。

蝉

桑枝柳叶卧鸣蝉，喧噪无休暑夏天。
酷热愈加高调起，秋深闭口享幽娟。

西施

沉鱼美靥国君迷，柔媚椒房为越齐。
不动弓刀凭女色，功成归隐若耶溪。

貂蝉

为报椿恩大义肩，尽施心计两魔牵。
借刀杀贼功名立，从此世间美誉传。

学律诗创作

心梦成真灵慧种，文章写就妙勤栽。
乾坤正道尤能见，愁绪离情也解开。

步韵有感

敲诗步韵仄平严，动笔还求意境含。
不晓渔洋良技法，难成佳作挂云帆。

学步韵

唐风步韵过难关，格律面前攀大山。
清月孤灯诗意暖，晨昏相伴凯歌还。

新疆景色

天山南北卷黄沙，戈壁胡杨到处家。
马壮牛肥原野阔，冰峰绽放雪莲花。

渤海

涌浪横波碧水流，接连天际载渔舟。
凭栏海岸观潮起，举目群鸥竞自由。

赞家乡营口

（一）

故里辽南滨海城，水清山秀响名声。
米粮瓜果皆丰盛，富裕祥和汗水成。

（二）

隔窗入耳浪涛声，波载渔舟唱晚情。
果大鱼鲜粮谷盛，宜居适养海滨城。

居家

静默尤知求自严，勤凭瘦笔撰诗函。
霜风红叶裁佳韵，纸墨银鸥追远帆。

井冈山

黑雾驱除天幕开，红旗飘荡井冈回。
燎原星火熊熊势，革命征程踏步来。

中国

版图世界立雄鸡，九域今逢鼎盛时。
划桨全民巨轮起，征程跨越不疑迟。

今昔中国

昔日九州如散沙，黎民颠沛竟无家。
锤镰开辟新天地，百姓从今心绽花。

新中国赞

新陈社会两重天，赤县富强心梦圆。
各界同商家国事，总关民意问炊烟。

中国革命

九州革命始红船，探索酬谋夜不眠。
道路前行中国化，工农力量大无边。

中国共产党

唤醒东方睡梦沉，扫除天下翳霾深。
当家百姓江山稳，办事满怀民众心。

盼祖国统一

举头遥望月中秋，思绪难平似水流。
兄弟台胞南海峡，何时一统共神州。

保卫南疆

边疆群岛有西沙，领域神州南海涯。
侵犯主权当亮剑，恒持正义是赢家。

老宅前的桃树

体壮根粗院落东，经年季初笑东风。
祖居如若今还在，又复闻香赏锦红。

养虾场

依海围栏虾蟹游，岸边波浪荡轻舟。
喂投撒网欢忙罢，拉线抻杆欣钓钩。

梅

迎寒斗雪笑颜红，玉骨清魂战朔风。
不具孤芳君子品，怎能今古韵诗中。

胡杨

大漠扎根藏品格，狂风挺立鉴怀情。
身躯不腐千秋在，卫士忠贞边塞城。

落叶

露寒霜重落纷纷，身碎踪无化土魂。
静候东君春雨到，芳心亮丽故乡村。

赏枫

晨赏枫林映日晖，流连美景不思归。
迎眸丹叶随风摆，无觉寒凉透薄衣。

赞边防解放军

（一）

又到北疆飞大雪，边防卫士斗冰霜。
严寒不惧情家国，固我长城保梓乡。

（二）

军人岁岁戍边关，岗卡朝朝换哨环。
酷暑未磨倾国志，严寒更励守河山。

（三）

冬雪降临无惧寒，边关戍守不言难。
献身西北长城筑，举目东南故里看。

古代战争

古来征战佩吴钩，横扫东西数十州。
乱事兵戎烽火起，争权划地赐诸侯。

思念母亲

天堂慈母音容在，夜梦时常笑靥回。
清醒泪流星月望，无边思念涌潮来。

赞头条百期

步韵百期吟诵中，唐风古律绽新容。
诗坛一帜辽河岸，落笔情真意万重。

天山雪

天山雪大形如斗，地上牛羊无路走。
牧主唯求牲畜安，围栏饲养家门口。

病中思

病毒侵身闯鬼关，气虚无力似登山。
只期霾雾阴云散，满目霞光晴日还。

夜晚栈桥散步

清辉明月照星空，漫步栈桥吹海风。
渔火船帆归返处，航标闪烁入眸中。

过新年

绿蚁醇香元旦迎，情随墨落画图生。
红梅笑绽寒冬里，踏雪寻芳人欲行。

重返八航校

新疆昨日又重游，故处今回解久愁。
原貌军营今尚在，情魂牵此泪双流。

赞八航校毕业的飞行员

立志新疆柳树泉，精英培训不容闲。
航空才俊誉华夏，探月飞舟宇宙间。

注：杨利伟等航天员是空军八航校培养的飞行员。

思故乡

夜梦乘舟返故乡，日行百里过苍茫。
岸边亲友频招手，梓里魂牵思断肠。

缅怀革命先烈陈树湘

神州今日沐朝阳，不忘先驱陈树湘。
壮烈舍身年廿九，青山忠骨忆魂长。

赞开国将领

元勋开国大功臣，社稷筹谋撰锦伦。
服务人民身尽瘁，披荆斩棘斗凶神。

革命老前辈

指点江山锦绣图，拨开云雾太阳苏。
人民利益心中事，魂魄齐天永不枯。

赞三湘

大地灵川沐艳阳，九州佳景赏三湘。
洞庭湖水声名响，渊远清波与世长。

感叹流年

转瞬时光不再春，新添白鬓雪霜匀。
长嗟昨日付流水，追梦蹒跚花甲人。

回忆营口小楼饭店

饭店知名叫小楼，高中解我早餐愁。
馒头炒菜豆花脑，回味藏心有绿洲。

忆青少年居住的地方

戈壁军营家属楼，和谐邻里不言愁。
无垠大漠接天际，书本学堂看绿洲。

新居

迁居改造上高楼，宽敞明亮解烦愁。
邻里和谐风气好，园区绿化有青洲。

小区美景

绿化园林草木齐，引来宿鸟四时啼。
荷塘月色朦胧美，垂柳婆娑河岸堤。

小区公园

绿地枝头喜鹊啼，鱼儿逆水戏游溪。
荷塘碧叶蜻蜓落，散步牵娃到日西。

望儿山

娘盼儿归泪已干，年经岁月雪风寒。
登高望海远方唤，站立成山今古看。

退休

退职身轻享静然，闲来秃笔绘长天。
追风寄语心归处，望月兴嗟忆旧年。

秦川行

自驾悠游新草春，西行一路志同人。
途中尽赏山川景，兵马俑前观大秦。

皇都怀古

皇都换代满城春，片瓦青砖怀古人。
扫除邦国独称帝，嬴政功成统大秦。

春

雨细风柔梨绽蕊，蜂欢蝶美杏开花。
寻巢紫燕纷飞至，喜乐叽喳檐上家。

雨后岛城春色

雨住风休天渐晴，荷湖岸柳落鸣莺。
芽萌草绿圆春梦，蕊绽花鲜扮岛城。

夏夜

星月高悬照万家，穿窗入户映枝斜。
声声蛙鼓荷塘里，阵阵蝉鸣桑树花。

初秋

平原锦色落寒霜，山岭丹枫沐暖阳。
雁字南翔踪影远，蝉蜩匿迹入眠乡。

中秋

清风送爽赏金黄，硕果缀枝飘远香。
百卷铺宣描锦绣，一秋落叶寄情长。

深秋

十月清霜又叶丹，一池香藕已花残。
尤思季转秋光尽，只等岁寒三友看。

辽河两岸

（一）

穿梭络绎不萧条，两岸通行有大桥。
举目炊烟依水望，转头垂柳荡魂销。

（二）

辽河两岸望炊烟，踏浪扬帆海上船。
鸥鸟凌波礁石戏，渔歌唱晚响天边。

航校进驻新疆

部队精兵大漠行，耳旁阵阵战歌声。
风沙漫卷天山下，驻守边关哈密城。

随军第八航空学校

儿时随父去边关，最爱飞机起落还。
云汉空军蓝色梦，兵营八校驻天山。

随军住戈壁滩上的家

天山南麓卷风沙，满目昏黄不见家。
驻防军歌穿戈壁，边关卫国绽心花。

游西湖

西湖堤岸柳生烟，朱阁雕龙立水前。
时闻莺鸟飞鸣啭，还见媪翁吹管弦。

雷雨前后

忽来风雨雾云低，急返巢窠鸟鹊齐。
一阵雷声鸣耳畔，三条彩带出天西。

自勉

道法依天理更深，人生跌宕有浮沉。
从来立志不言败，岂可失勤能获金。

笔伐美帝霸权

世界和平求大同，霸权岂可祸中东。
野心趁火难能逞，正义皆诛自是翁。

育孙

（一）

隔代看娃希望期，排除后顾为孩儿。
唯求安泰家兴旺，忙碌晨昏星月知。

（二）

隔辈育孙苗木栽，吟哦唱曲再重来。
不时论理歪叉剪，尤盼成才金榜开。

（三）

三岁小孙一米高，听歌起舞展丝绦。
稚言萌态翻花出，放下拼图举剑刀。

云

高天云朵半空栽，时卷时舒飘逸来。
自在清闲环野望，红尘做伴笑颜开。

怀念毛泽东

燎原播火遍神州，领袖筹谋八角楼。
开创东方新世界，光辉永耀万年秋。

写在母亲祭日

泪目灵前灯影幢，思潮似海痛伤江。
无娘惦记家安在，心事向谁开亮窗。

思乡

（一）

远望往来载客船，乡愁惹我夜无眠。
尤期早日回桑梓，散步观潮渤海边。

（二）

仰望金轮映宇天，思乡愁绪梦中眠。
辽河岸柳依依荡，唤我回程上客船。

全民富裕

施政民生求富路，帮扶干部访乡亲。
党群携手开新局，踏步小康为国人。

寒冬

秋去冬来霜雪归，北风吹透御寒衣。
冰凌满树白头染，喜鹊一双苍岭飞。

天降小雪

天降玉尘铺满蹊，长空万里雾云低。
零星银粟时时舞，孤鹊干枝阵阵啼。

赞诗社

文风晓畅柳群间，射虎对联似上山。
步韵唐诗三百首，良师领闯万重关。

时尚

装扮流行古典风，其间韵味各不同。
前沿时尚万千丽，所好求之审美中。

乒乓夺冠

乒乓赛事夺金杯，今夜无眠喜讯催。
畅饮举觞酣畅笑，健儿征战凯旋回。

发小相聚

盛宴佳肴绿蚁香，相逢泪落话时光。
当年一别成孤旅，梦里愁思是梓乡。

喜迎二十大

（一）

人民参政凯歌还，提案同商代表间。
伟业筹谋千百计，宏程再越万重山。

（二）

欣迎盛会在金秋，百载红船多起浮。
理政安邦看赤县，民强国泰尽悠悠。

（三）

金秋十月瑞风酥，党政为民私字无。
社稷图强天下稳，华章盛会在京都。

（四）

大会华章政党声，民心顺应总关情。
图强九域征程远，踔厉前行众志城。

人生

一世人生似泛舟，涛峰浪谷度春秋。
唯知尝遍艰难苦，才会惜珍喜乐悠。

挖野菜

挖菜采芹登后山，提篮握铲过城关。
眼观手到无停歇，不久时辰满载还。

女儿填报大学志愿

学科报考似梦烟，财大西南在四川。
路远山高心不放，担忧差异两重天。

送女儿上大学

分离情景永心头，掩面衿伤双泪流。
此去南方求学路，飘零好似一孤舟。

注：女儿2017年以优异成绩考入西南财经大学。

归燕

紫燕回归寻旧家，东飞西绕日阳斜。
心焦不觉天边暗，赶路匆匆穿雾纱。

赞柳韵诗社讲课老师

网课诗联有大家，精研正解不偏斜。
勤耕笔健真知者，剥茧抽丝揭面纱。

鹊桥会

牛郎织女阻银河，劫难痴情荡浪波。
期盼鹊桥双七会，古今传颂美篇多。

读皮日休《汴河怀古》感怀

长城万里护山河，泰岳千重生日波。
九域古今无数事，弯弓射箭俊雄多。

新农村

户户门前苞谷堆，篱笆墙里菊花开。
机耕现代田人笑，全面小康吉庆来。

岛城机场搬迁

之前航站在流亭，满载往来离别情。
迁移场务胶东后，头顶轰鸣销迹声。

小区对面的小公园

公园一角有长亭，惯见恋人儿女情。
映月河塘清碧色，偶闻蛙鼓二三声。

悠游

喜乐河川陌野间，流连景色不思还。
听风观日足无驻，纵览名城与万山。

清明

轻风细雨树鸣鸦，曲径林深白野花。
祭祖思亲坟墓扫，承传孝道万千家。

渔家

海面鳞波日影斜，渔舟飞橹喜还家。
鲜虾赤蟹餐当晚，银网织编欢乐花。

赞柳韵师生

柳韵师生才艺高，谜联词赋织金绦。
铺宣落墨山河现，锋刃勤磨不老刀。

读古籍

称帝孙权国号吴，招兵买马守城孤。
翻开古籍前朝问，水煮三江茶一壶。

聚

盛夏亲朋聚日曛，高谈阔论语纷纷。
欣然慨叹倾知己，论古谈今赞圣君。

思乡情

搔头白发忆前尘，故土情牵愁梦新。
邀月举觞秋节夜，嫦娥伴我念亲人。

思亡亲

遥望夜空悲痛漫，成行双泪拭无干。
人天两处墓碑隔，唯寄星辰问吉安。

赞胡杨

茫茫戈壁风沙漫，伫立英雄抗旱干。
刚毅精神人咏颂，边关大漠守平安。

赞苏绣

走线飞针在绣楼，女红技艺数苏州。
非遗文化今传授，中外蜚声称一流。

脱贫

昔日平房变大楼，小康亮丽我神州。
帮扶致富贫穷尽，百姓心中涌暖流。

赶海

浪平潮退淡风和，准备精心工具磨。
提桶穿靴滩礁上，拾来红蛤和鲜螺。

春

辽河岸柳荡春风，大雁回归过万重。
草露青萌原野上，升温日暖解冰封。

冬

岭野银妆瞧不尽，笑妍映雪玉梅开。
接天连地云烟处，喜鹊低飞穿雾来。

采风

赏景踏春来采风，铺宣落笔虑千重。
唯忧才浅意无尽，思路全开勿自封。

盖州市北海游

文友驱车北海行，琴音舞起伴歌声。
诗篇墨宝宣千尺，写尽人间山水情。

赏荷

清塘碧叶簇荷花，风暖情柔日影斜。
蛙鼓蜂飞蝴蝶绕，闻香迷色忘归家。

自嘲

花甲之年心似花，吟诗习画日西斜。
脑空手拙缺长进，怎敢拿来示大家。

台湾老兵

年少离乡今未回，难圆愁梦鬓毛衰。
诗行淌满思亲泪，期盼月盈人归来。

退休生活

退职居家六载多，看孙做饭日消磨。
悠游结伴恋山水，射虎诗联起浪波。

忆少年

伙伴儿时玩乐中，常因小事脸争红。
刀枪木制别腰上，瞄准还抓一弹弓。

又见杏花开

阳春风暖绽枝鲜，自赏清芳怡然间。
雨洗纤尘犹可爱，蝶环蜂吻戏花前。

学诗情

三年跌撞入诗家，半罐飘摇涂老鸦。
曲赋骚坛寻正道，辽河柳韵伴西霞。

赞诗友书画展

花鸟山川笔下彰，几多心血绘图长。
勤耕四季星辰月，百幅丹青留墨香。

学诗有感

古风诗菩著新篇，雅颂恢宏聚众贤。
韵律初知常懵懂，规章再认尽明然。

春思

星空明月映荷塘，春夜东风柳荡扬。
犹忆故居梨蕊白，馨香入梦惹愁长。

立春

烙饼咬春烹豆芽，儿孙齐聚爸妈家。
如今节日传承在，不见母亲容靥霞。

春

（一）

青苗钻土柳条鲜，紫燕新巢筑瓦前。
渐暖春风吹遍野，飞鸿北上叫连绵。

（二）

细雨绵绵野草生，微风习习绿莺鸣。
远山目及青黄现，近水莲浮碧叶横。

（三）

蜂吻花馨百草新，云移天朗纸鸢逡。
低眉翠柳凭风势，西摆东摇唤仲春。

小区的樱桃树

院内樱桃入眼眸，红黄挂树果珠稠。
暖阳日照羞颜见，邀约诗行笔墨留。

赞荷

娇莲翠叶覆荷塘，暖日清风展玉妆。
独洁禅修泥不染，孤高德举品犹彰。

贺山水诗社开学

诗家誓愿结佳盟，岳系吟歌唱郢声。
山水依屏星月炫，清音荡楫浪涛惊。

题图山水风景画

日隐云天淡雾低，花开水畔雅台齐。
孤舟荡楫惊波涌，苍柏邀风闻鹤啼。

参观营口中国红十字发源地展馆感赋

甲午烽烟战火烧，忧民济难爱心焦。
旗升营埠字红十，救助先开立善标。

梦中

牵手萌孙细雨中，吟诗古韵满江红。
岳飞亮剑收疆土，击鼓升旗唱大风。

消夏

荫下品茶香扇摇，湖边约友热昏消。
心清炎夏自凉爽，一季芳华享艳娆。

无题

踏破边城我是王，风沙戈壁一胡杨。
千年不朽精神在，世事笑看酣梦长。

送友人

旧觞斝满新醅酒，盛宴兰交三世友。
戍守边关返老山，盼归春绿初芽柳。

蔷薇

簇簇花鲜黄白红，蝶环蜂吻醉其中。
蔓藤横纵叶青密，外秀内强神韵丰。

辽河美

碧水清波鸟浪观，渔帆灯火往来闪。
长滩绿苇莺音啭，港埠声名中外传。

桑梓情

渡口凭栏望客舟，云帆高挂载乡愁。
往来多少远行者，举目月空心梦留。

贺诗友制谜五千

商灯亮闪五更鸡，品类探涉千万蹊。
惠智勤耕文虎妙，盛名美誉大家齐。

松雪山峰图

云天雾霭透霞晖，雄立苍松气势威。
共与山峰迎险恶，同披霜雪展奇巍。

卧虎图

倦卧丘陵心不安，闻声立目远方看。
山林霸主平阳落，不见威风犹可叹。

月夜

月下轩窗风影妖，天空玉镜桂娥娇。
河塘并蒂莲花绽，最忆当年彼岸桥。

亲缘

三代兰交续善缘，长天皓月鉴情虔。
若无祖上怀仁厚，后嗣何由汇碧涓。

送别

凝眸遥望踏舟行，折柳诚留一片情。
大漠天山嗟路远，门前送罢念归程。

柳韵思

营川碧柳枝繁茂，辽水清波载远帆。
笔底墨香心梦醉，求知怎可利名掺。

孵蛋鸟

衔枝拾草筑新家，围帐萋蒿挂锦纱。
丸卵拥怀心绮梦，笑看风雨醉丹霞。

鹤栖营川育雏

育雏寻寓落营川，母子情柔苇海田。
漫步探看云水月，吟歌细数往来船。

棕头鸦雀

棕毛小鸟唤枝稠，翠叶轻风载语柔。
萌启喙衔青碧玉，明瞳一瞥锦光收。

雏鸟

傲立芦花引颈歌，熏风解语亦吟哦。
未经霜雪翅难硬，关险危临志勇磨。

盖州四盘岭乡百果村采风（组诗）

上山

民居散落翠峰间，入耳鸟鸣溪水潺。
坡上初禾齐柳色，为寻诗韵踏青山。

羊

扬名百果白羊肥，晨起攀山暮色归。
谙熟家门无须唤，争先自主入栏围。

游江西武宁关山

碧水青峰天蔚蓝，溪流清浅润良田。
关山景秀春光美，垄上挥锄心梦圆。

立冬

（一）

冷露沾泅百草枯，香枫告别九秋朱。
凄寒雨送归根叶，化作春泥花木酥。

（二）

飘零枯叶舞姿匆，万种风情落幕终。
四季轮回天有道，冬来尽赏雪花绒。

冬梅

笑傲冰寒斗雪猖，无关地冻朔风狂。
清高不抢夏花艳，雅韵尽呈冬日香。

冬晨

晨起撩纱地雪霜，琼花漫舞玉尘扬。
香梅绽放盈枝俏，鹊鸟欢飞喜语长。

地道酬善

爱善藏于地道间，胸怀浩阔德仁颜。
人生若是求祥瑞，世事当知习厚娴。

立秋

（一）

新秋又至暑难消，热浪蒸腾日似烧。
只盼西风迎硕果，尤求六畜贴肥膘。

（二）

夜长风爽早生凉，稻麦泛黄波浪扬。
斗转星移新四季，歌吟觞举话秋光。

明湖之秋

清波映日一湖霞，枯叶残荷相顾嗟。
堤岸秋风杨柳瘦，林间翠鸟唱枝丫。

牵牛花

一朵孤芳绿叶丛，寒欺霜打傲迎风。
谁言体弱无心志，笑在三秋自信中。

南京大屠杀死难者国家公祭日

惨无人道大屠杀，沦陷古都遭践踏。
设立国家公祭日，和平向往壮中华。

执政为民

以民为本江山稳，施政有情风景和。
浩荡党恩黎首惠，筹谋双百见巍峨。

团建崂山行

团建文宣体验多，携同家眷展谐和。
理财求得好声誉，圆梦交银唱赞歌。

崂山北九水

碧水青峰九曲湾，顺流直下响泉潺。
忽闻盈袖暗香在，队友相携拾级攀。

崂山农家宴

山里餐厅八九家，唯将此处食材夸。
菜包个大槐花馅，还有珍禽和海虾。

题图落日

斜阳渐落水云间，洒下金光耀海天。
远处渔帆成一点，近旁日影映双圆。

题图丹顶鹤

秋水渐寒苇叶黄，西风摇曳芦花扬。
鹤欢自在成双戏，寒暑滩涂积愫长。

红海滩

河堤百里盖红毡，海岸三秋展赤卷。
骚客流连佳景醉，铺宣落笔撰情缘。

寻童趣

身影冰河飞燕旋，六旬仍可胜青年。
童心尚在不言老，唤我时空回往前。

"五四"感怀

花甲仍怀未老心，健足登岳尚殷勤。
岁月沧桑华韶逝，夕阳灿耀趁光金。

题图蜻蜓吻荷

热吻莲苞久住留，曦光暖照伴情柔。
祥询静客君还好，紧拥倾肠离别愁。

喜得外孙女

一声啼哭荡心房，千金临门降福祥。
喜溢眉头星捧月，饱饥拉撒总牵肠。

外孙女

爱宝娇娃始入园，欢欣雀跃语歌喧。
泼皮偶耍心思斗，零食争求出巧言。

外孙女学游泳

幼孙初入碧清池，双臂水浮飞燕姿。
小脚荡波行进远，未知深浅意无迟。

赞诗友

旭日金光映宇空，祥云霞彩唤诗翁。
情怀墨韵芬芳洒，妙笔勤耕学者风。

秋雨

凉风挟雨夜无休，老柳垂绦悲泪流。
骚客闲情依妙笔，诗魂百解落花愁。

冬雨

寒风携雨打纱窗，屋后阶台细水长。
荡涤尘霾迎瑞雪，梅花玉屑舞成双。

大雪感赋

时临大雪天愈寒，回首茫然岁月叹。
揽镜青丝染白发，寄情诗韵谱心丹。

雾凇

地冻苍茫挂雾凇，银装素裹扮寒冬。
生情只为天成色，触景尤惊鬼斧淞。

降温降雪

晨醒云低玉屑扬，风高天冷旷原茫。
寒烟盈目同清色，大地琼英扮素装。

庆元旦

会聚文贤赋雅篇，感怀岁月涌诗泉。
新知旧雨同欣庆，锦上添花歌舞宣。

题图蜜蜂恋残花

天生本似友朋亲，无奈秋风损躯身。
心碎芳华能几晌，枯花静卧听吟呻。

贺宇航员乘神舟十二号再飞天

苍穹揽月探星河，面对嫦娥一曲歌。
勇士飞天长漫路，九州强盛技高科。

圆月

玉镜金光亮眼眸，鳞波碧水载龙舟。
星明月满温情夜，触景犹增梓里愁。

昙花

发叶扬身只待开，无心百艳斗花魁。
瞬间盛放香盈溢，一绽留芳压万瑰。

雨

初夏连天落未消，珠帘串线数千条。
风随作响似弦乐，心朗无关阴雨潮。

雨中观荷

自古莲香墨客文，孤芳高傲喻清君。
曲桥雨落拍荷叶，情景殊同别样欣。

秋荷

红颜渐退莲蓬熟，风拂河塘肃爽凉。
水底无闻云雨事，入泥修洁藕孤芳。

中元节

烧纸焚香悼故亲，青烟缕缕化音讯。
天堂无语魂灵晓，思念由心入梦频。

突降冰雹雨

黑风骤起天飞雨，栗大冰球急随其。
暴打房前花叶厝，秋愁又遇降雹欺。

同窗聚感怀

见面相拥话语多，长桌盛宴伴欢歌。
开怀畅饮当年忆，举觞情满意超踔。

雪

挑帘窗外玉沙飞，银屑晶莹寒气微。
应景适时迎小雪，身融大地不思归。

第二场雪

昨夜琼花二度开，新妆大地素颜裁。
瑶宫穹宇无贪恋，尘事情归潇洒来。

夕阳观鸟浪

夕阳渐落绽红霞，鸟浪翻飞逐际涯。
生态和谐环境美，引鸾招凤见芳华。

农夫与耕牛

曲回乡路小桥连，世外桃源弄梗田。
近水远山牛为伴，勤耕细作盼丰年。

看图题诗

牛伴农夫春种归，青峰绿野雾中晖。
小桥碧水偕幽境，畜壮人勤禾木肥。

读秋枫老师自序感赋

敬孝高堂爱子孙，故居伴母享天伦。
家合人寿续佳话，花草园田铸韵魂。

题图诗

举目远山天外横，低头近水碧波莹。
宏村秋色挽痴客，澄澈湖光盛满情。

题图绝境立松

悬崖绝壁立苍松，傲骨铮铮显贵容。
险相求生无畏惧，迎风斗雨自成峰。

赞宣讲志愿者

擎举红旗一路歌，风尘苦旅踏山河。
初心未忘情豪迈，三尺剑锋勤志磨。

山中菊

峰峦陶菊靥容芳，悦目怡心色彩黄。
无尽风光秋意美，青山咏月着新妆。

枫叶

春发青枝碧色中，经风历雨见黄红。
霞晖映照斑斓美，秋暮赤丹犹盛鸿。

冬梅

花魁寒雪绽芳妍，笑顾琼英飞舞翩。
自古文人描久客，香魂玉骨入鸿篇。

龟背竹

叶阔茎伸青碧颜，身姿力挺亦心殷。
无同百卉争芳丽，别样清孤怎等闲。

小园菠菜

方田玉碧寒冬季，寸土无闲菠菜舒。
勿候春耕牛具动，殷殷尽翠馈勤锄。

打鱼

浩荡金风扬岸柳，渔帆碧海接蓝天。
撒开银网翻花浪，满载鱼虾往返船。

夜晚海边散步

朦胧星月含烟柳，闪烁航标亮海天。
浪静风平观夜景，岸边停泊捕捞船。

雁

一字雁翔冲碧寥，千山万水雨云朝。
秋风霜月南飞路，春暖北回声九霄。

长城

万里巍峨家国固，千年屹立势威呈。
朝迁市变新风采，地覆天翻古堑铮。

重庆游（组诗）

天洞

鬼斧神谋天洞开，壁岩灵韵用心裁。
仙幽幻境清流碧，阆苑谁差尘世来。

阿依河

水潋波清竹筏悠，阿依今古美名留。
大哥橹动歌山谷，小妹情开满河舟。

乌江画廊

碧峰两岸大江开，远客双层甲板徊。
山水映眸盈叠秀，角梅红粉点青腮。

地缝

出自天工胜景生，缝开直壁丈千成。
绿蕤崖峭葱茏色，招惹游人一路惊。

解放碑

巴山蜀水育英贤，耸立高碑记当年。
若无抛头仁士勇，何来征路凯歌旋。

磁器口

文化巴渝特色鲜，游人接踵巷街穿。
名餐土产翻花样，边逛边尝品大全。

洪崖洞

网红一秀景观潮，夜色灯辉映大桥。
涌动人流堤水岸，两江交汇渡轮骄。

篝火晚会

乐舞苗歌伴月明，铜炉焰火旺箫笙。
五湖牵手地天阔，留住今宵几许琼。

重庆火锅

薄雾含烟伴辣香，飘红底料闪油光。
携来百味皆能涮，品鉴两江留梦长。

第四部分

仙吕·游西门 歌颂党的二十大

凯歌唱响众欢心，廿大有佳音。前程似锦甘泉饮，看喜事频临，（共产党恩）深，施政暖人心。

双调· 拔不断 深秋赏枫

劲风凄，野花衰。寒霜水润山林醉，冷露珠湿菊瓣迷，瘦枝叶去秋情寄。赋诗篇丹枫描绘。

正宫·汉东山 学诗词

赋诗唐宋弘，依韵律则同。念动意千重，曲牌也么哥，纵有凌云志情浓。文字涌，心暗忡，怕词空。

双调·快活年 迎新年

红灯高展换桃符，盆栽盈丽姝。兔来虎去喜联朱。团聚离愁诉，吟诵诗词赋，欢乐吐。

双调 · 沉醉东风　迎二十大

耀眼红旗荡扬，鸣空鸿雁飞翔。锣鼓喧，诗词朗，群英聚议题同商。理政亲民禹甸祥，江山稳欢歌唱响。

中吕 · 山坡羊　地道酬善

坤元稳重，世人称颂，唯将道法精神用。事成功，可称雄。襟怀阔贯承横纵，气宇昂仁慈固永。崇，天下容；忠，情志同。

中吕 · 山坡羊　人道酬诚

亶诚谨记，做人通慧，德操素养亦达贵。一生知，可洪威。求真坦荡清风立，长路笃行恒律己。依，事必期；持，佑助吉。

中吕 · 山坡羊　师生小年欢聚

本真流露，放姿无顾，御荷苑里忙年度。品屠苏，晬颜姝。吟歌曼舞诗词赋，泼墨牡丹香气吐。花，富贵图；鱼，鸿运途。

中吕 · 山坡羊　冬

大寒天气，清空云际。冰霜冷露常联袂。柏松威，蜡梅菲，瘦枝文鸟欢鸣戏，宏宇玉琼狂逸飞。凄，萧淡围；齐，纯净披。

南吕·玉交枝　早春

黄莺鸣唱，青枝摇荡。山峰新草萌芽状，望天空鸿雁翔。青蛙睡醒身首昂，惊雷初动冰河漾。东风畅爽，所及处蓬勃向上。

越调·天净沙　残荷

枝枯身萎蓬干，子圆房满神单，露冷霜寒路亶。唯灵魂赞，经冬待势新颜。

双调 · 水仙子　岁寒三友

苍松傲立雪风山，玉客欣放冰露间，青竹高挺云天汉。诗文谱曲弹，喻精神不平凡。品格美，君子般，无畏严寒。

中吕·喜春来　秋

　　暮蝉鼓噪西风密，晚麦成熟颗粒肥。露英着意染枫绯。秋韵美，硕果映霞晖。

中吕·喜春来　立春

　　虎来牛去红梅笑，云动风吹小鸟跳。山川素洁玉尘飘。枯柳摇，让雪化冰消。

中吕·喜春来　除夕

　　烟花礼炮长空亮，饺子年糕全口香，钟声午夜喜家昌。愉快享，欢度语祺祥。

中吕·醉高歌　春

　　清风吹雁回迁，暖气升莺唱啭。树梢萌绿新芽现，远近盈眸亮鲜。

中吕·朝天子　军魂

志刚，梦强，如愿豺狼葬。北疆南海守边防，为国家无恙。展现荣光，捧上肝肠，安宁民众享。更想，永将，刀剑枪磨亮。

商调·芭蕉延寿　赞党史宣讲

坐灯前。研究课件尽心专，探讨言词用意镌，宣传途径思绪远。献忠诚，求梦圆。

双调·碧玉箫　国庆节

寒露丹枫，秋意显情浓；神魄娇龙，心海汇川洪。江山观景丰，生活享富荣。旗帜红，喜庆欣然颂。弘，最美中华梦。

双调·碧玉箫　过大年

除夕燃放烟花，喜庆气氛夸，烹饪鱼虾，欢乐酒杯拿。视频歌舞华，猜拳酒令雅，颜面霞，愉快犹无价。洽，年夜亲情话。

双调· 初五包饺子祈福

多彩包皮，调馅海鲜齐。清早鸣鸡，燃炮礼花瑰。诚心好运祈，深情欢快随。传统依，年味民俗继。期，卯兔呈祥瑞。

双调· 元宵节

欣闹元宵，街上踩高跷，喜唱歌谣，路口放鞭炮。竞猜灯虎敲，舞旋狮子矫。猴闹妖，欢度开怀笑。瞧，香糯汤圆好。

仙吕·后庭花　深秋

风吹柳叶酥，霜沾枫树朱。菊绽芳姿俏，鹊栖原处孤。岭峰姝，斑斓绮丽，盈眸锦绣图。

黄钟宫·节节高　赞共产党

大山推倒，众生欢喜。宏图大业，平民满意。主义真，前途好，道理佳。梦想圆融美丽。

鹊桥仙 缅怀毛泽东

惊雷大地，开天伟业，危难人民立世。前行掌舵复兴途。为百姓，倾心尽系。巨人风采，宏图论著，道路前行智慧。情深恩海住心田，教导励，精髓真谛。

越调·天净沙 乡愁

梓乡别绪萦怀，眼眸盈泪流腮，心梦思情似海。孤愁难解，失魂人酒坛开。

越调·天净沙 秋

残荷瘦柳丹枫，菊开鲜靥盈瞳，长天翔飞雁叫。岭山萧瑟，缀枝秋果欣丰。

忆秦娥 赶大集

通地气，集逢会聚人声沸。人声沸，货全价美，放心消费。　针头线脑和花卉，野生鲜菜泥巴味。泥巴味，地摊经济，众民欣慰。

浣溪沙　高铁

纵贯横穿九域中，跨河翻岭技专攻，出行方便利民衷。陆运开发经济火，空天铺架势能庞，小康家国促兴隆。

浣溪沙　梨花

蕾蕊盈枝初绽妍，欣招拱绕燕飞旋。香馨缥缈汇云烟。　无意百花争丽靥，倾心万朵奏清弦。梨园舒目赏芳鲜。

浣溪沙　夏雨

泪洒天空汇水流，鸟鸣树上唱情愁。熏风弦乐不曾休。　垢去尘除山野碧，鱼游蛙鼓藕塘柔。跳珠嘉澍润田畴。

好事近　报春花

舒蕾蕊繁枝，绽笑靥呈姣奕。序律循阳节客，伴喧风出席。　展芳容抢开先镜，殷殷忠心赤。点缀雅诗魂魄，赋文章润益。

忆江南　大雪

寒气盛，见万物萧条。唯岭野青松傲立，有梅花玉骨骄翘。雪后看冰雕。

西江月　长兄

立志从医年少，读书学技名优。钻研探索药科修，一路向前才秀。成果出勤于作，潜思求勉谋筹。高声领域占潮头，事业初心坚守。

注：长兄贾晓光，新疆维吾尔自治区人民政府专家顾问委员会专家、原参事，"第五届全国杰出专业技术人员"称号获得者，享受国务院特殊津贴。

西江月　家乡

稻米飘香高产，海河竞秀恒通。开发镁矿业加工，轻纺织商贸踊。　鱼蟹新鲜仓满，果蔬甜脆园丰。小城百姓泰祥中，民众党恩歌颂。

忆秦娥　南海

嵌南方，明珠耀眼辉光芒。辉光芒，渔帆风摆，海鸥天翔。　古来归我龙乡，他人侵犯需提防。需提防，坚牢家国，永记心房。

菩萨蛮　冬至思

夜长穹宇星光映，天寒松柏山林正。踏雪赏冬梅，听风吹水隈。　半空欢鸟竞，岭野枯枝并。静待仲春来，沉思乾道敬。

卜算子　赞建党百年

经血雨腥风，力挽狂澜巨。推倒三山见日天，艰苦途程旅。　为社稷人民，全意全心许。奋斗中华崛起强，伟业鸿篇著。

前庭花　赞百年大党

进步繁荣举世创，社稷图强。贪腐严惩除恶狂，正气弘彰。理政穷贫赶夜忙，赤县和祥。举措欣施及广浃，大路恒长。

前庭花 晚霞夕照

绚丽红霞耀岱丹，景色奇观。溢彩烟云吞日残，大美山峦。举步登临旷宇宽，怡赏凭栏。几度夕阳红遍看，无不惊叹。

黄钟宫·节节高 中国共产党

大山推倒，众生欢喜。宏图大业，平民满意。 主义真，前途好，道理佳。梦想圆融美丽。

鹧鸪天 警钟长鸣

倭寇侵华似虎狼，杀烧侵夺鬼魔狂。山河破碎家园毁，百姓流离四处藏。 天黑暗，地悲凉，苦煎民众盼霞光。钟声警示长铭记，永筑城墙外敌防。

鹧鸪天 冬日抒怀

松柏迎风傲雪霜，笑靥清客粉红妆。冰天地冻寒风烈，岭野枝枯败叶泱。 清雾景，莽原霜。看闲云浩荡无疆。琼花洒落银装裹，赏景情怡又举觞。

醉春风 两会

代表京城聚，人民心意吐。筹谋社稷九州安，固。固。固。宏伟蓝图，国祥家泰，普天同富。惩治贪官腐，前程方略署。禹城盛世巨龙腾，睹。睹。睹。华彩欢歌，誉名世界，喜吟诗赋。

商调·梧叶儿 闰二月之春

春花绽，桃叶扬。耕种沃田忙。（仰首）长空碧，（迎眸）新菊香，（伸手）晚风凉。天气冷禾苗盼光。

江城子 纪念毛泽东诞辰129周年

遍燃星火地天新，扫黄尘，斗豪绅。光耀神州，谋幸福平民，抗美援朝家国保，惊世界，助邦邻。 为中华道路求真，献终身，著经纶。心系乾坤，论社稷耕辛。宇宙风云横纵览，华彩在，巨篇循。

鹧鸪天 梅

傲雪凌寒独绽香，冰肌玉骨有荣光。不争夏日鲜花美，只做冬天清友芳。 骚客赞，韵诗彰，盛名君子品行当。做人应学梅兄质，高洁坚贞好自强。

摊破浣溪沙 雪

洁白晶莹六角花，飞扬飘落走天涯。身可严寒相伴在，地为家。 素裹这多情世界，银妆那瘦骨枝丫。浩荡东风中化解，润春葩。

桃源忆故人 竹

胸怀似谷修行养，立地拔天身仰，锐气风中扬荡，品质高端赏。 古今骚客吟歌响，永伴青春生长。君子之风慨慷，韵律书千丈。

正宫·小梁州 七七事变感怀

犯华贼寇逞猖狂，似虎如狼，硝烟战火国遭殃。烧夺抢，到处现三光。　（幺）全民奋起波澜荡，灭倭驱鬼志铿锵。勇气佳，雄心壮，冲锋拼杀，侵略者投降。

如梦令 中秋

玉镜金盘天宇，望月难平思绪。盼宝岛回归，兄弟台胞孤旅。团聚，团聚，宗祖拜离愁诉。

双调·寿阳曲 夏（组诗）

景色

荷花灿，柳叶繁，燕翻飞蔷薇娇绽。禾苗壮高欣亮眼，好山河赋词夸赞。

绘画

擎图板，绘海山，水波柔鹭鸶滩岸。渔舟远航擎日丹，景观收际涯云汉。

过生日

欣生诞，喜聚餐，女儿来母亲期盼。蛋糕寿桃铭瑞安，喜欢颜孝贤称赞。

如梦令　白衣天使

不惧险危应战，攻克困难无怨。济苍生病痛，妙手令人感叹。仁善，仁善，大爱精神可见。

临江仙　迎新春

福字对联门上见，鱼虾菜大锅烹。门厅喜挂彩虹灯，大儿燃爆仗，小女剪花英。　饺子三鲜皮碧翠，七碟八碗丰盈。饮陈年老酒香生。看新春晚会，听夜半钟声。

踏莎行　快递小哥

小路穿梭，大街往返，风霜雨雪常相伴。为生活正累奔波，将光景更佳期盼。　服务千家，送达万件，快捷到利民方便。心知劳动者光荣，文扬奉献人温暖。

第五部分

你怎么忍心把我丢弃

我是餐桌上被倒掉的饮食
美味的我
竟被你无情地丢到泔水桶里
我无声地哭泣
理直气壮地控诉

丰衣足食
你就可以任性地挥霍浪费
谁给你的权力
你可知我的来之不易
农民兄弟
一年四季汗水浇灌了田园饱满了谷粒

是啊
今天生活富裕了
五花八门的加工制作
用了那么多的资源人力物力

我们上了餐桌成了美食
带来的是你满足开心　是大快朵颐
我们在舌尖上跳舞　在灵魂上绽放
补充着你的能量　滋润着肠胃

丰衣足食腰包鼓起
与浪费黏贴得如此紧密
勤俭节约是从小的家训
你是谁　谁允许　宴请　待客　聚餐
明明四菜一汤　营养　健康
又好又饱
非要七碟八碗
为了排场面子
有的甚至还没动筷子
吃不完不打包
硬生生把我倒掉
痛在身上疼在心里

你无视从粮食到餐桌流程中每个人的辛勤付出
你也在伤他们的心肺
你的良知去了哪里

也许你会说
我有钱　我愿意

可是资源是国家的

社会的　劳动人民的

你没有资格肆意挥霍浪费

毛主席说

贪污和浪费是极大的犯罪

你这是犯罪啊

其实

不懂节约珍惜就是人生的败笔

谈什么高尚伟大都没有意义

杜绝餐饮浪费

国家立法

领导人号召

富不等于贵

只有珍惜资源　懂得敬畏　居安思危

才是真正的高贵富有与得体

世界才能永续

我们依然年轻

看天边那一抹绚丽的红霞

一如我们绽开的笑靥

我们是不老的一代人

活跃潇洒

广场公园舞台
到处都有我们的芳姿靓影
我们琴棋书画诗词歌赋
趣雅韵合

我们唱歌跳舞挥绸舞扇
活得精彩活得欢快
我们走进了新的时代
虽然我们经历过
物资匮乏的艰难岁月
但是今天尽享着祖国繁荣
家庭富裕的幸福生活

虽然我们经历过
上山下乡上岗下岗
也曾经有过迷茫
但是对祖国的热爱总是一往情深
因为祖国强大的今天
有我们的流汗拼搏和青春热血

为大家为小家
我们实在是奉献得太多太多
如今我们虽然退休了

但是不褪色
尽力为国家减轻负担
不怕苦有担当的是我们
孝敬父母护佑子孙
有我们忙碌的身影

闲暇游览名山大川
流连于边寨原野
自发组织自娱自乐
丰富生活一派祥和
活到80岁90岁
我们依然脊背挺拔
精神愉悦向100岁的目标出发

现在我们真的还年轻
放开手脚为梦想去努力
快步向前
紧跟时代的步伐
人生没有太晚的开始
听时代之声听内心之声
只要心不老
我们就依然年轻

"八一"节战友子弟回家

题记：2017年8月1日，原空军第八航空学校的战友和子弟，重回新疆哈密柳树泉校址，参加子弟学校建校50周年庆典，是为记。

迎着晨曦的第一缕曙光
车队一路逶迤浩浩荡荡

近了近了
塔台气象台 机场 机库 跑道
——映入眼里的还是那些日夜萦绕在梦里的景象
锣鼓声掌声响彻戈壁云天
列队欢迎的战士们齐声呼唤
欢迎回家的亲切话语刚一出口
我那不听话的鼻子一酸
激动的泪水早已冲出了眼眶

魂牵梦绕的家我们终于回来了
楼前楼后找寻从前的影子
草木间柳树下找寻我青春的足印
述说我们纯真的过往

20世纪60年代
我们追随父辈的足迹
从内地各个空军航校
奔袭千里来到荒无人烟的茫茫戈壁
从此第八航空学校成为我们人生的第二故乡

当年夜以继日的忙碌里
艰苦奋斗的激情到处写下青春的诗行
修路　植树　建训练场　挖游泳池
筹建子弟中小学　幼儿园　军人服务社
这一望无际的戈壁滩上
瞬间就有了生机和梦想

用板和铁锹在茫茫的戈壁滩上
推出7.5万平方米的五组大字地标
父辈们用青春和热血
创造出中国空军发展史的奇迹与辉煌

千里戈壁太多太多美好的回忆
清溪无语流淌着我们曾经欢乐的时光
四方河冰面上
有我们冰刀鞋划过的痕迹和喧闹的回响
承载着少年甜蜜的那棵桑葚树
历经半个多世纪

依然根深叶茂桑果飘香

体育课学游泳滑冰
军事化训练步枪瞄准实弹射击
坐运输机云天翱翔
淬火后的铁才会百炼成钢

天山的瑞雪化成甘泉
总是那样静静地流淌
静谧的夜晚远眺天山上空晚霞清透
总会引起青涩少年无尽的遐想

天南海北的人群会聚成和睦的大院
战友情　手足情
五湖四海　北调南腔
但我们又何曾计较过你姓李他姓张

办公楼前的将军路上
凝望从这里飞出去的30多位将军肖像
空军司令杨英昌
航天英雄杨利伟
抗震英雄邱光华
辽宁舰舰长
记录着空军第八航校的荣光

军人的节日
让我们再听听军号嘹亮
再摸一摸家属楼的壁墙
再品一品柳树泉清澈甘甜的河水
再抱一抱当年亲手植下的小树
不知不觉间我泪已成行

秋日遐思

秋告别盛夏
带着爱带着微笑如约而至

骄阳陪伴你　香风护送你
稻浪为你一片金黄
荷花褪去残红
把莲心苦苦留给你
瓜香果甜等你来品尝

面对一张张为你含情的笑靥
你用你的方式表达着感激
你倾尽全力营造丰收景象
让仓廪满满硕果累累
你洒着雨滴　带着清爽

把尘垢洗涤

你欢欣着把快乐变成风
舞动盈翠
把它们幻化成金黄红紫
斑斓无比

面对冬的召唤
渐长的夜和渐凉的风
不离不弃
陪你深情款款地向它走去
步伐坚定毫不犹豫

四季交替曦阳周转
秋书写了浓墨重彩的一笔
天道酬勤自强不息
有秋的足迹
大地生发万物
无私承载有秋的情谊

若说人生是一场修行
我们也应有天地之精神
积厚德 求自励
泰然走过一个个四季

像秋一样
把一份沉甸甸的收获给予

感谢有你——李书文（秋枫）老师

缘于对古诗词的喜爱
走进老年大学秋枫老师课堂
闻唐诗宋词雅韵馨香
感受诗词故事风花雪月豪情万丈
我心波荡漾

老师鼓励大家创作
我一诗词小白
拼音零基础
只求学会欣赏
还能写诗　未曾敢想
初习五绝　拼音起步
起早贪黑　冥思苦想
经耐心辅导　老师手把手
把步履蹒跚的我领到写作雅堂

举目张望　个个自带高光
腹有诗书出口成章
可怜自己　一穷二白　空腹瘦肠

坚持还是放弃 老师学友一再鼓励
加入柳韵诗社 赏妙笔生花
闻笔墨诗香到涂鸦习文

柳韵氛围
群贤荟萃 资深低调
支持新人 不吝赐教
让我有梦想
敢动笔 有进步 能成长
社课作业 嘉宾点评 列会 采风
无不激发创作热情
任思绪在笔下徜徉

唯有一份感谢送上
感谢有你—— 李书文老师
感恩有你 感恩遇见

八一建军节怀念父亲

题记：2017年86岁的父亲去世。眨眼6年过去了，走进8月，让我不自觉想起了父亲生前的一些往事，谨以此怀念父亲。

"八一"军人的节日

翻看您珍藏的领章帽徽

依然熠熠生辉

打开您的相册

就像翻开中国空军的发展史

记载您和战友们艰苦奋斗

勇往直前捍卫中国领空的印迹

穿越时空回到1950年

雄赳赳气昂昂跨过鸭绿江的战歌在耳边回响

战火烧到鸭绿江边

美帝国主义正上演着肆无忌惮的猖狂

满怀保家卫国的壮志豪情

课堂上的您投笔从戎毅然参加中国人民志愿军抗美援朝

热血沸腾　青春豪迈

满怀黄沙百战穿金甲不破楼兰终不还的气概

告别家乡　告别亲人

向烽烟战火中走去

未进战场

就被当年初建的中国空军选中

高小文化英俊高挑的您

有幸成为中国空军的一员

从此空军第三航空学校

警通连 通讯连 话务台

有您的身影

天山脚下大戈壁上的空军第八航空学校

机场 跑道留下了您奋斗的足迹

28年军旅生涯

部队的大熔炉把您淬炼

从一名普通士兵成长为共产党员军队干部

筑梦蓝天强我空军

是您一生的情怀

您把人生的最好年华都奉献给了军旅

军人的气质融进了血液

钢铁意志 坦荡的胸怀 挺直的脊梁

是您军魂风采

军魂镌刻在您的骨子里

军旗在您心中飘扬

嘹亮军歌永远在您心中唱响

王充闾文学研究中心系列丛书

山河颂

李秀文 著

王充闾文学研究中心 编

春风文艺出版社

·沈阳·

图书在版编目（CIP）数据

山河颂 / 李秀文著 ; 王充闾文学研究中心编. —
沈阳 : 春风文艺出版社, 2024.1
　（王充闾文学研究中心系列丛书）
　ISBN 978-7-5313-6633-1

　Ⅰ. ①山… Ⅱ. ①李… ②王… Ⅲ. ①诗词—作品集
—中国—当代 Ⅳ. ①I227

中国国家版本馆CIP数据核字（2024）第022431号

作者简介

李秀文，毕业于中国社会科学院研究生院。研究生学历，硕士学位。中国作家协会会员，中国诗歌学会理事。中华诗词学会会员，中国散文学会会员，中山文学院客座教授，辽宁省新诗学会副会长，辽宁省诗词学会理事，营口王充闾文学研究中心副理事长，《辽宁诗界》主编。先后在《诗刊》《人民文学》《文学报》《文艺报》《中国铁路文艺》《鸭绿江》《星星诗刊》《辽宁日报》《辽河》《海燕》等刊物发表诗歌500多首，已出版诗集《弯弯的月亮》等18部，并多次获奖。

目　录
CONTENTS

第一辑

七律 咏雪

瑞雪姗姗来又迟，翩然昨夜现奇姿。
宛如梅瓣空中舞，恰似银蝶槛外识。
树挂晶莹还剔透，风雕玉骨押冰肌。
明朝旭日新光照，耀眼灼灼启藻思。

迎双节

双节金风雨露秋，卅年一遇倍绸缪。
花团灿烂铺长道，灯饰辉煌绕塔楼。
明月正圆强国梦，五星犹记殖民仇。
他乡未息天狼火，此地如潮假日游。

红叶

一见枫林转醉颜，便知秋老降人间。
西山烈火红旗卷，北国忠臣热血潜。
历尽风霜心更赤，题来诗句色犹斑。
欣看一幅风景照，锦缀重峦耀紫寰。

满庭芳·迎"七一"

大地苍茫，沉浮谁主？更问谁挽狂澜。巨灵降世，毛邓继中山。唤醒华膺百族，齐奋起，逐虏驱顽。红星耀，千帆并发，共补百年残。　年年：迎"七一"，山欢水笑，动地摇天。看狮舞龙翔，四海歌弦敢忘振兴一统！翻腾急，亿兆同肩。欣今日，东风劲吹，赤旆更妍鲜。

满江红·党旗颂

日出南湖，精英集追求马列。反黑暗工农奋起，井冈营扎。铁马长嘶驰万里，金戈横扫千山雪。北斗明，遵义挽狂澜，长征捷。　抗倭寇，同心伐；三战决，英明策。破长江天险，蒋王朝灭。救国先贤怀壮志，兴邦圣哲呕心血。欣改革，祖国喜腾飞，东方晔。

蝶恋花·忆往

小小离乡杂工难，顾盼长河，冽冽寒风雁，开拓栖身多困蹇，关山异色同学散。　荏苒年华如梦幻，日月重光，思绪千千万。退休侵寻尘事远，凭栏犹有清明愿。

蝶恋花·诗词

有道诗词深似海，浅唱低斟，何日方完改。一旦流声呈异彩。高山流水春常在。 底事沉迷人不怠。独对晨错，总把韶光耐。香草美人应忍待。病情难出书山外。

秋山

凉风天外幸青山，野鸟穿林去复还。
彩石横斜溪水急，悄峰断隔雨烟闲。
疏林叶点初阳淡，碧草花凝白露斑。
秋叶多情留客处，骚人几度共凭栏。

青龙山

湖景秋水照晴岚，青龙巍巍景色妍。
松柏园林芳草绿，回廊亭榭菊花鲜。
悬崖百丈观书法，文灿千秋展画栏。
先生赐名情义在，风流人物看今天。

青藏铁路通车

圆了三千梦，越山一万重。
铁龙拉萨去，一啸撼珠峰。

清平乐·登长白山

茫茫山路，石级登临处，尽染层林霜叶树。弥漫
轻烟薄雾。　何来细雨霏霏？路旁劲草依稀。一画金
风洒爽，池中展现晴晖。

爬楼

百尺楼头解百愁，老身健美好攀楼。
攀楼胜似青云路，高卧良宵月一钩。

蝶恋花·庆建党九十八周年

九八功名昭卓著，力转乾坤，奋作擎天柱。万里
长空垂化雨，东风吹发花千树。　曲径迷津欣已度。
漫卷红旗，又上新征路。誓许炎黄，圆国土。今朝自
有英雄出。

秋月怀人

皎皎冰轮喜更圆，珠还含浦共婵娟。
良宵露重怜孤雁，海峡尖声唤客还。

浪淘沙·中国神舟升空

玉帝见神舟，顿起忧愁。以为舟内有孙猴。"大闹天宫原是彼，莫让居留。"　天将诉缘由："阶下休忧。今朝华夏射飞舟。科验完成仍着陆，计日回收。"

浣溪沙·抗战胜利八十周年感赋

七七猩红满地浇，黄河怒吼战歌飘。妖魔举手尽求饶。　四化腾飞惊世界，神舟绕月任逍遥。中华儿女最英豪。

咏"两会"在京召开

两会京都聚众闲，同谋国策著佳篇。
求真务实新思路，继往开来高举鞭。
建设三农成首位，统筹全局重当前。
五年奋进光辉照，走向富裕唱乐天。

贺营口诗词学会成立二十周年

建立诗坛二十年，承传大雅仰群贤。
诗歌改革成新局，国粹振兴铸锦篇。
起死回生追往昔，清源正本越从前。
花开翰苑风光好，拭目明天景更妍。

武侯祠

文韬武略盖千秋，管东伊周孰与俦？
尽瘁鞠躬匡社稷，心昭日月照神州。

苏幕遮·关注三农

　　艳阳天，黑土地，九亿农民，日日耕耘细。苗壮庄稼连广域。浪卷风吹，处处清香溢。　务农桑，田赋去，历史从无，今日开新例。万里神州正笑语。闯入梦乡，胜似桃源碧。

咏教师（新声韵）

耕耘教苑日夕忙，乐为国家育栋梁。
三尺讲台连宇宙，一腔肝胆系兴亡。
血汗浇出千株树，粉笔染成两鬓霜。
红烛精神众口赞，文明史上永留芳。

咏水仙

纤似春葱绿似烟，著花不怕雪霜天。
浑身无一沾泥处，姹紫嫣红敢比肩。

游织金洞

行尽黔西兴尚浓，风和日丽进幽宫。
银灯万盏碧空照，玉柱千桩大地明。
十里长廊堆翡翠，百回云磴叩天庭。
如兹仙境何时有，天上人间谁晓情。

咏梅

松竹结三友，急妍红白黄。
凌寒古驿外，傲雪小桥旁。
淡月摇疏影，清风浮暗香。
花魁领百卉，先自占春光。

贺我国加入WTO

漫长谈判路艰难，欢笑多哈顷刻间。
博得青睐凭国力，丰收硕果靠甘泉。
眉扬气吐黎民乐，碇起帆张碧水宽。
骏马奔驰行万里，与时俱进耀尧天。

咏黄山

披霞踏露上黄山，已听山中涧水潺。
吹尽浮云秋岭瘦，前来野峤望难攀。
三生何必钦青翠，一艳拼将驻玉颜。
晚景无边燃烈火，金光洒遍射斓斑。

访延安

千里飞来圣地游，延安功业载千秋。
延河脉脉滋精锐，宝塔巍巍镇敌仇。
力挽狂澜成砥柱，指挥逐鹿展宏猷。
杨家岭上环球望，旭日彤彤耀五洲。

咏竹

笋芽雨后望蓝天，成竹钩头向地泉。
苦练风霜常翠绿，熬磨酷暑更贞贤。
竹黄艺品销中外，简册诗书灿学坛。
传播文明功卓著，虚心劲节美人寰。

咏荷

叠翠含苞立碧池，娇娆全在欲开时。
淤泥不染清高体，风雨难摧艳丽枝。
团叶翻浪花护住，骄阳直射伞撑持。
一生乐助做陪衬，茎断丝连念土滋。

咏南水北调

妹上山岗地势高，歌喉一展嗓音嘹。
群峰列队齐相和，乐得朝阳上树瞧。

浣溪沙·世纪广场

闹市中间百亩平，二十四柱应当中，亭台曙色眼前明。　芳径泉边花解语，松枝银叶树藏莺，东风唤醒草木生。

山村新貌

旭日流金熳小河，山村新景谱新歌。
牛随猪队去南岭，犬逐羊群上北坡。
院内低呼鸡祝祝，村边喜听鸟咯咯。
者番气象开天地，怎教农夫不乐呵。

蝶恋花·久旱逢甘雨

天似蒸笼人叫苦，汗沁如泉，水殿无寻处。无雨春耕时节误，愁肠绞断千农户。　盼雨情殷连日处，天卷阴云，银河倾天注。马叫人欢奔富路，试装待跳丰收舞。

洛阳牡丹（新声韵）

牡丹洛邑甲天下，盛会欣逢尤异常。
华贵雍容当魏紫，高标淡雅有姚黄。
皆称花后姿质美，独誉牡丹风骨香。
上苑逆时独抗旨，贬谪东洛更流芳。

诗友会

野叟会诗轮备觞，吟章摘句聚一堂。
浑醪薄酒有真意，便饭家蔬见至肠。
红日西沉情未尽，月出东岭兴犹昂。
夜阑惜别拱手去，归来花影弄东墙。

诗醉

老兴耽佳句，诗坛拜宿翁。
秋高云际阔，意远韵思聪。
逸致钟幽境，恬情适淡风。
吟成能上口，胜啜玉琼盅。

吟野草

萋萋千里绿，小小不知名。
带露迎朝日，披霞乐晚晴。
吟诗诗有味，作画画多情。
得土即生长，花开色自清。

咏重阳

重九登高岂畏艰，步履迟缓亦欢颜。
漫斟美酒开怀饮，争撷茱萸系臂还。
拈韵同吟秋色艳，忘归不觉鬓角斑。
寻芳览胜怡神性，醉在玉簪罗带间。

鹧鸪天·世纪广场灯会

十里华灯耀眼红，长龙竞舞醉东风。喧天鼓乐银花乱，滨城人流瑞气融。　选美酒，挑长虹。娇儿少妇白头翁。不因改革风华茂，怎得明珠庆岁丰！

芦屯春早

花木菁菁立玉姿，芦屯万类竟知时。
河边睡草翻新绿，亭畔寒松挂暖曦。
挥扇小姑娇起舞，嘶风老马欲扬蹄。
杏燃桃火灼人热，满目春光尽是诗。

迎春花

娇小身姿浅淡黄，冲寒玉立报春光。
骚人若许为知己，不与君花较短长。

浪淘沙·同学会

寻迹会滨城，对景凝眸。绿荫缝里夹层楼。一派
妖娆春意满，碧水花畴。　往事梦悠悠，几十春秋，
曾追穷寇共飞舟。旧地重游留个影，好说风流。

长江大桥

滚滚东流气势雄，几朝凭堑拒强戎。
曹军折渡千秋恨，铁锁横江一线封。
卧水浮桥天国始，凌空坦道太阳红。
民强邦富今朝盛，喜看长江一座虹。

长征颂

血雨腥风万里行，正航得帅挽危倾。
金沙踏浪南朝暗，大渡挥师北斗明。
欲救中华播火种，势除妖孽挥长缨。
浩然正气冲霄处，胜达延安创锦程。

鲅鱼圈月季花

随地栽培日渐长，耐风耐雨耐冰霜。
身怀利刃防虫害，花酿佳醇待客尝。
点染江山舒画卷，剪裁锦绣入诗章。
不唯时节催人爱，春夏秋冬四季香。

燕归

临窗忽觉暖风吹，红蕊争开绿柳垂。
檐上呢喃知老友，追春千里带春回。

水调歌头·养路工

三夏斗炎热，三九战严寒，千回百转巡视，月月复年年。眼望崇山峻岭，足踩平原斜谷，难得顾家园。颠覆不平路，修直坡和弯。　　倾心血，流热汗，志弥坚。无闻默默，生命财物系于肩。美丽青春奉献，艰险终生不断，虽苦亦心欢。坦道竟宏愿，虹彩遍山川。

咏青龙山

青龙山谷气幽清，幽静良宵月色明。
古木幽香飘野径，举杯吟咏散幽情。

千山即景

祈雨亭前观气象，晒衣石上觅青苔。
古琴台畔开心境，明月坞边步石崖。
寂照庵中餐素食，残联壁侧扫尘埃。
茫茫溪水除邪念，莽莽千山换新胎。

贺张同达新婚

桃夭灼灼艳阳天，燕舞莺歌庆月圆。
事业同行存挚友，家庭组合择婵娟。
稻黄菊熟双心结，梅雅兰馨并蒂莲。
伉俪荣谐多美满，春风骀荡伴华年。

西湖

苏堤步尽几徘徊，傍水桃花艳艳开。
楼阁亭台松壑里，莺歌烟柳玉人来。

乡居

绿荫庇小斋，恬静柳沉霾。
照眼黄花乱，当头桃子排。
鸟鸣催曙色，蛙噪动灵台。
醉看闲云渡，幽思也绕怀。

端午

粽子端阳苇叶新，汨罗投放奉灵均。
忧国屈子恒平志，忘我无私励后人。
千载风俗广绚兴，虔诚民众意情真。
逐年芽稚成苗树，日月霞光艳古今。

忆秦娥·赈灾

圣诞过，海啸狂滔酿惨祸。浪吞没，数万民众，苍天泪落。　　赤心奉献哀礼默，慷慨援助千金诺。细审度擢，红衣天使，赈灾情卓。

采桑子·赞叶剑英

油岩题壁风华茂，文武全通，智勇才雄，方正清廉心志彤。　　矢施共产宏图业，驰骋峥嵘，力缚拜凶，花萎欣成落地红。

西江月·香港回归

自古炎黄后裔，溯源与我同根，回归好梦已成真，鼎力固瓯雪恨。　更喜港人治港，董君主政于民。维多利亚物华新，经济腾飞昌运。

孔子文化节

尧舜商周日月长，儒家集撰继辉煌。
中兴社稷春秋著，授业杏坛诗乐扬。
仁义共存传世远，大同永守治国昌。
以人为本公天下，至圣先师泽万邦。

凤凰山

声浪人流车笛欢，无边新绿醒岗峦。
摩崖魂驻山水韵，碑塔民钦今古贤。
风洞凤凰飞故事，箭峰箭眼展奇观。
千秋史册峥嵘迹，河岳生辉誉世间。

咏周恩来

一生正气系民忧，立地擎天撼九州。
创党建军忠革命，外交内政善谋筹。
几经虎穴斗群恶，每迁鲸风捍主流。
松骨柏筋梅竹志，光辉日月耀千秋。

杜鹃花

悬崖峭壁见娇姿，时送芳姿情亦痴。
雨骤风狂唯俯仰，丹心不改向晨曦。

赞毛泽东

扭转乾坤举世崇，英豪唯首赞毛公。
吟诗豪放撼星斗，泼墨淋漓舞凤龙。
论武三军威赫赫，理经四化日融融。
经纶满腹风云测，立地顶天寰宇中。

过青龙山感怀

天然屏障北疆边，路转峰回数百旋。
闪闪银毡铺大地，尖尖玉管绘长天。
层峦叠嶂相争秀，万壑千山互斗妍。
胜似琼瑶仙会处，游人过后更流连。

清心

悲欢离合谁无有，苦辣酸甜皆自求。
倘能抛却名和利，心始皓月照水流。

咏柳

率先万木发柔黄，摇曳迎风展玉姿。
藏住流莺歌婉转，垂流碧水起涟思。
陶公借以明心志，道韫吟成入妙词。
顺扦倒栽花烂漫，漫山遍野化成诗。

咏松

冰雪猛相煎，铮铮骨凛然。
根坚能破石，枝劲敢摩天。
喜与梅为友，欣同竹结缘。
立峰临万仞，浩气壮山川。

故乡游

露草吐青芽，风轻树绕霞。
曲流泉隐现，嫩叶径横斜。
信步惊雏鸟，清香认野花。
传来歌细细，村女信息发。

登滕王阁

巍巍彩阁抚层云，千载名楼赖序闻。
孤鹜落霞驰雅誉，长天秋水壮诗魂。
渔歌唱晚归帆疾，雁阵惊寒送月昏。
一代风流今胜昔，子安若在赋何文。

咏营口

滨城秀色扬中外，历史名城耀古今。
辽水清涟分两岸，绿化苍翠染层林。
岸柳挺拔英雄志，玫瑰坚贞烈士心。
花红柳绿诗画里，楼林深处噪鸣禽。

春夜

一刻千金价，清宵细细长。
苦吟人未寝，照影月当窗。
街市笙歌歇，明珠夜气凉。
半床书做伴，翰墨梦中香。

雨后

数峰斜立夕阳中，雨霁天晴淡淡风。
云卷云舒河倒影，半湾河水半湾红。

登厦门骆驼峰

退休离鲅度新春，孤雁飘零独一人。
健步攀登天界寺，奇山叠石骆驼峰。
境幽兴佛香缭绕，明将题诗抗寇凶。
望海茫茫人事变，青山小憩看苍松。

潇潇雨·思情

绿水神州，春花芳草，出征送别情人唤。年年
期盼到鸿书，思情梦断南飞雁。 锦绣年华，依依相
伴，南征为国情未断。来生换世再投胎，今后悔恨难
成眷。

君子兰

市上风光若许年，撮成无数美姻缘。
世情冷暖随身易，君子如今不值钱。

吟友会

和风习习日迟迟，恰值东君乍到时。
薄雾轻云山半露，晴光霁色鸟先知。
苏仙意气横千里，白傅情怀寄一厄。
且喜诸公身尚健，引商刻羽共吟诗。

寄远

海天东望浪漫漫，日月潭中水蔚蓝。
遥忆远人潭水畔，杏花春雨梦江南。

木兰花·阿亚

青空月洁，艺海波翻光似雪。驾入斓舟，送下奇珍古郡留。　笔端飞鹤，走笔龙蛇尤利索。情系翰墨，竟是人间一星座。

仙人掌

体不娇柔貌不扬，全身裸露去包装。
纵然有刺心肠软，即使无花骨气香。
结友嫌交爬壁虎，傲寒未着折腰装。
栖迟惯在低檐下，养性修身癖岂忘。

咏庄子

无欲无私大道行，立身社会倡文明。
扶摇九万鲲鹏志，亘古中华负盛名。

棉花

都说棉花不是花，只因洁白太无瑕。
园丁未许三锄让，雅士万悭一眼斜。
浴暑披霜难改色，粉身碎骨任抽纱。
从来恩怨由他去，温暖依然及万家。

长城

卧岭盘山气势雄，长城万里迎苍穹。
人文遗产真奇迹，世界东方屹巨龙。

海棠

闻说周公爱海棠，只因仙格入群芳。
一枝国艳横天阙，万点朱红出苑墙。
露重长门春色满，情遗华夏绿荫凉。
中南海内花千树，最是西厅两树香。

劝学

书山不负英雄志，喜上高峰有路通。
科学巨人何妙诀？一分才气九分功。
花残尚有重开日，人老何能再少公。
壁上钟声留不住，惜时汗水学书中。

碧霞山

此山雄居广场东，云暗紫槐花暗容。
最是令人心醉处，半沉海水半浮空。

泰山

岱宗屹立壮寰中，五岳独尊气势雄。
小径曲通玉皇顶，层阶磐上日观峰。
游人注视东方亮，万众欢呼初旭红。
壮士留言颂祖国，古今勒石百千重。

咏蝉

酷热如蒸盛夏天，深林高树作歌坛。
任他众鸟啼都歇，犹自孤腔唱正酣。
直把炎凉抛度外，愿将啸咏献人间。
临风荡漾声传远，寂寞山乡听管弦。

读王充闾《国粹》

清辞丽句搭平台，笔诵诗涛意境开。
时代强音谱新曲，香飘四海展奇才。

登雪帽山

崖刻镌长寿，谁来乞大年。
峡雄神斧劈，字劲星花研。
海日余晖热，山枫落叶丹。
壮士犹未已，况值艳阳天。

华山行

西岳华山气势雄，天然奇景彩云中。
根根铁索悬崖挂，级级台阶鬼斧工。
老子犁沟留险境，轩辕仙会有遗踪。
箫声俨似箫生在，千古姻缘玉女峰。

咏梧桐

莫愁叶落朔风侵，本是良材可做琴。
忍见焦痕仍未弃，只缘斯木有清音。

破阵子·渤海

　　一片汪洋大海，风云变幻无穷。笑漾轻浮舴艋，怒卷狂涛覆舶艨。神州慑太空。　　广纳江河雨雪，深藏龟鳖鱼龙。孕育奇珍辉玉宇。托起鲲鹏舞大风。恢宏谁与同？

望江南·秋兴

　　人乍醒，帘外日西斜。南院碧梧初落叶，东篱黄菊欲开花，秋色满人家。　　西风起，何必漫兴嗟？小饮琼浆持紫蟹，闲观金桂品清茶。秋景胜春华。

咏乡村即景

樱卸榴花艳，芳丛点点红。
牡蔷双妩媚，槐柳两青葱。
布谷忙催割，锦鳞争跳喁。
生机晨照里，装饰乃天工。

红豆情

只缘红豆最相思，天下亲情共系之。
皆愿人生长聚首，成真梦想定能时。

西部开发

西部重开放，满怀民族情。
东风梳柳暗，浩气启星明。
树绿千峰秀，霞红万里行。
沙荒成沃野，青史永垂名。

"神舟"颂

宇宙无边一望空,虚无缥缈奥谁穷?
酒泉航箭惊牛斗,月里嫦娥唱大风。
万里腾云将折桂,九重驱雾待乘龙。
耕耘已憾环球小,星际良田任展雄。

文竹

轻云朵朵一丝风,淡雅端庄少媚容。
莫笑纤枝温室物,贤贞不逊后凋松。

咏荷花

芙蓉艳艳绽红阳,莲叶田田履碧塘。
不蔓不枝身净洁,任开任合韵清香。
出泥不染高标树,濯水无妖丽质妆。
窈窕迎风远观赏,亭亭玉立笑群芳。

读白居易《感鹤》

人生最怕晚风斜,清波严防一念差。
任是狂风三万级,鹤魂决不类山鸦。

新春述怀

又见春花几度红，天伦乐叙沐乡风。
愧无告老荒三径，欣有养颐俸一钟。
辈晚数经怜鬓白，安贫论道觉心聪。
天增岁月人增寿，爱做童颜百岁翁。

剪朝霞·紫荆花

历尽狂飙劲节高，太平山上紫荆骄。霜侵主干难移志，雪压群枝不折腰。　花怒放，万株娇，清香远溢净尘嚣。港人勤灌英雄树，永固金瓯百代豪。

护国岩

迟日江山秀，寻芳过大洲。
青山喜雨霁，翠海吐轻柔。
水化飞虹起，名因护国留。
将军著伟业，胜迹自风流。

七夕吟

移椅阳台凭目眺，鹊桥正在渡双星。
千山秀色金秋美，万里晴空玉宇清。
一阵轻风摇树影，半轮明月照滨城。
明珠此日多佳景，都是天公着意成。

秋菊

野草甘为伍，闲花自在香。
骨铮人比瘦，心淡月同凉。
拼与金凤战，难容白帝狂。
陶公不复返，谁爱赏孤芳。

咏含羞草

小草蔓生春过秋，稍加批点即为羞。
可叹世上贪污吏，利剑高悬还要偷。

诗墙

常德诗章六里长，弘扬国粹建游廊。
中华传统奇葩放，民族精神异彩彰。
一代文豪兴禹甸，千烽诗伯谱华章。
艺林巨匠多才学，妙笔生花永闪光。

两岸情

飘飘瑞雪舞翩跹，锣鼓喧天送旧年。
日月不因千古变，星河无奈一霄迁。
丁香巧打同心结，红豆遐思两岸牵。
火树银花添异彩，歌台曲榭唱春天。

元宵观灯

盛会元宵不夜城，世纪广场喜盈盈。
人潮漫涌来还去，树影抚摇暗亦明。
各式花灯争艺巧，诸师技手赛专精。
仰瞻更有烟花炮，阵阵欢呼笑语声。

独秀峰

正是独峰称秀峰，敢于向上顶天穹。
任凭雨雪风霜害，我自昂然不苟同。

月夜怀远

夜色秋光丽，悠悠客思驰。
家山千里画，月影一船诗。
月季临窗舞，清流绕石思。
当年人已老，旧景尚迷痴。

咏三亚海滨

椰林帆影过三亚，苗女婀娜映白沙。
涛语风声频入耳，嘈嘈切切弹琵琶。

欣闻青藏铁路通车

天路彩云间，昆仑脚下观。
神工穿峭壁，壮士测云天。
湿地晴光绿，长江源上蓝。
山河增壮丽，寰宇竞相看。

咏南湖

如磐夜气压神州，风雨南湖起壮猷。
一叶舟摇天地转，萧萧落木秣陵秋。

六十抒怀

风雨沧桑六十秋，淳良命舛志无酬。
平生不做墙头草，素性甘为孺子牛。
两袖清风增雅兴，一身正气展诗猷。
心红血热志犹壮，服务人民志不休。

咏桂林

到此方知山水丽，临风总觉桂枝香。
漓江两岸千帧画，独秀峰高瞰大荒。

登泰山

六十登山意兴浓，玉皇极顶敢争雄。
天门直上千重级，北石旋攀万仞峰。
凝望关河讴禹甸，寻思德教仰山东。
凌虚缆索乘风下，犹在仙坊梦境中。

清平乐·寄友人

寄踪何处？总把佳期误。一夜朔风惊梦寤，又忽沙沙雨雾。　年年事事天涯，销魂更听琵琶，已报冰枝春信，归来共醉梅花。

春意

行年六十有余生，莫叹人间路不平。
春意诗情无限美，夕阳难得几回晴。

咏黄鹤楼

子安乘鹤白云游，多少骚人咏不休。
古榭寻芳花馥馥，楚天舒眼意悠悠。
虹横碧落联三镇，浪击银河壮九州。
万马千军奔四化，炎黄后裔尽风流。

秋游太子湾

曲径幽幽草渐黄，板桥云树似田乡。
山泉汩汩润崖土，霜叶殷殷伴夕阳。
丹桂清馨金粟吐，苍鹰健翅碧空翔。
秋光次第沁胸臆，老圃诗情播晚香。

春夜

一刻千金价，清宵细细长。
苦吟人未寝，照影月当窗。
街市笙歌歇，渔村夜气凉。
半床书做伴，翰墨梦中香。

三塔

巍巍三塔入云天，走笔千秋苍洱间。
百二山河当纸砚，白州标识又新篇。

咏昆明世博会

金马碧鸡喜气盈，五洲园苑江奇珍。
南疆锦绣三江月，云岭花潮四海春。
适应自然扬国粹，交流科技惠民生。
蓝天白雪本无价，绿水青山皆有情。

机修工

雄胆白头意轩昂，有心言志笔当枪。
抛开幻想寻新路，学起仄平思旧狂。
弄墨真心扬正气，敲诗有意助红装。
登楼阅典千条例，钢铁长廊著文章。

第二辑

品自高

花有色香遭蝶弄，鸟多声巧被笼牢。
海因能纳德广大，人到无求品自高。

坦荡

不把夕阳当夕阳，余生何必找凄凉。
高槐母爱归鸦敬，低水乡情老蚌张。
凸处戴冠含紫气，凹中掣剑吐红芒。
匆匆十二时针过，又是晗光仰万方。

山鹰

参差老树乱重重，梅雨潇潇五月风。
千里青山空寂寂，长天一搏敢为雄。

风格

百次修来千次修，人生高格最难求。
刚含潇洒无双品，柔夹轩昂第一流。
路审九思谁失足，事当三省我回头。
百年岁月能如此，纵是徽名更不羞。

秋雨登泰山

烟雨莽苍苍，山花隐隐黄。
登攀云雾趣，坐饮柏林香。
莫问逾顺耳，犹思射虎狼。
玉皇非绝顶，珠穆正春光，

袁隆平

炎帝神农喜再生，杂交水稻始隆平。
袁君身价超千亿，农业明星亮北京。

鹧鸪天·罗继仁

实践探求情独钟，洋洋万字气如虹。魂萦开拓惊春梦，心绕创新歌大风！　吟老少，咏春中，喜看高屋建瓴功。何辞跋涉攀缘苦，登上山巅敢做峰！

人生感悟

青春无价气吞云，人到中年奋比拼。
都说夕阳无限好，风光亮丽在黄昏。

祝捷

当年祝捷万民狂，淮海风霜接曙光。
鹿死中原民得手，鸡鸣拂晓鬼号丧。
劳军锣鼓欢千里，捉蒋声潮火八方。
世界惊呼华夏事，龙腾虎跃正沧桑。

登中央电视塔

塔影巍巍插九重，春风送我上瑶宫。
通衢如带车如蚁，大厦心鳞桥似弓。
京国风光何壮丽，九州生气更恢宏。
巨人挥手神来笔，巧点龙睛破壁功。

游九寨沟

岷山千里路崎岖，九寨风光世界殊。
五彩池边飞五彩，珍珠滩上跃珍珠。
雪峰似剑九天破，翠海如云三界无。
我欲因之常入梦，移来仙境到姑苏。

沈延毅

一代文宗著述多，行行字字有风波。
人间多少离奇事，都在先生笔下过。

颂毛泽东

春风化雨漫天来，遍地山花烂漫开。
四卷雄文悬日月，两篇哲理净尘埃。
帝修视作蝇虫辈，黎庶奉为栋石材。
爱憎分明秋水洁，伟人气魄何壮哉。

咏任长霞

霞光普照中州丽，利剑直逼邪道惊。
忘己亲民激热泪，秉公办案化寒冰。
巾帼干警丰碑铸，赤县公仆留美名。
不朽精神传百世，人民永远颂英雄。

神舟五号上天

神话五号太空行，惊动玉皇下阶迎。
喜得嫦娥舒袖舞，吴刚捧酒盛世平。

苍松

英雄气概伟人风，历尽沧桑劫难中。
赫赫威颜形似虎，铮铮铁骨势如龙。
格高古雅富神韵，挺健雄威杜媚容。
立地凌云撑宇宙，生灵勿忘九天倾。

"七一" 颂

南湖火炬放光芒，华夏金鸥日月长。
血雨腥风基业奠，翻天覆地国威扬。
三春锦绣连花市，四海朝阳托艳阳。
世事沧桑今胜昔，探求特色聘康庄。

致友人

饱经风雨少诗才，野岭山花石缝开。
近习宋唐初起步，梅居尚待苦寒来。

咏茶

丛丛翠绿满山岗，细雨绵绵采撷忙。
难得新芽皆似笋，何求嫩叶尽如枪。
紫砂壶里毛峰美，白玉杯中茉莉香。
但愿芳茗长得饮，清心解渴胜琼浆。

咏慈航寺

绿草如茵石径斜，泉流净净浸柔沙。
风翻玉叶千重浪，日照清亭万朵花。
一派山川移岁月，半空雨露温桑麻。
幽幽虎岫多奇景，七星揽月醉百家。

越冬苗

冻云横岭北风号，玉簪银铤挂树梢。
原上幼苗偏性烈，斗风斗雪日增高。

述怀

诗海浮沉五十年，操觚从小到华颠。
只今犹自眈吟啸，一片痴情未易颜。

碧流河水库

拦洪高坝汇百溪，极目烟波似海洋。
远眺青山纱透俏，近闻翠嶂叶摇香。
掠湖白鹭掀徽浪，戏水银鱼闪熠光。
驾艇环游歌不断，遥传王母正梳妆。

岳飞

一腔热血满江红，正气浩然凌碧空。
还我江山经百战，风波亭下吊精忠。

森林公园

云岚缥缈走千峰，古木昂藏蔽碧空。
莽莽丛林稀鸟迹，金蝉鼓翼弄清风。

天山观瀑

崇山巨壑起惊雷，洞府千年石室排。
冷雨寒风飞屑玉，狂澜急浪撼层台。
群龙竞舞天池去，八骏长嘶大漠来。
塞北风光今日秀，人间天上不离开。

长相思·夜思

望月明，夜空澄，虫鸟无声四野宁，心潮浪不平。
忆来程，思往行，多少年年月月情。一河碧水清。

高山颂

历尽风霜同旱涝，依然挺秀入云霄。
顶天立地神清爽，献王输金气概豪。
冰雪只能添白发，烟尘岂可捐清操。
荣膺仰止无骄态，形自巍峨品自高。

赤山栈道行

闲游栈道走西东，满月清新展瑞容。
陡壁悬崖通坦道，越山涉水起长虹。
山花路面栏栅伴，彩画凉亭古色浓。
风景怡人人自醉，修城无处不葱茏。

园丁吟

半桶清泉仔细施，频浇苑圃润新枝。
群芳竞艳飘香日，便是园丁写意时。

玫瑰

色艳姿娇吐异香，冷清玉洁冠群芳。
一枝赠予知心侣，胜过情书几万行。

颂周恩来

中华崛起赖宏谋，推倒三山壮士酬。
沥血呕心纾国难，鞠躬尽瘁解民忧。
折冲樽俎无双士，驾驭风云第一流。
开国元勋功显赫，英名长与地天侔。

箫声

明月清风夏夜凉，声声雅韵过红墙。
一枝紫竹千般意，引出红楼金凤凰。

小巷春风

红巾玉手映桃花，牛乳清香送百家。
已过楼头翁姬望，春风五月送朝霞。

七夕感怀

千年牛女苦相思，怎奈琼池把逆施。
每忆妙龄抛彩线，长怀神鹊搭桥时。
银河岂隔真心会，金谷狂吟热恋诗。
西母别愁天易老？人间难断是情丝。

登雷峰塔

薄雾轻纱透晓曦，雷峰首发竞登梯。
当年囚禁仙姝地，化作丰碑拥翠徽。

贺北京申奥成功

百年美梦忽成真，喜煞神州举国人。
花雨锦旗浮日月，秧歌大鼓震乾坤。
俄都决议昭寰宇，华夏腾飞撼奥神。
捷报频传连入世，风云际会玉缤纷。

台海情

往事何堪忆神墙，风云际会日方长。
身流脉脉轩辕血，耳贯谆谆孔孟章。
共战倭奴驱恶鬼，同营禹甸驾汪洋。
愿将热血溶戈戟，同拭金瓯共举觞。

石灰

家住深山里，此身火炼成。
任君浇冷水，热气满腔生。

郊游

天明即起踏莎行，红白花开列队迎。
阡陌纵横春水绿，沟渠交错柳丝青。
黄鹂合唱藏幽树，紫燕双飞弄晓晴。
偶至去年沉醉处，夭桃展艳更多情。

辽南戏

中华瑰宝世间扬，名角相参竞艺堂。
丑旦净生形象美，唱白做打法功强。
纷呈流派风格雅，多彩声腔意味香。
可喜辽剧新秀出，弘扬国粹一肩当。

诗圣杜甫

坎坷自寒怆，忧患情激荡。
沉雄胜楚歌，绝境吟绝唱。

幽居

绿荫庇小斋，恬静柳沉霾。
照眼黄花乱，当头桃子排。
鸟鸣催曙色，蛙噪动灵台。
醉看闲云渡，幽思也绕怀。

示孙

十载寒窗有苦甜，名题金榜耀宗先。
学无止境休停步，逆水行舟勇向前。
铁棒磨针成大器，悬梁刺股出英贤。
人生难得高深造，谱写中华锦绣篇。

步云山

步云山谷气幽清，幽静良宵日月明。
古木幽香飘野径，举杯吟咏散幽情。

夏游凤凰山

山径崎岖百丈旋，涓涓溪水玉潭连。
野坡林密遮骄日，幽谷石奇流矿泉。
花草清香招客醉，樱桃鲜美惹人涎。
京华胜景知多少，此处风光别有天。

什字街避暑

山高迎旅雁，水阔玉生烟。
幽谷藏凉夏，苍岩对野泉。
鸟飞翻翠羽，鱼跃动情连。
信步河边上，临风别有天。

庐山

成峰成岭费参详，风雨如磐此滥觞。
真面庐山谁晓得，西林壁下话沧桑。

南宁中越边界有感

奇峰峭壁耸蓝天，远近风光景物妍。
通道腾龙穿峡谷，源头飞瀑入平川。
异邦共饮一江水，外族同耕半亩田。
国界碑前留景照，酒旗招展翠林边。

咏世纪广场

琼铺瑶砌广无边，蟾兔精魂落九天。
绛树摇红辉紫苑，柱桩滴翠染崇轩。
晴霜不妒黄金菊，惠雨时润碧玉泉。
最是春花秋月夕，万家同醉小康年。

如梦令·秧歌

唢呐鼓锣高调，翁婿化装欢跳。惊雀逸桥东，向
着朝霞呼叫，奇妙，奇妙，返老还童真俏！

越南游

人生难得出国游，赴越观光是末秋。
玩火逞强千载恨，兴邦奇地万民愁。
硝烟散去高情爽，红叶飘扬乐景悠。
友谊关边回首望，京邻和陆众心求。

缅怀朱德

奋斗终生不歇肩，赴汤蹈火勇当先。
光明磊落高山仰，正气超然大海掀。
化雨春风如昨日，伊人秋水隔长天。
丰功伟绩留剪影，亮节丹青万代传。

绿化

绿化神州盖世功，人民享受乐无穷。
农村到处稻粱黍，城市沿街银柏松。
五岭山高峰郁郁，三河地阔树葱葱。
千群健步小康路，百业兴隆万载红。

水乡三月

绿柳婆娑映碧天，渔舟逐浪画中仙。
纷飞劳燕江风爽，唱罢桃花唱杜鹃。

诗迷

悠闲居陋室，常捧古诗温。
字表心声语，句含金石言。
简明章节短，易印脑心存。
神往心驰向，朝思暮想勤。
挥毫起韵律，弄斧到入门。
废寝到忘食，情牵李杜魂。

塘边

已是高粱红置身，临渊小立羡游鳞。
山村树静篱笆破，时有忙忙结网人。

雪景

白云撒絮满天飘，村前庄后化茧缫。
大街娇妆银鹤毯，小巷妙染白龙袍。
晶莹铁路非常秀，皎洁沙河格外瑶。
皓月朝阳描闹市，银杏树上展妖娆。

庐山奇景

宝树参天百鸟鸣，秀峰挂彩万蜂停。
银飞瀑布三千尺，日照芦林四十亭。
五老峰尖观雾丽，天桥顶上看云轻。
公园花径幽香溢，仙洞奇迷雅韵清。

咏蝉

岁岁冬春甜梦中，年年夏日变鸣虫。
丛林处处箫声醉，歌手明星败下风。

韶山风光（新声韵）

碧水潺潺架彩虹，韶峰流翠鸟鸣空。
洞中有洞尤幽雅，山外有山更峥嵘。
依岭藏风存浩气，钟灵毓秀起神龙。
停云借问心头意，更在层林万千重。

大棚菜

大棚一片小河旁，日夜辛勤管理忙。
科技开通奔富路，一年四季菜蔬香。

深春

和风夹雨过烟村，布谷声声逼耳闻。
莺月深山林润彩，虬枝漫叶绿堆云。
小溪初凡桃花水，幽谷新招芽草魂。
地可通灵呈活力，天施霖露谢情殷。

营口柳树

最喜河边岸上逢，春来秀发荡心胸。
催开柳絮三千朵，天地情怀女儿容。

咏农民

富路铺开竞驰骋，披星戴月汗淋漓。
晓风南亩梳云鬓，春雨西畴润玉枝。
细作精耕齐播种，含辛茹苦自欢思。
丰收一曲清平乐，把酒高吟特色诗。

月亮湖

湖光山色入城来，月亮湖畔百卉开。
紫燕岸堤穿沟底，碧山亭里望花台。
餐厅水上名一景，荡棹湖中乐满怀。
骚客觅诗来胜地，素材万绢任君裁。

飞往巴黎

朝辞北京彩云间，半日巴黎到眼前。
中华大地我最爱，亦喜展翅天外天。

游峨眉山

此生难得秀峨游，遥指洪椿林更幽。
灵岭冷杉锁梵苑，万年神照映琼楼。
仙峰云卧探九老，象池霞渡作方舟。
无限风光寰宇宙，难忘太白半轮秋。

夜游珠江

华灯怒放丽珠江，登艇逍遥画里航。
锦浪粼粼飞异彩，霓虹闪闪泛流光。
银河畅览情无限，良夜行吟乐未央。
喜兴凭栏抬首望，花城万象尽辉煌。

黄鹤楼重建

武汉重修黄鹤楼，西归仙子又回头。
长江数座金桥跨，京广双龙铁甲浮。
三镇重楼红灿灿，鹦洲芳草碧悠悠。
鹤仙纵目三峡上，万里平湖巨舰游。

游下龙湾

山浮水面水环山，疑是蓬瀛落此间。
恰是一年春景好，夭桃红透下龙湾。

长江

历史蓝飘带，垂天入海门。
淘情元有节，蒸梦了无痕。
济世抒怀抱，经时拼血奔。
滔滔呼唤急，还我地球魂。

南乡子·环卫工

薄雾隔明珠，十里沙沙唱一姝。心有歌弦操未倦，
弓躯。手引朝霞细细铺。　飞雪几沾襦，两袖寒风两鬓
荼。谁惹眉梢春意动，心舒。车浪人潮入画图。

神舟巡天

一叶神舟天际游，百般奇景望难收。
吴刚桂下惊停斧，嫦女蟾宫喜代愁。
银海星光争灿烂，九天仙子竞欢讴。
多情牛女应如愿，不懒鹊桥听自由。

渔村唱晚

碧水青山映晚霞，红花绿柳伴渔家。
归舟未系商临岸，染得西山一片纱。

江舟夜游

红日落山丘，清风入夜柔。
涛声轻拍岸，月影漫移舟。
人向星空去，云来水国游。
深宵难尽兴，欢笑满江流。

老龙潭瀑布

上吻蓝天下接沙，飞流万丈冠中华。
银河倒泄惊山抖，泼洒明珠绘彩霞。

夏田一瞥

七月大田展画卷，无边绿色溢平川。
黄牛蹄奋碧海里，斗笠出没翡翠间。
纵横河渠响水泵，交织林带鸣噪蝉。
炎炎烈日汗珠滚，暑气蒸热丰硕年。

园丁情怀

新苗园圃栽，豪气荡胸怀。

挥汗培奇秀，掏心育俊才。

柱梁擎广厦，椽笔扫尘埃。

科教兴华夏，举旗向未来。

老树

饱受悲风渐见枯，斜阳残照影形孤。

春风怀抚千般慰，未朽枝头又复苏。

中秋赏月

广寒玉兔跃今宵，皓洁银盘挂寂寥。

合室团圆欢盛节，嫦娥孤影守琼瑶。

桂花带露幽香溢，橘柚呈金果味飘。

得意雅童争起舞，月光俚语谱歌谣。

颂万里长城

古老神州绝世工，逶迤塞上万千峰。

寰球城郭知多少，鸟瞰宛如中国龙。

登西安城楼

千秋帝阙赏遗踪，一览皇城气象雄。
汉苑秦官无觅处，钟楼鼓殿尚陵空。
宽衡交织穿棋局，大厦参差灿市容。
八百秦川丝路起，重光西域盛时风。

春游南京植物园

钟山脚下莽苍苍，园满葱茏着彩裳。
丹桂百年枝挺秀，蔷薇十里蕊飘香。
温房花卉千般异，凉院根雕万种妆。
更喜溪头垂柳绿，夕阳红艳傍榆桑。

熊岳新貌

又是春回在水边，霞光满地柳含烟。
红砖巷里添新景，青石街头改旧颜。
四野良田苗缀绿，三农上策树摇钱。
藕香渔唱人欢笑，岁岁丰收大有年。

辰州观夜景

徽闪晶辉饰画楼，银河洒地照辰州。
人来车往穿琼厦，筏泊舟行闹码头。
电塔冲天亲玉兔，新桥连岳跨碧流。
四十改革花添锦，七彩霞光射斗牛。

双顶山

我与名山幸结缘，归来犹有梦相牵。
阴晴雨雪皆经历，足写诗词一万篇。

春趣

三月阳和霭气飘，西山翠柳细丝绦。
彩云如锦飞天际，欲请春风试剪刀。

中秋寄怀

泻地青辉夜色幽，桂香稻熟又中秋。
共瞻皓魄思千里，欲御长风探九州。

红旗花农

新花赶市趁天明，一担春光一担情。
堪笑迷香双彩蝶，相将追逐入滨城。

重游上海

佳节重游黄浦滨，神州巨变看春申。
通网交织连高速，广厦扶摇接紫云。
工贸振兴荣且富，社区发展美而新。
若依改革论今日，吟歌工农是主人。

树苗

纤纤弱体穴中栽，莫笑风来干自歪。
谁敢料共身后事，成林尽是栋梁才。

咏六十书怀

恍恍惚惚六十秋，官权富贵两无求。
粗茶淡饭平生愿，壮语豪言盛世讴。
回首不甘心未死，瞻前已是志难酬。
夕阳虽好黄昏近，嵌怨诗声喋串休。

春游吟

春临伊甸醉游仙，问礼亭前笑语喧。
湖水轻轻摇丽日，锦鳞款款舞青天。
芳园叠翠千人赞，曲径通幽百果添。
拂去心尘人快乐，抛开拐杖赋诗篇。

滚马岭

胜日登山眼界开，盘路弯弯巧安排。
云端玉女摩肩过，疑是仙姑出洞来。

登白云山

绵亘入边鄙，嵯峨擎上苍。
林喧天幕动，瀑泻幕云凉。
宿露凝珠玉，晨岗散野芳。
十年磨炼处，情趣自难忘。

营口市诗词学会年会有感

滨城盛世开文运，旧调新弹我自来。
只要诗词能起舞，管它鹤发与裙衩。

游下龙湾

如丹霜叶艳阳天，游越仙境应有缘。
异地神怡观海日，轻波心旷下龙湾。
千滩千岛千重浪，万木万花万斛泉。
携手同心好兄弟，干戈化尽共陶然。

重庆行

楼顶青山山架楼，白云吻水浪花羞。
街火点点连星月，天上人间自在游。

卜算子·西大岭

林海阔无边，峰似擎天柱。一览风光不觉愁，更
仰飞宇炉。　圣地又逢春，民众情如故。但愿人间弗
染尘，绿谷多娇慕。

望儿山

斩棘披荆攀主峰，崎岖石径仍从容。
松涛阵阵惊云雀，烟霭霏霏幻彩虹。
敬母楼中吟孝道，母亲湖上沐春风。
老夫喜作颂母爱，宝塔巍峨夕照红。

奋发

年复春能在，人无重少时。
欲叫不遗恨，奋发早持之。

园丁赞

科技兴华受众崇，英才乐育耀黉宫。
明师济济高风树，学子莘莘硕果丰。
沥血呕心为国计，传经授业对民忠。
园丁洒汗千花盛，桃李芳菲万世荣。

岁月留痕

逝流一再起波澜，六十春秋尽日欢。
往往相思偷流泪，常常企盼共凭栏。
倾心故故盈盈暖，顾影蒙蒙索索寒。
人事已空诗酒老，一吟一醉亦心宽。

张家界

峻增石柱竞穿空，百态千姿鬼斧工。
更有青松怀绝技，危峰顶上抖威风。

晨钓乐

晨辉伴我泛轻舟，借得湖天下玉钩。
投饵雾丝飘忽忽，提弦霞影晃悠悠。
桨划船动排浮草，竿举鱼挣扰散鸥。
篓满日高无倦意，一心钓尽水乡秋。

君子兰

曾抬上九天，今市孰来看。
溯彼浮沉故，金钱世态偏。

自行车

车旧情深良我友，欲行即载兜风走。
若非代步访诗朋，敲韵焉能三六九。

农家乐（新声韵）

飘飘瑞雪落山川，盖地铺天九寸三。
又是一年春色好，耕播计划早提前。
三分日暮八分田，二亩花生半亩全。
抓住农时抢地利，叫它钱袋闹翻番。

颂莲

花中君子水中仙，群艳争辉独爱莲。
脚踩污泥身更洁，头迎烈日色犹妍。
红衣脱尽芳心苦，翠叶销残玉臂甜。
我辈羞惭谁得似，追思无限放前贤。

述怀

国运我平喜欲狂，濡亮着意写春光。
此生屈指无穷路，留取心花一瓣香。

村居闲咏

庭院花开四季香，春桃李杏竟芬芳。
无花果好纷纷摘，月季浓馨朵朵香。
读报吟诗寻雅趣，操琴饮酒颂文章。
梅交松竹寒三友，雨打冰封傲雪霜。

咏梅

霜天雪地美人陪，梅雪相亲月做媒。
岁末三冬寒彻骨，香飘万里唤春回。

缅怀毛泽东主席

韶山北斗耀横空，天降救星毛泽东。
励志为民谋幸福，运筹匡世建殊功。
继承马列千秋业，指点江山万代红。
改天换地除旧貌，伟人浩气贯长虹。

过三峡

千里长江凿壁开，山光峡影壮情怀。
当年太白轻舟去，今日高歌我又来。

幼儿园

桃李芳菲百卉馨，幼苗浇灌赖园丁。
张张笑脸花争艳，阵阵歌声鸟共鸣。
你跑我追嘻草地，手抓网扑戏蜻蜓。
虹形滑道虹桥梦，梦上蓝天赶卫星。

春晶述怀

韶光逝水蹉跎悔，又见芳菲感慨增。
久阅沧桑明世道，饱经风雨悟人生。
袖清何羡黄粱梦，笔秃犹讴锦绣程。
淡泊纯衷勤执笤，岂因华发喟瞳盈。

元旦拭笔

雕虫小技凭人说，是易是唯我自知。
泼墨挥毫四十载，问书可道入门时。

剑歌

猛士身上剑，几多日月辉。
雷霆方出鞘，盗贼断魂悲。
舞起黄飙卷，佞臣金梦飞。
高高悬壁挂，来犯急鸣追。

游笔架山

盛世阳春信有缘，退休畅游画图间。
筏惊碧水心胸阔，雾漫丹山意气颠。
圣殿珍经漆异彩，危崖石层仰奇观。
笔架尽挽银河漾，溅石清尘客似仙。

第三辑

月下

天高云淡月当空，郁草野花隐影中。
踱步庭前求静处，潜心树下觅芳踪。
溪边弄水知凉意，石下斟茗解暑功。
举酒吟诗抒惬快，还童返老捕萤虫。

咏石榴

时至仲春吐绿丝，谁裁柳叶靓青枝。
榴花六月情如火，满树红霞满树诗。

望月

伫步闲庭望夜空，星光黯淡月升东。
金钩一挂寒宫隐，碧桂千枝玉境中。
寂寞嫦娥思后羿，逍遥老汉叹英雄。
当年宝骥今嘶枥，万种情怀激荡胸。

长相思·元宵夜怀

月儿明。灯儿明。天地人间喜乐盈，此宵闹日升。
大陆兴。台湾兴。两岸和谐统一情，今生盼业成！

五指山

远望苍山气势雄，绕峰云海啸天风。
深林点炬燎原火，碧血挥戈扫寇踪。
不倒红旗征战绩，更添特色立新功。
今看南国珠崖美，遍地旌扬映日红。

晚晴

艺苑百花放异香，吟诗作画谱新章。
辛勤学子添情趣，乐度桑榆笑夕阳。

咏步云山

翠柏苍松覆岭巅，登山遥望忆从前。
豪情化作三春雨，热汗浇丰八月田。
蜗角蝇头人竞逐，书山墨海我钻研。
云烟过眼沧桑易，笑对今生一段缘。

观杏花

东风昨夜雨丝丝，河畔杏林花满枝。
脚步声声人不断，辽南又到闹春时。

望海渔民

小鸟卧西边，曾居此几年。
日挑肩有竹，夜把草为棉。
出海危礁过，归航骇浪穿。
鹭鸥同做伴，虽苦乐陶然。

咏马

闲放南山自在游，鞍疆忍卸志难酬。
若能伏枥重驰骋，万里征程誓不休。

诗会

秋高气爽庆重阳，诗润黄花分外香。
辽水文风吟古索，营口新韵咏城乡。
管弦扬抑辽南戏，锣鼓铿锵歌声扬。
书画引来蜂蝶舞，骚人雅兴更癫狂。

咏柳絮

久系枝头志未酬，一朝脱颖最风流。
儿童为戏东西逐，蝴蝶相怜形影俦。
纵与强风送天界，不数洁质滔泥沟。
韩公莫笑无才思，羡彼如此更自由。

游八达岭长城

四十余年故地游，天光云影接清秋。
从戈投笔离家远，立马横刀为国酬。
豪气一身冲宇汉，雄韬半腹运志筹。
悠悠往事瞬间过，不觉霜花白了头。

游青城山

幽景甲天下，身临方信哉。
会当绝顶去，顿觉激情徊。
两手分青蔓，双展压绿台。
登高路走出，留与后人来。

地铁

滚滚铁龙地下游，迂回往返运不休。
穿街越巷如梭织，百里都城尽畅流。

乒乓男女夺冠

中华儿女竞风流，雅典乒乓战绩优。
巾帼连心频奏凯，须眉合手占鳌头。
英雄夺锦凭强勇，佳丽争魁斗智谋。
四海球迷皆赞妙，龙孔豪气永歌讴。

老年大学

夕照青山景色佳，春催皓首意气发。
十年寒暑抒慷慨，四卷校刊开丽葩。
诗词歌赋启远境，琴棋书画壮中华。
泛舟学海向天涌，直挂云帆追彩霞。

思乡

孤梦思亲月未圆，蝉鸣暑气汗流涟。
他乡可乐虽应口，怎比家乡不老泉。

山居

几户农家缀自然，奇峰幽谷荡云烟。
开门纳绿清芬至，举月闻声玉练悬。
碧草深林欢鸟兽，繁花曲径绕山田。
电传岭外新时事，今日桃源与世连。

壶口瀑布

冲出高原浪滚翻，奔来壶口泄洪澜。
檄飞撼敌掀千丈，石鼓惊天震万峦。
昂首骁腾归大海，俯身润泽惠荒原。
凛然奋发无停息，激励中华永向前。

野菊

寒香暗绕不称王，不报春光耐冷霜。
待到群芳终褪尽，靠山万壑点金黄。

游月牙湾

人生难得几回闲，有幸来游月牙湾。
一笛清风清溽暑，千重碧浪涤愁烦。
笑看世路青蓝紫，品味人情苦辣酸。
宠辱悲欢都付梦，且留余兴赋湖天。

中年

中年壮志未消沉，偶有新诗寄意深。
回首难忘途百曲，登高不惧仞千寻。
只因松柏凌云节，愿把丹葵向日心。
莫道鸡鸣犹起舞，临风每作远征吟。

农家燕

柳绿桃红故里归，缘何不见旧茅扉。
莫非此次迷前路，俯仰新楼几复飞。

元旦抒怀

屈指行年近古稀，窥园倍惜岁寒枝。
诗书相伴余忘老，烟酒无缘人笑痴。
诚实由衷交挚友，辛劳屡研书画思。
而今回首前尘事，苦辣酸甜只自知。

红枫

万木萧疏叶正黄，栖霞秋色换新装。
丹枫不祛西风冷，独染嫣红笑早霜。

咏母亲湖

茂树丛花气象清，湖光山色故园情。
高台览胜弦歌起，碧水浮舟翠鸟鸣。
柳径通幽临大桥，槐林抵岸近茶亭。
佳肴自有海杂宴，小酌当然酒一盅。

世纪广场晨练

闻鸡起舞到广场，喇叭声声响四方。
健步疾行队连队，人人乐度好时光。

读王充闾诗词

清新脱俗吟佳句，璀璨明珠落玉盘。
落日熔金情景蕴，绿肥红瘦古今传。
凄清叠字翻新意，舴艋载愁抒锦篇。
人杰地灵雄心壮，名扬中外誉骚坛。

希望小学

崎岖公路绕山腰，松绿柏青黍稷摇。
阵阵书声频入耳，白云生处国旗飘。

赋闲自乐歌

退而不休，动脑动手。
琴棋书画，乐而忘忧。
歌拉弹唱，广交朋友。
动静结合，文武双修。
志有所乐，健康长寿。

牵牛花

二丑逢时竞放花，藤长叶茂顺墙爬。
串联曲折结成网，依附攀缘吹喇叭。

西部开发赞

黄河水研高原砚，祁连巨笔写蓝天。
英雄民众挥神笔，同谱西部开发篇。

喜雨

淅沥声同鼓乐鸣，银河开闸济苍生。
遍洒盈里青纱帐，细洗群山锦绣屏。
鱼跃鱼塘吸新氧，鸭游湖岸发欢声。
儿童小狗门前乐，一派天真物外情。

龙年行吟

五十春秋一瞬间，寒来暑往忆当年。
战天斗地新局面，锣鼓欢歌汉楚天。
大浪淘沙人已老，狂风催雨志弥坚。
人生有限情无限，留得精神遗后贤。

争春

细雨如油贵，风和花满枝。

雄音开盛世，彩翼骜明时。

播种争春早，奔康恐日迟。

三农生瑞气，舒翮任飞驰。

咏中秋

故乡明月亮悠悠，户户团圆乐九州。

盛世倾心昌国运，良宵把酒贺中秋。

安居岂改当年志，老退何忘天下忧。

一统萦怀思宝岛，凝眸远望直登楼。

咏向日葵

如盘花朵色金黄，一贯倾心向太阳。

雨打风吹从不变，百花园里数忠良。

黄果树瀑布

河山秀丽复奇雄，万客争观险峻容。
龙阵茫茫腾峭壁，银帘闪闪挂虚空。
雾飞霭滚烟花壮，虎吼雷鸣水势洪。
鬼斧神工天下罕，五洲四海誉声隆。

生态旅游村

山掀碧浪灶无烟，沼气馨香三废甜。
水底鱼虾游历历，树梢鸟雀舞翩翩。
窗明几净仙娥殿，神爽风清龟鹤年。
陶令归来惊又喜，慨然挥笔撰新篇。

咏菊魂

处处黄花处处诗，风流最是露寒时。
同坡只恨相知晚，情放秋歌曲万支。

咏老梅

干曲支疏貌不奇，花清色淡蝶蜂稀。
诚交松竹岁寒友，曾嫁孤山和靖妻。
性喜冰霜香雪地，心存炭火暖春泥。
此身自处繁华外，总把芳姿伴彩霓。

听蛙有感

池塘春草绿，漫步听蛙吟。
是语疑非语，悲春亦有春。
通宵空诉月，何事此伤神。
梦得应时雨，家家柳色新。

猴岛观猴

天生一岛海波间，觅此群猴得乐园。
面丑心灵人事达，林深海阔自由天。
皆行平等迎宾礼，不献奴颜媚长颜。
共享山间花果树，猴王重义未多沾。

什字街水库

环库密集千万家，五彩天衣锦上花。
广阔幅员连百里，天鹅展翅破云霞。

三峡电站观感

谁将巨手举巫山，逮住苍龙锁大环。
骇浪洪灾今不见，污泥浊水已澄蓝。
能兴南国千城业，好运西川万里船。
圆却诗人神女梦，风光写满楚江天。

夜来香

一样栽培不费工，粗泥淡水亦葱茏。
只邀苜蓿争高洁，岂与群芳竞艳红。
旷日无人夸绝俏，更阑犹自运奇功。
清香阵阵沁心肺，瘦影皎皎月色中。

风筝

纸竹为身狗尾摇，春风得意碧天飘。
可怜细线凄然断，直落千寻任浪飘。

盆松

朱砂酿土玉为盆，躬曲迎来客满门。
时向华堂倾翠色，长凭陋室绘黄昏。
霜刀难折嶙峋骨，逝水犹存圣洁魂。
一旦乐游原上去，春风不到便枝纷。

山乡春晓

漠漠轻烟细雨霏，田畴又绿雁南归。
修坡筑路欢声动，耕地抛秧笑语飞。

日出

一杵晨钟破雾朦，金鳞万道映苍穹。
丹浸峻岭云飞彩，霞染河流雨送虹。
初舞芙蓉光艳艳，新载凤尾色葱葱。
山河披锦人欢畅，扫净晦宴瑞气融。

梯田赞

磴磴梯田上九天，耕耘人在彩云间。
秋来稻谷翻金浪，收获农民是众仙。

游千岛湖（新声韵）

桂月泛舟千岛湖，斜阳枫叶彩霞舒。
黛螺倩影碧漪漾，古堡雄姿云际突。
汽艇乘风冲浪戏，海鸥展翅拍波浮。
佳肴冰饮饶情趣，万串明珠入画图。

华清池

玉真出浴色倾城，兵谏骊山帝座惊。
魂断马嵬悲往事，是非留与后人评。

游武夷山九曲溪

竹筏下深潭，景观分外妍。
奇松云外碧，怪石水中丹。
仙傍三杯酒，灵岩一线天。
万千游客醉，欲返总流连。

水仙吟

玉体联姻聘水乡，冠黄瓣白体修长。
姿含兰草娟娟秀，质散梅花细细香。
除夕张灯添雅韵，元宵结彩伴红装。
娇容未悔光阴暂，一生丹心向艳阳。

新千年赋

三生幸有缘，相遇两千年。
气转龙腾地，雄居虎啸原。
神舟标志壮，宝岛复瓯全。
新纪心何寄，昂扬写续篇。

望月

清辉万里映回廊，相望蓝天各一方。
慈母海楼期快棹，故园弟妹饰新房。
一轮初月缺犹合，两半寰球难共凉。
愿乞嫦娥双俪影，终宵遥祝寿安康。

冬雨

寒雨浸窗午梦迟，醒来犹觉睡眼迷。
年关将到无人到，独对青帘忆老姨。

博鳌论坛

博鳌东屿在琼州，世纪论坛一眼收。
三岛三江三导引，大河大海大沙丘。
万泉河上登游艇，玉带滩前赏蜃楼。
此地广拓天下客，陆通车马水通舟。

难忘慈母情

丝瓜架外闪流萤，端凳偎娘侧耳听。
天热为儿摇蒲扇，歌谣唱出满天星。

登燕岭长城

蜿蜒起伏欲腾空，燕岭苍茫卧巨龙。
铁马金戈留史迹，危楼古堞沐新红。
抚栏千载秦皇近，俯首三关赤县雄。
极目天边云变幻，松风浩荡似鸣钟。

老家抒怀

四围山色草房中，半院豆角半院风。
芳草有情铺远绿，闲花无语缀新红。
一方居惯身弥健，十里吟酣意自雄。
白发诗耕怀广宇，夕阳流韵乐融融。

咏早春

天筛碎石雨淘沙，越野惊雷醒柳芽。
西岭一枝堪独秀，山川万里觉群花。
月迎中国奔星客，市集西洋进货车。
冻叶寒流休蔽目，生机蓬勃看繁华。

芦苇荡

芦苇秋深已白头，风姿潇洒有刚柔。
当年书写英雄谱，今日悠闲伴客游。

海滩即景

日丽风和假日天，海湾平镜绿无边。

劈波帆板牵银线，搏浪健儿泛紫涟。

篷帐满坡席满地，汽车挤路客盈滩。

野餐罢后迪斯舞，游艇飞起晃又颠。

湖中观岳阳楼

独立客船头，湖光万里收。

鸥翻云梦雪，鱼戏洞庭秋。

景借文章美，诗缘古迹留。

惊看缥缈处，浪簇岳阳楼。

赏古梅

何年遁迹伴仙家，盛世重逢又著花。

夜静霜姿迎皓月，冬寒铁骨绽红霞。

鸟鸣谷雨春萦梦，蝶舞山岚夏罩纱。

此日登临寻古韵，赏梅论史试新茶。

枫叶

秋游夺火觅新诗，素女贪欢露降迟。
独有情人出没处，羞戏枫叶醉红枝。

巾帼颂

从来巾帼多才俊，岂是须眉独领雄。
词苑易安留绝唱，沙场红玉战顽戎。
警予取义为民众，秋瑾捐躯唤大同。
更喜今朝逢盛世，万千女杰显神通。

杨柳吟

杨枝柳干紧相依，月黑风号廊外堤。
娟秀缕丝春絮吐，魁梧落木夏莺栖。
同科连理能澄映，比翼齐飞不转迷。
坐对真诚襟袖湿，含情脉脉见端倪。

老树

风雨沧桑几落丫，依依原主傍农家。
明知终有做柴日，还放惜春满树花。

颂黄鹤楼

武昌重建此琼楼，鉴赏凭临翠幄稠。
古有诗人传咏在，今添墨客继详留。
蛇山顶上五层阁，汉水屏中回望洲。
鹤影翩跹云雨梦，江城玉笛更清悠。

小溪咏

群峰高压出清涓，寻路东流去不还。
拼却一身归大海，穿岩过隙走千山。

成都草堂感怀

何处朝诗圣，草堂犹比邻。
贫儒偏爱国，寒士愈忧民。
竹路通幽径，梅蹊报早春。
千秋茅屋赋，一咏一回新。

题牡丹

斗艳群芳国色稀，春风晓露醉西施。
洛阳多少繁华梦，占断英姿第一枝。

杜鹃

辽南春来最可人，万千红紫任铺陈。
风狂不改胭脂色，雨暴更知砥柱魂。
不向闲庭邀爱宠，唯将绝壁炼精神。
芳心合共山河美，乐与苍松做毗邻。

咏水

千川百派出昆仑，滚入长江万蟒奔。
襟聚汪洋成气势，撼星摇月上春云。

春日杂感

睡醒太白掣金铃，缥缈无形入眼冥。
细雨霏霏催草绿，惠风袅袅播花馨。
桃花每虑春归落，柳碧亦嗟秋尽零。
莫待优昙罗钵现，滨城永乐正须听。

东郊春游

郊游野趣得天多，且趁春光好踏歌。
教我蓦然凝目久，轮风酥雨一塘鹅。

颂王充闾《国粹》

高歌李杜一传人，举世专利为庶民。
晚景清风除酷暑，晴天霹雳戒贪心。
诗坛壮丽百花写，社会和谐万众真。
大地回春英烈创，旗扬统帅四时新。

无悔

默默耕耘数十年，黄花晚节忆前缘。
秃笔穿砚勤磨炼，冷月残灯愿苦煎。
半纪垂钓非钓誉，终生求学岂求仙。
青丝不悔秋霜染，皓首仍痴求学篇。

鲅鱼圈

四河连海汇一城，明珠四通五联营。
群楼栉比形大柱，大道纵横铺锦绫。
广场五星扬赤县，滨城一座誉寰瀛。
园林广厦宜商住，开发标兵屡有名。

颂黄果树瀑布

高原紧接天河口，万年不息涌惊涛。
苗家小伙喜击鼓，邀来霹雳龙口敲。

夜过渤海湾

百尺惊涛北斗横，凭栏危立涌豪情。
风因血热寒犹暖，浪为胸宽险觉平。
几度沉浮逢盛世，半生坎坷炼丹行。
莫愁前路多迷雾，夜海航行赖大星。

咏牵牛花

百丈青藤不见牛，小家碧玉岂含羞。
知音常解君花韵，论品终归高士流。
南圃寻葵惊仲夏，东篱采菊过三秋。
喇叭声寂吟诗客，雪月风花不自休。

秋叶

寂寂月华生夜凉，霜枫尽染梦玄黄。
风吹叶落滋泥土，信是明春花更香。

春景吟

绚丽朝阳烂漫花，郊东雨后吐芳芽。
红桃照水迎人笑，绿树临风对日斜。
蝶舞香园寻旧梦，莺啼高树喜新家。
村姑垄上山歌亮，蛙鼓喧春庆物华。

夏雨

通宵喜雨落长天，却暑生凉润物先。
万顷良田禾竞秀，一泓碧水藕争妍。
莺飞北岸奇峰耸，鲤跃南溪浅底旋。
向晚雷声除百念，小楼风满枕书眠。

自勉

飞逝时间似水流，吟诗作画度春秋。
精神矍铄抛年迈，人老心红志不休。

养花有感

爱花如命可曾闻，入室盈盈报早春。
兰叶丛丛藏剑气，鹃花簇簇持诗魂。
欣欣秀色能怡性，沁沁幽香亦醉人。
啼血子规何所以，年年望蜀泪倾盆。

贺雁翎老师八十大寿

才华横溢舞台张，语婉词幽满囊。
品正行端声誉旺，仁慈义厚口碑香。
感情真挚传文艺，造诣高深挑栋梁。
放眼骚坛八载梦，抒怀扬志慨尔慷。

咏雪莲

玉姿莲状净无埃，挺秀天山冒雪开。
不借春光增丽色，但凭冰骨守瑶台。

春风

一轮金镜古今磨，绿返红回杨柳坡。
草动偏惊田地鼠，水柔正向蓼溪鹅。
先除浊浪谐河韵，再送清心醒世歌。
醇酒未闻人已醉，云摇细槐影婆娑。

建军节偶吟

双鬓犹存哨长霜，梦中常整战时装。
红星永照夕阳路，三寸狼毫拼作枪。

心动

莺动诗心花动肠，千呼百唤意茫茫。
千山不语相思切，辽水低歌如梦长。
为妒清风亲翠袖，还仇晓镜抱红装。
离魂未必皆闺秀，愿做离魂第一郎。

营口大桥

玉带横空连铁索，白云翻滚入重霄。
神工鬼斧凿岩尽，天下奇观第一桥。

三轮车

号衣飒飒舞寒风，脚蹬轮飞街巷匆。
大雨客多铃急急，隆冬路滑汗溶溶。
游移月下怀希冀，奋力日中肠已空。
小菜清醇妻女话，下岗生计亦从容。

黄山写生

一

桃花初绽即挥毫，奇石安排白水桥。
更给泉声飞泻去，流云一纸雨潇潇。

二

山高万仞出重霄，踏上天都沐海涛。
七十二峰堪入画，腾蛟起凤笔如潮。

三

不信莲花开九重，每疑曲径上天庭。
光明绝顶松云翠，一石飞来万壑惊。

老年书画展

满目琳琅不胜收，风光此处独清幽。
红枫黄菊初阳吻，碧水苍山晓雾浮。
雁尾蚕头含俊秀，颜筋柳骨展新遒。
丹青写意抒胸臆，翰墨怡情乐晚秋。

咏希望小学

一路清风一路歌，轻车入梭步长坡。
书香楼会童声沸，日照庭园景色多。
教艺精深堪作范，学功扎实早登科。
缘何校苑鲜如许，为有新风重放波。

石板桥

苍苔青石板，横卧野溪间。
岁月知多少，炎凉意自闲。

秦岭

驱车行古道，妙境眼帘生。
树耸云中翠，泉流石上清。
虹桥撩野趣，峡谷荡和风。
来往匆匆过，谁曾计路程。

崔鸣湖

邀朋载酒泛轻舟，山色湖光豁眼眸。
月季飘香梧弄影，金风送爽雁吟秋。
舒心爱读诗三首，惆怅偏怜月一钩。
最忆故园妃子笑，如今信是满枝头。

鲅鱼圈荷花（新声韵）

若追富贵入华厅，怎守清廉尽赤诚。
根骨深扎泥水域，花容才有圣贞名。
妖而不含农家色，傲却无淫学士风。
喜伴春秋波与浪，潇潇洒洒度方生。

中年

中年斗志未消沉，偶有新诗寄意深。
回首难忘途百曲，登高不惧仞千寻。
因怜翠竹凌云节，愿抱丹葵向日心。
莫道鸡鸣犹起舞，临风每作远征吟。

春游白洋淀

浩浩烟波碧，蒙蒙柳色新。
流莺千树转，归雁一行吟。
杏雨撩诗意，和风荡酒魂。
芳舟天际远，渔女唱阳春。

小雨

小雨如酥润物华，出游满眼绿无崖。
胸中块垒逐云散，乘兴溪边采野花。

万花筒

吾人乍见意皆迷，红白蓝黄变幻奇。
好个缤纷花世界，原来纸屑映玻璃。

野草吟

野草黄花雾霭中，诗人久住大山中。
柴门不锁天天敞，茅舍无灯夜夜封。
屈子离骚司马笔，曹公碣石杜陵风。
一年四季糊涂过，几个明星与我同。

江南三月

春江水暖鸭欢歌，柳眼舒青桃乐哈。
雀嘴攒攒茶吐绿，毛锥勃勃笋争坡。
菜花怒放莺啼序，紫燕轻梭雨织罗。
嘣脆一鞭芳讯远，江南三月竟婀娜。

茶乡行

未入茶乡境，十村送郁芳。
迎风筛味美，抓雾传琼浆。
绿波怡情老，深情醉心房。
天涯思里弄，常梦品茗香。

重游莫高窟

寻心几度尚心萦，岩壁鸣沙听梵声。
千佛洞圆天地梦，三危山证古今盟。
于斯画卷浑如故，别样风流已自宏。
迷眼金光花雨下，陇云驿道万般情。

咏槐花

五月槐花似碎银，娇姿玉态也媚人。
不同桃李争春色，乐绽坡前伴苦贫。

《小脚女人》观后

由来雅俗各相侔，静躁方圆腕底收。
守住心田尝百味，放开眼孔阅千秋。
流行踵接俄成梦，炒作声腾浪转喉。
砚海波澜通会了，涤源何处不清幽。

心怡

培桃育李四十春，奔波终生倍苦辛。
驰骋教坛腾野鹤，淡泊名利等浮云。
心怡明月诗书画，情注环球天地人。
恰到夕阳宜奋勉，故园风物壮诗魂。

诗花

南圃移来小院栽，花枝篱下对君开。
满园春色皆成句，一任诗家取次裁。

游杭州西湖

秋尽江南风景异，杭州城外草萋萋。
孤山鹤唳梅妻泪，印月波摇苏小姿。
雨洗残碑明主墓，风号断碣岳王祠。
喇叭昼夜如雷吼，耳畔声声捍大旗。

吟黄陵八景

莽莽黄陵恋夕阳，北岩南谷草芬芳。
桥山夜月钟桑梓，泪水秋风咏汉唐。
风岭炊烟连玉宇，龙湾晓雾绕金汤。
仙台汉武今安在，古柏千秋伴帝王。

登云洞山

欲寻霄汉路自通，云洞山高入眼朦。
倚石听涛闻静远，观林送韵唱松风。

第四辑

退休感赋

堂堂正正退休翁，桃李腾芳遍中国。
全国评优余有份，诗联中奖乐无穷。
清风满袖豪情壮，淡饭粗茶兴致浓。
不染污泥荷自洁，花开映日遍塘红。

观棋

街头巷尾棋人多，老幼中青喜此科。
汉界风狂频击鼓，楚河浪急紧吹螺。
双车挟士呼擒帅，一炮将军哭侍娥。
世态如棋施万变，立身处事必多磨。

雾幕

雾气蒙蒙障碧空，何妨岱岭挺苍穹。
狂飙可折千年树，难改江水奔向东。

学画

日日临摹苦，精诚学写生。
毫端飞野鹤，纸际逗流莺。
易绘岩松骨，难描瀑布声。
画人惭直立，不像众葵倾。

故园行

峰回路转故园行，山自青兮水自明。
花笑绿原应识主，鸟啼芳树似呼名。
一帆渔笛断还续，几处海鸥送又迎。
旧雨新交多浪漫，风流吟啸月三更。

中国结

纤纤玉手弄霞云，缕缕红丝牵瑞神。
古韵新符如意穗，风骚独领地球村。

柳屯村

与时俱进创奇勋，桃丰栗硕满地鳞。
孟夏豆架频献宝，仲春菜籽练成金。
新房尽用琉璃瓦，旧址全为富裕村。
景异情融多喜事，游人常住倍舒心。

颂祖国

一派繁荣岁岁连，朝霞耀映若春天。
九州锦绣优子画，百姓神怡胜过仙。
国泰民安堪启后，珠还舟返力争先。
常迎喜事惊寰宇，华夏芳名播大千。

颂大棚菜

朝阳棚菜锁春光，雪地蔬鲜蕊更香。
网上农家销产品，温车已跨鸭绿江。

春到山村

拂面东风大地回，衔泥飞燕剪窗台。
村鸣竟唱催春晓，湖鸭争游报暖来。
满园青苗仰天笑，一坡红杏向阳开。
农家汗雨常挥洒，喜获丰收谷万徊。

李大钊

文章道义两辉煌，千古诗坛颂守常。
发聩振聋扬马列，抛头洒血拯炎黄。
黎元喜沐南湖日，花木愁沾北国霜。
苦雨凄风先哲去，红楼矗立映朝阳。

登天安门城楼

宫殿巍峨气势雄，元勋几辈步芳踪。
今朝开放登临际，得意诗情兴倍浓。

颂茶

胜日风光艳，春深夜色嘉。
银盘笼绿叶，玉露溢红葩。
兴至须沽酒，诗成欲品茶。
清心堪涤虑，助我笔生花。

中秋月

遥望玉盘海上悬，亲朋隔岸共婵娟。
无情唯有中秋月，不为人圆只自圆。

剪风光

一行影友聚云间，寄兴螺蛳壳岭巅。
放眼千山推翠盖，亢歌万壑卷岚烟。
无泉落水琴音骤，牧草高原笑语连。
剪下风光多少片，夕阳送客绿荫边。

丝绸之路

丝绸之路起长安，遥远崎岖不畏难。
铃响山间马队过，情牵小道藤葛缠。
阴晴雨雪攀岩壁，春夏秋冬涉险滩。
商贸往来互惠利，缔结友谊凯歌旋。

白雪吟（新声韵）

如烟似絮不相干，嵌瓦笼檐亦枉然。
但使投身黑土地，春来处处奏琴弦。

黄河

奔腾咆哮击云烟，辟岭开山汇百川。
浇灌神州三万里，传承青史五千年。
黄浆育就黄肤汉，赤县凝成赤胆篇。
昔日泛洪民失所，今朝尧舜力回天。

颂母亲湖

母亲湖上照上苍，粼粼碧水映霞光。
渔人吹唱莲丛里，牧笛轻吹松径旁。
紫燕穿梭嬉蛱蝶，白鹅振翅吓鸳鸯。
湖岸百果流新韵，归棹犹闻两袖香。

少林寺

两室峙天中，峥嵘出太清。
少林依晚翠，古塔立新晴。
雾合千峰暗，云开万壑明。
日沈归客舍，梦里又西行。

咏长城

势若腾龙万里长，悠悠岁月忆秦皇。
徭夫白骨堆砖砌，役卒苍头戍塞荒。
枉自筑成关隘固，徒然不保帝基昌。
载舟之水将舟覆，唯向阿房续梦乡。

咏海南

四季如春数海南，山光水韵太柔甜。
词题蕉苑诗犹绿，人醉天涯梦也蓝。

追求

尊崇源厚德，正气贯长虹。
海阔心宏大，天高志俊雄。
精勤谋国是，过细察民情。
潇洒沧桑道，风流雪后松。

长白山天池

一带盘旋系翠巅，东穿云海似行船。
美人松秀凝图画，黑土膏腴善沃田。
嵌玉白山飞宝境，梳妆帝女下凡天。
瑶池何日逢霓彩，展翼长虹不羡仙。

重阳雅聚

重阳小雨润窗台，带露黄花自在开。
烈酒方斟骚客到，香茶欲泡画朋来。
闲评妙趣文长笔，细论奇灵太白才。
话至称心如意处，或茶或酒不徘徊。

采茶女

春雨初晴绿满山，采茶村女立云端。
欢歌笑语来天外，一路清歌戴月还。

颂"七一"

雅看今朝改革年，繁荣团结喜空前。
青山绿水随人笑，万紫千红映月妍。
强国丰功高日月，富民青史耀人间。
金光万里谁来洒，党泽辉煌赤县天。

谒中山陵

千磨百折志犹坚，救国拯民任铁肩。
五次环球倡反帝，卅年举义矢回天。
胸怀世界联俄共，德泽工农均露泉。
尽瘁不惮临险峻，万方抑止拱凌烟。

游都江堰

伫立都江景色幽，春风送我画中游。
神工治水千秋业，沃野青城八百州。

诗励

破卷览乾坤，书山留脚痕。
一心修正果，万事拒邪门。
淡泊无他念，清贫但自尊。
千秋融笔下，浩气铸诗魂。

田家

无穷碧野自芳春，习习金秋款款新。
一幅蓝图藏四季，画家正是种田人。

农家感怀

小歇农家日正斜，热情款待叙桑麻。
橙橙油菜翻金浪，蔼蔼秧苗缀赤霞。
近大茅房成大厦，遥闻果苑散香葩。
牛羊满圈群鹅壮，话里常把改革夸。

咏黄果树瀑布

银河水漫泻人间，坠入深潭白浪翻。
热压群峦惊猛虎，威平众海息狂澜。
水扬峭壁千峰雾，日照飞花七彩颜。
名瀑迎来天下客，寻幽探胜不思还。

水峪岭

云轻雾浅环山绿，画意诗情伴我行。
寻味唐人佳句处，忽闻鹤叫两三声。

观毛主席故居

风光灵秀韶山冲，陋舍几间与众同。
磨光犁把生紫气，锄镰戟斧拓湖中。
门庭忠烈启天宇，祠馆雄文昭世穷。
碧水塘荷妍日月，高嵩巨像贯长虹。

旅中情

小径弯弯百草殷，诗友结伴步幽林。
言情不止山溪水，逗俏恐惊采药人。

咏营口王充闾文学研究中心感怀

立德标新大道行，燃情育美倡文明。
扬文激藻随平仄，琢句敲词伴律声。
意象联翩营妙趣，心音合拍酿奇兴。
花开九域芳环宇，帜树中华唱大风。

乡村新貌

鱼苗喂罢又浇瓜，早伴鸡鸣晚伴蛙。
三亩池塘三亩菜，满园蜂蝶满园花。

读诗偶成

千载风骚熏醉人，雄浑俊逸诗清门。
个中玄理今初透，诗自天然情自真。

创业

先哲开天创业艰，镰锤高举碎三山。
绿妆田野千川秀，红映江峦万壑繁。
险长雄关通国道，沙扬陷阱设商摊。
中华日益多壮丽，始信神舟探月还。

期盼

夏夜无风气自香，绿荷影里月如霜。
折枝含苞寄胞友，台岛何时归故乡。

登黄山有感

劈地摩天万仞峰，雄奇险峻贯苍穹。
风烟翻滚腾云海，瀑布斜倾飞水龙。
峭壁肩头盘怪石，悬崖顶上立虬松。
心胸直入重霄九，豪气升华欲念空。

咏联通

网络联通千万家，电波瞬息遍天涯。
咨询大连鲜海参，问讯新疆哈密瓜。
刚接亲人输信号，又催海口送鱼虾。
明珠经济快增长，国际传来利率差。

雪中赏梅

六出花飞把钓辞，应邀踏雪赏梅时。
粉妆玉砌香何处，红谷山湾一两枝。

中秋赏月抒怀

如镜高悬在九天，银光照耀满人间。
嫦娥奔月诚虚幻，火箭登空实有缘。
宇宙而今非秘境，广寒来日是家园。
尖锐科技飞腾处，人类文明新纪元。

赏雾凇

观凇近腊正当时，载兴来寻冰雪诗。
万树梨茶雕璀璨，一川辽水塑琉思。
阶铺烂玉足音醉，鸟踏霜条蝶舞痴。
吟赏陶然忘物我，神随境化上琼枝。

家乡咏雪

寒风携尔下凡尘，飘洒天涯寄爱心。
洗尽环宇污染气，催眠万物待雷音。

西安

举世闻名一古都，奇珍异宝逞风流。
崇观八景辉煌处，最是今朝雁塔游。

营口诗歌朗诵会有感

诗坛盛会竞群雄，万丈豪情云水中。
狂舞龟蛇招屈子，重骑黄鹤笑崔公。
辽河两岸金风灿，玉笛千支心曲红。
极目滨城歌舞日，扬波永向大海东。

古松

风云变幻尚从容，挺拔森森气势雄。
广荫世人情未淡，长凌霜雪色犹浓。
千秋叶茂含青翠，百尺根深笑俗红。
立地顶天存正直，何妨月影转西东。

新春

新春无处不堪夸，游日抒怀甚可嘉。
几点寒梅新放蕊，一庭芳草渐萌芽。
游人喜放快艇来，蝴蝶贪恋上苑花。
此日韶光无限好，诗友欢聚在农家。

颂竹

一身傲骨向青天，亘古虚心更可言。
枝叶焉能生节外，超然正气冠人间。

菊花吟

树头秋意重，寂寞叠残红。
肃杀西风劲，偏看傲菊荣。
馨香浮壑谷，雅韵汇苍穹。
千岁传陶令，人间唱古风。

观潮

风卷云流浪洗天，海敲大地坼秋山。
水推百里千堆冷，雷震八方九月寒。
有意长堤飞细雨，无辜苍鹭隐轻烟。
生来焉有张扬胆，只为前行路弥难。

神州颂（新声韵）

崛起神州分外娇，日新月异最难描。
南源北调长虹绕，西气东输彩带飘。
入世拦峡收港澳，飞天奇奥逞英豪。
农耕免税还直补，尽颂今朝胜舜尧。

春（新声韵）

呢喃燕子叩柴门，石径通幽印绿痕。
细雨丝丝织旧梦，小河汩汩荡馨魂。
风拂竹笠渔歌暖，船随浮云晚棹频。
折下水边一段柳，牧笛横背弄清音。

秋收

萧萧落叶灿金黄，正是农家收割忙。
谷粒蕴含多少汗，悄然浸透布衣裳。

山城早春

东风冉冉到山城，草色朦胧二月晴。
松树已闻莺燕语，溪泉犹弄瑟琴声。
轻寒未尽花先孕，暖意终生叶便萌。
最是农人惜春早，耕田披月到天明。

春雨待晴（新声韵）

一点破残冬，忽如夏雨浓。
欢欣初润玉，潇洒浸调成。
宿鸟期云散，春芳待日晴。
既行天意好，不可误农耕。

夜游大连湾

流光熠熠泛波中，岂辨繁星岸上灯。
鸥鹭遨游浑不顾，低飞谩笑客纷争。

红旗大集

晨鸟也知乡集市，啾啾唧唧唤黎明。
四方商客琳琅货，一地山民笑脸生。
杀价缘因胡讨价，买精难敌卖家精。
炎炎暑气催人急，满树蝉声更乱鸣。

杂咏

人生劳燕各西东，遭际因缘本不同。
个个诸公求禄满，幽幽此子欲诗工。
才庸唯解痴耽梦，翅短犹如羡仰鸿。
检点囊羞年又尽，闲听爆竹裂晴空。

村晚

乡间无谷虑，风物慰平生。
苇叶拥舟绿，秧苗出水青。
鸟喧村舍晚，犬喜主人声。
伫立溪桥间，画图谁绘成。

读诗有感

唐宋诗书伴枕香，三更梦醒借星光。
不求吟诵食权禄，只为修身雅兴长。

读李松涛诗词有感

大笔纷披意激昂，拼将血汗谱雄章。
宏词雪唱催春韵，雅曲情飞带剑芒。
煮境诗风喷五彩，夺云气势动三江。
传情请听新声韵，铁板如雷震八方。

乡居感作

蛙声五月满荷塘，刺树青青绕路香。
无意功名疏政客，有心翰墨著华章。
闲来案上翻黄案，闷去村前醉羽觞。
放浪形骸随所欲，唯余浩气满穹苍。

镜海

野菊艳青渊，游鱼戏杜鹃。
语轻惊鹤梦，风细起漪涟。

咏区科协

颂德歌功我外行，寄情科协育芬芳。
看苗识病依科技，分症治虫用特长。
涉果探菜舒雅意，三农建设见真章。
清泉润出千山绿，汗水浇开四季香。

海啸

忽闻海啸祸南洋，老泪萦怀倍感伤。
大浪排山潮卷地，狂涛挟雨泪冲房。
千村散尽断鸿野，万户游离生死场。
血肉浓情融雪炭，神州普济度慈航。

咏三峡

望断巫门思禹台，巴东胜地壮悠哉。
奇峰半影婉云秀，皓月和盘神女裁。
浪卷江涛千雪竞，船迎岸柳万花开。
平湖荡漾飞红雨，不夜长城掌上来。

少年

人生莫羡少年闲，壮岁何须避苦艰。
但见青春红似火，如霞含笑染千山。

咏雁翎

野草铺新绿，报春叫杜鹃。
清凉雁翎水，红粉杏花天。
柳桂千层絮，榆穿万串钱。
桃李满天下，魂梦倩来牵。

咏春蚕

力薄身卑貌不扬，饥餐桑叶度时光。
虽曾饮誉丝绸路，却未沾名势利乡。
茧缚残躯成锁链，锦呈黎庶做霓裳。
毕业奉献终无悔，但使人间尽艳装。

咏冬青

管他朱户与柴门，为尔隆冬可赏春。
只怨主人持大剪，不教枝干上青云。

中秋赏月

丹桂飘香月饼甜，太平盛世庆年丰。
欲将心事寄南粤，请问嫦娥愿否传。
画卷神州多壮丽，诗书典籍尽奇篇。
我歌一曲咏明月，同照人间无两牵。

人间有大爱

海啸虽云惨，人情重泰山。
五洲齐援助，四海共施棉。
患难识知己，狂风辨指南。
中华榜样在，一诺万军前。

登滕王阁

滕王阁上望云思，锦绣河山胜昔时。
一介书生重作序，毫端文字更称奇。

吟盆松

生为僻野小青松，好友移居入大宗。
滋露伸枝心洁净，立盆叶翠貌从容。
也曾沐日金光灿，无憾披霞浊雾浓。
有幸回归天地阔，吟风弄月在家中。

咏盆菊

已少古风穷醒志，急多金色富迷人。
陶潜所爱清高调，早让黄巢乱了真。

颂牛

踏露犁田去，披星返小棚。
三餐唯碎草，四季受凄风。
负重拼蹄跃，收鞭有血痕。
秋来谷稻熟，笑看耕地牛。

莲池边行

漫步池边形影孤，蛙声阵阵朗吟书。
风吹莲动鱼儿跃，搅碎一张星月图。

漓江游

盛世金秋风送爽，诗人践约到漓江。
奇峰滴翠娇如醉，碧水荡舟喜若狂。
九马七星阳朔绝，千年三姐广西香。
水天一色蓬莱逊，骚客流连竞举觞。

郊夜

柳丝似线月如钩，引逗星星坠水游。
鱼跃荷塘莲并蒂，蛙声难锁夜莺喉。

清平乐·凤雏庵

揽星摘斗，面壁寒灯漏。冷眼风云茶与酒，错失吴侯佛袖。　　锋芒一试豪情，连声策献英声，乌鹊南飞翼折，东风得意雷霆。

望江南·花都风光

龙潭秀，梦入武陵滩。曲径香飘庭院寂，山明水秀白云闲。松下独依岩。

江城子·松树

昂然挺拔与天争，露珠莹，雨含清。春夏秋冬。永葆青春生敬意，今古事，总关情。　　木材原料广经营，杏林登，夜灯明。炊用燃烧，奉献直牺牲，碎骨粉身不顾，高品格，树旌旗。

西江月·旱年丰收

半载晴光不雨，辛劳最是农夫。仰天倨傲笑金乌。何惧蓝天火炬。　　岂让苗枯干腐开渠打井停堵。仓盈屯满库存余，旱也丰收广储。

长相思·周公仙逝四十年

数淮仙，数淮仙。一世镂雕天地间，奇功享大千。　　忆青天，忆青天。临诀悠悠四十年，神州总难眠。

浪淘沙·石门水库

松柏染苍村，溪水粼粼。难忘鱼水友情亲。烽火连天同战斗，扭转乾坤。　　如鲫过车频，夯土千钧。移山筑坝扼咽津。奉献家园成巨泊，伟大人民。

水调歌头·游青龙山

久有游春梦，览胜青龙山。花香鸟语飞瀑，游客醉流连，放眼千岩竞秀，万壑争流映翠，溪涧水潺潺。登上顶山界，林海望无边。　　游宝地，发诗兴，咏山川。始知山外有山，啸傲饮林泉。尤喜阁楼仙馆，如在广寒宫里，度假好休闲。留影索桥上，日后念乡关。

横溪

横溪之水响当叮，纳秽吞脏往下倾。
可惜水流难保洁，出山不似在山清。

母燕情

忆昔育儿时，衔虫自忍饥。
食来入黄口，力尽杀翎衣。
翅硬便飞远，巢空母叫悲。
世人思反哺，得偶莫忘慈。

浪淘沙·海滨月夜

皓月出明空，夜幕朦胧。沙滩独立对秋风。白浪如山拥奇石，大海汹汹。　灯火耀莲蓬，小筑丛丛。风云变幻看离宫。朝夕烟波兴又落，过客匆匆。

夜来香

叶茂花繁入夜香，驱蚊逐臭远名扬。
园丁伴月勤浇灌，培育天珠祝寿昌。

闲趣

小径通幽处，青楼丛绿间。
推窗听鸟语，赏月伴星眠。
学至学诗画，闲来品柳烟。
夕阳无限好，怡乐不知年。

卜算子·抒怀

　　结友振吟坛，继往开来路。笔底奔流时代声。忧乐同黎庶。　　走笔拂埃尘，润雨花千树。甘做鸣蝉奏管弦。流响饮清露。

雪帽山飞瀑

　　白练莹莹映日欢，飞花溅玉彩斑斓。
　　远往仙女天空舞，近感雷鸣震名山。

老科协关心三农赋

　　阳光冉冉漫天涯，普照农村千万家。
　　将去品赏丰硕果，未来更看满枝花。
　　只听我地和谐调，岂理他天聒噪鸦。
　　滚滚长河东逝水，东方红处日轮华。

参观兵马俑

　　生前死后俱争雄，地下深宫列戊戎。
　　泥土挖来千峻瘦，金铜敛尽万民穷。
　　长城固筑防胡寇，大业空图勒石功。
　　一帝千秋开厚殉，只今博取旅游荣。

虎年行吟

六十春秋一瞬间，寒来暑往忆当年。
开拓激战盐碱地，锣鼓欢歌明珠天。
大浪淘沙人已老，狂风催雨志弥坚。
人生有限情有限，留得精神遗后贤。

答君问

六十退休何未休，壮怀激烈写春秋。
夕阳西下桑榆美，哪有空闲负白头。

游览故宫

雕龙画凤衬红霞，异宝奇珍耀眼花。
白玉栏杆琉璃瓦，殿阁雄伟帝王家。

南陲小景

边楼栋栋四飞檐，临顶风光入眼帘。
紫燕黄莺鸣院内，金蜂玉蝶乱花间。
红男绿女抛球恋，白发银钩钓水闲。
试问游人曾记否，当年此地漫硝烟。

咏菊感怀

淑气清香一笛风，凌霜斗雪傲芳容。
前无来者赋闲去，后有寒梅步雅踪。

卜算子·秋晚

心既洁如霜，白发何须染。小院迎风待月人，早
废胭脂点。　亲手束红枫，偷把芸窗嵌。挤进心头一
缕春，泄在尘封鉴。

咏花木兰

山川何事巧安排，毓秀钟灵次第来。
巾帼英雄才旷世，天工装点古稀台。

百泉

百泉芳径曲，宾客畅神游。
串串珍珠涌，条条银鲤稠。
池光翻榭影，山色上楼头。
难得同人聚，攀谈兴致悠。

除夕感怀

焰火腾空通夜明，欢声鞭炮震苍穹。
节逢除夕华灯灿，岁贺新春喜气盈。
改革征程催奋进，与时俱进促行踪。
炎黄实现中兴梦，一展鸿献颂大同。

碧流河

一山过去万山挪，万物生机耀眼波。
片片金黄织锦绣，条条曲径绕高坡。
鱼翔浅底粼光闪，亭建溪边瓦屋多。
画卷山中游客醉，不知倦意听笙歌。

晓日

天鸡唱海东，晓日染高峰。
一览千山秀，明珠响水融。

长相思·春游清明上河图

湖水明，园水明，流过龙亭杨府迎。黄莺树上鸣。
主有情。客有情，情满东京离恨增。红装白发生。

西江月·赞红旗渠

斗地战天罕有，劈山引水空前。千军万马凿高山，云里红旗一片。　　长岸千村依傍，大渠百里蜿蜒。清流灌溉万家田，五谷丰登民赞。

放牧

滩平草绿羊群白，谁拥彩云款款来。
山村女儿装束美，红莲一朵绿中开。

长相思·菜农

草青青，树青青，肥沃田畴瓜菜丰。来财享运通。
山冰封，水冰封，冬季郊区扣大棚。康庄绿色城。

登山海关老龙头

雄关险隘接危楼，莽莽长城镇海流。
万里烟波奔眼底，几尊礁石立潮头。
浪高方显水天阔，心静何惊风雨稠。
漫说汪洋空涨落，怒涛卷处有渔舟。

观滴水洞

千苍百翠拥冲湾，溪洞潺溪鸟去还。
洞滴龙泉钟物秀，峰峦捧日出韶山。

卜算子·咏梅

峰顶断崖边，腊月梅枝俏。虽是寒冰压满枝，昂首舒眉笑。　　欲露玉莹肌，期盼和风到。忽听天空响巨雷，她喜坚枷掉。

赏兰

素裹绫罗怯众看，葱葱长叶紧相连。
清香淡雅姿高洁，欲滴含娇丽不凡。

保护地球

神奇灵动大球寰，万类物群生息圈。
涓滴细流盈瀚海，崇山峻岭垒高原。
参天树木由根本，充腹蔬粮自地田。
火箭飞船人可造，若无载体怎通天。

人生感悟

平生苦计总凄迷，到老方才悟运机。
名利原来身外物，钱财终作土中泥。
心随云霭常闲在，意逐江河不自迷。
无欲无私臻妙境，身康体健总神怡。

阳朔

桃花盛地梦千年，阳朔竹青世外源。
烟雨通幽峰绕水，木楼依岸岛游船。
芦笙山上箫音远，原始人中舞式鲜。
陶令吟诗桥九曲，魂栖笔架坐成仙。

猫儿岭

天泼彩墨梦中香，水洗青峰雾雨茫。
画里山川天下冠，卓神大作甲文章。

赤山三清峰

邀朋晓曰三清峰，满目风光造化功。
岭顶花开玄鸟荡，山间绿树彩云封。
乍疑误入神仙境，幡觉云游玉女宫。
如此江山多锦绣，忘归终日乐融融。

红花峪荷花塘

莲花映照满地红，嫩碧梳波柳色青。
淡淡浓浓皆入画，枝枝叶叶滴春风。

农家乐

豆腐粉条酸辣汤，鲜蔬下酒果添香。
蛙鸣溪畔鸟鸣树，边饮边聊边纳凉。

老农

轻移小凳聊家境，吸口香烟绽笑容。
儿子广州销捷达，姑娘深圳搞联通。
轿车两部忙生意，鞋厂三间已竣工。
别看层楼空寂寂，幼儿园主白头翁。

飞泉

泉落深潭万道波，一潭泉水一潭歌。
飞珠喷玉银河水，滋润山川醉绿禾。

赞李白

青莲倚马壮思飞，仙气于今尚沁飞。
笔泻江河情浩荡，胸装宇宙意精徽。
不容宦海施经纬，却使骚坛设帐帏。
万古波涛为怒吼，骑鲸空抱月儿归。

咏杜甫

人间广厦岂难求，茅屋寒儒总自愁。
有意忧民心不死，无门报国鬓空秋。
一朝躯壳埋沟壑，万仞诗坛耸土丘。
中外推崇相刮目，古今称圣主吟楼。

打工仔（新声韵）

儿子返乡女友陪，一家老小笑声飞。
左邻右舍都来看，工仔翩翩秀女随。

石门水库感怀

碧波潋滟石门口，喜眺湖光一望秋。
榜式堡前初览胜，龙王庙下晚寻幽。
巍巍高坝东西锁，浩浩长渠日夜流。
库水不知何处去，灌浇万顷稻粱畴。

咏雨中荷花

丝丝细雨润清香，淡淡罗纱罩艳妆。
碧水有缘情脉脉，微风无语意长长。
青波飘逸摇花影，绿叶苗壮扫颓唐。
愿做芳荷别样秀，琼姿皓魄赋华章。

金沙滩有感

十里金滩秋水暖，清涛浩瀚卷波澜。
玉珠溅溅寻幽境，细雨纤纤浥紫烟。
浅浪轻潮风送爽，斜阳漫染唱归帆。
人生悟透云飞渡，放眼遥望宇宙宽。

写诗（新声韵）

不若长篇喜短章，常捡野趣借星光。
梦中嫩蕊莺怀秀，笔下春风满案香。

秀在井冈

罗霄秀在井冈峰，革命摇篮气势雄。
荆竹参天擎幛绿，杜鹃绕地漫烟红。
千军整肃能驱虎，一代风流誓傅龙。
碧血燎原星火旺，寒梅数点吐霓虹。

庐山

久慕名山耸大江，峦青水秀甲东方。
风云际会腾龙虎，清籁和鸣宴楚狂。
万木参天撑广宇，一湖明月鉴忠良。
迷离五老峰前嘱，仰卧巨人掌紫光。

咏竹感怀

扎根瘠垠勇攻关，何惧冰封地质坚。
昂首云天披翠绿，虚心劲节启新贤。

归乡吟

不须衣锦始还乡，行色匆匆趁晚凉。
有态浮云遮落日，无声细雨湿轻装。
飘蓬游子三春草，倚仗慈亲两鬓霜。
路转坡桥心更急，柞林深处是村庄。

黄丫口

欲寻杜鹃路自通，云淡山高入眼朦。
倚石听涛闻静远，三界送韵唱松风。

后记

　　这是我出版的第五本诗词集，也是我出版的第十九本诗集。在《山河颂》诗词集即将出版发行的时候，想说点心里话。这是多年来观察世界、记忆世界的心迹，也是我对自然风光心灵的绽放。从20世纪70年代写诗，同时也写散文。工作之外，我把耳闻目睹的大千世界写成诗歌和诗词，使我在诗的形象思维方面有了很大的提高。这就是对现实生活进行深入观察、分析、研究之后，选取具体感性材料，运用高度概括，准确归纳，来表达自己思想感情的。

　　感谢在我诗歌创作道路上给予我大力支持的各界朋友。

2023年3月于鲅鱼圈

王充闾文学研究中心系列丛书

孟仁诗词选

李孟仁 著

王充闾文学研究中心 编

春风文艺出版社
·沈阳·

图书在版编目（CIP）数据

孟仁诗词选 / 李孟仁著 ; 王充闾文学研究中心编
. — 沈阳 : 春风文艺出版社, 2024.1
　（王充闾文学研究中心系列丛书）
　ISBN 978-7-5313-6633-1

　Ⅰ. ①孟… Ⅱ. ①李… ②王… Ⅲ. ①诗词—作品集
—中国—当代 Ⅳ. ①I227

中国国家版本馆CIP数据核字（2024）第022344号

自序

　　"粗缯大布裹生涯，腹有诗书气自华"（引自宋苏轼《和董传留别》），本人不敢称诗人，充其量是个诗词爱好者。

　　最初喜欢诗词，是因为拜读毛泽东的诗词。当时只是觉得内涵深刻，朗朗上口，并不懂格律韵律之美。临近退休的时候才在老同事傅伟利（已故）启蒙激励下，开始边学边写。退休以后才蜻蜓点水地读了《唐诗三百首》《千家诗》等。写的作品也是自悟自感自探索，不敢称其为诗，多被朋友调侃作"打油诗""顺口溜"。不以为耻，反以为荣，坚持不懈，也有的居然能在报刊上发表，在大赛中也偶有获奖。至于填词，是进入网群才开始的。

　　学写诗词起，就自定三个取向，一是坚持有感而发。遇到不写不快时才下笔。二是坚持现实具体。在真实存在中抒发家国情怀，歌颂人间真善美，力求接地气。三是坚持大众性。多角度、广题材地努力讴歌基层劳动者和时代前沿的英雄，关注社会发展，讴歌正能量。

本书作品采用《中华通韵》（另有标注的除外）。
内容按主题编分目录，主题内按绝句、律句顺序排列。

2023 年 9 月 15 日

目　录
CONTENTS

第一部分　辽河乡情

春日辽河渡口乘轮渡二首

（一）

离岸成群客，下船无几身。
只图观水色，非是过河人。

（二）

左肩扛大厦，右手放芦青。
犁破一河浪，激发两岸风。

垂钓之趣二首

（一）

秋风拂碧水，晨岸布金钩。
跑掉精明鲫，上来鲶大头。

（二）

河边收获满，心里喜生愁。
敲醒三邻梦，挨家送彩头。

赠《格木居》温泉别墅主人（藏头诗）

格调奇中雅，木香清淡袭。
居临山野处，乐洗世间疲。

小住农家院

山半流云淡，户前溪水清。
牛羊逐草地，鸡犬散街庭。
青帐耕耘细，野湖垂钓轻。
休闲尘世外，几日做陶公。

聚赵兄山村别园

闹市纷杂久，田园瓦舍新。
湖光升紫气，山色蜕红尘。
晨种春光满，暮收秋味深。
滔滔难侃尽，已是过三樽。

贺岁老工友"凌云之友"网群成立两周年

企业没烟尘，潜能得展伸。
弄潮兴富贾，舍力饱寒门。
飒飒清风骨，昭昭义气魂。
怡情起工友，乐趣上凌云。

辽河渡口看春

惊蛰待破门，云气助提神。
河里残冰没，堤旁嫩草纷。
蓝天飞鹭影，碧水起风痕。
一阵船笛吼，犁出两岸春。

秋游辽滨鸭岛

隔岸观芦海，绿汀朦远苍。
穿行深陌远，得见浅湾茫。
候鸟集盘踞，游人聚野荒。
金风摇紫穗，心曲伴飞扬。

辽河公园随笔

海潮涨落顺城翻，堤柳笑迎游客闲。
十里长园依水绿，笛鸣举目赏鸥船。

清晨雪后路过念佛寺

半掩银装景色奇，青砖青瓦剩依稀。
寻常已是佛门静，更冷僧人扫簸箕。

王充闾文学馆

辽河本土起金星，闪耀神州放远名。
一幢老阁藏雅气，灵光先会故乡情。

过三道岭水库

当年全县举民工，无奈擦肩未与同。
今看方圆秋意满，仍然嗟叹往时空。

辽河边探母校旧址不见

故地重寻忆远情，犹闻断续朗读声。
曾经学子空怀叹，唯向波涛述所成。

旧物市场

周日小街人气扬，千般廉价买相当。
书摊最是呼声雅，老客重翻古旧香。

芦荡秋韵

金风摇曳落秋中，深绿间杂碱草红。
几处金钩垂野水，一行白鹤欲南空。

辽河岸美人鱼航标灯雕塑

河神公主化精灵，黑夜浪涛一盏明。
迎送前程十万里，甘居原处炼修行。

思乡

沈湾秋日赏清晨，碧水猛然撩我心。
遥想辽河汹涌浪，误将钓客作乡人。

与营口改革开放同行

辽河潮起改革澜，一路奔腾诉变迁。
企业脱胎发嫩柳，楼台拔地替茅园。
远开门外龙出海，近聚关东气贯川。
时代激流跟俱进，东风再振港城天。

辽河特大桥通车

一虹飞落跨营盘，两市相通梦百年。
双塔斜拉搭富路，六车同进滚财源。
蓝天鸥鹭云涛影，碧水舳舻水浪欢。
开放通途连内外，滨城信步率于先。

注：营盘，辽河两岸的营口市和盘锦市。

徒步黄垭口

绿吞峡谷又山头，中入茅村小径幽。
碧水涧边滴古韵，黄鹂树上唱清喉。
人间有意烟尘少，仙境朦胧雾景稠。
放眼绝峰开视野，轻移一脚动三州。

注：三州，黄垭口坐落在海城、大石桥、岫岩三县交汇处，俗称一脚踏三界。

辽河封河前看冰凌（新韵）

冬临辽水乍寒凝，点点舟帆渐匿踪。
初也零星飘雪鹤，转忽团队挤白鲸。
中流进退英雄气，侧畔起伏强者风。
往复潮汐升岁月，跟随澎湃赴峥嵘。

辽河开河后看冰凌

沉眠冰面醒酥松，一夜春潮瓦碎同。
风扫余寒清旧迹，雨催初暖点新容。
白云着意千鸥乱，碧水流华百舸匆。
物候有声呼俱进，满河浩荡欲头功。

西炮台陈列馆观后

雄关悲壮史长留，战火遗篇诉海州。
铁血染沙激战士，旌旗蔽日卷倭酋。
风排芦荡千支戟，水起波澜万顷仇。
甲午狼烟熄百载，仍然激我怒眉头。

辽河公园广场舞

乐曲弥空舞步狂，情随节奏浪铿锵。
排开队列丰仪显，扭动腰肢妩媚扬。
弱柳扶风风展韵，清波摇月月增光。
借得河畔潮头气，欲把夕阳返正阳。

读《黎明鏖战——解放营口之战》（新韵）

要津鏖战几争夺，拉锯厮杀血染河。
将帅神机谋胜算，士卒骁勇斩狂魔。
三番真气威风展，一副铅华病树折。
斗转星移顺时势，黎明红日起蓬勃。

西炮台怀古

海防两度滚硝烟，曾斗倭贼与蒋蛮。
血溅豪强悲护脉，刀横腐朽喜开元。
依然故垒风声起，却是新城号角传。
半世工于桑梓地，余情更欲助波澜。

辽河入海口（新韵）

骤然开阔映天空，起落潮汐任纵情。
广载云帆行彼岸，紧依港埠助滨城。
迷茫当认魁星北，希望寄托红日东。
遥看波涛翻万里，心河未了起长风。

应邀参加居住地社区中秋晚会并致贺（新韵）

年年圆月亮秋中，却是今夕人不同。
百姓扬声歌晚会，嫦娥跟韵舞寒宫。
小区灯火阖家乐，盛世星光分外明。
唱彻良宵难尽兴，佳节煮酒饮杯浓。

营口新图书馆落成开馆

几年不至路重寻，大厦豁然夺目新。
亮展智能提品质，浓添雅气唤精神。
埋头广览乾坤史，放眼细察时代云。
再入书山拾几页，找回自我补余音。

熊岳小五沟农家院小宴

诗人画匠共出行，远上南山闹野城。
佳酿三杯乘醉意，青蔬一箸助深情。
歌声狂喊闲云起，舞步乱翻朝气腾。
白发余心寻乐趣，晚晴当作壮年疯。

游大石桥老轿顶

绿海深深隐峻峰，云涛脚下乐攀行。
太阳金线穿林射，翠鸟欢歌透耳鸣。
气笼三州吞古道，神通一水润华城。
风光阅尽千般秀，独爱家山这片青。

湿地"鸟浪"

残阳半落向西汀，湿地奇观万鸟腾，
群往群来循有序，忽伏忽起幻无形。
争鸣春暖滩丛密，称道物华河海清。
放眼风光唯此地，水天双浪壮滨城。

第二部分　老街古今

为自编营口老街美篇题

老号贯街一镜收，百年商铺几风流。
各家争诉沉浮史，有幸时来共彩头。

初秋与学玉、洪柱、学东、志刚
同游营口老街夜色

一路霓虹百业迎，新装老号壮升平。
邀来三五骚坛客，排档闲吟对古风。

老街行

发祥古埠演沧桑，一路商街聚百行。
河面舳舻连富贵，岸边楼宇竞辉煌。
瑞昌成引三江客，天后宫燃四海香。
遗迹又呈复兴象，春拂旧韵续新章。

再回老街

出生成长没沟旁，耳顺重回找旧荒。
大庙阶前结义气，辽河浪里练坚强。
秉承习性童年野，未了情怀老骥狂。
喜看古街浓润色，也挥拙笔上诗墙。

红色宝和堂

只知老号药浓香，可解功德另隐藏？
联络枭雄搏暗夜，引燃星火举明枪。
更元不枉先驱勇，圆梦还须后辈昂。
遗迹依然吐灵气，新城乘势续流芳。

西大庙

住民心愿起行宫，天后驾临仙气浓。
求佑渔舟帆鼓满，镇看商道店增荣。
经书告诫红尘恶，香火点拨杂念空。
欲海无边何处了，淡泊身外自从容。

老街诗词墙

小市高格筑老墙，名篇古调刻诗章。
三朝文客挥椽笔，一股清风入雅廊。
广写家乡鱼米满，时吟云水海川忙。
百年故道添灵气，今日将来助闪光。

第三部分　望儿山传说

望儿山传说（排律30韵）

　　序：辽宁省南部熊岳镇有座望儿山，是一座以母爱为主题命名的名山。它屹立于渤海岸边，拔地而起，孤峰陡立，山顶有一藏式青砖塔，建于明末清初。远看如一位老妇伫立在岸边，日夜眺望大海，盼望远行的儿子归来……

泰岳称尊此亦尊，名节独领九州闻。
山端青塔藏灵气，宇内洪钟响善音。
母爱传说千古续，民风故事几朝陈。
寒宅小户生勤女，巧手轻针绣彩云。
沧海岸边清苦嫁，茅篱屋内朴实临。
耕渔糊口初添子，赶海翻船早丧君。
九响雷霆当顶落，一腔泪水掩怀吞。
孤儿稚脸哭衣饭，寡母恒心守命根。
日晷催犁犁杖慢，灯光贪纺纺机沉。
甘承自己劳千次，不让孩儿饿半巡。
未到三旬白发起，刚及五岁古诗吟。

顽皮惹母砸机杼，孝顺维家补菜盆。
学费无着鸡蛋攒，书包有谱汗珠囤。
柳颜真迹学无憾，李杜诗文悟有神。
漫漫寒窗十载满，迢迢紫陌几时奔？
京城恰好开科场，乡井逢时试子民。
盘费无着薄亩卖，头簪可凑碎铢存。
针尖密密缝衣袜，眼泪涟涟透灶裙。
折柳一支叮嘱远，别亭十里絮叨频：
难知寒冷添薄厚，淡看功名避浅深；
登榜只当功课满，落名再把路程奔；
居家诸事皆如意，在外孤身倍小心。
船启家边离岸远，心慌云上任头晕。
昼观海蜃吟虚影，夜惧波涛恨恶神。
仓底未识前景路，海中已是命绝音。
梦间侧耳儿呼命，更里披衣母唤魂。
海畔哭寻寒与暑，山端跪喊暮及晨。
感神泣鬼呼枯海，动地惊天化美坤。
冉冉香魂隆起爱，未圆前世尽来人。

第四部分　呼伦贝尔草原

闲看草原

萋萋铺锦绿，静静绕清溪。
昼看天云淡，夜疑星斗低。

草原夜醉

弦月做行舟，云团水浪流。
寒宫无桂酿？投箸问缘由。

草原气候

萋萋昨睡绿，今醒雪皑皑。
不度春秋色，径直冬夏怀。

赋得王维《山居秋暝》作草原雨后暮色

草原晴雨乱，天色晚来幽。
云雀牵虹舞，河舟泛水流。
霞丝斜牧女，炊缕引归牛。
随意残阳落，游人兴未收。

草原小河二首（新韵）

（一）

百转千回泛绿波，沧桑历练任曲折。
忽急忽缓流随遇，静下涛声越坎坷。

（二）

起源不必细斟酌，或浅或深都是河。
汇入草原添碧色，浑浊也会化清波。

初春过大兴安岭西麓

朝霞缕缕火云飘，渐露红颜上岭梢。
光普山河温万物，斜穿林海唤春潮。

看牧马

无拘无束任奔腾，漫野嘶鸣百万兵。
欲上乌骓搏赤兔，敢嘲八骏不威风。

海拉尔河无名岛

河洲百亩绿中流，一户人烟伴水鸥，
野果方熟红对岸，馋来牧女唤孤舟。

草原之音

苍茫无际静深深，唯有雀鹏啼绿魂。
远近无人听自我，高歌一曲喊天云。

呼伦贝尔草原

原野莽苍天际遥，白云朵朵碧空飘。
牛羊蹄下生新绿，雁雀歌中恋旧巢。
古迹敖包琴韵起，今科市井客商招。
激情时代添春色，遍地鲜花放富饶。

第五部分 我是农民工（海拉尔建厂，盘锦、通化建桥工地）

打工路上

华发烦空窦，又着蓝领袍。
工棚千里远，半是讨逍遥。

无题

寒夜对灯孤，荒原去处无，
乡关千里远，短信作家书。

拌合站之晨

日露青黄岭，霞穿罐塔林。
庭欢铁花马，屋待夜归人。

注：青黄岭，指拌合站堆积如山的青黄两色的碎石和沙子。

家乡朋友聚酒遥寄即时心情

短信如相会，犹闻老酒甜。
长风送心意，明月共桌圆。

芦苇荡工地秋绪三首

（一）

金风窗口探，荒野早知秋。
芦穗千重浪，工棚化小舟。

（二）

疲惫随流水，轻松沐晚霞。
杯盘盛海月，浊酒就芦花。

（三）

窗外芦花紫，乡中稻谷黄。
归期屈指数，心绪已着忙。

工地赶小海

水鸟点波澜，晨曦掠海边。
急收昨夜网，慢品过程鲜。

为工棚小菜地题

工地趣无多，试将锄刃磨。
闲开蔬几垄，鲜嫩品一桌。

再入工棚工友问答

旧友笑寒暄，还来挣小钱？
白屋多聚气，乐人采风园。

工棚大锅饭

清汤粗米简烹单，众口狂呼淡或咸。
早拌星光晚盛月，三餐领悟苦中甜。

边塞工地过中秋节

身悬边塞叹孤单，今又仲秋情寄天。
千里呼儿沽老酒，工棚家里月同圆。

思乡

翻残日历数星辰，遥寄故乡边塞云。
曾惑古人诗羁旅，今番忽觉最知音。

工地雾晨

烟蒙水色西湖畔？潮信轰鸣滚大江？
影绰匆忙游客早？东湾湿地起苏杭！

辽滨新区工地（新韵）

蓝图远景势如何？且看水城流碧波。
一夜春风荒野闹，彩虹随处跨新河。

春夜工棚雨

谈何润物细无声，猛似冰雹落顶棚，
头上叮咚床下水，再难回梦杜诗情。

海湾工地趣钓二首

（一）

抢趁工余钓海边，风吹疲惫洗忧烦。
几番激动收筐处，未到桌旁已解馋。

（二）

工棚大灶少波澜，垂钓颇丰补海鲜。
众口还呼不曾酒，争相要去找鱼竿。

工地度暑

本来苦夏已生烦，工地尤深近日边。
汗水淋漓揩不尽，幸值偏僻少钗鬟。

怨守

素煮饭食妆简单，孤陪屏幕夜何眠。
心疼话费缠绵少，悔让冤家累外边。

工棚问答

缘何老迈事工棚？总比牌桌有所成。
再问不嫌失体面？出身原本也微轻。

雨后涉溪

滂沱骤雨放初晴，惊看碧溪蒸雾蒙。
白练蜿蜒顺山崴，只凭水响浅深行。

雨休

滂沱过后又霏霏，山锁云合暮色垂。
闷坐工棚窗泪数，隔墙呼酒问愁谁。

吉林通化工地过中秋节

昨吟渤海共潮生，今赏白山玉兔腾。
明问吴君何处酒，归家还是再工棚？

赠泵车司机友

昂头千尺探青云，龙吐天浆化玉尊。
忽而炎炎忽雨骤，岿然笑对秀工魂。

中秋节晚宴即兴

两载中秋度塞边，情思可甚问红颜。
工棚假以家中酒，赚够薄银戴月还。

饯行

方感冬寒恨转春，冤家又要逞精神。
登程饺子归来面，寄予习俗表寸心。

建筑农民工风采

春风乍起背家乡，建筑舞台风采扬。
抹去阴晴泼汗水，通开早晚借星光。
虹桥跨海丹心架，大厦摩天霸气扛。
在外不荒桑梓地，工装里面是农装。

筑路司机之歌

开山劈水野荒行，飞滚车轮霸气升。
爬上云端跋险峻，探出谷底破迷蒙。
凝神窗外急急雨，聚力心中猎猎风。
一路征尘吞日月，通途为我挂金星。

洪水惊魂八月二十日夜二首

（一）

山洪雨夜骤疯狂，眨眼之间扫破房。
睡梦正疑船碾浪，翻身却见水淹床。
钱囊不顾登窗紧，衣裤未着夺命忙。
同事相牵高岗处，回头惊叫没汪洋。

（二）

未隔三日又洪峰，幸好黎明对险情。
机械轰鸣忙固坝，人群呼喊快移营。
难寻河面无穷碧，不见云边半点橙。
一浪高于一浪起，工棚镇定胜天庭。

筑路工人之夏日

工期正紧遇炎炎，预警橙红屡叩关。
日下架桥扑热浪，灯前开路醒荒原。
智能突破三伏岭，本色炼成一寸丹。
当代凡夫凭内力，敢同天佬对极端。

第六部分　游历散记

无名溪

名号未曾开，欣然自响来。
喧哗夺谷口，寂静润川怀。
水借青山绿，石激细浪白。
蜿蜒江海去，依旧使清差。

乘船游秀水湖水库宿棋盘山

舟碾波粼影撼山，惊翻金鲤水中天。
湖边问讯歇何处，红瓦依稀翠柏间。

乘车走高速公路去天津

朝辞塞外乃春寒，午到津门入夏天。
千里轻车关内外，余霞未尽已家还。

松花江随想

白山黑水演沧桑，荣辱波涛论短长。
江上松花悲曲尽，太阳岛上颂歌扬。

孔庙

平民效法正行端，王室尊他稳政权。
经典学说千百论，讨来半部可知天。

趵突泉

鲁国龙脉吐名泉，碧澈方池水映天。
尺许波澜惊闹市，轻翻雪浪净尘寰。

李清照纪念馆

诗词遗史满苍园，复诵华章敬易安。
府第如何藏婉韵？犹听才女解波澜。

参观梁启超纪念馆

康梁壮士万言鸿，无奈金銮惧后宫。
变法空流戊戌血，民拥辛亥始兴中。

去黑龙江路上

白山黑水丽三江，林海深深五谷黄。
恋看兴安原始绿，可将闹市退农桑？

北京游园与四川游山

初见青竹几簇稀，惊呼雅绿赏珍奇。
又登西蜀苍茫岭，方感御园盆景低。

盘锦红海滩

碧海落潮奇水边，半湾火焰半湾澜。
碱蓬红秀夺游趣，盘锦归来不看滩。

通化市游浑江多座江桥

浑江清水傍街通，两岸横空数彩虹。
哪道风光可为最？兼收九派各玲珑。

集安五女峰森林公园

婷婷山女透灵光，姊妹相牵互绾妆。
欲展婀娜浓挂翠，狐疑仙境动霓裳。

枫叶谷二首

（一）

漫点新红血染林，甜霜初沐浅攀深。
纷杂黄绿何当眼，秋色因之更有魂。

（二）

林荫曲径盖红黄，枫树萧萧渐下装。
莫道一年秋色晚，争来万木最辉煌。

游盘锦含章湖公园并寄当年建大桥工友

昨日荒滩化碧湖，两番心绪水花出。
曾经三载流勤奋，重忆前情入酒壶。

辽阳燕州古城

故垒千秋筑迹存，石城依旧响余音。
招来何止悠闲客，沾去激昂励后人。

辽阳白塔传说

妖风乱水犯襄州，百姓迷津谁处求？
高垒浮屠镇凶恶，神临广佑荫丰收。

参观辽宁博物馆玺印主题展二首

（一）

各色图章尽是权，官阶高矮镇方圆。
史年散记三千载，仍可辨出清与贪。

（二）

文人墨客爱金石，名号雅称刀笔题。
书画收毫展方寸，坦然心气到无极。

沈阳首届世界园艺博览会

棋盘山麓又春发，十里人丛密若麻。
仙客羞含西域秀，牡丹怒放汉州霞。
古栽稀少藏权贵，今展普通开物华。
簇簇团团难赏尽，来期还有更奇葩。

游鸭绿江

一江鸭水碧连天，两岸云纱绕翠峦。
烈马断桥腾霸气，雄师对面灭狼烟。
逢时商铺霓虹烁，应运桃花火树翻。
不尽波涛流万古，英雄边镇又春澜。

鞍山玉佛苑

玉王长睡野荒山，醒世成佛落净园。

鬼斧神工灵气放，人文点化性情还。

金身百尺扶忠义，宝座千钧镇佞奸。

香客游人云际会，拜瞻瑰宝祈平安。

注：玉王，指岫岩县出产的重260多吨的一块玉石，俗称玉石王，20世纪60年代被发现，90年代运到鞍山市雕成大佛，正面是如来佛，背面是渡海观音。玉王是玉文化与佛文化的完美结合 。

登泰山二首

（一）

雄居齐鲁镇群山，西挽黄河气凛然。

云漫峰峦穿险境，松遮谷壑响清泉。

轻装闲逛天街铺，快步直达玉顶关。

踏破崎岖立高处，俯收眸底尽情间。

（二）

根盘大地首接天，雄气独尊五岳前。
古聚君王听受命，今迎百姓迈观瞻。
悠悠青史千秋载，朗朗文明一脉含。
久有激情攀玉顶，当绝领略了其然。

参观金上京历史博物馆

阿城遗址复恢宏，犹返上京皇府同，
铁骥完颜熬两宋，金戈岳武斗黄龙。
王家征战江山破，百姓流离谷囤空。
朝代方圆无定数，民族一统笑谈中。

五大连池地质公园

兀突喷火起龙山，堰塞池湖五水连。
松柏参天遮日月，鱼鳖潜底过溪泉。
溶窟宫锁三冬雪，石海桥横万顷澜。
古貌天成原始秀，不需点缀自浑然。

参观沈阳金融博物馆暨边业银行旧址

大厅泥塑假当真，疑在窗前兑取存。
缩进百年交易史，揭开一片掠夺痕。
洋行伸爪刮枯骨，军霸控局兴野云。
乱世铅华顷刻落，民族货币挺强林。

注：边业银行是由张作霖和张学良父子掌控的东北地方商业银行，1926年总部由天津迁到奉天（今沈阳），1937年西安事变后停业。

沈阳欧风街

古道沧桑已百年，八国建筑醒沉眠。
官衙门口除蛮气，商贾窗前入紫烟。
媲美新潮格调满，修圆旧迹主题鲜。
都城到处摩天起，小占一席亮尽然。

拓荒牛雕塑

禾田时代渐昏昏，雕塑街心再壮神。
一圳先犁开放路，百川狂卷拓荒尘。
低眉励志集浑厚，倔气惊天退乱纷。
千载名节仍未老，逢时发力正当春。

关门山大峡谷

五色斑斓漫举秋，两山夹水隐风流，
林深细览峰端耸，瀑猛直飞谷底纠。
脚下信心惊险峻，眸中远景透清幽。
蜿蜒蹊径随重浪，一脉激情顺势收。

第七部分　山村掠影

山民问答

山户何为业？栽林采野红。
收成可如意？胜过进城工。

春日山中遇养蜂人

首忙槐朵鲜，又奔椴花连。
采到辛勤处，方收苦里甜。

做客农家（新韵）

绿禾环瓦红，庄院满春风，
田里农机跑，门前座驾停。
山泉冲酷暑，地热抗寒冬。
上网知天下，闲聊市场情。

春雨

农时谷雨耕，下种问墒情。

翘首天边望，携机耳畔听。

奈何心上火，惊喜树生风。

一场甘霖透，丰收润五成。

采山野菜二首

（一）

春山野嫩抢钻天，人影婆娑半绿间。

忽而惊呼小收获，或剜游趣或剜钱。

（二）

冬黄初绿又逢春，闲采重牵野菜魂。

少小千寻未曾饱，再尝鲜嫩细思根。

山村所见八首

（一）

村中青壮野天边，人影稀疏半落闲。
两鬓秋霜种豪迈，又当养老又收田。

（二）

耕罢禾田力未穷，闲将剩勇逞山中。
东坡野采灵丹绿，西岭熟摘市场红。

（三）

装点闲宅挂彩灯，桃源再版客门盈。
山光水色当新酒，醉问该添到几星？

（四）

村头音响唤裙钗，疲惫顿消神气来。
早把灶台收妥当，浓妆美步尽情嗨。

（五）

最疼儿女爱吃春，野菜劳牵父母神。
朝露采来鲜几把，黄昏快递进厨门。

（六）

鹅鸭小闹养麻烦，万贯也图生气添。
超市相邻虽便利，仍习窝里捡新鲜。

（七）

逢三逢五撂闲忙，远近村屯聚小商。
交换有无吆喝满，外来自产各相当。

（八）

代步频更到汽车，微型客货逞田辙，
随身机具耕方便，也逛闲情载内娥。

山村四季歌四首

（一）

晨曦掠水抢栽春，转眼身边起绿云。
插下生机憧饱满，伴随苗壮长精神。

（二）

打药环节改事先，青苗不怕草欺蛮。
禾田难见锄当午，种罢春光落半闲。

（三）

改驾农机不用镰，粮商车辆等田边。
一年欢喜全收尽，微信当时数账单。

（四）

除却禾田三季忙，严寒不舍废时光。
菜棚生暖收冬绿，拎起秤盘吆外乡。

蒲公英

百卉园中未有名，乡间野陌自求生。
黄花开落辉煌短，白絮飞天诉远情。

小路

行走多年未破村，爷孙三代地头奔。
忽来春气乘风远，阡陌频出创业神。

山民今昔

过去耕耘累整年，而今不过月余天。
农机欢动禾田小，电脑轻敲市场宽。
乘势集约合大户，逢时解负介多元。
思维已把篱墙越，触角直及海外边。

山乡秋韵

应时飒飒染新黄，漫野金波放眼量。
雄壮群山着五色，温柔细水润八方。
果园忙卸红枝脆，稻垄正收黑土香。
万象斑斓欢不尽，一番丰满述流长。

第八部分　山光水色

昨日雨夹雪今晨初晴

初落三分雨，又铺七寸银。
梨花冻千树，晴日复滴春。

与诗友群聚丁香湖公园

夏日热生荒，闻听湖畔凉。
与君分水色，带走半园香。

又下春雨

早已暖风吹，恰值清谷随。
几逢轻落雨，还差起声雷。

入夏

春色退悄然，又将节气翻。
新芽脱稚嫩，初绿变深惬。
不爱温馨季，偏争火热天。
时年已秋暮，依旧恋炎炎。

秋风

飒飒渐担纲，悄悄气转凉。
淡出家苑绿，轻满野田黄。
收获方得意，付出结慨慷。
自然天有道，今岁更张扬。

雪晨放情

一夜乱琼飞，天明似暖回。
推门迎浅曙，点首抖白眉。
也羡童心戏，何羞老嗓颓。
高声沁园雪，清唱报春梅。

山村看晨云二首

（一）

一山绿树半山云，仙影朦胧幻亦真。
袅袅炊烟点灵气，不知此住哪方神。

（二）

东峰出没北坡腾，漫卷山林百万兵，
急缓无形刀马乱？当将寂静配杀声。

五花山

绿装将淡又花裙，乱点斑斓浅亦深。
敢问谁人织巧手，金风徐起染山魂。

问雁

几番踪迹那乡飞，今却缘何列阵回？
喜见碧空霾雾散，更馋湿地草虾肥。

十月小阳春二首

（一）

寒流先已刺裘袍，却转南风暖日高。
化去初冬五成雪，鹅鸭觅水试春潮。

（二）

雪盖枯黄未睡深，冬寒忽觉暖风临。
明知再绿时光短，也乐峥嵘几刻春。

三月三山乡踏青

闲离闹市踏青黄，心境忽然放眼量。
碧水苍山收不尽，寻出小院品春光。

山中早春

南坡已是绿萋萋，北岭残黄半未及。
清谷忽临一夜雨，漫山乘势长春齐。

回诗友侯君游三峡诗词集锦

一路波涛一路诗，山光树影显雄姿。
如无气象藏心底，哪有抒怀尽意时。

朝霞

希望之神每日东，喷薄万里起从容。
脸庞还在青山后，已染天边几朵红。

昨夜小雪二首

（一）

淡淡寒香漫野飘，琼花散落弄妖娆。
何须碧绿扶红瘦，清素直将领自豪。

（二）

零星乱点落徘徊，黄绿参差掩半白。
一夜三停嫌委婉，平明急喊大风来。

暮春日小区人工湖边

楼外怡园小踏青，惊观春色入心庭。
眉间愁隐三千浪，尽被湖光一抹平。

火烧云

偶见丹霞夺望眼，欢呼灿烂半西空。
扯来一片当旗帜，炫引余年再火红。

昨夜暴雪即兴二首

（一）

午夜窗帘影绰白，以为晨色漫阳台。
惺忪抢步撩开看，却是冬花入眼来。

（二）

窗前放眼赏皑皑，绿女红男抢镜拍。
无意清晨赏风景，先尊橙色扫新白。

今日冬至

冬雪雪冬临最寒，冷极数九起今天。
松枝正展刚强骨，梅朵欲开温雅颜。
凛冽朔风欺岁尾，平和阳气露倪端。
循环往复迎春色，又可应时年味欢。

雪花

漫野纷纷不等闲，风光横据北国天。
红梅喜遇寒冬友，黑土悄迎瑞气年。
似铁似刀弥冷意，如琼如玉近春烟。
虚名飞入群芳后，一片清白表率先。

家乡四月天

东风强势度榆关，柳绿桃红顺焕然。
紫燕华装揖旧主，青蛙古调唱新班。
山高尽褪荒芜色，田广嫩披希望颜。
又是一轮春好处，北国晚起胜江南。

第九部分　花草树木

茉莉

身洁欺素雪，质朴溢清芬。
不慕倾国色，独修淡雅魂。

路边草

几粒随风籽，落根三五丛。
何须路人睬，孤绿自峥嵘。

野樱桃

篱边任意红，自我秀玲珑。
无意追桃李，独争味道浓。

为老友种花题

篱院种红云，犹还几岁春。
秋风嫌太早，尚有盛开心。

梨花谷二首

（一）

应季踏青来，梨花乘势开。
抬头漫山雪，脱口咏春白。

（二）

零星几看她，漫野赏升华。
近树玲珑朵，远坡仙女纱。

春日与诗友赏花同吟

已就杏花村，又贪梨谷云。
樱园诗聚友，老态返芳心？

中山公园菊花展

国假逛苍园，主题惊眼帘。
草坪排凤翅，湖畔起鳌山。
花把秋光送，诗将雅气延。
毛公香战地，陶令醉篱边。

三月三赏杏花

时令转春来，先从老树开。
幽香侵肺腑，灵气绕亭台。
方散金蜂舞，又陪情侣拍。
梦中飘大雪，惦记那丛白。

偶得

剪枝随手断枝插，不借东风自拱芽。
憋到来春根系壮，新株更茂胜陈花。

咏槐花二首

（一）

枝头玉串密成荫，阵阵清香诱断魂，
不耐蜂巢取新蜜，先撸一把止涎津。

（二）

窗前老树又花开，时有清香漫进来。
春梦忽然被熏醒，疑为老伴满头白。

初冬咏松

乱于万木绿平凡，脱颖秋霜显耐寒。
闲看残黄飞落叶，当值大雪挺青山。

初春植柳

不曾留意绿披新，也未牵情絮碾尘。
水土任凭肥与瘦，枝条随处可生根。

灌木

野度荣枯了又生，无须关注未虚名。
不攀松柏云天翠，甘守贫瘠五尺青。

向日葵

张开笑脸转西东，向采光华往复同。
任尔阴晴多与少，感觉即是已峥嵘。

枫叶之咏

秋气生凉染树丛，纷杂五彩考谁浓。
金风点到欢腾色，好似燃烧起火红。

银杏秋韵

暮秋千树炫时装，我点挺拔夺目黄。
春夏风光已参透，晚熬金色入沧桑。

暴雨过后看荷叶水滴

一阵疯狂初惬意，还须余兴润清纯。
幸凭云盖张凹伞，留住滴痕壮雅神。

百年老榆树题

百二春秋葆翠青，依然旺气伍群英。
疏飘鹤发千枝展，密裹皱衣一脉缝。
攒厚年轮敌冷暖，挺直风骨笑阴晴。
随和随意峥嵘满，淡看淡求功自成。

咏荷

芙蓉仙子秀真身，百卉公推最美纯。
不与春华谋绿地，偏于夏酷戏池云。
神仙打坐佛光善，骚客入迷诗境深。
出水清芬千百朵，一枝便可净纤尘。

第十部分　同窗知青

贺长征大队各届知青聚会三首

（一）

广阔禾田地，缘结六届情。

青春初洗礼，秋晚又高峰。

（二）

莫道桑榆老，余霞尚映天。

蹉跎忆黑发，读雪问诗仙。

（三）

当年情未了，今又聚桌前。

一釜知青煮，直嚼到暮年。

为同窗如意友所摄瀑布照片题

几历藏幽谷，猛来一瀑泉。

迸发千尺浪，激动胜当年。

为初中毕业旧照题

黑白已旧貌依然，追忆寒窗苦亦甜。
转瞬青春霜染鬓，梦中常坐课桌前。

闻志仁弟登书法讲坛

昔时未感近书文，天命痴牵笔墨魂。
惊喜残春种桃李，也思课上拜师尊。

邂逅

路人呼我不知谁，细辨音容问莫非？
惊叹同窗今亦老，难还梦里小玫瑰。

下乡纪念日

三十四载影依稀，时代跟从去握犁。
晨顶星光夕踩月，晴挥汗水雨揩泥。
感知社会初开卷，锻炼人生早破题。
苦乐三冬凭热血，青春自信厚根基。

家中聚友

同窗发小五十年，岁至暮秋情未迁。
联手课堂欺作业，并肩田野赛刀镰。
丹心可照三江外，意气相投两肋间。
每聚家中怨杯小，欲将西月退东边。

贺知青点微友群成立

四十余载又相逢，霜染平台问几经。
重找春华温旧念，还期秋晚续新情。
同耕壮志同收获，各展风骚各有成。
天道随缘人不老，夕阳心气永知青。

知青秋忆

秋黄勾起旧云烟，学做农民几弄镰。
埋首辛勤星与月，扬眉疲惫暑连寒。
扫除狂热空将满，收获成熟苦转甜。
虽仅三春匆过客，人生激励到余年。

与二同学邂逅微信

同窗三地各忧欢，未忘五十余载前。
千里群听情邂逅，一朝重叙泪潸然。
回头故里青春忆，寄语长河老朽谈。
莫道前程剩多少，风骚尚可找方圆。

记　忆

群里知青晒照片，每张都像我当年。
星光穿透朝夕路，汗水润熟寒暑田。
三载蹉跎临苦累，一生硬朗对艰难。
如今已淡青春影，依旧清晰感慨谈。

第十一部分　初心之咏

痛思甲午战争120周年

外侮烽烟烈，警钟常耳边。
复兴须鼓劲，实力蔑强权。

读秋枫《人间要有好诗——论诗词大众化》

诗魂哪是天？大众最当然。
意欲求高雅，为先立本源。

首个"扶贫日"随想

莽原方绿青青草，疾问深山未了寒。
拉起贫瘠抢跟进，同谐万物共春天。

看电视剧《东北抗日联军》作杨靖宇颂（藏头诗）

杨深柳密抗狼烟，靖北杀敌令胆寒。
宇贯气节生死外，颂诗泪恨刻青山。

"九·一八"历史博物馆参观随笔

落伍昏庸几败亡，西洋掠过又东洋。
白山黑水空流泪，欲胜列强须自强。

献给党的生日

迷茫探索几多年，马列学说亮眼前。
镰刃飞旋除锁链，锤头起落碎三山。
复兴国立千秋业，开放门出万里船。
引领神州惊世界，旌旗永赤染人寰。

老党员初心自咏

学从马列认锤镰，誓以初衷续赤天。
时代潮头争奋勇，经年世外耻贪闲。
神州兴梦催旗下，老骥闻风欲阵前。
一叶秋兰也添绿，倾情使命尽其然。

看升国旗

与日齐升耀碧空，群情注目敬鲜红。
开元炮响三山碎，创业帆扬四海通。
世界强林搏气概，民族伟梦展峥嵘。
天合人愿催时代，抢向潮头染更浓。

永远的信仰

四十寒暑忆今天，敬对锤镰立誓言。
风雨几经修正道，火花时淬炼真丹。
庄严一刻牢牢记，勤勉终生苦苦攀。
岁月平凡跟到老，初心依旧自怦然。

青年节之感慨（庆祝共青团成立100周年）

老年心态又还阳，重戴团徽忆慨慷。
争过突击拼火热，炼成主力展顽强。
半生骄傲真情满，一代风流勇气扬。
霜鬓斑驳何恨晚，精神犹可励儿郎。

第十二部分　祖国之爱

北京奥运会

祥云蔼蔼五洲飘，圣火熊熊映鸟巢。
风采五环添旺运，豪情更比奖台高。

出国考察有感（新韵）

北欧商考客门迎，礼挂红旗闪五星。
厚待白身看国面，神州雄起我沾荣。

我国首艘航母入列

国之重器梦多年，落伍不甘屈外番。
久盼复兴齐世界，如今豪迈戏深蓝。

鞍钢春早（新韵）

国家初创欲重兴，长子心急最动情。
未等首都新曲响，钢花先放一炉红。

我国建成北斗卫星导航系统

夜观天象问详端，又有新科自组团。
奋起直追当看我，必将引领最前沿。

双节中央电视台电视晚会即兴

庚子中秋下洛阳，中原地气再夸张。
开台便是诗词夜，月色直接起宋唐。

致敬喀喇昆仑戍边烈士

自古边庭血火深，今番猛士护昆仑。
山河无恙凭忠骨，当敬英雄不死魂。

王亚平在天宫二号上演奏
《茉莉花》庆贺元宵节

灯树依然亮夜红，元宵却煮不相同。
惊呼晚会传天籁，茉莉花神演太空。

嫦娥的愿望

月宫孤冷盼多年，终有乡音问广寒。
舞起长裙呼玉兔，端来桂酒敬飞船。
神仙未把时空破，人类却能天地环。
旧梦重圆有星轿，何须夫婿送灵丹。

上海世博会开幕式

华装启幕盛空前，梦幻歌台不夜天。
水火交融星斗耀，声光相互鼓笙欢。
长江碧浪通西海，多瑙蓝波入汉川。
雄起神州赢瞩目，八方际会展高端。

看纪念中国抗日战争暨世界反法西斯战争胜利70周年阅兵式

恃强倭寇犯神州，落伍不屈同赴仇。
持久抗争刀起落，一朝光复泪飞流。
信心挫败三千岛，正道催兴四亿候。
喜看雄师阅威武，强兵利器护金瓯。

2018感动中国人物守岛模范王继才夫妇

海防前哨两精灵，卅载担当伉俪兵。
屋破挺身迎苦雨，情急舍命斗狂风。
诺言只对红旗许，义曲相随旭日腾。
孤岛青山埋赤子，忠魂依旧镇边庭。

心中的长城

千载悠悠万里长，雄风早已在心房。
西连大漠情怀起，东叩碧波神采扬。
寸寸蜿蜒通血脉，重重坚固稳家乡。
任凭四海烟云乱，真气十足挺脊梁。

交通新貌

半载未曾翻地图，眼花缭乱令惊呼。
才将古道穿山越，又有新桥跨海浮。
晨起北国迎瑞雪，午临南寓赏春竹。
出行路线如何走？驶向前方更坦途。

庚子双节同庆

华年巧遇两节逢，国庆中秋喜倍增。
注目升旗晨敬礼，举杯邀月晚抒情。
百川清碧灵光洒，一路鲜红本色兴。
天意人心合默契，同担伟梦起新程。

看电视纪录片《抗美援朝》

故事零星已感人，连成系列更惊心。
高端智慧决明策，前线顽强胜乱云。
旗帜添红鲜血染，江山点翠大风临。
英雄亮剑敌凶恶，硬仗下来国立尊。

看"感动中国2020颁奖盛典"

岁岁豪杰史册铭，今番尤甚亮高峰。
白衣舍命平江汉，北斗集群镇太庭。
开路愚公七载愿，资学粉黛半生情。
国家有难同奔赴，了不起人皆可能。

参观沈阳铁路陈列馆

滚滚年轮百二收，峥嵘史册演风流。
风云变幻悲欢历，时势更迭功过休。
载满激情迎旭日，添足活力壮神州。
驶出现代先锋号，古路新程下彩头。

致敬"七一勋章"获得者

历史铿锵百载程，锤镰旗下灿金星。
敢拼危险豁生死，甘守平凡舍利名。
使命誓担国梦起，初心永为庶民怦。
光荣榜样添激励，浩气传播业更兴。

游沈阳劳动公园——劳模园

绿苑又添迎面红，主题更灿越时空。
浑河两岸标能手，赤子一群挽硬弓。
困境排除拦路虎，激流腾起啸天龙。
前人多少身边事，振奋于今我欲同。

军颂

步枪小米打晴天，几换新装替旧颜。
航母演兵昂首进，战机临阵隐身穿。
如龙万里光凌月，似虎千秋影带山。
所向无敌收领土，雷霆只待令旗传。

北京冬奥会开幕式

都城冬雪论风流，各路英雄共盼求。
盛会迎门添虎气，华装开幕起春头。
黄河神韵冰花放，火炬激情心海收。
一市双担冬与夏，推出实力领千秋。

七七事变随想

狼子之心本性发，卢桥再版"九一八"？
睡狮猛醒拼城破，贼寇疯狂噬物华。
血火经年黄水吼，兵民百战赤旗插。
烽烟消散虽遥远，强盛仍然抚痛疤。

会师空间站

太空驿站换班司，酷演他乡遇故知。
火箭出发新使命，天宫等候老征衣。
方观银汉星光灿，又借黄河鼓角急。
两组英雄轻叙旧，共聊玉宇未来时。

第十三部分　喜闻乐见

观赏某君画牡丹二首

（一）

真情灵气满，妙手绘天香。
未了毫端墨，蜂蝶已入窗。

（二）

牡丹独展秀，国色满屋墙。
泼墨寒关外，犹临小洛阳。

下棋

胸怀楚汉兵，对垒论分明。
解数倾囊落，机缘信步逢。
痴心求境界，醒世淡功名。
最是强中手，输赢品过程。

观月全食

细描轻掩面披霞，红彻广寒窗换纱。
娥女宫中羞打扮，莫非后羿下灵槎？

看诗词大会

兴趣连番盛会旁，如临大课考华章。
偶然一句三分解，脱口高声对宋唐。

品茗（新韵）

尝罢毛尖又碧螺，香分九色淡评说。
何须名品全挑尽，随便一壶也适合。

早晨沈阳八一公园赏雪抓拍

琼花当引少年来，却是翁婆闯镜台。
恋恋余红疯几许，风骚夺雪老梅开。

参观宋雨桂艺术馆

不懂丹青脸色羞，傻观长卷渐青眸。
凝神入画长风起，万里江天细笔收。

大菜市即兴

买冬葱菜趁秋阳，老迈闲情乐紧忙。
何止厨房补寒季，更图怀旧储时光。

营口造纸厂水库

方圆十里碧波长，另色功能风景张。
堤畔曾经工厂事，心中常念小鄱阳。

参观辽宁省博物馆唐宋八大家主题文物展

两朝才气聚于今，共展风骚各有神。
真迹华章惊骇世，宛如当面解风云。

凉开水
与三诗友各分一嵌句"偏从平淡显真功"

不屑甜酸不屑红，偏从平淡显真功。
沸腾经历升清雅，大彻当初本色同。

获奖

初来当是趣难成，底蕴平凡愣敢争。
难把宋唐收尽意，偶然轻浅小功名。

《晚钓》题

水色山光暮霭浓，孤舟鸥影钓迷踪。
功名已是三春外，鱼线仍牵闹市红。

自画扇面

白扇一帧画钓翁，道出心态半功成。
再添几缕风拂柳，又借清凉又助情。

清明节赏《清明上河图》

清明逢雨赏图闲，一幅皆知世大千。
三教九流朋友聚，五湖四海客商谈。
舟桥碧水浮兴旺，市井顽童闹喜欢。
读尽恢宏神入画，虚循古道探当年。

看电影《泰坦尼克号》

抉择生死命攸关，百态行为尽了然。
身份光鲜藏佞骨，衣衫破旧透雄丹。
真情烈火真情铸，假意虚名假意穿。
银幕波澜推醒世，世俗大爱洗尘烟。

献给《新北方》十周年

荧屏魅力亮辽州，浅道家常理探求。
互动民间扶正气，直击社会贬浊流。
唤来一片亲情爱，排遣千般陌路愁。
磨砺十年举公论，人心收视挑排头。

第十四部分 人生历练

晚霞（退二线自勉）

白炽化余红，依然美半空。
虽将隐平淡，另色显峥嵘。

小作发表有感

无聊天命兴诗闲，古韵嚼文乐趣添。
提笔方知功底瘦，三春方到首行边。

无题

饭能升米却闲宅，电脑才关电视开。
睡起三番忘时日，老妻碗筷又端来。

退休前后

天天画卯怨声浓，企盼假期多几重。
解甲空闲愁更甚，原来快意打拼中。

自省

莫看初级戏简单，谁知隐患亦其然。
日重月复生麻痹，一次疏忽错万千。

暮年读书

少时曾欲破书山，半世皮毛未尽然。
向晚佐之调乐趣，也收些许品清甜。

诗词探秘

韵律盲从古调临，也曾懵懂乱着魂。
雅俗吟过三年后，方解精髓在老根。

社区老年书法班第一天口占

到老方知墨海深，学生做起字重临。
权当偏得余心乐，欲把夕阳做早晨。

教师节致我的中学班主任

寒窗今又越时空，课上师尊课下兄。
三载传承文与道，一直享受到余红。

时光记忆

长河岁月似修行，一路几求澎湃声。
回首依然平淡淡，痴心奋勇亦功成。

学电脑

迟钝思维已落单，将丢天命遇波澜。
求师请教开头窘，上位练习重复欢。
精卫衔石能治海，愚公挥镐可移山。
桑榆莫道风光少，网络时空也有咱。

雷锋纪念日

青春短暂越时空，名震神州却普通。
伟大胸怀装信念，平凡岗位献光荣。
军营着意忠心满，社会添情热气浓。
不废江河流万古，浪花朵朵放初衷。

采风杂咏

捉文弄字好抒情，何以华章入上乘？
作画耕耘临麦浪，吟诗建筑挤工棚。
刨根问底成章巧，走马观花下笔蒙。
意境神来自心起，呼出地气令天惊。

诗友群作业《题马》

题签属相巧同称，自以为豪大半生。
常借悲鸿抒壮志，少求伯乐助虚名。
奋蹄曾攀贪天月，昂首敢嘶吞地风。
老骥南山无所事，不甘轻淡了余情。

读寓言故事《愚公移山》

寓言原本是虚篇，仍被盛誉千百年。
故事简单多浅诵，精神高远寡深谈。
身边时有为难路，脚下潜存得意天。
现代英雄分九色，皆沾灵气助斑斓。

纪念毛泽东诞辰再读其诗词有感

笔运乾坤论短长，文韬武略入华章。
横击湘水抒余兴，直下钟山吐慨慷。
胜者雄才八斗满，骚人雅韵九天狂。
古今名作千千首，读罢毛篇不认唐。

写在第二十五个读书日

儿时常爱坐书摊，掏尽文铜未尽然。
初下连环尝乐趣，又临古本啃艰难。
千年经典灵光照，一缕清风底气添。
向晚佐之调雅韵，再收些许补余年。

第十五部分　风土人情

诗人吕公眉百年诞辰座谈会有感

咏赋思骚客，文中认楷贤。
青山藏雅气，绿水淌宏篇。

论道

贫富非天命，机缘都在求。
收成多与少，各自数风流。

三轮车夫

自当豪迈走偏师，小巷短街曲亦直。
汗渍薄衫辛苦付，碎银慢累讨殷实。

赏代兄葡萄丰收图

藤伸龙爪翘钗环，碧扇虚遮紫胆悬。
墨透秋香临树下，馋童探手口流涎。

买菜

早市街摊拣又挑，争相半日斗成交。
些文买卖蝇头利，得意心情在几毫。

劳模理发师曲女士

小巷名师榜上闻，倾情刀剪四十轮，
千丝万缕从头细，德艺修来客满门。

献给环卫工人

严寒酷暑起三更，苦乐如一每日逢。
城市梳妆傲天使，美出街巷美心灵。

柴米油盐酱醋茶二首

（一）

琐碎千般任尔它，饭来张口不当家。
忽然为父为人母，自立逼开灶上花。

（二）

自诩骚人笔放花，千般琐碎冷回答。
案头三尺无一用，饿瘦诗书问为啥？

悼念袁隆平

禾下长眠会应星，天工开物梦托成。
安知世上得温饱，常向英魂告大丰。

送田园诗友冬居海南

秋冷送别春暖迎，北国每日盼南风。
临行一盏长亭酒，温到归来叙远情。

放风筝

初趁东风放纸鸢，高飞梦想起身前。
徘徊远近知多少，一处踏实处处天。

悼伟利兄

耳顺元春正赋闲，忽闻笑貌去仙班。
学诗引我激情旺，论道切磋义气宽。
书法跟帖临百次，文章奋笔改三番。
多年同事情难了，遗像惜别泪眼圈。

工匠之歌

学历平平却肯钻，平凡岗位炼非凡。
知识跟进豪情聚，手艺秉承灵气添。
力展功夫移泰岳，巧施诀窍闯云烟。
踏实本色实为本，果敢天资敢叫天。

第十六部分　传统节日

春分晨雪即兴

一冬无大雪，得幸看今时。
少也迎春色，谈何早与迟。

端午之盼

佳节将至盼儿归，粽米昨熟热几回。
短信忽来不家返，空牵挂念自拳摛。

除夕看春晚

金龙换届又春来，盛宴如期守岁开。
屏上歌声屏下酒，九州同演戏一台。

又喝腊八粥

习俗延续几多年，至此仍将灶火添。
穷富都求一把米，碗中香到品春餐。

元宵节即兴二首

（一）

火树银花又长高，天合地气遇鹅毛。
接盆瑞雪锅中煮，一碗元宵闹半宵。

（二）

万盏花灯闹上元，攒头引颈看谜签。
冥思苦想隔窗纸，捅破玄机乐简单。

回忆儿时春节放鞭炮

凑足散碎买年红，一挂拆开匀弟兄。
少小几声添火爆，余音响到老顽童。

除夕夜小区鞭炮燃放点

五色强音百户鸣，小区集体放心声。
各开花样呼高远，邻里同将又岁迎。

工地重阳节

不屑余年风耳旁，而今当是好时光。
工棚老酒三分醉，边塞新菊五色香。
了却闲忧投火热，自寻欢乐傲温良。
同龄挚友轻相贺，何待儿孙问短长。

新解七夕传说

巧成夫妇被拆缘，惩戒多时困水边。
难舍亲情牵子女，常思故土种禾田。
何须喜鹊搭桥聚，将可神舟顺路还。
天界狂蛮空感慨，人间智慧胜于仙。

今日立秋

酷暑悄悄退主角，金风烈日报交接。
池塘荷影将辞去，园圃菊香试履约。
共醉眼前云气爽，自嘲镜里鬓霜斜。
时光萧瑟随迟早，心态青春搏晚节。

重阳重阳

秋风闲坐闷乘凉，邻友问邀楼外黄。
渐入林园收五色，顿开心境散八方。
叶稀枝老风中撼，情厚言轻世外张。
赶趁桑榆霞未尽，只求争下几分忙。

谁替屈子解"天问"

古篇曾欲考苍穹，常态轮飞已普通。
勇士出舱当巧匠，专家试验立奇功。
云衢时走星河远，心气紧追谜底红。
谁替屈原解天问？空间驿站看英雄。

第十七部分　亲情血脉

家风

各把家风论，贫宅有信条。
宁将身受苦，不可脸发烧。

为老妻海南旅游照题

轻易不出门，忽然特有神。
天涯连五指，心里驾天云。

孙儿出世

啼歌一曲响春雷，惊喜男丁愿更遂。
祈祷娃娃长康健，幸福隔辈我开眉。

天伦之乐

牙牙学语步蹒跚，童胆目空淘破天。
牵撵膝前抢身后，乖时欢喜闹时烦。

贺周爽考试中第

十年平淡付辛勤，金榜姗姗更是春。
千里崎岖任凭远，功夫不负有心人。

兄弟姊妹扫墓归来

各自成家南北分，年年扫墓聚初春。
同胞杯酒亲情话，笑醒黄泉父母魂。

回忆家父

半筐斗字未识深，家教粗言孔孟魂。
少壮未觉何益处，老来迟敬普通神。

北京冬奥会与儿童冰雪游乐场

寒假欢呼乐趣园，如临冬奥赛极端。
卡通雪道童年梦，誓把金牌数到咱。

永远的思念

娘亲仙逝几十年，身影依然立眼前。
筹米缝衣熬巨细，相夫教子料温寒。
甘承自己千般苦，愿换儿孙几许甜。
遗憾未及恩厚报，黄钱泪雨化承传。

主婚致辞

云霞五彩罩庭前，荣耀爽儿结百年。
贵客临门蓬荜亮，喜车添口两家全。
并肩阡陌同吃苦，比翼青云共酿甜。
薄酒开怀沾喜气，托福美好尽狂欢。

注：荣耀、爽儿，分别是儿子、儿媳的名字。

贺王新宇李荣耀考中公务员

工棚闻讯共登堂，未敢轻听问故乡。
时运酬勤扶志士，贤书破卷幸寒窗。
天高展翅搏云鸟，海阔乘风戏水郎。
万里关山仕途路，人生历练永学坊。

贺杨建明新婚之喜

建明福气遇平涵，千里姻缘共手牵。
博士求婚逢硕士，精英执子爱婵娟。
家庭和睦齐眉敬，事业相成比翼攀。
东北灵光耀湖北，结合美好起苏园。

送孙儿上学路上

手牵稚嫩送学堂，往事烟云忆短长。
省下零食添纸砚，挤出闲空补柴桑。
贫寒羡慕丰足满，奢侈担忧少小荒。
孺子何时能领悟，不辜前辈苦心肠。

迁居二首

（一）

出生直到晚年初，未迈营川老旧庐。
事业未荣钟半世，亲朋不旺拢三族。
虽失春色风光去，也显秋阳乐趣出。
本欲残华虚了愿，儿孙却在省城呼。

（二）

老妻多病奈何言，投奔儿郎到沈川。

故土难离根几辈，亲情苦送泪三番。

人熟为宝随缘乐，路陌自孤何处欢。

留下旧宅谁往顾，空当念项解心宽。

陪护

多年翁妪吵寻常，患病却觉情感张。

勤慰创伤陪痛楚，慢调秉性励坚强。

白粥一碗熬出爱，苦药千巡哄到香。

世上谁人堪此任，首席还是老鸳鸯。

生日回忆

鸡蛋两枚娘最亲，三十三载煮春晨。

超然妻小金汤面，胜过友邻清酒樽。

纵是千般尝富贵，何及一念挂寒贫。

含辛生我人西去，从此疏于记诞辰。

老宅

出世直将而立初，一家一炕挤知足。
土房旧灶拼温火，杂院新婚盖简庐。
今已高楼都市雅，仍遵矮处旧乡俗。
听由时代拆迁去，梦境依然断续浮。

第十八部分　新（通）韵填词

清平乐·寄语无名溪（李白体）

春风又暖，千里长白远。半住工棚寻消遣，诗采深山未满。　　忽响流水石激，惊呼水浪湍急。如若随波而下，此溪可到乡溪？

一剪梅·大桥架梁现场（周邦彦体）

林立桥墩向碧空。山露惊容，河淌羞容。长梁今日欲横空。看客迷中，工匠忙中。　　机械发威神话同。哨响发功，旗落成功。欢呼声起感天公。天雨飞虹，人气升虹！

一剪梅·工棚观棋（新韵周邦彦体）

闲夜工棚楚汉争。未起单兵，却起群兵。旁观盖过两相逢。蚊也嗡嗡，人也嗡嗡。　　乱指虚招斗脸红。当者高明？观者高明？一着落子定输赢。盘上消停，盘下难停。

清平乐·读书（李白体）

少年开卷，白发仍相伴。曾欲书山皆踏遍，只是拾阶几片。　年老不羡流觞。夕阳补课当阳。莫问如何用处，自求丰厚沧桑。

蝶恋花·看俄罗斯足球世界杯（冯延巳体）

又是四年嫌太久，各路豪强，会战风烟骤。侃罢新星怀故旧，屏前场上同声吼！　兴奋刚开眉转瘦，众里寻他，未见咱家秀。卧胆激情魂悟透，梦来个奖杯嗨酒！

忆秦娥·八月十五云遮月（李白体）

工棚夜，阴晴皆满心中月。心中月，娇妻月姐？朦胧真切。　云衢拥塞谁争也？宜将让与情穿越。情穿越，平添激励，梦归乡榭。

南乡子·工棚夜雨（新韵冯延巳体）

夜雨睡朦胧，急缓清音诉顶棚。忽被冷滴砸脸上，无声，疑似同屋乱闹腾。　盆罐响叮咚，一曲和旋苦乐鸣。户外乱云无退意，歇工！又盼连绵又盼晴。

鹊桥仙·七夕咏喜鹊（欧阳修体）

愁眉云汉，狂涛横断，牛女难能会面。呼来同伴手相衔，虹桥起，连通两岸。　成人之美，与人为善，创造传奇一段。世间期盼月常圆，齐相助，与之同愿。

渔家傲·航天有我（晏殊体）

火药发明曾灿烂，问天华夏先期盼，落伍不甘求了愿。存梦幻，翻身崛起何愁晚。　星箭成群频改款，穷追天外红旗展，时代相呼搏浩瀚。争领范，后来居上拼遥远。

水调歌头·筑路农民工（毛滂体）

久种故乡地，急转务工棚。远来千里铺筑，工地展威风。可咽粗茶淡饭，可拒忽炎骤冷，辛苦自心明。为讨生活计，难以顾亲情。　开隧道，筑基础，架桥横。耐劳本色方显，开拓比飙升。艰苦偏激豪气，惊险平添灵感，谈笑庆完成。史册无痕迹，心里自标名。

淡黄柳·回青年点故地致当年友（姜夔体）

知青老迈，重找当年态。往看蜗居依旧在。尽管屋檐更矮，身影依稀往时帅。　挤铺盖，同桌舞清筷。战寒暑、逞豪迈。幸乘时、共步离农寨。苦乐三春，厚积功底，分赴经年未艾。

青玉案·重读50年前与张兄书信
并互勉（贺铸体）

信笺重现眉飞舞，忆发小、知青铺，两地分开书信补。字流豪气，语彰侠骨。情感直言诉。　暮年延续当年酷，获益曾经共奔赴。各领风骚重展露。你教书法，我学诗赋。谈笑夕阳路！

满江红·锤镰颂（新韵柳永体）

马列学说，雷惊醒、工农亿万。旗帜引、井冈雄踞，太行鏖战。镰刃飞旋驱横虏，锤头起落平强悍。定江山、无产者翻身，昂头站。　昨天史，听口转；今日事，亲身感。领改革开放，我跟呼喊。国梦将兴拼奋进，民情所向图发展。表初心、重举老拳头，争垂范！

眼儿媚·挂"光荣之家"牌（左誉体）

楼上邻家气氛浓，门匾挂光荣。一人穿绿，满庭生紫，街巷添红。　问答不断连声暖，尽可放轻松。你儿值哨，我家优属，邻里呼同！

风入松·中秋游营口湿地芦苇荡
遇老友（吴文英体）

苇花摇曳落秋中，颜色已深浓。幼雏鹤雁逐丰满，正起飞、循探云空。一片碧云方好，几湾秋水犹泓。　洼边忽遇旧时容，纹皱共秋同。当年心气还能再？笑回声、时而峥嵘！何论潮头波尾，任他秋老春红。

鹧鸪天·读四大名著四首（晏几道体）

（一）

野寨波涛起恨声，江湖啸聚响雷霆。三山五岳争高下，七短八长各显能。　　林豹子，浪燕青，不图封号史留名。开宗半卷英雄气，中道招安叹陨星。

（二）

东汉根基付水流，群雄蜂起乱军州。曹门得意挟天子，各路拥兵自郡侯。　　孙霸楚，蜀归刘，豪强争战未曾休。罗君有意偏诸葛，却是江山司马收。

（三）

神话人间笔墨深，抨击时弊净烟尘。兴风魔霸狂欺阵，得道猴王怒抖神。　　翻地府，闹龙门，欲同玉帝号齐身。纵横十万八千里，一路英雄虚幻闻。

（四）

转瞬荣枯悟太难，以为诗社海棠甜。菊花秋冷霜中落，柳絮春白树下残。　　痴宝玉，黛婵娟，凝眉两簇枉空欢。无心着意风流事，却是诗词可细研。

沁园春·军颂（苏轼体）

空手疾呼，直面风云，几历硬伤。自南昌起义，枪鸣城下；秋收暴动，旗聚山冈。万里长征，全民抗战，三大围歼论定邦。国歌起，保江山锦绣，屡胜蛮强。临敌目露寒光，为民众柔情献慨慷。又守边维稳，铜墙铁壁；防洪抗震，玉柱金梁。抗疫江城，兵发雷火，国难当头用命扛。九十载，靠家传法宝：党指挥枪。

水调歌头·致敬上甘岭（毛滂体）

谈桌无诚意，战场又狰狞。试图夺去屏障，狂妄却难成。山顶削低三尺，弹药升高惊诧，焦土几翻腾。放眼寻高处，仍在舞红旌。　　飞机大，枪林密，铁龟疯。尔凭武器优势，我用命相迎。部队轮番上阵，阵地多重易手，一举反击成。独有英雄气，谁敢再鏖兵？

金错刀·初春之韵（冯延巳体）

寒夜短，暖风长。红霞逐渐早东方。河州慢吐稀疏绿，庭柳轻摇软弱黄。　　青鸟叫，杜鹃吭。高歌低调会鸳鸯。北鸭急试开江水，南燕迟临好客庄。

江城子·老党员的信仰（苏轼体）

锤镰划破夜长空，扫蛮凶，立鲜红。宗旨言行，引我入光荣。旗下一经宣自愿，跟到老，守初衷。

神州伟梦百双重，目标宏，进行中。苍劲青春，老骥欲前冲。倾尽绵薄添锦绣，谁逊色？再英雄!

江城子·党心我心（苏轼体）

锤镰雄历几艰难，碎三山，另开元。宗旨传承，青壮誓词宣。称号光荣时励志，行表率，践初言。

神州梦想百双连，奔前沿，立高端。紧紧跟从，大厦抢添砖。一份绵薄倾伟业，延使命，奋余年。

芳草渡·四月天赏花随想（欧阳修体）

辞冬去，迓春来，桃花粉，杏花白。沉思吟颂古文才。崔护笔，元稹句，陆游宅。　听遥远，观广泛。可似今天烂漫？颜依旧，骨脱胎。和风缓，灵气满，寄情怀。

卜算子·晚年回忆青年节（苏轼体）

曾也满韶华，曾也浑身劲。曾也光环魅力添，曾也低迷困。　无悔赴奔波，只恨沧桑迅。重找青春本色还，再度生勤奋。

画堂春·书香（秦观体）

迁居三转布厅堂，书橱总占中央。宋唐熏染暑寒长，心贮浓香。　展卷浅知烟雨，挥毫小问诗章。抒怀赶趁好风光，雅兴张扬。

浪淘沙·秋亭晚坐（李煜体）

暮色染湖边，水瘦荷残。清幽暗淡少波澜。石凳双双翁与姬，絮语平凡。　不再想当年，情调幡然。闲求未尽晚节欢。往复楼头杨柳月，任尔缺圆。

如梦令·银杏黄叶（庄宗体）

抬眼惊观银杏，卧榻满铺金梦。黄叶炫张扬，更酷晚秋奇景。　奇景，奇景。急写曲文心盛。

阮郎归·雪晨新景（李煜体）

风光何止赏皑皑，橙黄斗夜白。烟云昨报雪将灾，提前人马嗨。　　乱琼落，号声抬，精兵抢阵开。壮观激我跨门宅，助威情满怀。

少年游·十月小阳春（晏殊体）

寒流暴雪冻河涛。忽幸暖风高。雪化七成，冰开半尺，浮水抖鹅毛。　　暮年心境随天转，时可展风骚。闲问书深，乐修才浅，诗趣振余韶。

踏莎行·迎接北京冬奥会（晏殊体）

冰雪纷纷，环旗猎猎。炎炎欢喜严寒惬。都城风雪助风流，健儿欲欲从头越。　　国运相通，民心关切。恰逢华夏开春月。一城两会史先河，大国风度千秋列。

踏莎行·冬奥会吉祥物"冰墩墩"
和"雪容融"（晏殊体）

外展阳刚，内藏聪慧。满身都显中华粹。温和刚劲智中憨，晶莹尽透亲情魅。　　招手相邀，迎宾聚会，主人风范先临位。五洲冰雪竞风流，同呼赛场金牌佩。

唐多令·老年晨练（刘过体）

曙色露东边，人群聚水前。夏到冬、从不停闲。静看湖中波浪起，光阴度、月年年。　　拳脚仿嵩山，体操学校园。老还童，心气重翻。坚守坚持当晚趣，精神劲、比青年。

鹧鸪天·国庆夜的彩灯树（晏几道体）

十月青枝长彩灯，颗颗如似果纷呈。红株火箭发班旅，蓝盏波涛摆阵型。　　金浪涌，汽笛鸣。国强民沸赤心腾。漫天璀璨着新解，每岁都添更亮星。

一剪梅·秋树（周邦彦体）

　　看罢枫红看杏黄，迟来灿烂，尽染秋光。时节变换攒峥嵘，春蓄甘霖，秋傲寒霜。　　好似人生阅历长，青壮风流，年老张狂。另番激动竞新潮，淡看曾经，浓烈夕阳。

第十九部分　新（通）韵散曲杂诗

【仙吕·一半儿】农民工家妻之怨

暖风方绿自家围，工地钟声连日催，嗔怨老公心又飞。嫩拳回，一半儿求成一半儿悔。

【正宫·塞鸿秋】中秋节月思

儿时猜想传说谑，今朝兴趣科研列，逐圈抄道争前列，明天度假玩游猎。八方同梦求，四海合关切。未来联袂开仙界。

【正宫·塞鸿秋】建筑工地中秋月

去年渤海潮头跃，今年峻岭长白掠，尽随南北工棚曳，唯将归守家园切。一身咋定夺？两处皆难却。拓宽心地藏乡月。

【商调·梧叶儿】初冬雪

昨天雪，夜未停。晨野看飞琼。顿使怡情起，勾回旧意膨。清嗓半出声。老戏重吹朔风。

【正宫·醉太平】雪天忆童年

园区傍晚，雪片成团，初冬天地骤浑然。几忆童趣远。堆人急把顽神扮，组团狂掷寒光串，摔跤乱闹绣球翻。今仍乐侃。

【双调·风入松】小区湖畔广场舞

满园秋色落湖中，岸起老年红。青春浪漫今犹在，曲时髦、欢跳轻松。扭沸时光淡淡，嗨出返老还童。

【黄钟·贺圣朝】国庆献礼

田野黄，入秋光，机械忙，预计超出仓库房。报捷纷纷笑脸旁，碧水绕、绿金藏，惠千秋、持续长。

【仙吕·一半儿】异地兄弟姐妹聚祭中元节

手足南北聚难齐。日子天天忙到西。活计千般先放低。祭俗习，一半儿伤悲一半儿喜。

【中吕·醉高歌】天地同欢元宵夜

天宫星灿三颗，茉莉花红一朵。楹联双展同欢墨，慰问元宵正妥。

大辽河赋

　　汇天云雨落，拢山泉溪逐。顺势蜿蜒，流响八府。溯之起源，东起吉林辽源哈达岭，西自河北平泉光头山。经内蒙，汇支流，渤海收起伏。考其繁衍，金牛山，庙后山，牛河梁，祖先遗迹，远栖万年古。原始沧桑两千浪，文明史载五千书。

　　上善之水，广润两岸黑土地；灵碧之波，集显下端入海处。兵家必争，炮台两度锁风烟；商贾云集，店铺百年系舳舻。先津鲁，再广沪。内接三江腹地，外泊四海中枢。

　　山河依旧，曾见证内外屈辱；社会更元，已端倪上下前途。借天时地利，崭露河洲三角；乘改革开放，再兴港口两埠。渔村畔、产业园，化作卫星城；滨海道、特大桥，连成梦想路。阳湾阔，稻浪田野隐油都；左岸长，柳荫堤园蓬绿圃。蒹葭应季衬红滩，湿地拾海伴飞鹄。营盘两市分合几度，辽水一脉世代吐珠。鱼米之乡美誉名天下，人文风貌才情论城府。

　　忆昨往，幸福感始料未及；展未来，现代化难以猜估。土生土长、世世代代延骄傲，方兴未艾、又添一重云起处。

附：获奖名录（截至2022年末）

1. 2012年《工棚大锅饭》第二届全国《中国百诗百联大赛作品集》入选入编

2. 2015年《看电视剧〈东北抗日联军〉作杨靖宇颂（藏头诗）》获营口市优秀奖

3. 2017年《老党员初心自咏》获营口市"辽河杯"诗词大奖赛三等奖

4. 2018年《现场记录大桥架梁》获全国《第四届中国百诗百联大赛》人气奖

5. 2019年《鞍钢早春》获鞍山"鞍钢劳服中型杯"纪念鞍钢开工70周年全国诗词大奖赛入围奖

6. 2019年《拓荒牛雕塑之咏》获深圳第三届"大美中国，圆梦福田"中华诗词节优秀奖

7. 2020年《清平乐·读书》获鞍山"大千尔雅杯"全国读书诗词大赛佳作奖

8. 2021年《永远的信仰》获营口庆祝建党100周年"王充闾杯"全国诗词大奖赛优秀奖

9. 2021年《江城子·党心我心》获辽宁省诗词学会"庆祝中国共产党百年华诞"征文一等奖

10. 2021年《参观抗美援朝纪念馆》获"红色沈

阳，奋斗历程" 沈阳市图书馆征文优秀奖

11. 2021年《老党员的信仰》获鞍山"泰云翔杯"党旗飘飘100周年全国诗词大赛佳作奖

12. 2021年"百诗百联颂和平"《欧风街新貌》获沈阳市诗词楹联协会全市征文一等奖

13. 2021年《献给党的生日》获台安县庆祝建党100周年全国诗词大赛征文一等奖

14. 2022年入选《沈阳晚报》等春节创联大赛代表性作品

后记

自学写诗起，十几年来，算起来也有五七八百首吧，原来的想法是等到适当的时机全部奉献给大家。后来一想，自己都觉得一般化的，何必滥竽充数呢。本书只是选了自己认为还过得去的一部分，估计也就是全部的百分之五十吧。就算是忍痛割爱，也不足为惜了。

以前发表在《中华诗词》《中华辞赋》《辽河诗词》《芦荻》《诗词月刊》《晚晴报》《营口日报》等报刊上的作品以及部分获奖作品和历次专（合）辑，包括这次出书，难免有谬误，欢迎指正。

对于多年来帮助过我的各位老师、诗社师友、各界好友，借此机会一并表示诚挚的谢意！

"烧铅炼汞四十年，至今犹在药炉前"（引自唐高骈《闻河间王铎加都统》），学写传统诗词，没有止境，永远在路上。

2023年9月15日

东纪善诗词选

东纪善 著

王充闾文学研究中心系列丛书

王充闾文学研究中心 编

春风文艺出版社
·沈阳·

图书在版编目（CIP）数据

东纪善诗词选 / 东纪善著 ; 王充闾文学研究中心编
. —沈阳 : 春风文艺出版社，2024.1
（王充闾文学研究中心系列丛书）
ISBN 978-7-5313-6633-1

Ⅰ. ①东… Ⅱ. ①东… ②王… Ⅲ. ①诗词—作品集
—中国—当代 Ⅳ. ①I227

中国国家版本馆CIP数据核字（2024）第028341号

作者简介：

东纪善，曾用名：东继善，笔名：冬季扇，男，汉族，大专文化，1949 年 8 月生于天津静海，营口市住房和城乡建设局退休干部，王充闾文学研究中心研究员，营口市诗词学会、中华诗词学会、中国楹联学会会员。

目　录
CONTENTS

第一辑　近体诗

辽河湾

半月窥潮汛，双鸥剪雾纱。
日霞才一缕，染透岸边花。

山家

石藓滋溪水，流烟补断冈。
庄周非梦里，风送岭头香。

耕读

映雪书喷火，囊萤字带霜。
夜阑犹秉烛，筑梦月临窗。

春雨

柳滴丝丝雨，云催片片帆。
乡愁垂泪眼，羁旅下江川。

唐王河

石桥星汉夜，梦醒一枝春。
花浴波光渺，三更柳月新。

端午寄怀

斜径隐蓬蒿，残阳入碧涛。
霹雷撕暖幕，披雨唱离骚。

茶思

半盏龙芽水，通宵辗转人。
建溪春胜酒，恍鼓伯牙琴。

醉思

酒罢无忧乐，长空雁颉颃。
桑榆枝叶茂，奋袂啸斜阳。

躲伏三首

堤外芦花荡，鸥飞夕照暝。
婀娜风月柳，独坐石礁亭。

芦苇初抽穗，蓬蒿色渐浓。
渔帆归落照，鸥鹭送疏钟。

滩头遍碱蓬，残照落潮中。
故垒云间月，天涯一钓翁。

赠柳韵诗社耄耋之年老哥们

柳林金蕊绽，韵美夕阳红。
杖作如椽笔，诗坛矍铄翁。

雨霁

日下照澄湾，船行碧落间。
鸢飞云里浪，鱼跃水中山。

槐花

翠阁晴云夕，芳姿一笑窥。
半帘花影洁，三径绿荫篱。

雷电

巨响崩云阵，狂鞭裂地津。
万岩吹雾散，一洗宇寰新。

赠老伴

东窗白发郎，株守兔焉亡？
吻脸飞花乱，敷粉借月霜。

扇子（集句）

发凉一梳风（唐　刘禹锡），
清娥画扇中（唐　温庭筠）。
无由重掩笑（唐　唐　怡），
留醉与山翁（唐　王　维）。

古渡

潮涌晨星落，鸡鸣旭日升。
小村轮廓里，又灭两三灯。

梨花

篱外惊晴雪，崖前瀑映霞。
水流牵蝶影，香到野人家。

秋兴

日暮乡关路，花开岭月头。
依稀闻雁叫，独占半亭秋。

春吟

半窗兰浦梦，一枕玉关情。
赋得春风句，伏几月五更。

遣怀

寂寂耽忧乐，茕茕鸟倦回。
苦吟谁慰藉，月送半窗梅。

偶感二首

荒径凄凉月，穷途塞雁飞。
平生怜项羽，不采首阳薇。

铮铮七尺躯，耿耿一头颅。
落落休云命，堂堂半老儒。

子夜接下班妻儿

春暮夜风凉，花光影柳墙。
幽思情切切，对月诉衷肠。

初春（集句）

咫尺春三月（宋　葛天民），
愁吟梦里惊（元　钟嗣成）。
天风吹笑语（宋　惠　洪），
雪尽马蹄轻（唐　王　维）。

校文艺宣传队下乡演出归来

明月洒银辉，车行过翠微。
夜风飘彩帜，壮士凯旋归。

杏花

崖前瀑布斜，红雨落枝丫。
水溅云花走，香来百姓家。

六和塔

拾阶上昊穹，振臂舞霓虹。
满目葱茏色，苍茫宇宙中。

照镜有感

行止难藏拙，二毛类乱蓬。
恍窥菱镜里，惊诧一衰翁。

锦江山三首

芳亭云外望，幽径斗芊秾。
鸭绿江如染，深山何处钟？

聚翠凌空秀，蝉鸣独坐听。
波翻霞影乱，灵动满江亭。

绝巘叠葱茏，迷离觅旧踪。
亭花凝露韵，一览海心胸。

河畔即景二首

蜂喜花间落，蝶迷草上飞。
长桥留夕照，鸥鹭逐人归。

造化迷烟雾，天涯一钓翁。
溟濛闻欸乃，红日大灯笼。

咏荣途兄应邀赏槐

蟠龙闻柳韵，迷镇赏槐花。
莺啭呼朋友，云天万缕霞。

青云山二首

逼仄胆生寒，危崖裂涌泉。
虹飞帘水映，悬瀑落桃源。

凝烟崖出树，耸峙壑流清。
慨叹融天地，云根唱柳莺。

三峡大瀑布水帘洞（集句）

杯倒万松声（明　吴国伦），
岚烟积处浓（明　胡　俨）。
来须风作御（宋　孙　抗）。
一半是云封（宋　齐　唐）。

四道沟二首

夕霭淡流霞，危桥乱渡鸦。
云垂竿线影，钓隐问渔家。

鸥翻洛浦中，天地一蓑翁。
濠梁鱼自乐，恬淡雨生风。

冰峪沟

清川花气影，秀岭黛螺贞。
不辨庄周乐，松风众壑深。

成都火车站前购小竹椅

锦箨披离雨，流青隐翠光。
破石凌云路，暗散竹枝香。

渔父

半浦菱歌夜，一星渔火香。
月斜留醉处，梦里识归航。

松花江二首

云屿过飞鸥，蒹葭破水流。
江心堆翡翠，点点白蘋洲。

林幽空上岛，云碧水中天。
诗写花深处，眠鸥梦谪仙。

山中二首

烟色关东月，云光塞北风。
钓丝红鲤影，樵斧白头翁。

万仞尖峰秀，山花落葛巾。
临崖窥绝壑，守候一枝春。

芦花

蒲芦烟渚碧，雪舞一洲芳。
墟落云山外，沙鸥剪夕阳。

梅亭

古木光残翠，寒汀影竹篱。
雁鸣人惆怅，亭下一梅痴。

寻圣

唱晚孤帆影，残阳吻岸潮。
远峰斜月照，寻圣到余姚。

高原反应偶记

站立体如弓，二毛类断蓬。
灯窥欺岁月，病态一衰翁。

南天一柱

耸峙飞来石，巍峨啸海湾。
跳波弹日月，一将守雄关。

月牙湾

日暮苦修身，临清绝世尘。
随缘归造化，恍觉谪仙人。

普陀山

逐浪结盟鸥，风波好驾舟。
神游无俗累，肃穆一回眸。

骑行浴

锦雨浇霜鬓，泉喷象外幽。
雪添池水暖，洗去古稀愁。

乘烟台"天山号"轮渡

骑鲸夜海游，星月一帆收。
逐浪胸襟阔，汪洋不系舟。

昆明西山龙门

陡峭云华洞，龙门望五津。
渺茫黔碧水，接语九霄人。

夜吟

梅香三鼓月，听雪对孤檠。
冻入霜蹄重，风凝翠羽轻。

晚泊

散发风临树，横舟月到津。
披襟时一笑，岸蕊透清纯。

梅

叶含蟾月晕，色露菜根香。
妙质罗浮梦，清标庾岭妆。

故居

童年苦泪多，花甲哭蹉跎。
祠后三间屋，萧疏鬼唱歌。

跟叔父闯关东二首

寥落踏晨星，林中鸟不鸣。
青冰寒冷地，牵手共飘萍。

冷月悬冰面，滩洼凛冽风。
惺忪疑梦里，叔侄闯关东。

自嘲

归卧须如草，叨陪发似丝。
林泉闲守拙，冷目夕阳西。

金牛山远眺

心舒千里景，目快九霄风。
四野迎重彩，群峰送阵暝。
月升山又远，日落海方平。
犀立崖头影，钟鸣岭外声。

屈原

辽川依古垒，疑见汨罗长。
屈子行蒿野，奸臣恃楚王。
萧骚河畔雨，漫漶海边霜。
天地存公理，风流百世芳。

辽南骑行记

别浦凛余威，排云敛翼飞。
蒹葭梳晓雾，燕鹊逗残晖。
宿露餐风出，披星戴月归。
古稀身反贱，潇洒死生微。

踏山

山陡古藤多，寻幽涌翠螺。
石藏荒瀑水，林掩野花坡。
宿雨舒杨柳，熏风韵芰荷。
黄昏临壑谷，遥对负薪歌。

山村

山间雾几重，林色绿云封。
碧水浮鹅影，青峰送雁踪。
牛羊穿岸柳，燕鹊落岩松。
岭外云霞灿，鸡鸣报曙钟。

晨练

草弹青翠粒，檐滴水晶声。
园落槐花雨，堤摇蒲柳风。
雁斜钟磬响，燕剪铎铃鸣。
烟水朝岚薄，登桥步月宫。

悟道

故垒草间牛，春来识旧游。
逍遥梁上燕，蹀躞水中鸥。
纵报前生怨，难酬夙世羞。
关前随老子，坐参道德谋。

春草

幽憩倚篱边，婆娑醉欲眠。
灵根云染翠，神韵雨敲妍。
俊俏兰芝格，柔荑豆蔻仙。
苔阶生雅素，竹院绕鸣泉。

八月

天分秋暑界，地接岭头芳。
蝉嚫留新迹，蛩吟忆旧乡。
叶含蟾月晕，花露草根香。
一枕残星梦，醒来两鬓霜。

秋日唐王河

山色岩凝乳，云根壑隐霜。
覆蛩风叶短，惊鹊露枝长。
雁过芦花冷，鱼分水草香。
桥头槐树下，杯里见斜阳。

听雨遐思（新韵）

披蓑烟雨地，独上钓鱼船。
撒网三江界，垂竿九里滩。
山深知径仄，树古见风寒。
半亩诗田瘦，蓬壶渺霁天。

雪

玉絮迷疏影，龙鳞间暗香。
惊飞鸿对对，引落鹤双双。
廊外添三友，亭边赏众芳。
云移花揽月，风旋霰敲窗。

寻梅道中感怀

闲行三径路，共赏一枝春。
为玄为佛骨，非庄非惠魂。
影疏鸿懒过，香暗鹤勤奔。
故垒流星曜，归潮送月轮。

耕读

宵昧写诗文，推敲费苦吟。
寝床寻秀句，惊梦著尘襟。
负轭勤牛慢，伏槽驽马奔。
残灯光半壁，夜雪透窗棂。

大暑

一泓蒸暑气，千里火云悬。
热燥蝉鸣树，炎威鹤舞泉。
远峰愁绝雨，片石怨生烟。
蛙鼓临风咽，曷时雨季天。

雅趣

月白簪花淡，梅妆碰雪香。
书规研八法，韵煮梦三湘。
冻笔呵残墨，清姿透绮裳。
听琴分乳茗，搜句静年芳。

自嘲

出门七件事，应世寄浮生。
人懒疏尘网，身勤喜雨耕。
当垆期煮月，辟谷梦调羹。
散发听鸣橹，东床袒腹兄。

鲁朗自然景观

嶂满江流雾，人趋树渡峡。
寒床肱枕草，净境铎闻花。
岭雪长堆岫，峰云近借霞。
藏秀龙王谷，惊客访僧家。

水洞即景

摄魄水晶宫，惊魂蹈颢穹。
武陵源世界，灵隐寺星空。
洞邃祥光照，山深瑞气融。
威疑吞月概，势壮唤龙风。

梅花四首

嫩蕊凝寒淡，横枝碰雪香。
丰姿花弄笛，幽兴叶生光。
冷韵穿朱槛，冰肌过绮窗。
节同松竹友，名占四时芳。

微茫山气暖，玉絮压浮尘。
松竹惊添色，梅兄喜养神。

春寒吟雪客，夜静揽星人。
谁赐天伦福，三更寄梦频。

共松迎日月，同竹惯晨昏。
蕾眨霜前眼，花张雪后唇。
瑶台应醒梦，庾岭自牵魂。
林宿鹓鸪鸟，独归品梦人。

几世修来福，癯仙是我身。
横斜真逸品，清浅实奇珍。
冰瀑三千丈，雪冈四五村。
凝眸云外月，袭袖一枝春。

秋游

水冽暗云根，风生荡八垠。
一溪寒色迹，半树斜阳痕。
海阔愁帆远，天晴苦雁奔。
浮鸥闲逐棹，野鹭落烟村。

春雪

冻醒寒英梦，埋平石径愁。
近湖开醉眼，远岭笑白头。
霰子冰珠岛，鹅毛柳絮洲。
气凌禽羽界，寒逼马蹄沟。

闲吟

惭花悲白首，愧月怨青萍。
忆醉思愁语，闲眠梦步行。
新哀孤雁影，旧恨落花莺。
藉芳添忧意，闻箫取慰情。

好人

　　2018年7月15日晨骑行鸭岛，途半胎扎，独自扛行个把小时至河北小街东，遇兄妹二人于田中施肥，主动返家拿来修车工具，为我补好山地车胎，分文未取。感激之情溢于言表，诗以记之。

寸衷衔感意，常抱愧心殊。
坐地杨朱泣，骑行阮籍途。

陈蕃悬稚榻，漂母待韩哺。
兄妹非常义，荒郊见楷模。

感怀二首

旅雁辞窗苦，南奔避世欢。
风吹高岸树，潮退远沙滩。
观海黄泉窄，登山碧落宽。
忧戚唯叹息，吟赋起波澜。

连峰愁断径，龟裂遍河床。
月瘦怜枯草，云肥绕岸杨。
驼铃呼过客，古道唤流觞。
星斗银璜雨，凄凉湿梦乡。

梦境

湖月帘钩影，梅花太古香。
净心烟丰鼎，炼意雪平舱。
雁叫松风劲，鹰飞血气刚。
梦中闻醉语，醒后费猜详。

偶感

人生惊苦短，泉路近风骚。
河畔晨星落，林边寺月高。
才思追贾至，诗韵和山涛。
岸吻朝阳起，波亲五柳陶。

春咏

平铺新绿远，乱点碎红梢。
寺雪惊梅醒，堤烟报柳娇。
风奇分雾咏，雨妙笼花浇。
草暗云光暖，泉鸣月九霄。

北海烽火台

四野连青黛，绰约化鹤仙。
光含飞柳雪，影透散青烟。
烽势凌云阁，台形傲日巅。
誓缨歌慷慨，魏武又挥鞭。

松花湖

湖色四围天，波光两面山。
树生水花底，云起绿藻边。
掠鸟鱼惊诧，游龟鹭吓旋。
氤氲涛卷雪，惊遇紫霞仙。

端午寄怀

残霞染近郭，杯酒醉颜酡。
痛哭歌湘水，行吟慰汨罗。
千秋人气节，万里浪烟波。
思郢怀沙赋，问天悟九歌。

梦逐重阳

重阳登翠岭，放眼望江天。
雁列双峰阵，鸡鸣一日悬。
凝岚侵碧水，流雾断青峦。
香缕爬藤蔓，影丛过馆垣。
菊中分岗埠，柳外见丘山。
枫笑千山锦，松摇半壑烟。
蟠龙常做客，渤澥喜垂竿。
石录巴人曲，云书白雪篇。

观王充闾文学馆有感

乍闻《国粹》觉芳馨，每有《散文》印枕痕。
济世匡时屈指数，著书勤政几多人。

时光印记三首

箕踞松边对日曛，清歌长啸动氛氲。
小诗吟就书何处，鸥鹭衔来岭上云。

字醉书迷梦里人，寸阴尺日又经春。
蛰雷惊醒如枯木，一夜浑生野藓尘。

桂影横斜印月轮，瑶娥树下暗含颦。
遍寻尘世花消息，回雁衔来一叶春。

登山

峰回雁影识昂藏，巅上风来树叶香。
谁染层林生五色，一天寒露满山霜。

营口东站广场铁艺梅花

疏林冷月觅星踪，魂梦栖迟雪意浓。
为报人间春信息，花开虬干破樊笼。

秋江帆影

秋风萧瑟涧波寒，江染清霜一树丹。
帆下渔家轻起网，影花便是子陵滩。

辽河湾

立秋时节访渔家，跳板悠然踏浪花。
随俗入乡堪啸傲，半天云锦一湾霞。

月全食偶感

一宵皎洁渐无华，万顷平湖浣绛纱。
难见玉盘遭月蚀，嫦娥此刻在谁家？

暴走归来

斩关夺隘路纵横，烽火金牛破棘荆。
转过石桥时一望，古河云片岭头生。

秋叶二首

萧瑟金风日渐斜，舞姿妩媚别枝丫。
不期御水机中字，但作春泥二月花。

生香活色阿谁染，枫叶如丹带露燃。
嶙谷一隅箕踞坐，暗窥光韵过溪前。

唐王河

潋滟澄莹碧水流，柳丝岸草画屏幽。
潇然寄世天涯客，霜鬓簪花梦里游。

春雨

夜雨潇潇陡自惊，桃花满树乍抽萌。
定知娇眼偷含泪，时觉凄惶落地声。

金牛山

山石嶙峋月似钩，洞窟冷冽点柴篝。
隐约远古金牛吼，沧海桑田一转眸。

背影

山下田家路上人，龙钟拄杖采香芹。
天真烂漫心无染，祖孙背回一岭春。

网上听叶嘉莹教授谈词

潋滟秋波瘦影横，弄香菡萏结莲蓬。
易安居士人矍铄，霜叶清嘉对月莹。

贺柳韵诗社成立

汤汤河海送残阳，点点芦花雁颉颃。
永远角边寻旧迹，翩跹柳韵化诗行。

春分

数点迎春风叶韵，一枝送腊月吟诗。
夜来喜降峰头雪，润绿春分万柳丝。

赋得"坐看行云卧看书"

十二生肖又到猪，骑行暴走志如初。
淋漓大汗天低树，坐看行云卧看书。

梦归故里二首

落叶纷飞乱雨云，直奔村北哭娘坟。
醒来诉与窗前月，过雁应承寄祭文。

聊拂衣尘风落帽，且插菊蕊泣支颐。
一行斜雁摇残照，遥祭孤魂倚短篱。

客鸡爪沟蒋家

几点沙鸥两岸秋，一蓑烟雨水悠悠。
旧年佳友相逢日，浊酒盈杯洗鬓愁。

酒兴

一夕纵情三日苦，咀嚼每懒煮香茗。
古稀尚未知天命，把盏疏狂过五更。

咏武仲时先生雄鸡图

丽锦铺天遍岭东，唐王河水起蟠龙。
登高一唱歌嘉世，邦泰时灵气象雄。

春草

半岭熏风过旧篱，一泓碧水雪溅溅。
隐于墙角听檐雨，天唤诗苗斗野姿。

时光

齿豁惊见东山瀑，秃额欣播夕照红。
舒卷天心芳树下，独凭栏槛啸雄风。

赴深圳培训学习感怀

翠羽蓝翎度若飞，岭南芒种锦成堆。
黄莺晓哢牵新绿，碧水无弦赋采薇。

为赵班长履任省厅作

花飞别路恨征蓬，烟画离堤柳见青。
怀抱贞心情毓粹，屠龙气概业峥嵘。

赠友人四首

暗香浸润惊花蕾，桃李林中一树梅。
孤鹜翩跹疏影动，腾蛟起凤落霞飞。

萧瑟筇藜过草冈，首阳山上叹昏黄。
轻弹浊泪秋蓬暗，欲晓采薇冠众芳。

雪缀芳姿喜欲狂，光凝玉影点额妆。
冰肌芬馥罗浮梦，月满江亭寄幽香。

残荷衰柳对秋晴，月冷星寒过雁鸣。
有约无媒花吻脸，一夜春风垄头耕。

悯鱼

方塘凛冽过春风，幽鳞三两喜相逢。
数九冰封熬尽苦，江湖又遇钓鱼翁。

赋得"一种清孤不等闲"（集句）

掷下离觞指乱山（唐　章　碣），
谁知双袖倚楼寒（宋　范成大）。
愁侵砚滴初含冻（唐　李　贺），
一种清孤不等闲（清　郑　燮）。

读《李孝子传》

半亩心田留种孝，整襟率性透家风。
一枚敬字从头写，反哺慈乌奉本衷。

品老伴十字绣《五牛图》

冰壶发韵细描摹，玉剑挥毫郁垒符。
绝艺俊才韩滉画，移花接木五牛图。

梦幻唐王河

摇丝挂翠空亭暮，山色溟蒙钓碧舟。
虚白碎红翻极浦，远天寒雁报新秋。

七月

半篷月色漾星河，水印虹桥一黛螺。
数点渔火扁舟舣，湿烟寒露满吟蓑。

除夕

隔岁寒光添暖律，侵春晓韵惜残更。
迎新话旧天伦福，一夜残霜白发生。

霜

青女欺花情索寞，白痕凌草旅魂惊。
惯凭曙色听莺语，偏赖寒光送雁声。

雾

凭栏看岛欲沉山，山在虚无缥缈间。
横海浮烟波漾日，仙衣遥拂散襟颜。

放风筝

草长莺飞日正妍，扶摇直上九霄天。
知乎所以常收束，自在全凭一线牵。

扇子（集句）

团圞一柄月华明（清　于华春），
未胜南工巧织成（唐　张　祜）。
我醉欲眠卿且去（唐　李　白），
空山独夜旅魂惊（唐　杜　甫）。

自勉

蓊郁林莽俯岭巅，坐听屋外翠鸟鸣。
读书万卷囊萤夜，不意挥毫亦惘然。

夏日（集句）

骚人遥驻木兰舟（唐 柳宗元），
归卧空山钓碧流（唐 李 白）。
一夜雨声凉到梦（清 陈文述），
微躯此外更何求（唐 杜 甫）？

丰收

扁担挑霞肩转日，镰刀割雾臂生风。
稻香百亩摇光穗，果硕千坡落彩虹。

元帅林中思少帅二首

陵墓巍然草木萋，父尸无奈葬辽西。
余生烽火英雄憾，空对清波马独嘶。

修文偃武思家国，叱咤风云一丈夫。
囹圄误身何诉怨？山河依旧惜雄徒。

恭谒松赞干布出生地

一楼风月势轩昂，四壁云山抱殿堂。
崇佛联姻开藏字，高僧大德吐蕃王。

藏民家访见格桑花开

青山有态青娥黛，秀水无痕秀锦堆。
秋色横眉花醉眼，波光照面美人来。

恭谒大昭寺

千龛灯焰庄严界，百丈金身馥郁台。
八廓街中寻觉路，僧奇寺古梵花开。

香雪海

凝眸秀色孤标态，桃李园中一树梅。
绰约罗浮香雪海，江涵秋影落霞飞。

海景

白云苍狗低帆影，路转峰回敛翠烟。
岸吻夕阳潮浦远，东来紫气满江川。

惊蛰节气

岸雪渐渐柳月风，冰排阵阵马奔腾。
暖炉孤榻巷门闭，一抹青烟上碧空。

永远角二首

三竿落日照篱樊，片羽吉光照短垣。
潮势苍茫吟海赋，心随鸥鹭望归帆。

鲸腾浪涌枕空流，鸥鹭翩跹绕碧洲。
河畔桥头抬望眼，波光萧瑟雁鸣秋。

秋望

冷烟暗促林凝紫，野色遥连雁送秋。
白发盈巅融晚照，青山满目凛双眸。

野草河湿地

萧疏蒲柳蓬壶地，惊拍亭栏叹梦痕。
料峭寒塘沧浪水，枯荷冰挂孕贞魂。

医巫闾山

横空紫塞洞门开，雕盼青云万马来。
游目骋怀天下小，古稀枨触读书台。

炮台

故垒枯榆三五棵，沧桑阅尽树斑驳。
风来云带潇潇雨，鸥敛流霞备曙蓑。

山海关

雄关地接撑疆宇，荒寒天连识岁秋。
探海纵身横抱日，窥空矫首老龙头。

剡溪行

千丈岩前望瀑亭，飞空万练若惊霆。
竹波七里滩头翠，水枕妙高台上风。

早春

一川梦雨披鸭绿，半岭鹅黄过野塘。
怯哢鸟犹摇柳眼，偷新花已逼兰香。

天津周恩来、邓颖超纪念馆

大鹏翔宇酬填海，文淑驰才敬且恭。
莫道津门无峙岳，海河岸畔两高峰。

昆明大观楼

波光潋滟日氤氲，远岸朦胧睡美人。
潇洒胸襟谁与似，孙髯傲骨布衣身。

雪夜

疏林隔水筛残月，几抹寒烟涩玉筝。
六出缤纷遮望眼，陶然一笑寄幽情。

七夕之牛

锦楼霞曳残阳落，垄上迟归懒望家。
群鹊填河双七会，愚憨闲卧嚼梅花。

梅

一枝春雪月儿斜，倩影参差暗弄花。
梦里依稀谁家客，回眸一笑日边霞。

荷塘

莲叶荷花绿藕蓬，池边翠柳水清葱。
疏篱晓日雄鸡叫，触目清和爽籁风。

寄语

草陌荒阡寻旧路，枯荷败柳步青芜。
风尘半世莲蓬籽，春暖花开别一株。

自嘲

兰香吐翠望云楼，多年作客雪埋头。
檐前紫燕呢喃语，缘结涸轩类楚囚。

水乡

舟次幽篁出梦中，峰留夕照柳溟蒙。
半江澄碧横螺黛，三两鸬鹚一钓翁。

印象祖孙俩三首

羸弱幼芽云带雨，粗糙老手捧花归。
相依为命祖孙俩，乡路三春夕照晖。

仁心至上救残婴，大德嵩高讲义诚。
细品辛酸人立志，惯经风雨始豪英。

男儿酸泪不成弹，悟道归真一寸丹。
寒雨半篱云半榻，世无百患业成难。

南阳武侯祠

九派千峰一鹤翔，六合十载卧龙冈。
茅庐三顾隆中对，两表精忠万古芳。

临镜感怀

音容举止难藏拙，发雪须霜类乱蓬。
避镜掩形聊自慰，恐惊对面一衰翁。

成雁夫妇赞

归寻柳陌妆春手，出问溪云踏夕阳。
举案齐眉堪敬重，珠联璧合四时芳。

梦境三首

拜月迢递三万里，塘边折柳寄灵槎。
谪仙醉卧归春瓮，梦里头簪二月花。

遥望蟾宫吟月赋，徘徊三径水云乡。
天清地白敲秋韵，篱短菊黄散冷香。

寅时檐外开新蕊，月透窗棂倩影斜。
鸡唱三声阳曜灿，裁霞嘱雁寄东家。

读《红灯照》有感

巾帼天姿圣代英，斩妖杀鬼降神兵。
长矛短剑红灯照，彪炳史册唤后生。

恭谒雪窦寺

隐潭飞瀑妙高台，弥勒圆融笑眼开。
秀甲四明称圣境，体凉心静竹风来。

枫

二月红花绕岭头，千林霜叶雁鸣秋。
年华逝水何其怨，小屋烹茶火一篝。

春梅

皓态丰标伴鹤枝，岭头春闹玉容姿。
天寒料峭黄昏后，趁月寻梅踏雪时。

苇

半岛絮飞花荡荡，一湖雪染叶萧萧。
小村冷艳蒹葭地，古渡凄迷入海潮。

鹅卵石

光摇涧壑碧波流，水似雕刀琢石头。
滚打摸爬来岭外，身无棱角见刚柔。

蒲公英

坝根塘畔自营生，露宿风餐草是兄。
不羡鹏程云激荡，喜闻雨后阵蛙鸣。

赋得"客舍青青柳色新"

雪案堆萤绝世尘，蓦然回首已阳春。
蛰雷惊得檐泥落，客舍青青柳色新。

军棉衣

弥天朔气吟霜月，雪花征衣夜值勤。
箱底棉装时晾晒，梦中披挂又从军。

环卫工人赞

帚风倩影惊残月，步韵轻盈引绮霞。
流动文明铺满地，永恒温暖万千家。

子牙河畔

三春鸭绿垂寒水，万缕鹅黄锁翠堤。
为慰客魂轻折柳，忽闻隔树子规啼。

村境

耕耘邵圃瓜圆梦，垂钓严滩雪压舟。
一阵雁声惊荻岸，几星渔火对村篝。

题《柳溪暮归图》

骑犊村童乐欲迷，遥闻牧笛绿莺堤。
山川灵气千重秀，残照波光乱柳溪。

书痴二首

裁诗对月每疏狂，唯恐浮生枉自忙。
亭小山高心地远，谁怜鬓角上秋霜。

事去千年悲白首，愁来一夕对寒檠。
惯凭花气听莺语，偏赖金风送雁声。

步韵孝明弟《遣怀》（集句）

多应念得脱空经（佚　名），
江上流莺独坐听（唐　韦应物）。
若信万殊归一理（宋　苏　轼），
休将文字占时名（唐　柳宗元）。

小街

碱蓬草紫荸苔黄，古渡辽川卤味香。
隔岸城池同海市，浪花叠彩雁鸣霜。

凤凰山

鹊语莺声透碧烟，青螺堆翠涌悬泉。
岚光块垒云霄外，东地瀛洲梦日边。

秋末冬初感怀

辞别东篱玉面来，癯仙寿客自无猜。
惊闻青帝颁花令，梅菊贞姿并季开。

山行即事

流云担日送征鸿，竞秀岚光气自雄。
老境山青吟夕照，一襟炽火化丹枫。

春行

挂翠摇丝柳嫩黄，迎春花簇满丛香。
庾楼月隐深陶宅，莺啭龙山雨送凉。

古渡送别

浮亭劳梦恨征蓬，远树拖烟叶渐丰。
拜石为兄梅作友，风追雪浪送归鸿。

赞电商惠农

风耘春野山披绿，月稼田畴地耀金。
满目琳琅联网络，繁荣村镇大胸襟。

自怜

镜若清池寻弱岁，非非异想愿天开。
龙钟老态颟顸样，不近妆奁望夜台。

晚晴

风传松韵落云霞，满树青暝暗碧纱。
空院鹤鸣惊客梦，东湖竹隙露梅花。

梨园

色和轻雾枝飞雪，面煦翠烟剪冰裁。
惊觉梨花多几朵，诗囊拾得月归来。

心月

雄魄三番负百年，杂陈五味步蹒跚。
素心一点如明月，愿送团圞满宇寰。

贺新年

新岁已更邀瑞雪，晓筹初报赏疏梅。
盈门淑景莺啼梦，鹤发清风燕又回。

雾凇

琼花银絮暖烟裁，玉柳莹枫素古槐。
野色迎眸山皎皎，冰泉歇步雪皑皑。

晚景

凌波醉柳云翻袖，花映桑榆雅颂音。
明月入怀娱晚景，清风玉羽散襟尘。

春二首

朝暾喷薄云霞灿，阡陌田畴碧水流。
泻露浮烟帆影动，莺啼嫩柳打春牛。

流云冰鉴抹南川，过寺灵光照洞天。
一叶扁舟横野渡，帘边春事起幽禅。

青云山滴水洞（集句）

白云深锁洞门间（元　高若风），
怪石奇峰别有天（清　郭永慧）。
眼界顿开心地朗（清　吴教滋），
千岩万壑泻飞泉（明　吴国伦）。

乘高原复兴号动车自林芝至拉萨

岭色涛声移岸树，天光花影阔江滨。
藏风鼓浪穿山甲，隧道飞云绿巨人。

访互助土族园

古朴纯真象外人，酩酊酒透一家亲。
蜂穿鸟逗青稞地，久别重逢探故邻。

雅尼湿地公园

云封浪叠雅尼秀，铜脸蓝睛泾渭明。
苯日神山诚绕转，上求下化旅魂惊。

卡定沟天佛瀑布

地耸碧峰珠碎壁，天垂玉练雾涵空。
嶂悬石响骑虹去，瀑壮心随霹雳风。

夜过青海湖

云深月古水泱泱，浪蹴声吹泛暖乡。
诱鹤迷鸥凫翠色，熹微山透到桂堂。

奔马

一骥千驹玛瑙川，腾骧嘶叫草尖旋。
马逢伯乐蹄惊雨，振鬣张风万里滩。

西炮台

风雨潇潇故垒边，水宽山远势吞天。
暮秋花冷蒹葭地，群鹤排云祭残垣。

潮神生日感怀

铁牛卧堤兴意浓，回漩浪沫过海宁。
雪涛一线悬天外，排云怒练银河倾。

梦悟

萦回梦魇对孤檠，高甩悬鞭野际横。
过隙白驹空逝水，烟波浩渺几关情。

贵阳南郊公园

野岭斑驳别洞天，腹中璀璨水潺湲。
象形拙朴生千景，疑过瑶台会八仙。

青龙山老松

三友节操百丈松，大夫名号蹑仙踪。
龙蟠老干峥嵘态，鹤唳苍髯嶂雾封。

梦母

寅时哭醒月摇花，千里羁愁梦见妈。
晨曦攀上南山顶，霞笺寄语老东家。

嵩山

七十二峰突兀势，翠岚苍霭觅心台。
飞甍映日森森柏，面壁达摩暗动雷。

万泉河入海口

椰韵蕉风碧水流，万泉归海壮涛头。
似曾相识天涯客，霜鬓簪花梦里游。

三亚湾之夜

层波堆雪映霓虹，飘逸斜椰逗海风。
黎女跳竿流竹韵，蹑履戴笠学坡翁。

清东陵

翠屏浅黛云中月，林籁幽冥夜未央。
雄主曾经称霸业，到头荒冢话沧桑。

葵花（集句）

最爱葵花浅淡妆（清　黄　慎），
独留黄种吐秋光（明　沈　周）。
若教此物堪收贮（唐　罗　隐），
犹解倾心向太阳（元　王　翰）。

榴花

烧空照眼流丹锦，满树浮烟吐艳簧。
发翠凝芳双靥笑，娇娆烘月喜红侯。

集王充闾先生散文题目成诗（八首）

驯心

万叶寻因，妙境同臻。
东瀛观剧，一夜芳邻。
梵宫掠影，镜里存真。
灯下漫笔，刻意求新。

顿悟

古今智囊，叩问沧桑。
青山魂梦，岁短心长。
清风白水，意蕊心香。
柳荫絮语，寂寞濠梁。
春宽梦窄，古镇灵光。

追求

空山鸟语，红雨随心。
生涯旅寄，小岗行吟。
村居酒趣，孤枕梦寻。
灵魂叩问，剑胆琴心。
吾爱庄子，一网情深。

文在兹

何处是归程，波澜独老成。
绿窗人去远，湖上有余情。

鹤有还巢梦

请君细问西流水，名宦无媒自古迟。
收拾雄心归淡泊，纳兰心事几曾知。

功夫在诗外

诗文千古贵情真，石不能言也动人。
老去诗篇浑漫与，豪华刊落现真淳。

骏骨折西风

何曾春梦了无痕，华发回头认本根。
事是风云人是月，一囊吞尽宋王孙。

生生之谓易

施惠由来怕失期，彩笔长存去后思。
古来材大难为用，忍把浮名换钓丝。

观王充闾文学馆有感二首

红楼映日播芳馨，颂政歌吟赋惠音。
志雅行廉濡碧血，德隆望重比松筠。
循循善诱清潭润，娓娓言来绿瀑深。
咏月冰壶珍尺日，耕耘雪案柳荫新。

濯缨碧水漾辽滨，荡袖熏风喜翠茵。
思接万年甘露冽，文承一脉绮霞新。
襟怀朗畅乔松骨，品格清和倩竹神。
柳色书山千壑秀，鸥声学海四时春。

步韵张冰会长《营口市诗词学会七代会闭幕感赋》

渤澥吟笺有性情，辽川逸致鹭鸥盟。
颂时扬粹千篇尽，接力思贤四座惊。
福泽词坛敲大雅，天开诗运集高清。
文兴七代臻佳境，赓续韶音自请缨。

绿石谷

十里翠微天外地，数寻幽境访仙居。
光临水石双松鼠，溪过莓苔一练丝。
枫落桥边三两叶，蕨生崖畔几多枝。
悬藤串蔓花偷唤，喊瀑砸潭鸟暗窥。

夜深沉

路灯眨眼瞥疏杨，断干秃枝染冷霜。
数粒残星浮佛气，一钩斜月透玄光。
隔河墟落街林暗，夹岸蒹葭陌草黄。
夜半独行堤外岛，《秋思》吟罢复徜徉。

熊岳大棚桃花

山野平铺梁苑雪，果棚惊见洗尘嚣。
清眉嫩面含霞蕊，秀目温腮品露醪。
敢遣风涂双眼影，要教光抹两唇膏。
武陵源里花千树，不费东君半点劳。

盖州桃花源

春风又剪西园美，晕绿匀红有别裁。
锄月悠悠随竹动，犁云瑟瑟学梅开。
临风几树羞花貌，带露三分闭月才。
若得刘郎时一访，此身疑似在天台。

唐王河

清标逸韵树婆娑，秀质奇香映碧波。
步步逢仙仙境界，桥桥遇美美人多。
山光灵动山中妹，水色激扬水外哥。
弯月琢雕花鸟画，暖阳陶醉客着魔。

郊游

疏雨盈轩锁翠茵，蛙声十亩洗嚣尘。
船唇寺外添知己，渡口滩前见旧邻。
鹤唳欣加逋客籍，雁鸣笑会放翁魂。
芳郊拾翠天涯路，秀野寻梅夕照村。

梦境二首

园中箫韵惹忧思，花开东湖鹤报迟。
意注江城雷雨后，神栖柳埠雪风时。
窗前独对三更月，廊外又吟四季诗。
窃喜昨宵清梦里，头簪梅花醉幽姿。

自古风流涧底松，冰心铁骨势纵横。
晨观神韵花衔露，夕品幽姿叶语声。
一枕暗香三界梦，半窗疏影四更情。
虔诚寄意楼前月，光透芳丛访客卿。

咏春二首

轻风剪剪柳萌芽，独步长堤望碧华。
松影藤荫无俗院，竹篱茅舍有仙家。
须臾滚滚来雷电，片刻融融落六葩。
梦醒杖藜敲岭月，江边又见蜡梅花。

瘦筇敲径意徜徉，爱在林塘绕树芳。
融水汩开千片雪，荒烟浸破一枝香。
花分岭色云遮月，尘减阶寒鬓染霜。
窃笑曲池冰上鹤，几回梦里点额妆。

党的生日礼赞

播火红船知壮烈，挽澜遵义鉴忠诚。
井冈翠竹翻天势，延水航灯照海明。
射日挽弓驱敌寇，屠龙伏虎灭穷兵。
初心不变承基业，大气无伦举世惊。

悼念刘少奇主席

悲吟薤露天难灭，怕诵蓼莪泪雨飞。
稽首雅歌师典范，鞠躬尽瘁耀清威。
九州臻福青云返，百世流芳白鹤归。
高仰贤风垂史册，长留遗泽沐春晖。

张氏"积玉堂"家风赞

燕鹊翩跹绕锦联，丝瓜架下话丰年。
一篱菊紫长空碧，万树枫红大地妍。
耕读家风情切切，孝贤人品意拳拳。
诗词欣诵莺啼柳，鬓雪飘飞乱夕烟。

赠战友

五旬弹指路霏微，鸥鹭滩头识旧矶。
老羽萧疏身壮健，新翎丰逸志崔巍。
枯枝颓干逢甘雨，陈酿浊醪出岫辉。
驽马奋蹄三万里，苍鹰振翼九霄飞。

赠校文艺宣传队同学

相见寒暄慨叹深，菊开时节又横琴。
天真烂漫还如昨，老态龙钟恍似今。
白发舒眉宜竹范，青春回首违兰忱。
休言倦眼庄周梦，再唤童心放浪吟。

青石岭

岭前云影树参差，耳畔犹闻战马嘶。
绿水青山新院落，残垣断壁旧城池。
黄鹂暗唱唐王曲，喜鹊偷吟薛礼诗。
物是人非华表鹤，青云得路夕阳时。

烟囱山

云烟空锁翠微巅，故垒斑驳叠岫悬。
颓败山门藏旧迹，嶙峋城堡过新鸢。
边鸿叫月膏腴地，汉马嘶风戍堞天。
回首荒祠山下路，蜿蜒犹见大唐鞭。

师恩感赋

柳丝摇翠惊诗思，玉絮随风绕鬓飞。
学浅高瞻樽酌满，时深企仰雁知归。
行云笔底轻花甲，立雪门前笑古稀。
尺素拳拳承至道，寸忱耿耿探珠玑。

次韵恩师杨士首《辽滨远眺》

苇迷古渡送残晖，絮舞渔村绕岸飞。
《雪浪花》篇情寄远，《老山界》课理臻微。
九挥悲泪书千纸，百结愁肠祭一杯。
逸笔啸风追雁鹤，云襟披月蹑霆雷。

千山早春

时光荏苒惜残年，聚翠凌空步岭巅。
潭瀑新冰雕妙景，摩崖旧藓透奇缘。
倚棵松树鹰飘逸，剪片溪云鹊转旋。
小石收藏时品味，掌中陡耸一千山。

缘

雪融冰解钓舟行，似惠非庄喜野耕。
岁岁当知松下鹤，天天且诩柳间莺。
牛衣共寝棚檐月，暮雨同栖雁阵盟。
常感暗香应识我，却缘疏影和诗声。

冬夜

雾凇银甲醉魂馨，寥落晶莹入梵庭。
杨柳轻托绵朵睡，竹篱巧垛藕花醒。
焊光青黛三堆玉，冶火幽蓝一叶翎。
抱月寻梅诗格秀，听琴拜石鹤龟龄。

同学雅聚感赋

清明节序日氤氲,老骥嘶风草色薰。
两秩芳龄添鬓雪,九人幽魄入丘坟。
荒藤叶萎逢甘雨,枯杏花稀出岫云。
过隙白驹堪叹惋,相期折柳再赠君。

次韵朱彦老师《饮酒》(集句)

珍重南阳诸葛庐(现代 柳亚子),
　幽帘清寂若仙居(唐 李 白)。
　渔歌虽美休高唱(元 盍西村),
　米涩畬田不解锄(唐 白居易)。
　坐看黑云衔猛雨(唐 崔道融),
　更招玉兔金蟾蜍(宋 杨万里)。
　相逢苦觉人情好(唐 杜 甫),
　楼上吹箫凤有无(明 李攀龙)。

暮秋

气爽天高寒远树,云闲水激下空溟。
篱边菊紫风姿雅,林表枫红骨格馨。
柳溃草堤残古木,荷梳霜岸促荒汀。
乡愁雁引鸣南浦,落日楼台别短亭。

弥陀寺

三面峰峦一谷开，禅心慧眼望莲台。
步登百级松杉影，身入重云石碣苔。
花带雷音同竹箨，风摇银杏异桑槐。
鸥轻白浪诗僧去，鹭歇青枫晚磬来。

关公赞

神灵三教泪沾袍，关帝千秋盖世豪。
至圣至诚齐日月，乃忠乃义竞风骚。
一腔碧血春秋颂，九尺青锋敌寇号。
碑筑民心安社稷，德操可鉴仰名高。

溪口秋韵

危峰云点路蜿蜒，冷壁藤垂梦日边。
竹翠剡溪筏破绿，菊香武岭瀑凝烟。
妙高台上千秋史，雪窦山前一世缘。
垓下大风孰慷慨，子陵投钓入僧禅。

农家乐

四野缤纷烟绕树，一湾潋滟抱村流。
云霞织锦催人醉，稻菽飘香入梦游。
户有月薪家有乐，农无岁赋业无忧。
豆棚瓜架迎宾客，茅舍竹篱白露秋。

日子

碌碌无为或可羞，诗坛慨叹兴清幽。
秉灯闻道三更过，掩卷凝思一梦休。
不废先贤遗古训，且从新秀演风流。
捻须敲句何其苦，笔落唏嘘已白头。

"八一"军旗红

讨逆南昌旗染血，井冈号角鬼神惊。
雪山跃马刀衔月，赤水持缨剑舞风。
八载驱狼能射虎，三年逐鹿敢擒鲸。
安邦守土军威震，钢铁长城子弟兵。

步韵红学家周汝昌八十二盲书
《奉题〈红楼梦〉诗词曲赋鉴赏》（集句）

归梦频争社燕先（宋　陆　游），
晴窗点检白云篇（唐　杜　甫）。
欢娱况是张灯夕（宋　张　镃），
鸣凤应须早上天（唐　柳宗元）。
禅室从来尘外赏（唐　张　说），
嘉鱼诗在世空传（唐　许　浑）。
苦心不得申长句（唐　李　白），
陇雁高秋两寄笺（清　樊增祥）。

冬至

野冷庭寒岁晚时，夜长昼短两相宜。
菊黄浥露香盈袖，草白经霜月衬篱。
雪点遥峰枯有影，泉凝止水冻无澌。
老梅骨瘦冰花梦，弱柳临窗自咏诗。

毛主席诞辰感赋

功耀古今知壮烈，德侔日月鉴忠诚。
井冈播火燎原势，窑洞张灯照海明。
笔扫风雷驱日寇，胸含川岳灭穷兵。
横空出世开基业，百姓欢呼大救星。

千秋功罪

五岭灵芝尊圣母，三源神草敬娲皇。
易安濡笔才崇岳，秋瑾横刀节凛霜。
闭月羞花红倚翠，沉鱼落雁世功扬。
红颜祸水诛心论，四大妖姬帝罪殃。

探梅

渐舒红蕊慰愁魂，频吐幽馨漾笑痕。
冷断青襟千丈涧，香翻绛雪半江村。
西山雨霁星窥牖，南浦乌啼月到门。
更喜当窗灯漏处，一枝斜入竹篱根。

青龙山

兀立危崖望碧岩，洗心悦目壑流泉。
泻丹耸翠云涛劲，透白萦青岳色妍。
霄汉鹰抟松作笔，波澜鸥点浪铺笺。
一天图画峰生秀，满地文章醉八仙。

桥市风光赞

石桥石黛风和畅，迷镇迷莺逗蔼菲。
白练鸣琴云竞逐，青峦着锦燕争飞。
一畦春韭迎新客，几簇桃花隐旧矶。
挹翠林光滋蕙圃，挪岚池色润香薇。

黄昏（集蟠龙诗社诗人句）

我恋黄昏秋色好（赵承华），
云横碧岭锁飞烟（程友松）。
如龙万里光凌月（赵淑艳），
似虎千秋影带山（成　雁）。
参透个中霜鬓白（李桂娟），
分明高处晚风寒（李桂娟）。
柔情已逐浮云去（王建华），
化梦时来拨旧弦（徐庆生）。

家乡春色（集蟠龙诗社诗人句 通韵）

一夜春风花似海（张　伟），
屡驱轿顶赏川原（孙荣途）。
如龙万里光凌月（赵淑艳），
似虎千秋影带山（成　雁）。
红透桃花三月水（朱雅丽），
绿泅柳叶五湖天（东纪善）。
篱边真意知谁解（王　卓），
归燕痴心觅旧檐（张永林）。

悲情李煜

添哀故国三千里，回首山河四十年。
春断龙楼风飒飒，雪残凤阙恨绵绵。
红枫冷落云憔悴，紫菊寒催泪涕涟。
斜日迟迟空寄梦，嗯嗯旅雁苦忧煎。

秋日感怀

雁远天清逗浦迟，襟前潮涌惯吟诗。
噙香沾露三丛菊，留影含霜两鬓丝。
携酒半壶争劲节，折花一束养幽姿。
连云芳树融辽水，欲坠斜阳独倚篱。

春梅

骨格清癯甘淡泊，丰姿磊落望云乡。
冰经破腊千枝雪，玉历迎春数点霜。
五瓣幽芳无俗韵，半墙疏影有奇光。
和羹酷似玫瑰酒，醉我如泥入梦香。

大石桥市荣获"中华诗词之乡"称号10周年感赋

诗坛福泽兰庐趣，文运天开菊畹清。
书院情缘圆玉梦，蟠龙气韵振珠声。
句追风雅惊梁燕，篇系沧桑落柳莺。
先哲举旗扬国粹，后昆奋笔鹭鸥盟。

忆旧

雏鹰展翅识知音，牛犊生威值万金。
红烛试才星满路，白莲作赋月栖林。
一头霜雪铭年月，两足沧桑话古今。
时雨润花霞艳朵，应期童趣梦中寻。

乡游

齐天本色乾坤态，撑地流云冠世芳。
汲雨吞风呵富寿，参禅悟道叹兴亡。
金黄片片黄金甲，果白颗颗白果霜。
美在农家今出彩，醉迷游子古来香。

丰收节

盈野琼楼烟绕树，情萦稼穑唱丰收。
云霞织锦摇光穗，稻菽飘香咏雁秋。
户有月薪红鲤戏，农无岁赋白鹅游。
茶醇酒厚乡民乐，唤日雄鸡立岭丘。

夏日（新韵）

芳草偎岩起断烟，云移岸影渡头船。
长桥卧水花明寺，远岫堆螺柳暗蝉。
鸥鹭作邻歌梦雨，蒹葭为友抱汀湾。
舒眉白发凭栏望，逐棹追涛逝远帆。

2022年第24届北京冬季奥运会

川明野静赫曦台，圣火祥云雪卉开。
四海龙腾争折桂，五环虎跃勇为魁。
冰刀似剑飞屏障，滑板如锋破氛埃。
乐雪容融传喜讯，笑冰墩墩日边来。

2008年第29届北京奥运会

星辉冬奥夺金牌，圣火祥云百卉开。
"水立方"中哪吒闹，"鸟巢"门外福娃乖。
三峡神女飞峦嶂，五岳健男降氛埃。
玉兔嫦娥传喜讯，八仙过海日边来。

守岛英雄王继才夫妇赞

卅二年艰人慨叹，吞鲸裂岸鬼神惊。
愚公日月胸藏志，精卫风云气壮情。
掣电劈波防窃鼠，挟雷斩浪阻贼狌。
德辉才路丰碑矗，彩耀花台誉美名。

梨花颂

五岭三峰山色锦，惊看一素压千秋。
唐风宋雨生仙骨，明雪清霜育玉容。
不媚不妖霞嵌影，共觞共咏月追踪。
早教白傅频簪笔，定惹苏公再赞侬。

普陀山二首

盘陀石下卧憨牛，露宿风餐苦自修。
静室茶烟听隐语，莲洋午渡望行舟。
梅湾春晓罗浮梦，古洞潮音野老鸥。
伏枥待劳堪负轭，海天佛国事耕畴。

海天佛国谒僧禅，心字坡前阅大观。
紫竹古樟鹅耳枥，卧牛灵龟洛迦山。
梅檀岭望金身像，初映台听碧海澜。
千步沙头谁捧日，磐陀石上过鸿鸾。

观舞蹈家王亚彬《扇舞丹青》感赋

晓惊鸥鹭日褰裳，暮蹙芙蓉月隐篁。
翠袖邀风风漱玉，罗裙逗水水驰光。
三分燕影云穿柳，一缕梅魂蝶绕塘。
气脉逸清姿窈窕，心神拓落志昂藏。

鸭舌岛

菊醉芳林行海市，桥通画浦入汀州。
蒲芦露冷凝烟断，花絮霜寒野水流。
近捕潮音声渺渺，远看风色日悠悠。
沙鸥掠雪云波上，川鹭争晖古渡头。

爆竹

拔地腾空三万里，电光焰雨九重天。
五洲回响惊瑶海，七彩缤纷动锦川。
耀斗辉星燃岁月，嫣红姹紫壮云烟。
一腔赤胆心花放，千丈豪情绮梦妍。

纪念雷锋同志诞辰80周年

八秩芳华香日月，九州榜样壮山川。
至仁至爱晶莹志，为党为民锦绣篇。
德厚名高高泰岳，怀宽目远远云天。
英雄事迹光华夏，领袖题词耀大千。

读秀祥弟《鸭绿江的记忆与传说》有感

百战强兵牵故国，千秋名将过江城。
纵横八阵云浮剑，舒卷三军月满弓。
肉搏陷胸凝宝锷，炮攻凿壁砺霜锋。
山崩地裂英雄志，战地旌旗猎猎风。

戍边英雄赞

三边旗卷新关垒，万岭声寒古戍门。
杀气森森麾振胆，阴风飒飒血催魂。
烟云改色凶魔毙，日月贲光恶虏昏。
塞马嘶鸣鞍不解，动笳仗剑势雄浑。

耕读感怀

岁催白发与愁宜，乍恐躬耕放脚迟。
三尺凝神风染韵，半池炼意月敲枝。
灯残独对登楼赋，眼涩孤吟喜雨诗。
沃野一犁清梦里，勤牛负轭壮幽姿。

父亲节感怀二首

敦睦仁风铭五内，绵长世泽报三春。
嗔愁爱恨山思旧，苦涩甜酸月梦亲。
观物正心青客眼，居门悟道白头人。
齐家有术唯行孝，立德无奇岂谋身。

爽疏白发追春梦，青出于蓝喜入门。
吟赋四时堪健骨，藏书千册最怡魂。
皱纹种孝因尊老，脸蛋生花为爱孙。
甘咬菜根诚有味，达观休纵福无垠。

江南春早

二月红稀锁翠茵，柳堤绿遍洗嚣尘。
孤舟镇外云痴影，数岭湖中雨暖鳞。
梁燕双飞逢旧友，巢莺百啭访新邻。
半篙春水天涯路，一领吟蓑澹荡人。

棋（集句）

客来不必笼中羽（宋　文天祥），
像戏翻能学用兵（宋　程　颢）。
栈道明修疑布阵（当代　曹乐一），
陈仓暗度妙机生（当代　曹乐一）。
马行曲路当先道（明　朱高炽），
将宋深宫戒远征（明　朱高炽）。
单骑挥戈唯有勇（当代　高喜文），
松阴花影满残枰（明　曾子启）。

北海海蚀地貌公园

北海寺南藏圣迹，辽东湾里出仙乡。
九泉槐雪流清曲，百蕊花霜泛冷光。
礁底蟹虾窥洞穴，浪尖鸥鹭绕帆樯。
身临海蚀桑榆醉，放眼云波送夕阳。

恭谒布达拉宫

华墀标日浮云上，山势凌空缥缈间。
不灭慧灯奔翠岫，遥通性海涌烟寰。
殿钟澄澈宫中雨，宫树凄迷殿外山。
夕籁晨晖窥色相，东来紫气满江关。

仓颉颂

神赐双瞳日月光，六书系统破天荒。
虫鱼鸟兽堪成字，点竖横钩尽作章。
功盖前贤开六艺，德宣后世等三皇。
五千年史凭其证，九万途程任我翔。

屈原颂（新韵）

驳秦斥佞存基祚，崇德精忠贯彩霓。
湘影悲连山鬼舞，汨魂愁断杜鹃啼。
榴花垂泪怀沙赋，艾叶含情天问诗。
泽畔九歌霜鬓乱，离骚长啸草萋萋。

那达慕大会

三竿红日耀苍穹，一剪清商气贯虹。
彩旆晴翻鹰落地，霜蹄云驻骥行空。
舞拳锁月争雄势，飞腿流霞夺锦功。
篝火堆燃衔五色，马头琴曲草原风。

额尔古纳湿地公园

岫发天风胸臆阔，层台耸翠步仙乡。
黑鸢掠水波飞雪，红隼扬翎草落霜。
河谷蜿蜒蓝带秀，灌丛络绎碧螺香。
马蹄岛对云山树，牛轭湖边乐北疆。

游春

山披鸭绿洗嚣尘，柳泛鹅黄锁翠茵。
云痴秀野寻梅蝶，水暖芳郊逗锦鳞。
百啭巢莺逢旧友，双飞梁燕见新邻。
一身健骨天涯路，两鬓青丝澹荡人。

访梅

寻梅花市步徜徉，姹紫嫣红绕树芳。
暖水涢开千片雪，冷烟浸破一枝香。
春归西牖云遮月，人立东阁扇染霜。
怯笑龙潭滩上鹤，几回梦里点额妆。

西宁至拉萨景观带

万寻七彩大千客，积翠冰埋耸雪峰。
烨烨电光山拱秀，迢迢隧道岭腾龙。
湖心月瘦光花溅，岛腹云肥草色封。
石浮香霭虹架彩，气接鸿蒙隐梵踪。

雅鲁藏布大峡谷

浪接晴空寄梦魂，波摇层岳气雄浑。
千叠峡合湍百丈，一线天开壁万寻。
翠木苍藤霜雪吐，高江寒谷雾烟吞。
微微日薄屏环列，脉脉人遥彻八坤。

羊卓雍措景区

人步青云盘石径，车穿霄汉绕峰巅。
林疏识鸟迎宾友，水近亲鱼送客船。
皓首策筇随鹭翼，红裙弄袖拂云帆。
钟情仙境怜游子，览胜羊湖又少年。

访友

相聚迁莺惊拭泪，分飞劳燕诉风尘。
无虞共语留诚恳，有韵同酬见率真。
易去青春春背我，闲生白发发欺人。
兴衰入眼时时梦，忧喜牵魂日日新。

柳韵寄语

赓酬畅叙芝兰趣，别境良朋散素襟。
唤友友诚时对饮，寄情情厚惯邀吟。
言先守正花知意，行必遵规月洗心。
雅韵悠扬舒翠柳，霞光满园拨清琴。

悼念王向峰教授

浮云有态传悲讯，流水无声气肃森。
魂断新吟伤白草，情钟古韵咽青林。
暗蛩泣雨花垂泪，淡月窥人瑟逝音。
矩范长存仁者寿，衔哀紫陌忆丹忱。

幼失母爱

杜宇伤春坟草密，垂髫丧母苦伶仃。
梁空灶寂惊三载，炕冷灯孤哭五更。
寡雁西归云缥缈，单鳞东杳月凄清。
命胡如此神前咒，我独何堪对垄茔？

北疆采风记

征途花甲步艰难，渐接古稀路杳然。
野径荒山鹰厉厉，水乡泽国鹤翩翩。
蓬蒿茅草伏禽兽，荒野寒溪潜鬼仙。
戴月行车风电掣，云横背日染霞天。

呼伦贝尔大草原

鸡催梦枕露溟蒙，放马牵牛喜岁丰。
寒水近人惊宿雁，冷烟散彩歇鸣虫。
黄花醉眼分秋暑，绿草舒心聚暖风。
川阔晴光沉路远，途遥野色怯原空。

呼伦湖

马奔牛卧莽草原，恍见汪洋起蒙毡。
不尽湖波云接地，无边景物水连天。
滩涛卷雪翻千顷，渚荻飞霜伴百舷。
境界殊开循正道，逍遥天地一壶宽。

阿尔山

四围叠嶂岸花香，一浦晴岚曲水廊。
穿浪云根岩滴乳，入天石色壑凝霜。
玉池露冷桦林翠，琼树风高柏陌苍。
出岫樵途惊靓羽，过山幽谷闪波光。

北极村

北极村北逐极光，南客江南惹客狂。
云尽遥天波澹荡，川分远岳巇苍茫。
烟深石静凄凄草，月上流平渺渺乡。
鸡叫界碑开晓雾，岭头霞蔚雁回翔。

五大连池（通韵）

龙门石寨老黑山，格拉球山北药泉。
万马奔腾凝石海，五池变幻散冰川。
山川辉映峰林立，水火相容泊串连。
红花绿木白龙洞，地衣苔藓水晶岩。

大理

九曲羊肠滇缅路，风驰电掣树婆娑。
苍山耸峙生岚气，洱海汪洋荡碧波。
凤眼洞中三塔影，普陀岛上一青螺。
酒酣耳热瑶池宴，五朵金花白族歌。

骑行长山岛

烟迷海市云天淡，惊世沧桑水府宽。
撼岛吞鲸涛壁立，涵星笼月浪峰湍。
渔帆出港长空暖，晴雪喷山断壁寒。
两鬓青丝奔五柳，一身健骨钓三竿。

渔家

几点沙鸥归曲浦，一蓑渔叟日三竿。
蒹葭拔节风流地，河海合潮壮阔天。
紫燕风浪歌梦雨，野鸭湿苑唱晴川。
半滩钓影谁留醉，千叠星光咏港湾。

初冬

快雪莹妆璀璨时，山光近借两相宜。
西丘松竹三千树，南浦蒹葭四五池。
鹤舞梅香风染韵，雁飞菊放月敲枝。
归帆残照摇湖月，影透绮窗自咏诗。

医巫闾山

叠翠层峦识圣颜，刘基曾赋此雄关。
骋怀游目横丘壑，吐雾吞云涌宇寰。
望海堂边折月桂，会仙亭外过双鹇。
幽州自古兵家地，万仞九重北镇山。

观画展

乾坤瑞气西江水，花品清高写意难。
素描田园人觉爽，工笔雪岭画生寒。
临摹涧瀑船帆过，皴染尖峰鹤羽欢。
半壁烟霞拥翠榭，满堂碧色入云滩。

岭梅

新蕾三三翡翠身，陈叶九九印香尘。
西山云淡松流韵，南浦烟轻月写神。
踏雪破开千树雾，寻梅碰落半篱春。
龙姿凤态亭前鹤，竹云松操岭外村。

立秋

早雁初归识旧矶，临风骚客惯吟诗。
云岩翠合蜻蜓落，石地苔深蟋蟀窥。
白鹿鸣川溪水浅，青牛卧岭草烟迟。
半堤树影随潮信，一抹斜阳菊满篱。

读杜诗（集句）

老杜文章擅一家（宋　黄庭坚），
寻芳不觉醉流霞（唐　李商隐）。
林间暖酒烧红叶（唐　许　浑），
陌上柔桑破嫩芽（宋　辛弃疾）。
春服照尘连草色（唐　温庭筠），
青旗沽酒趁梨花（唐　白居易）。
曾憎晚辈言诗史（宋　陆　游），
独立青峰野水涯（宋　谢枋得）。

山村（集句）

翠岚迎步兴何长（唐　郑　谷），
一亩平田隔草塘（宋　黄　庚）。
啼鸟歇时山寂寂（唐　李　珣），

野花开处月苍苍（唐　李　珅）。
却过萧寺寻僧话（宋　黎道华），
又入松轩卧晚凉（宋　黎道华）。
万里秋风菰菜老（宋　陆　游），
柴门临水稻花香（明　程敏政）。

七言古风　山居览胜

一别千山廿四年，再逢积翠鬓毛斑。
洞天一品春料峭，南极八仙醉峰巅。
松门塔影风瑟瑟，古洞藏云水潺潺。
万松主照冰潭水，五塔归宗湿烟岚。
象山晴雪滋苔地，石径梨花落瀑泉。
龟石朝日头伸缩，老松抱石曲肱眠。
屏藩独峙撑穹壤，琼岛虚舟望高帆。
龙泉演梵八步紧，讲台松风九重天。
独镇群岳五佛顶，一步登天过琅嬛。
鼓亭落日悬半壁，吐符应生桃花源。
狮吼钟声篆香气，螺峰月色引经幡。
飞泉一线分青界，智水仁山赞大千。

第二辑　词赋

鸳鸯绮　梅

日黄昏，翘首待东君。剪玉裁冰月，花开云岭春。

鸳鸯绮　鹤

顶丹霞，醉羽点霜花。弄影归松月，排云投佛家。

春宵忆

钵暖千山雪，壶藏一束春。面壁逐香尘，溪峰窗外鹤，好天真。

春宵忆

数点渔灯影，烟波醉江风。月浦一蓑翁，偎堤轻棹漾，柳云封。

南歌子 秋

过树云疑梦，窥花月觉香，菊魄乍微张。片帆残照里，雁成行。

桂殿秋

霜雁叫，月弦弯，杳渺碧波隔钓船。一篙泛澜如椽笔，凤舞龙飞诗在天。

捣练子 秋

云朵淡，燕呢喃，丰草萋萋泊客帆。江畔松花约赏月，雁拥萍影浴清潭。

捣练子 冬

风飒飒，雪晶莹，疏影筛香古寺亭。幽谷一潭不冻水，濯亮天上几颗星？

捣练子　雪

风凛冽，雪飞翎，玉骨冰心冷蕊惊。斜月溟蒙人不寐，梦中江畔钓寒星。

宛转曲　梅

淡淡泊泊绝代无，花花叶叶品格殊。疏疏朗朗月同孤，袅袅娜娜怡园图。

字字双　春

冰肌冷香清又清，茅舍疏篱更复更。春来云雨惊世惊，半帘树影莺逗莺。

字字双　河北小街

傍河苇芦堤径斜，散落参差十数家。熏风时过田野花，柳丝荡乱残照霞。

天净沙　雾凇

琼枝玉叶晶莹，砌银冰垒霜凝。岭外疏钟塔影，晓晖霞映，老顽童画中行。

阳春曲

更残惊落芦花月，拍枕江声雁影斜。冷香临水访渔家。红日照，千树凝霜花。

花月词　紫槐

明紫云，暗紫云。篱外青山远，翛然阅世尘。亭林秀木垂芳蕊，淡雅吹香怡路人。

花月词　槐

花影斜，日影斜。幽径逢槐客，天涯万里家。霓虹锦雨黄昏后，溅玉飞珠流彩霞。

花月词　雪

梅动荫，月偃荫。篱外青山远，凌波滤世尘。芳心一点云烟态，淡雅吹香迎路人。

花月词

山敛云，水流云。烟冷空千树，鸿鹄啼月痕。寒酥玉蕊黄昏后，借得梅花一缕魂。

花月词

窗影斜，月影斜。清淡冰姿态，天涯万里家。乡愁两鬓秋霜白，散发虚随云汉槎。

一半儿　冬

雪原霞映苇花风，凛冽寒塘蓑笠翁。守岁梅兰伴劲松。啸长空，一半儿痴癫一半儿梦。

梧叶儿

一宵梦，千古愁，月满怕登楼。江梅岸，古渡头，苇边鸥。晚照中，独横钓舟。

如梦令　初雪

天女散花片片，玉絮素尘璀璨。冷艳吐清香，江畔疏梅初绽。蕊淡，色淡，羞破寿阳娇面。

忆王孙　雪

偕银比白入清宵，与玉争莹避俗嚣，梦蝶庄周访牧樵。任逍遥，斜出梅花惊竹梢。

忆王孙　寺雪

埋峰掩嶂扮清宵，禽羽菲微梦里飘，痕见茅店印板桥。素光高，近映遥涵钟磬敲。

忆王孙　雪松

冬来众树叶飘零，柏湍幽峡福慧盈，窗外朝阳雪后晴。岸边行，影落青松仙鹤鸣。

忆王孙　梅岭

风云际会雨潇潇，破腊一枝半山腰。满壑松声枕月泉，喜凸凹，梅岭寒烟豆蔻苗。

后庭花破子　雪

六出逗云梢，诗情比月高。山与癯仙醉，莹妆冷蕊腰。素尘飘，岭边闲步，深浅知凸凹。

望梅花

一舒红蕊蜡梅花，愁怜瘦影浮香动，冷艳孤标藏翠凹。何必架新笆，惆怅霜鸿啼暮霞，人远在天涯。

双调望梅花　夜

雪歌霜韵月诗明，倩影暗香横斜径。峰树溪云寒有声。梅朵探窗棂，捡尽钟声对短檠，诗思比茶清。

长相思（一）

醉一程，醒一程，阡陌黄鹂树杪鸣，鸦飞落照红。智一更，愚一更，月似谁心云里行，院篱花影横。

长相思（二）

月溶溶，水溶溶，时梦青山架彩虹，长空觅鹊踪。山几重，水几重，路转峰回闻寺钟，凭高一望中。

长相思（三）

栩栩然，蘧蘧然，丛蝶庄周梦醒难，昏鸦泛月还。雅为贤，俗为贤，似蝶非周诗思欢，羽仙谁省闲？

醉太平　梅

林逋喜梅，定庵悯梅。浅深疏影江梅，冲寒先访梅。放翁咏梅，师雄梦梅。雅姿归鹤依梅，月下谁嗅梅？

桃叶令　谷雨

莺语唤，鹂声唤。三春灵动涨晴溪，野藤斜阳岸。对苍岑，悟禅心，自长吟，散疏襟。一青丘，一瀑水，一瑶琴。

点绛唇　海

杳渺溟蒙，晓风才断黄昏雨。廊桥瀛屿，海市弥琼宇。曲岸通幽，香袂空中举。烟霞侣，鸥盟欢语，垂翅开清旭。

画眉弯　晨练

雪封江，晓行郊野，无树不花香。风吼迷烟嶂，凸凹点藜杖。冰凌草，映霞光，磊落昂藏颙望。锁银甲、玉宇莹妆，叠岫山河豪放。

浣溪沙　梅

岭上平生万树霜，风抵寒客入云乡。疏枝虬干蕊稍张。笼月含烟香暗染，幽微云色雪铺廊。昏灯古寺夜苍茫。

浣溪沙 梅

松竹送梅浴暮霞，犁云锄月鹤衔花。癯仙款步到侬家。檐滴叶知春雪暖，琴声花觉冷香滑。评梅省去古仙崖。

菩萨蛮 于金屯青年点儿参军感怀

疏林晓日池塘静，炊烟袅袅花盈帧。几夜不成眠，月来魂梦圆。稻香心气畅，逸兴山河壮。惊鬣啸长风，鹰飞凌颢穹。

采桑子 山

含烟带雪三千树，体态玲珑。古瘦宜风，特立孤标花玉容。竹松谱上三良友，香冷云中。料峭残冬，梅泄春光出乱峰。

采桑子 重阳

临风把盏东篱瘦，岸圃重阳。几树昏黄，雁引愁思梦旧乡。随云向水吟陶令，晚节昂藏。鬓染秋霜，夕照青山溢涧光。

采桑子　重阳

天光水态云涛上，又过重阳。追赶残阳，煮酒当炉醉旧乡。蜃楼海市孤帆影，枫叶惊霜。鬓染秋霜，晚色长亭栖暗芳。

采桑子　重阳

疏林冷翠篱菊瘦，又过重阳。几树槐黄，雁引愁思到旧乡。丹枫胜火流云淡，志节昂藏。鬓染秋霜，残照湖亭透暗芳。

卜算子　蜡梅

玉骨暗藏锋，破萼罗浮岭。磊落襟怀雪韵姿，清雅千年影。一段吐幽香，五瓣檀腮冷。好在冰崖皎月明，独抱寒枝醒。

卜算子　梅

惊唤一枝斜，凝冽云含态。轻吐幽香太古春，花在神仙界。妙质领清标，蕴秀闻天籁。梦醒罗浮水月姿，照眼尘埃外。

玉堂仙 梅

贞同松竹，引领清标。依古岸、皓魄幽姿，远送天香与鹤知。虬枝添韵，月点涟漪。栖庾岭、瘦影横斜，放眼孤山处士家。

浪打江城 梅

冰骨玉为容，尘世清踪。特立孤标、霜女貌玲珑。披雪妍姿出浴，娉婷影，暖三冬。觉雪地纤秾，韵透春峰。丹骨半衔风月、竹兰松。叠翠雄姿盘云海，枝窈窕，落飞鸿。

浪打江城 火山

残照水黄昏，崖畔吟痕。一碧千顷，波闪乱摇金。海烟迷堤吐月，桑田变，绝世尘。石破熔岩喷，玉石皆焚，惊怪泣神吓鬼、巨龙奔。撼岛掠鲸沙裹挟，凝琥珀，亿年身。

武陵春 梅

破腊冲寒花影月，倩景暗移云。骨相凌霜属汉秦，数点探芳春。和靖大庾闻鹤唳，梦远夕阳村。万事随缘逸兴人，雅趣淡如君。

沉醉东风　春雨

春雨好，从昏至晓，杏桃枝，渐裂香苞。飞来小蜜蜂，巧探混沌窍。润芳尘，四野妖韶。旭日喷薄破雾坳，只此是，红深翠窈。

占春芳　梅开春信

花雅素，枝清瘦，占尽小阳春。照水真如高士，近风误认佳人。涤净万斛尘，乃仙才、锄月山民。韵添良夜琴三尺，青鸟飞频。

水流花　农家乐

岭嫋天光溪壑好，桃玉杏玛瑙，翡翠似葡萄，红苹果、黄梨窈窕。葫芦竹架轻垂吊，晒出喜字曼妙。紫气盈堂，鱼跃鸢飞鹊叫。

相思儿令　白露

领略小桥流水，嘹唳雁英姿。三径菊香留月，松下鹤听诗。垒外古渡芳畦，独云来、烟湿丛祠。行吟河畔鸥盟，枕流人醉东篱。

玉交枝　雪

笼雪含烟望欲迷，路灯独亮小桥西。湖边疏柳，梅鹤草亭栖。莫笑亭前频顾盼，一舒红蕊梦来迟。鹤鸣云散，踏雪过花蹊。

赏先春　雪

万木晶莹璀璨，轻姿好看。隐虬枝，临危涧，悬絮争幻。气埋山色溪头见，暗香送暖。岭前六出凌禽羽，花光乱。雪朦胧梅是伴。

柳梢青　秋

芦岸瀛台，曲池月冷，柳影徘徊。漱石鸣泉，霜侵阶绿，篱外菊开。孤檠无语堪猜，意散淡，云外雁来。一枕秋声，半岩松暝，梦拣词牌。

南乡一剪梅　牛赋

渔埠草芊芊，古渡花开弄婉姿。对岸青牛浮暖翠，晴也心欢，雨也心欢。肩轭不劳鞭，犁过东坡下锦川。喜卧冈边槐影里，闲也神仙，忙也神仙。

鹧鸪天　菊

影展斗标蕊早开，清姿淡泊入词牌。凝香蕴秀舒
陶圃，抱蒂交枝绝尘埃。星月朗，雁鸿来，披霜浥露
耐惊猜。醉情骚客陶公乐，酒荐黄花一散怀。

鹧鸪天　石棚

万壑松烟伴鹤眠，德馨室陋踞雄关。仙宫洞隐羲
娲造，琼阁山藏尧舜镌。山作笔，水铺笺，棚涵日月
紫霞篇。寸心天地标幽韵，斗室乾坤锦绣川。

定风波　花甲留痕

愁对溷轩几载多，花儿劝我学东坡。霜萎雨疏摧
木叶，不屑，关门独处锦云窝。斗室乾坤连广宇，羁
旅，炎凉荣辱莫蹉跎。健骨青丝横绝峭，舒啸，沙鸥
几点一烟蓑。

瑞鹧鸪　雨

湿烟云起雨哗哗，园草投帘薄雾纱。尘世梦痴浑
舞鹤，背人随笔涂鸦。孤檠似豆愁难寐，淅沥梧桐影
半斜。天地寂寥人怅触，几生修得到梅花。

浪淘沙 雁

一行隔岸，栖枝惊唤，萧萧杳杳伶仃叹。月凌空，始觉路远、山远、水远。寻寻觅觅谁为伴？怕知愁面，默言无语生秋怨。望天涯，是地盼、天盼、人盼。

浪淘沙 大辽河

浩渺月舒波，潜逸溟渤，潮平岸苇影婆娑。雁急帆飞光溅彩，与舞天魔。世事悔蹉跎，征路无多，江湖风雨暗荷蓑。青绿一篙无尽势，赤壁东坡。

芳草渡

青青草，水潺潺。云低敛，雨生烟。鸣莺远语近河湾。花一径，光醉眼，柳垂肩。赏风筱，香鬌袅，紫袖腰裙窈窕。鸥盟唱，望河川。桥边岛，海岬角，草芊绵。

花上月令 黄昏

芦洲风貌菊簪黄，渡头柳，影帆樯。石亭茅宇邻鸥鹭，过芳塘。云出岫，稻花香。浮嶂暮烟归牧笛，沧浪客，步跟跄。夕阳岸吻悬新月，任行藏。独吟啸，雁颉颃。

雨中花令　荷

三亩芳塘琼蕊，双影分红匀紫。引绿涟漪，云窥霞点，袅娜身姿媚。蕙质节操多况味，描取一痕同醉。爱莲说千年，濂溪叹曰：同予心何矣？

雪花飞

频吐芳馨梦暖，婆娑质雅神清。绝色超凡缟袂，梅影斜横。妆借冰池秀，南枝韵有声。扶醉魂邀冻月，潜梦堪惊。

雪花飞

溪雪盈巅拂袖，孤舟半月情痴。人醉阳春序曲，印迹参差。蝶梦听琴曲，烹茶夜咏诗。林圃寻梅抱月，犬吠荆篱。

行香子　岛游

泻海拍天，芦荡云烟。水溟蒙、霞满一川。苇生节响，鸦雀啼喧。赏石桥拱，栈桥曲，长桥宽。尘世香洲，江北村边。访渔家、龙潜营盘。栖汀歇浦，鸥鹭翩跹。望水中城，江中岛，海中湾。

行香子　崂山（新韵）

又到鳌山，谁是神仙。雨霏微，雾漫云湾。琳宫叠玉，九水分滩。望白龙涧，鱼鳞瀑，翠屏岩。天半朱霞，残照岚烟。二桥风，苍桧参天。太清水月，抱塔松边。对老僧峰，觅天洞，至柔潭。

行香子　观朝阳鸟化石国家地质公园

草木丰茸，澄碧葱茏。岭丘间，花路鸟踪。沉霞画黛，斗野纤秾。潜狼鳍鱼，张和兽，尾羽龙。陆地山摇，翻焰尘空。溢熔岩、鬼逞残凶。玄黄狼藉，造物神工。悟盛时衰，荣时瘁，达时穷。

沁园春　庆祝改革开放40周年

四秩沧桑，九域新颜，梦筑小康。喜乡村濡画，山川锦绣，连云甲第，果硕花香。高铁追风，神舟揽月，丝路花繁胜汉唐。长虹架，望天凭巨眼，航母巡洋。鸿猷鹏举华章，政臻善、清廉振纪纲。看锤镰拓路，适时顺势，鼎新革故，黎庶轩昂。巧绘蓝图，临深渐进，不忘初心兴国邦。潮头立，请人民阅卷，使命担当。

庆佳节　梅

弄清柔，渐和柔，冰肌萼，凛双眸。疏影婆娑照浅流，姿磊落，梦扁舟。一缕梅魂同翠竹，心伴冷月松湫。借雪播香人自忧，鬓成雪、一生休。

排歌

马踏花蹊，牛耕野春，鳞波柳拽芊绵。轻风吹皱小龙潭。一盏擎云蕾吐焰。摇舟楫、入锦川，九衢风土媚晴滩。亭云树、塔外烟，兴来游旅尽君欢。

南乡子　梅

素影凄迷，凌寒破萼蕴清姿。鹤病伤春难解脱，索寞，月笑无人愁似我。

凭栏人　梅

妙韵红妆幽梦来，篱外癯仙清晕腮。莹姿淡雅怀，袅娜惊翠苔。

解红　梅

玉面美，暮云封，众芳谱上称大宗。浅淡横斜半窗影，揽怀冷月过三冬。

解红　禅

客古刹，礼莲花。映池叶碧影横斜。鸟息禅心六根尽，白云补衲送残霞。

十二时　悟

三元麟凤，五龙电雷，怪朋狂侣。丹崖悟禅地，炼石惊乡俗。守一怀元飘鹤羽，捧玄珠，梦魂羁旅。藏月过函谷，解听阳关曲。

画堂春　咏梅

争妍羞与百花同，冰心独蕴时空。枝留美丽雁留踪，松鹤芦鸿。疏影绰约铺径，回眸江畔葱茏。三冬阅尽过春风，芳聚花丛。

点绛唇　白月光下朱砂痣

洗色澄空，园亭凝碧菱湖畔。鱼书梦幻，素练青螺岸。点痣朱砂，莲步芳菲甸。君不见，灞川低渡，蟾影惊归雁。

点绛唇　鸟浪

溅彩飞光，水吞落日烟波岸。霞筛梦幻，湿地芳菲甸。候鸟云集，鸟浪无涯畔。君不见，形态千变，帆影惊鱼雁。

喜迁莺　读纳兰性德词

人俊异，志轩昂，星月两肩担。五更灯映寸心悬，伏案散襟颜。伤憔悴，雄心气，冷暖自知长喟。友魔诗思激波澜，幽怨海样宽。

步珊珊

深树染斜阳，蝶吻花黄，入梦香。惊梦庄周迷蝶魄，周蝶感迷茫。绕堤穿巷影，鱼雁清狂，幽梦荒唐。

岁寒三友

竹梢滴露,暗香清,冷艳霜凝。疏枝卧地,倩影滤风,松月梅擎。比翼颉颃,玉树栖鹤鸣。柔枝虬干野烟轻,三友斜横。草甸江村暖雪,鸡唤熹微惹梦惊。醉意逐云,梅开阡陌馨。

如梦令 冬至

你是一朵梅花,一片雪花是我。踏雪到前村,隐映北枝素裹。雪乐,梅乐,红白分明婀娜。

醉红妆 题连有弟素描《记忆》

清清冷冷野人家,画屏幽,念岁华。碧潭烟袅透蒹葭,南飞雁,咽寒笳。香清兰畹对丹葩,恍惚里,影横斜。世事蹉跎空怅惘,窗外树,落啼鸦。

月先圆

柳影云丝,虹跨长堤。望日食,恰在黄昏里。岸边人钓月,漩洄粼水,海际惊雷。隔岸小街灯亮,掩秋翳、鸟偷窥。照应中,天地人和一。啸傲《赤壁赋》,洞观区宇,大块神奇。

诉衷情　心曲

冲寒送腊瘦霜姿，青帝隔帘窥。鸥涛鹭棹渔叟，烟泛渚，柳丝垂。舟自放，水霏微，弄箫笛。一宵光景，百里幽思，戴月吟归。

金盏子令　青云山

人烟岭外，薄游岩翠参差。山明水秀，有丛荷点缀，微醉神姿。新蝉叫客，蛙鼓声歇，草触腰肢。卧佛前，花开一朵，显圣山脊。

喜春来

丰姿磊落传春讯，雁聚寒沙树渐葑。素心羞带点尘红。堪寄梦，笛韵醉熏风。

阮郎归　牡丹

仙姿芳蕊卉王身，沉香亭北人。色娇妍丽洛阳春，姚黄魏紫魂。轻富贵，若浮云，谅吾不识君。浑闲卑贱一平民，情亲玉霄神。

踏歌词　冬韵

潮涌排冰阵，轩开月洗尘。梅扶骚客梦，松韵雪中真。香远慰芳魂，起坐夜横琴。

临江仙　新宾赫图阿拉城

曲水重山鹰整翮，锦毛铁喙盘旋。永陵风水五亭间。八旗翻翼影，烽火起狼烟。萨尔浒边悲鼓角，称汗窥探榆关。梦魂万里出辽川。血流飘碧杵，龙旆入中原。

霜天晓角　望儿山

十里空山，一帆羁旅寒。杜宇愁啼冷月，孤雁落，岭头烟。望儿心火煎，盼儿归故园。望眼欲穿慈母，恩义重，立峰巅。

东坡引

梅花潭影浴，梢头漾清旭。涟漪泛远瑶台曲，山叠江一缕。残辉照眼，孤帆白羽。鸥戏浪，渔樵侣，青苗千亩潇潇雨，花溪归浣女。

伤春怨

槛外芳菲围，竹里横斜霜女。水岸半西曛，袅袅娜娜红雨。个中凭诗趣，古渡鸥鸦橹。浪起一帆悬，独堪醉，歌清旭。

古调歌　电视纪录片《李坑》

墨枝条，青叶片，雾湿虬龙，嬉戏潭畔。翠竹弥坡叠彩巘，雪浪翻花，水浸苍苔面。蜿蜒山，崖陡险，溪瀑空帘，击石珍珠霰。尾翘头崛船似箭，暗瓦明墙，溅得斜阳岸。

金盏子令　九华山

金风萧瑟，九华崔嵬影参差。林生夕籁，惊山光晴逗，微醉神姿。三生慧石，敲韵惊鹤，意速行迟。贝叶心，梅开一朵，显圣贞吉。

霜天晓角　雁

醉眼颠顶，短篱迎菊轩。宿雨偏留柳线，荷潋滟，露珠圆。江峰阿谁攀，雁孤堪自怜。归与非归牵念，愁地远，奈何天？

生查子　松花江

城南云絮堆，江北黑云罩。诡谲影冲融，演化呈微妙。扶摇龙列阙，凤鸟江边绕。体味塞翁心，陶醉江心岛。

双雁儿

天花乱坠迷茫，落沙渚，逆难翔。凌空戴月，鸿书雁字，枉断愁肠。灞川暗渡惊弓过，滞一乡，须白鬓霜。伤春面水，日长似岁，几见沧桑。

爪茉莉　北京奥运会

大幕蓝天，舞台大气派。河图出，焕然光彩。群星荟萃，廿九足，麒麟国泰。太极图，宇宙和谐。五环靓，舒大块。人间盛会，众击缶，展龙脉。挥巨笔，火红年代，风流畅快。《我和你》，传天籁。望未来，四海宾朋携手，画轴开，举鼎彝。

山亭柳　永远角

　　闲步西郊，野径满蓬蒿。芦喜叫，水迢遥。喜鹊树间鸣嬉，鹭鸥舟畔惊潮。岸北孤槐生翠，自在渔樵。去潮波渺残霞照，蒹葭紫穗碱蓬高。抄穷路，越沟壑。寂寥沧浪客，啸声旧垒惊飙。放眼西南尽望，帆月飞涛。

春风袅娜　《十面埋伏》

　　肃然观桦树，尽染秋霜。林老境，日昏黄。干斑驳、滴泪目光惆怅。叶枯飘落，沉醉醪浆。渐暗林深，蹄声敲近，并驾骅骝鸣镝翔。自古英雄出年少，淋漓酣畅昂藏。烟叶如云类雪，条枝墨抹，小空场，荡漾陂塘。葳蕤草，野花香。归鸦落树，残照斜阳。勇士齐驱，性灵驯善，衔环寻草，信马由缰。豪侠儿女，趁年华生气，宏图大展，驰骋封疆。

风入松　梦境

　　玫瑰落瓣惹牵牛，搔首更添愁。何来风雨悠悠恨，梦朦胧，欲诉还休。疏影横斜窗上，孤檠难耐凉秋。天涯咫尺海南头，风正送扁舟。忽生惆怅鬓如雪，奈何天，兀自蒙羞。半月疏林西落，一川碧水东流。

万年欢　四君子酒

万木争荣，半月台览胜，嫣红姹紫。古汉河边，独厚得天旖旎。煮月蒸云香溢，恍惚中、乐声盈耳。四君至、饮酒吟诗，尽情沉醉山水。诗仙李白搁笔："你我千里外，兴在杯里。"杜甫拈须："罚百深杯不弃。""明月相随何处？樽前酒"，醉歌高适。陶沔悦："难忘今宵，四君子酒名世。"

暗香疏影　家祠

庭呈瑞彩，藻耀华堂院，门连高树。碧瓦流辉，幽径曲栏通甬路。翠绕槐窗柳槛，香篆凝，长廊宽屋。当祭祀，水果鲜花，光焰绛纱处。常日祠堂广场，盈巅白发聚，慨叹辛楚。食点商摊，游贩吆喝，糖果剃头占卜。追欢趋夜迎年戏，期电影，当年花絮。每思忆，满面天真，俗事续家谱。

庆春时

三春梦雨，千畦凝瑞，新绿飞莺。风舒柳眼，花唇日展，百转燕歌声。诗僧叩韵，蟾影云壑泉泓。青山泛彩，芳邻拾翠，孤寺一灯红。

宛转歌

羞黛颦，月泻花见痕。破梦惊魂影，盈阶出岫馨。歌宛转，宛转幽恨深。老系孤舟夜，独醉三家村。

美人临江

吟眸清逸姿惊月，豆蔻羞花叶。闲听蛙鼓逗流萤，竹凉停蝉噪，涤暑月催更。门静鸡鸣曙，蝶梦牵辛楚。一宵光景两阴晴，飞花频吻脸，缱绻寄诗魂。

诉衷情

青蓑渔叟醉仙姿，横竿并鹭鸶。白帆数点烟雨，螺号呼航时。声欸乃，泊江村，客垂丝。一湖幽境，十里渔歌，月笼川坻。

归自谣

横翠色，独见江梅青嫩萼，兰舟轻荡沧波客。芦塘惊鸿心忐忑，渔樵乐，忽逢月下香英圻。

月下饮　榴花

风入鬓，弱柳水温柔。容清逸，幽娴环动佩，笑靥泡清眸。风飘香袂百花洲，春莺落海榴。

菩萨蛮　月季花

昏花老眼朦胧醉，妙香艳面袭襟袂。邻院一枝鲜，翩跹逢月圆。不忧多妖媚，护体生芒刺、二十四番风，洒脱尘外踪。

临江仙　蓟州盘山

石怪泉仙松秀，天成盘谷千佛，群星拱月见嫦娥。红龙池水碧，溪壑对鸣铎。我本津门游子，天涯浑噩漂泊，蒹葭梅雨钓烟蓑。三盘三胜处，聊唱负薪歌。

一丝儿　梅

临风咏韵月敲琴，幽怨冷香喷。瘦影凝寒皴萼，清浅对冬暾。春气暖，梦留痕，古松尘。晨烟短岸，初点额妆，落雁佳人。

临江梅

瘦影报春春料峭，远香裹挟林声。萼皴沁月蕊盈盈。不愿倾听，最惹倾听。芳袂婆娑传逸韵，几攀倒，又教横。依松倚竹鹤心惊。梦路遥程，心路遥程。

近东邻

影瘦疏枝，香暗冰魂浴芳池。梦回庾岭襟怀淡，霏微君识迟。香远烟知，点额和羹报喜时。袭袖凝眸泉脉动，葳蕤，诗思迷。

楼心月　梅

数点迎春影凄迷，婉容淑韵意芳菲。一帘新月斜烟树，无奈冰魂瘦似诗。

楼心月　梅

岁月蹉跎总负君，涧花暖雨月黄昏。竹间三两横斜影，藏韵清标一树春。

玉露寒秋　雪

梅朵透馨香，锦云妆。凌虚飞雪，飘飘洒洒意悠扬。触碰觉清凉，夜惊霜。襟怀雅淡，横斜隐韵月临窗。

长安词　梅

凝寒瘦影隐孤山，烟柳梅岑色超凡。霞津浪动吞吴越，一树江梅月满天。

踏歌词

雪点遥峰影，泉凝止水溪。人归梅透雾，香烈素尘知。三径黄花残，鹤守老松枝。

雪落寒窗　渔家

清溪幽壑翠屏峡，三叠寒泉一树花。桥外寺，水中槎。青螺千岛残霞照，草舍湖滩高士家。眠醉客，竹篱笆。

古调笑

梅朵，梅朵，挂肚牵肠是我。梦乡不见娉婷，呆呆望月数星。星数，星数，鸿雁嘤鸣啼曙。

寿阳曲　重阳

斑斑霜鬓惜芳辰，人争晚节清襟。丹枫夕醉卧观云，出凡尘。一行斜雁噙秋韵，题诗向水林荫。未荒三径菊霜痕，认香魂。

南歌子　渔家

橹摇湖月影，烟村一抹青。濯缨沧浪识蓑翁，篷角云开渔火、醉江风。

行香子　夏夜

郊外寻幽，避暑行舟。柳丝牵、瀑落潭湫。闲看萤烛，高木蝉收。观苇边鹤，树间鹭，水中鸥。送酒山莺，江月舒眸。乐霜清、蕉鹿鸣呦。老怀狂放，野趣吟讴。怜斗筲人，杞忧客，镢枪头。

青龙山赋

　　日游青龙，幽险势雄。梦吟而赋，诗继词承。黑龙祸民，唐锁明纵。仙人点拨，化而为峰。其形如龙，其色为青。青龙其名，享誉北溟。一山拔地，万木蔽空。宿雨舒枝，林野掩其花岭；石藏瀑水，山涛送此雁踪。初履坎坷，渐次峥嵘。摇丝挂翠，叶落溪之几叶；山色溟蒙，蕨生崖而多容。盘龙松茂，虬干枝隆。虚白碎红，倚木而观鹰逸；烟补断冈，跨水之叹鹊纵。将军石矗，仄身攀行。步登千级，花音同其桑柘；身入重云，风声共此柏松。千山染色，万里碧空。喇嘛古洞，道教为宗。依石小憩，香火荧荧。巅峰石卧，凿阶为磴。踞台西望，山海相应。噙香之于丛菊，留影而飘鬓丝。携酒半壶劲节，折花一束养姿。人生如此，从善如登。宇宙在望，天地英雄。志在绝顶，功到垂成。众里寻我，我在青龙。诗曰：

　　　　兀立危崖望碧岩，洗心悦目壑流泉。

　　　　泻丹耸翠云涛劲，透白萦青岳色妍。

　　　　霄汉鹰传松作笔，波澜鸥点浪铺笺。

　　　　一天图画峰生秀，满地文章醉八仙。

镁都赋

　　大石桥市以其菱镁资源丰富而令世人瞩目，素有"中国镁都"之称。美哉古邑，宜居宜业宜游；壮矣镁都，且喜且歌且赋：

　　北倚蟠龙，青山纵去千螺翠，蓝天横来万壑空。西据迷镇，辋川风景四时画，陶令田园百里诗。东凭石棚，风风雨雨烟村柳，夕夕晨晨雾店花。南拥金牛，犀立崖头叠彩影，钟鸣岭外阵暝声。中贯古河，锦嶂层峦排四壁，名城碧水绕一湾。改革开放，帆悬鹏举。荡习习春风，铁腕治污，民生亮剑，三废无踪，山河千古韵；舞柔柔槐柳，金睛破雾，环保举旗，四时有色，花草一城春。喜山冈耸翠，岸水流香，鸾凤披霞张翅舞；赞工矿飞珠，能源溅玉，龙虎载誉添翼翔。山水交融，青山绿水，雄奇秀丽，金山银山。气候适宜，沃壤物产丰富；非遗文化，底蕴风华绝代。水源镇大米，光泽晶莹，口味纯正，一粒米中藏世界；博洛铺小米，籽粒饱满，色黄独特，半边锅里煮乾坤。虎庄白酒，工艺古老，十里开坛香，一村隔壁醉。话世上风光，当称建一虹鳟鱼；问船中佳品，还数刀鱼大闸蟹。天上龙肉，轿顶驴肉。寒富苹果，富士东光。辽宁鹿麒麟，天降麒麟三代福；营健野猪肉，席闻野味六亲欢。石桥柞蚕，被毯轻软蛹可食；石桥大酱，生吃熟用味绵长。玉隆黑木耳，益气降血脂；辽南野山参，名贵中药材。温润凝脂只地造，色泽组构乃天成。璀璨清贞芳世界，挂月藏云营口玉。剪纸镂雕、烙画绳结、装裱修复、葫芦工艺……百花齐放，如数家珍。匠心传承，发扬光大。地灵荟萃，人杰峥嵘。金声西振，紫气东来。承前兴粹，启后创新。城乡发展，桥市繁荣。薛礼重来，慨山河改地；唐王再现，叹日月换天。百年镁都，百年梦想。美哉古邑，壮矣镁都！

盛世华诞70周年颂

观史海之沉浮，穷则思变；听蛰雷之激荡，弱而图强。风云叱咤，岁月峥嵘。三山推倒，九鼎铸成。国开盛运，民乐升平。百年鹏业，万世鸿基。九万里星移斗转，七十年地覆天翻。浩浩矣九州焕彩，巍巍乎一柱擎天。韶光凝户，祥瑞入帘。三中善策，驾乘改革快车；四秩华章，谱写春天故事。富燃亮点，和撰佳篇。花滋甘露，民沐阳春；人逢喜事，国迎芳辰。五岳引吭，云霞织锦莺啼柳；三农喜雨，稻菽飘香燕咏秋。民达小康，户有月薪春揭幕；国腾大步，农无岁赋梦扬帆。环保种春，民生收福。海市花澜，潇洒青霞之地；蜃楼林带，葳蕤翠岫之天。花香田野，鸟语城乡；旅红四海，游绿三江。天马踏燕，高铁追风；神舟揽月，港澳还珠。观天巨眼，长虹卧波。一带一路，花团锦簇。银鹰呼啸，铁甲轰鸣。重器固瓯，巡洋航母。维和有责，亮剑无声。山崇岱岳，国仗长城。谠论嘉谋，外交伟绩威鼎盛；淳风良策，内政丰功德恢宏。不忘初心，燕舞莺歌民焕蔚；别开生面，龙腾虎跃国昌隆。凤鸣春，薰风化雨康庄道；龙破壁，花气净尘锦绣园。日丽尧天，歌飞霞彩；风和舜地，旗耀烟岚。臻民富而国威，邦宁本固；值时春而年旺，水阔源流。震古烁今，十九大播春，春风拂大地；日新月异，双百年造福，福气荡昊天。革故鼎新，百年三步布嘉景；披荆斩棘，一梦九州奔锦程。树七十竿赤帜耀民魂，倾情筑梦；绘五千载蓝图扬国粹，戮力兴邦。情注河山，凤翥龙翔歌盛典；业惊经纬，山欢水笑启新航。国强七秩，民裕千秋；同歌华诞，共赋神州。诗曰：

物阜民熙喜乐年，河清海晏艳阳天。

神仪卓尔三才序，气象欣然九域篇。

聚力核心光日月，凝魂国梦耀坤干。

试看滂沛帆犁水，当竞风流起碧烟。

第三辑　楹联

集王充闾先生散文题目成联（十副）

春梦留痕，郑板桥写竹；
梵宫掠影，赵匡胤下棋。

青山魂，十载相交如水淡；
黄陵柏，一生爱好是天然。

镜里存真，莫倚儿童轻岁月；
皖南杂识，且与时人话短长。

采石江边，丈夫未必轻年少；
寄情濠上，施惠由来怕失期。

孤枕梦寻，丈夫未必轻年少；
中秋宴叙，黄帝原来是祖先。

樱桃园，古洞泛舟，泸沽湖寻梦；
黎明岛，津门赏艺，叙利亚听歌。

少帅诗怀，雪域情缘，尴尬四重奏；
纳兰心事，柳荫絮语，青天一缕霞。

净土情缘，古镇灵光，清风白水双城记；
村居酒趣，青山魂梦，剑胆琴心无字碑。

行路篇，用破一生心，莫倚儿童轻年少；
广陵散，尴尬四重奏，曾将泪眼望山河。

泛泛水中凫，海上抒怀，人生底蕴多如许；
悠悠童话梦，灯下漫笔，纳兰心事几曾知。

贺营口市诗词学会七代会成功召开

辽川炫彩，举贤接力，扬粹颂时，诗涌祥云酬雅韵；

渤瀣来风，福泽诗坛，天开词运，词萦紫气赋华章。

题长山岛

大长山，小长山，无山不宝；
老港口，新港口，有口皆碑。

水绕山光，水市分桥肩日月；
云连海气，云帆过树访渔樵。

题大兴安岭

满目苍茫，万壑松声风雨；
三江潇洒，一峦花气烟霞。

题集安洞沟古墓群

长寿王陵，东方金字塔；
龙山古迹，高丽将军坟。

题张掖大佛寺

百丈金身伟岸姿，龙开慧眼；
万龛灯焰虔诚意，鸟息禅心。

题月牙泉

古道斜阳，山籁水音，鸥鹭逐风添磬影；
天涯芳草，驼声沙韵，苇泉留月涌诗波。

题坎儿井

地效其灵，漱玉溪声，声接丛芳横大漠；
天应此美，鸣琴碧水，水连岳秀匿长河。

题交河故城

斗室乾坤，惜惜陋院辉丝路；
寸心天地，寂寂空阶醉古城。

题天山天池

雪锁峰头，翠拥千崖远近；
波吞云脚，碧通一径高低。

题乌鲁木齐国际大巴扎

曲吟丹凤，物喜明时，五岳佑中华，八区穆穆欣荣也；

梦探骊龙，人怡盛世，九州升朗日，四极熙熙绚烂兮。

题中华国宾号夕阳红专列

一窗嶂满，意入界深，明星电掣牵灯火；
半镜河流，情随路远，旭日风驰落雪涛。

登鸣沙山望月牙泉

我啸柳下，静月瞰州，驼铃阵阵峰抛影；
友行画中，鸣沙迷浦，羌笛悠悠水泻光。

题七彩丹霞景区

虹彩绚天，峡谷朦胧横玉影；
丹霞丽地，河川烂漫涌瑶光。

题平山湖大峡谷

出地云根，川途杳渺千峰并；
入天石色，峡气晦暝一线开。

题火焰山

赤县火州，童山秃岭人藏影；
天火热极，剥雨蚀风鸟匿踪。

题中卫黄河宫

谁描生态画，煌煌功始，滚滚水来，万里风流掀碧浪；
我喊母亲河，草接沙芳，波连岳秀，千年气象锁黄龙。

题沙坡头

河是沙魂，霭霭青山腾紫气；
沙为河骨，滔滔碧壑起蓝图。

游通湖草原遇沙尘暴

云从日脚，尘暴漫天，飞扬席卷长空雁；
沙过风头，阴霾蔽野，肃杀气吞大漠峰。

题水洞沟景区

魔鬼城，旋风洞，摩天崖，卧驼岭，断云谷，怪柳沟，一方砥柱昭图册；

烟火景，星月川，芳草地，香霭楼，花影亭，纸帐屋，百丈丰碑冠古今。

题塞上明珠沙湖

霞蔚新村，鹭争古渡，万层鳞浪，千顷晴光，碧面如磨涵翠黛；

近临花港，遥望雪峰，一浦云蒸，几丛芦荡，青天似洗秀晴空。

题银川国务院直属口“五七干校”

琴心月冷满袖，故国鬓惭，高低云路磨青镜；
剑胆花飞半窗，流年雨泣，荣辱梦魂见白头。

题额尔古纳湿地公园

九曲十八盘，欲邀豪放凭山水；
一河万千浪，先令婉约布锦霞。

题五国头城

赵宋鸿惊，狼奔豕突三春梦；
钱塘虎愕，坐井观天五国城。

题莫高窟

洞绕梵音，玄机隐隐明灵慧；
碑栖禅影，尘事悠悠焕佛光。

题西湖龙井

煮雪斗茶，绿嫩尖尖茶醉客；
烹泉对月，清柔片片月留云。

题上天竺寺

无我悟禅心，无是无非观自在；
有缘开口笑，有因有果证菩提。

题晋祠云陶洞

俗累玄魂剑胆；
仙缘佛骨琴心。

题书斋

一卷诗书陪我老；
五车经典促人新。

金圣叹芸编一卷；
钱锺书典籍五车。

题晨梦

残月垂钩，痴鳞破梦；
晨星放眼，愁羽适情。

题歌台

曲翻白雪桓伊笛；
韵叶高山子晋笙。

亦应烟渚亲渔父；
未必歌台羡雪儿。

笛声月淡须遥辨；
梅影窗虚则暗闻。

好将白雪虚窗满；
疑与黄钟淡月鸣。

题友人迁居

下帘听蕉风燕贺；
上砌望松雨莺迁。

借风月一园凉翠；
洗楼台三舍俗尘。

题香雪海

云净寻梅，梅送月声烟夜色；
峰回抱月，月移梅影水清光。

题雨巷

雨中唇谷红深影；
巷口眉峰碧浅情。

伞含一脸莲红，嫣容舞袖；
雨湿双眉柳绿，倩影凝眸。

雨中罗剪莺，红深唇谷，喜酥雨催桃，柔风舒柳；
巷口钗穿燕，碧浅眉峰，觉雾涸浓淡，烟渺有无。

题某夫妇双寿

邻里迂遐龄，赏黄菊丹枫，双星万古；
子孙瞻益寿，喜红颜皓首，二老千年。

题梦寻母爱

寸草情深，梦断天涯春堕泪；
三春晖暖，魂回地角月惊心。

赠友联

牛哞播一犁春雨；
虎啸添两翼雄风。

方信羊昙曾恸哭，伤悲人过西州，不若先贤半也；
却言庾亮忍周旋，忧疾子经东晋，岂期名士全哉。

题雅鲁藏布大峡谷

入天石色披山雨；
穿水云根满峡门。

题平山湖大峡谷

一线天开迷九派；
百峰峡出辨千姿。

题鲁朗林海观景台

岭雪长堆岫；
峰云近借霞。

题三峡大瀑布

分明湖北人，溯长江碧浪，穿高峡青螺，步数里溪转峰回，惊见雪飞千尺，雷扑半声，雾烟笼秀，珠玉溅天，谁来枕石漱泉，一洗尘心留梵界；

隐约宜昌客，过洞府水帘，仰晓峰大佛，经百年日升月落，尚思误鹤湿云，惶鸥唤雨，绝壁散流，虚岚翠涧，我去接珠置洞窟，三清诗骨访瀛洲。

题慈寿轩（集句）

淡柳穿花（宋　王沂孙），醉笔倚风飘涧雪（唐　赵嘏）；

垂杨系马（宋　辛弃疾），清池皓月照禅心（唐　李颀）。

题赵圈河知青总部

劳燕分飞，两鬓风霜逢盛世；
流莺相聚，一肩烟雨忆当年。

题陶林苑

紫藏三径菊；
红露半窗梅。

题铁匠铺

砧光冥紫三堆玉；
淬火幽蓝一叶翎。

题览芳阁

控琼涛千嶂霁霞，飞觞竞醉，喜见春兰滴露，夏荷听雨，秋菊凌霜，冬梅傲雪，夭夭馥馥，惊满魄冰轮，三千云路；

吞幽壑万林晚黛，走马争先，欣逢朱雀颂祺，玄武发祥，青龙赐福，白虎祝康，炯炯眈眈，乐一泓镜水，九万长风。

马年春联

吴牛喘月；
天马行空。

天马行空，三春呈瑞；
嫦娥奔月，九鼎生辉。

羊年春联

天时地利人和，三阳开泰；
海晏河清日朗，万象更新。

人寿年丰，三羊开泰；
山欢水笑，万木争荣。

鸡年春联

策马腾骧，一路欢歌迎盛景；
闻鸡起舞，两联喜语报新春。

狗年春联

梅眼三春笑；
柳眉五福开。

河清海晏千家福；
物阜民熙万户春。

守岁千村神犬静；
司晨百姓锦鸡安。

玉犬传书，唤梅花送福；
金鸡报晓，叫竹叶留春。

玉犬迎年，雪中喜献梅花赋；
金鸡辞岁，春里乐留竹叶图。

猪年春联

三径九春柳；
半窗五福梅。

爆竹千声，紫气东来猪岁乐；
桃符万户，朱门北启狗年欢。

耿耿憨猪，因壮而歌堪致富；
拳拳义犬，以和为贵可发家。

梅报阳春，戌犬衔梅红艳艳；
柳亲晓月，亥猪牵柳美滋滋。

鼠年春联

玉鼠迎春，澍雨柳枝滴翠；
金猪贺岁，惠风梅影凝香。

鼠乃肖先，鼠岁鼠当催绿手；
子为支首，子年子是点红人。

频点鼠标，澍雨一犁千丈锦；
又吹牛笛，惠风百象万家春。

虎年春联

辞岁金牛，牛播一犁澍雨；
迎春玉虎，虎添两翼雄风。

沃土牛耕，牛牛韧劲三春雨；
青山虎跃，虎虎生威四季风。

虎翼岁添，虎啸山川财入户；
龙睛春点，龙腾日月喜盈门。

踏野四蹄，牛耕一岁山河美；
凌空双翼，虎啸三声气象新。

题虎图

林是山魂，旧坤林绿，灵感万家，王啸林风惊日月；
虎为国宝，新岁虎牵，威高百兽，我扬虎气写春秋。

兔年春联

玉兔闹春云汉路；
金牛献瑞上河图。

谱曲雄风，虎步早开新境界；
铺笺瑞雪，兔毫才绘大宏图。

蓄威回泰岳，见虎隐草眈，峦行涧饮；
焕彩别蟾宫，喜兔毫泼墨，玉句抒情。

联出兔毫，任春谱曲山推月；
画铃虎印，由福配诗水接天。

牛年春联

角曲挂书，金牛踏野三春暖；
背横吹笛，布谷催耕五福临。

弄笛之船，紫燕鸣春生瑞气；
垂鞭之袖，黄牛踏野荡和风。

福共春回，牛岁播馨香墨韵；

喜承国泰，虎须织锦醉联花。

献瑞黄牛，牛添好运千秋画；
呈祥紫燕，燕剪惠风百业春。

燕喜和风，剪织云霞裁锦燕；
牛欢澍雨，耕耘田垄拓荒牛。

题清明节

幽径云深，化蝶冥钱尊远祖；
烟村情笃，凝花热泪敬高堂。

九派扬清，清风清雨花香日；
三峰拱秀，秀水秀山鸟语时。

雁断幽魂，松风寒谷云遮墓；
月怜孤梦，花雨晓林雾湿碑。

题毛主席诞辰

播火南湖，改弦遵义，胸含川岳犁庭，功耀古今知壮烈；
井冈翠竹，延水红灯，笔扫风雷惊世，德侔日月鉴忠诚。

纪念毛主席"向雷锋同志学习"题词发表60周年

悟领袖题词，六十年赤县长铭，歌大吕黄钟，丰碑宝鼎；

学雷锋事迹，廿二载青春无悔，颂山河同聚，魂魄相依。

题抗战胜利70周年

永定夕阳，倾言华夏蒙难史；
卢沟晓月，慨叹神州复兴魂。

纪念抗美援朝战争胜利70周年

鸭绿天光，犹照丰碑碧血；
雁凫江影，不惊璧月忠魂。

半岛夕阳，血光蔽日援朝史；
汉江晓月，剑气笼川抗美魂。

题国庆

铸大河魂，云龙搏浪烟波阔；
圆中国梦，天马行空日月悬。

庆祝中国共产党成立100周年

一帜锤镰，千秋骏业，卷地风雷千古韵；
百年岁月，万里鹏程，丽天霞彩万家春。

岁月流歌，红船播火，"一大"铸锤镰，凤翥龙翔云汉路；
山川入画，碧水掀涛，"三中"施雨露，民安国泰上河图。

题粤港澳大湾区

雾岭天风，风融拂绿，绿染新苗，千里风清摇桦眼；
大湾梦雨，雨润催红，红飚旧草，三春雨唱逼兰芽。

题盛世丰碑

斟古参今，十九大锤镰添彩，五湖四海涌春潮，丰碑歌盛世；

登高望远，双百年国梦增辉，万水千山飘赤帜，天鼓启新航。

题社会主义核心价值观

春风骀荡，悟廿四字真诠，抱公怀义，报廿四番花信耀民魂，倾情筑梦；

道德崇隆，展五千年正脉，引善约身，绘五千里画图扬国粹，戮力兴邦。

题教师节

甘做人梯，教莘莘学子凌云步月；
愿为蜡炬，育济济人才折桂加冠。

织锦有方，忘我春蚕堪赞；
育才不倦，照人红烛可嘉。

题家风

柳吐三春翠；
梅含二月香。

祥云澍雨莺歌柳；
善政廉风燕舞花。

孟母三迁，仁厚治家，友善家风贴福；
滨城百变，贤良教子，文明传统种春。

题家国情怀

辽水魂灵，云蒸波映千重锦；
赤山脊背，霞蔚峰添一片春。

营卧长河，半月疏林西落；
口衔故垒，一川碧水东流。

华诞飞歌，虎跃千山惊世界；
宏图绮梦，龙腾四海壮神州。

题宝塔山油漆厂成立60周年

六秩百强，万里流光铺锦绣；
五颜六色，四时溢彩布芳菲。

开博周年自勉

人间花甲，凄风苦雨，荒州古木苍凉界；
网上大千，茂叶繁花，广野晴川锦绣村。

旅地抒怀

老骥嘶风，金牛山上黄莺落；
残荷霁雨，西炮台前喜鹊飞。

东湖蓑笠客；
北海鹭鸥盟。

云移梅弄月；
风旋雪敲窗。

云邀疏影传梅语；
雨带暗香洗雪痕。

冰月裁云千亩雪；
阳春破雾一江梅。

脱屣尘缘，尚存三径菊；
结庐人境，唯爱半窗梅。

月晕幽冥，纵心频作三生梦；
日霞璀璨，放胆常怀一世情。

纷纷扬扬，碧松雪影孤峰静；
淅淅沥沥，翠草雨香小洞幽。

江雪催诗，两只喜鹊瑶台落；
梅花消酒，一朵玉蕤虬干开。

寺外琴心，疏钟敲落山中月；
庵前剑胆，潭影印出岭上花。

飞香写影，九九图，三友乎谁在？
笼月含烟，三三径，四君子我来。

桃无仙骨，李少幽姿，轻施疏影一梅树；
蕾蕴玉枝，花多奇态，巧点暗香满苑春。

送夕阳，沙鸟风帆，江畔一川和畅；
迎素月，烟云竹树，山间万籁清灵。

十月苑中，两三点暗香，几分雅素几分静；
三冬岭上，八九枝疏影，半面篱笆半面山。

自勉

灯残独对登楼赋；
眼涩孤吟喜雨诗。

曾因率性伤权贵；
生怕牢骚妨雅儒。

题永轩书斋

岁月情，对月江南抛俗务；
竹梅韵，伴梅塞北赋新诗。

咏莲

雨敛云收，泽芝犹草《爱莲说》；
风生水起，溪客尚吟《陋室铭》。

题盘锦红海滩

斜日凭栏，看落霞铺地，鸥鹭巧裁锦缎；
圆蟾依树，听过雁破云，蒹葭妙解清风。

水陆洲头，湛蓝天幕，羊脂白云，河湾不尽白鸥岬；
潮间带上，娇艳地衣，玫瑰红草，廊道无边红海滩。

题神雾山

弥勒憨形，敢拥竹海乘鸾女；
神龟顽态，窃探云阶洗耳翁。

题书信

孤鸿摩月青鸾使；
双鲤断桥黄犬音。

题辽河老街

两岸流光，帆樯飞掠三春燕；
八方溢彩，车马集驰千步街。

石径千寻，运输春夏秋冬货；
店家百业，来往东南西北人。

命蹇势殊，百年风雨过羸马；
时通运泰，卅载烟花乘巨龙。

古埠老街，春风化雨河清湛；
旧城新貌，花气静尘海晏平。

题长白山

水溅有声，溪头花讯多僧气；
鹿鸣无影，崖畔叶笺尽道风。

清雅纤秾，池瀑江川福地；
神奇险秀，雾凇霜雪洞天。

题望夫礁

泪湿远帆近；
儿啼归航迟。

题两海交汇

玉滩飞雪，天演阴阳八卦；
碧水拂云，龙分左右双涛。

题涌泉楼

璧月窥泉眼；
虹桥卧锦楼。

题如归舫

低栏亭榭何殊客；
近水楼台不系舟。

题灞桥

驴背梅香诗思动；
马蹄声碎客魂惊。

题落霞亭

月洞四开，燕裁锦缎霞融水；
笛声三弄，蝉解清风骛破云。

题听芦阁

斜日凭栏，过雁破云夕照；
圆蟾依树，涌泉梳苇晨星。

题新宾永陵（集句）

神功贯日星（明　杨　浩），四壁巍峨陈伟业
（现代　郑朝宗）；

水木溯源本（清　爱新觉罗·弘历），九陵云气
吐龙文（明　于慎行）。

题书房

凿壁偷光十载；
追贤念圣百年。

题图书馆

半窗云影催诗梦；
四壁书香捉墨花。

题营口老车迷骑行队

老车迷，一路高歌奔顺境；
柏骑队，两轮飞转报新春。

春夏秋冬，老少爷们同心协力；
东西南北，兄弟姐妹并驾齐驱。

题家教

孝光天地；
廉鉴古今。

家教儿时，父母言行唯世范；
人生老处，子孙贤孝任天伦。

孝惠三生，敬老尊贤行善；
家传两训，惜才爱少积德。

题江西崇义客家梯田

蛙跳三丘，六二级阶梯，山重水复晨光载；
月窥万亩，八百年风雨，路转峰回夕照明。

贺省楹联学会成立30周年

卅载千秋业；
四时二月花。

三秩披霞，万朵楹花歌禹甸；
四时织锦，百家联语唱辽宁。

挽潘素华等七位校文艺宣传队队员

同窗三载，回眸时见五尺躯，下场乘车共返；
失伴一朝，重聚难寻七君子，上天驾鹤不归。

题明湖广场雪霁图

遇月和诗，残荷雪裹斑斓界；
临风吟赋，瘦石冰封琥珀城。

喜迎党的十九大

煌煌两个百年，龙跃云津筑梦；
浩浩九州万里，凤朝晓日兴邦。

人欢舜日双百年，丰碑歌盛会；
时乐尧天十九大，天鼓启新航。

题北京"一带一路"国际合作高峰论坛

多化多元，圆桌圆梦；
三通三共，双惠双赢。

贺《营口楹联》创刊

燕剪片云，云书贺对；
鹊衔柳棍，棍筑联巢。

嵌电影、电视剧、歌曲、单位和人名联

人世间，五朵金花何亮亮；
古树下，一帘幽梦拼多多。

题敬老（嵌中草药名）

连翘钩藤，水翁苍耳；
当归远志，云母白头。

诗钟：云月（凤顶格）

云抱老松风拭韵；
月临野鹤雪传姿。

嵌字诗钟：风雅颂

风韵清灵朝夕颂；
雅怀澄远古今情。

嵌：诗礼

诗歌孝道千秋誉；
礼颂贤名一脉馨。

嵌：勇毅玉成

勇毅无违，义行锦簇三生福；
孝贤有道，仁举玉成二老荣。

咏二胡曲《赛马》

卷雪追风，妙音催振鬣；
奔雷逐电，逸态控鸣弦。

题呼伦贝尔大草原

玉韵洗心，白云望合笼曲岸；
清光醉眼，青霭看无染平川。

题建三江

落落白桦，燕剪边疆绿；
滔滔碧水，鸥衔北地金。

题富锦国家湿地公园

鱼跃帆扬，红醉莲花面；
雁鸣云动，绿摩芦叶肩。

题珍宝岛

波动天光，犹照丰碑碧血；
江流雁影，不惊残月忠魂。

题东宁要塞

勋岭夕阳，蔽日血光蒙难史；
南山晓月，笼川剑气抗倭魂。

题虎头要塞

壮士尸横，乌苏里江凝碧血；
哀鸿泪尽，虎头镇月枕腥云。

题兴凯湖

接地云波，风吹地转深千尺；
连天水雾，浪蹴天浮隐百川。

题防川风景区

虎吼三疆，出岫辞林朝夕露；
雁鸣一季，凌空逗浦野风秋。

题中国冷极

冷野奇葩，树挂镶珠观碧落；
极天妙景，雪原嵌玉隔红尘。

题北极村

北地妙游，江边寒火栖篱晚；
极天奇趣，远浦夜涛入树疏。

题长白山国家森林公园

瀑布云屏，千山林染三秋色；
湖光玉镜，一夜露披五岭霜。

题避暑山庄

三代河山，觉紫陌浮烟，芳林沉翠；
半城宫苑，惊蘅皋蔚雨，松嶂横云。

题热河泉

热暑抛珠，迷沁岸清香，摇空翠色；
河池凝露，醉鸟还青嶂，鱼下碧潭。

题双湖夹镜

暑避花繁，叹青共水流，碧随云动；
光羞叶密，赏烟波迷径，香锦铺园。

走庄盖高速路遇雨

一窗嶂满，山暗疑烟，百转峰奇云绕径；
半镜溪流，水晴犹雨，千姿石怪瀑横崖。

题辽河

湍敛残烟，溅彩飞光云锦地；
水吞落日，奔涛腾浪梦帆扬。

题山村

十里香风，瓜架豆棚云锦地；
一村秀色，竹篱茅舍草根家。

题仙人岛槐林

葳蕤翠岫天，十里蜃楼林带；
潇洒青霞地，一湾海市花湖。

题春到镁都

龙岭天风，风融柳绿，绿叶向荣，十里风清霞耀眼；
石桥梦雨，雨润桃红，红花争艳，三春雨唱水迷人。

题喜迎二十大

风雷卷地，霞彩耀天，二十大龙山追梦；
岁月放歌，江河入画，双百年桥市飞花。

题千山云水亭

雨敲花涧一潭水；
云染石峰半壁霞。

题建一镇千年古松

百世丰姿，挂地撑天生傲骨，饮露栖霞，枝枝今出彩；

千秋逸韵，水心云性拓羁怀，参禅悟道，叶叶古来香。

题黄丫口

丫口含香，五颜六色香无际；
黄龙布画，百态千姿画有声。

题百年镁都（嵌词牌名）

《绛都春》《桂殿秋》，春秋百载《升平乐》；
《庄椿岁》《长桥月》，岁月九州《翠羽吟》。

题雪

六垢全空花乱点；
一尘不染月轻回。

题某广播频道

十载领衔，滨城经济三春曲；
八方追梦，柳埠生活一面旗。

桥市礼赞

情聚核心，熏风百里，澍雨一犁，民乐丰年千
古韵；
力凝砥柱，龙岭催青，石桥披彩，天开淑景万
家春。

题四道沟红海滩

水陆滩头，悠悠帆影，浪浪芦花，白鸥岬涌千
堆雪；
潮间带上，艳艳碱蓬，娇娇河道，红海滩飞万
缕霞。

贺桥市第四届大红袍李子节

五岭引吭，云霞织锦莺啼柳；
三农喜雨，稻菽飘香燕咏秋。

题黄河壶口瀑布"霓虹戏水"

天地其壶，沏出五颜六色；
蛟龙之口，注平四海三江。

题新时代、新起点行动纪念"五一口号"发表 70周年

伟略雄韬口号，党心凝聚民心，心心相印；
尧天舜日目标，家梦接连国梦，梦梦成真。

云蒸澍雨，雨润千山，山青千幅画；
霞蔚惠风，风行万水，水秀万家春。

健全监督职能，献策建言，百年三步绘新景；
强化协商意识，富民壮国，一梦九州奔锦程。

十九大播春，春领风骚，天下英才商国是；
双百年造福，福圆绮梦，宇中睿智展鸿猷。

题战友聚会

往事如烟，一生难忘从戎路；
流年似水，众志弥坚解甲人。

题老有所乐

白发红尘融夕照；
青山绿水觅知音。

题家训

弘义持家，庭前有训三春雨；
仰贤教子，座右留铭五福风。

集庆烟霞，莺贺德门云护；
迎祥诗礼，燕迁仁里日辉。

迁德年荣，集瑞流光成国范；
喜仁日盛，扬芬溢彩化家风。

客吐鲁番果农家

火焰山前，旋转罗袂云媚态；
葡萄架下，舒飘绮袖月娇容。

题金牛山

屈子问天，两千余载风风雨雨；
犀牛对月，廿六万年夕夕晨晨。

不雨花常淡；
无云洞自幽。

题东岗子村葵海

君看地上葵花，花上蜜蜂，蜂最恋花花恋地；
我对山中霞彩，彩中云锦，锦长披彩彩披山。

题德义

义重千钧，义溯唐王河水千秋誉；
德兴百业，德循迷镇山川一脉馨。

题新征程

九万长风，并肩擦掌开红运；
三千云路，撸袖磨拳启戍程。

题老当益壮

离骚雨气雷喧唱；
垓下潮声电掣歌。

凤态龙姿，鹤唳九皋翎俊逸；
星眸雪爪，鹰扬万仞羽萧疏。

题友情

花无俗累仙芝貌；
树有知心圣水痕。

每逢岁去当新梦；
又盼年来续旧盟。

题留守儿童

念母思娃，月分三代梦；
牵襟履杖，日守一山春。

题新年

今朝日历翻新页；
昨夜梅花觅旧声。

题唐王河

石饰谜题，独鱼能解；
桥藏玄语，非鸟焉知。

冷月裁云千冈雪；
阳春破雾一河花。

新婚门对

一世芝兰，喜鸳鸯交颈，双影依依花正好，易曰
乾坤，诗云钟鼓；
百年瓜瓞，闻琴瑟和鸣，满堂济济月长圆，蓝田
种玉，红线串珠。

咏梅

千古冰操，梦暖渡头，舒和玉质惊添色，幽姿叶语声，叶藏蟾月晕，芳魂碰落半篱春，有友堪交唯踏雪；

一襟风韵，情浓岭外，浅淡檀心喜养神，丰采花衔露，花吐菜根香，傲骨破开千树雾，无诗可咏即寻梅。

题明湖夕照

君看水里流云，云上流霞，霞最恋云云恋水；
我对湖边芳径，径中芳影，影多依径径依湖。

题园林一隅

嗔鹿衔蕉，蕉梦氤氲蕉覆鹿；
看鱼吹水，水波潋滟水惊鱼。

题镜花水月

缘逐水流，看花感逝楼台梦；
梦随云散，见月伤离宝黛缘。

题有节无奢

青史流芳，涤欲洗心心悦性；
白云为侣，澡人浴德德修身。

题晚霞

晚醉辉煌，乐哉芳草绿，喜老骥扬鬃，古稀风雨年方好；

霞铺锦绣，美矣夕阳红，幸雄鹰导向，耄耋沧桑路正宽。

悼念王向峰教授

学富五车，有道嘉鱼在，未忘寒鹭：地角惊心，天涯系梦；

才通二酉，无情鹈鸟鸣，怕问征夫：马嘶残月，人哭晓风。

悼念袁隆平院士

功盈天地，年丰岁稔图强，卓力劳心铭史册；
德冠古今，物阜民康致富，餐风宿露济苍生。

悼念张永林老师

笔横新冢，荣枯尽寄，生无一面评吾赋；
琴竖旧窗，哀乐犹惊，死不二心爱汝诗。

纪念陈怀先生百年冥诞

钦服耆宿陈公，索简穷经，犹惊雷贯耳；
惭愧新兵我辈，寡闻浅见，觉甘露洗心。

纪念对联界一代宗师马萧萧百年冥诞

琴韵失声，德高一代领航者，断弦化鹤星垂，节
凛松筠为道范；
联坛挥泪，名重千钧指路人，搁笔骑鲸菊冷，志
同兰蕙化春风。

悼刘太品先生

立言千卷，气锐大文章，树入三冬，泗洙堕泪；
无愧一生，才雄真富贵，君遭二竖，泰岱失辉。

题八女投江之冷云

冷地悠悠，六岳含悲怀血泪；
云天杳杳，三江激愤抱松岚。

悼念战友

想当年，百九十名登铁甲，劲旅北来，何其壮也；
瞧今日，三十几个下黄泉，凶音西去，岂不哀哉。

题焦裕禄

驱除"三害"，茹苦含辛，改天换地；
整肃"四风"，防微杜渐，固本培元。

屈原祭

百世吊魂，山川天问传骚赋；
三湘垂泪，风雨怀沙涌汨罗。

题缘分

同道同行，唯德为邻大丈夫，有缘乃尔；
共吟共勉，以诗会友真君子，舍分其谁。

农民赞歌

黄牛献瑞，最美它甘霖千堰，澍雨一犁，年丰岁
稔乡民富；
紫燕呈祥，尤乐这龙岭催春，石桥披彩，物阜民
康日子红。

题"雷锋文化，营口有礼"活动

三冬含翠文明树；
九夏吐香礼貌花。

遣兴无拘，向善言行清在竹；
恪勤有礼，思贤品德峻于山。

怀德无私，树时代楷模传美誉；
助人有礼，学英雄事迹献丹心。

题辽河大桥

柳埠翻虹，霞明一道桥如锦；
辽川印月，云暗半轮岸似茵。

贺鞍山市楹联学会成立30周年

卅载探骊，雁书贺对蓝天上；
千峰耸笏，鹤顶丹心绿韵中。

题"环保日"

安营故垒，正本清源，风光千古韵；
守口长河，治污防染，气象一城春。

民生亮剑，铁腕治污，物阜人熙日；
环保举旗，金睛破雾，河清海晏年。

题中秋节

韵漱水云间，菊篱迎月；
色澄天地外，桂苑吟联。

题重阳节

明志夕阳争晚节；
含情菊蕊染清霜。

题"淡泊居"

集庆烟霞，聚瑞流光成国范；
迎祥诗礼，扬芬溢彩化家风。

架下花明，花衬两联孝语；
堂前云丽，云书几首贤诗。

题鸭舌岛采风活动

鸭岛群鸿，四时向日；
河湾众鹤，一路追春。

鸥鹭作邻，栈道文明路；
蒹葭为友，河滨礼貌途。

难得相逢，欢歌笑语拍合影；
久期互动，追鹤逐鸥录视频。

题莺歌燕舞

趁廿四番花信莺歌，辽川出彩；
御二十大惠风燕舞，故垒生辉。

佛地楹联

弗人成佛；
其土筑基。

炯炯灵根，无是无非地；
绵绵善果，有来有去人。

弥醒三千，有缘开口笑；
境空四大，无我悟禅心。

笑口常开，峰青千丈佛；
禅机彻悟，月白一方人。

净土释嗔，鸟息禅心融梵境；
仙踪惊梦，人开慧眼润灵峰。

四壁翠峰，大肚宽肠空布袋；
双联紫气，欢天喜地满山门。

题露天温泉

云游泉内云方秀；
月出池中月更圆。

漱玉羞花翻白雪；
沐霞落雁倒青天。

韵漱云间，汤滋芳草绿；
色澄天外，泉濯夕阳红。

题诚信

持诚怀义千秋训；
守信约身一字师。

题仓颉

观兽形鸟迹，悟廿八字真诠，无愧神州圣祖；
废挂贝系绳，奠五千年正脉，堪称禹域人文。

题梨花

燕语飞歌，白雪含香云外锦；
莺姿入梦，碧纱笼素月中真。

盈盈寂寂，清清馥馥，袅袅姗姗，濯濯娇娇舒白蕊；
习习婷婷，楚楚离离，溶溶淡淡，枝枝瓣瓣吐幽香。

题同学缘

白发盟心，老态龙钟歌岁月；
青春牵手，天真烂漫梦年华。

题聂耳

喷火曲铿锵，壮哉聂耳；
凌烟名锦绣，美矣玉溪。

题营口市诗词学会"大美营口，荣耀中华"诗歌朗诵会

摇翠浮烟，时切葵忱迎淑气；
挂丝蘸水，久违芝范染晴光。

题古寺

烟笼孤僧寺；
月藏五柳塘。

月影芦花鸣雁阵；
雾风霜雨敛钟声。

谐趣联

迷镇山，山镇迷，迷从镇起；
秀才岭，岭才秀，秀自才兴。

题上口子村

S状河湾，日迎船影临琼海；
T形港汊，月送雁声笼锦帆。

酒歌

共盏共吟，龙眠海底香诗梦；
独斟独酌，虎醉山中壮艺魂；

酒颂

一醉何妨，壶隐山川吟万丈；
千杯不厌，杖担日月饮三江。

酒德

三瓮芳醪，云心千叠尊天地；
一缸妙韵，柏酒万盅醉古今。

题蔡伦造纸

霜叶传情，半夜笋声三径雪；
溪藤废简，一襟竹气万竿风。

题微信

联网视频，热搜亮眼，大美签单，抖音好友春圈粉；
加群置顶，快手爆棚，小康打卡，点赞头条福霸屏。

题小草

泥暖莺啼无媚骨；
出锋仗剑有奇香。

题同学雅聚

红运山边，云含诗韵蝉鸣柳；
熙湖岸畔，风滤荷香燕近人。

携手青春，两鬓风霜，惹梦沧桑还是友；
盟心白发，一肩烟雨，如歌岁月总连心。

题紫燕

双剪裁云，衔得桃红寻旧栋；
半巢续梦，抟将柳绿弄新条。

题夏日

月晚树阴，云耸奇峰山鸟静；
暑蒸池色，榴开碎锦林风清。

题山花

雅淡冰魂，不媚不妖霞嵌影；
冷香玉态，共觞共咏月追踪。

题榴花

火流灿灿，灿焰染唇，赤蕊如荼花彩绚；
色映丹丹，丹榴照眼，仙姿似锦叶香浮。

题枫叶

浥绿壮秋，举火点霞风瑟瑟；
催红醉客，欺晴夺晚叶萧萧。

悟

清贫有锁，堪怜秋老囊羞涩；
旷达无忧，莫怨身微意从容。

荣辱酒难，松老无风花解语；
悲欢诗怨，山深有雨月通灵。

题舞蹈诗剧《只此青绿》

青绿寄于斯，烟湿秀裳，仙姿窈窕和霜磬；
江山知此际，风翻翠袖，云鬐巍峨引玉琴。

题水

体有灵承，浮载一舟含风影；
性无俗染，涵濡万类散龙形。

涵濡万类光天地；
浮载一舟鉴古今。

题春燕

款款回檐，不嫌旧壁寻巢草；
喃喃认户，但爱陋窝啄雨虫。

赠永轩、炳焜夫妇

种玉播金，垄中春色偏青眼；
掠风梳翠，手上泥香伴白头。

题大石桥荣获"中华诗词之乡"称号10周年

古水洗心，赖先哲举旗，情系担当书雅韵；
龙山醉眼，喜后昆奋笔，志行砥砺谱华章。

题诗路花语

与山共舞，雁字凌空，白发红尘融夕照；
和水同歌，鸾声逗浦，青山绿水识知音。

题扇

聚散无常，听鸟品谁气度；
弛张有序，问花评某风流。

收放香人，庄蝶两忘穷奥妙；
张弛醉我，鱼吾合一悟玄机。

自嘲

且过且呆，呆去不知而立；
渐行渐醒，醒来已是古稀。

题老年大学

槐市龙颜，时逢盛世青云志；
杏坛鹤发，人返少年白雪才。

题某单位乔迁

龙喜泽云，龙气龙威龙破壁；
凤迁梧木，凤声凤影凤来仪。

题凤凰山

足下翠涛，神马峰间千壑秀；
胸中浩气，老牛背上四时歌。

题离别

月引离愁，迷草梦寻君去我；
帆催别泪，望云魂断我思君。

贺营口市楹联学会五代会

柳埠燃情，墨海新潮，雄心雅韵花千树；
滨城拓梦，联军劲旅，圣手华章对两行。

柳韵寄语

群贤筑梦，五柳歌春，字句推敲飞笔势；
诗吐锦心，联迎玉趾，仄平斟酌起骚魂。

诗苑追春，斟酌仄平裁翰锦；
联坛筑梦，推敲字句焕云霞。

柳散青烟，诗坛毕聚敲唐律；
韵飞白雪，社友躬临集宋音。

襟前丘壑，与鹤盟心，扬清激浊鞭时弊；
腕底云山，凭诗咏志，怀德行仁颂国昌。

夜吟

抱梦飞天，娥影桂香天绕韵；
倚窗邀月，水声山籁月摇枝。

盼月（嵌词牌名）

"万峰攒翠""剪朝霞"，"扁舟寻旧约"；
"八节长欢""期夜月"，"骤雨打新荷"。

玻璃对

日出山间，爽目中州同画本；
月来水里，开心赤县共文章。

半亩云山，盖县风光真富贵；
一壶丝竹，吕王画景大文章。

题红叶

情定青山，半帘幽梦朱砂痣；
句题红叶，满目秋波白月光。

浥绿壮秋，霜叶生晖霞染树；
催红醉客，锦枫托日火烧云。

题月食

破梦惊魂，韵生露草残星汉；
成轮疑影，光出风篁满玉盘。

题竹

竿悬晓月，月映娉婷，月竿立翠峰，霜操伴酒，倩影牵诗，正根盘水石，惹四时淡雅，八面清凉，萧爽风姿迎墨客；

叶扫暮云，云临窈窕，云叶分苍霭，化碧浮岚，铺荫笼秀，直节接烟霞，乐品慕七贤，德同三友，琅玕筠志抱青山。

题除夕

吟联思暖律，见腊尽今宵，年开明日；
清稿惜残更，喜乐声助醉，灯影含春。

题老同学雅聚

惹梦沧桑，三盏芳醪，壶隐山川千叠，新梦蝶粘还是友，见两鬓风霜，一肩烟雨；

同窗岁月，半瓶妙韵，杖担日月万盅，旧门燕共总连心，喜盟心白发，携手青春。

题风雨绿春

一川梦雨，半岭天风，滴翠千坡莺怯啭；

鸭绿披山，鹅黄泛柳，争荣万木蕾偷新。

题家乡巨变

观不尽桃红柳绿，草长莺飞，更重重稻浪，脉脉花香，但留得喜鹊登梅，春燕剪柳，任英雄比昔，淼淼矣乾坤共色；

喜无边雾散云开，风和雨沛，便春色入帘，祥光凝户，岂能阻龙腾虎跃，马踏牛耕，凭先哲逢今，勃勃焉日月齐辉。

第四辑 新诗

听凯丽金萨克斯曲《回家》

隽永，
绵长，
悠雅。
如秋雨滋润的菊蕊，
似夏风吹拂的槐花，
像冬季徜徉的雪魂，
是春天萌动的柳芽……
出神入化，
天籁奇葩。

我做了一个梦

我做了一个梦，
醒来热血沸腾。
我抓着悬崖前的一棵青藤，
大汗淋漓地奋力攀登。
磨破了手脚滴着血迹，
厚重的血渍包裹着青藤。

一颗流星擦肩而过，
点燃了凝血的青藤。
刹那间通天透亮，
如椽巨笔在划动，
在蓝宝石般的夜空，
赫然写着：
从恶如崩，
从善如登。

为1980年第3期《八小时以外》封面配诗

蝉儿爬在竹梗——轻轻
轻轻，
怕是摇颤枝叶，
把月儿弹上幽蓝的夜空。

落叶

像只小鸟翩然着地，
像只彩蝶花前翩跹。
不，那是春姑娘寄来的信笺，
告诉你——
春天里播下的种子结了多少果实。

园中即景

雪花悄然飘落，
枯叶唱着忧伤的歌。
徜徉园中的红衣女子，
像似流动的一团火。

为1998年第9期《中学生作文指导》封面配诗

红红的一轮——
太阳，
月亮？
一头老牛——
走向原野，
步回村庄？
正因为它占尽了日月，
所以走进了永恒。
它走进了红红的一轮——
定格在一瞬，
化作了一枚硕大无比的琥珀。

树的昭示

一条幽深的小路伸向西南方向，
郁郁葱葱的大树植根在路的两旁。
它的根须宛如虬龙蠕动，
硬是把宽平的沥青路面拱得隆起一条条凸岗儿。
但见槐花白，
柳枝绿，
杨和椿的叶子发着青翠的光。
我踱步徘徊，
仔细地思量：
它的气质，
它的倔强，
它的韧劲……
哪一点不给人以奋进的力量。

新月

我是一弯新月，
在山间溪流中跳跃，
在乡村蒲塘中舞蹈，
在园里柳池边栖息。
当我在崖边清潭一觉醒来，

揉着惺忪的睡眼，
发现自己变成一把新镰，
履着稻田间的沟渠，
欣喜若狂地奔跑，
去收割丰硕的金色秋天……

燃烧才是精彩

我是一根被遗落的火柴，
在尘世的风里漂泊。
一个漆黑的夜晚，
流星告诉我：
"燃烧才是精彩！"
于是，
我勇敢地靠近他滚烫的身躯，
在他的胸怀里燃烧起来。
想想元旦将近，
我索性以年轻人的舞姿，
用自己燃烧的躯体，
在广漠的夜空写出：
"奋斗了就无悔！"

建筑吊手赞

明眸眨动，
像对逗趣的流萤。
小辫一晃，
划落一颗星星。
不夜的工地——
飞着一只雏鹰。
揽九天星儿砌壁，
钩一弯新月作拱，
吊昆仑珠峰当盖，
挑长江黄河养生……
优胜红旗似篝火燃在吊顶。

辽河，我的母亲河

辽河——
我的母亲河。
你滔滔汩汩，
万转千折，
以雄浑的身姿激起拍天浪波。

辽河——

我的母亲河。
从我呱呱坠地那刻起，
便一头贴在了你的胸窝。
你潮起潮落，
牵动着我的喜怒哀乐。

辽河——
我的母亲河。
看到你遭受伤害摧挫，
我会情不自禁地心绪郁愤，
面对难以名状的困厄备受折磨。
很多委屈还来不及诉说，
很多问题还来不及思索，
就跟着你一起被抛向海流洋涡。

辽河——
我的母亲河。
看到你挺起脊背激浪扬波，
我会不由自主地亢奋难捺。
有股劲头充盈着周身脉络，
显示出我旺盛的生命力，
和那坚强的性格。

辽河——

我的母亲河。
你是我生命所系，
你在，
我的血液就不会干涸。
在你的怀抱，
我和我的同胞们顺势而为，
在构建人类命运共同体的洪流里一路高歌。

池塘

那房，
那树，
那塘……
像收集了一夜的月光，
覆盖着层层清霜，
冬季的雾凇一样。
花如约而开，
散发着淡淡的幽香，
与四周的一切倒映在如镜的池塘。

露珠

我的梦是草尖上晶莹的露珠，

映衬着古渡边姣好的玉妃花滚落。

弹射在岸畔蒹葭的叶片，

内心有股难以言状的舒适。

我知道太阳出来自己会消失得无影无踪，

然而我毫无怨尤，

只要滋润的花在我心头开过，

满满地装的都是幸福。

梦境

我驾一叶扁舟，

在茫茫的大海上夜行。

没有星星，

没有月亮，

只有远处的小岛上微弱的灯光。

突然乌云密布，

海浪奔涌，

霹雳当头，

闪电像横出的银蛇，

吐着芯子咝咝作响。

起初我有些惶惑，

只是随波逐流顺着潮向。

继而寻思，

上帝既然把我置于这样的境地，

就是福分。

怕——

也是飘荡；

拼——

兴许有希望。

于是，

我鼓起勇气，

挣掉恐惧，

调动起周身的力量，

向着小岛，

向着灯光，

奋力划桨。

也是必然，

迎面劈来的巨浪撕裂了小船的右舷帮。

小船侧翻，

我扎进汪洋。

"坏了！"

我不由得一惊，

心头顿生悲凉。

绝望孕育希望，

绝望才使人本能地对抗。

我三下两下抓住船帮，

稳定情绪，

抹把脸庞。

天何时落下的大雨，

我全然不放心上。

"啊！"

我感觉右腿被巨齿撕咬，

海水浸泡伤口，

剧痛直钻心房。

我周身抽搐，

一股凉气从丹田蹿上喉腔。

我眩晕呕吐，

仿佛昏倒在奈何桥上……

蓝天，

白云，

海鸥翱翔。

白沙铺岸，

海水荡漾。

晨曦拂慰，

犬吠汪汪。

我发现自己躺在海滩上。

一位老大娘带着小孙女，

笑着看着我，

眼里透出慈祥的目光。
我下意识地摸摸血肉模糊的腿，
疲惫地睁大眼睛，
"谢谢，老大娘！"
"谢谢，小妹妹！"
哦，我得救了，
我还活在世上……

参观省反腐倡廉警示教育基地感言
（写于2008年10月）

警钟——
盛世警钟。
悬挂苍穹，
威如九鼎。
敲起来，
震颤人的心灵。

这是怎样的一座城
——高墙矗立，
铁门阴森。
迈进去，
胆寒心惊。
服刑的囚徒里，

有些曾是昔日的英雄：
书记、市长、主任、董事长……
如今桂冠折尽，
手铐脚镣上身，
有的走上地狱不归程。

他们也曾胸怀大志，
他们也曾为民情浓，
他们也曾为国家做出贡献，
他们也曾信誓旦旦：
"为共产主义事业奋斗终生！"
然而在市场经济的大潮里，
这些人招架不住金钱的诱惑、
糖衣炮弹的进攻。
名利膨胀了头脑，
贪欲充塞了心胸，
吞敛钱财坑国家，
为非作歹害人民，
在灯红酒绿中沉没灭顶。
到头来，
"金钱变成了上路的纸钱"，
咎由自取，
恶果已种。

人啊，

怎么会变得这样？

说起来让人心情沉重。

"前车之覆，后车之鉴"，

警钟敲起来，

思想改造不放松。

"执政为民，立党为公"，

大浪淘沙始见金，

共产主义大厦终建成。

是汉子——

百折不挠不言败；

革命者——

永远是先锋！

白马王子赞

（写于2006年多哈第十五届亚运会开幕之际）

鲁卜哈利沙漠金光灿烂，

波斯湾大潮卷起了巨澜。

多哈亚运会开幕点火仪式宏伟壮观。

当巨大的亚运会会徽徐徐绽开，

卡塔尔酋长的儿子身着白色长袍，

乘坐骑伫立中间。

阿拉伯马乌黑锃亮，

披着金色战衣、红背毯。
当传递手点燃王子手中象牙般的火炬，
王子神色安然，
马匹步履翩跹。

继而，
王子神秘地一笑，
马匹昂首视天。

片刻间，
王子坐骑掉转身，
像海燕穿破云层，
像羽箭飞离弓弦，
像雄鹰直刺蓝天，
像麋鹿越上山岩……
王子伏身马背，
冲向四十五度角三百一十七米高的云栈。

突然，
像海燕遭遇巨浪，
像利箭飞进树冠，
像雄鹰面临落石，
像麋鹿触碰熔岩。

马——
险失前蹄；

人——
险些仰翻。

谁人不为他捏把汗？

看马，

俯身弓背喷鼻息；

看人，

高擎火炬似挥鞭。

人神马爽登上圣火台，

主火炬点燃红遍天。

有惊无险一刹那，

是一尊金铸神像矗立千万年。

亚运盛会增看点，

五湖四海喜空前！

路灯

路灯，

夜的眼睛。

方位：

东西南北；

时序：

春夏秋冬。

当落日收敛最后一抹余晖，

便与星儿同亮，

与月儿共明。

驱散尘世片片荫翳，

捧给人间缕缕温情。

路灯，

夜的眼睛。

书房窗台上的盆竹

竹色——

莫说是挨近你的身姿，

就是在窗外窥见你的一片嫩叶，

空气便显得青翠欲滴。

书香——

莫说是倾情而嗅，

就是轻轻捕捉你的一丝气息，

生活便充满了诗意。

竹色——书香，

莫说是朝夕相依，

就是默默地一瞥，

便是两颗美好心灵的撞击……

我的蝴蝶在梦游（集句）

疏篱一抹斜阳暝（清　叶大庄），
细草如烟蝶一丛（清　边寿民）。
江郎自有生花笔（清　文廷式），
栩栩能传纸上声（清　查慎行）。
只疑身世在南华（明　彭　年），
花间蝶梦几时醒（清　郓寿平）。
不知梦见庄周未（清　曹贞吉），
一枝又逐月痕空（清　郓　敬）。
添写罗浮双凤子（清　汪　端），
随意花间过一生（清　张问陶）。

抚顺行

（写于1973年10月）

煤海浩瀚，
乌金浪卷。
与地心相通，
和九天接连。
煤矿工人一双手，
搅动万里江山。
煤块——

映出矿工们的红心；

煤粉——

滴出矿工们的血汗。

有了你啊

——黑色的金子，

才使车轮飞奔，

钢花飞溅，

轻工业报捷，

重工业高产……

我爱矿工，

我爱矿山，

我要做矿工们开掘出来的一块煤

——发出时代的光和热。

飞驰吧！时代的列车

（写于1979年夏天）

山披彩，

水如镜，

霞蔚云蒸。

花绽蕾，

柳丝静，

雄鸡啼鸣。

瞧：

在那东方地平线上，
从那喷薄欲出的红日中
——一个黑点闪现，
一只小鸟翩跹，
一头睡狮猛醒，
一条长龙奔腾……
啊！
列车
——时代的列车。
质朴庄重的风貌，
钢打铁铸的筋骨，
雷霆万钧的力量，
摧枯拉朽的秉性……
多么令人敬佩，
多么让人赞颂。
它——
不论春夏秋冬，
夜黑日明；
它——
不避长河大江，
崇山峻岭。
一日万里，
呼啸驰骋。
纵然是

——尘埃蔽日，

云浓雾重，

狂风暴雨，

电闪雷鸣……

也休想把它拦阻。

尘埃蔽日，

挡不住它气浪排空；

云浓雾重，

遮不住它火眼金睛；

雷声隆隆，

为它擂响进击的战鼓；

暴雨狂风，

为它高奏前进交响乐谱；

闪电里哟，

更显出它高大的身影。

列车——

时代的列车！

中华民族铁的脊梁，

八亿人民意志的象征。

冲——

打破了狐的盘算，

狼的迷梦。

冲——

回击了虎的探爪，

熊的蠢动。

冲——

轧死了挡车的螳螂，

飞落轨边的苍蝇。

飞驰吧

——时代的列车！

你载祖国走上繁荣，

你载人民走向光明。

昨天还是沟壑荒谷，

而今你过

——煤市钢城。

昨天还是亘古茫原，

而今你过

——油海万顷。

昨天还是枯山秃岭，

而今你过

——梯田层层。

昨天还是广漠僻野，

而今你过

——卫星高唱《东方红》……

听啊，

时代的列车汽笛长鸣，

震沸四海五湖水，

神州大地起东风。

看啊，
时代的列车车轮滚滚，
向着"四个现代化"的宏伟目标，
进行新的伟大长征！

王充闾文学研究中心系列丛书

自撰集

张永林 著

王充闾文学研究中心 编

春风文艺出版社
·沈阳·

图书在版编目（CIP）数据

自撰集 / 张永林著 ; 王充闾文学研究中心编. —
沈阳 : 春风文艺出版社，2024.1
（王充闾文学研究中心系列丛书）
ISBN 978-7-5313-6633-1

Ⅰ.①自… Ⅱ.①张… ②王… Ⅲ.①诗词—作品集
—中国—当代 Ⅳ.①I227

中国国家版本馆CIP数据核字（2024）第022378号

我 爸

我爸，照相就两个姿势，向左侧转身，向右转身，不会笑，最后住院时，却留下一个背影！

我爸，爱好诗词，发表作品众多，他的作品至今还刻在营口的文化诗墙上！

我爸，爱玩，扑克、麻将、象棋无一不精；爱旅游，国内的众多名胜都留下了他的足迹！

我爸，会做饭，在我的记忆中，总是他在厨房给我们做好吃的！

我爸，惯孩子，不论是我们，还是子侄晚辈，都惯着，宠着。到了我们下一代，更是宠爱有加！

我爸，一直很让着我妈，包容她的脾气。我妈说我爸啥也不管，其实他管得挺多的！

我爸，对亲朋好友，尽心尽力，宽以待人，更是宽以待己！

我爸生于1950年六月初八，卒于2021年六月二十九！

爸，你就这样走了！永远离开了你的家人，在你离开我们一年多的今天，我才终于敢写点东西了。思绪翻涌，却不知该如何表达！万千思绪最终在心中化成一句话："爸,我想你了!"

今天,我爸生前的诗作终于发表,在此衷心感谢王充闾文学研究中心、营口诗词协会、大石桥蟠龙诗社的大力支持。还要特别感谢我爸生前的诗友、挚友,感谢你们不辞辛苦的帮忙,尤其是孙国尊老师!我爸虽然不在了,但他的文字还在,他的精神还在!

女儿敬上

2023年4月22日

吊古醒今应知我　齐家念国总牵心

孙国尊

永林兄是大石桥市诗词界中生代的杰出代表，平生创作诗词千余首，并将精髓500多首整理成册，准备付梓。天有不测风云，2021年8月7日永林兄溘然长逝，遗愿未了，堪称憾事。爱女张建阅读遗作时，每每哽咽，泣不成声，一心了却慈父心愿。2023年4月初，张建向我说明心意，嘱予作序与跋。我虽疾病缠身，但欣然受命。一则作者与我多年交好，以此表达怀念之情；二则精读遗作，向诗兄学习、借鉴；三则助爱女圆解父亲遗愿。

2004年深秋，我加入大石桥市诗词协会，与作者相识，十多年的交流研讨，留下的印象是，永林兄人品纯正，勤学善学，谦逊稳重，笔耕不辍。作品严守格律，词句考究，格外求正，略无犯戒。内容涉猎广泛，真情实感。沧桑情、家国情、至亲情、师生情、山水情、同窗情、民生情、桑梓情、感物情、生活情，咀嚼之，玩味之，篇篇意笃，首首情深。

沧桑情，通过凭吊古人、警示后昆加以体现。"击水湘江啸夜沉，华夏腾飞民族林"是《毛泽东颂》句。从中流击水启动到嘉兴红船扬帆，从推倒三山壮举到中华民族腾飞，主人公挟持着搅动四海的革命风雷，展示着波澜壮阔的革命生涯。"忠骨凌波逝沧海，民心碑耸史千秋"是《怀念周总理》句，从大江歌罢掉头东到遵义力挺毛泽东，从纵横捭阖天下事到俯首甘为孺子牛，主人公一片丹心归大海，芳名留得万年扬的忠良形象力透纸背。任何形势或潮流，皆是波谷相生，高低错落，是非曲直，历久自清。"以人为鉴，可以明得失。以史为鉴，可以知兴替"（旧唐书·魏徵传），作者以作古伟人的非凡经历警醒后昆这一真理，禁不住使读者联想起"念天地之悠悠，独怆然而涕下"（唐·陈子昂）句，沧桑情感陡然而生。此种感触在《黄帝陵》《三国演义人物组诗词》《九一八》《岳飞》等作品中均有体现。

家国情通过心融时代，关注时政，盛世抒怀加以体现。"党意民心同筑梦，凯歌百代庆升平"是《喜迎十九大》句，"党心民意兴邦路，共筑神州绮梦篇"是《宏扬长征精神，共筑中国梦》句。体现了作者身心融入时代，关心国家大事，祝愿民族复兴的赤子情怀。明证了自身小我与祖国大我高度契合、高度统一起来的事实。"宏图今又添新笔，功在兴邦万古雄"是《青藏铁路》句，"和谐友谊五环路，共创辉煌百代功"是《奥运圣火中华行》句，"一箭穿云透九重，九州瞩目射天宫"是《天宫一号发射成功》

句，寓示着作者密切关注着祖国建设日新月异、和平发展举世同心的敏锐洞察力和密切关注中华民族伟大复兴中国梦的实践全过程，具有高度的政治站位和政治自觉。作者以诗人的嗅觉和视角融入助推中国梦伟大实践的时代潮流中，其拿云壮志可见一斑。禁不住使读者琢磨起"一心中国梦，万古下泉诗"（宋·郑思肖）之内涵。如此情结，在《祝贺政协成立六十周年》《贺共和国六十华诞》《八一建军节感赋》《厉害了我的国》等作品中均有体现。

至亲情通过对孙辈的祝福和对前辈的怀念加以体现。"平步青云当图远，笑口常开一路歌"是《为外孙函宇一周岁生日作》句，期待着春风惠雨的滋养，期待着梦想实践过程中一路坦途。隔辈人的殷殷寄托和深沉祝愿用心表达出来，禁不住使读者联想起宁愿"我被聪明误一生"也要"人皆养子望聪明"（宋·苏轼）的祝愿。"慈严入梦春晖远，严训铭心恩泽长"是《祭扫双亲墓》句，跪乳之恩、反哺之义淋漓尽致。作者定是深谙"谁言寸草心，报得三春晖"（唐·孟郊）之真意。如此衷声在《忆祖父》《思念祖父》《清明雪》《父亲节怀念父亲》《写在双亲墓前》《母爱如天》等作品中均有体现。

师生情通过对"片言之赐，皆事师也"之化用，表达对老师的尊重和感恩加以体现。"粉笔飞灰双鬓雪，春风化雨卅年心"是《题师恩》句，真可谓"春蚕到死丝方尽，蜡炬成灰泪始干"（唐·李商隐）。"芬芳桃李花千树，莫负春风化雨恩"是《师恩》句，真可谓"令公桃李满天下，何用堂前更种花"（唐·白居易）。这样的知恩感恩之情在《汤其武老师》《赠丁礼云老师》《赠朱彦先生》《感谢曹辉诗友赠书作》等作品中均有体现。

山水情通过江山胜概、抒情释意加以体现。"丹墀凌步摘星斗，仙凡横断一关开"是《泰山南天门》句，似曾听见"会当凌绝顶，一览众山小"（唐·杜甫）之吟咏。"长空风劲掀云角，得识峨眉月半轮"是《夜宿峨眉山》句，似曾见到"峨眉山月半轮秋，思君不见下渝州"（唐·李白）之眷恋。"胜境神州第一楼，风过犹闻玉笛愁"是《黄鹤楼》句，似曾从远古高楼上传来了"黄鹤楼中吹玉笛，江城五月落梅花"之声音。这些思接千古、情漾今朝的体验在《长白山组诗》《江浙游组诗》《关中游组诗》《水调歌头·长白山》《望海潮·蓬莱阁》《沁园春·黄鹤楼》《西江月组词》《鹧鸪天·灞桥柳》等作品中均有体现。

同窗情通过久别重逢、抚今追昔生发情感起伏，慨叹岁月无情、人生易老加以体现。"风华依旧义常在，契阔经年情未消"是《聚会有感》句，真可谓"论心到极处，情爱逾骨肉"（宋·陈起）。"即历同窗共寒暑，何须把酒论尊卑"是《同学情》句，真可谓"少日同窗侣，天涯一故人"（当代·钱钟书）。"求学曾经少年客，含饴已是弄孙人"是《同学小聚》句，真可谓"思君令人老，岁月忽已晚"（汉·佚名）。

民生情通过对农夫和盐工艰辛付出的描摹加以体现。"晒玉煮银历暑寒，谋生水火倍辛艰"是《盐工》句，"背负骄阳轻蹑步，足蒸暑气紧挥锄"是《锄禾吟》句，深挚表达了作者关心民瘼的情结，借以警醒世人仔细掂量"谁知盘中餐，粒粒皆辛苦"（唐·李绅）的千钧分量。

桑梓情通过民间传说、祖辈遗存、故里风光等加以体现。"波澜半城秀，田丰两岸秋"是《淤泥河二首》句，字里行间体现了对母亲河的一往情深。"牛犁沃土种秋梦，农忙时节少闲人"是《山乡春早》句，春耕画面浮现眼前。"春晖永仁峰头塔，情系归帆日月长"是《望儿山感赋》句，真可谓"天若有情天亦老，此情说便说不了"（宋·万俟咏）。如此情感在《诗乡寄语》《老屋组诗》《赞镁都环卫工人》《采桑子·建一千年松》《望海潮·迷镇山》《望海潮·淤泥河》等作品中均有体现。

感物情通过对事物品评发心感叹体现出来。"荣枯先后无高下，各领风光即自然"是《花事自然》句，"陈朽坦然归野火，新萌何惧对霜天"是《春

草》句，"落英无悔风中散，青果有缘枝上收"是
《梨花吟》句，这些诗句集中体现了大化周始、非
唯人愿的客观规律，也警示人们领会并遵行"人法
地、地法天、天法道、道法自然"（老子《道德
经》）的哲学理念，蕴藏着"绿水青山就是金山银
山"的时代气息。此种感悟在《四季轮回组诗》等
作品中均有体现。

　　生活情通过亲身经历和寻常可见之趣事加以体
现。"初识三餐求不易，岁荒野菜亦香甜""垂纶逝
水约童岁，醉卧桑榆细琢磨""老房炕胜三春暖，慈
母情浓一线长"是《童梦拾遗组诗》句。追忆童年家
境贫寒野菜充粮，月透窗棂慈母缝衣之情景，悲凉心
碎之感生发出"半丝半缕当思来之不易；一粥一饭恒
念物力维艰"（清·朱柏庐）及"慈母手中线，游子
身上衣"（唐·孟郊）之同感。如此珍惜、感恩之心
在《开门七件事》《花甲生日作》《暮秋》《病中呓
语》等作品中均有体现。

　　精读作品，还能品鉴和感受到"意境"和"理
趣"的味道。"梢头挂月恋人梦，灞上折枝朋友情"
是《咏柳》句，显然是"月上柳梢头，人约黄昏后"
（宋·欧阳修）及"霸陵原上多离别，少有长条拂地
垂"（唐·韩琮）两种意境的浓缩。"纵使落英飞作
雪，不忘新果缀枝头"是《杏花》句，反用"靡不有
初，鲜克有终"《诗经·大雅·荡》之意及正用"不

忘初心，牢记使命"（党的十九大报告）的理趣。
"意境"和"理趣"分别是唐诗、宋词的特质，表明
作者在继承传统诗词创作手法上的用心实践及获得的
成果。这一实践成果在"沧桑情""桑梓情""感物
情"中多有化用，咀嚼便知。作者将诗集命名为《自
撰集》深藏用意，一来虚怀若谷，二来初心未了。留
给读者思考的韵味三日绕梁。忝为序。

2023年4月21日于淤泥河畔

目　录
CONTENTS

五　绝

人日

七日薄云翳，春光可奈何。
天边新雁近，楼上别情多。

无题

暮霭入尧都，秋风动碧梧。
万家灯火暖，天际一星孤。

钓蟹

寻趣临秋水，排竿三五枝。
垂纶缚香饵，坐钓蟹肥时。

雪柳

秋霜凋绿叶，披雪度严冬。
莫道纤丝瘦，坦然凛冽风。

七　绝

寻春

立春几日春无信，独步小园怨劲风。
静默海棠知我意，玲珑蓓蕾抱枝红。

腊日

家家洒扫去陈垢，寒尽暖来风物新。
白发方知人易老，愿携故旧入阳春。

赠刘春福先生

创业逢时坦路开，不亏德智栋梁材。
天公自有酬勤意，常伴凯歌佳运来。

赏雪

琼林银阁玉乾坤，气凛风闲曙色新。
曲径寻幽忽停步，无瑕何忍践屐痕。

雪

散似银沙聚是花，随风飘舞漫天涯。
晶莹寰宇开新界，祥瑞平分百姓家。

雾凇

雕栏玉砌落瑶台，银树琼花素手栽。
气暖风微逢夜冷，奇观处处雾中来。

题马庆邦先生寒梅图

借得孤山几点红，凌寒疏影报春风。
丹心一片冰崖暖，十里幽香出画中。

为外孙函宇一周岁生日作

稚子天真趣事多，惠雨时风润嘉禾。
平步青云当图远，笑口常开一路歌。

丰华公司随笔二首

一

东风化雨应时来，蝶舞青坪百卉开。
俊鸟登高唱新曲，满园嘉树栋梁材。

二

商海鏖兵战阵开，丰华一岁一高台。
更新理念兴文化，质量高科创品牌。

春柳

和风酥雨缀丝斜，处处青烟处处家。
一片痴情寄阡陌，甘将新绿伴桃花。

春水

乍暖还寒丽日高，风融积雪润冰消。
凌开初汛桃花水，一路飞歌向海潮。

春雷

交加雨雪送春归，料峭寒风暖意微。
万物梦中谁唤醒，惊天动地一声雷。

春山

林烟草色润青峦，崖畔香飘红杜鹃。
跌涧溪流一潭水，轻研淡墨泼春山。

雪后南湖

雪霁风闲旭日初，银桥琼阁玉南湖。
云开霞彩蔚林表，淡抹金光入画图。

春雪

草针欲露柳茸肥，云聚寒山望雁归。
初得东风一抹绿，惹来玉蝶漫天飞。

龙山赏槐花

寻幽曲径陟高台，漫岭槐花五月开。
满目晶莹疑是雪，解迷蜂蝶逐香来。

五 律

淤泥河二首

一

千古泥河险，唐王陷急流。
溯源承圣水，入海载飞舟。
波润半城秀，田丰两岸秋。
东风催沛雨，桃李艳黉楼。

二

东川输圣水，迷镇送晨钟。
波荡天边月，鸥惊柳下风。
无心陷唐马，有幸傍学宫。
荣辱千秋事，沉浮去浪中。

淤泥河怀古二首

话薛礼

边角震龙楼，东征渡万舟。

泥河救圣驾，虎帐点貔貅。

克敌万夫勇，运筹奇士谋。

弯弓问白羽，驻马绿江头。

论张环

才疏空骛远，抱笏辱朝班。

临阵羞夸勇，窃功谋计奸。

欺心亏一世，遗臭越千年。

士贵岂无价，半文缺德钱。

蚯蚓

休言少筋骨，处世自从容。

吞吐酬荒野，屈伸拓隧宫。

躬耕绵薄力，心许稷粱丰。

无憾捐躯后，杏林称地龙。

蜘蛛

守株悬八卦，待兔潜行踪。
急雨频摧网，垂丝巧趁风。
凝神常蓄势，持索逮飞虫。
天有酬勤意，功成不懈中。

丙戌重阳登迷镇山有感二首

一

郊行逢日朗，独步访林泉。
磬响梵宫寂，云浮天际闲。
秋山缀红叶，玉露噤寒蝉。
屈指思前度，悠悠又一年。

二

高阁金风里，望中秋日长。
摇霜几红叶，礼佛一炉香。
雁断浮云逸，心怜瘦菊黄。
遥情寄来岁，携友醉重阳。

蝴蝶

彩翼柳烟里，寻芳丽日稠。
逐春惜时短，携侣戏枝头。
云白花间暖，风清林下幽。
痴情寄梁祝，化羽梦庄周。

蟋蟀

夕辉喧墨羽，躯壮正秋时。
陋室鸣长夜，忧寒频促织。
心牵孤客寂，琴慰故乡思。
玉罐赌生死，难消纨绔痴。

蚕

天赋居荒岭，纤躯耐雨风。
疗饥唯青叶，惠世吐丝绒。
霜染秋山老，巢成绮梦终。
情驻人间暖，无悔做天虫。

毛驴

命中犯华盖，涉世受煎熬。
力尽鞭敲背，身衰项试刀。
肉香斟老酒，皮剥制阿胶。
魂落黄泉路，难将臭名消。

甲鱼

四肢撑八卦，铁甲罩青襟。
池养寻常货，野生三百金。
煲汤加枸杞，清炖配山参。
滋补望高寿，谁怀恻隐心。

蜻蜓

东风催日暖，倩影出清池。
点水期多子，抱荷遗好诗。
低飞预天雨，旋逐捉蚊时。
合力靖长夜，情唯酣梦知。

蝈蝈

漫步葱茏里，摇须辨九宫。
齿钳双利锯，翼鼓似金钟。
消渴唯香露，登高唱日红。
逐欢惜时短，无暇叹秋风。

蜜蜂

逐春徙南北，绿野觅芳菲。
露重凌晨起，香沉带梦归。
寻花非好色，携粉做红媒。
勤赠人间蜜，何尝惜力微。

马蜂

莽服巡山野，巢居高吊楼。
疗饥双利齿，拼命一吴钩。
撷粉逐欢处，残蕚抱子稠。
花间勤日暖，蓄势待寒秋。

蛙愿

彩服隐芊草，闻声跃碧波。
常怜青叶小，尤恨害虫多。
口阔吞蝼蚁，舌飞擒贼蛾。
乞君休杀戮，留我护青禾。

风筝

精工生彩翼，风助跃苍原。
情眷浮云逸，心甘旷宇寒。
身悬三百尺，鸟瞰一千川。
常恨垂纶短，无缘戏九天。

游三道岭水库

偕友凌高坝，迎眸景色幽。
云浮双岭秀，风动一湖秋。
白羽戏青帐，锦鳞潜碧流。
慕名访佳境，喜作画中游。

秋蝉

破土趁时暖，天晴几日欢。
凌风唱高树，流响入山泉。
志洁清秋露，身违尘市喧。
魂销霜叶里，遗蜕惠人间。

螳螂

春风吹梦醒，绿野隐纤身。
掠食双钩利，换衣几蜕新。
摇躯生霸气，举臂挡车轮。
霜落消魂处，螵蛸惠世人。

笼中鸟

雕笼囚玉鸟，晨起挂枝头。
心慕青山远，情牵碧野秋。
睹云思振翼，念侣放歌喉。
入耳声凄婉，何曾忘自由。

紫燕

携侣故檐下，春泥葺爱巢。
风清舞烟柳，月白度良宵。
顾影哺雏瘦，歼虫奋翼劳。
逐时惠南北，甘当徙途遥。

果园行

联袂果林秋，金风拂暑流。
繁枝万珠坠，信手两枚收。
园女横蹊路，敛容讯事由。
遥呼张会喜，瞋目展眉头。

访青石关遗址

登临青石岭，不见古雄关。
一线穿山过，双岩夹路悬。
斜阳淡荒冢，归鸟戏林园。
烽火陈年事，云烟几度残。

赠管彦先生
——兼贺《春草》付梓

吟田开寂寞，树帜聚群芳。
春草溢香远，秋山载韵长。
坦诚淡名利，儒雅重文章。
挥笔裁云锦，临风赋夕阳。

赠丁礼云老师
——《晚晴拾遗》读后

淡然凝大气，玉案满诗香。
岁月集思广，文章载誉长。
春风白桦绿，秋雨菊花黄。
不忘吟坛乐，桑榆拾夕阳。

待读
——盼洪生兄佳作早日结集付梓

不尚浮华事，辛勤理砚田。
抚琴思豫地，挥笔写辽天。
心系山河秀，情钟翰墨缘。
何时遣青鸟，虚案待佳篇。

高考

独木赴闱路，芸芸众考生。
拼将十年苦，来搏一朝名。
际会风云静，沉浮翰墨争。
酬勤本天道，折桂岂无凭。

读谢老《田园集》

夜读谢公著，珠玑照眼帘。
春风寄桑梓，秋实满田园。
曲曲唱新曲，篇篇警世篇。
简言深哲理，不尽字行间。

新秋

低云催暑气，急雨送清凉。
水沛浅溪阔，花繁几处香。
蛩筝弹月夜，蝉翼鼓骄阳。
欲问收成事，喜看禾穗长。

秋望

西风纵萧瑟，冷雨净浮尘。
柳映秋波老，云开雁字真。
山枫红露夜，陌草白霜晨。
莫道黄花瘦，偏多访菊人。

《三国演义》读后

一鼎群雄逐，干戈何日休。
新尸横野外，旧帜落城头。
几枕帝王梦，百年黎庶愁。
兴亡多少泪，尽付大江流。

冬至

塞北冰封处，朔风凝大千。
山山开素屐，九九始今天。
已是雪加雪，更添寒上寒。
偷闲何所事，屈指计年关。

题雪

谁展擒龙手，残鳞舞九天。
无缘汇沧海，着意覆桑田。
凛冽出高宇，清新卷大千。
皑皑霁林表，望里好人烟。

励志

莫叹人生短，惜时励志宏。
映雪书山小，闻鸡剑气雄。
报国沙场上，决策庙堂中。
不息天行健，酬勤百代功。

赋得我有一壶酒

我有一壶酒，缘诗待故人。
箸敲金缕曲，酡染沁园春。
浅醉疏狂客，坦言交契真。
杯中情不老，足可慰风尘。

赋得我有一张琴

我有一张琴，泠泠寄语篪。
高山思仰止，流水鉴浮沉。
娴熟七弦事，和谐十指心。
坦言同雅俗，无处不知音。

赋得我有一壶茶

我有一壶茶，明前采嫩芽。
红炉旺薪火，清泉煮云霞。
味淡黄山叶，香醇茉莉花。
润心佐平仄，砚里觅天涯。

佳节寻春

佳节强为乐，桥西逸兴寻。
波光凝晚照，暮色起高林。
草逗新芽绿，鱼惊水上金。
秋怀因此放，且缓伴风吟。

辛丑小年春日怀父兄

燕子回檐下，父兄终不归。

那堪半零落，转觉世俱非。

云影没天外，残阳倚翠微。

杜鹃啼月夜，寂寂失枝依。

七　律

秋日晓行即景

丘峦寂寂鸟啼长，蹊草牵衣花有香。
云托朝曦风尚暖，寒凝夜气露犹凉。
盈眸丰稔粱蔬果，入画斑斓橙绿黄。
一抹红霞分异彩，清溪十里纳天光。

同学情（新韵）

一指流沙总有痕，铭心刻骨几秋春。
启迪互勉志方远，逐梦结缘日益深。
即历同窗共寒暑，何须把酒论卑尊。
纵然邂逅情如昔，难忘当年那份真。

览胜西安

逐梦不辞千里遥，古都问迹十三朝。
香消池水华清浅，云掩霓光雁塔高。
大业千秋兵马俑，丰碑无字女皇昭。
多情最是长亭柳，折尽沧桑赠灞桥。

秦始皇陵

岭抱松荫卧祖龙，古今毁誉几相同。
志图一统竭千智，兵燧十年平六雄。
政出中央开郡县，利兴广域废分封。
沧桑不尽终归土，难掩当初不世功。

骊山兵谏亭

日寇硝烟动古城，万民敌忾义填膺。
阋墙皆识燃箕意，报国谁怜恸谏声。
烽火八年同浴血，关山万里庆升平。
凝眸静思风云事，青史昭昭垂汉卿。

烽火台咏褒姒

深宫愁锁几潸然，风卷流年泪已干。
一笑诸侯弃烽火，三通鼙鼓动关山。
锦帷奢处德修浅，绮梦醒时国不堪。
得失庙堂君作主，覆亡何必怨红颜。

华清池随想

自恃丽质冠西京，心计何尝负艳名。
掬水香脂添百媚，对天子夜约三生。
政弛龙阙君王事，魂断渔阳鼙鼓声。
孤冢残阳悲宿草，哀弦一曲雨霖铃。

乘华山西峰缆车

铁索凌霄向九重，缆车冉冉御长风。
惊魂壁立三千尺，悦目幽藏十万松。
险峻莲峰生鬼斧，扶摇天路见神工。
苍茫华岳几多梦，叠嶂崇峦云雾中。

华山行

峻岭摩天草木稀，登临俯瞰万山低。
长空栈道千年路，石磴青苔百丈梯。
钟鼓晨昏繁香火，沧桑观宇卧云霓。
风生丘壑林泉意，远去喧嚣已忘机。

华山论剑勒石处

应是江湖浪不平，长风猎猎卷旗旌。
沽名心底英雄气，论剑峰头龙虎争。
借得一椽惊世笔，赚来几许赞叹声。
何堪勒石愧青史，谁为他年正视听。

谒黄帝陵

云淡秋山绕水流，巍巍陵寝卧高丘。
疏枝蔽日千阶影，上古遗风万木幽。
香火九州念初祖，人文百代思源头。
功开华夏传承远，不尽沧桑岁月稠。

拭镜有感

拂却尘霾鉴倍明，灵台无垢百虞清。
宜从操守识高节，莫向衣冠问盛名。
娟秀双娥非黛染，正邪一念自心生。
几多得失证青史，千古诤言思魏徵。

对镜随想

澄澈银光似玉磨，案头揽照慨叹多。
皓翁每做青丝梦，靓仔谁思白发歌。
整饰衣冠肃仪表，娇羞眉眼点秋波。
孰知对影真如许，参透人心又几何。

赞镁都环卫工

冒雪迎风四季辛，除芜理秽汗津津。
牵情广厦家家净，竭力长街日日新。
灰渍鬓边常有迹，阳光心底总无尘。
平凡筑就德高尚，堪敬当歌更可亲。

白露

已别炎天气转凉，泠泠玉露未成霜。
晨曦雁影徙长路，夜月蚩琴弹短墙。
雨浥畦蔬尚增绿，风香田谷待归仓。
疏篱丛碧抱初蕾，把盏殷殷待菊黄。

依韵朱彦先生《饮酒》

棠棣融融芳草庐，京华筑梦客方舒。
几经绮宴三千盏，十载吟田八百锄。
心似玉壶邀绿蚁，情同碧海共蟾蜍。
归来饮誉辽东鹤，尚可欣然一醉无。

咏关羽

时逢乱世建奇功，秉烛春秋上古风。
赤兔扬尘千里远，青龙夺命五关雄。
民披肝胆仰高义，君重江山励尽忠。
谁思自负愧扶汉，哀歌一曲麦城东。

追求

少忌低眉老忌狂，春花秋实有文章。
虚怀堪任利家国，赍志何妨谋稻粱。
应是心高成大器，莫教梦断悔寒窗。
闻鸡恒念争时早，天道酬勤当自强。

夏日偶得

水沛池塘菡萏香，疾飞燕子哺雏忙。
曲堤幽草念酥雨，垂柳清阴蔽太阳。
摒弃汗蒸溽暑气，赚来心静自然凉。
坐吟欲结无佳句，蛙鼓送来诗一行。

喜迎国庆七十周年

七秩春秋伟业成，官清政暖惠苍生。
固疆填海南沙岛，自主巡天北斗星。
捷报三观歌百代，豪情一路乐双赢。
金风万里迎佳节，扬我军威大阅兵。

古稀书怀

七秩流年掌上轻，何堪回首话曾经。
未谙春草东风绿，已是秋霜鬓雪莹。
世事心中徒有志，家山梦里总关情。
光阴不尽思无尽，乐把新辞赋旧声。

观荷

婷婷翠盖簇粉团，摇曳风光红绿间。
泥沼安身生玉藕，芳芯映水吐幽兰。
清香娇艳堪靡世，圣洁端庄可奉禅。
驻足似闻蛙鼓意，芸芸几个净如莲。

盐工（新韵）

晒玉煮银历暑寒，谋生水火倍辛艰。
汗浸巴蜀千年井，日曝东南万顷滩。
烹饪春秋识百味，调和鼎鼐重一咸。
平凡心系三餐事，无悔胼胝年复年。

开门七件事

焚柴炊釜焰流霞，煮米甘泉梦似花。
肴馔添香盐做主，野蔬解腻酱当家。
纯油热炒暖肠胃，老醋凉拼爽齿牙。
度日流年七件事，风生谈笑一壶茶。

柴（新韵）

已将绮梦断南山，刀斧横加视等闲。
冷暖牵心风雪后，晨昏待命灶台前。
居功不敢僭一炬，恒念追源愈万年。
蹈火成烟情未了，尚留余烬沃丰田。

米（新韵）

色如温玉粒如珠，釜里春秋香溢厨。
仓廪虚空无巧妇，碗钵丰盛有良图。
曾经压碾唯求细，时尚养生不厌粗。
风雨田畴稼穑苦，三餐未敢忘农夫。

油

香染春秋口齿留，缺予百味不珍馐。
煎蒸刻意小家宴，烹炸随心大酒楼。
厨有芳脂食有欲，民无饥色国无忧。
初心恪守真为本，岂让清名毁地沟。

盐（新韵）

魂系烟波梦在滩，晶霜莹雪数华年。
一别沧海已无泪，久处庖厨信有缘。
量小偏能兼五味，位卑未敢忘三餐。
平分咸淡无高下，富不阿谀贫不嫌。

酱

精挑细选慢筛扬，百酵千耙储玉缸。
磨下精纯甘玉碎，釜中馥郁寄情长。
春芽轻蘸农家院，绮宴浓调大雅堂。
历尽沧桑情不老，三餐常伴豆花香。

醋

久酵慢蒸催玉浆，泛光琥珀老坛藏。
凝神纵目恍如酒，着意扑鼻飘异香。
五味并肩论功过，一酸在手也疏狂。
自从狮子河东吼，有我糟糠不下堂。

茶

披云踏雾采青山，素手尖芽露未干。
文火轻焙留岁月，玉盏慢沏泛芝兰。
开怀畅饮为消渴，慢啜浅斟意在闲。
泽被从来无雅俗，一壶春色一方天。

端午感怀（新韵）

草木葱茏燕子飞，艾蒿带露挂门楣。
腕缠彩线应常是，棕裹乡情已久违。
蔺叶长长牵旧趣，苇香郁郁念春晖。
境迁难觅儿时味，童梦遥遥不可追。

感悟建一古松

伐山斧下尚余悲，幸不成材命不颓。
抱憾栋梁实难作，倾心桑梓岂无为。
人能世上众皆仰，木秀林中风必摧。
福祸相依谁晓得，得扬眉处且扬眉。

建一古松

青盖横空云里开，参天古木踞高台。
千年气度韵常在，十里涛声唱不衰。
寒暑难移遒劲骨，景观尤胜栋梁材。
盛名之下非虚誉，更有清阴迎客来。

黄垭口杜鹃花

高岭栖身崖畔栽，千枝万朵戴云开。
晨昏妩媚染霞影，盘错须根抱石苔。
遍历炎凉方有色，几经风雨净无埃。
深山莫道耐空寂，不吝芳香蝶自来。

黄垭口雨中赏杜鹃

雾锁云垂细雨丝，东风高岭浣花时。
娇羞笑靥莹莹露，舒缓纤腰款款枝。
守序芳菲何谓早？怡人馥郁莫论迟。
深山任是更深处，一片痴情报客知。

游英哥石

八方草木四时珍，幽谷初开迹尚新。
溪水潺湲花烁烁，骄阳肆虐汗津津。
风卷云托白鸥影，松郁山涵大海魂。
美景随心观至善，来年还做踏春人。

赞王继才

守岛离家岁月长，蓝天碧海鉴担当。
安贫尽职心怀国，孝老思儿梦在乡。
咫尺方圆小天地，卅年风雨大文章。
平凡凝聚英雄气，铸就神州铁脊梁。

师恩

恪守初心那份真，烛光不尽苦含辛。
宽严因教方知爱，贵贱同仁倍觉亲。
三尺讲台小天地，一支粉笔大乾坤。
芬芳桃李花千树，莫负春风化雨恩。

聚会有感

借得渔兄酒一瓢，新元绮宴会知交。
风华依旧义常在，契阔经年情未消。
千尺烟霞赋京客，几方笺纸记乡谣。
初衷不改涓涓水，筑梦烟波大海潮。

注:己亥元月六日，咏渔老弟宴请自京归来的朱彦老师，邀余等十余人作陪。朱彦老师即席命题以记。

除夕遣怀

爆竹声中猪拱门，桃符又换一年新。
追思过往忆先祖，祈愿平安庇后人。
鬓角雪霜应有梦，心头岁月岂无痕。
万般世事皆修得，恬淡随缘才是真。

雪思（新韵）

云锁苍茫别九天，冰心十万向尘寰。
气吞旷宇追风舞，势压荒原卧土眠。
妆点关山应有意，狼藉市井且随缘。
寒催短景年年是，一抱高枝便不凡。

新年寄友

一指流沙送旧年，鼎新革故意联翩。
乡音久隔形将老，按键常敲梦未残。
足下春秋寄山水，胸中曲赋唱云天。
相知共聚同擎盏，别绪悠悠伴酒干。

同学聚会

白发青丝咫尺间，重逢难觅昔时颜。
同窗寒暑两千日，屈指东西五十年。
轻拭前尘翻旧趣，满斟老酒祝明天。
初心不改约来岁，相聚如期共绮筵。

除夕

夜来爆竹喧腾起，转眼新春又一年。
鸟振蓝天它自得，童欢除岁我无缘。
红包作雨心还喜，祝福成霞网共传。
白发更添看已惯，何须辜负且高眠。

苏武牧羊

衰草嗥风北海边，悲茄冷月扰无眠。
怀乡去国八千里，渴雪饥毡十九年。
耿烈秉忠朝汉阙，凛然持节傲胡天。
恩威难折铮铮骨，正气昭昭垂史篇。

闲话灶君

火燎烟熏年复年，天心人欲两难全。
惯行奸佞妄祈福，抛却勤劳只爱钱。
敷衍饰非言好事，委蛇塞责保平安。
沧桑几度三缄口，无语红尘说大千。

题恩师（新韵）

求知有幸列程门，三尺讲台潇洒身。
粉笔飞灰双鬓雪，春风化雨卅年心。
课读恒励争折桂，处世唯期诚作人。
不悔一生系桃李，夕阳绚烂染胸襟。

腊八日随想

雪飞岁晏压冰枝，米粥飘香漫自思。
良俗从来教节俭，新潮未必戒奢靡。
宜将富日当穷日，莫待无时念有时。
积谷防饥今古鉴，个中曲直几人知。

大寒

远山苍茫冻云闲，凛冽苍穹三九天。
呼啸枝头风肆虐，潜流冰下水潺湲。
方经荒野覆皑雪，倏尔白驹临大寒。
春讯无声催腊尽，悄然弹指叩年关。

待

红尘落拓又何如，砥砺光阴事不虚。
蓄势含辛图破壁，伺机脱颖驾长车。
隆中高卧非为隐，渭水垂纶岂在鱼。
际会风云博龙虎，纵横天下志方舒。

悯农

一犁云淡雨初晴，人唱机鸣垄上行。
破土争时博温饱，富民强国盼收成。
望中莫问桃开处，禾下当怜汗滴声。
雪月风花诗万首，千秋屈指悯农耕。

题蟠龙诗社

新声古韵笔生香，结社经年意气长。
巾帼钟灵焕文采，须眉慷慨竞担当。
添情辽水润桑梓，携手龙山师宋唐。
不尽风光更高处，雪梅佐酒话辉煌。

题图

雪柳霜丝感物华，银装素裹隐仙家。
风闲旷宇薄云帐，气凛寒溪碧玉纱。
着意晶莹饰荒野，啬缘妩媚伴流霞。
美轮美奂美如酒，醉倒钱塘万朵花。

回首

蹒跚风雨任微躯，惊梦指间逝白驹。
襟短时常羞见肘，才疏老病惯无鱼。
但思升斗济荒岁，唯积毛分备急需。
矜而不争常自省，偷闲笔下乐桑榆。

晚秋残荷

凋零败叶伴残蓬，枯茎支离瘦水中。
抱缺寒天叹萧瑟，牵魂丽日毓葱茏。
宁赊清霜七分绿，不馈严霜半点红。
曲意淤泥三尺藕，拳拳不改望春风。

贺《盖州诗词》付梓

辰州自古领风骚，厚积人文格亦高。
先哲操行名九域，今贤词赋贯三辽。
砚盛圣洁白山雪，纸卷烟波大海潮。
诗国东风花千树，争看芳蕾竞妖娆。

秋叶

玉露清霜满砚池，斑斓绝胜染秋枝。
丹霞烂漫红枫叶，金缕婀娜黄柳丝。
最是西风肆意处，恰如仙女散花时。
凋零难觅无踪迹，融入丹青化作诗。

红海滩

郁郁纤柔云水间，大潮起落自悠闲。
望中浩瀚三千顷，梦里沧桑一万年。
玉露芊枝坚似铁，金风娇艳色如丹。
邀来夕照共新境，百里茫茫红海滩。

读杜甫《茅屋为秋风所破歌》

才比天高命似沙，江湖无处憩归鸦。
论诗座上云中客，嗟食人前霜后花。
纵有万言忧社稷，何如一技治桑麻。
梦思广厦醒来后，茅屋秋风才是家。

五寺一日游

晨雨缠绵净俗埃，友朋相约访莲台。
情怡梦逐深山寂，目悦云从大野开。
千载平安梵家语，八方香火世人怀。
秋心一片归何处，百里风光伴佛来。

同窗小聚有感

欣然执手竞相询，屈指光阴五十春。
共读曾经少年客，弄孙已是白头人。
唏嘘别后话千句，慷慨重逢酒一樽。
往事如烟常入梦，挚情不改总牵魂。

六十六岁生日感怀

齐家立业一无成，倏忽耆年又六庚。
久弃杯觥怀酒伴，尽将肝胆照良朋。
平安心上千钧重，富贵梦中两字轻。
得失由它何所愿，岁祈余粟两三升。

纪念抗日战争胜利七十周年

御侮同仇百战凶，英雄血染九州红。
抗争捷报飞天外，一片降幡落照中。
固国持戈匡正义，恒心筑梦秉初衷。
厉兵秣马终无怠，伟业千秋唱大风。

九三大阅兵

旌旗猎猎卷风云，健步铿锵势万钧。
劲旅义师照肝胆，利矛坚盾净烟尘。
青春热血万夫勇，耄耋豪情百战身。
浴火山河生浩气，凯歌百代颂军魂。

瞻仰王德泰将军陵园（新韵）

玉砌雕栏不染尘，将军歇马卧松荫。
心忧民瘼亡国恨，誓灭倭奴拯陆沉。
南满挥师破敌胆，汤河泣血悼英魂。
名垂青史千秋烈，崛起神州励后昆。

蟠龙槐雪

锦簇花团素手裁，夹阶蔽径依亭台。
临风月下馨香远，带露枝头蜂蝶来。
浓郁心仪峻岭秀，清阴意惬路人怀。
应怜五月芳菲少，玉洁冰清万树开。

间山游

云淡青峰展画屏，巉岩叠翠起钟灵。
梨残香雪枝头老，壁挂虬松石隙生。
仄径盘空惊跬步，断崖援手见真情。
林间小径风过耳，如诉殷殷戒慰声。

感悟间山（新韵）

幽壑奇峰胜迹寻，登临纵目阔胸襟。
香烟袅袅出佛殿，钟鼓声声入客心。
千里云蒸沧海气，万山树茂大山魂。
欲消俗念清风处，吹落凡尘几寸深。

闾山万年松

阅尽沧桑峻岭中，饱经雨雪自从容。
情倾圣地秦时月，涛韵书堂辽代风。
冠盖百围消客暑，心香一瓣寄晨钟。
云烟过眼匆匆路，常伴青山不老松。

父亲节怀念父亲

肩扛岁月爱心恒，撑起蓝天一片晴。
两手胼胝双鬓雪，四时风雨卅年耕。
念亲频顾书盈架，告慰常悲泪满觥。
倘若轮回能再世，愿将来世续今生。

写在双亲墓前

残雪坟头草木稀，万千心绪语声低。
经寒倍觉春晖暖，涉世方知严教宜。
膝下承欢尚有梦，堂前尽孝已无期。
忍看冥币飞灰远，怅立西风泪湿衣。

随感

耋翁扶杖入闱行，榜上无缘十四庚。
即使蟾宫能折桂，难期圣殿可穷经。
含辛课读凌云志，不辍修为正己名。
万马千军独桥上，爷爷何苦与孙争。

注：有感于南京一位八十六岁老者，连续十五年参加高考。屡败屡战，精神可嘉。

凋落的花蕾

噩耗锥心六月寒，恨无巨臂可回天。
惊魂暗夜怜伊小，骤雨狂风叹力单。
厚望人间祈百岁，何堪掌上仅三年。
临行一诺呀呀语，常使双亲泪不干。

注：悼念东方之星号船难最小的罹难者——高千钥小朋友。2015年6月1日21时28分，从南京驶往重庆的东方之星号客轮，在长江中游湖北监利翻沉。船上年纪最小的高千钥小朋友来自天津红桥区，生于2012年，今年刚3岁。跟爷爷、奶奶出行，没想到却发生了沉船事故。出发前，年幼的女儿对妈妈许诺："要给妈妈带回好吃的、好玩的，因为妈妈不能去……"

朝梦夕拾·题记

风雨兼程几奈何，光阴弹指似穿梭。
幼时有志恨才少，壮岁无为遗憾多。
怅望残阳映霜雪，悔将白马付蹉跎。
得闲已是桑榆晚，逐梦烟云钓逝波。

朝梦夕拾·童趣

垂髫不负好时光，四季寻奇四季忙。
雨沛春山采青蕨，霜凋秋野拾黄粱。
溜冰雪地怨冬短，戏水炎天喜夏长。
难得消停酣睡后，依然枕上梦飞扬。

朝梦夕拾·兵戏（新韵）

金鼓黄昏呐喊高，群童列队演前朝。
衣结铠甲帽为胄，帕展旌旗木作刀。
短巷望中路漫漫，长枝胯下马萧萧。
听书昨夜杨家将，今日兴兵向大辽。

朝梦夕拾·野菜

岁荒野菜亦香甜，三月顽童别有天。
蒲苣花黄青草地，蕨薇叶绿白云间。
每持小铲巡田垄，时挽竹篓过岭巅。
初识三餐求不易，一篮春色慰童年。

朝梦夕拾·玩伴

邻童三五总牵肠，无束无忧镇日忙。
踏浪浅溪觅鱼蟹，折枝旷野舞刀枪。
心仪水泊千杯酒，情共桃园一炷香。
世事未谙凭意气，天真最是小儿郎。

朝梦夕拾·心愿

几多愿望几荒唐，妙想奇思入梦乡。
雪面人人吃大饼，雨钱户户住新房。
摘来白云添冬絮，剪取晚霞裁夏装。
过眼云烟再回首，一杯老酒醉斜阳。

朝梦夕拾·雪趣

长冬少趣寂童怀，雀跃风飘六出来。
脚划银毡耕玉垄，手团素絮掷高台。
撒粱诱鸟网罗动，据地呼朋战阵开。
罗汉塑成浑不似，犹持小铲细心裁。

朝梦夕拾·冬夜

如马群童闹夕阳，寒风扑面急收缰。
老房土炕三冬暖，慈母天恩一线长。
惬意眉梢听故事，照墙手影借灯光。
薄衾低枕沉沉夜，相伴亲情梦亦香。

朝梦夕拾·戏水

横锁高堤纳急流，群童长夏喜无忧。
纵横戮力小天地，攻守同心大计谋。
水抱荒丘霸孤岛，浪浮木板遣飞舟。
分分合合兴方炽，日不偏西战不休。

岁末随笔（新韵）

又是一年岁尾时，得失检点自家知。
望贤徒有思齐意，落笔羞无醒目诗。
浪卷鳌头甘碌碌，云浮身外任迟迟。
从容最爱漫天雪，一夜梨花千万枝。

厉害了我的国

筑岛填沙系国兴，何堪宵小几哀鸣。
逆天悖道虎狼论，尺水寸滩桑梓情。
枉费你兴风作浪，且看我信步闲庭。
厉兵秣马卅年梦，崛起中华岂可轻。

注：2018年8月30日下午，国防部举行例行记者会，国防部新闻局局长、国防部新闻发言人吴谦大校答记者问。"……此外我还注意到，你在提问当中提到南海局势时，引用了一句诗'山雨欲来风满楼'。在此我想回你两句诗，那就是'不管风吹浪打，胜似闲庭信步'。"

淤泥河新曲

长堤十里锁清流，烟柳繁花景自幽。
雨沛蒹葭栖彩雀，风香桃李艳黉楼。
粼粼波映三山月，累累田丰两岸秋。
心共百川争入海，泱泱筑梦大潮头。

大暑（新韵）

似火骄阳恣意狂，蒸腾热浪锁八荒。
争时漫步惜晨短，倦卧桑拿耐夜长。
舒卷云头雨无影，殷勤垄上汗成行。
厌闻蝉唱噪高树，只盼清风一阵凉。

车行峨眉山

崎绕高悬九曲肠，崖光壑影透车窗。
缘溪修竹水添韵，夹路茂茗风送香。
雾锁山门雨淅沥，云横金顶雪飞扬。
咨嗟蜀道今非昔，泽被苍生日月长。

夜宿峨眉山

断续霏霏霁夜昏，百川掬水洗纤尘。
秋花戴露霜前好，空气怡人雨后新。
灯火亭台星点点，峰峦屏帐雾沉沉。
长空风劲掀云角，得识峨眉月半轮。

感悟草堂

浅院柴门房几间，草堂可是旧时颜。
半池涟漪荷千朵，一径婆娑竹万竿。
避乱尘头向巴蜀，浣花溪畔念长安。
秋风茅屋更秋雨，沉郁诗心一寸丹。

烟雨都江堰

层云疏雨浣清幽，万木葱茏染碧流。
浪卷烟波出玉垒，沙飞低堰落滩头。
岷江借得六分水，天府丰饶百代秋。
客旅摩肩二王庙，千年香火岂无由。

喜迎十九大

几经风雨跨征程，笑语京畿话复兴。
政肃官清谋富国，狼环虎视砺强兵。
千钧气势千秋业，一带和谐一路情。
党意民心同筑梦，凯歌百代庆升平。

大榕树下

孤木成林胜境开，擎天柱地栋梁材。
百围华盖横炎宇，万缕清凉入客怀。
云影波光戏鸥鹭，松青竹翠绝尘埃。
风中一曲春江水，疑是送歌三姐来。

泛排漓江

玉簪罗带画屏开，划破江天小竹排。
澎湃激流卷崖壁，袅娜垂柳隐亭台。
风过曲岸千篁动，云涌奇峰万马来。
山水一程终圆梦，屐痕百里乐游哉。

游龙脊梯田

群峰屏列翠微排，叠绿嘉禾一望开。
路傍山花出深涧，风扶竹杖陟高台。
梯田夺势缘坡起，泉水随形绕岭来。
云淡骄阳隐龙脊，风香几染客心怀。

葫芦山庄印象

山庄深处觅清凉，曲路城郭拴马桩。
几片廊檐小天地，百年民俗大文章。
婀娜照水柳千影，摇曳临风荷半塘。
台上抛球谁家女，笙歌镇日选新郎。

夏游绿石谷

每思方外远俗尘，避暑偷闲乐此身。
拔地群峰触云脚，凌空万木锁天心。
溪流缱绻苔石老，世事和谐桥路新。
最爱山花香曲径，清荫十里鸟啼频。

黄鹤楼

历尽沧桑消尽愁，危檐耸峙大桥头。
云开极望楚天阔，风过犹闻玉笛悠。
浩渺双江影三镇，龙蛇半壁墨千秋。
多情筑梦归黄鹤，胜境神州第一楼。

岁末感吟

每临岁末咒长河，皤鬓羞言感慨多。
雪舞霜天思热酒，心牵挚友作高歌。
砚中岁月悔慵懒，吟外风光费琢磨。
挽住白驹争一隙，莫教迟暮再蹉跎。

怀旧有寄（新韵）

童心未泯鬓先斑，把酒同窗话少年。
长铺薄席挤一室，稀粥咸菜老三餐。
寒冬握笔口呵暖，炎夏当途汗透衫。
苦乐曾经酿成趣，几多往事梦中甜。

咏雪

薄如蝉翼透如纱，联袂红尘炫物华。
情寄通衢净街市，心归沃野乐农家。
甘为秃柳千丝絮，不负疏枝万树花。
祈愿银妆兆来岁，春风秋雨好桑麻。

悼余旭

穿云掣电挟风雷，叱咤九霄扬国威。
比翼长空冠巾帼，倾心军旅竞须眉。
争光珠海驰名远，受阅京畿载誉归。
血洒蓝天金孔雀，英魂巴蜀共霞飞。

贺营口市诗词学会六代会闭幕

猎猎吟旌古渡头，营川儿女尽风流。
人文厚重情方炽，薪火传承势正遒。
联谊挥毫写桑梓，同心筑梦颂神州。
长歌一曲辽河水，竞发千帆逐上游。

闻诗友登天门山有寄（新韵）

欢歌一路向天门，健步峰头八百寻。
丘壑在胸容四海，斑斓入望胜三春。
空山婉转鸟无影，深涧潺湲水有音。
日暮归来情未已，撷来红叶赋诗文。

农夫情（新韵）

地是生宣笔是锄，四时稼穑见功夫。
嫩芽垄上行行字，碧叶风中页页书。
入目青黄一幅画，归仓颗粒万斛珠。
襟怀绮梦家山水，遣兴何须向五湖。

观诗友金牛山采风照有寄

欣闻诸友访金牛，健步佳山踏晚秋。
倩影峰头依巨兕，清风脚下抚平畴。
迷存万古问猿洞，兴助三杯唱酒楼。
抱憾未曾临胜境，唯将美景梦中收。

锄禾吟

争时垄上理荒芜，除莠安良划草枯。
背负骄阳轻蹑步，足蒸暑气紧挥锄。
牵心丰岁情难老，洒汗嘉禾梦不孤。
食为民天莫空诩，三餐几个谢农夫。

秀才岭

一岭逶迤气势雄，坦途破堑卧长虹。
雾迷林莽山如海，鱼贯峰头车似龙。
夹路繁花润酥雨，喜人硕果醉金风。
流连驻足八方客，靓影嫣然入镜中。

秀才岭钩沉

山陡涧深崎径回，行人嗟叹驭夫衰。
筹资重望四乡应，戮力同心一路开。
善举有为惠桑梓，贤声无碍出蒿莱。
口碑载誉百年后，娓娓犹闻说秀才。

悼念丁礼云老师

经年音讯渐消沉，噩耗惊魂泪不禁。
结社每叹相识晚，聆教常忆感恩深。
情钟雅俗诗家境，诚导谦和仁者心。
残照西山收暮雨，晚晴依旧染高林。

宏扬长征精神，共筑中国梦

创业艰难守更难，风云谲诡志弥坚。
枕戈南海主权重，待旦东瀛剑气寒。
构建和谐施政暖，铲除腐败倡官廉。
党心民意兴邦路，共筑神州绮梦篇。

四渡赤水（新韵）

围追堵截战云急，辗转东南复向西。
统帅运筹操胜算，雄师果敢竞先机。
纵横跋涉三千里，戏耍川黔卌万师。
北上抗敌驰劲旅，凯歌一路展红旗。

黄垭口杜鹃花

联袂芬芳十万枝，清姿绰约下瑶池。
繁花疏叶自成雅，浅白深红总入时。
丘壑添香风细细，晶莹笑靥露滋滋。
空山莫道开无主，半属丹青半入诗。

过魏大岭（新韵）

山似城垣岭似关，车飞路转越重峦。
排云直上三千尺，巡壑低旋十八弯。
万木惊风掀绿浪，双溪夺涧泻清泉。
蓦然回首经行处，一线依稀林莽间。

龙潭湾印象

琵琶半抱隐高岑，古木虬藤十里阴。
碧水落崖千叠瀑，激流敲石万张琴。
身临胜境识天道，影落平潭洗客心。
闻唤迟迟犹不舍，归来更向梦中寻。

黄垭口赏杜鹃未开作

久慕芳姿惹梦思，成行携友逐春迟。
平川气暖芳菲树，高岭风寒蓓蕾枝。
世事纷纭终有道，自然消长岂无时。
眼中景即心中景，笔下多情都是诗。

狼道

几度恓惶几度殇，安危从不梦黄粱。
呼朋昂首嚎残月，狩猎追风逐夕阳。
合力平川欺猛虎，孤身高栅荡群羊。
杀生本是求生事，优劣何须论短长。

闻诗社诸友赤山采风有寄

浅草茵茵染绿枝，相邀逐梦踏青时。
繁花竞放沁香早，群鸟争啼怨客迟。
拾阶虔心参贝叶，临风把酒赋清词，
氤氲十里赤山路，半是春光半是诗。

早春湖畔夜思

冰雪初消草色无，寒烟夜幕锁平湖。
波闲堤畔水方寂，月上稍头柳不孤。
欲握时光奈何急，争闻春讯意先苏。
乡思遥寄归来雁，风雨兼程万里途。

注：沾湖字，入韵。

丙申雅聚有寄

春风逐梦漫天涯，青草坡前聚酒家。
交契言深暖陈酿，长歌义重润新茶。
人生有悟生豪气，心宇无尘惜物华。
共为蟠龙添异彩，吟田勤笔种云霞。

家乡古松

翼展横枝材不成，伐山斧下幸余生。
曼舒青盖千年雨，深扎虬根四季荣。
独秀高林挂明月，常崇峻岭唱涛声。
安居僻壤恋桑梓，一片清阴未了情。

长城怀古

镇沙衔海越关山，万里长城役骨填。
胡骑弯弓驰战马，望楼列戟举狼烟。
刀兵沙场尘遮日，月夜霜天甲浸寒。
戍卒枕戈身待旦，魂牵故里梦家园。

锦州笔架山

峻岭双峰出碧涛，谁遗笔架落云霄。
群鸥戏水烟波渺，曲径通幽山路遥。
雾隐蜃楼生海市，风摇绿草伴红桃。
仙山胜迹堪夸处，潮落神州第一桥。

端阳吊屈原

秦骑扬尘弥六合，危楼独木谤谗多。
楚王昏聩折肱股，屈子怀忧沉汨罗。
两岸青山花烂漫，一江暮雨泪滂沱。
龙舟激浪英风在，骚韵凌空百代歌。

梅

凌寒绽蕾笑严冬，疏影清姿几淡容。
十里彤云壮庾岭，千秋铁干戏虬龙。
孤山情眷林和靖，荒驿恩衔陆放翁。
更喜漫天飘瑞雪，暗香浮动报春风。

丙戌迷镇山庙会

世俗逢时情未老，海云四月拜三宵。
盈眸风展陶朱帜，悦耳歌扬紫玉箫。
山秀禅林香客众，心贪物欲佛途遥。
人潮漫路涌高阁，波压南轩北宇桥。

红旗山秋望

山色斑斓玉露凉，云浮绝顶望秋乡。
松枝滴翠横天碧，枫叶如丹伴菊黄。
果硕风清香溢远，粮丰民乐福流长。
柳荫圣水宏书苑，桃李芬芳育栋梁。

青蛙

绿肤迷彩出清泉，水陆逍遥栖浅滩。
口阔舌长凸腹鼓，身强体壮怒睛圆。
为擒虫孽守田垄，也戏清波卧碧莲。
更喜稼禾壮豪雨，高歌一片唱丰年。

风筝

彩饰华衣春尚寒，凭风借力跃苍原。
扶摇缘吝登天路，曼舞情痴向日边。
窃喜长空炫翎羽，怅望征雁渡关山。
高攀虚做附云势，俯仰由人一线牵。

居庸关

气壮幽燕古塞春，沧桑犹有旧时痕。
弯刀怒马征云暗，危堞长弓碧血殷。
双岭高垣扼险路，一关横锁固京门。
尧风荡尽狼烟处，更见千秋华夏魂。

无题

步韵和张会喜先生《舞女》

漫撒青蚨百乐门，抛家醉伴石榴裙。
眉横汩汩糟糠泪，笑慰纤纤窈窕身。
易见子规啼血恨，难求樊素启朱唇。
肃风横扫藏污处，警醒良知重做人。

野菊

疏枝簇簇掩郊荒，淡抹寒秋几点黄，
素影无心登大雅，香魂着意饰苍凉。
弱躯厌从东君愿，玉蕾欣披白帝霜。
入水成茶明客目，情缘岁岁看重阳。

秋菊

纤枝瘦影秀丝长，不尚奢华着淡妆。
情注关山横雁影，韵凝霜雪伴书香。
东篱把酒醉骚客，金甲贯身怀侠肠。
玉骨芳魂饰秋色，倾心红叶胜春光。

随感

衣食不为为识贫，青蚨不拜拜程门。
纵然岁月催人老，难忘弟兄一片心。
入目好诗应有梦，穿肠浊酒必成尘，
观天孓立睹闲趣，苍狗何时变白云。

鲁迅先生

风雨飘摇叹国殇，凛然大义负兴亡。
文如匕首刺权贵，血铸汗青醒栋梁。
暗夜袭城惊呐喊，剑丛夺路不彷徨。
民心有秤衡天理，惠世文章百代香。

清明节悼介公

疗饥割股奉君尝，心冷未封辞庙堂。
重耳谒门心愧晚，子推倚柳火中丧。
烬余枯木遗书在，血谏文公勤政昌。
百世民间崇高义，清明酹酒悼忠良。

毛泽东颂

击水湘江啸夜沉，神州风雨荡胸襟。
启明嘉兴燎原火，跃马昆仑撼世吟。
巨手掀山创新国，雄文铭史化民心。
凯歌百代丰碑立，华夏腾飞民族林。

迷镇山之秋

衮原孤岭抱禅宫，玉露清霜写淡浓。
圣水藤崖纤菊瘦，苍松苔石老枫红。
雁横夕照奋金翼，云掩山门荡晚钟。
梯路陡悬衔绝顶，倚栏高阁沐天风。

宠物猫

新族逢时身价昂，鲜衣美食住华堂。
奢靡惑志豪情短，安逸无为惰性长。
解寂呼朋唯硕鼠，舒腰沐日对轩窗。
媚颜博宠傍裙卧，空将雄风洒梦乡。

天骄颂

立国开疆尚武功，金戈怒马帅兵戎。
气吞大漠三千里，弓震长空百代雄。
平灭夏辽兴禹甸，纵横欧亚撼苍穹。
身归碧野英风在，当慰草原春意浓。

三道岭水库

瑶池迁落秀营川，鱼跃碧波鸥鹭还。
出岫浮云横黛岭，飘萍戏水荡微澜。
悬湖屏列千椿树，高坝横陈一玉栏。
最是消闲逸情处，垂纶十尺钓芦滩。

电视剧《施琅大将军》观后

雄心励志十年长，许国身家振海疆。
蠢动余朝欲新帜，挥师正义固天邦。
旗旌南指恩威重，澎岛回归夙愿尝。
台独智昏休纵火，惊魂夜半梦施琅。

桃花怨

粉腮醉雨斗芳菲，妩媚含娇凝笑眉。
烟柳绯云染紫陌，狂蜂浪蝶戏晴晖。
不言蹊径三春暖，空慕刘郎两度回。
乱舞残红觅归处，东风舍却嫁与谁。

毛驴

张果访仙乘尔游，技穷黔岭世蒙羞。
卑恭马后矮三尺，倨傲羊前探一头。
硕腹饥肠填草粝，牵犁负重度春秋。
魂归汤釜名犹耻，德失伦常怨自修。

蟹

穴居深水筑泥城，月下呼朋霸浅汀。
临敌求生披铠甲，挥螯掠食炫刀兵。
杀身迟悔贪香饵，佐酒豪筵博美名。
骜踞玉盘牵客目，吸髓弃骨笑横行。

夏日午睡醒后偶感

挟韵梦中敲仄平，醒来寻忆半虚空。
骄阳流火清宵短，乳燕噪巢新羽丰。
心慕吟旗师卓越，智愚歧路叹平庸。
欲除羁绊思良策，铁杵寒溪磨砺工。

青藏铁路

丛岭急流神斧工，荒原汽笛震苍穹。
云横屋脊悬天路，冰裹昆仑飞巨龙。
华夏情和融雪域，南湖水暖送春风。
宏图今又添新笔，功在兴邦万古雄。

怀念周总理

从戎黄埔拯金瓯，异国求真作壮游。
宏业扶贤看遵义，抗倭携手启渝州。
五洲载誉开重锁，九域披恩展巨猷。
忠骨凌波逝沧海，民心碑耸史千秋。

秋思

秋呈五色竞斑斓，雁阵横空渡日边。
瘦菊凌寒生傲骨，老枫擎炬照秋山。
粮丰大野知民富，萼笑金风抱籽眠。
心敬耕耘吟硕果，莫将愁绪寄霜天。

秋吟

慢夸五色竞斑斓，炫尽浓妆几日妍。
疏叶枝头凋暮雨，残阳芦雪醉江滩。
风搓老柳千丝瘦，霜染苍原百卉残。
末路寒蛩羡征雁，横空南渡避冬寒。

刘备托孤白帝城

鼓角方休唯绪忧，悔将大势付东流。
龙旗衔恨向吴地，烈焰惊天动蜀州。
焦骨塞江黎庶恨，锥心未雪弟兄仇。
托孤情励武侯志，后主偏安四十秋。

孔明草船借箭

轻舟草束列舷旁，曹寨倏临夜未央。
大雾垂江催战鼓，排弓疾矢竞飞蝗。
妒才当愧心胸窄，御敌唯求计策长。
拒魏联吴初试手，雕翎十万助周郎。

关羽千里走单骑

千里寻兄一骑单，封金挂印弃曹瞒。
赤兔扬尘五关路，青龙枭首六将寒。
禀事隔廉敬皇嫂，古城大义鉴苍天。
民心有秤衡高义，社火春秋拜圣贤。

刘备

男儿何患出身低，逐鹿中原几别离。
征战双雄甘舍命，运筹一士夺先机。
荆州虎据图巴蜀，蜀地龙兴悬汉旗。
义重桃园轻大业，泪飞白帝恨无期。

关羽

扶危何惧犯刀兵，忠义千秋照汗青。
临敌扬威存正气，释曹误国叹私情。
过关斩将生前事，尊帝称王身后名。
痛失荆州缘大意，当悲蜀汉半凋零。

张飞

一鼎群雄逐不休，屠夫义胆觅封侯。
马驰尘蔽虎牢日，舌绽雷惊长板秋。
唯秉忠心兴汉业，空遗大恨叹兄仇。
断头亦有豪情在，千载庙中犹怒眸。

赵云

乱世栖身志未穷，沙场浴血建奇功。
临危辅主英雄气，怀德慎兵君子风。
跃马单枪踏长坂，截舟孤胆貌江东。
纵观三国诸名将，善始善终唯子龙。

诸葛亮

龙卧深渊志在天，报君知遇弃林泉。
切时宏论三分策，为相殊勋一代贤。
德著七擒惊泸水，功亏六出叹祁山。
未兴汉室空遗恨，泪洒秋风五丈原。

刘禅

角鸣鼓震梦犹酣，孺子何辜掷马前。
疏志无谋问天下，征尘不染领西川。
劳心国事委良相，度日闲情寄管弦。
轻弃江山囚晋地，犹闻蜀乐不思还。

曹操

争雄乱世运经纶，煮酒青梅惠眼真。
度势知兵图一统，临终扼腕叹三分。
流芳岂止文章著，遗臭当凭篡逆论。
予夺专权挟天子，丹墀不改汉朝臣。

貂蝉

一朝董卓乱京城，汉室衰微社稷倾。
束手朝堂愧将相，疏谋闺阁觅刀兵。
报恩甘负千年辱，含恨偏能百媚生。
青史空余万点泪，几多洒向凤仪亭。

吕布

轩昂俊逸话温侯，三姓家奴一世羞。
沙场争锋真虎将，凤亭图爱妄风流。
势危不用公台计，城破屈为孟德囚。
无德疏谋空负勇，谁怜魂断白门楼。

张松

舌下风高动蜀川，待沽强记戏曹瞒。
临机应变匮良策，论道争锋尽赘言。
辅国无能思易主，求荣有术卖江山。
堪悲失节辱青史，汉禄蒙羞几十年。

丙戌除夕有感

银屏斗艳报春苏，入目新桃换旧符。
小女宽心知敬业，霜丝欺鬓匮奢图。
囊羞高厦钱千贯，意惬蜗居酒一壶。
钝塞文思赢玉犬，当期勉力壮金猪。

丁亥元日

朝霞捧日映春联，竹爆乾坤紫气添。
情睦天伦万家暖，政融社稷九州欢。
稚童足蹈戏佳节，耄耋颐和望鹤年。
亲友欣然揖相贺，笑声处处道平安。

丁亥上元夜大雪

谁裂羽裳飞九重，漫天彻地舞朦胧。
广寒云塞埋蟾魄，大野风高卷玉龙。
焰火辉空千岭素，琼林炫彩万灯红。
银装北国看祥瑞，澎湃春潮报岁丰。

丁亥初春有感

风猎千帆竞上游，愧持吟棹望前舟。
情怡山水空思远，笔涩文章难入流。
岁月如歌堪醉酒，桑榆寻趣解闲愁。
一丝春绿藏心底，萦梦秋红饰白头。

山乡春早

归鸿携暖洒辽滨，针草初茸叶欲伸。
幽谷风残三寸雪，向阳花放半坡春。
牛犁沃土种秋梦，鸭戏清塘逐白云。
叩问多家逢老者，农忙时节少闲人。

山乡春早

椰风北渡暖营州，雨润山溪碧水流。
绿柳垂绦憩白羽，绯桃绽蕾染红楼。
燕翎舞动云天梦，草色烟涵阡陌头。
最是田家喜春早，一犁新土梦金秋。

清明

知时夜雨霁清晨，气朗风闲景色真。
老柳垂黄牵逝水，新芽泛绿漫枯坟。
熙熙悼客祭郊野，缕缕轻烟接白云。
百万纸灰寄荒冢，可曾致富墓中人？

题记【童梦拾遗】

风雨旅程凭一蓑，人生百味汇长河。
幼时有志恨才少，壮岁无为遗憾多。
怅望残阳映霜雪，悔将白马付蹉跎。
垂纶逝水钓童梦，醉卧桑榆细琢磨。

兵戏【童梦拾遗】

金鼓无声呐喊高，群童秋场演前朝。
帽盔赤膊结衣甲，竹马茅枪佩木刀。
叱咤风云龙虎气，关山咫尺路途遥。
兴兵欲雪杨家恨，一路凯歌灭大辽。

童愿【童梦拾遗】

每思童愿笑荒唐，奇幻天真醉梦乡。
雪面人人吃大饼，雨钱户户住新房。
摘来云朵御冬冷，剪取晚霞缝夏装。
锁住云烟常忆处，朦胧泪眼叹沧桑。

雪趣【童梦拾遗】

长冬少趣困童怀，雀跃风飘六出来。
脚划银毡耕玉垄，手团素絮掷高台。
撒粱诱鸟网罗下，据地呼朋战阵开。
罗汉塑成浑不似，犹持小铲细心裁。

野菜【童梦拾遗】

岁荒野菜亦香甜，撷趣牵情启稚颜。
蒲茛花黄青草地，蕨薇叶绿白云间。
时持小铲赏阡陌，每挽竹笋嘻岭巅。
初识三餐求不易，一篮春色慰童年。

冬夜【童梦拾遗】

如马群童闹夕阳，晚风扑面急收缰。
老房炕胜三春暖，慈母情浓一线长。
故事犹来度寒夜，遐思常伴入梦乡。
拥衾晨坐盈眸处，烂漫凌花开满窗。

童伴【童梦拾遗】

几多童伴互牵肠，戏水演兵成日忙。
冒雪寒天塑罗汉，逐欢秋野拾黄粮。
情迷书场三分事，心共桃园一炷香。
霜鬓相逢温旧梦，半壶老酒醉斜阳。

沈阳故宫

红墙碧瓦肃皇城，万里江山此地兴。
一祖开基大政殿，群雄抱笏十王亭。
凤楼挂月忆春梦，御路微曦寂辇声。
几度云烟观胜迹，犹闻客论八旗兵。

游北京景山公园

平畴掘土垒山丘，仰望高亭天外楼。
梯路傍花熏客旅，茂林笼翠品沉浮。
倾杯香醉升平日，惊旗风翻危急秋。
不斫栋梁身修好，何辜槐树挂龙头。

登开封龙亭

龙亭百尺压平芜，陟顶凭栏向故都。
苑外花开香御路，望中云锁铁浮屠。
六朝风雨三千梦，半日消磨酒一壶。
杨清潘浊两湖水，古今冰炭不同炉。

注：龙亭前御道两侧为著名的杨湖和潘湖。两湖东西相邻，但杨湖清，潘湖浊，虽属传说没有科学根据，却反映出人们对忠奸的两种态度。

泰山南天门

碧海晨曦向日台，仙凡横断一关开。
天门缥缈白云动，梯路悬垂鬼斧裁。
岭突奇峰矗龙凤，泉鸣幽谷润松槐。
丹墀凌步摘星斗，不尽长风万里来。

范仲淹

幼年失怙日维艰，宦海清廉可鉴天。
虎帐谈兵吞塞北，高楼成赋秀江南。
位尊廊庙恤民意，身僻江湖忧圣颜。
宠辱难移报国志，名垂青史誉高贤。

读岳飞《满江红》

跃马中原路八千，金牌十二断长鞭。
十年百战顿成梦，三字奇冤今尚寒。
外患弥空缘内蠹，君昏误国胜臣奸。
仰天长啸未酬志，恨不飞车踏贺兰。

昭君出塞

欲借和亲祈久安，须眉固国愧红颜。
紫台缘尽君恩远，彩旆风翻朔漠寒。
雁阵横秋惊绝色，乡思寄梦叩家山。
心期毡帐胡笳暖，一曲琵琶拭泪弹。

西施

复国衔仇誓所图，敢将丽质靓吴都。
色迷君主残良士，政乱蛾眉胜武夫。
醉卧馆娃思浣水，喜看越甲下姑苏。
烟尘落定匿芳迹，洗却铅华向五湖。

杨贵妃

宠夺六宫唯一身，携兄挈姊傲群臣。
君王重色疏朝事，鼓角惊魂避战尘。
铁甲千重喧众怒，白绫七尺谢三军。
戚妃残骨虞姬血，自古君恩佑几人。

望金牛

几时灵兽落孤丘，溽暑凌寒岁月稠。
大野奋蹄开沃土，瀰湾入耳唱潮头。
拓山采石烟尘起，裸壑残崖草木休。
了却桑麻耕驾事，何堪秃岭对饥牛。

金牛山

沧桑几度看荒丘，独秀苍原四季幽。
名寂山村菱镁矿，洞开惊世古猿头。
采薪燧火风霜暖，敲石为兵岁月悠。
溯本欲知初祖事，史家络绎访金牛。

游沈阳北陵抒怀

金瓦红墙倚翠帏，英风竟日锁重扉。
榆关戎马羁南牧，宝顶栖魂望夕晖。
神道犹垂杨柳绿，方城已去帝王威。
干戈未靖胸中事，尽付隆山土一堆。

赠汤公

挥毫砚海柱中游，击棹吟河越万舟。
壑谷生云添趣雅，诗书在案自风流。
一杯常握品新曲，四世同堂解夙愁。
天纵英才松鹤寿，高歌岁岁大潮头。

学诗感赋

鬓覆霜丝寂自闲，夕阳驽马牧吟田。
怡情久羡唐风雅，挥棹方知韵海宽。
几度倾囊寻一字，孤灯秃笔伴无眠。
见贤徒有思齐意，常叹葫芦画不圆。

登营口西炮台书怀

高台铁炮锁烟云，犹恨夷蹄踏国门。
廊庙蒙尘悲腐败，英雄喋血壮乾坤。
碧空飞雪祭先烈，残垒留痕警后人。
海角浪高风不静，长缨恒握待妖氛。

营口西炮台

渤湾浪雪接天白，风卷旌旗古塞开。
铁炮千秋存浩气，长空万里绝阴霾。
弹痕故垒铭前耻，血铸丰碑警未来。
芦荻滩头仰忠烈，飞花岁岁祭高台。

久旱喜雨

久旱高温烈日开，库干河断荡尘埃。
灼田暑浪热如火，断哺青禾萎似柴。
束手焦心忧赤地，润时惠政慰农怀。
云霓风聚埋星斗，夜雨敲窗入梦来。

贺《蟠龙吟苑》付梓

风猎千帆竞韵河，新芽沛雨织烟萝。
弘扬国粹传承远，崇尚坦诚关爱多。
拓意抒怀开视野，浓情濡笔勤切磋。
上林春满争鸣处，当有蟠龙一首歌。

戏荷

翘首摇红六月天，蜂飞蝶舞岂无缘。
欲亲芳蕊枝头闹，不染淤泥叶下寒。
碧水浮香香有意，长亭醉客客无眠。
欲将妩媚悦尘世，风也凋来雨也残。

程鹏先生《惆怅集》读后

酣墨浓情三绝工，虽言惆怅亦从容。
十年濡砚龙江水，一笔惊澜瀚海风。
雨沛疏篱怜菊瘦，霜凋峻岭爱枫红。
云开万里鹏程远，几许秋心寄雁踪。

登望儿山

孤峰峭拔秀平畴，佳景凌巅一望收。
电掣飙轮啸原上，帆飞瀚海竞潮头。
依山石拱仙人渡，曲径林荫别墅楼。
地厚天高慈母塔，春晖百代沐归舟。

望儿山感赋

秀岭孤高俯八荒，望儿慈母向沧茫。
心惊海浪吞游子，魂寄龙门唯梦乡。
大雪僵躯云拭泪，浊尘垢面雨梳妆。
春晖永仁峰头塔，情系归帆日月长。

望儿山感怀

云海茫茫锁石山，春晖一片出孤峦。
焦心几碎归帆渺，凝目常期游子还。
冰雪裹躯垂玉箸，风尘扑面乱苍鬟。
望儿塔下思衣暖，莫让人间慈母寒。

过营口西大庙

净土清幽紫气升，雕甍玉砌秀滨城。
云横沧海暗渔火，香溢莲台耀佛灯。
石磬木鱼警尘世，晨钟暮鼓伴涛声。
逢时柳埠桂桡远，不了湄州民女情。

八一建军节感赋

举义南昌震世惊，井冈割据为工农。
铁流万里倭尘尽，力倒三山旭日升。
抢险护民夸砥柱，扬威固国倚长城。
雄师义旅军魂壮，百代高歌子弟兵。

赠网上小友

咖啡淡淡自香馨，一键相逢陌路人。
网络有涯无近远，棋牌结友辨疏亲。
厌闻秽语唱春雪，立世洁身祛浊尘。
莫向荧屏叹虚幻，于无声处见纯真。

初秋雨后作

绵绵秋雨送清凉，入目群山处处苍。
枫叶未红犹垂绿，野花正艳竞摇芳。
江郎别赋悲南浦，范子宏文动岳阳。
风过疏篱抚瘦菊，几声珍重待飞霜。

读贾谊《吊屈原赋》

俟罪长沙愤世殊，逢谗困志欲何图。
思贤凭吊临湘水，顾影相怜叹郢都。
度势凤鸾栖高树，负车骏骥奋穷途。
大言空有随安计，当逊忠心屈大夫。

秋日登高寄远

秋花当悔竞芳迟，霜落群山草木知。
人醉斑斓一壶酒，笔收萧瑟半行诗。
雁横夕照牵情远，菊傍东篱眷意痴。
红叶裁来写心曲，长风万里寄相思。

秋声

西风萧瑟过山林，入画斑斓霜染深。
雁唳惊空云作帐，溪流落涧水为琴。
飘来红叶忆蝉唱，涌动松涛伴客吟。
残壁寒蛩歌断续，声声绕耳唤秋心。

枫情

处世无争天地宽，崇峦幽壑乐安然。
欲酬新雨添春色，依恋枫桥傍客船。
月挂疏枝栖倦鸟，风梳繁叶待霜天。
痴情愿伴秋山老，一炬倾心照嫩寒。

"九一八"感赋

骤闻警报恨犹存，难忘铁蹄扬战尘。
焦土哀鸿悲社稷，英雄喋血壮昆仑。
荡魔雪耻先驱志，强国扬眉后世魂。
莫醉虚华惕高枕，吴钩常砺待阴云。

红叶

东风赐惠愧无妍，烂漫妆成霜满天。
凌风摇影明月底，吟诗作画酒樽前。
绿烟欲报三春雨，赤胆全凭一树丹。
点缀江山千里色，染红北国照秋寒。

赠江老海峰先生

寒溪磨杵见功夫，毓秀蟠龙隐俊儒。
目冷沉浮一壶酒，襟藏丘壑五车书。
砚中岁月入诗句，掌上山川出画图。
东海放舟三万日，撷来六味冠清庐。

秋诗

摇落诗心萧瑟中，高天纵目断飞鸿。
寒侵塞北燕山雪，霜染枫桥夜半钟。
茅屋秋风悲子美，菊篱村酒醉陶公。
秋循时序年年是，境异情迁唱不同。

依韵和振一老师《杂吟》有寄

邀来明月照清庐，情寄峨眉旭日初。
求识倾心书满架，呼朋同乐酒盈壶。
多才未必真高士，厚德方为大丈夫。
桃李欣然满天下，诗坛健笔再宏图。

淤泥河览胜

泥羁唐马淡云烟，入目丹青新纪颜。
襟带平川兴一镇，波摇明月映三山。
长堤芳草绿荫路，碧水悬桥白玉栏。
黉院甘霖润桃李，柳丝一曲惠风弹。

蟠龙山初雪

羽裳飘落任风裁，裁得梨花树树开。
岭度浮云迷铁塔，鸟惊飞絮隐龙槐。
千阶梯石银毡路，一串屐痕白玉台。
夏绿春红浑不见，菊花戴雪溢香来。

雨中登岳阳楼

波撼岳阳吴楚风，檐垂珠玉湿栏红。
迷茫帆影君山外，错落楼台烟雨中。
云涌天低衡岳北，浪飞水向大江东。
墨香千古赏佳句，忧乐关情崇范公。

硕鼠

劣迹人间千古名，子孙繁衍患乡城。
开怀买醉贪仓廪，解寂寻欢傍舞厅。
心黑金黄猫枉法，路斜灯暗鼠横行。
如雷众怒皆虚手，闹市空余喊打声。

雪诗

剪碎凝云谁洒出，随风片片落诗书。
心崇大雪弓刀句，情逸寒江垂钓图。
北国冰封驰蜡象，苍山日暮叹穷庐。
梨花忽绽万千树，一瓣撷来藏玉壶。

雪中吟

舞罢羽裳抛碧空，团团白絮漫苍穹。
莽原沉寂走银象，峻岭迷茫卧玉龙。
塞北风寒劲松翠，江南雪润老梅红。
梨花忽放万千树，绚烂枝头春意浓。

暮秋

玉露凝霜时序催，长空已断雁南归。
风搓老柳丝丝瘦，日晒新粮粒粒肥。
高岭枫林舞红叶，浅滩芦海浴金辉。
莫将惆怅怨萧瑟，心醉秋光酒一杯。

蟠龙山

一岭飞来古镇东，蜿蜒蓄势卧蟠龙。
茂林笼翠藏幽径，铁塔衔云锁月宫。
玉壁香飘槐雪白，画亭霜醉野枫红。
高台纵目纳沧海，竞渡千帆盛世风。

蟠龙飞雪

云掩蟠龙裹素纱，漫天飞絮际无涯。
鸟归巢穴听林静，壁画沧桑感物华。
雾笼银阶衔玉阁，风摇雪树落琼花。
高台纵目迷茫处，祥瑞盈门千万家。

淤泥河雾凇

瑶台月窟雾中修，胜境日开河畔收。
飘逸银丝垂雪柳，晶莹素蕊簇琼楼。
风清气凛沁心脾，玉砌冰姿豁眼眸。
屐印霜桥恍如梦，浮云一片到蓬洲。

梦回老屋

依稀老屋昔时观，童事无忧百趣欢。
堂上新春奉先祖，梁间盛夏挂摇篮。
父严课子寻花镜，母爱备炊陈玉盘。
笑语惊醒知是梦，顿生百感泪潸潸。

情寄老屋

几缕乡思系老屋，沧桑面貌逊当初。
涂鸦在壁蒙尘厚，童梦如烟旷日疏。
恒念亲恩知泽远，久违足迹叹心芜。
痴情一片托明月，岁岁清辉照旧庐。

回到老屋二首

一

空屋荒庭缀夕阳，乡心不改任沧桑。
归来燕影拳拳意，远去炊烟淡淡香。
半壁涂鸦忆童趣，两行热泪念高堂。
几多风雨几多梦，相伴亲情日月长。

二

老屋沧桑见斑驳，亲情浓处耐消磨。

慈颜入梦春晖远，严训铭心热泪多。

不改东风新草绿，归来燕子旧时窝。

乡思自古托明月，圆缺悲欢都是歌。

盘点2007

雪润山川贺岁新，初衷未了寄浮云。

镜中白发羞虚度，笔下红尘愧认真。

填满灵台唯惰气，抖空书袋少诗文。

心牵长路争时早，老树青枝又一春。

雪飘迷镇山

岭峻天低白絮飘，红墙玉树竞妖娆。

雪披云锁梵宫寂，气凛风闲禅唱高。

百丈银阶临绝壁，一声汽笛过轩桥。

凝眸不见迷茫处，咫尺仙凡心路遥。

雪花

白絮翩翩落掌轻，云凝寒宇舞晶莹。

江南心逐缠绵雨，塞北身归凛冽冰。

玉影千姿生画意，冷魂一缕动诗情。

休言柔弱少风骨，敛尽尘嚣簌簌声。

隆冬黄昏作

浮云叠影障西辉，朔气森然笼四围。
雀戏檐头争日暖，柳闲池畔待风吹。
伴书伏案梦千里，寻趣当炉酒一杯。
应是天公怜寂寞，遣来玉蝶漫天飞。

北国隆冬

冰姿雪影肃烟萝，冷彻乾坤风作歌。
六出奇花漫天宇，几重寒水锁江河。
玉雕峻岭浊尘少，絮裹平川绮梦多。
云拂青松凝浩气，霜针万簇竞婆娑。

丁亥除夕感赋

万家灯火接新正，辞旧回眸百感生。
杯浅愧酬知遇重，疏文何憾落囊轻。
时光易度堪堪度，块垒难平恰恰平。
一把前尘归老酒，壶中寻梦到天明。

学诗感赋

短棹迟舟大海潮，吟旗在望仰山高。
推敲灯下徘孤影，岁月镜中添二毛。
案上诗书平块垒，庭前鹿马恨招摇。
莫将秃笔写心老，岁岁春风万里桥。

春雪

浅黄淡绿柳茸肥，湖水涵冰鼓浪微。
阴岭风寒三寸雪，苍原梦待一声雷。
眼中草色望酥雨，天际云层锁夕辉。
欲借东君唤归雁，惹来玉蝶满天飞。

龙山早春

邀友驱车古镇东，为寻春讯访蟠龙。
天浮云影一行雁，雾冷山林三月风。
入耳鸟声幽静处，迎眸草色有无中。
杜鹃最是争时早，烂漫花开岭上红。

春柳

碧玉新条二月风，柔姿百态舞玲珑。
牵心雁影凭湖畔，挂月梢头寄梦中。
鸭戏清阴浮水绿，烟涵暖陌伴桃红。
关情更借清明雨，垂泪纤丝吊介公。

咏柳

荒丘沃野自无争，处处安家处处荣。
曼舞春丝染春色，凋零秋叶赋秋声。
梢头挂月恋人梦，灞上折枝朋友情。
雾冷银绦垂玉树，坦然抱朴缀寒冰。

春

风柔蓓蕾露晶莹，云淡群山草色青。
旧垒添泥栖紫燕，茂林笼翠戏黄莺。
朦胧诗境杏花雨，烂漫童心柳笛声。
沃野人喧唱春曲，一犁新土望秋丰。

春草

日暖山川逐雪残，入眸草色有无间。
名浮芳圃玉田外，影淡疏林荒陌前。
陈朽坦然归野火，新萌何惧对霜天。
东君不厌针绒短，春雨春风叙旧缘。

春溪

唤醒山溪归雁鸣，渐消积雪解冰封。
汇流盈涧桃花水，飞瀑敲岩战鼓声。
日暖莽林迎垫绿，风柔垂柳舞丝轻。
心牵大海载舟远，不悔迢迢万里行。

赠丁礼云老师

雨雪由之凭一蓑，求真半世不蹉跎。
谁敲诗句传承远，坦荡胸襟关爱多。
秋实满枝倾汗水，春风盈袖解冰河。
南山牧鹤青松下，笑看人生处处歌。

春雨

一夜新容换旧容，甘霖普惠逐残冬。
低浮云影隐归雁，斜织纤丝巧趁风。
寄梦江南花胜火，潜身塞北柳初绒。
争时不耐寒山寂，情暖杜鹃崖畔红。

春风

温馨起处卷残冬，融雪消冰寄意浓。
携暖驱寒惠南北，移云载雨润西东。
轻摇岸柳千江绿，重抹山花万岭红。
旖旎盈眸情未了，松涛阵阵慰初衷。

春夜有感

风过疏林浸暮寒，依稀草色笼轻烟。
云开新月待三五，影淡清辉梦八千。
掬水濯尘倾北海，殚心羁路望南山。
闻鸡莫叹争时晚，拙笔孤灯伴夜阑。

桃花

莫将妖冶论初衷，抱蕾枝头春意浓。
才露粉腮逢喜雨，更添绿叶配娇容。
柔姿含媚柳烟里，荒陌飘香草色中。
蝶戏蜂缠问归处，情思片片寄东风。

自勉【七古】

莫叹白日近西山，恨无梦笔补残篇。
祈来沛雨赠夸父，掘出断头续刑天。
凋零浮华轻物议，冷落挚友畏人言。
羞对凉砚颂墨暖，戒之在得愉暮年。

寄友

青山无意淡云痕，冷雨潇潇宜自珍。
惊梦月残杨柳岸，倾心酒醉杏花村。
江南暴雪情依旧，塞北和风物焕新。
相叙有缘红叶处，一杯秋色任君分。

清明节

晨霁清明草色茵，行车如鲫向山村。
清风烟柳桃花水，细雨酒旗羁客魂。
泪洒思情祭荒冢，灰飞冥币触浮云。
时时常念亲恩重，世上何来不孝人。

杏花

东君一夜示温柔，凛冽半残寒未收。
时至艳阳开寂寞，杯盈村酒慰风流。
翩跹蝶影花间少，泄露春光墙外稠。
纵使落英飞作雪，不忘新果缀枝头。

梨花

玉蕾初开杏蕊残，素姿洁影秀山川。
争春不悔清明后，斗艳当期谷雨前。
月下晶莹花胜雪，风中淡雅气如兰。
含娇不媚封姨妒，摇落缤纷香满天。

汤其武老师《往事回眸琐录三十首》读后

竞舟韵海唱潮头，百载沧桑一笔收。
冷雨垂髫生傲骨，轻霜落鬓染金秋。
挥笔文著儒生雅，为政心怀国士谋。
日暖谷云松不老，夕阳无限自风流。

感谢曹辉诗友赠书作

一朵奇葩翠岭开，冰心玉影韵中来。
堪夸巾帼昭君貌，不让须眉子建才。
砚蓄春秋凝汗水，笔裁锦绣见胸怀。
初衷恒在志常励，指日春风白玉台。

赠朱彦先生

生涯恬淡乐从容，德艺双修操守中。
雨夜关情增柳绿，霜天把酒醉枫红。
渊源翰墨书生气，诚待江湖国士风。
竞渡千帆遥望处，挥旗直指大江东。

有感温家宝总理第一时间赴震区指挥抗震救灾

天府遭灾动北京，公仆涉险震区行。
胸筹大略都江堰，心系灾民映秀城。
温暖孤儿罹难泪，抚平万众待援声。
擎天巨臂遮风雨，蜀水巴山总理情。

感汶川大地震

大地沉浮转瞬间，惊魂血泪泣颓垣。
石流落处路横断，瓦砾堆中命倒悬。
举国同心倾国力，一方有难八方援。
军魂永铸人间暖，大爱无疆满汶川。

母爱如天
——记一位伟大的母亲

山摇地动祸相随，屋塌楼坍瓦砾飞。
应急残墙忘身险，拼将赢体护儿危。
劫余襁褓命还在，泪断慈亲魂不回。
幼子牵心无限爱，方屏遗语记春晖。

注：汶川大地震后三天，救援人员在瓦砾堆中发现一具
女尸，是一位年轻的母亲。在她的身体下面，有个睡在襁褓

中、才四个月大的婴儿。医护人员急忙为这个婴儿救治，发现襁褓中有部手机，里面有一条未发出的短信："亲爱的宝贝，如果你能活着，一定要记住我爱你！"是母亲用羸弱的躯体承受着天大的重难，用伟大的母爱呵护了她的亲生骨肉。

端阳怀古

端阳赋韵楚天开，恒念千秋诗祖才。
廊庙难酬安国策，江湖犹梦郢都哀。
荒丘何处昏王迹，汨水常存志士怀。
告慰忠魂何寂寥，龙舟竞渡鼓声来。

赞抗震救灾的解放军官兵

地坼山崩集战旌，雄师十万汶川行。
胼胝双手英雄路，风雨一肩鱼水情。
挥汗争时余震险，临危舍命救民生。
烟尘散尽凯歌起，砥柱中流子弟兵。

吊屈原

卿衣脱却贬朝纲，风雨危楼折栋梁。
鹏鸟冲天悲断翼，忠臣扼腕愧安邦。
呜咽汨水三湘远，浪漫诗篇百代长。
留得青山待尧舜，何辜一死谏昏王。

长春净月潭

山环林簇一潭娇，风涌松涛绿海潮。
沐羽呼朋戏鸥鹭，飞舟遏浪溅琼瑶。
钟鸣高塔荡幽谷，水纳天光映栈桥。
鸟唱浓荫频入耳，嫩荷垂柳赏妖娆。

题《一团和气图》

满面春风鼎足身，论衡三教各承门。
无为清静云中鹤，四大皆空世外人。
万卷诗书写伦理，一团和气化凡尘。
平分秋色释儒道，存异求同唯善真。

净月潭秋色

层林霜染隐华楼，菊影摇芳落碧流。
松翠枫红双塔秀，风清月白一潭秋。
波涵镜影浊尘远，鸟语山空曲径幽。
色彩斑斓堪醉目，更添硕果压枝头。

抒怀

几处春光几处幽，手低囊浅愧难收。
一番风雨十年梦，半世沧桑两鬓秋。
宁让浮尘锁心底，不教积雪压眉头。
山河恒在怜人老，奋笔争时写九州。

奥运圣火中华行

光照东西南北中，爱心传递九州同。
蕴含圣洁珠峰雪，激荡豪情椰岛风。
旗展江南千水秀，花开塞北万山红。
和谐友谊五环路，共创辉煌百代功。

槐花

锦簇花团素手栽，红尘寻梦下瑶台。
临风月下馨香远，带露枝头蜂蝶来。
浓郁方消荒岭寂，清阴又落路人怀。
心怜五月芳菲少，玉串晶莹万树开。

也话七夕

枉作神仙厮守难，新伤岁岁慰陈缘。
瑶台情薄银河险，桥畔风高玉宇寒。
承命千秋掩戚面，循规无日绽欢颜。
重逢时泪别时泪，浸透相思又一年。

有感刘翔临赛退场作

倾心厚望挚情浓，不改他年宿将风。
万众欢呼添浩气，两难抉择惜英雄。
抚靴难掩切肤痛，解甲何亏砥砺功。
留得青山藏绮梦，赛场再看国旗红。

中秋望月

中秋蟾魄镜初磨，古木飘香桂子多。
玉露依稀漫天地，清辉浩瀚淡星河。
千江碧水千江月，万户金樽万户歌。
莫向广寒叹空寂，人间盛会慰嫦娥。

戊子中秋望月感赋

桂影扶疏映玉盘，清辉无限月中天。
云闲风寂开新镜，虫唱乡思忆旧年。
醉语惊心弃杯易，挚情拙笔入诗难。
依然岁岁丰收饼，皤鬓垂髫弹指间。

过海云寺未入戏作

傍林倚岭俯苍原，岁月悠闲磬鼓间。
吊斗经幡临石壁，梵楼僧宇绕云烟。
皆空方外生财易，羞涩囊中觐佛难。
不是西天有缘客，何需问路拜灵山。

重阳登高

霜天寥廓染葱茏，心醉斑斓踏险峰。
碧水半潭凫雁影，青山一梦寄枫红。
疏篱瘦菊怜陶令，衰草秋风唱杜公。
欲插茱萸无觅处，此情但愿古人同。

戏谈成语 "对牛弹琴"

一从披锁出山林，风雨红尘感慨深。
回首长空观冷月，奋蹄大野忆高岑。
重鞭不废负轭事，粗粝犹怀报主心。
静卧槽头思蓄力，懒听俗子乱弹琴。

戏谈成语 "螳臂挡车"

莫向寓言论假真，何时举臂挡车轮。
春生山野充刀客，秋献螵蛸惠世人。
坦路急鞭驰怒马，弱躯迟步碾成尘。
老天应有好生意，谁悯千年毂下魂。

戏谈成语 "亡羊补牢"

闲情拙笔钓沧桑，硕胆寡才论短长。
有识绸缪期未雨，无为搪塞补残墙。
宜将悔恨切肤痛，当戒虚荣表面光。
问咎红尘饰非处，常悲事事话亡羊。

戏谈成语"杯弓蛇影"

体殊貌陋欲何求，远遁喧嚣任自由。
敛迹平川隐深壑，潜形大泽憩荒丘。
井绳入目十年惧，弓影沉杯百代羞。
圣药盈壶援国手，红尘难解杞人忧。

戏谈成语"塞翁失马"

负日何须夸六龙，天骧独步踏长空。
沙场鼓角几朝梦，鞯辔春秋百代功。
老骥神驰千里外，倦驽力尽一生中。
无缘伯乐羁荒野，携仔迟归报塞翁。

戏谈成语"狐假虎威"

百技求生皆可为，临危滞步悔难追。
残月三更鸡泣血，寒崖一啸兽含悲。
逢强急智添狐媚，凌弱迟思堕虎威。
纵观物竞自然事，天择何须论是非。

戏谈成语"狡兔三窟"

一语定论又如何，涉世方知坎坷多。
日暖山中寻绮梦，月圆桂下伴嫦娥。
惊魂弹足斗鹰隼，循迹逃生陷网罗。
欲壑难填饕餮腹，空余三窟满悲歌。

咏月

彻地清辉落九重，婵娟千古鉴长空。
垂泪乡心白居易，暂满还亏吕本中。
潮水春江花月夜，天山云海玉关风。
冰轮共是寄情处，化入诗间理不同。

上元夜

云敛长空净宇寰，良宵美景尽狂欢。
盛妆绮宴人团聚，笑语长街夜不眠。
七彩礼花开暮色，一城灯火锁春寒。
多情最是中天月，更向千家万户圆。

回首2008

岁月如歌唱大风，几多坎坷几从容。
江南暴雪亲情暖，川北高歌抗震功。
捷报神舟九天外，和谐友谊五环中。
人心凝聚兴邦志，政暖民勤国运通。

蟠龙山诗墙

临阶近阁拓新容，玉砌精雕叹斧工。
西眺辽河千里浪，东迎轿顶四时风。
韵收桑梓山川秀，笔走龙蛇气势雄。
林簇长垣开胜境，诗云墨雨润葱茏。

牛年话牛

犁前轭下度光阴，汗浸荒凉土变金。
草粝弥坚酬主意，鞭笞岂废奋蹄心。
惊魂当恨庖丁手，掩耳羞闻俗子琴。
不妒机鸣息身影，常留田垄寄情深。

除夕午夜钟声

央视钟声传九垓，新元旧岁此时裁。
欢歌动地春潮起，爆竹惊空夜幕开。
日月如梭织绮梦，桃符映雪暖情怀。
万家灯火迎祥瑞，喜看金牛载福来。

祭扫双亲墓

除芜添土慰苍凉，咫尺幽明倍感伤。
云载哀思香一炷，地承祭奉纸千张。
慈颜入梦春晖远，严训铭心恩泽长。
再孝何尝有来世，怆然涕泪满衣裳。

桃花

处处绯云伴柳烟，淡香浓抹抱春还。
痴情不忘桃源水，含笑常依白玉栏。
绽蕾枝头应有意，落花阶下恨无缘。
谁怜娇媚经年苦，风也凋来雨也残。

春燕归来

风携春讯绿长堤，万里归来信有期。
热土挚情依旧主，故檐残垒砌新泥。
倾心共剪柳丝软，逐食争飞云脚低。
眷顾红尘无贵贱，利人惠己两相宜。

感谢清秋诗友赠《散文集》《诗词集》作

绮韵生辉照砚池，春光占尽向阳枝。
山河入望文宜曲，世事关情理贵直。
佳句千章期梦远，清秋两集见心痴。
天将惠质赠才女，参透炎凉都是诗。

梨花吟

繁花一度欲何求，不负春光含笑休。
香染玉阶铺白雪，叶沉碧影枕清流。
落英无悔风中散，青果有缘枝上收。
蝶舞蜂歌成旧梦，只争沛雨醉金秋。

暮春戏作

葱茏渐满锁残红，细雨缠绵淡淡风。
撒去榆钱思醉酒，飞来柳絮忆寒冬。
无痕岁月鬓边老，着意文章案上空。
悟得云烟终寂寞，且将慵懒作从容。

过淤泥河

几度沧桑改道新，久传圣迹了无痕。
桥头垂柳宜堪赏，河上经风不可闻。
万点粼光绝污水，一滩草色淡浮尘。
几声蛙鼓试相问，谁是清流竭泽人。

祝贺人民政协成立六十周年

共襄大业聚名流，阔步征程六十秋。
坦荡胸怀照肝胆，沧桑风雨志同舟。
监督思国兴邦策，议政为民致富谋。
一统山河归众望，凯歌百代唱金瓯。

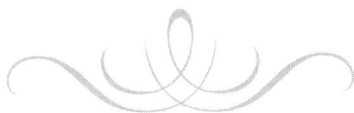

贺共和国六十华诞

祥云瑞气共妖娆，装点山河处处娇。
高峡平湖焕霓彩，巨龙屋脊走狂飙。
巡天万里访蟾魄，载谊五洲来鸟巢。
改革潮头歌一曲，风流人物看今朝。

镁都风光

槐花香雪裹蟠龙，云掩石棚建一松。
风拂泥河杨柳绿，春来轿顶杜鹃红。
金牛考古访猿洞，迷镇寻幽听晚钟。
高坝平湖三道岭，鸥歌鱼跃酒旗风。

辉煌镁都

东风送暖奔小康，改革潮头跻百强。
丰富资源兴厂矿，纵横路网利工商。
群山林茂果蚕地，辽水流长鱼米乡。
再展宏图歌盛世，民勤政暖铸辉煌。

戏说牡丹

浓艳雍容上苑花，铅华洗却见瑜瑕。
天香不向蓬门语，国色常为绮户夸。
既得春风睥桃李，何无秋实竞桑麻？
一朝贬谪洛阳后，依旧倾心富贵家。

海上日出（新韵）

露湿残夜净浮尘，四野穹庐垂幕真。
星斗稀时开曙色，水天接处漫霞云。
捧出沧海一轮日，点染波光万道金。
冉冉物华新气象，争时无处不欣欣。

登蓬莱水城炮台作

千雉严城固国门，沧桑不改战旗新。
山河淡去倭奴血，岁月长存民族魂。
大海怒涛卷霜雪，高台铁炮记风云。
游人东望皆怀恨，争说当年戚将军。

游蓬莱阁

金风时节访名楼，玉砌雕栏曲径幽。
翰墨碑亭千古韵，烟霞殿宇一山秋。
云飞高阁浮仙境，浪谒丹崖戏白鸥。
唯憾无缘观海市，心期有幸再重游。

青岛栈桥

出浴凌波四季娇，金沙绿树共妖娆。
长虹百丈回澜阁，碧水一湾黄海潮。
鸥唱云空舒健羽，风催帆影逐惊涛。
名齐青岛百年迹，雪浪飞来谒栈桥。

己丑重阳感赋

又是枫红染故乡，光阴弹指叹青黄。
北来萧瑟秋山老，南去潇湘雁字长。
情寄茱萸思兄弟，心随霜菊入文章。
得闲慢饮杯中酒，何忍登高向夕阳。

孤雁鸣

悔将人字向天书，敛迹方求凶险无。
月夜欲眠梦安逸，芦洲常惕影扶疏。
世间我恨贪夫恶，云外谁怜倦客孤。
北渡南迁情未老，何时徙路不江湖。

立秋

白驹倏尔踏新秋，天地依然暑未休。
峻岭浮云风乍起，莽原滴翠雨初收。
闲蜂寂蝶缘花少，秀木佳禾望籽稠。
知了争时向高处，更将流响落枝头。

己丑年说猪

自从敛性下山岗，生杀由人岁月长。
百日英雄甘寂寞，一朝流感也猖狂。
身心疲惫已无泪，饕餮贪婪唯有香。
休向世间问天理，谁将毁誉细思量。

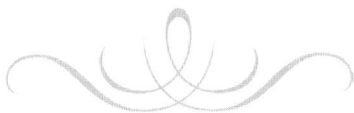

田蛙

腹圆睛怒卷伸长，卫士生涯日夜忙。
田野试刀柳丝绿，梦乡解甲菊花黄。
失声虫蚁恨凶横，无语禾苗亲善良。
祈愿人间轻杀戮，莫将虚誉慰凄凉。

井蛙

无虎山中猴也狂，蛙居老井自为王。
观天窃喜幅员广，称霸唯求岁月长。
阔口飞舌任杀戮，怒睛圆腹势张扬。
浅潭泥沼沉浮主，笑罢槐国笑夜郎。

池蛙

碧波涟漪纳天光，会聚群蛙戏水塘。
垂柳滩头争杀戮，青荷伞下共炎凉。
得闲蓄锐草丛坐，闻警投身池底藏。
一片鼓声新雨后，几多隽永伴疏狂？

漫天霞影

——题赠香久兄

漫天霞影看新姿，菊韵兰香落砚池。
解甲归来忆军旅，从戎远戍赋乡思。
论诗执著唯诗理，交友谦和众友知。
雅集飞来难释手，潜心读罢夜阑时。

肉食牛

囿于定数欲何为，懒向沧桑问是非。
鼙鼓沙场催万马，珍馐绮宴醉千杯。
久违垄上牵犁事，顿失山中搏虎威。
落寞槽头空望月，心惊髀肉厌甘肥。

肉食鸡

生杀由人岂可违，不堪棚屋锁伤悲。
毛丰何必傍炉暖，心冷无缘比翼飞。
起舞本当追燕瘦，贪婪偏要效环肥。
谁怜短命百余日，也算红尘走一回。

春迟

无力东君匿影踪，残冬三月锁苍穹。
违时频洒清明雪，扑面生寒谷雨风。
料峭枝头蝶梦冷，寂寥梁上燕巢空。
菲桃烟柳无归处，联袂风光入夏中。

花甲生日作

身居陋室梦天涯，弹指耆年感物华。
愚钝赧颜谈报国，蹉跎抱愧未齐家。
望文徒叹繁霜鬓，果腹无虞缺齿牙。
挽住白驹争日月，笑将秋菊作春花。

秋菊

萧瑟沧原万木凋，柔姿瘦骨自风骚。
经霜节守三春绿，戴雪香凝百代娇。
立地青枝慰陶令，冲天豪气咏黄巢。
怜君不羡红尘梦，犹忆东篱伴寂寥。

中秋望月

又是天涯共此时，云帏散去靓新姿。
碧波潋滟收蟾影，桂子芳香落酒卮。
美景纵然它处好，乡思唯有客心知。
沧桑不改一轮月，半入丹青半入诗。

嫦娥

盛妆理罢浴新凉，不改痴心向故乡。
满树桂香来九域，一枚玉璧出三江。
弯弓后羿气何短，偷药嫦娥情更长。
刻骨相思付圆缺，清辉万里寄夫郎。

咏虎

沧桑不改兽中王，世说纷纭论短长。
狐假有威慑高岭，犬欺无奈落平阳。
英雄称霸借名重，国手悬壶怜骨香。
难与人争一方土，忍声敛迹畏刀枪。

乱侃七夕

双星阅尽几沧桑，如梦佳期岁月长。
浊浪惊空飞喜鹊，柔情似水渡鸳鸯。
手中云锦山川秀，河畔秋风稻谷香。
倘若神仙也难做，天桥无视又何妨。

牛郎

五尺牛皮两只筐，追妻担子到天堂。
择邻顿觉猪哥义，侧目任凭王母狂。
稼穑河边操旧业，缠绵桥上诉衷肠。
男儿自有四方志，鸳侣他乡即故乡。

织女

千年不改昔时妆，聚少离多也断肠。
恨海无涯向王母，情天有路属牛郎。
闺房我赠千般巧，银汉谁怜万里长。
架下烦心偷听客，总将旧妇作新娘。

咏菊

三径留香五柳恩，荒村华圃不沾尘。
将军气概黄金甲，隐士情怀碧玉身。
带雨纤枝寂春色，披霜冷艳抱冰心。
沧桑无悔东篱梦，一份虔诚守到今。

依韵和孙国尊诗友

光阴荏苒又逢春，寥落诗心尚未泯。
喜看长风催后浪，赧颜歧路望前尘。
镜中已是二毛老，笔下何尝半句新。
莫问沧桑多少梦，坦然一笑了无痕。

附诗友孙国尊原玉

春音袅袅又逢春，多少情缘忆未泯。
玉盏才空梦依旧，霓虹闪去意尤新。
满城火树添鸿运，陋室青光罩白门。
天命来时应有数，唯留心愿奉晨昏。

长春乘飞机达杭州

双翼风雷逐日斜，凌空丘壑似平沙。
冷清净月犹飞雪，潋滟西湖已放花。
燃尽残阳明夕照，展开夜幕暗云霞。
繁星半宇输颜色，灯火杭城十万家。

西湖岳王庙

湖光山色四时清，香火千秋祭干城。
戎马十年期北定，仰天一笑望中兴。
尽忠无奈君王重，报国何堪黎庶轻。
可叹风波亭上血，换来身后几虚名。

谒西湖武松墓感赋

打虎英雄世共夸，戒刀指处任天涯。
仇生阳谷恨无路，义聚梁山幸有家。
每念招安耻官吏，但求归宿醉烟霞。
沧桑不见随年改，惯看慕才亭外花。

访孤山林逋墓

放鹤亭边处士坟，短垣四堵绝嚣尘。
园中一梦伴梅老，墙外千年万竹新。
声色烦心却止水，繁华过眼作浮云。
几经世事沧桑后，问道孤山又几人。

游绍兴沈园有感

亭榭楼台池水间，梅影竹姿映雕栏。
沧桑几度六朝井，风雨一襟孤鹤轩。
爱侣无缘分彩翼，残垣有幸载诗篇。
放翁遗墨钗头凤，名重千年沈氏园。

夜宿黄山光明顶

陡悬梯路步维艰，挥汗扶筇上顶巅。
云霭飘浮托落日，霞辉流彩染层峦。
袭来夜色暗千嶂，引出星光耀九天。
沽酒佐餐寻宿处，虔心醉卧梦神仙。

黄山迎客松

谁移翠影出瑶台，偏爱苍茫崖畔栽。
暮霭朝晖灵秀气，春风秋雨栋梁材。
枝垂荫路尘常扫，昂首参天云自开。
几度沧桑情未老，依然迎客八方来。

西湖游

久慕钱塘水一湾，身临佳境更流连。
千年佛号出灵隐，十里湖光入画船。
雨落山中松滴翠，风闲堤畔柳含烟。
虔心最是岳王庙，忠义长存天地间。

苏州寒山寺

品是诗歌赏是图，千年宝刹冠三吴。
乌啼霜夜沧桑后，竹语春风景色殊。
襟上烟香生佛殿，望中云白挂浮屠。
驻足枫桥欲相问，夜半钟声尚有无？

参观百草园

书中相识梦相牵，皤鬓南来寻此园。
岁月无痕藏趣事，纯真率性觅童年。
抚今碧绿菜畦地，追昔光鲜石井栏。
仰慕先生情未老，八方游客满乡关。

游苏州狮子林

柳荫竹影半园春，叠石峰峦更绝伦。
曲洞寻幽识真趣，短桥临水鉴清新。
方经闹市尘间客，旋作深山世外人。
丘壑撷来灵秀气，每思梦里忆嶙峋。

参观三味书屋忆鲁迅

惜时贵早启蒙初，收起童心拜宿儒。
家国沉疴思奋起，光阴易逝莫踟蹰。
牵情窗外八方雨，至乐案头三味书。
捉笔为刀争暗夜，甘将热血荐千夫。

游兰亭

云淡天高燕翼轻，春风一路到兰亭。
花香竹语稽山梦，觞咏溪流曲水情。
翰墨祖孙夸圣手，鹅池父子岂虚名？
砚中岁月辛勤久，笔下龙蛇自纵横。

虎丘随想

万木扶疏隐画楼，剑池凛凛锁千秋。
晨露犹垂西子泪，胥门曾挂武员头。
有为勾践甘尝胆，无德夫差怪自修。
但得民心成大业，尚需固国砺吴钩。

虎丘剑池

如歌岁月迹沧苔，峭壁惊空一剑开。
云接峰头出高塔，墨痕石上傍青莱。
兴邦空诩鱼肠在，丧国何堪越甲来。
剑气纵然三百尺，民心向背定兴衰。

过苏小小墓

西泠桥畔驻烟霞，水映花蹊绕湖沙。
两岸东风开柳眼，孤山飞雪落梅花。
名驰吴越三千里，诗冠钱塘第一家。
油壁香车无觅处，慕才亭外日西斜。

题雨中断桥

细雨缠绵岸柳新，长堤花伞色缤纷。
多情此地誉妖女，破镜他年怨佛门。
援手生人避萧瑟，并肩爱侣共温馨。
断桥无处不春色，伞下风光更胜春。

登六和塔感赋

矗立浮屠逼九天，古今名重月轮山。
沧桑檐角千秋雨，变幻江干一棹烟。
云影沉浮连海气，涛声起落逐流年。
谁怜落寞英雄事，多少豪情梦里圆。

游灵隐寺

慕名灵隐到杭城，览胜寻幽镜里行。
石壁摩崖临绿水，柳荫竹径戏黄莺。
伽蓝百尺奉佛祖，香火千年赖众生。
日暮登车回望处，犹闻钟鼓一声声。

弥陀寺

拔地禅宫近岭巅，岚光云影绕重檐。
石阶壁立山门路，万缕风翻一树丹。
凡宇空灵心是佛，拱桥渡客玉为栏。
乡关胜境添新景，暮鼓晨钟入画船。

看电视相亲节目作

婚嫁几时难上难，荧屏红线竞相牵。
互询初识两三句，约定终身一百年。
大器低眉英俊士，娇嗔达理靓淑媛。
天荒地老情真处，莫尚铅华莫论钱。

题庆邦先生山水图

千顷澄湖万里天，波光潋滟映层峦。
风清旷宇观云净，岚起高林闻鸟喧。
夕照峰头弥佛寺，炊烟柳岸系渔船。
多情自有匠心在，翰墨淋漓尺幅间。

天宫一号发射成功

一箭穿云透九重，五洲瞩目射天宫。
魂牵旷宇千年梦，旗展航城百代功。
举国直须共肝胆，强权未必是英雄。
思危岂可居人后，十亿豪情洒太空。

自强者的风范
——赞残疾人模范刁正刚

身残志在欲何如，满圈猪娃创业初。
经历盈亏重科技，是非原则不糊涂。
倾心桑梓共同富，援手贫寒贡献殊。
喜得春风惠民策，凯歌一路展宏图。

自强者之路
——赞残疾人王海军

轮下惊魂双腿残，几多泪水伴童颜。
十年求学千般苦，一技精专百倍艰。
刻骨常思爱常在，倾心相助命相连。
自立更见真情意，赢得名声众口传。

不褪色的风采
——赞残疾军人模范薛静伦

以身许国戍边陲，何惧沙场弹雨飞，
果敢临危救战友，坦然洒血壮军威。
疗伤八载几生死，立志余年有作为。
解甲归来豪气在，弄潮商海笑扬眉。

自强之歌
——赞残疾人模范宋秀梅

两袖空空泪已干，方知百事倍艰难。
但思人在梦还在，恒念身残志不残。
语重倾心启幼稚，情长着意颂诗篇。
弄潮一曲天垂顾，笑看丰收年复年。

双手奉献的爱
——赞盲人按摩师张静远

病残痛定漫思量，有技在身方自强。
理疗全凭一双手，精研博采众家长。
从医德重情才重，处世眼盲心不盲。
风雨恩承八方暖，唯将肝胆报春光。

自强者的胸怀
——赞残疾人模范韩晓军

身残夫去志尤坚，独力支撑一片天。
轮板舒眉观世界，巧针纤手织华年。
心倾寸草事亲孝，德尚春晖教子贤。
坎坷人生强者路，平凡处更不平凡。

自立者的春天
——赞残疾夫妻林春龙、李萍

肢伤已是景凄凉，车祸妻残雪上霜。
有志图强凭己力，无颜躺倒靠人帮。
同心甘苦百年好，携手晨昏四季忙。
乐道津津小康日，养鸡房里好文章。

赞官屯人民法庭庭长盖龙

办案艰辛贵在勤，清风两袖誉乡村。
事无巨细公为重，情有亲疏法至尊。
保驾财通八方路，倾心冰释万家门。
伸张正义轻生死，热血忠诚铸警魂。

读曹辉《以梦出尘》作

春雨潜心入砚池，染成秋色写成诗。
持杯可待洛神赋，信手拈来漱玉词。
珍惜光阴刻苦后，激流淡定弄潮时。
蟠龙苑里花开早，不负东风又一枝。

参观农民书画展有感

无徭无赋乐悠然，理罢桑麻理砚田。
一笔春风歌盛世，满笺秋实贺丰年。
辛勤畎亩耕耘曲，潇洒龙山书画缘。
倘若公垂值今日，何须泪染悯农篇。

杏园春色

欣闻美景秀家山，携友驱车访杏园。
十里春风香雪海，一湖碧水艳阳天。
蝶舒彩翼花间事，心慕荷锄世外仙。
荒岭新颜功汗雨，勤劳无处不桃源。

杏花节访杏园

崖畔坦途休染尘，清风十里杏园馨。
迎眸草浅绿茵瘦，入耳林深雉唱频。
万亩花繁双岭雪，千株柳抱一湖春。
秃山已是他年景，堪敬荷锄挥汗人。

诗乡寄语

荷语松风相益彰，龙山轿顶竞鹰扬。
学童试笔开新境，鬈叟放歌追盛唐。
薪火传承民励志，诗教泽润国图强。
同心拭目向高处，跃马吟坛路更长。

长春去长白山的路上

千里飞车竟向东，掠窗风景惹情浓。
柳荫花路伴山绿，云淡秋枫几树红。
敦化岭巅金鼎佛，白河镇外美人松。
一行最是倾心处，长白天池十六峰。

长白山

幽壑奇峰出莽原，异珍胜迹白云间。
紫貂参草梅花鹿，雪瀑银溪热水泉。
屏嶂深池缘地火，氧吧古木自天然。
比肩五岳分秋色，名著关东第一山。

长白山哨所

峰头哨所国旗扬，热血精英聚八方，
迷彩犹胜池水绿，激情更比白山长。
浓云飞雪漫天白，沛雨繁花遍地芳。
铁打营盘一炉火，军中都是好儿郎。

长白山天池

峻峰远眺欲天齐，跃上峰头天也低。
褐石嶙峋焦日色，碧池澄澈浣云霓。
岚浮林海尘嚣远，风劲苔原草木稀。
莫道来时崎路险，偏多览胜客心迷。

长白山瀑布

断崖百尺挂银河，倒泻天池千顷波。
雪瀑惊空溅珠玉，雷鸣彻地撼嵯峨。
衍流万里松江水，泽韵千峰长白歌。
回首依依临别意，萦怀当是梦中多。

长白山岳桦林

峻岭之巅云雾间，迎风斗雪乐高寒。
纤枝曲干铁为骨，老木银衫玉作冠。
镌刻年轮增日月，襟怀冰洁伴娇妍。
生生相约天池水，世世比邻长白山。

病中呓语

秋风霜叶两由之，忖度何尝怨悔迟。
心罹贱恙心难老，意向良知意未痴。
但求指上八千日，来补案头三万诗。
信是漠然鬓边雪，梦中依旧少年时。

病后赘语

针砭争时圣手谋，鬼门关外转回头。
镜中岁月鬓边雪，病里风光心上秋。
惊悚沉疴今日见，当思积患逐年留。
防微杜渐不欺我，劫后强身唯自修。

忆祖父

垂髫三夏两冬书，身被饥寒心未芜。
耿介凛然甘寂寞，是非从不问亲疏。
苦谋衣食乐求砚，壮莳桑麻老课徒。
常戒言行须谨慎，事无大小别含糊。

思念祖父

耄年扶杖欲何如，耿介依然大丈夫。
从紧要时课勤俭，与无关处作糊涂。
众孙掌上共秋色，曲意心中唯我殊。
未识临终最后面，此生抱憾泪千斛。

清明雪

风轻云重锁寒食，六出缠绵抱万枝。
满树梨花春意杳，半空玉蝶雁踪迟。
问医无奈羁身久，背井何堪扫墓时。
遥祭朦胧遮泪眼，漫天白雪倍哀思。

注：癸巳年清明于长春，是日大雪。

故乡秋色

小溪清缓傍村流，水映山峦云自悠。
缤纷霜叶染丘壑，丰稔金禾涌田畴。
蛩声唱暖篱墙畔，菊艳溢香阡陌头。
莫道风光别处好，几回梦里故乡秋。

读《青山集》赠振一老师

桃李满园执教人，长竿韵海钓秋春。
拈来佳句佐醇酒，踏遍青山撷白云。
质朴文章堪共赏，坦诚方寸易相亲。
抚今追昔歌慷慨，话到真时情亦真。

兴隆商城

满目琳琅众口夸，求真务实远浮华。
燃眉援手雪中炭，笑语分忧雨后花。
百虑双赢财有道，千金一诺德无瑕。
在商轻利重文化，屈指镁都第一家。

梧桐

盛名久负驻良禽，随处家山守望心。
独立横枝广罗盖，共生挽手大森林。
新芽绿雨三春色，老叶秋风一树金。
最是上苍悯嘉木，瑶琴自古有知音。

净月潭山里人家休闲一日

休闲相约远嚣尘，百里驱车净月滨。
野径寻幽松作伴，山居小憩鸟为邻。
邻窗秋染湖光老，酌酒乡炊风味新。
难得真情兄弟谊，融融胜似一家亲。

看电视有感

养儿容易教儿难，未待佳音梦已残。
父娇母宠悔迟暮，纸醉金迷误少年。
皆言奢逸豪门暖，几愿艰辛白屋寒。
事不临头谁会意，有钱难买子孙贤。

淤泥河怀古

唐马遗踪何处求，沧桑已改旧滩头。
刀光远去征尘散，功绩长存青史留。
打下江山归圣主，挣来富贵属王侯。
谁怜兵卒思乡梦，暮雨萧萧芦荻秋。

花事自然

姹紫嫣红四季鲜，何将浓淡论媸妍。
梅香素月三冬雪，荷艳清涟六月天。
千树桃花醉酥雨，满城菊蕊照霜寒。
荣枯先后无高下，各领风光即自然。

买粽有感（新韵）

角黍添香系万家，商机争占噪如鸦。
丽衣巧饰惊天价，短视无为叹井蛙。
俗历沧桑存古朴，客求实惠厌奢华。
众皆袖手疑相问，除却包装还有啥。

秋绪

凋尽红黄几日新，长空雁断暮天云。
骤临霜夜惊林鸟，久羁乡思老客魂。
月冷寒蛩声切切，风欺落叶舞纷纷。
心绪万千托不起，始信秋声不可闻。

无题

法槌惊醒梦阑珊，悔却当初教不严。
舐犊情深添白发，疼儿心切损红颜。
但思淫逸生纨绔，应信艰辛出俊贤。
父娇母宠孰无过，堪悲堪叹复堪怜。

大雪

寂寥织女厌瑶台，碎玉云中乱剪裁。
鹤羽九天逐风舞，梨花万树压枝开。
物应适度方为利，事若无常便是灾。
肆意严寒连日雪，几多烦恼惹人来。

反腐倡廉

除弊中枢出重拳，不良落马愧衣冠。
仕途得意妄恣意，欲壑无边法有边。
务实倡廉惠民暖，从严反腐戒官贪。
人和政暖振兴路，长治久安强国篇。

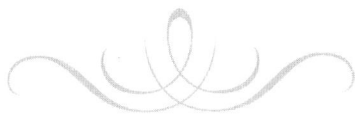

读《七步诗》咏曹植

铜雀春风佐酒卮，庙堂哀怨两难时。
著文千载博青眼，涉政一朝胜白痴。
处世愚贤后人论，阋墙曲直自家知。
皇权炙手无兄弟，史册空余七步诗。

感悟

不羡神仙不慕禅，无争无怨即无烦。
三餐足食老妻力，四季丰衣小女钱。
忧乐关情情在我，死生有命命由天。
平常心对平常事，惯看青山年复年。

立秋日感作

知时夏景让秋光，两季相逢一日长。
拂面晨风转萧瑟，沾衣夜露已清凉。
噪巢雏燕羽将满，抱籽嘉禾叶渐黄。
萦梦家山菊安否？欣然初梦待寒霜。

重阳有感

——甲午重阳雨，登山不成作

夜雨敲窗晓愈狂，听风赏雨过重阳。
雾生苍岭林光暗，云断高天雁字长。
兄弟百年千古义，桑麻四季一秋忙。
青山易老梦常在，留待黄花几度香。

同学小聚

同窗邂逅竞相询，屈指光阴五十春。
求学曾经少年客，含饴已是弄孙人。
慨言别后话千句，尽付重逢酒一樽。
往事如烟挚情在，尘封不改总牵魂。

词

采桑子·建一千年松

千年雨雪凝苍翠，山也风光，水也风光。曲干虬枝胜栋梁。初衷岁月终无悔，几度沧桑，未尽沧桑。守望家山情更长。

水调歌头·长白山美人松

影靓清溪水，发秀四时风。玉干柔枝黛叶，窈窕美人松。体态婀娜高俊，脱俗冰魂神韵，香脂染情浓。挽臂结林莽，昂首傲苍穹。河之畔，山之麓，白云中。自然天择物竞，挺拔郁葱葱。不息涛声雪野，蓄积年轮岁月，矢志秉初衷。心系一方土，寒暑两从容。

沁园春·贺诗词之乡

言志缘情，比兴由心，千古韵长。望大潮起落，几声平仄；白云舒卷，半纸文章。薪火千年，关河万里，秋雨春风雁几行。多少事，问沉浮何据，正道沧桑。汗青彪炳弘扬。逢盛世，花开处处香。喜富民强国，龙腾华夏；锦心绣口，燕舞诗乡。德惠八方，凯歌百代，改革振兴士气昂。抒大志，秉如椽浓墨，续写辉煌。

沁园春·鹳雀楼

岁月沧桑，鹳雀何存？遗憾九州。对尘湮旧迹，悠悠逝水，霜欺衰草，寞寞滩头。游子怀思，骚人念远，扼腕平添多少愁。情未已，望黄河白日，绝唱千秋。如今胜境重修。欣然处、登临夙愿酬。望临窗飞鸟，翅携云霭，楹香翰墨，笔蘸风流。史列中条，文陈三晋，薪火传承百代谋。与时进，仰民勤政暖，步步层楼。

望海潮·上元夜感作

新正望夜，霓虹幻彩，欢歌共度上元。爆竹声声，烟花处处，盈空七色斑斓。辉映月中天。人潮塞通衢，舞影翩翩。灯火千家，清辉万里，照无眠。老来难得悠闲。见妻忙厨下，孙戏膝前。壶酒新温，汤圆煮好，溢香几上杯盘。未饮已酣然。醉语应多悔，轻掷华年。莫叹秋霜欺鬓，更惜合家欢。

西江月·赞营口市人民检察院王岳婷

珍爱双肩金盾，放歌七彩华年。为民执法重如山，俯首任劳任怨。求是案头缜密，秉公笔下宽严。忠于职守毅争先，博得众人称赞。

减字木兰花·贺大耐退管中心诗社成立

冰川雪嶂，圣水源头春欲放。兴会争时，当数这凌寒一枝。歌风颂雅，驰骋吟坛初试马。天纵豪情，更道是人杰地灵。

水调歌头·虞姬

云动八方乱，戎马壮夫雄。山河初定谁料，鼙鼓动关中。纵有冲天豪气，怎奈江河日下，大业已成空。虎帐别离酒，相对泪朦胧。情义重，悲欢共，死生同。凝情一剑，莫让气短绊乌骓。归去乡关蓄势，再问沉浮谁主，雪恨誓争锋。翘首九泉望，劲旅出江东。

水调歌头·项羽

举鼎拔山力，垂史灭秦功。挥师六合横扫，谁敢触其锋。孰料鸿门纵虎，竟使风云逆转，大势去匆匆。垓下楚歌起，霸业顿成空。凭余勇，任豪气，向天冲。乌骓不逝，岂肯俯首叹途穷。忍看红颜喋血，敢向黄泉问路，一死谢江东。拼作十年鬼，来世再称雄。

沁园春·谷雨有感

风染柳眉，雨润桃腮，几处啼鹃。趁墒优日朗，争时播种；人催犁走，岂敢偷闲。留守妇孺，驻颜翁姬，锦绣平畴谈笑间。唯青壮，正打工在外，都挣现钱。田夫自古谁怜。强国策，民安农为先。纵崇尧颂禹，终归旧梦；轻徭薄赋，怎比今天。政府补贴，捐税全免，科技兴农喜事添。和谐世，凭民勤政暖，共祝丰年。

沁园春·曹操

乱世枭雄，治世能臣，说尽风流。问持刀建业，才兼文武；青梅煮酒，屈指曹刘。策马乌桓，谋兵官渡，逐鹿群英几效尤。龟虽寿，叹三分天下，遗梦中州。沉浮笑对何忧，任铜雀疏狂赤壁羞。但胡笳哀怨，情关万里；短歌慷慨，意在千秋。碣石挥鞭，大江横槊，震古烁今势未收。诗言志，看建安风骨，比比鳌头。

望海潮·闲话七夕

纤云垂幕，鹊桥生暖，迢迢银汉微澜。新月潜行，飞星敛迹，恐惊旷侣缠绵。细语诉相怜。自离后憔悴，梦绕魂牵。儿女情长，良宵恨短，夜阑珊。凡夫怎比神仙。这天庭度日，尘世经年。王母怀柔，玉皇懒管，贪欢夜夜团圆。作势怨无边。更掷梭抛轭，女泼郎憨。徒费人间笔墨，和泪写诗篇。

望海潮·蓬莱阁

东临沧海，西依齐鲁，蓬莱高压潮头。浪谒丹崖，云浮画阁，烟霞海市蜃楼。古洞隐清幽。波涌栈桥雪，嬉戏群鸥。天后行宫，三清圣殿，越千秋。曾经几度沉浮。问八仙渡口，千载登州。汉武访仙，秦皇讨药，平添多少怅惘。富贵欲何求？匆匆红尘客，遗恨荒丘。唯有人间仙境，留与世人游。

望海潮·迷镇山

飞来孤岭，巍然崛起，一峰雄踞平川。斧斫陡阶，刀劈绝壁，惊空几处雕栏。崎径绕林边。看岭头画阁，崖畔清泉。梵宇僧楼，峻岩佳木，锁云烟。谁知传说何年。有三霄得道，点化家山。香染莲台，磬敲佛殿，四时万众参禅。钟鼓动乡关。引八方游客，驻足流连。莫叹仙凡咫尺，乐美景人间。

沁园春·蟠龙山

脚踏平川，背倚重峦，突兀奇峰。有玉阶曲径，凌云双塔；高台画阁，盘壁九龙。幽树鸟鸣，水帘猴戏，诗韵长墙墨雨浓。临佳境，赏槐飘香雪，霜染秋枫。陵园郁郁青松，忆此地、当年战火凶。任敌顽负隅，英雄开路；沙场喋血，将士建功。蔽日硝烟，遍山尸骨，寸寸龙山血染红。陵园内，悼长眠烈士，百代雄风。

沁园春·读史

秦汉晋隋，唐宋明清，几代朝廷。叹山河易主，奢谈承运；英雄嗜血，莫道知兵。豪杰试刀，天公情老，龙椅千年万众争。烽烟起，只醉心权柄，谁顾苍生。曾经几度繁荣，应道是、民安国太平。问江湖萍迹，侠儒释道；庙堂柱国，将相公卿。四季丝绢，三餐膏脂，禾下可闻汗滴声。唯黎庶，任赋徭兵燹，不辍农耕。

沁园春·淤泥河

草茂平滩，堤束细流，几点浪涛。看风扶嫩柳，云携沛雨；霜凋老苇，雪满石桥。水载霞光，波摇月影，几度沧桑势渐消。凭栏处，赏黉楼林立，课读声高。闻名此地唐朝，临绝境、太宗逢白袍。恰淤泥陷马，英雄救驾；君王拓土，将士折腰。烽火边关，连营鼓角，落定尘埃终寂寥。纵目望，问遗踪何在，无语蓬蒿。

沁园春·镁都颂

千载名城，盛世镁都，一改旧容。看浪飞辽水，三春烟柳；云横轿顶，四季青松。猿洞金牛，泥河唐马，迷镇钟声出梵宫。思远古，叹石棚屹立，鬼斧神工。云开万里长空，巨龙舞、腾飞越九重。借天时地利，工农并举；人和政暖，商贸兴隆。改革潮头，恰逢机遇，铸就辉煌百代功。与时进，凭民勤吏洁，舜雨尧风。

鹧鸪天·樱桃

占尽春光有淡浓，何需雕饰胜天工。
不求桃蕊芳名远，敢笑樱花绮梦空。
羞艳抹，敛娇容，落英飞去谢东风。
倾心嫩叶千枝绿，犹抱珍珠满树红。

鹧鸪天·叹牛

春汗未干秋汗流，犁前轭下度春秋。
奋蹄大野千钧力，洒汗良田五谷收。
情未了，愿难休，何辜绮宴涮肥牛。
杯中美酒眼中泪，一釜珍馐一釜愁。

鹧鸪天·迎春花

料峭寒天枉逞威，黄花锦簇唤芳菲。
无缘抱蕾伴霜菊，有意迎春向雪梅。
藏洁质，炫光辉，金枝夺目暖春帏。
倾心欲嫁东风早，不待蜂歌蝶做媒。

鹧鸪天·蒲公英

百卉无须论短长，春风一度看花黄。
甘将稚绿添春色，何惜新躯济岁荒。
开腻胃，暖饥肠，饱时苦口饿时香。
衍生惠世天涯路，绒伞悠悠缀艳阳。

鹧鸪天·成吉思汗

大漠开基尚武功，运筹鼓角两从容。
山河再塑思千里，铁骑扬威透九重。
驰怒马，挽长弓，纵横欧亚似秋风。
囊中烈酒刀头血，一世英名百代雄。

鹧鸪天·春雪

雪压山川云里埋，南风欲暖北风裁。
应怜纤草千重锁，更爱梨花万树开。
迷旷宇，掩尘埃，素纱银雾裹楼台。
东君初试半分绿，惹得瑶池玉蝶来。

鹧鸪天·春柳

雁字长空落梦中，东君昨夜赐新容。
晓妆碧水映娇色，曼舞纤丝巧趁风。
黄浅浅，绿浓浓，春光占尽郁葱茏。
莺歌一曲清阴里，相伴桃花处处红。

鹧鸪天·春雨

物燥风高三月天，适时喜得雨连绵。
烟含陌上绿杨柳，云锁岭头红杜鹃。
民为本，食当先，风调雨顺兆丰年。
犁头沃土墒情好，日暖争时种大田。

鹧鸪天·灞桥柳

老树倾心垂碧绦，犹怜墨客话前朝。
长亭新绿添行色，古道浓荫慰寂寥。
挥别泪，折青条，一枝相伴路迢迢。
不知世俗随年改，依旧春风绿灞桥。

鹧鸪天·初夏忆旧

绿涨红消又夏天，乡思一缕忆童年。
榆钱洒去戏沽酒，柳絮飞来呼作棉。
寻岭上，走田间，篮中野菜补三餐。
云烟过眼几多事，常向如今梦里甜。

西江月·盼春

纵目欲寻春色，临风顿觉天寒。争时小草露尖
尖，惹恼雪花片片。解寂围炉借酒，偷闲伏案思眠。
梦中何处鸟声喧，可是归来旧燕。

西江月·春

春雨润酥田野，春风唤醒山川。春风春雨艳阳天，花事可知谁管。梅雪方消岭上，杜鹃又现崖畔。桃红梨白柳如烟，正是人间春满。

西江月·早春郊行

雁字长空霜冷，草纤大地风高。铁牛一曲唱春潮，敢与东君争早。试步新耕田垄，懒看老柳新条。农家子弟盼青苗，欲问墒情可好。

西江月·春风

弄巧雨丝斜织，欲歌柳线轻弹。纵情雁字写蓝天，驱散浮云片片。嬉戏山青水秀，缠绵草绿花妍。约来燕舞蝶翩跹，旖旎春光无限。

西江月·映山红

幽谷冰溪浅浅，寒崖云海茫茫。杜鹃胜火靓红妆，惹得春潮激荡。不比冬傲雪，无缘秋菊披霜。嫣然一笑化苍凉，处处花香鸟唱。

西江月·春草

凌汛声声惊梦，寒霜凛凛如刀。风摧残雪看萧条，盈目纤纤春草。敛迹沃田芳圃，无心蝶戏蜂邀。春风春雨任逍遥，染绿天涯海角。

西江月·秋草

夏日离离原上，秋风瑟瑟坡头。更添霜染老残秋，夺命炊烟牛口。入梦皑皑白雪，寄情漠漠荒丘。春秋一度欲何求，早把荣枯看透。

西江月·赞牛

俯首千钧神力，奋蹄万顷良田。犁前轭下一年年，只为粮丰囤满。力尽体衰齿老，梦残水煮油煎。甘汁革履惠人间，自问扪心无憾。

西江月·咏牛

驰骋田单奇阵，聆听老子真经。红绫三尺搏轻生，敢向人前争胜。污耳弄琴俗子，操刀夺命庖丁。拼将血肉佐杯羹，可改痴人妄定。

西江月·燕子

春暖成双北渡，秋寒结队南迁。呢喃一曲故檐前，倾诉乡思无限。笑看满天风雨，等闲万里关山。春秋南北向家园，都是归心似箭。

西江月·梅

月下暗香疏影，崖头玉骨冰魂。孤山伴鹤净无尘，最是花中一品。淡抹轻描素面，浓妆重彩红云。风寒霜冷唤东君，雪里一枝春信。

清平乐·迎春花

风寒春早，霜里黄花好。枝上碎金值多少，不买蜂嘻蝶扰。羞言争媚留香，只为送暖苍凉。飞去落英片片，迎来处处芬芳。

清平乐·戊子元宵夜

银花火树，灯火阑珊路。彩雨惊空开夜幕，笑语欢歌处处。飘香老酒汤圆，织成绮梦三千。莫道浮云点点，难遮好月年年。

水调歌头·项羽

戈甲映红日，旌旆卷长空。三千子弟行处，谁敢与争锋。快意阿房付炬，抱恨虞姬饮剑，水火怎相容。痛失霸王业，卓著化平庸。鼓余勇，任豪气，向天冲。楚歌四面，何必伏首叹途穷。不悔鸿门纵虎，但信黄泉有路，一死谢江东。生聚十年鬼，来世再争雄。

水调歌头·岳飞

誓雪靖康耻，壮志九州同，北望振臂云集，百战万夫雄。横扫烽烟十载，收拾山河千里，落叶卷秋风。立马朱仙镇，挥剑指黄龙。三字狱，梁栋折，愿成空。争时欲射狼虎，何故断长弓？都说相奸卖国，谁识君昏恋位，扼腕叹精忠。抱恨仰天啸，绝唱《满江红》。

浣溪沙·情人节

细柳绵绵随软风，春波如酒醉群峰，翩翩双燕戏晴空。犹是曩年青草岸，相看今日白头翁，也曾鸦鬓杏花红。

红窗听·却恼春风摇翠竹

却恼春风摇翠竹，临晓镜、远山颦蹙。双双新燕呢喃语，管伊人孤宿。尺素无回愁满目。思量遍，晨星渐隐，窗含惨绿。旧弦新曲，问何时重续？

调笑令·溪水

溪水，溪水，总是盈盈粉泪。云笺翠叶题诗，千愁万恨别离。离别，离别，杜宇一声愁绝。

不由让我泪花绽

时逢辛丑立秋。山色如潮，暮色如雨，月色如钩。忽闻永林逝去，虽非天旋地转，却也棒喝当头。张永林者，大石桥诗联协会副秘书长也，曾经勒马诗乡，挥毫诗会，义举庾楼。为诗词发展，规章建档，几度筹谋。性格耿爽，坦荡无求。诗法少陵，不与媚骨合流。斯人已去，唯余蟠龙众友，洒泪同讴。

悼永林友
王振一

呆坐眼朦胧，蟠龙陨将星。
朝夕十五载，情在不言中。

吊张永林二首
朱彦

一

一篇诗酒对君吟，一首吟成一寸心。
提屦要登高境界，踏山又鼓老衣襟。

龙盘自古情何在，泪洒今朝恨已深。

欲挽秋风杜陵笔，滔滔与你共浮沉。

二

欲将鹤羽作征帆，跌落沧桑第几缄。

辽水秋风人此去，一弯江月湿衣衫。

悼张永林老师

张伟

君在天堂我在兹，无缘再见悔方迟。

十年过往三杯酒，几度推敲一字师。

易识真心人去后，难圆夙梦病来时。

斜阳鹤背云程远，可有良朋可有诗。

悼永林兄

孙国尊

秋声才伴耳，噩耗绕蟠龙。

孤旅寒宫远，老屋绝笔封。

赤山松下影，辽水岸边容。

桂酒吴刚捧，谪仙早做东。

注：《老屋》为绝笔篇。

悼张永林二首
王泳鱼

一

钟鸣大金寺，鹤语古石棚。
酾酒立秋日，把盏送君行。

二

先生不似初时见，那日目光如戟剑。
病榻吁吁许软语，不由让我泪花绽。
霜天寺庙旧时游，红叶一天明月楼。
红叶今天亲手插，人生能有几个秋。

悼张永林老师
葛凤霞

无限诗情落九州，文浓韵雅一生求。
如今乘鹤西游远，天际白云挥泪流。

悼张永林老师
刘孝明

秋风吹泪泪难干，噩耗听闻心自寒。
肠断诗城今夜月，为师悲诵老屋篇。

悼张永林老师

徐庆生

永别久摧心，唯汝修成，大山梁栋；
长辞难再面，凭谁吟就，韵海诗林。

悼念永林先生

李孟仁

谋面未曾尊我师，评说高论解诗词。
无情黄鹤西边去，今后谁人可问知？

悼张永林老师

朱雅丽

本就伤秋至，何堪噩耗传。
念人诗在手，忆昔夜无眠。
辽水三千梦，蟠龙数载缘。
愿君皆带走，云路莫成单。

悼张永林老师

张洪广

泪雨逢秋落，悲情覆我怀。
老屋今尚在，不见故人来。

悼张永林

王建华

辛丑多灾恶，蟠龙失永林。
疾霜侵害病，落雁殒离群。
故友凄然泪，拈文悼逝君。
骚坛留墨迹，冥路亦诗人。

悼张永林老师

东纪善

笔横新冢，荣枯尽寄，生无一面评吾赋；
琴竖旧窗，哀乐犹惊，死不二心爱汝诗。

悼张永林老师
杨月琴

春雨年年绿故园，此番殷切伴晨昏。
诗心不舍随云鹤，情寄老屋梦有痕。

悼张永林老师
于润忠

追忆余初入社坛，德馨印象改诗篇。
一别旅顺春花海，不见老师回故园。

悼念张永林老师
陈力嵩

萧瑟西风泪透衫，惊闻师长做长眠。
此番一去难相送，仙骨成祥共鹤翩。

悼张永林老师
李维

相知无几面，网上笑音容。
驾鹤忽西去，人生此不逢。

悼念张永林老师
廉世伟

秋林叶落鹤西寻，珠泪群诗悼故人。
几面相交深印象，三躬拈酒奠师尊。

悼张永林老师
王凤兰

虽未承师，耳旁常忆陶公品；
忽闻驾鹤，笔下多闻雅士名。

悼张永林老师
孟秀敏

屏前卷上翻新韵，辽水岸边点祭文。
留梦蟠龙成苦忆，秋霜又染过来人。

吊张永林老师
王秀华

三拜灵前湿眼眸，琴心剑胆动高秋。
蟠龙痛失旧耆老，再论诗文孰与谋。

悼张永林老师
李桂娟

去日闻君赢病身，逢秋逢雨愈伤神。
翻听噩耗不堪信，捧读诗词如见人。

吊念张永林老师
朱志学

相识不曾友已西，诗坛噩耗降悲凄。
送君悲咽文思钝，拙笔一阕吊汝离。

悼张永林老师
韩克之

年逢花甲晚相识，又是兄长又是师。
有曲挽歌含泪唱，唯读仙者世间诗。

挽张永林老师
李雅妮

昨天燕雀向西行，伤逝温良不住鸣。
天地诗心是敦厚，我掬香草慰凋零。

悼张永林文兄
成雁

文坛泪雨飞，痛起一城云。
玉宇张长鹤，辽河哭永林。
诗吟天下事，曲醉世间人。
八斗才凌月，三生影带魂。

悼张永林兄三首
程友松

一

惊闻诗苑逝文星，一阕新词伴鹤行。
但有忠直留作忆，余生犹记手足情。

二

净土青山葬义骸，秋风明月祭高怀。
但悲一股文章气，久绕蟠龙散不开！

三

但悲星陨落诗翁，荒野桥乡有卧龙。
犹忆当年登顶处，江山指点忆张公。

悼张永林老师
于希淼

秋悲含雨落，君逝泪潸然。
著作留千古，诗词伴月眠。

悼张永林先生
周起科

与君从未面，悼语见奇才。
人世当如此，诗歌送忆怀。

悼永林
徐德田

突见哀词意纵横，一星陨落众心惊。
缅怀难慰斯人去，默祷忠魂入圣城。

诚悼张永林老师
张春艳

未曾谋面已相知，每见屏前文涌思。
品尚才丰追李杜，痛失良友痛失诗。

悼张永林先生四首

杨德辉

一

冷蕾浮香荷失色，忽闻高树噪蝉鸣。
何堪再读七律句，寄语云天唢呐声。

二

君乃镁都人，卜居盛福苑。
伊诗辞赋佳，词曲亲朋羡。
昔曾售油漆，后复究斋砚。
七律写艰辛，方家尤点赞。

三

正是诗赋鼎盛时，病入膏肓身不起。
今慈逝去总凄然，可怜无命古稀年。
龙山青青辽水愁，烟云渺渺去神州。
不见诗人销魂句，唯余落日自悠悠。
常忆和谐广场逢，早知七律格调优。
忽闻诗厦倾梁柱，洒泪凄凄逐逝波。
多少轰轰烈烈事，其奈白云苍狗何。
墨客骚人多所感，君生万事无蹉跎。
朝花夕拾太悲切，聊书小诗当祭薄。

四

余热生辉星炬志，黄昏换彩岁月情。留传七律通灵笔，倾文采，领风骚，超凡神韵藏心底，孕育对联乃匠才，缀珠玑，书锦绣，无限风光在晚晴。登峰攀顶，练字磨词，反复推敲，求索请教，德厚人贤红桥市，品贵诗美壮诗坛。诗文寄真情，共两千年疏影暗香，一位风韵独格调，联语翻大雅，邀三百镁都骚客，数首雅辞不绝清芬。闻君已逝，自此蟠龙失诗友，凄雨袭来，于今兰苑少知音。信哉天妒英才，不假汝大年，泣血七律今枉在，凄矣社亡诗杰。难忘君前日，拿云意气尔斯文。

悼永林
于润忠

一张合影大连湾，有幸相交两老顽。
秋日突来传噩耗，阴阳隔断泪潸潸。

悼永林老师
林间小溪

驾鹤西游别世间，情深墨友望云山。
瑶池许是无才子，王母诚邀坐忘还。

惊闻永林兄逝二首
曹辉

一

秋风无语送斜阳，生死原来梦一场。
楼下何娃啼得狠，犹如替我诉忧伤。

二

支离病骨到西方，漏掉其中哪一章。
遗憾不知能有几，黄泉路上有诗乡。

悼张永林老师（新韵）
高国喜

闻君噩耗泪盈盈，悲忆经年诗酒情。
话语如同枝上露，行为堪比立秋风。

跋：把卷滋心事　寻章思旧人

孙国尊

永林兄治疗期间，正值疫情管控期，诗友们千方百计入院探望。本是弥留之际的他，听到诗友们熟悉的声音，陡然兴奋而激动，挣扎着起身，顽强地对话。其举止表明唯诗友志同道合，其言语表明唯诗友推心置腹。弦外之音：深藏着往日对诗词的热爱和此后与诗词无缘的不甘。诗友们哽咽不已！

永林兄入院前，对自己的作品精心遴选，归纳成章，是何用意呢？或许想为后人留下一套完整的诗词定稿，又像是在完成艺术生涯的自我总结；或许是在用诗人的目光审视一生的行程，又像是重温那坎坷起伏、千回百折的心路历程。或许都是，或许部分是，或许都不是。

噩耗传来，诗友惊诧，蜂拥灵堂，敬送最后一程。殊途异路，咫尺天涯。悲伤之情注入笔端，缅怀之意付诸诗篇。三十六名诗友，四十四首悼诗昼夜之功汇集大石桥市诗词楹联协会蟠龙诗社微信群。供职于中华诗词发展基金会的朱彦先生制作了公众号专刊并作序。

　　这组悼诗因人而生，因事而生，因诗而生，因情而生，与主人作品相融相生，故编入诗集，自成一章。内涵浓郁绵长，耐人寻味！

　　永林兄怀着对祖国、对家乡、对亲人、对挚友、对诗词的热爱与我们永别了。在诗友助力和爱女执着中了却遗愿。这本《自撰集》是存留的珍贵礼品，以飨后学。忝为跋。

　　　　　　　　　　2023年4月22日于蟠龙山麓